HEYNE BÜCHER

SCIENCE FICTION

Herausgegeben
von Wolfgang Jeschke

Ein Verzeichnis weiterer Bände von Jack Vance finden Sie am Schluß des Romans.

JACK VANCE

Station Araminta

Die erste Cadwal-Chronik

Roman

Aus dem Amerikanischen übersetzt von
JOACHIM PENTE

Deutsche Erstausgabe

WILHELM HEYNE VERLAG
MÜNCHEN

HEYNE SCIENCE FICTION & FANTASY
Band 0605300

Titel der amerikanischen Originalausgabe
ARAMINTA STATION
Deutsche Übersetzung von Joachim Pente
Das Umschlagbild malte Dieter Rottermund

Redaktion: Wolfgang Jeschke

Erstausgabe by Tor Books/Tom Doherty Associates, Inc., New York

Printed in Germany 1995
Umschlaggestaltung: Atelier Ingrid Schütz, München
Technische Betreuung: M. Spinola
Satz: Schaber, Satz- und Datentechnik, Wels
Druck und Bindung: Elsnerdruck, Berlin

ISBN 3-453-08329-6

EINIGE ANMERKUNGEN, DEM GENEIGTEN LESER ZUR LEKTÜRE EMPFOHLEN

Dies sind Auszüge aus dem Vorwort zu *Die Welten des Menschen,* verfaßt von Mitgliedern des Fidelius-Instituts; sie sind hilfreich beim Überbrücken der Kluft zwischen einst und jetzt, hier und dort:

... In diesem Werk, das sich seit nunmehr dreißig Jahren in Vorbereitung befindet, unternehmen wir weder den von vornherein aussichtslosen Versuch einer erschöpfenden Detailbeschreibung, noch geht es uns um analytische Tiefe; unser Ziel ist vielmehr, einen Pastiche zu entwerfen, einen Flickenteppich aus Millionen Einzelteilen, die, so hoffen wir, sich zu einem klaren und anschaulichen Ganzen zusammenfügen werden.

... Ordnung, Logik, Symmetrie: das sind schöne, wohlklingende Worte, aber jeder Versuch, dem Leser zu suggerieren, daß wir unser Material in solchermaßen exakte Schablonen gepreßt haben, würde sich sofort als offensichtliche Täuschung entlarven. Jedes feststehende Wort ist sui generis und liefert dem untersuchenden Kosmologen ein einzigartiges und einmaliges Quantum an Information. Alle diese Quanten sind untereinander unvermengbar, so daß jeder Versuch einer Verallgemeinerung im Wirrwarr enden muß. Nur eines können wir mit absoluter Gewißheit sagen: kein Ereignis hat zweimal stattgefunden; jeder Fall ist einmalig.

... Auf unseren Reisen vom einen Ende des Gaeanischen Reiches zum andern und – gelegentlich – ins Jenseits, vermögen wir nichts zu entdecken, was darauf hindeuten würde, daß die menschliche Rasse überall und unvermeidlich auf dem Wege dahin sei, großzügiger, toleranter, freundlicher und aufgeklärter zu werden. Hierfür gibt es keinerlei Anzeichen.

Andererseits – und das ist die gute Nachricht – scheint sie auch nicht schlechter zu werden.

... Engstirnigkeit entspringt offenbar einem naiven Egoismus, der, würde er verbalisiert, sich so ausdrücken würde: »Da ich an diesem Ort leben möchte, muß er demzufolge notwendigerweise in jeglicher Hinsicht hervorragend sein.«

Gleichwohl ist das bevorzugte Ziel aller erstmalig Reisenden immer noch fast stets die Alte Erde. Es scheint ganz so, als sei in allen Exilwelten nach wie vor latent die Sehnsucht vorhanden, die heimische Luft zu atmen, das natürliche Wasser zu schmecken, die Mutterkrume zwischen den Fingern zu fühlen.

Als weiterer Hinweis hierfür ließe sich anführen, daß Tag um Tag Raumschiffe in allen Häfen der Erde ankommen, die beladen sind mit jeweils zwei oder dreihundert Särgen von jenen, die mit ihrem letzten Atemzug verfügt haben, daß ihre sterblichen Überreste der feuchten braunen Scholle von Mutter Erde zurückgegeben werden.

... Sobald Menschen auf einer neuen Welt eintreffen, beginnt der Prozeß der Interaktion. Die Menschen versuchen, die Welt nach ihren Bedürfnissen zu verändern; gleichzeitig – und bei weitem subtiler – wirkt die Welt verändernd auf die Menschen ein.

Auf diese Weise entbrennt der Kampf: der des Menschen gegen seine Umwelt. Manchmal gelingt es dem Menschen, den Widerstand des Planeten zu überwinden. Terrestrische oder andere fremde Flora wird eingeführt und der chemischen und ökologischen Umwelt angepaßt; schädliche einheimische Fauna oder Flora wird zurückgedrängt, ausgemerzt oder überlistet, und die Welt nimmt allmählich die Gestalt der Alten Erde an.

Manchmal aber ist der Planet stark und zwingt den Eindringlingen die Anpassung auf. Zunächst aus Zweckmäßigkeit, später aus Gewohnheit und schließlich aus einer angeborenen Neigung heraus beugen sich die Kolonisten dem Diktat der Umwelt und sind schließlich kaum noch von den richtigen Eingeborenen zu unterscheiden.

VORBEMERKUNG

1. **Das Purpurrosen-System von Mirceas Strähne**
(Entnommen aus *Die Welten des Menschen* von Mitgliedern des Fidelius-Instituts.)

Etwa auf der Hälfte des Perseus Arms hat ein launischer Wirbel galaktischer Gravitation zehntausend Sterne erfaßt und sie in einem schiefen Winkel nach außen fortgerissen, mit einem Kringel und einem Schnörkel an seinem Ende. Das ist Mirceas Strähne.

Am Rande des Kringels, dergestalt angeordnet, daß der Eindruck der ständigen Gefahr des Abreißens und Fortgetriebenwerdens erweckt wird, befindet sich das Purpurrosen-System, das aus drei Sternen besteht: Lorca, Sing und Syrene. Lorca, ein weißer Zwerg, und Sing, ein roter Riese, kreisen eng beieinander um ihr gemeinsames Gravitationszentrum: ein stattlicher, rotgesichtiger alter Herr, der mit einem niedlichen, ganz in Weiß gekleideten Mägdelein Walzer tanzt. Syrene, ein gelblichweißer Stern von normaler Größe und Leuchtkraft, umrundet das flanierende Paar in diskretem Abstand.

Syrene beherrscht drei Planeten; einer davon ist Cadwal, die einzige bewohnte Welt des Systems.

Cadwal ist ein erdähnlicher Planet von siebentausend Meilen Durchmesser; seine Schwerkraft kommt der der Erde nahe.

(Die beigefügte Liste und Analyse von physikalischen Meßwerten wird hier aus Platzgründen weggelassen.)

2. Die Welt Cadwal

Cadwal wurde zum erstenmal erforscht von dem Landfinder Rudel Neirmann, einem Mitglied der Naturforschergesellschaft der Erde. Auf seinen Bericht hin wurde sofort eine Expedition nach Cadwal entsandt, die nach ihrer Rückkehr zur Erde die Empfehlung gab, Cadwal für immer unter Naturschutz zu stellen und so vor Ausbeutung durch den Menschen zu bewahren.

Zu diesem Zweck sicherte sich die Gesellschaft das förmliche Besitzrecht über Cadwal und erließ ein Dekret zur Erhaltung des Planeten: die Charta.

Die drei Kontinente von Cadwal erhielten die Namen Ecce, Deucas und Throy*; sie unterschieden sich sehr voneinander. Ecce, das sich über den Äquator erstreckte, pulsierte vor Hitze, Gestank und einer geradezu strotzenden Vitalität. Selbst die Vegetation von Ecce benutzte Techniken des Kampfes in dem Bestreben, zu überleben. Drei Vulkane, zwei davon aktiv, der dritte schlummernd, waren die einzigen Erhebungen über einem flachen Terrain aus Dschungel, Sumpf und Morast. Träge Flüsse schlängelten sich durch die Landschaft, um sich schließlich ins Meer zu ergießen. Die Luft war schwanger von tausend seltsamen Übelgerüchen; wilde Kreaturen jagten einander, im Triumph brüllend oder in Todesangst kreischend, je nach der Rolle, die ihnen das Schicksal im Überlebenskampf zuwies. Die frühen Entdecker widmeten Ecce nur flüchtige Aufmerksamkeit, und ihre Nachfolger folgten im großen und ganzen diesem Beispiel.

Deucas, auf der entgegengesetzten Seite der Welt gelegen und viermal so groß wie Ecce, erstreckte sich über die gemäßigte Klimazone des Nordens. Die bisweilen gleichermaßen wilde wie furchterregende Fau-

* Die ersten drei Kardinalzahlen in der Sprache der frühantiken Etrusker auf der Alten Erde.

na des Kontinents umfaßte mehrere halbintelligente Gattungen; die Flora ähnelte in vielen Fällen der der Erde – und zwar in so verblüffender Weise, daß die frühen Agronomen in der Lage waren, terrestrische Nutzpflanzen wie Bambus, Kokospalmen, Weinreben und Obstbäume anzupflanzen, ohne Angst vor einer ökologischen Katastrophe haben zu müssen.*

Throy, südlich von Deucas gelegen, erstreckte sich vom Polareis bis weit in die gemäßigten südlichen Klimazonen hinein. Throy war ein Land von erregender Topographie: Felswände ragten über tiefe Schluchten; das Meer brandete donnernd gegen wilde Klippen; Wälder rauschten im Wind.

Der Rest waren Ozeane: riesige leere Wasserwüsten, ohne Inseln, abgesehen von ein paar unbedeutenden Ausnahmen: das Lutwen-Atoll, die Insel Thurben und die Ozean-Insel vor der Ostküste von Deucas sowie ein paar felsige Klippen vor Kap Journal im tiefen Süden.

3. **Station Araminta**

In der Station Araminta, einer Enklave von hundert Quadratmeilen an der Ostküste von Deucas, richtete die Gesellschaft eine Verwaltungsagentur zur Durchsetzung der Bestimmungen der Charta ein. Für die Durchführung der notwendigen Arbeit wurden sechs Ämter geschaffen:

Amt A: Register und Statistiken
Amt B: Patrouillen und Überwachungen: Polizei und Sicherheitsdienste

* Die biologischen Techniken zur Einführung neuer Arten in eine fremde Umgebung ohne Gefahr für die Wirtsumwelt waren seit langem vervollkommnet.

Amt C: Taxonomie, Kartographie, Naturwissenschaften
Amt D: Häusliche Dienste
Amt E: Fiskalische Angelegenheiten: Exporte und Importe
Amt F: Besucherunterkünfte

Die ursprünglichen Inspektoren waren Deamus Wook, Shirry Clattuc, Saul Diffin, Claude Offaw, Marvell Veder und Condit Laverty. Jedem von ihnen stand ein Stab von sechzig Personen zu. Eine Tendenz, dieses Personal aus dem Kreis der Familie oder der Bekannten zu rekrutieren, verlieh der frühen Verwaltung einen Zusammenhalt, der ansonsten möglicherweise gefehlt hätte.

Sechs provisorische Schlafsäle, die jeweils einem der Ämter zugeordnet waren, beherbergten das Personal. Sobald Geldmittel zur Verfügung standen, wurden sechs feine Residenzen erbaut, die einander an Pracht und Ausstattung zu übertreffen suchten; sie wurden bekannt als Haus Wook, Haus Clattuc, Haus Veder, Haus Diffin, Haus Laverty und Haus Offaw.

Jahrhunderte vergingen; die Arbeiten an den sechs Häusern hörten niemals auf. Jedes von ihnen wurde beständig vergrößert, umgebaut und in seinen Details verfeinert: fein geschnitzte und polierte Edelhölzer, Kacheln und Paneele aus einheimischen Halbedelsteinen, Möbel, eigens importiert von der Erde oder von Alphanor oder Mossambey – nur das Beste war gut genug, um unter den Augen der Hausherren Gnade zu finden, wenn es um die Veredelung ihrer Domizile ging. Die *grandes dames* jedes Hauses waren entschlossen, alles zu tun, damit ihr Haus alle andern an Eleganz und Luxus übertreffe.

Jedes Haus entwickelte seine eigene spezifische Persönlichkeit, welche von seinen Bewohnern geteilt wurde, so daß die klugen Wooks sich ebenso von den frivolen Diffins abhoben wie die vorsichtigen Offaws von den leichtfertigen und unbesonnenen Clattucs. Desgleichen schauten die unerschütterlichen Veders verächtlich auf die emotionalen Ausschweifungen der Lavertys herab.

Im Stromblick-Haus am Leur-Fluß, eine Meile südlich der Agentur, residierte der Konservator, der Oberste Inspekteur von Station Araminta. Nach den Bestimmungen der Charta war er ein aktives Mitglied der Naturforschergesellschaft, gebürtig in Stroma, der kleinen Naturalistensiedlung auf Throy.

Station Araminta bekam schon früh ein Hotel zur Unterbringung seiner Besucher, einen Flughafen, ein Krankenhaus, Schulen und ein Theater: das Orpheum. Zum Zwecke des Devisenerwerbs wurden Weinberge angelegt, deren Erträge fast ausschließlich für den Export bestimmt waren, und man warb um Besucher für die zwölf Ferienwohnungen in der Wildnis, die eigens für touristische Zwecke an bestimmten Orten errichtet worden waren, unter sorgfältiger Vermeidung jeglichen Konflikts mit ihrer Umwelt.

Mit den neugeschaffenen Einrichtungen erhoben sich prinzipielle Probleme. Wie sollte man eine derart hohe Anzahl von Unternehmungen personell bewältigen, bei einer Gesamtzahl von gerade einmal zweihundertvierzig Personen? Hier war Flexibilität vonnöten, und sogenannte ›Collaterale‹, übernahmen unter dem Etikett von ›Aushilfskräften‹ zahlreiche leitende Stellungen.

Die Collateralen waren eine Klasse, die fast unmerklich entstanden war. Jemand, der in eines der Häuser hineingeboren wurde, aber aufgrund der numerischen Begrenzung nicht den vollen ›Agentur-Status‹ erhalten konnte, wurde zu einem Collateralen, mit einem minderen Status. Viele Collaterale emigrierten; andere fanden mehr oder weniger angemessene Beschäftigung in der Station.

Die Charta nahm Kinder, Altersruheständler, Dienstboten und ›Aushilfskräfte ohne permanenten Wohnsitz‹ von der Zählung aus. Der Begriff ›Aushilfskraft‹ wurde ausgedehnt auf Landarbeiter, Hotelpersonal, Flughafenmechaniker – de facto auf Arbeitskräfte jeglicher Art –, und der Konservator drückte beide Augen zu, solange diesen Bediensteten kein permanentes Wohnrecht zugebilligt wurde.

Eine Quelle billiger, im Überfluß vorhandener, lenksamer und bei Bedarf rasch verfügbarer Arbeitskraft war vonnöten. Was bot sich da besser an als die Bevölkerung des Ludwen-Atolls, dreihundert Meilen nordöstlich von Station Araminta gelegen? Das waren die Yips, Nachkommen entlaufener Dienstboten, illegale Einwanderer und andere.

Auf solche Weise wurden die Yips Teil der Szene von Station Araminta. Sie hausten in Dormitorien in der Nähe des Flughafens und erhielten Arbeitserlaubnisse von jeweils sechs Monaten Dauer. So weit waren die strengen Naturschützer bereit zu gehen, aber nicht weiter; jede weitere Konzession, so führten sie ins Feld, würde die Anwesenheit der Yips zur Formsache machen und auf schleichendem Wege zu Yip-Siedlungen auf dem Festland von Deucas führen, ein Faktum, welches, so die Konservationisten, nicht toleriert werden konnte.

Im Laufe der Zeit schwoll die Bevölkerung des Lutwen-Atolls zu übermäßiger Größe an. Der Konservator informierte die Zentrale der Naturforschergesellschaft auf der Erde und drängte auf die Ergreifung drastischer Maßnahmen, aber die Gesellschaft machte schwere Zeiten durch und bot keine Hilfe.

Yipton wurde zu einer Touristenattraktion. Es entstand ein reger Fährverkehr zwischen Station Araminta und dem Arkady-Gasthof in Yipton, einem Etablissement, das ausschließlich aus Bambuspfählen und Palmwedeln gebaut war. Auf der Terrasse servierten schöne

Yip-Mädchen Rumbowle, Gin-Sling, Sundowner, Trelawny-Shake, Malzbier und Kokosnußgrog, allesamt aus heimischer Herstellung. Andere Dienste, solche von intimerer Art, wurden im Pussycat-Palast offeriert, der in der ganzen Mircea-Strähne und weit darüber hinaus Berühmtheit genoß ob der Freundlichkeit, Vielseitigkeit und Wandlungsfähigkeit seines Personals – wenngleich es dort nichts umsonst gab. Wenn man in Yipton nach dem Essen einen Zahnstocher verlangte, fand selbst dieser sich auf der Rechnung wieder.

Der Zustrom von Touristen schwoll noch stärker an, als der Oomphaw (Titel des Yip-Herrschers) eine Reihe neuer aufsehenerregender Lustbarkeiten einführte.

4. Stroma

Für ein anderes Problem, das sich im Zusammenhang mit der Charta ergab, hatte man eine klarere Lösung gefunden. In den ersten Jahren wurden Mitglieder der Gesellschaft, wenn sie zu Besuch nach Cadwal kamen, im Stromblick-Haus untergebracht, bis sich der Konservator irgendwann querstellte und sich weigerte, »dieses ständige Kommen und Gehen«, wie er sich ausdrückte, »noch weiter mitzumachen«. Er schlug vor, dreißig Meilen weiter südlich eine zweite kleine Enklave zu errichten, mit Gästehäusern, die ausschließlich zur Unterbringung von auf Besuch in Cadwal weilenden Mitgliedern der Gesellschaft dienen sollten. Als der Plan auf dem alljährlich auf der Erde abgehaltenen Konklave unterbreitet wurde, stieß er auf gemischte Resonanz. Die Fundamentalisten unter der Mitgliedschaft klagten, die Charta werde durch solche ›Tricks‹ immer mehr ihrer Substanz beraubt, ja – so einer – »durchlöchert, bis sie schließlich nicht mehr das Papier wert ist, auf dem sie gedruckt ist«. Andere entgegneten: »Schön und gut, aber wenn wir nach Cadwal reisen, sei es zu Forschungszwecken oder zur Erbauung, sollen wir dann vielleicht in Zelten übernachten?«

Das Konklave einigte sich schließlich auf einen Kompromiß, der keinen befriedigte. Zwar wurde die Errichtung einer neuen Siedlung genehmigt, doch nur unter der Bedingung, daß diese an einem ganz bestimmten Standort, nämlich oberhalb des Stroma-Fjords auf dem Kontinent Throy, gebaut werde. Dieser Standort war so ziemlich der ungeeignetste, der sich auf dem ganzen Planet finden ließ, und ganz offensichtlich als Schikane gedacht, um die Befürworter des Siedlungsplans von vornherein abzuschrecken.

Die aber nahmen die Herausforderung an, und so entstand Stroma: ein Städtchen mit hohen, schmalen Häusern, putzig anzuschauen mit ihren schwarzen oder umbrafarbenen Mauern und ihren weiß, blau und rot gestrichenen Türen und Fensterläden. Die Häuser waren terrassenförmig auf acht Stufen angeordnet und boten allesamt einen prachtvollen Ausblick auf den Stroma-Fjord.

Auf der Erde wurde die Naturforschergesellschaft unterdessen ein Opfer schwacher Führung und einer allgemeinen Ziellosigkeit. Auf einem abschließenden Konklave wurden die Akten und Dokumente an das Urkundenarchiv übergeben, und der Tagungspräsident schlug zum letztenmal den Gong zur Vertagung.

Die Bewohner von Stroma nahmen keine offizielle Notiz von dem Ereignis, auch wenn von da an die einzigen Einkünfte der Stromaner die Erträge aus ihren privaten Investitionen waren, was freilich schon seit einigen Jahren mehr oder weniger so gewesen war. Immer häufiger verließen junge Leute die Siedlung, um draußen ihr Glück zu machen. Einige wurden nie wieder gesehen; andere hatten Erfolg und kehrten mit neuen Einnahmequellen zurück. Auf die eine oder andere Weise jedenfalls überlebte Stroma und erfreute sich sogar einer bescheidenen Prosperität.

5. Glawen Clattuc

Mehr als neunhundert Jahre waren vergangen, seit Rudel Neirmann zum erstenmal seinen Fuß auf Cadwal gesetzt hatte. In Station Araminta neigte sich der Sommer dem Herbst entgegen, und Glawen Clattucs sechzehnter Geburtstag, der Tag, an dem sich sein förmlicher Übergang vom ›Kind‹ zum ›Kandidaten des Stabes‹ vollzog, stand bevor. Bei dieser Gelegenheit würde er seinen offiziellen ›Status-Index‹ oder SI erfahren: eine Zahl, die von einem Computer anhand einer Fülle von genealogischen Daten ausgerechnet wurde.

Diese Zahl überraschte selten jemanden, am wenigsten die Person, die am direktesten betroffen war. In der Regel hatte der Betreffende sie längst selbst ausgerechnet.

Da die Anzahl der Bewohner eines jeden Hauses auf vierzig Personen festgelegt war, eine Hälfte männlich, eine Hälfte weiblich, war jeder SI von 20 oder darunter hervorragend, von 21 oder 22 gut, von 23 oder 24 befriedigend; alles, was darüber lag, war ungewiß und hing von den Bedingungen innerhalb des Hauses ab. Eine Zahl über 26 war entmutigend und gab Anlaß zu düsteren Spekulationen hinsichtlich der Zukunft.

Glawens Position auf der genealogischen Tabelle war nicht sonderlich hoch. Seine inzwischen verstorbene Mutter war auf einem anderen Planeten zur Welt gekommen; Scharde, sein Vater, ein Beamter von Amt B, war der Drittgeborene eines Zweitgeborenen. Glawen, der ein nüchterner und realistischer junger Mann war, hoffte auf eine 24, die ihm immer noch alle Chancen auf den Agentur-Status offenhalten würde.

6. **Die Wochentage**

Eine abschließende Bemerkung zu den Wochentagen. Auf Cadwal – wie allgemein im Gaeanischen Reich – blieb die traditionelle Siebentage-Woche die Norm. Die Verwendung einer Nomenklatur, die auf dem sogenannten Metall-Schema basiert, vermeidet die unpassende, den Ohren schmerzende Benutzung zeitgenössischer Äquivalente wie ›Montag‹, ›Dienstag‹ etc.

Linguistische Anmerkung: Ursprünglich ging jedem Terminus die Vorsilbe Ain (wörtlich: ›Dieser Tag des‹) voraus, so daß der erste Werktag der Woche ›Ain-Ort‹ hieß, also ›Dieser Tag des Eisens‹. Im Laufe der Jahrhunderte ging das Ain verloren, und die Tage wurden schlicht nach den Metallnamen alleine benannt.

Die Wochentage:

(Ain)-Ort	Eisen
Tzein	Zink
Ing	Blei
Glimmet	Zinn
Verd	Kupfer
Milden	Silber
Smollen	Gold

KAPITEL EINS

I

Glawen Clattucs sechzehnter Geburtstag war der Anlaß für eine bescheidene Feier, die darin gipfeln würde, daß der Hausvorsteher Fratano ihm seinen förmlichen Gruß entbot und ihm seinen SI oder Status-Index offiziell bekanntgab – eine Zahl, die in hohem Maße Glawens weiteren Lebensweg bestimmen würde.

Der Einfachheit halber und aus Gründen der Sparsamkeit würde die Feier mit dem allwöchentlichen ›Haus-Souper‹ zusammenfallen, an dem alle anwesenden Clattucs teilnehmen mußten, ungeachtet ihres Alters oder etwaiger Gebrechen.

Der Morgen des Festtages verlief ruhig. Glawens Vater Scharde überreichte ihm ein Paar silberner und türkisfarbener Epauletten, wie sie, glaubte man den Modejournalen, der vornehme Herr in den exklusivsten Seebädern des Gaeanischen Reichs zur Zeit trug.

Scharde und Glawen nahmen ihr Frühstück wie üblich in ihrem Zimmer ein. Sie lebten allein; Glawens Mutter Marya war drei Jahre nach seiner Geburt bei einem Unfall ums Leben gekommen. Glawen erinnerte sich schwach an ein liebevolles Wesen, und er hatte das dumpfe Gefühl, daß da irgendein Geheimnis schlummerte, aber Scharde ging, darauf angesprochen, diesem Thema stets aus dem Weg.

Die bloßen Fakten waren simpel: Scharde hatte Marya kennengelernt, als sie mit ihren Eltern zu Besuch in Station Araminta weilte. Scharde hatte die Gruppe auf ihrer Tour durch die Ferienhäuser in den wilden Regionen begleitet und Marya später daheim in Sarsenopolis auf Alphecca Neun besucht. Dort hatten die zwei geheiratet und waren kurz darauf nach Station Araminta zurückgekehrt.

Die Heirat mit einer Außerweltlerin hatte Haus Clattuc völlig unvorbereitet getroffen und unerwartetes Furore ausgelöst, angestiftet von einer gewissen Spanchetta, der Großnichte des Hausvorstehers Fratano. Spanchetta war bereits mit dem sanften und fügsamen Millis vermählt und hatte einen Sohn zur Welt gebracht, Arles; dessenungeachtet hatte sie seit langem schamlos Scharde nachgestellt.

Spanchetta war zu jener Zeit eine dralle, großgewachsene Schönheit mit blitzenden Augen, einem stürmischen Temperament und einer unbändigen Fülle dunkler Locken, die gewöhnlich in einem zylindrischen Haufen auf ihrem Kopf lagen. Um ihre Wut zu rechtfertigen, nahm Spanchetta die Probleme ihrer Schwester Simonetta, genannt ›Smonny‹, zum Vorwand.

Wie Spanchetta war auch Smonny groß und kräftig, ausgestattet mit einem runden Gesicht, drallen Schultern und großen, feuchten Gesichtszügen. Doch während Spanchetta dunkelhaarig und dunkeläugig war, hatte Smonny karamelfarbenes Haar und haselnußbraune Augen mit einem goldenen Schimmer. Oft wurde ihr scherzhaft versichert, daß ihr nur die gelbe Haut fehle, um als Yip durchgehen zu können – ein Scherz, über den sie sich jedesmal ärgerte.*

Wenn es um die Erreichung ihrer Ziele ging, war Smonny zwar zielstrebig, aber faul. Zog Spanchetta die

---

* Paarungen zwischen Yips und normalen Gaeanern brachten keine Nachkommenschaft hervor; die Yips waren offenbar eine im Prozeß der Differenzierung befindliche Untergattung des Menschen – so lautete zumindest die Theorie.

Sowohl die männlichen als auch die weiblichen Yips waren in der Regel äußerst attraktiv; die Schönheit der Yip-Mädchen war geradezu sprichwörtlich.

Taktik der ungestümen und großmäuligen Offensive vor, so ging Smonny mit einer einschmeichelnden oder nervensägenden Beharrlichkeit zu Werke, die die Geduld ihres Gegners langsam zermürbte und sie schließlich in Fetzen riß. Infolge ihrer Trägheit fiel sie durch ihre Prüfungen am Lyzeum, und der Agentur-Status wurde ihr verweigert. Spanchetta schob die Schuld sofort Scharde in die Schuhe: indem er Marya ins Haus gebracht habe, habe er Smonny ›aus der Bahn geworfen‹.

»Das ist absurd und unlogisch«, beschied ihr kein Geringerer als Fratano, der Hausvorsteher.

»Ganz und gar nicht!« erklärte Spanchetta mit funkelnden Augen und wogendem Busen. Sie machte einen Schritt auf Fratano zu, und Fratano wich einen Schritt zurück. »Der Kummer hat Smonnys Konzentration vollkommen zerstört! Sie hat sich richtig krank gemacht!«

»Aber das ist doch nicht Schardes Schuld. Du hast doch das gleiche gemacht, als du Millis geheiratet hast. Ich darf daran erinnern, daß er auch ein Fremdhäusler ist, ein Collateraler der Lavertys.«

Darauf konnte Spanchetta nur mürrisch erwidern: »Das ist was anderes. Millis ist einer von uns, nicht irgendein kleiner hergelaufener Eindringling vom Arsch der Welt!«

Fratano wandte sich zum Gehen. »Ich kann meine kostbare Zeit nicht mit solchem Unsinn verschwenden.«

Spanchetta lachte grimmig. »Es geht ja auch nicht um deine Schwester, sondern um meine! Warum solltest du dir da auch den Kopf drüber zerbrechen? Du sitzt doch im gemachten Nest! Und was deine kostbare Zeit betrifft, dir geht's doch nur darum, möglichst schnell ins Bett zu kommen und dein Mittagsschläfchen zu halten. Aber daraus wird heute nichts. Smonny will mit dir sprechen.«

Fratano, der nicht zu den Halsstarrigsten gehörte, stieß einen tiefen Seufzer aus. »Ich kann jetzt nicht sofort mit Smonny reden. Aber ich werde eine besondere Ausnahme für sie machen. Ich gebe ihr noch einen Monat zum Lernen, und sie kann die Prüfung noch einmal wiederholen. Mehr kann ich ihr beim besten Willen nicht entgegenkommen. Wenn sie durchfällt, ist sie draußen!«

Das Zugeständnis gefiel Smonny ganz und gar nicht. Sie setzte eine Leidensmiene auf und jammerte: »Wie soll ich den Stoff von fünf Jahren in einem Monat nachholen?«

»Du mußt dich halt anstrengen«, fauchte Spanchetta. »Ich vermute, die Prüfung wird ohnehin nur eine reine Formsache; Fratano hat so etwas angedeutet. Trotzdem, so einfach wirst du nicht davonkommen! Fang also sofort mit dem Lernen an.«

Smonny unternahm nur einen halbherzigen Versuch, den Lernstoff in sich aufzunehmen, den sie so lange ignoriert hatte. Zu ihrer Bestürzung war die Prüfung von normaler Schärfe und nicht bloß die ›Formsache‹, als die Spanchetta sie dargestellt hatte. Ihr Ergebnis war noch schlechter als beim ersten Anlauf, und einen dritten gab es nicht mehr: sie war draußen.

Ihre Exmission aus Haus Clattuc war ein langer und haderumrankter Prozeß, der seinen Höhepunkt beim Haus-Souper fand, anläßlich dessen Smonny ihre Abschiedsbemerkungen vom Stapel ließ; diese begannen mit sarkastischen Sticheleien, steigerten sich zu genüßlich vorgetragenen Enthüllungen von pikanten Geheimnissen und fanden ihre dramatische Klimax in hysterischem Gekreisch.

Fratano sah sich schließlich gezwungen, die Lakaien anzuweisen, sie mit Gewalt aus dem Raum zu entfernen; Smonny sprang auf den Tisch und rannte hin und her, verfolgt von vier verwirrten Lakaien, die sie schließlich zu packen bekamen und davonzerrten.

Smonny schiffte sich nach der Welt Soum ein, wo sie für kurze Zeit in einer Fischkonservenfabrik arbeitete; danach – so Spanchetta – schloß sie sich einer asketischen religiösen Sekte an und verschwand bald darauf auf Nimmerwiedersehen.

Zu gehöriger Zeit gebar Marya Glawen. Drei Jahre später ertrank Marya in der Lagune, während zwei Yips in nicht allzu großer Entfernung am Ufer standen. Gefragt, warum sie nicht versucht hätten, sie zu retten, sagte der eine: »Wir haben sie nicht gesehen«, während der andere zur Antwort gab: »Es ging uns nichts an.« Beide wurden zu ihrer großen Verblüffung sofort nach Yipton zurückgeschickt.

Scharde sprach nie von dem Vorfall, und Glawen stellte ihm nie Fragen. Scharde zeigte keine Neigung, sich wieder zu verheiraten, obgleich die Damen ihn überaus ansehnlich fanden. Er war still und zurückhaltend, von mittlerer Statur, hager und kräftig, mit drahtigem kurzen, frühzeitig ergrautem Haupthaar und schmalen himmelblauen Augen, die aus einem knochigen, verwitterten Gesicht leuchteten.

Am Morgen von Glawens Geburtstag hatten die beiden kaum zu Ende gefrühstückt, als Scharde in einer dringenden Angelegenheit ins Amt B gerufen wurde. Da Glawen nichts Besseres zu tun hatte, blieb er am Tisch sitzen, während die zwei Yip-Lakaien, die das Frühstück aufgetragen hatten, das Geschirr abräumten und den Raum in Ordnung brachten. Glawen schaute ihnen zu und fragte sich, was hinter den lächelnden Gesichtern wohl vorgehen mochte. Die verstohlenen Seitenblicke: was bedeuteten sie? Spott und Verachtung? Simple Neugier? Oder vielleicht gar nichts? Glawen vermochte es nicht zu deuten, und das Verhalten der Yips lieferte auch keine Hinweise. Es wäre interessant, dachte Glawen, das murmelnde, zischende Idiom der Yips verstehen zu können.

Glawen erhob sich schließlich vom Tisch. Er verließ

Haus Clattuc und wanderte zur Lagune hinunter. Diese bestand aus einer Reihe von ineinander überlaufenden Teichen, die vom Wan-Fluß gespeist wurden und deren Ufer von sowohl einheimischen als auch importierten Bäumen gesäumt wurden: Schwarzer Bambus, Trauerweiden, Pappeln, Purpur-grüne Vergen.* Der Morgen war frisch und sonnig; Herbst lag in der Luft; in wenigen Wochen würde Glawen in das Lyzeum eintreten.

Glawen kam zum Bootshaus der Clattucs: ein rechteckiges Gebäude mit einem Tonnendach aus grünem und blauem Glas, das auf Pfeilern aus schwarzem Eisen ruhte.

Die derzeitigen Clattucs, Scharde und Glawen vielleicht ausgenommen, waren keine leidenschaftlichen Segler. Das Bootshaus barg lediglich zwei Prahme, eine breite kleine Schaluppe von fünfundzwanzig Fuß Länge und eine Fünfzig-Fuß-Ketsch für ausgedehntere Kreuzfahrten auf offener See.**

Das Bootshaus war eine von Glawens liebsten Zufluchtsstätten; hier konnte er fast immer Einsamkeit finden – welche er heute ganz besonders wollte, um sich innerlich für die Prüfung des Haus-Soupers und seine Geburtstagsfeier zu sammeln.

Solche Feiern seien nicht viel mehr als Formalitäten, hatte Scharde ihm versichert. Glawen würde weder

---

* Zur Bereicherung der auch so schon üppigen Flora von Cadwal waren zahlreiche irdische Pflanzen und Bäume eingeführt worden. In jedem einzelnen Fall hatten die Biologen die Pflanze sorgfältig an die neue Umwelt angepaßt und zur Vorbeugung gegen ökologische Katastrophen kunstvolle genetische Sicherungen in sie eingebaut.

** Da die Ozeane von Cadwal so gut wie keine Inseln aufwiesen, fehlte der Hauptansporn für ausgedehnte Segeltörns: verlockende Reiseziele. Eingefleischte Skipper segelten bisweilen südwärts nach Stroma oder Throy oder umschifften Deucas oder gar Cadwal selbst: in letzterem Fall bot sich ihnen als einzige Landungsmöglichkeit die gefährliche Küste von Ecce.

eine Rede halten müssen noch sonstwie in Situationen geraten, bei denen er sich blamieren konnte. »Du wirst lediglich mit deiner Sippe speisen. Sie sind größtenteils langweilig, wie du ja aus eigener Erfahrung weißt. Spätestens nach der Vorspeise werden sie dich ignorieren und sich ganz ihrem Klatsch und ihren kleinen Intrigen zuwenden. Schließlich wird Fratano dich zum Kandidaten erklären und deinen SI verkünden, der, so schätze ich, bei 24 liegen wird oder schlimmstenfalls bei 25, was immer noch ganz passabel ist in Anbetracht der knirschenden Gelenke und grauen Haare, die um den Tisch versammelt sein werden.«

»Und das ist schon alles?«

»Mehr oder weniger. Falls jemand dich wider Erwarten ansprechen sollte, gib höflich Antwort; ansonsten aber widme dich in Ruhe deinem Essen und schweig still: das ist immer das Beste.«

Glawen saß auf einer Bank, von der aus er über die Lagune schauen und das Wechselspiel von Sonnenlicht und Schatten auf dem Wasser beobachten konnte. Er sprach zu sich: »Vielleicht wird es am Ende gar nicht so schlecht laufen. Trotzdem, ich wäre schon einigermaßen erleichtert, wenn mein SI um einen oder zwei Punkte niedriger läge, als ich befürchte.«

Das Geräusch von Schritten riß ihn aus seinen Grübeleien. Eine massige Gestalt tauchte am Ende des Stegs auf. Glawen seufzte. Da nahte die Person, die er am wenigsten von allen sehen wollte: Arles, zwei Jahre älter als er, einen Kopf größer und fünfzig Pfund schwerer. Sein Gesicht war groß und platt, ausgestattet mit einer Stupsnase und einem reifen, schwerlippigen Mund. Eine kecke Mütze mit einem feschen Schirm bändigte heute seinen schwarzen Lokkenschopf.

Bei einem SI von 16 aufgrund seiner direkten Abstammung über Spanchetta und Valart, ihrem Vater, vom einstigen Hausvorsteher Damian, dem Vater des gegenwärtigen Vorstehers Fratano*, hätten allenfalls schwerwiegende Gesetzesverstöße oder ein Scheitern bei der Abschlußprüfung des Lyzeums Arles noch in Schwierigkeiten bringen können.

Arles, der aus dem hellen Sonnenlicht in die kühle Dunkelheit des Bootshauses trat, hielt für einen Moment inne und blinzelte. Glawen hob rasch einen Schleifklotz auf, der zufällig in seiner Nähe lag, sprang in die Schaluppe und machte sich an der Heckreling zu schaffen. Er duckte sich tief; vielleicht würde Arles ihn nicht sehen.

Arles schlenderte langsam über den Steg, die Hände in den Taschen versenkt, und spähte nach rechts und nach links. Schließlich bemerkte er Glawen. Er blieb stehen und starrte ihn erstaunt an. »Was machst du denn da?«

Glawen antwortete gleichmütig: »Ich schmirgle das Boot ab, um es zum Lackieren vorzubereiten.«

»Das sehe ich selbst«, erwiderte Arles frostig. »Ich bin ja nicht blind.«

»Dann steh nicht rum, sondern hilf mir mit. Einen Schleifklotz findest du im Spind.«

Arles stieß ein verächtliches Schnauben aus. »Du spinnst wohl! Das ist eine Arbeit für die Yips!«

»Warum haben sie es dann noch nicht gemacht?«

Arles zuckte die Achseln. »Beschwer dich bei Namour; er wird sie schon auf Trab bringen. Aber verschon mich damit; ich habe Wichtigeres zu tun.«

Glawen schmirgelte weiter mit einer nüchternen Konzentration, die Arles schließlich wütend machte.

»Manchmal, Glawen, finde ich dich absolut merkwürdig. Hast du nicht etwas vergessen?«

Glawen hielt inne und starrte verträumt über das Wasser. »Mir fällt nichts ein. Aber das ist ja nur normal,

* Genealogische Details und SIs braucht sich der Leser nicht zu merken. Sie werden so sparsam zitiert als möglich.

wenn man was vergessen hat; sonst würde es einem ja einfallen.«

»Pah! Du kommst dir wohl sehr witzig vor! Heute ist dein Geburtstag! Du solltest oben auf deinem Zimmer sein und dich auf die Feier vorbereiten – das heißt, wenn du eine einigermaßen gute Figur machen willst. Hast du weiße Schuhe? Wenn nicht, solltest du dir in Windeseile welche besorgen! Ich sage dir das aus reiner Freundlichkeit; nicht mehr.«

Glawen bedachte Arles mit einem schiefen Blick und machte sich wieder ans Schmirgeln. »Wenn ich barfuß zum Souper käme, würde es auch keiner merken.«

»Hah! Da irrst du dich aber gewaltig! Unterschätze niemals die Wirkung feiner Schuhe! Das ist das erste, wonach ein Mädchen schaut!«

»Hmm ... Das wiederum wußte ich noch nicht.«

»Du wirst feststellen, daß ich recht habe. Mädchen sind kluge kleine Geschöpfe; sie können einen Burschen in Nullkommanichts abschätzen! Wenn deine Nase läuft oder deine Fliege offen ist oder deine Schuhe nicht richtig sportlich sind, erzählen sie sofort herum: ›Mit diesem Rübenkopf brauchst du dich gar nicht erst abzugeben! Mit dem verschwendest du nur deine Zeit!‹«

»Das sind fürwahr wertvolle Tips«, sagte Glawen. »Ich werde sie mir merken.«

Arles runzelte die Stirn. Man konnte nie ganz sicher sein, wie man Glawens Bemerkungen auffassen sollte; sie bewegten sich oft an der Grenze zum Spöttischen. Im Augenblick jedoch schien Glawen nüchtern und höflich, ganz so, wie es sich gehörte. Also fuhr Arles fort, noch großspuriger als zuvor: »Vielleicht sollte ich es dir gar nicht sagen, aber ich habe mir die Mühe gemacht, ein Handbuch mit narrensicheren Methoden zum Umgang mit Mädchen auszuarbeiten, wenn du verstehst, was ich meine.« Er zwinkerte Glawen kennerisch zu. »Es basiert auf weiblicher Psychologie und es funktioniert wie Magie – jedesmal!«

»Verblüffend? Wie funktioniert es?«

»Die Details sind geheim. In der Praxis muß man nur bestimmte Signale deuten, die der Instinkt den kleinen Schätzchen aufzwingt, und darauf so reagieren, wie es von meinem Handbuch empfohlen wird, und dann nimmt die Sache ihren Lauf.«

»Ist dieses Handbuch für jedermann zugänglich?«

»Auf gar keinen Fall! Es ist streng geheim, nur für Kühne Löwen erhältlich.« Die Kühnen Löwen waren ein Zusammenschluß der sechs rüpelhaftesten Taugenichtse von Station Araminta. »Wenn die Mädchen ein Exemplar in die Finger kriegten, wüßten sie genau, wie der Hase läuft.«

»Sie wissen auch so, wie der Hase läuft; sie brauchen dein Buch nicht.«

Arles blies die Luft aus seinen Wangen. »Das trifft oft zu; in dem Fall empfiehlt das Handbuch Überrumpelungsstrategien.«

Glawen erhob sich. »Ich glaube, ich werde mir meine eigenen Methoden ausarbeiten müssen – wenngleich ich bezweifle, daß ich sie beim Haus-Souper brauchen werde. Schon deshalb nicht, weil dort keine Mädchen zugegen sein werden.«

»Du machst Witze! Und was ist mit Fram und Pally? Sind das etwa keine Mädchen?«

»Die sind zu alt für mich.«

»Aber nicht für mich! Ich nehme sie, wie ich sie kriegen kann, ganz gleich ob jung oder alt! Du solltest bei der Laienspielschar mitmachen! Wir haben dieses Jahr ein paar echt heiße Feger in der Truppe: Sessily Veder zum Beispiel.«

»Ich habe kein Talent auf dem Gebiet.«

»Pah! Das macht doch nichts! Meister Floreste wird schon was aus dir machen; Kirdy Wook hat nicht den Hauch von Talent; genau genommen ist er ein richtiger

Trampel. In *Evolution der Götter* sind er und ich urweltliche Bestien. In *Erst-Feuer* stelle ich ein Wesen aus Lehm und Wasser dar und werde von einem Blitz getroffen. Dann wechsle ich das Kostüm, und Kirdy und ich sind wieder haarige Bestien, die nach Erleuchtung ächzen. Aber die Flamme wird von Ling Diffin gestohlen, der Prometheus darstellt. Sessily Veder ist der ›Vogel der Inspiration‹, und sie inspirierte mich dazu, mein Handbuch zu schreiben. Sogar dieser Stockfisch Kirdy ist in sie verknallt.«

Glawen wandte sich wieder der Reling zu. Sessily Veder, die er nur aus der Entfernung kannte, war ein Mädchen, das Anmut und Vitalität besaß. »Hast du dein Handbuch an Sessily ausprobiert?«

»Sie hat mir noch keine Gelegenheit dazu gegeben. Das ist der einzige Schwachpunkt an meinem System.«

»Wie schade … Nun, ich muß sehen, daß ich mit meinem Schmirgeln vorankomme.«

Arles setzte sich auf eine Bank und schaute ihm zu. Nach einem Moment bemerkte er: »Das machst du wohl, um deine Nerven zu beruhigen, was?«

»Warum sollte ich nervös sein. Ich muß irgendwo essen.«

Arles grinste. »Es bringt dir nichts, wenn du dich hier unten ins Bootshaus verdrückst und Trübsal bläst. Dein SI ist ohnehin längst ausgerechnet, und du kannst nichts mehr daran ändern.«

Glawen lachte nur. »Wenn ich es könnte, würde ich es tun.«

Arles' Grinsen verschwand. Gab es denn nichts, womit er Glawen aus der Fassung bringen konnte? Sogar seine eigene Mutter, Spanchetta, hatte Glawen einmal als das abscheulichste Kind bezeichnet, das ihr je untergekommen sei.

Arles sagte mit wichtigtuerischer Stimme: »Vielleicht bist du ja klug! Genieße deinen Seelenfrieden, solange du noch kannst, denn nach dem heutigen Tag bist du Kandidat und hast fünf Jahre Ärger auf dem Hals.«

Glawen sandte Arles einen jener spöttischen Blicke, die Arles so haßte. »Und dieser Ärger macht dir Sorgen?«

»Mir nicht! Ich bin ein 16er. Ich kann es mir leisten, mich auf die faule Haut zu legen.«

»Das hat deine Tante Smonny auch gedacht. Wie stehst du denn im Lyzeum?«

Arles zog einen Flunsch. »Lassen wir mich doch aus dem Spiel, ja? Ich komme schon selbst klar. Die Schule mache ich jedenfalls mit links.«

»Wenn du meinst.«

»Und ob ich das meine. Aber was die Sache betrifft, um die es hier geht – und damit meine ich nicht meine schulischen Leistungen –, da weiß ich eine Menge mehr, als du glaubst.« Arles wandte den Blick zur gläsernen Kuppel des Bootshauses. »Eigentlich sollte ich es dir ja nicht sagen – aber man hat mich vertraulich über deinen SI in Kenntnis gesetzt. Ich bedaure, dir sagen zu müssen, daß er nicht gerade ermutigend ist. Ich sage dir das nur, damit du nachher beim Souper nicht aus allen Wolken fällst.«

Glawen warf Arles erneut einen schiefen Blick zu. »Keiner kennt meinen SI außer Fratano, und der würde ihn dir nicht verraten.«

Arles setzte ein verschmitztes Lächeln auf. »Merk dir meine Worte! Dein SI kommt nah an die dreißig. Die genaue Zahl verrate ich dir nicht; aber wollen wir wetten, daß sie zwischen 29 und 31 liegt?«

Jetzt endlich zeigte Glawen Wirkung. »Das glaube ich nicht!« Er sprang auf den Steg. »Wo hast du diesen Unsinn her? Von deiner Mutter?«

Arles spürte plötzlich, daß er den Mund zu voll genommen hatte. Er versuchte, den Spieß umzudrehen. »Willst du damit unterstellen, daß meine Mutter Unsinn redet?«

»Weder du noch deine Mutter dürften etwas über meinen SI wissen.«

»Warum sollten wir nicht? Wir können eins und eins zusammenzählen, und deine Abstammung ist eine verbürgte Tatsache – oder, genauer gesagt, ist keine verbürgte Tatsache.«

Eine seltsame Bemerkung, dachte Glawen. »Was meinst du damit?«

Arles begriff, daß er erneut zu viel geplappert hatte. »Nichts Besonderes. Eigentlich gar nichts.«

»Du scheinst merkwürdig viel zu wissen.«

»Die Kühnen Löwen wissen alles, was wissenswert ist. Ich weiß von Skandalen, die du dir nicht einmal im Traum vorstellen kannst! Zum Beispiel, was glaubst du, welche Alte letzte Woche versucht hat, Vogel Laverty ins Bett zu zerren, beinahe mit Gewalt?«

»Ich habe keine Ahnung. Wie weit hat er sich denn zerren lassen?«

»Überhaupt nicht! Er ist noch nicht mal so alt wie ich! Oder eine andere Situation: Ich könnte dir jetzt sofort eine nennen, die in Kürze ein Baby kriegt und nicht genau weiß, von wem.«

Glawen wandte sich ab. »Von mir jedenfalls nicht, falls du deswegen zu mir gekommen bist.«

Arles bog sich vor Lachen. »Das ist ein guter Witz! Der beste, den du heute gemacht hast.« Er stand auf. »Es wird langsam Zeit. Statt weiter das Boot abzuschmirgeln, solltest du besser auf dein Zimmer gehen, deine Fingernägel saubermachen und schon mal Tischmanieren üben.«

Glawen warf einen Blick auf Arles' dicke weiße Hände. »Meine Fingernägel sind sauberer als deine, obwohl ich das Boot abgeschmirgelt habe.«

Arles zog einen Flunsch und steckte die Hände in die Taschen. »Unsere Voraussetzungen sind verschieden, vergiß das nicht! Wenn ich dich ansprechen sollte, antworte: ›Ja, Herr‹ oder ›Nein, Herr‹. Das gehört sich so.

Und wenn du nicht weißt, wie du dich bei Tisch benehmen mußt, achte einfach auf mich.«

»Vielen Dank, aber ich denke, ich werde es schon irgendwie schaffen, mich allein durchzuwursteln.«

»Wie du meinst.« Arles drehte sich auf dem Absatz herum und stolzierte davon.

Glawen schaute ihm nach, innerlich vor Wut kochend. Arles ging zwischen den beiden Heldenstatuen hindurch, die den Eingang zum Ziergarten der Clattucs flankierten, und verschwand aus seinem Blick. Glawen überlegte. Zwischen 29 und 31? Nach fünf Jahren als Kandidat würde sein SI dann vielleicht auf 25 gesunken sein. Das bedeutete: Collateralenstatus und raus aus Haus Clattuc – weg von seinem Vater, weg von all den schönen kleinen Annehmlichkeiten des Lebens, aus der Traum vom vollen Agentur-Status mit seinem Prestige und seinen Nebeneinkünften!

Glawen wandte den Blick vom Gartentor und starrte über die Lagune. Schon Tausenden vor ihm war es so ergangen, aber die volle Tragik dieser Situation war ihm noch nie zuvor so zu Bewußtsein gekommen.

Und was würde mit den Mädchen werden, auf deren hohe Meinung von ihm er so viel Wert legte? Da war zum Beispiel Erlin Offaw, die bereits jetzt begonnen hatte, was eine lange Karriere als Herzensbrecherin zu werden versprach, und da war Ticia Wook, blond, zerbrechlich, duftig und zierlich wie eine Levkoje, jedoch wie alle Wooks stolz und distanziert.* Und schließlich war da noch Sessily Veder, die bei den letzten paar

* Hätte jedes Haus die anderen fünf in eine Prestige-Tabelle eingeordnet und hätte man die sechs Bewertungen miteinander kombiniert, wären die Wooks und die Offaws an der Spitze der Tabelle gelandet, die Veders und die Clattus gleich darunter, und die Diffins und die Lavertys hätten das Schlußlicht gebildet, wenngleich selbst bei unfreundlichster Bewertung der Unterschied zwischen oben und unten nicht groß war.

Malen, wo er ihr begegnet war, verdächtig liebenswürdig gewesen war. Wenn er tatsächlich einen SI von 30 bekommen sollte, war seine Zukunft zerstört, und keine von ihnen würde ihn je auch nur noch eines Blickes würdigen.

Glawen verließ das Bootshaus und folgte Arles die Anhöhe zum Haus hinauf: eine dünne, dunkelhaarige Gestalt, klein und belanglos in der Weite der Landschaft, doch außerordentlich wichtig für sich selbst und für Scharde, ihren Vater.

Im Hause angekommen, ging Glawen hinauf in sein Zimmer am östlichen Ende der Galerie des zweiten Stockwerks. Zu seiner großen Erleichterung war Scharde inzwischen vom Amt zurück.

Scharde spürte sofort die Verwirrung seines Sohnes. »Du kriegst aber früh das Zittern.«

Glawen erwiderte: »Arles hat mir gesagt, er kenne meinen SI, und er läge zwischen 29 und 31.«

Scharde zog die Brauen hoch. »31? Selbst 29? Wie kann das angehen? Damit wärst du schon draußen bei den Collateralen, bevor du überhaupt angefangen hast!«

»Ich weiß.«

»Ich würde nichts auf das Gerede von Arles geben. Er wollte dich bestimmt bloß verunsichern, und offenbar ist ihm das ja auch gelungen.«

»Er sagt, er habe es von Spanchetta gehört! Und er sagte etwas von wegen daß ich ja gar keine Abstammung hätte!«

»Ach?« Scharde überlegte. »Hat er das gesagt? Was hat er damit gemeint?«

»Das weiß ich nicht. Als ich ihm sagte, er könne meinen SI gar nicht wissen, sagte er: wieso nicht; meine Abstammung sei eine verbürgte Tatsache, oder – genauer gesagt – meine fehlende Abstammung.«

»Ha«, murmelte Scharde. »Langsam beginne ich zu verstehen. Ich frage mich bloß …« Er hielt inne und ging zum Fenster. »Das Ganze riecht in der Tat verdammt nach Spanchetta.«

»Könnte sie meine Zahl verändern?«

»Das ist eine interessante Frage. Sie arbeitet in Amt A und hat Zugang zum Computer. Aber sie würde es nie wagen, an dem Apparat herumzupfuschen; das ist ein Kapitalverbrechen. Was immer sie gemacht hat – wenn sie überhaupt was gemacht hat –, es war bestimmt legal.«

Glawen schüttelte verwirrt den Kopf. »Warum sollte sie so etwas tun wollen? Was hätte sie davon, wenn sie meine Zahl verändert?«

»Wir wissen ja noch gar nicht, ob überhaupt irgendwas gemacht worden ist. Und wenn, dann wissen wir immer noch nicht, ob es Spanchetta war. Und wenn sie es war – immer vorausgesetzt, da ist tatsächlich manipuliert worden –, dann ist die Antwort simpel. Sie vergißt und verzeiht nichts. Ich will dir eine Geschichte erzählen, die du wahrscheinlich noch nie gehört hast.

Vor langer Zeit setzte sie sich in den Kopf, mich zu heiraten, und sie weihte tatsächlich die Hausherrin und Dame Lilian, die Kastellanin, in ihren Plan ein, so daß schließlich alle die Heirat als beschlossene Sache anzusehen begannen, ohne daß ich selbst auch nur einmal wenigstens gefragt worden wäre. Eines Abends spielten wir draußen Epaing. Spanchetta war auf dem Platz, schrie und fluchte und fuchtelte wild herum, und zeigte Regelverstöße an, wo keine waren, und kreischte entrüstet auf, wenn jemand ein Lob einstreute. Wilmor Veder rief mir zu: ›Also, Scharde, sieht so aus, als würde deine Ehe ganz schön abenteuerlich werden.‹

Ich sagte: ›Ich habe nicht vor zu heiraten. Wo hast du das denn her?‹

›Das weiß doch jeder. Alle reden darüber.‹

›Wär nett, wenn mich auch mal jemand in das Geheimnis einweihen würde. Wer ist denn die Glückliche?‹

›Spanchetta natürlich, wer sonst? Ich hab's von Carlotte gehört.‹

›Carlotte redet viel, wenn der Tag lang ist. Ich werde Spanchetta nicht heiraten! Nicht heute, nicht morgen, nicht letztes Jahr, nicht bei der zweiten Wiederkunft von Pulius Feistersnap! Kurzum, nie und nimmer, und nicht einmal dann! Ist der Fall damit geklärt?‹

›Für mich ja. Jetzt brauchst du bloß noch Spanchetta zu überzeugen. Sie steht direkt hinter dir.‹

Ich drehte mich um, und da stand Spanchetta und spuckte Feuer. Alles lachte, und Spanchetta versuchte, mich mit ihrem Epaingschläger zu ermorden, was die andern zu noch lauterem Gelächter animierte.

Daraufhin heiratete sie aus lauter Trotz den armen Millis, und Namour hat sie auch den Kopf verdreht. Aber mir hat sie nie verziehen.

Ungefähr ein Jahr später heiratete ich deine Mutter in Sarsenopolis auf Alphecca Neun. Als wir nach Station Araminta zurückkehrten, gab es einige unangenehme Vorfälle. Marya ignorierte sie; ich auch. Dann wurdest du geboren, und Spanchetta haßt dich gleich dreifach: wegen mir, wegen deiner Mutter, und weil du alles das bist, was Arles nicht ist. Und es könnte durchaus sein, daß sie jetzt eine Gelegenheit gefunden hat, sich zu rächen.«

»Es fällt schwer, das zu glauben.«

»Spanchetta ist eine sonderbare Frau. Du wartest hier; ich möchte ein paar Nachforschungen anstellen.«

II

Scharde ging direkt zu Amt A in der Neuen Agentur, wo er in seiner Eigenschaft als Polizeichef seine Nachforschungen ungehindert durchführen konnte.

Die Zeit drängte; in zwei Stunden würde das Haus-

Souper beginnen, so unerbittlich in seiner Regelmäßigkeit wie die Bahn von Lorca um Sing. Scharde kehrte nach Haus Clattuc zurück und begab sich in die angenehme, luftige Zimmerflucht, die Hausvorsteher Fratano bewohnte.

Als er in die Eingangshalle trat, kam ihm Spanchetta aus dem inneren Salon entgegen. Beide blieben abrupt stehen, jeder mit dem Gedanken, daß dies die Person sei, die sie am wenigsten sehen wollten. Spanchetta frug in scharfem Ton: »Was machst du denn hier?«

»Dasselbe könnte ich dich fragen«, versetzte Scharde. »Aber wenn du's unbedingt wissen willst: ich habe Amtsangelegenheiten mit Fratano zu besprechen.«

»Du bist spät dran. Fratano kleidet sich gerade an.« Spanchetta musterte Scharde von oben bis unten. »Willst du in diesem Aufzug zum Souper erscheinen? Aber was frage ich? Du bist ja bekannt nachlässig, was Anstandsformen angeht.«

Scharde gab ein klägliches Lachen von sich. »Das will ich weder zugeben noch bestreiten. Aber keine Angst; ich werde da sein, wenn die Suppe aufgetragen wird! Aber jetzt muß ich zu Fratano; entschuldige mich bitte.«

Spanchetta gab ihm widerstrebend den Weg frei. »Fratano ist dabei, sich anzukleiden und möchte jetzt bestimmt nicht gestört werden. Ich kann es ihm ja ausrichten, wenn du möchtest.«

»Nein; das ist eine Sache, die ich persönlich mit ihm besprechen muß.« Scharde trat an Spanchetta vorbei und hielt den Atem an vor dem warmen, schweren Duft, halb Parfüm, halb weibliche Fruchtbarkeit, der ihr entströmte. Er trat in Fratanos Privatsalon und schloß behutsam die Tür, fast vor Spanchettas Nase.

Fratano saß, in einen weiten Hausmantel gehüllt, in einem Lehnstuhl, einen langen, bleichen Fuß auf einem gepolsterten Schemel, und ließ sich von einem Yip-Mädchen die Wade massieren. Er blickte mit einem fragenden Stirnrunzeln auf. »Nun, Scharde, was ist denn? Kannst du nicht zu einem passenderen Zeitpunkt wiederkommen?«

»Der Zeitpunkt wird nie wieder passender sein, wie du gleich sehen wirst. Schick das Mädchen raus; ich muß dich unter vier Augen sprechen.«

Fratano schnalzte mürrisch mit der Zunge. »Ist es denn wirklich so wichtig? Paz interessiert sich nicht für unser Gespräch.«

»Das mag ja sein, aber ich habe bemerkt, daß Namour alles über jeden weiß. Muß ich noch mehr sagen? Mädchen, verlaß den Raum und mach beim Hinausgehen die Tür zu.«

Nach einem kurzen, fragenden Blick auf Fratano erhob sich das Mädchen. Es nahm seinen Salbentiegel, warf Scharde ein kühles Halb-Lächeln zu und ging hinaus.

»Also!« knurrte Fratano. »Was hast du denn nun so Wichtiges, daß du mich damit bei meiner Massage störst?«

»Heute ist Glawens sechzehnter Geburtstag, und er wird Kandidat.«

Fratano blinzelte, plötzlich nachdenklich geworden. »Ja? Und?«

»Ist dir schon sein offizieller SI mitgeteilt worden?«

»Ja.« Fratano hüstelte und räusperte sich. »Und?«

»Hat Spanchetta ihn dir überbracht?«

»Wer ihn überbringt, ist unerheblich. Auf irgendeine Weise muß er ja von Amt A überbracht werden. Normalerweise bringt Dame Leuta ihn rüber. Heute war es nun einmal Spanchetta. Der SI bleibt derselbe.«

»Hat Spanchetta ihn irgendwann schon einmal überbracht?«

»Nein. Jetzt sag mir schon endlich, worauf du hinauswillst.«

»Ich glaube, das weißt du schon. Hast du einen Blick auf die Zahl geworfen?«

»Natürlich! Wieso auch nicht?«

»Und wie lautet die Zahl?«

Fratano versuchte, sich hochzustemmen. »Das kann ich dir nicht sagen! Die SIs sind streng vertraulich!«

»Nicht, wenn Amt B beschließt, sich damit zu beschäftigen.«

Fratano richtete sich in seinem Stuhl auf. »Warum sollte Amt B sich in Hausangelegenheiten einmischen? Ich bestehe darauf, daß du mir endlich sagst, worauf du hinauswillst!«

»Ich untersuche etwas, das sich als kriminelle Verschwörung entpuppen könnte.«

»Ich weiß nicht, wovon du sprichst.«

»Wenn Spanchetta behauptet, Glawens SI zu kennen, und ihn Arles verrät, der daraufhin vor Glawen mit seinem Wissen prahlt, dann ist das bereits ein Gesetzesverstoß. Und wenn auch noch der Hausvorsteher seine Finger mit im Spiel hat, dann stellt sich zwangsläufig die Frage, ob es sich hier nicht um eine kriminelle Machenschaft handelt.«

Fratano schrie empört auf. »Was redest du da! Ich habe mir nichts zu Schulden kommen lassen!«

»Wo ist der SI?«

Fratano deutete auf einen Bogen gelben Papiers auf dem Seitentisch. »Da ist die Zahl. Es ist der amtliche Computerausdruck.«

Scharde warf einen Blick auf den Ausdruck. »30? Hast du diese Zahl gesehen?«

»Ja, natürlich.«

»Und du hattest ernsthaft vor, sie beim Haus-Souper zu verlesen?«

Fratanos Kinnlade sackte noch tiefer herunter. »Ehrlich gesagt, ich fand die Zahl auch ziemlich hoch.«

Scharde lachte grimmig. »Hoch, sagst du? Was meinst du? Wo müßte Glawens SI ungefähr liegen?«

»Nun, ich hätte auf 24 oder etwas in der Gegend getippt. Aber wie auch immer...« – Fratano deutete auf den gelben Bogen. »Es steht mir nicht zu, das Ergebnis des Computers anzuzweifeln.«

Scharde grinste: eine finstere, drohende Grimasse, die für einen Moment die Spitzen seiner Zähne sichtbar werden ließ. »Fratano, ich komme soeben von Amt A. Der Computer arbeitet mit gewohnter Präzision. Es muß an den Daten liegen, mit denen er gefüttert worden ist. Stimmst du mir da zu?«

»Nun, ja, ich stimme dir zu.«

»Heute morgen habe ich, was mein Recht ist, die Eingaben in den Computer überprüft – eben die Informationen, auf die er sein Urteil gegründet hatte –, und dabei stellte ich fest, daß irgend jemand die Daten verändert hat. Und zwar dahingehend, daß Glawen für unehelich erklärt wurde.«

Wieder räusperte sich Fratano. »Wenn du die Wahrheit wissen willst: entsprechende Gerüchte kursieren schon seit einiger Zeit.«

»Mir ist nichts davon zu Ohren gekommen.«

»Es heißt, deine Ehe mit Marya sei illegal und nichtig gewesen, mit dem Ergebnis, daß alle Nachkommen illegitim sind.«

»Wie kann meine Ehe illegal gewesen sein? Ich kann dir jederzeit die Heiratsurkunde zeigen.«

»Die Ehe war ungültig, weil Marya bereits verheiratet war und versäumt hatte, sich rechtsgültig scheiden zu lassen. Natürlich habe ich diesem gehässigen Getratsche keine Beachtung geschenkt. Aber wenn es nun leider doch wahr wäre...«

»Hat Spanchetta dir das erzählt? Sie ist also die Quelle dieses sogenannten Gerüchts?«

»Das Thema tauchte in der Tat bei unserer Unterhaltung auf.«

»Und du hast ihre Behauptung für bare Münze genommen, ohne mich auch nur zu informieren?«

»Die Fakten sprechen für sich!« blökte Fratano. »Auf

ihrer Einreisedeklaration hat sie mit ›Madame‹ Marya Chiasalvo unterzeichnet.«

Scharde nickte. »Das reicht aus, um gegen dich einen klaren Fall von ›krimineller Verschwörung‹ oder ›vorsätzlicher Verletzung der Amtspflicht‹ zu konstruieren.«

Fratanos Kinnlade zitterte, und seine Augen wurden groß und feucht. »Mein lieber Scharde! Du solltest mich eigentlich besser kennen!«

»Warum hast du dann ohne Protest einen dermaßen unverschämten Computerausdruck von Spanchetta akzeptiert? Du kennst doch Spanchetta und ihre Boshaftigkeit! Du hast dich von ihr zum Handlanger machen lassen! Also mußt du auch die Folgen tragen!«

Fratano erwiderte kleinlaut: »Spanchetta kann manchmal sehr überzeugend sein.«

»Hier sind die Fakten. Ein Anruf bei mir hätte genügt, um dich von der Haltlosigkeit von Spanchettas Behauptungen zu überzeugen. Maryas Familie gehörte einer Religion an, die auf Alphecca Neun weit verbreitet ist und sich Quadriplare Offenbarung nennt. Kinder treten im Alter von zehn Jahren in diese Religion ein, indem sie eine symbolische Ehe mit ihrem Schutzheiligen eingehen. Maryas Schutzpatron war Chiasalvo, das Juwel des Freundlichen Wesens. Diese Ehe ist eine reine religiöse Formalität, welcher der Schutzheilige noch während der Hochzeitszeremonie entsagt. Dieser Verzicht auf den Vollzug der Ehe ist in der Heiratsurkunde bestätigt, in die du jederzeit Einblick hättest nehmen können, nachdem die Frage aufgetaucht war. Meine Heirat mit Marya ist, ungeachtet der böswilligen Behauptungen Spanchettas, genauso legal wie deine. Wie sie sich erdreisten konnte, diese Entstellungen in das genealogische Zeugnis hineinzuschmuggeln, geht über mein Begriffsvermögen.«

»Pah!« murmelte Fratano mit gedämpfter Stimme. »Spanchetta und ihre Intrigen werden mich eines Tages noch zum Wahnsinn treiben! Zum Glück hast du den Fehler ja rechtzeitig bemerkt.«

»Sprich nicht von ›Fehler‹. Es handelt sich hier um bösen Vorsatz!«

»Nun ja, Spanchetta ist eine empfindliche Frau. Zu einer bestimmten Zeit hatte sie Grund zu der Annahme … Aber egal. Dies ist eine leidige Geschichte. Was sollen wir machen?«

»Du kannst zwei und zwei zusammenzählen, und ich auch. Hier ist die Clattuc-Liste. Glawen müßte eindeutig zwischen Dexter und Trine rangieren. Damit hätte er einen SI von 24. Ich schlage vor, daß du diese Zahl durch einen amtlichen Machtspruch förmlich bestätigst, wie es dein Privileg und in diesem Fall deine Pflicht ist.«

Fratano studierte die Liste. Er zählte mit seinem langen weißen Finger. »Es wäre möglich, daß Trine aufgrund der gehobenen Stellung der Tante seiner Mutter bei den Veders einen oder zwei Punkte gutmachen könnte.«

»Das gleiche gilt auch für Glawen. Elsabetta, die ältere Schwester seiner Großmutter, rangiert hoch bei den Wooks, und er kann außerdem Dame Waltrop von Diffin als Pluspunkt in die Waagschale werfen. Und vergiß nicht, Trine ist acht Jahre jünger als Glawen! Er braucht in seinem Alter keinen SI von 24.«

»Da hast du auch wieder recht.« Fratano warf ihm einen vorsichtigen Blick zu. »Und es ist keine Rede mehr von ›krimineller Verschwörung‹ – was natürlich ohnehin nur als schlechter Scherz gemeint war?«

Scharde nickte grimmig. »So sei es.«

»Sehr gut. Der gesunde Menschenverstand sagt 24, und wir werden annehmen, daß der Computer auch die Absicht hatte, eine 24 auszuwerfen.« Fratano nahm den gelben Bogen, strich mit einem Stift die ›30‹ durch und schrieb daneben eine ›24‹. »Nun ist alles wieder gut, und ich muß mich ankleiden.«

An der Tür wandte sich Scharde um und sagte über die Schulter: »Ich schlage vor, daß du die Außentür hinter mir abschließt. Sonst könnte es dir passieren, daß du gleich wieder Spanchetta auf dem Hals hast.«

Fratano nickte mürrisch. »Ich kann sehr wohl auf meine eigene Wohnung aufpassen. Gunter? Gunter! Wo, zum Teufel, steckst du?«

Ein Lakai kam in den Raum geeilt. »Herr?«

»Riegle die Tür ab, sobald Herr Scharde draußen ist. Laß niemanden ein, und bringe mir keine Botschaften; ist das klar?«

»Jawohl, Herr.«

III Bevor sie sich zum Haus-Souper aufmachten, unterzog Scharde Glawen einer abschließenden Musterung. Hinter seinem knappen Nicken verbarg sich weit mehr Stolz, als seine Worte erkennen ließen: »Keiner wird an deiner Erscheinung etwas auszusetzen haben; was das angeht, kannst du ganz beruhigt sein.«

»Hmm. Arles wird zumindest meine Schuhe bemäkeln.«

Scharde lachte leise in sich hinein. »Nur Arles. Außer ihm wird keiner mehr als einmal in deine Richtung blicken – außer, du benimmst dich völlig daneben oder leistest dir irgendeine scheußliche Entgleisung.«

Glawen erwiderte würdevoll: »Ich habe nicht die Absicht, mich danebenzubenehmen. Das entspricht nicht meiner Vorstellung von einer Geburtstagsfeier.«

»Vernünftig gedacht! Ich lege dir außerdem nahe, nichts zu sagen, es sei denn, wenn du direkt angesprochen wirst; und in dem Fall antwortest du am besten mit einer Platitüde. Schon nach kurzer Zeit werden dich alle für einen geistreichen Gesellschafter halten.«

»Wahrscheinlich werden sie mich eher für einen sauertöpfischen Griesgram halten«, brummte Glawen. »Aber keine Sorge, ich werde meine Zunge hüten.«

Wieder sah ihn Scharde mit seinem schiefen Halb-Lächeln an. »Komm; es ist Zeit, daß wir runtergehen.«

Die beiden stiegen die Treppe zum ersten Stock hinunter und gingen durch die Eingangshalle in die Hauptgalerie: zwei aufrechte Gestalten, mit den gleichen herben Zügen und Manierismen, die auf angeborene Anmut und sorgfältig kontrollierte innere Kraft hindeuteten. Scharde war einen Kopf größer als sein Sohn. Sein Haar war zu einem rauhen, unbestimmten Grau geblichen; Wind und Wetter hatten seine Haut zu einem dunklen Braun gegerbt, das der Farbe von altem Eichenholz ähnelte. Glawen war ein wenig heller und wirkte um Brust und Schultern herum kompakter. Schardes Mund war straff und ironisch; Glawens hingegen bekam, besonders wenn er entspannt oder mißmutig war, etwas Schmachtendes um die Winkel herum, als schwebe sein Geist irgendwo in den Wolken. Wenn Mädchen Glawen anschauten – was sie oft taten –, fanden sie sich von diesem Schmachten mit seiner Andeutung von süßen Gedankenflügen auf eine seltsam wohlige Art berührt.

Die beiden gingen weiter zum Speisesaal. Am Portal hielten sie inne und nahmen die, die bereits auf ihren Plätzen saßen, in Augenschein. Die meisten der inhäusigen Clattucs waren schon eingetroffen und räkelten sich behaglich auf den steiflehnigen Stühlen, schwatzten, lachten und tranken perlenden Bagnold aus der Weinkellerei der Lavertys oder auch den schwereren und süßeren Indeszenz-Rosé, den die Önologen der Wooks entwickelt hatten. Rings um den Saal, in regelmäßigen Abständen an der Wand postiert, standen Yip-Lakaien in der glänzenden grauen und orangefarbenen Livree des Hauses Clattuc, mit weiß gepuderten Gesichtern, die Haare unter Perücken aus gekämmtem, silbernem Seidenflaum verborgen.

Scharde deutete auf die gegenüberliegende Seite des Tisches. »Dort sitzt du, gleich neben deiner Großtante Clotilde. Ich sitze rechts neben dir. Geh du voraus.«

Glawen richtete seinen Mantel, reckte entschlossen die Schultern und marschierte in den Speisesaal. Das Geplauder verstummte; schnippische Bemerkungen blieben in der Luft hängen; Gekicher und Gegacker erstarben schlagartig; alle Blicke richteten sich auf die Neuankömmlinge.

Weder nach links noch nach rechts schauend, marschierte Glawen um den Tisch herum, gefolgt von Scharde. Hier und da erhob sich leises Getuschel; offenbar hatten die Gerüchte über Glawens SI und seinen bevorstehenden Schicksalsschlag bereits die Runde gemacht. Eine Nachricht von solcher dramatischer Tragweite und solch tragischen Implikationen war zu kostbar, um sie für sich zu behalten. Nun warteten alle gespannt auf den Moment, da Fratanos Ankündigung Glawens Leben vernichten würde, und jeder studierte verhohlen das vermeintliche Opfer. Scharde lächelte sein süffisantes Lächeln.

Glawen erreichte seinen Platz, dicht gefolgt von Scharde. Zwei Lakaien traten vor, rückten ihre Stühle zurück und rückten sie wieder vor, sobald Scharde und Glawen sich hingesetzt hatten. Die Tischgesellschaft nahm wieder ihr Geplauder auf; alles war wieder wie vorher, und Glawen blieb völlig unbeachtet: eine Gleichgültigkeit, die geradezu beleidigend war, fand er. Immerhin fand dieses Souper zur Feier seines persönlichen Geburtstags statt. Er ließ einen arroganten Blick über die Reihen der Tischgesellschaft schweifen, aber niemand nahm von ihm Notiz. Ob er am Ende nicht vielleicht doch mit irgendeiner grotesken und grellen Entgleisung aufwarten sollte?

Glawen verwarf die Idee sogleich wieder; sie barg keinen echten Reiz für ihn, und außerdem würde es seinem Vater sehr peinlich sein. Er studierte die Tischgäste: seine Onkel, Tanten und Vettern und Basen höheren und niederen Grades sowie seinen einzig verbliebenen Urgroßvater. Alle waren fein ausstaffiert und fesch herausgeputzt und schienen sich sehr zu gefallen. Die Damen trugen Roben aus schwerem Brokat, und viele stellten ihre Juwelen zur Schau: Alexandrite, Smaragde, Rubine und Karfunkel, Topase und purpurne Turmaline von Fundstätten in Deucas*; Sphanctonite von toten Sternen und Jungfernhauskristalle, die nur an einer einzigen Stelle in der gesamten riesigen Weite des Gaeanischen Reiches zu finden waren.

Die Herren trugen Mäntel und enganliegende Hosen aus weichem Köper in kontrastierenden Farben: oft dunkelbraun und blau, oder kastanienbraun und zedergrün, oder schwarz und senfockerfarben. Bei den jungen Galanen waren weiße Schuhe groß in Mode, und die ganz Schneidigen unter ihnen hatten die linke Hälfte ihres Schopfs mit einem silbernen Haarnetz verhüllt, von dem Büschel aus silbernen Zinken emporragten. Zu diesen letzteren zählte auch Arles, der sechs Plätze von Glawen entfernt auf der anderen Seite des Tisches saß, neben Spanchetta.

Spanchetta bot, wie nicht anders zu erwarten, ein Bild von praller, schäumender Lebensfülle. Nicht das geringste ihrer Attribute war die bemerkenswerte, kaum gebändigte Flut von rabenschwarzen Locken, die einem mächtigen Turm gleich auf ihrem Kopf aufragten und jedesmal, wenn sie hierhin oder dorthin blickte, gefährlich ins Wanken gerieten. Die Lage ihrer funkelnden schwarzen Augen dicht bei der Nasenwurzel unterstrich die ausladende Wölbung ihrer marmorartigen Wangen. Heute trug sie eine magentarote Robe, deren tiefer Ausschnitt freien Blick auf die weiße Säule

* Der Konservator ignorierte die nahezu universal verbreitete Edelsteinsammelleidenschaft, solange keine Schürfoperationen unternommen wurden, die das Gesicht der Landschaft veränderten.

ihres Halses und einen großen Teil dessen, was sich darunter wölbte, gewährte. Spanchetta hatte Glawen einen einzigen kurzen Blick zugeworfen, der jedes Detail seiner Erscheinung in sich aufsaugte; dann hatte sie mit einem verächtlichen Naserümpfen den Blick abgewandt und ihn nicht weiter beachtet.

Neben Spanchetta saß Mills, ihr sanftmütiger und scheuer Gatte, dessen einziges herausragendes Merkmal sein traurig herunterhängender aschblonder Schnauzbart war. Im Moment war er ganz von dem Problem in Anspruch genommen, Wein zu trinken, ohne sich den Schnurrbart naßzumachen.

Fratano stand am Nebentisch, der den pensionierten Clattucs vorbehalten war, und erging sich in artiger Konversation mit seinem Vater Damian, dem seit langem im Ruhestand lebenden Alt-Hausvorsteher, der mittlerweile schon weit über neunzig war. Die Ähnlichkeit zwischen den beiden war verblüffend; beide waren hager und blaß, beide hatten die gleiche hohe Stirn, die gleiche lange Nase, das gleiche spitze Kinn.

Der Tisch war fast voll. Nur Garsten und Jalulia, Glawens Großeltern, waren noch nicht eingetroffen. Die Lakaien schenkten Glawen und Scharde Wein ein, Grünen Zoquel und Rimbaudia, beidesamt Clattuc-Gewächse und beidesamt beim letztjährigen Parilia mit ersten Preisen prämiert. Glawen probierte einen kräftigen Schluck von dem Zoquel, was Scharde zu der mit milder Besorgnis vorgetragenen Bemerkung veranlaßte: »Der Wein ist stark! Noch ein paar solche Schlucke, und du hängst schnarchend auf dem Tisch, mit dem Haar in der Suppe!«

»Ich werde schon aufpassen.« Glawen veränderte seine Sitzstellung und zupfte an seinem neuen Mantel, der sich steif und eng anfühlte, während die neuen Hosen ihm nicht nur die Beine einschnürten, sondern ihm tief ins Gemächte schnitten, was ihm akutes Unbehagen bereitete. Das, dachte er bei sich, war also der

Preis, den man für die Freuden der feinen Lebensart entrichtete, und es gab wenig, womit er dem abhelfen konnte. Er zwang sich, still zu sitzen, mit den Händen im Schoß. Arles beugte den Kopf herunter und sandte ihm ein fettes Grinsen herüber. Ganz gleich, was kommen würde, und selbst wenn Hausvorsteher Fratano seinen SI bei 50 ansetzen würde, er würde keine Miene verziehen – das nahm er sich fest vor.

Die Minuten tröpfelten dahin. Fratano plauderte noch immer mit Damian. Garsten und Jalulia waren immer noch nicht aufgetaucht. Glawen seufzte. Würde das Souper niemals aufgetragen werden? Er sah sich am Tisch um. Noch nie waren ihm seine Sinne so hellwach erschienen, noch nie seine Wahrnehmungsfähigkeit so fein und geschärft! Er studierte die Gesichter seiner Verwandten. Sie waren ihm allesamt fremd. Bemerkenswert! Es war, als hätte sich ein Vorhang gelüftet, und sei es auch nur für einen winzigen Moment, und als enthüllten sich ihm Wahrheiten, die nicht für ihn bestimmt waren... Glawen seufzte erneut und wandte den Blick zur Decke. Ein eigenartiger, aber sinnloser Gedanke. Torheit, gewiß, reine Torheit. Er nahm erneut einen Schluck von seinem Wein. Scharde sagte diesmal nichts.

Stimmen hoben und senkten sich oder verstummten für kurze Augenblicke ganz, so als hätten alle in stummer Übereinkunft beschlossen, den selben Moment zur Formulierung ihrer nächsten Bemerkungen zu benutzen. Es war mittlerweile später Nachmittag geworden; das Licht von Syrene fiel schräg durch die hohen Fenster herein, wurde von der hohen Decke und den weißen Wänden zurückgeworfen, malte weiße Streifen auf das Tischtuch, funkelte in den Gläsern und auf dem Silber.

Endlich betraten Garsten und Jalulia den Saal. Sie blieben hinter Glawen stehen, und Garsten legte ihm die Hand auf die Schulter. »Großer Tag heute für dich, häh? Ich erinnere mich noch genau an meinen eigenen sechzehnten; kommt mir heute so vor, als wäre das schon eine Ewigkeit her! Aber ich kann mich noch gut an die Spannung erinnern! Obwohl ich ein Erstgeborener war, ein A-B-Cer, hatte ich trotzdem Angst, in den hintersten Winkel des Reichs fortgeschickt zu werden, auf irgendeinen kalten, düsteren Planeten. Aber der Verrückte Hund* spuckte eine 19 aus, und ich war drin, und ihr habt Glück gehabt, häh? Sonst würdet ihr jetzt auf irgendeiner kalten fernen Welt über einem Teller Bohnen sitzen, während draußen die Blutegel durch den Dreck kriechen und die Eingeborenen heulen und Fabelfalken eure Herden reißen.«

»Was redest du für einen Unsinn daher!« schalt ihn Jalulia. »Wenn du tatsächlich durchgefallen und weggeschickt worden wärst, hättest du mich nie kennengelernt, und Glawen würde jetzt nicht hier sitzen.«

»Das käme doch auf das gleiche raus! Je nun, wir können nur hoffen, daß der Verrückte Hund anständig zu dir ist.«

»Das hoffe ich auch«, erwiderte Glawen artig.

Garsten und Jalulia gingen zu ihren Plätzen; Fratano schritt zu seinem Stuhl. Er schaute auf ein Blatt Papier neben seinem Teller, las es, dann ließ er den Blick suchend über die Gesichter am Tisch schweifen. »Ah, Glawen, da bist du. Heute steigst du in den stolzen Rang eines Kandidaten auf! Alle Chancen des Lebens stehen dir jetzt offen! Ich bin sicher, mit Fleiß und Pflichteifer wirst du es schaffen, zuallermindest den Stand des edlen und selbstsicheren Mannestums zu erreichen, ganz gleich, ob du dein Leben hier verbringen wirst, als ein Agent des Konservats, oder woanders, in

---

* Verrückter Hund: umgangssprachliche Bezeichnung für den Computer von Amt A.

einer vielleicht nicht minder fruchtbaren und lohnenden Karriere!«

Glawen lauschte, die gespannten Blicke der Anwesenden fühlend.

Fratano fuhr fort. »Ich will heute keine lange Rede halten; solltest du das Bedürfnis nach Belehrung oder weisem Rat verspüren, so kannst du dich jederzeit an mich wenden. Das ist meine Pflicht und Schuldigkeit gegenüber jedem Clattuc, vom geringsten bis zum höchsten.

Nun denn, um die Sache zum Abschluß zu bringen. Ich sehe keinen Grund, die Spannung zu verlängern. Ich habe hier die amtliche Feststellung deines SIs.« Fratano hob das Blatt, warf den Kopf zurück und spähte über die Nasenspitze auf das Gedruckte. »Hier, hervorgegangen aus einem unpersönlichen, unparteiischen und akkuraten Rechenprozeß, ist dein SI. Die Zahl ist« – er hob den Kopf und ließ den Blick bedächtig über die gespannten Gesichter schweifen – »24.«

Augen blinzelten, schwenkten herum und hefteten sich auf Glawen. Von Spanchetta kam ein erschreckter Schrei, den sie rasch unterdrückte. Arles starrte zuerst Glawen an, dann seine Mutter, die zusammengekauert dasaß und finster in ihr Weinglas stierte.

Nun erwartete man von Glawen, daß er sich zu dem Ergebnis äußerte. Er erhob sich und verbeugte sich höflich gegen Fratano. Das Beben in seiner Stimme war so schwach, daß niemand außer Scharde es bemerkte. »Ich danke Euch, Herr, für Eure guten Wünsche. Ich verspreche, ich werde mein Bestes geben, um sowohl ein guter Agent des Konservators zu werden als auch dem Hause Clattuc alle Ehre zu machen.«

Fratano frug: »Und wo wirst du arbeiten? Oder hast du schon eine Wahl getroffen?«

»Ich habe bereits eine Zusage von Amt B.«

»Eine vernünftige Wahl! Wir brauchen gründliche

und wachsame Streifenmänner, wenn wir das Land Marmion* von den Yips freihalten wollen.«

Die Yip-Lakaien lächelten ein wenig verlegen über Fratanos Bemerkung, zeigten ansonsten aber keine Reaktion.

Glawen setzte sich unter moderatem Beifall wieder hin, und die Lakaien begannen das Souper aufzutragen. Die Unterhaltung lebte allenthalben wieder auf, und alle erklärten, daß sie nicht einen Moment lang den wilden Gerüchte bezüglich Glawens Glauben geschenkt hätten; daß diese völlig absurd und aus der Luft gegriffen gewesen seien, wäre doch schon auf den ersten Blick klar zu erkennen gewesen. Verstohlene Blicke wandten sich auf Spanchetta, die wie versteinert dasaß, bis sie plötzlich, wie auf ein unsichtbares Zeichen hin, lebhaft, ja geradezu überschwenglich wurde und sich in vier Unterhaltungen gleichzeitig stürzte.

Nun, da Glawen nicht länger als ein Paria zu betrachten war, ließ sich seine Großtante Clotilde, eine hochgewachsene, forsche Dame mittleren Alters, dazu herab, mit ihm zu sprechen. Sie spielte leidenschaftlich gern Epaing und hielt sich für eine Kapazität hinsichtlich der taktischen Feinheiten dieses Spiels; nun teilte sie Glawen eine Anzahl ihrer Ansichten mit.

Schardes Rat eingedenk, unterdrückte Glawen sorgfältig alle Anzeichen selbständigen Denkens, und später äußerte sich Clotilde gegenüber ihren Busenfreundinnen lobend über ihres Großneffen Intelligenz.

Das Souper fand seine Krönung in einem festlichen Dessert aus halbgefrorenem Vanillepudding mit heißen Früchten. Die Gesellschaft brachte einen förmlichen,

---

* Deucas war gegliedert in sechzig Bezirke oder ›Länder‹. Das Land Marmion war jener Streifen freundlicher Savanne, welcher entlang der Nordostküste verlief und direkt dem Lutwen-Atoll gegenüberlag. Seit geraumer Zeit schon setzten immer häufiger Yips nach Marmion über, errichteten dort Lager und blieben dort, bis sie von Streifen von Amt B aufgegriffen und exmittiert wurden.

wenngleich flüchtigen, Toast auf Glawen aus, dann erhob sich Fratano von seinem Stuhl, und das Souper war beendet.

Eine Reihe von Gästen hielt beim Verlassen des Saals kurz inne, um Glawen Glück zu wünschen. Auch Arles kam zu ihm geschlendert. »Eine gute Zahl!« konstatierte er. »Eine sehr faire Zahl, alles in allem genommen. Ich hätte sie ein weniger höher veranschlagt, wie du ja weißt, aber ich freue mich, daß sich nun doch alles so günstig gewendet hat. Aber werde nun nicht gar zu übermütig! Eine 24 ist beileibe kein Freifahrschein!«

»Ich weiß.«

Scharde nahm Glawens Arm, und die zwei kehrten zurück in ihr Quartier, wo Glawen sofort in sein Schlafzimmer stürzte und in bequeme Kleidung schlüpfte.

Als er in den Salon zurückkam, stand Scharde am Fenster und schaute brütend auf das Land. Er wandte sich um und deutete auf einen Stuhl. »Setz dich. Wir haben Wichtiges zu besprechen.«

Glawen ließ sich zögernd auf dem Stuhl nieder. Was mochte sein Vater Wichtiges mit ihm zu besprechen haben, frug er sich gespannt. Scharde holte eine Flasche von dem leichten, frischen Wein, der als Quiritavo bekannt war, hervor und schenkte zwei Pokale zur Hälfte voll. Er bemerkte Glawens gespannten Gesichtsausdruck und grinste. »Keine Angst! Es sind keine schrecklichen Geheimnisse, in die ich dich an deinem Ehrentag einweihen will – nur ein paar Vorsichtsmaßregeln: praktische Planung sozusagen.«

»Bezüglich Spanchettas?«

»Ganz recht. Sie hat eine tiefe Demütigung erfahren, und alles lacht über sie. Sie kocht vor Wut und stapft auf und ab wie ein Raubtier in einem Käfig.«

Glawen sagte nachdenklich: »Wenn Arles klug ist, rutscht er hinunter in die Löwenhöhle und versteckt sich unter dem Tisch.«

»Und wenn er sehr klug ist, dann erwähnt er niemals, daß wir ihr nur wegen seiner losen Zunge noch rechtzeitig auf die Schliche kommen konnten.«

»Ist das, was sie getan hat, nicht ungesetzlich?«

»Im Prinzip ja. Aber wenn wir sie anzeigten, würde sie einfach behaupten, sie habe einen Fehler gemacht, und es wäre sehr schwer, ihr das Gegenteil zu beweisen. Für Spanchetta ist der Fall schon abgehakt, und wenn ich mich nicht sehr täusche, wird sie sich schon sehr bald neue Ränke einfallen lassen.«

»Das ist Irrwitz!«

»Irrwitz oder nicht, du bist gewarnt. Sei auf der Hut, aber laß dich nicht irremachen von ihr. Die Welt bleibt nicht stehen wegen einer Spanchetta. Du mußt dich jetzt aufs Lyzeum konzentrieren, was dich wahrlich mehr als genug in Anspruch nehmen wird, zumal die Arbeit in Amt B, die zusätzlich auf dich zukommt, gewiß kein Pappenstiel ist.«

»Wann werde ich mit dem Streifendienst anfangen?«

»Bis dahin ist es noch ein weiter Weg. Als erstes mußt du mal deinen Flugschein machen, und dann kommt die Spezialausbildung. Natürlich, wenn sich irgendeine Notsituation ergeben sollte, dann ist alles möglich.«

»Mit Notsituation meinst du die Yips, nicht?«

»Ich befürchte, daß wir über kurz oder lang diesem Problem nicht mehr werden ausweichen können. Mit jedem Tag gibt es mehr Yips, die nirgendwo anders hin können als nach Yipton.«

»Dann glaubst du also ernsthaft, daß es Ärger geben wird.«

Scharde überlegte einen Moment, bevor er antwortete. »Er ist nicht unausweichlich, wenn die richtigen Entscheidungen getroffen werden, und das bald. Der Yip-Oomphaw verhält sich in letzter Zeit so merkwürdig, als ob er etwas wüßte, das wir nicht wissen.«

»Ist das möglich? Was könnte er wissen?«

»Wahrscheinlich nichts, es sei denn, er hat mit den ›Gerechtigkeit und Frieden‹-Leuten in Stroma gesprochen.«

»Wer sind denn die? Von denen habe ich noch nie etwas gehört.«

»Sie sind eine politische Gruppierung unter den Naturalisten. Wir haben im wesentlichen zwei Möglichkeiten: zu kapitulieren und die Kontrollfunktion aufzugeben, oder die Ordnung mit allen uns zu Gebote stehenden Mitteln aufrechtzuerhalten.«

»Das scheint keine schwere Wahl.«

»Nicht für Amt B. Wir sind der Überzeugung, daß die Yips früher oder später von Lutwen-Atoll evakuiert und auf einer anderen Welt neu angesiedelt werden müssen. Nach den Bestimmungen der Charta ist keine andere Lösung möglich.« Scharde schüttelte düster den Kopf. »Aber leider haben unsere Ansichten wenig Gewicht. Wir sind Agenten der Gesellschaft in Stroma. Es ist das Problem der Gesellschaft, und sie muß die Entscheidungen treffen.«

»Dann sollte sie das tun, finde ich.«

»Ah, aber das ist nicht so einfach. Nichts ist je einfach. In Stroma ist die Gesellschaft genau in der Mitte gespalten. Die eine Partei unterstützt die Charta, während die Opposition jegliches Vorgehen ablehnt, das zu Blutvergießen führen könnte. Der gegenwärtige Konservator identifiziert sich mit der zweiten Gruppe, der ›Partei für Gerechtigkeit und Frieden‹, wie sie sich nennt. Aber er geht bald in den Ruhestand, und ein neuer Konservator zieht in Haus Stromblick ein.«

»Und welcher Partei gehört der an?«

»Das weiß ich nicht«, antwortete Scharde. »Er wird zum Parilia-Fest hier eintreffen, und dann werden wir mehr über ihn wissen.«

Das Parilia, ein dreitägiges Fest zu Ehren und zum Lobpreis des Weines von Araminta, fand jeden Herbst statt und galt als der Höhepunkt des Jahres.

Glawen sagte: »Ich könnte mir denken, daß die Yips gegen eine Umsiedlung überhaupt nichts einzuwenden hätten; Yipton gleicht doch jetzt schon einem überfüllten Kaninchenstall.«

»Natürlich hätten sie nichts dagegen einzuwenden! Aber sie wollen sich in der Provinz Marmion ansiedeln.«

Glawen schaute seinen Vater ungläubig an. »Aber in Stroma muß doch jedem klar sein, daß die Yips, wenn man ihnen gestatten würde, sich im Marmion-Küstenstreifen anzusiedeln, über kurz oder lang ganz Deucas überfluten würden.«

»Erzähl das den Gerechtigkeit und Frieden-Leuten in Stroma, nicht mir. Ich weiß das selbst.«

IV

Der lange Sommer ging zu Ende. Meister Florestes Mimentruppe kehrte von einer erfolgreichen Außenwelt-Tournee zurück, deren Einnahmen Floreste bei der Erfüllung seines großen Traums helfen würden: dem Bau eines prachtvollen neuen Orpheums zum Ruhme der darstellenden Künste. Glawen feierte seinen sechzehnten Geburtstag und begann gleich darauf seine Fliegerausbildung unter der Aufsicht des Flughafendirektors, eines gewissen Eustace Chilke, der von der Alten Erde stammte.

Für eine Weile beherrschten nun die Lektionen, die Flieger und Eustace Chilke selbst mit seinen Geschichten von seltsamen Völkern an fernen Orten Glawens Leben. Chilke, obgleich kaum dem Jugendalter entwachsen, war bereits ein alter Fahrensmann, der hundert pikareske Abenteuer erlebt hatte. Er hatte das Gaeanische Reich kreuz und quer durchstreift, und das auf allen Stufen der ökonomischen Leiter. Im Zuge seiner wechselvollen Laufbahn hatte er sich eine Philosophie zu eigen gemacht, die er Glawen oft mitteilte. »Armut ist akzeptabel, weil es dann nur einen Weg gibt: den nach oben. Reiche Leute sind stets in Sorge, ihren Reichtum zu verlieren, aber mir ist diese Sorge weit lieber als die, den Reichtum erst einmal zusammenkratzen zu müssen. Außerdem sind die Leute freundlicher zu dir, wenn sie glauben, daß du reich bist – wenngleich sie dir häufig einen Schlag auf den Kopf geben, um herauszufinden, wo du dein Geld versteckt hast.«

Chilkes Erscheinung, die ganz und gar nicht bemerkenswert war, verband eine unaufdringliche Flamboyanz mit einem drollig zerklüfteten Gesicht. Über seinen wettergegerbten Zügen sproß ein buschiger Schopf stachligen staubblonden Haares. Er war von durchschnittlicher Statur, und sein kurzer Hals und seine schweren Schultern ließen ihn stets ein wenig gebeugt erscheinen.

Chilke beschrieb sich als einen Bauernjungen aus der Großen Prärie. Er sprach so liebevoll von seiner alten Heimat, von den schmucken kleinen Präriestädten und der weiten, windigen Landschaft, daß Glawen ihn fragte, ob er plane, eines Tages wieder dorthin zurückzukehren.

»Und ob ich das tue«, erwiderte Chilke. »Aber erst, wenn ich ein Vermögen angehäuft habe. Als ich wegging, schimpften sie mich einen Vagabunden und warfen Steine hinter dem Wagen her. Wenn ich zurückkehre, dann mit großem Pomp, mit einer Kapelle und Mädchen, die vor mir her tanzen und Rosenblüten in die Zuschauermenge am Straßenrand werfen.« Chilke hielt inne und dachte versonnen an seine Kindertage zurück. »Alles in allem genommen glaube ich heute, daß sie recht hatten. Nicht, daß ich etwa gemein und fies gewesen wäre; ich bin bloß nach Großpapa Swaner, meinem Großvater mütterlicherseits, geschlagen. Die Chilkes hielten nie viel von den Swaners; sie galten als feine Pinkel aus der Stadt und damit als Leute, die zu nichts nutze waren. Großpapa Swaner wurde auch als

Vagabund angesehen. Er handelte gerne mit Plunder: purpurfarbene Nippsachen, ausgestopfte Tiere, alte Bücher und Dokumente, versteinerte Dinosaurierköttel und dergleichen Trödelkram. Er hatte eine Glasaugensammlung, auf die er sehr stolz war. Die Chilkes lachten und stichelten über ihn, manchmal hinter seinem Rücken, manchmal nicht. Das störte ihn nicht im geringsten, und erst recht nicht, nachdem er die Glasaugensammlung gegen eine fürstliche Summe an einen leidenschaftlichen Sammler verkaufte. Da hörten die Chilkes auf zu lachen und begannen, selbst nach Glasaugen Ausschau zu halten.

Großpapa Swaner war ohne Frage ein schlauer alter Fuchs und schlug immer einen hübschen Profit bei seinen Geschäften heraus. Die Chilkes mußten schließlich aus lauter Verlegenheit mit ihrem Gehänsel und Geschimpfe aufhören. Ich war sein Liebling. Er schenkte mir einen wunderschönen *Atlas der Gaeanischen Welten* zum Geburtstag. Es war ein riesiger Wälzer, zwei Fuß hoch und drei Fuß breit und sechs Zoll dick, mit Karten von allen besiedelten Welten. Immer wenn Großpapa Swaner auf irgendeine interessante Information über eine dieser Welten stieß, klebte er sie auf die Rückseite der betreffenden Karte. Als ich sechzehn war, nahm er mich mit nach Tamar, Capella Neun, an Bord eines Paketbootes der Gateway-Linie. Es war das erste Mal, daß ich auf einer anderen Welt war, und danach war ich nie wieder derselbe.

Großpapa Swaner gehörte einem Dutzend Berufsverbänden an, unter anderem auch der Naturforschergesellschaft. Ich erinnere mich vage daran, daß er mir einmal von einer Welt am Ende von Mirceas Strähne erzählte, die die Naturforscher als Reservat für Wildtiere unterhielten. Ich weiß noch genau, daß ich mich damals fragte, ob die Tiere wohl auch zu schätzen wüßten, was da für sie getan wurde, und ob sie das davon abhalten würde, Leute wie Großpapa Swaner zu fressen. Ich war damals noch sehr naiv und kindlich. Damals hätte ich mir bestimmt nicht träumen lassen, daß ich eines Tages, noch immer naiv und kindlich, auf dieser Welt landen würde.«

»Wie hat es Sie denn hierher verschlagen?«

»Das ist eine seltsame Geschichte, und ich habe sie immer noch nicht ganz zurechtsortiert. Es gibt da zwei oder drei rätselhafte Zufälle, die sehr schwer zu erklären sind.«

»Ach, bitte, erzählen Sie sie mir doch! In mir steckt selbst ein bißchen was von einem Vagabunden, und das interessiert mich sehr.«

Chilke mußte über die Bemerkung schmunzeln. »Die Geschichte fängt eigentlich ganz ruhig und harmlos an. Ich arbeitete als Reisebusfahrer auf einer Rundfahrtroute außerhalb von Siebenstätten auf der John-Preston-Welt.« Chilke erzählte, wie ihm eines Tages eine ›große, weißhäutige Dame mit einem hohen schwarzen Hut‹ aufgefallen sei, die an vier Tagen hintereinander bei seiner Morgentour mitgefahren war. Schließlich habe sie ihn in ein Gespräch verwickelt und sich lobend über seine ›liebenswürdige Art‹ und sein ›sympathisches Benehmen‹ geäußert. »Das ist nichts Besonderes – bloß mein Handwerkszeug«, hatte Chilke bescheiden abgewehrt.

Die Dame stellte sich als Madame Zigonie vor, eine Witwe von Rosalia, einer Welt auf der Rückseite des Pegasus-Rechtecks. Nachdem sie sich ein paar Minuten lang unterhalten hatten, schlug sie Chilke vor, mit ihr essen zu gehen. Chilke sah keinen Grund, wieso er diese Einladung nicht annehmen sollte.

Madame Zigonie suchte ein feines Restaurant aus, wo ihnen ein ausgezeichnetes Mittagessen serviert wurde. Während des Essens ermunterte Madame Zigonie Chilke, von seinen frühen Kindheitsjahren in der Großen Prärie und von seiner Familie zu erzählen. Schon bald verschob sich der Brennpunkt des Gesprächs und berührte eine Anzahl verschiedenster Themen. Wie auf einen plötzlichen Impuls hin enthüllte Madame Zigonie Chilke, daß sie sich in ihrem Innern starker hellseherischer Kräfte bewußt sei, die sie nur unter großer Gefahr für sie selbst und für ihr Schicksal ignoriere. »Vielleicht haben Sie sich über mein offenkundiges Interesse an Ihrer Person gewundert«, sagte sie zu Chilke. »Tatsache ist, daß ich einen Aufseher für meine Ranch anheuern muß, und diese geheimnisvolle innere Stimme beharrte darauf, daß Sie genau der Richtige für diesen Posten seien.«

»Interessant!« sagte Chilke. »Ich stamme tatsächlich von einem Bauernhof. Ich will doch hoffen, daß Ihre Stimme auch auf einem hohen Gehalt beharrt?«

»Das Gehalt ist angemessen«, sagte Madame Zigonie. »Die Schattental-Ranch umfaßt zweiundzwanzigtausend Quadratmeilen mit mehr als hundert Angestellten. Es ist ein verantwortungsvoller Posten. Ich kann Ihnen ein Gehalt von zehntausend Sol pro Jahr anbieten, zuzüglich Reisespesen und Unterhaltskosten.«

»Hm«, sagte Chilke. »Klingt nach einem wichtigen Job. Ein Gehalt von zwanzigtausend Sol würde mir da schon durchaus angemessen erscheinen: weniger als ein Sol pro Quadratmeile, das betrachte ich als immer noch spottbillig.«

Madame Zigonie erwiderte bestimmt: »Das Gehalt läßt sich nicht auf dieser Grundlage berechnen, da nicht jede Quadratmeile sorgfältiger Beaufsichtigung bedarf. Zehntausend Sol sind absolut angemessen. Sie werden in einem eigenen Bungalow wohnen, mit reichlich Platz für all Ihre Habe. Es ist wichtig, daß man von seinen kleinen persönlichen Schätzen umgeben ist; finden Sie nicht?«

»Absolut.«

»Sie werden die Bedingungen zuträglich finden«, sagte Madame Zigonie. »Dafür werde ich persönlich Sorge tragen.«

Chilke sagte mit großem Ernst: »Es ist mir ein Anliegen, Sie in Hinblick auf eine recht delikate Sache zu beruhigen: Sie brauchen niemals Angst zu haben, daß ich zu zutraulich werden könnte! Niemals, niemals, niemals!«

»Sie sind bemerkenswert deutlich!« sagte Madame Zigonie kühl. »Die Möglichkeit war mir überhaupt nicht in den Sinn gekommen.«

»Es ist immer besser, wenn in diesen Dingen Klarheit herrscht, und sei es nur um des Seelenfriedens willen. Sie haben von mir nichts zu erwarten außer würdevollem und förmlichem Betragen. Tatsache ist, daß ich ein eingefleischter Junggeselle bin, und überdies bin ich auch schon verheiratet. Hinzu kommt – um Euch die Wahrheit zu sagen –, daß ich ein wenig, sagen wir einmal: triebschwach, bin, was zur Folge hat, daß ich nervös und fahrig werde, wenn Damen mir zu nahe kommen. Von daher gesehen können Sie in dieser Hinsicht vollkommen beruhigt sein.«

Madame Zigonie warf den Kopf mit einer solchen Heftigkeit zurück, daß sie fast ihren hohen schwarzen Hut verlor. Sie bemerkte, daß Chilke auf ihre Stirn starrte, und richtete hastig die rostbraunen Locken, die ihr Gesicht umrahmten. »Was Sie da sehen, ist lediglich ein Muttermal; beachten Sie es nicht.«

»Ganz recht. Es schaut ganz wie eine Tätowierung aus.«

»Macht nichts.« Madame Zigonie justierte sorgfältig ihren Hut. »Ich darf davon ausgehen, daß Sie den Posten annehmen?«

»Was das Gehalt anbelangt: ich meine, fünfzehntausend Sol schienen mir doch ein guter Kompromiß.«

»Sie schienen mir gleichwohl eine überzogene Summe für eine so unerfahrene Person wie Sie.«

»Oh?« Chilke zog die Augenbrauen hoch. »Was sagen Ihnen Ihre hellseherischen Kräfte diesbezüglich?«

»Sie neigen zu derselben Ansicht.«

»In diesem Fall sollten wir die Sache besser auf sich beruhen lassen.« Chilke erhob sich von seinem Stuhl. »Ich danke Ihnen für das ausgezeichnete Essen und für das interessante Gespräch. Wenn Sie mich dann jetzt entschuldigen möchten...«

»Nicht so hastig«, sagte Madame Zigonie. »Vielleicht läßt sich da etwas machen. Wo sind Ihre Sachen?«

»Das sind mehr oder weniger die Kleidungsstücke, die ich am Leibe habe und eine Garnitur Unterwäsche zum Wechseln«, sagte Chilke. »Ich reise gern mit leichtem Gepäck; so bin ich beweglicher.«

»Aber Sie werden doch gewiß über die Dinge verfügen, die Sie von Ihrem Großvater geerbt haben. Wir werden alles nach Rosalia verfrachten, und Sie werden sich in Ihrer neuen Bleibe wie zu Hause fühlen.«

»Nicht unbedingt«, erwiderte Chilke. »Da gibt es zum Beispiel einen ausgestopften Elch in der Scheune, aber den möchte ich nicht unbedingt im Wohnzimmer meines Bungalows stehen haben.«

»Ich bin sehr interessiert an solchen Dingen«, sagte Madame Zigonie. »Vielleicht können wir zur Großen Prärie fahren und eine Bestandsliste machen, oder ich könnte selbst hinfahren.«

»Das würde der Familie nicht gefallen«, erwiderte Chilke.

»Trotzdem; wir müssen tun, was wir können, um Ihnen Ihre Sachen zu holen.«

»Das ist wirklich nicht so wichtig.«

»Wir werden sehen.«

Chilke traf zu gehöriger Zeit in Rosalia ein, einer noch recht unfertigen kleinen Welt auf der Rückseite des Pegasus-Dreiecks. Lipwillow an den Ufern des Big Muddy River war die wichtigste Stadt, in der sich auch der Raumhafen befand. Chilke verbrachte eine Nacht im Big Muddy Hotel und wurde am Morgen zur Schattental-Ranch weiterbefördert. Madame

Zigonie brachte ihn in einem kleinen Bungalow unter, der im Schatten zweier großer Blaupfefferbäume stand, und beauftragte ihn mit der Führung von hundert Kontraktarbeitern einer ihm unbekannten Rasse: hübsche junge Männer mit goldener Haut, die Yips geheißen wurden.

»Die Yips waren eine Quelle totaler Frustration; ich konnte sie nie ans Arbeiten kriegen. Ich versuchte es mit Freundlichkeit, ich versuchte es mit Härte. Ich bettelte, drohte, argumentierte, schüchterte ein. Ganz gleich, was ich probierte, sie lächelten mich bloß an. Sie waren durchaus gewillt, über die Arbeit zu sprechen, aber sie hatten stets einen mehr oder weniger triftigen Grund, warum sie eine bestimmte Arbeit nicht machen konnten.

Madame Zigonie schaute sich das eine Weile schmunzelnd an. Schließlich erklärte sie mir, wie man mit den Yips umgehen müsse. ›Sie sind gesellige Wesen und hassen die Einsamkeit. Geben Sie einem von ihnen eine Arbeit und sagen Sie ihm, daß er dabei zu bleiben hat, allein, bis die Arbeit erledigt ist. Er wird heulen und zetern und erklären, daß er Hilfe brauche, aber je mehr er klagt, desto schneller wird er arbeiten, und wenn er die Arbeit nicht richtig gemacht hat, muß er sie eben noch einmal machen, solange, bis er sie richtig gemacht hat. Sie werden feststellen, daß sie flott arbeiten, sobald sie das erst begriffen haben.‹

Ich weiß nicht, weshalb sie so lange gewartet hat, bis sie mir das sagte. Sie war schon eine sonderbare Frau, keine Frage. Sie hielt sich nicht oft auf der Ranch auf. Jedesmal, wenn sie aufkreuzte, fragte ich nach meinem Gehalt, und jedesmal sagte sie: ›Ach ja, natürlich; das habe ich ganz vergessen. Ich werde mich sofort darum kümmern.‹ Aber dann war sie auch schon wieder fort, und ich stand immer noch ohne mein Geld da. Schließlich blieb mir nichts anderes übrig, als mit den Yips zu spielen und ihnen das bißchen Geld abzuknöpfen, das sie hatten. Wenn ich daran zurückdenke und ihre traurigen Gesichter vor mir sehe, dann schäme ich mich jetzt noch ein bißchen.

Einmal blieb Madame Zigonie gleich mehrere Monate fort. Als sie schließlich wieder auftauchte, war sie in gespannter Stimmung. Ich aß mit ihr zu Mittag im großen Haus, und plötzlich, aus dem blauen Himmel heraus, sagte sie, sie habe nach reiflichem Überlegen beschlossen, mich zu heiraten. Wir sollten uns zusammentun, unsere Hoffnungen und Träume und unseren Besitz miteinander teilen und in ehelicher Wonne zusammenleben. Ich saß mit offenem Mund da, wie vom Donner gerührt. Ich habe von meinem ersten Eindruck von Madame Zigonie in Siebenstätten erzählt. Sie war in der Zwischenzeit nicht anziehender geworden. Sie war immer noch groß und wohlbeleibt; ihr Gesicht war rund und pausbäckig, und ihre Haut hatte noch immer die Farbe von Schweineschmalz.

Ich gab ihr höflich zu verstehen, daß die Idee sich nicht so recht in meine Zukunftspläne füge, fragte sie aber aus reiner Neugier, auf welche Gesamtsumme sich ihr Reichtum belaufe und ob ihr Vermögen sofort auf mich überschrieben würde oder erst bei ihrem Ableben.

Hierauf wurde sie ein wenig arrogant und frug, was ich denn in die Verbindung einzubringen gedächte. Ich gab freimütig zu, daß ich nichts beizusteuern hätte außer einer Scheune voller purpurfarbener Nippsachen und hundert ausgestopfte Tiere. Das gefiel ihr ganz und gar nicht, aber sie meinte, das gehe schon in Ordnung. Ich sagte, nein, das fände ich nun gar nicht. Es sei nicht fair ihr gegenüber; da sei erstens meine bereits erwähnte Scheu gegenüber Damen, und zweitens dürften wir nicht vergessen, daß ich bereits mit einer Dame in Winnipeg verheiratet sei, ein Faktum, welches eine Heirat nicht nur überflüssig mache, sondern auch undenkbar für einen Mann von Ehre. Da wurde Madame

Zigonie wütend und entließ mich auf der Stelle – ohne mir mein Gehalt auszuzahlen, versteht sich.

Ich ging in die Stadt und setzte mich in Poolies Kneipe, die sich am Ende eines Steges befand, der fünfzig Yard in den Big Muddy River hineinragte. Ich bestellte mir ein kühles Bier und überlegte, was ich machen sollte. Und wen treffe ich da? Keinen anderen als Namour, der soeben eine Gruppe dienstverpflichteter Yips an eine der abgelegenen Busch-Farmen geliefert hatte. Das sei ein privater Nebenjob neben seiner regulären Tätigkeit, erzählte er mir. Ich fragte ihn, wie er es anstelle, die Yips zu rekrutieren; er sagte, das sei überhaupt kein Problem und es sei außerdem eine feine Gelegenheit für jeden, der Eifer an den Tag lege, da die Yips nämlich, sobald sie ihre Dienstzeit abgeleistet hätten, Land erwerben und selbst Rancher werden könnten. Ich hielt ihm entgegen, daß meiner Meinung nach die Yips als Arbeitskräfte kaum etwas taugten. Da lachte er nur und sagte mir, ich wisse halt nicht, wie man sie anpacken müsse. Er ging telefonieren, und als er zurückkam, teilte er mir mit, daß er mit Madame Zigonie gesprochen habe, die gesagt hätte, ich könne meinen alten Job wiederhaben, wenn ich ihn noch wolle. Namour hielt das für eine gute Idee und meinte, ich hätte viel zu überstürzt gehandelt. Ich sagte ihm: ›Heirate du die Dame, so daß sie gut versorgt ist, und dann können wir weiterreden.‹ Er sagte: ›Von wegen‹, aber es gebe da auch noch eine andere Möglichkeit: ob mir der Gedanke gefallen würde, den Flughafen in Station Araminta zu leiten? Darauf ich: ›Ja, warum nicht? Das würde ich bestimmt gern.‹ Er sagte, er könne nichts garantieren, aber der Posten sei frei, und er glaube schon, daß er da ein bißchen was deichseln könne. ›Aber vergiß nicht‹, fügte er hinzu, ›ich bin in erster Linie Geschäftsmann, und ich tue das nicht umsonst.‹ Ich sagte ihm, er hätte die Wahl zwischen einer purpurfarbenen Vase mit zwei Henkeln oder einem ausgestopften Nerz, der gerade eine ausgestopfte Maus verspeise. Schließlich sagte er, er würde mir so oder so helfen, den Job zu kriegen, und wenn er jemals auf die Erde kommen sollte, würde er sich vielleicht irgendwas aussuchen, das ihm gefiele. Ich sagte ihm, das ließe sich einrichten, wenn zuvor ein paar Kleinigkeiten geregelt würden, zum Beispiel, daß ich den Job kriegen würde. Er sagte, da solle ich mir mal keine Sorgen machen; das werde er schon hinbekommen.«

Als Chilke schließlich in Station Araminta eintraf, stellte Namour ihn den Leuten von Amt D vor, die Chilke einem intensiven Verhör unterzogen. Chilke stellte sich als höchst qualifiziert für den Posten dar, und da ihm niemand das Gegenteil beweisen konnte, wurde er probeweise eingestellt.

Es stellte sich rasch heraus, daß Chilke seine Fähigkeiten eher noch untertrieben hatte, und er erhielt eine Festanstellung.

Chilke leitete unverzüglich eine allgemeine Umstrukturierung ein, die ihn zu gehöriger Zeit mit Namour aneinandergeraten ließ. Gegenstand dieser Auseinandersetzung waren die Yips, die dem Flughafenpersonal zugeteilt worden waren und die solche Aufgaben erledigten wie Reinhaltung des Flugfelds, Waschen und Reinigen der Maschinen, Ausgabe und Überprüfung von Ersatzteilen sowie diverse einfache routinemäßige Wartungsarbeiten oder sogar – unter Chilkes Aufsicht – einfache Mechanikerarbeiten.

Bis zu dem Zeitpunkt hatte Chilke noch keinen Assistenten zugewiesen bekommen. Um seine eigene Arbeitslast ein wenig zu lindern, bildete er seine vier Yips sorgfältig aus und brachte sie schließlich so weit, daß sie tatsächlich Interesse an ihrer Arbeit zu entwickeln schienen. Trotzdem schickte Namour sie nach Ablauf ihrer sechsmonatigen Dienstzeit nach Yipton zurück und teilte Chilke vier neue Yips zu.

»Was, zum Teufel, soll das?« protestierte Chilke aufgebracht. »Glaubst du vielleicht, ich leite hier ein verdammtes Ausbildungsinstitut? Was denkst du dir?«

Namour versetzte kalt: »Diese Leute haben eine auf sechs Monate befristete Arbeitsgenehmigung. So lautet die Vorschrift. Ich habe diese Vorschrift nicht gemacht, aber ich bin verpflichtet, für ihre Einhaltung zu sorgen.«

»Und manchmal machst du das ja auch«, erwiderte Chilke höhnisch. »Manchmal aber auch nicht. Im Krankenhaus kriegen die Yip-Hilfspfleger alle sechs Monate eine neue Karte, und keiner sagt was; das gleiche machen sie in der Schneiderei und beim Hauspersonal. Ich finde das ja auch richtig; es ist nur vernünftig. Aber warum diese Leute erst ausbilden, wenn du sowieso vorhast, sie wieder nach Yipton zurückzuschicken? In Yipton gibt's keine Flieger, soweit ich weiß. Wenn du ausgebildete Yips für Yipton haben willst, dann bilde sie gefälligst selbst aus!«

»Du redest Unsinn, Chilke!«

Mit liebenswürdiger Beharrlichkeit fuhr Chilke fort: »Wenn ich die, die ich jetzt habe, nicht behalten kann, dann brauchst du mir gar keine mehr zu schicken. Dann besorge ich mir meine eigenen Hilfskräfte.«

Namour baute sich zu voller Größe vor ihm auf. Er drehte langsam den Kopf und starrte Chilke mit eisigem Blick an. »Jetzt hör mir gut zu, Chilke«, schnarrte er, »damit es keine Mißverständnisse gibt. Du erhältst deine Befehle ausschließlich von mir, und du wirst exakt das tun, was ich dir sage. Ansonsten gibt es für dich zwei Wege, die in die Zukunft führen. Der erste ist ruhig und ereignislos: du nimmst aus gesundheitlichen Gründen deinen Abschied und verläßt Station Araminta mit dem ersten Schiff.«

Chilkes klebriges Grinsen wurde noch breiter. Er legte die Hand auf Namours Gesicht und versetzte ihm einen kräftigen Stoß, der ihn gegen die Wand taumeln ließ. »Diese Art von Unterhaltung macht mich nervös«, sagte er. »Wenn wir Freunde bleiben wollen, dann bittest du mich jetzt in aller Form um Entschuldigung und gehst lächelnd hinaus und machst ganz leise die Tür hinter dir zu. Andernfalls werde ich dich ein bißchen durchwalken.«

Namour, ein Clattuc und gewiß kein Feigling, war gleichwohl ein bißchen eingeschüchtert. Schließlich sagte er: »Dann komm; wollen doch mal sehen, wer hier wen durchwalkt.«

Die beiden Männer waren etwa gleich schwer. Namour, der kräftig gebaut war, war zwei Zoll größer. Chilke war gedrungener, an der Brust und an den Schultern mit kräftigen Muskeln bepackt, und mit langen Armen und schweren Fäusten ausgestattet. Umringt von einem Kreis neugierig gaffender Yips sowie einiger Jungen vom Lyzeum, lieferten sich die zwei eine heroische Keilerei, an deren Ende Chilke schiefmäulig grinsend über dem arg zerbeult an der Wand kauernden Namour stand.

»Also denn«, sagte Chilke. »Finden wir uns mit den Tatsachen ab. Warum du mich hierhergebracht hast, weiß ich nicht. Um mein Wohl warst du bestimmt nicht besorgt, und ich glaube auch nicht, daß du scharf auf die ausgestopfte Eule bist, die ich dir schulde.«

Namour schickte sich an, etwas zu erwidern, doch dann bezähmte er sich und rieb sich stöhnend das Gesicht.

Chilke fuhr fort: »Was auch immer der Grund ist, jetzt bin ich jedenfalls hier. Solange ich hier bleibe und deine Machenschaften in Gang halte, bezahle ich dir alles, was ich dir schulde. Ansonsten, und abgesehen von der Eule, sind wir quitt. Du machst deinen Kram, und ich mach meinen. Aber jetzt noch mal zu der Hilfe. Ich nehme deine Sechsmonats-Yips, wenn du darauf bestehst! Aber ich verwende sie nur noch für die Drecksarbeit und nehme für die anderen Aufgaben meine eigenen Leute; das ist mir ohnehin lieber.«

Namour rappelte sich mühsam auf. »Zu deiner Information: der Konservator erlaubt keine Dienstzeitverlängerungen für die Yips mehr. Wenn dir das nicht paßt, dann kannst du ja zum Stromblick-Haus gehen und ihn so durchwalken, wie du mich durchgewalkt hast.«

Chilke lachte. »Ich mag zwar wild sein, aber ich bin nicht tollkühn.«

Namour ging weg ohne ein weiteres Wort. Von da an war das Verhältnis zwischen den beiden höflich, aber nicht gerade herzlich. Namour gab Chilke keine Anweisungen mehr, und Chilke führte keine weiteren Klagen hinsichtlich der Sechsmonats-Yips. Amt D bewilligte ihm Porric co-Diffin als Assistenten, und die Yips wurden fortan nur noch für die ›Drecksarbeit‹ eingesetzt.

V

Mit dem Beginn des Herbstes begann die Vorfreude auf Parilia, das Weinfest, mit seinen Banketten, Maskenspielen und Saufgelagen die Gedanken aller zu beflügeln. Zu Parilia wurde fast jede Art von exzentrischem Verhalten nicht nur verziehen, sondern es war sogar erwünscht – solange der oder die Betreffende seine oder ihre Identität unter einem Kostüm verbarg. Hotel Araminta war schon seit langem völlig ausgebucht, ja überbucht, so daß in der Parilia-Woche jede Art von Notbehelf gefragt sein würde. Am Ende würde freilich niemand enttäuscht sein; wenn nötig, würden die sechs großen Häuser ihre Gästezimmer öffnen und die Besucher in den Speisesälen beköstigen, und keiner der solchermaßen Untergebrachten hatte sich später je beklagt.

Glawen hatte für das Parilia-Fest keine besondere Rolle übernommen. Er war kein Meister an irgendeinem Musikinstrument, und die Possen von Florestes Mimentruppe interessierten ihn nicht im geringsten.

Sein Lernstoff auf dem Lyzeum hatte ihm keine Schwierigkeiten bereitet, obwohl er seine Fliegerausbildung nebenbei fortgesetzt hatte, und am Ende des ersten Trimesters hatte er eine Urkunde für Ausgezeichnete Leistungen erhalten. Arles hingegen hatte eine Dringende Mitteilung über Unzureichende Leistungen bekommen.

Glawens System war denkbar einfach: er erledigte seine Arbeit methodisch, zügig und sorgfältig. Arles frönte einer anderen Philosophie. Von Beginn an war seine Arbeit dürftig, und da er sie stets vor sich herschob, so lange es irgend möglich war, blieb sie zumeist unvollständig. Gleichwohl war er zuversichtlich, daß er durch kluge Manipulation, Bluff und schieren Elan langweilige Schinderei und stures Pauken umgehen und dennoch gute Noten für sich herausschlagen konnte.

Als er die Dringende Mitteilung ausgehändigt bekam, war er ungehalten und entrüstet. Mit einer einzigen entschlossenen Geste zerknüllte er die Mitteilung und warf sie auf die Erde; dies war seine Meinung von allen Pädagogen! Warum behelligten sie ihn mit solchen selbstgefälligen kleinen Botschaften? Was erhofften sie dadurch zu erreichen? Der Zettel sagte ihm nichts, was er hören wollte; diesen Pedanten fehlte es an jeglichem Weitblick und an jeglicher Großzügigkeit! Es war doch wohl klar, daß er seine grandiosen und umfassenden Talente nicht in die popligen kleinen Schubfächer hineinzwängen konnte, die sie bestimmt hatten, und die das einzige waren, das sie kannten! Er mußte diesen ganzen nebensächlichen Kleinkram am besten ignorieren oder zusehen, daß er sich irgendwie darum herumdrückte. Auf irgendeine Weise würden sich die Dinge schon regeln, und er würde seinen vollen Agentur-Status bekommen. Jede andere Möglichkeit war schlicht undenkbar! Und wenn es tatsächlich hart auf hart kommen sollte, würde er sich halt mal ein bißchen anstrengen müssen! Oder seine Mutter würde die Dinge eben mit ein paar wohlgewählten Worten ins Lot bringen – obwohl, Spanchetta in die Sache hineinzuziehen, konnte gefährlich werden. Am besten war, man ließ schlafende Hunde schlafen.

Am Ende seines zweiten Trimesters – zu Beginn des Sommers, vor Glawens sechzehntem Geburtstag – ereilte Arles die schon lange fällige Strafe für seine Faulheit: er blieb sitzen. Das war eine ernste Situation, der Arles nur Abhilfe schaffen konnte, indem er die Sommerschule besuchte und eine Nachprüfung ablegte. Nun hatte Arles freilich längst andere Pläne, die in erster Linie mit Meister Floreste und seiner Spielschar in Zusammenhang standen und auf die er nur ungern verzichten wollte.

Der Ehrenwerte Sonorius Offaw, seines Zeichens Direktor des Lyzeums, zitierte Arles in sein Büro und machte ihm die Lage ungeschminkt klar: wenn Arles die Minimalanforderungen des Lyzeums bis spätestens zu seinem einundzwanzigsten Geburtstag nicht erfüllte, würde sein Agentur-Status aufgehoben und er würde als Collateraler ohne freie Wahl eingestuft werden, was bedeutete, daß er den Agentur-Status unter keinen Umständen wiedererlangen konnte – im Gegensatz zu den Collateralen, die die Qualifikationen erfüllt hatten.

Ein paarmal versuchte Arles, ihn zu unterbrechen, um seine eigenen Ansichten darzulegen, aber der Direktor wies Arles streng in die Schranken und zwang ihn, sich seine Standpauke bis zum Ende anzuhören, was zur Folge hatte, daß Arles gereizter und kratzbürstiger denn je wurde.

Schließlich sagte Arles: »Herr, ich weiß sehr wohl, daß meine Noten besser sein sollten, aber wie ich bereits zu erklären versuchte, war ich bei beiden Trimester-Zwischenprüfungen krank und vermochte deshalb keine genügenden Leistungen zu erbringen. In beiden

Fällen weigerten sich die Lehrer, mir Schonung zu gewähren.«

»Völlig zu Recht. Die Prüfungen messen deine schulischen Leistungen, nicht deinen Gesundheitszustand.« Er schaute auf Arles' Karte. »Ich sehe, du hast dich für Amt D entschieden.«

»Ich beabsichtige, Önologe zu werden«, sagte Arles trotzig.

»In dem Fall rate ich dir dringend, die Sommerschule zu besuchen und deine Wissenslücken aufzuarbeiten; sonst wirst du deine Trauben in sehr, sehr fernen Weinbergen züchten.«

Arles zog einen Flunsch. »Ich bin bereits Meister Floreste für den Sommer verpflichtet. Ich bin Mitglied der Spielschar, wie Sie wahrscheinlich wissen.«

»Das ist irrelevant. Ich kann mich wohl kaum noch deutlicher ausdrücken, aber ich werde es versuchen. Entweder, du machst deine Schularbeiten, oder du bleibst sitzen.«

Da schrie Arles gequält: »Aber wir wollen eine Tournee durch Soum und Dauncys Welt machen, die ich auf keinen Fall verpassen will!«

Sonorius Offaw rieb sich die Stirn mit den Fingerspitzen. »Du kannst gehen. Ich werde mich mit deinen Eltern in Verbindung setzen und sie über dein Problem informieren.«

Arles verließ das Büro, und einen Tag später fing er die offizielle Mitteilung ab, bevor sie in Spanchettas Hände gelangte: ein Akt von subtilem Scharfsinn, wie Arles mit einem stolzen Grinsen befand. Wenn seine Mutter die Mitteilung gelesen hätte, hätte sie ihn womöglich den ganzen Sommer über im Hause behalten und ihn gezwungen, die Nase von morgens bis abends in die Bücher zu stecken. Eine schreckliche Vorstellung! Er wollte unbedingt diese spezielle Tournee mitmachen, und sei es nur, um Kirdy Wook die Gelegenheit zu vermasseln, freie Hand bei den Mädchen zu haben. Nicht, daß Kirdy, ein großgewachsener, ernster Junge mit einem frischen Gesicht, etwa eine ernstzunehmende Bedrohung für ihn dargestellt hätte!

So drückte Arles sich denn erfolgreich um die Sommerschule herum und zog mit Florestes Mimentruppe durch Soum und Dauncys Welt. Er kam wenige Tage vor Glawens Geburtstag nach Station Araminta zurück, viel zu spät, um die Sommerschule noch mitzumachen. Und so fand er sich am ersten Schultag erwartungsgemäß in der zweiten Klasse wieder.

Wie konnte er das seiner Mutter auf die schonendste Weise beibringen?

Indem er es ihr verheimlichte: das war die beste Lösung. Wahrscheinlich würde es ihr gar nicht auffallen; später konnte er die Sache dann ja immer noch auf die eine oder andere Weise zurechtbiegen.

Der letzte Tag des Trimesters war ein halber Tag, und die Schüler bekamen schon mittags frei. Glawen, Arles und vier andere begaben sich zum Dock neben dem Flughafen, um der Ankunft der Fähre von Yipton mit einem Kontingent von Arbeitern für die Weinlese beizuwohnen.

Die Gruppe bestand aus Glawen, Arles, Kirdy Wook, Uther Offaw, Kiper Laverty und Cloyd Diffin. Kirdy, der Älteste und wie Arles Mitglied der Mimentruppe, war ein großgewachsener, bedachtsamer junger Mann von ernstem Wesen, mit runden blauen Augen, klobigen Zügen und heller, fast rosiger Gesichtsfarbe. Er bediente sich einer knappen, einsilbigen Sprechweise, vielleicht, um seine Schüchternheit zu verbergen. Die Mädchen fanden Kirdy in der Regel langweilig und ein wenig selbstgerecht. Sessily Veder, deren hübsches Gesicht und unbändige Persönlichkeit jeden, der sie sah, bezauberten, bezeichnete Kirdy als einen ›pedantischen alten Miesepeter‹. Wenn er das gehört hatte, so ließ er es sich jedenfalls nicht anmerken, aber eine Woche später schloß er sich zur Überraschung aller den Kühnen

Löwen an, wie um zu beweisen, daß er doch nicht so ein Einfaltspinsel war.

Kiper Laverty, der in Glawens Alter war, unterschied sich in jeder Hinsicht von Kirdy. Er war draufgängerisch, laut, tatendurstig, ganz und gar nicht schüchtern und stets zu jedem Unfug bereit.

Uther Offaw, ein kompliziertes Individuum in fast dem gleichen Alter wie Kirdy, zeichnete sich auf dem Lyzeum durch peinlich exakte Arbeit aus, zeigte aber im Privatleben eine verwickelte Denkungsart, welcher unablässig verquere, wilde und bisweilen auch tollkühne Ideen entsprangen. Sein Haarschopf, eine strohfarbene Krause, hatte seinen Ansatz hinter einer hohen Stirn, die direkt in seine lange Nase überzugehen schien. Uther war ebenfalls Mitglied der Kühnen Löwen.

Cloyd Diffin, ein weiterer Kühner Löwe, präsentierte der Welt ein ruhiges, stets unerschütterlichen Gleichmut ausstrahlendes Gesicht. Er war stark und stämmig, hatte dunkles Haar, eine große Hakennase und ein klobiges Kinn. Cloyd formulierte selten eigene Ideen, folgte aber stets verläßlich der Führung anderer.

Die sechs Jugendlichen schlenderten den Strandweg zum Dock hinauf, wo die Fähre vom Lutwen-Atoll in wenigen Augenblicken ihre Insassen entlassen würde. Am Ausschiffungstor stand Namour, der Arbeitskraft-Koordinator: ein großer, gutaussehender Mann mit leuchtend weißem Haar. Namour, ein Clattuc-Collateraler, war weit im Gaeanischen Reich herumgekommen; er hatte gute und schlechte Zeiten gesehen; er hatte Hunderte von Abenteuern erlebt und sich auf so manches heikle Wagestück eingelassen – über die meisten davon lehnte er ab zu reden. Er behauptete von sich, alles gesehen zu haben, was sehenswert war, und alles getan zu haben, was tuenswert war: eine kühle, glatte Behauptung, die keiner je angezweifelt hatte. Sein bewegtes Leben hatte bei ihm eine Patina von

Weltgewandtheit und eine zurückhaltende, selbstverständlich wirkende Eleganz hinterlassen, die Arles als Modell für sein eigenes Verhalten zu übernehmen gedachte.

Die sechs jungen Männer gesellten sich zu Namour, der ihr Erscheinen mit einem nüchternen Nicken quittierte. Arles fragte: »Wie viele sind's denn heute?«

»Der Liste nach hundertvierzig.«

»Hmmm! Das ist ein ordentlicher Packen. Sollen die alle bei der Weinlese mithelfen?«

»Ich denke, wir werden einige von ihnen zu Parilia einsetzen.«

Arles musterte die Yips, die in langer Reihe an der Reling standen: junge Männer und Frauen, allesamt mit knielangen Röcken bekleidet. Sie warteten ruhig, mit gelassener Miene: alles in allem hübsche Leute. Die jungen Männer waren von einheitlich wohlgeformter Gestalt, wenngleich ein wenig schlank, mit bronzefarbener Haut, staubblonden Ringellocken und golden schimmernden, haselnußbraunen Augen, die weit auseinanderlagen und ihnen etwas Faunisches verliehen. Die Gesichter der Mädchen waren weicher und runder, und ihr Haar hatte generell einen dunkleren Kupfer-Gold-Ton. Ihre Arme und Beine waren schlank und grazil: keine Frage, die Yip-Mädchen waren ausgesprochene Schönheiten. Manche Leute waren besonders bestrickt von dem, was sie als einen Hauch von Fremdartigem oder Nicht-Humanem betrachteten, eine Eigenschaft, die ebenso viele andere beim besten Willen nicht wahrzunehmen vermochten.

Die Tore gingen auf; die Yips zogen im Gänsemarsch an einem Tisch vorbei, gaben mit sanfter, nuschelnder Stimme ihren Namen an und bekamen ihre Arbeitserlaubnis ausgehändigt. Namour und die sechs Jugendlichen gingen zur Seite und beobachteten die Prozession.

»Für mich sehen die alle gleich aus«, sagte Kiper zu Glawen. »Die gleichen sich wie ein Ei dem anderen.«

»Vielleicht finden die das auch von uns.«

»Ich hoffe, nicht«, sagte Kiper. »Ich würde nicht wollen, daß irgend jemand, nicht einmal ein Yip, findet, daß ich aussehe wie Uther oder Arles.«

Uther lachte, aber Arles warf Kiper einen wütenden Blick über die Schulter zu. »Ich habe das gehört, Kiper. Solche Bemerkungen sind nicht sehr ratsam.«

»Kiper ist sehr häßlich«, sagte Uther. »Ich kann seiner Bemerkung nur beipflichten.«

»Na gut«, sagte Arles. »Auf der Basis tue ich das auch.«

Uther fragte: »Habt ihr den Geruch bemerkt, wenn der Wind in unsere Richtung weht? Das ist der typische Yip-Geruch, der einem sofort auffällt, wenn man über die Promenade in Yipton geht.« Er meinte damit einen schwachen, zarten Duft, wie Seetang, mit einem Anflug von Zimt und undefinierbaren menschlichen Ausdünstungen.

»Manche sagen, es kommt von ihrer Ernährung«, erklärte Namour den Jungen. »Ich persönlich finde, daß ein Yip wie ein Yip riecht, und damit hat sich's.«

»Ich mache mir darüber keine Gedanken«, sagte Arles. »He, bei meinem heiligen Clattuc-Ellbogen! Guckt euch mal die drei reizenden Geschöpfe da vorne an! Die könnte ich von morgens bis abends beschnuppern und hätte immer noch nicht genug! Namour, die kannst du mir zuteilen, jetzt gleich!«

Namour sandte ihm einen kühlen Blick. »Aber sicher – wenn du bereit bist, sie zu bezahlen.«

»Wie viel?«

»Die kommen teuer, besonders die mit den schwarzen Ohrringen. Das bedeutet, daß sie mit einem Mann zusammen sind. Frei ausgedrückt: verheiratet.«

»Und die anderen? Sind das Jungfrauen?«

»Woher soll ich das wissen? Die sind aber auch nicht viel billiger.«

»Wie schade!« seufzte Arles. »Kannst du mir nicht einfach eine umsonst überlassen?«

»Das würde ich dir nicht raten; du hättest schneller ein Messer zwischen den Rippen, als du hinschauen könntest. Die Männer sind in dieser Hinsicht nicht sanftmütig; laß dich nicht von den friedlichen Gesichtern täuschen. Vergiß nicht, sie können uns nicht leiden, und erst recht nicht, wenn wir uns an ihre Mädchen ranmachen – außer, wir zahlen. Für Geld tun sie alles, aber versuche nie, sie übers Ohr zu hauen. Vor ein paar Jahren hat sich mal ein Tourist über ein Yip-Mädchen hergemacht, während sie gerade Trauben pflückte. Der Idiot weigerte sich zu zahlen. Zwei Yips hielten ihn fest, während ein dritter ihm einen Rebstock in den Rachen stieß – bis zum Anschlag. Ein ekliger Anblick, kann ich dir sagen.«

»Und was passierte mit den Yips?«

»Gar nichts. Wenn du spielen willst, dann zahl dafür. Aber am besten hältst du dich ganz von den Yip-Mädchen fern.«

Uther Offaw warf Namour einen skeptischen Blick zu. »Gilt das auch für dich? Bei dir scheint immer ein hübsches Yip-Mädchen die Kissen auszuschütteln, während ein anderes die Badewanne auswischt.«

Ein Schmunzeln huschte über Namours hübsches Gesicht. »Mich darfst du nicht zum Maßstab nehmen. Ich habe in meinem langen Leben eine Menge kleiner Tricks gelernt, die ich Schmiermittel nenne. Die meisten davon will ich für mich behalten, aber einen verrate ich dir kostenlos: ›Treibe nie etwas zu weit; es könnte zurücktreiben.‹«

Uther zog die Stirn kraus. »Sehr tiefsinnig, und ich bin dir sehr dankbar für den Tip, zumal da er umsonst ist. Aber was hat das mit Yip-Mädchen zu tun?«

»Nichts. Oder alles. Du wirst schon selbst drauf kommen.« Namour ging weg, um die Arbeiter in Empfang zu nehmen.

Die sechs Jungen gingen den Strandweg zum Lyzeum zurück. Im Freiluft-Refektorium stießen sie auf eine Gruppe von Mädchen, die sich an Fruchteis gütlich taten. Zwei von ihnen, Ticia Wook und Lexy Laverty, waren ausgesprochene Schönheiten; die anderen zwei, Jerdys Diffin und Clöe Offaw, waren entschieden attraktiv. Sie waren allesamt ein oder zwei Jahre älter als Glawen und mithin außerhalb seines Interessenbereichs.

Uther Offaw, obwohl ein Freigeist, konnte äußerst galant und höflich sein, wenn es die Situation erforderte. Er rief mit seiner wohlklingendsten Stimme: »Mädchen! Warum blüht ihr hier ungesehen im Schatten des Gadroonbaums?«

»Sie blühen ja eigentlich gar nicht«, bemerkte Kiper. »Sie schlemmen sich voll wie kleine Vielfraße.«

Ticia hatte mit einem einzigen schnellen Blick die Qualität der Jungen taxiert. Sie waren alle entweder zu jung oder zu unerfahren und taugten allenfalls zum Üben. Sie schaute auf ihren Becher. »Ein Mango Smash? Das ist doch weit entfernt von Schlemmerei.«

»Wenn das so ist, warum regst du dich dann auf?«

»Wenn ihr es unbedingt wissen wollt: das hier ist eine Versammlung des Medusa-Kults«, sagte Jerdys, »und wir planen unser Programm für das nächste Jahr.«

»Wir haben vor, Station Araminta zu erobern und alle Männer zu versklaven«, sagte Clöe.

»Psst, Clöe!« rief Jerdys. »Du plauderst Kult-Geheimnisse aus!«

»Wir können uns ja ein paar neue ausdenken. Geheimnisse sind rasch ausgedacht. Mir fallen jeden Tag Dutzende ein.«

»Ahem!« ließ sich Arles vernehmen. »Habt ihr unsere Anwesenheit schon wahrgenommen? Müssen wir hier herumstehen wie die Störche, oder dürfen wir an eurem Tisch Platz nehmen?«

Ticia zuckte die Achseln. »Tut, was ihr nicht lassen könnt. Aber für euer Eis zahlt bitte selber.«

»Keine Angst. Von Glawen und Kiper abgesehen, befindet ihr euch hier in der Gesellschaft von kultivierten Herren.«

Die vier älteren Jungen suchten sich Stühle und quetschten sich mit an den Tisch. Glawen und Kiper wurden beiseite gedrängt und mußten sich an einen anderen Tisch setzen: eine Situation, in die sie sich mit philosophischer Gelassenheit schickten.

Lexy Laverty frug: »Nun, was haben die ›kultivierten Herren‹ denn Schönes getrieben?«

»Wir sind bloß so ein bißchen herumspaziert und haben über unsere Geldanlagen diskutiert«, sagte Uther prahlerisch.

Kiper rief herüber: »Arles hinkt in der Schule hinterher, und da haben wir an der Fähranlegestelle ein paar anthropologische Studien angestellt.«

»Genauer gesagt, wir haben uns ein paar Raumyachten angeschaut«, sagte Arles würdevoll. »Es gibt da eine neue Purple Prince, die ich mir demnächst zulegen will!«

Kiper, der keine Hemmungen kannte, rief spöttisch herüber: »Ich dachte, du wolltest auf eins von den Yip-Mädchen sparen!«

»Aha!« rief Ticia. »Deshalb wart ihr also an der Fähre, ihr kleinen frühreifen Lustmolche! Um den Yip-Gören hinterherzuschmachten!«

»Arles nicht!« sagte Uther. »Der wollte sie bloß beschnuppern.«

Kiper meldete sich wieder zu Wort: »Das mag was mit Geilheit zu tun haben oder nicht – jedenfalls ist es allemal komisch.«

»Das würde ich auch sagen«, sagte Uther. »Was meinst du, Ticia? Hat an dir schon mal jemand riechen wollen?«

»Ich glaube, ihr habt beide einen Knall! Das glaube ich.«

»Ich bin nicht so blöd, mich mit Yip-Mädchen einzulassen«, sagte Arles affektiert. »Glaubt ihr, ich habe Lust, mich erst würgen, dann umbringen, dann lebendig verbrennen und zum Schluß erstechen zu lassen?«

»Wenn dich deine Mutter dabei erwischen würde, würd's dir noch schlimmer ergehen«, rief Kiper.

Arles Gesicht verdüsterte sich. »Laß meine Mutter aus dem Spiel, klar? Sie hat nichts mit dem Thema zu tun, über das wir gerade sprechen!«

»Was war denn das Thema, über das wir gerade sprechen?« fragte Kirdy, der sich zum erstenmal zu Wort meldete. »Ich hab ganz vergessen, worüber wir geredet haben.«

Jerdys nörgelte: »Laßt uns doch lieber über was wirklich Interessantes sprechen – zum Beispiel über den Medusa-Kult.«

»Ich bin dabei«, sagte Cloyd. »Habt ihr eine Herren-Sektion in eurem Verein?«

»Zur Zeit nicht«, sagte Jerdy. »Die haben wir alle zum Opfern verbraucht.«

»Ha-hah!« johlte Lexy. »Wer plaudert denn jetzt Geheimnisse aus?«

»Das sind Geheimnisse, die schon längst verbraucht sind und mit denen keiner mehr was anfangen kann.«

»Wo wir gerade von Geheimnissen sprechen«, sagte Arles, »da kommt mir eine glänzende Idee! Ist euch schon aufgefallen, daß hier vier Medusa-Mädchen sind, und genauso viele Kühne Löwen? Glawen und Kiper zählen nicht; außerdem wollten die sowieso gerade nach Hause gehen. Ich schlage vor, wir tun uns zusammen und gehen zu irgendeinem ruhigen Plätzchen, wo wir Wein trinken und uns unsere Geheimnisse erzählen und uns vielleicht sogar ein paar neue ausdenken können.«

»Das ist eine von Arles' seltenen guten Ideen«, sagte Cloyd. »Ich bin dafür.«

»Ich auch«, sagte Kirdy und lächelte selbstbewußt. »Das wären schon zwei Ja-Stimmen. Arles wird wahrscheinlich auch mit ›ja‹ stimmen – war ja schließlich sein eigener Vorschlag –, womit wir dann schon drei Ja-Stimmen hätten. Uther?«

Uther schürzte die Lippen. »Ich denke, ich werde mir meine Stimme aufbewahren, bis die Damen sich geäußert haben. Ich nehme an, sie werden sich alle dafür aussprechen.«

»Schweigen bedeutet Zustimmung«, sagte Arles. »Also ...«

»Im Gegenteil«, sagte Lexy spitz. »In diesem Fall bedeutet Schweigen Entrüstung und Erstaunen.«

Jerdys frug: »Wofür haltet ihr uns? Das hier ist der Medusa-Kult: eine höchst exklusive Gruppe!«

Clöe schlug vor: »Probiert es doch bei den Nixen oder beim Philosophinnenclub.«

Ticia stand auf. »Es ist Zeit, daß ich mich auf den Weg nach Hause mache.«

»Ich frage mich ohnehin schon, wieso wir eigentlich noch immer hier sitzen«, sagte Jerdys mit einem Naserümpfen.

Die Mädchen gingen. Die Kühnen Löwen starrten ihnen verdutzt nach. Kiper brach das Schweigen. »Wie seltsam doch! Es braucht nur einer die Kühnen Löwen zu erwähnen, und schon nehmen die Mädchen Reißaus.«

Jetzt ließ sich Glawen vernehmen. »Arles hat ein Buch geschrieben, das ausschließlich für die Kühnen Löwen bestimmt ist. Es heißt *Handbuch der Erotischen Künste.* Eigentlich müßte er gleich auf die erste Seite eine Warnung drucken: ›Gib niemals zu, daß du ein Kühner Löwe bist! Andernfalls wird die Garantie auf diesem Buch nichtig.‹«

Kiper sagte selbstgefällig: »Ich bin froh, daß ich kein Kühner Löwe bin. Was ist mit dir, Glawen?«

»Ich bin ganz glücklich so, wie ich bin.«

Arles erklärte grimmig: »Ihr beide werdet sowieso niemals aufgenommen; da könnt ihr ganz sicher sein!«

Kiper sprang auf. »Komm, Glawen! Hauen wir schnell ab, ehe Arles es sich doch noch anders überlegt!«

Glawen und Kiper verschwanden. Uther bemerkte muffig: »Tatsache ist, daß unser öffentliches Image, sagen wir, nicht gerade hervorragend ist.«

»Äußerst merkwürdig!« sagte Cloyd. »Schließlich sind wir doch keine üblen Raufbolde.«

»Jedenfalls nicht alle von uns«, brummte Kirdy Wook.

»Was willst du damit sagen?« fragte Arles scharf.

»Dein Vorschlag an die Mädchen, daß wir irgendwo hingehen und knutschen, war absurd, wenn nicht sogar vulgär.«

»Du hast dafür gestimmt!«

»Ich wollte niemandes Gefühle verletzen«, erwiderte Kirdy tugendsam.

»Hmm! Nun, es war halt so eine Idee. Sie hätten ja auch ›ja‹ sagen können. Wer weiß, vielleicht machen sie ja beim nächstenmal mit. Das ist die Theorie, die hinter einem ganzen Kapitel meines Buches steht. Sie lautet: ›Nur immer forsch ran! Was kannst du schon verlieren?‹«

Kirdy erhob sich. »Ich muß noch Schulaufgaben machen. Ich gehe jetzt nach Hause.« Er verschwand.

Arles sagte nachdenklich: »Kirdy kann bisweilen ganz schön aufgeblasen sein. Er ist nicht das, was ich einen typischen Kühnen Löwen nennen würde.«

»Aber gerade deshalb ist er ganz gut für unser Image«, meinte Cloyd.

Uther seufzte. »Da könntest du recht haben. Mit Ausnahme von Kirdy sind wir ein ziemlich zielloser Haufen, am Rande der Zivilisation … Ich geh auch nach Hause. Ich hinke in Mathe ziemlich hinterher.«

»Ich glaube, ich auch«, sagte Arles unsicher. »Der alte Sonorius hat mir eine Dringende Mitteilung aufs Auge gedrückt, die ich meiner Mutter zeigen soll.«

»Und? Machst du das?« fragte Uther interessiert.

»Ich bin doch nicht blöd!«

Aber als Arles nach Hause kam, mußte er feststellen, daß das Lyzeum seiner Mutter eine separate Nachricht zugeschickt hatte.

VI

Arles war noch nicht ganz zur Tür herein, als Spanchetta auch schon in scharfem Ton eine Erklärung für die Dringende Mitteilung verlangte. »Allem Anschein nach bist du sitzengeblieben, eine Tatsache, von der ich heute zum erstenmal erfahre! Warum bin ich nicht zu Beginn des Trimesters unterrichtet worden?«

»Natürlich hat man dich unterrichtet!« erklärte Arles dreist. »Ich habe es dir selbst mitgeteilt, und du hast gesagt: ›Du mußt dich dieses Jahr aber mehr anstrengen‹, oder so was in der Art, und ich habe gesagt, ja, das würde ich.«

»An ein solches Gespräch kann ich mich nicht erinnern.«

»Vielleicht hast du in dem Moment gerade an irgendwas anderes gedacht.«

»Wie kann es angehen, daß du so schlecht bist, obwohl du die Klasse doch schon zum zweitenmal machst? Lernst du denn nie?«

Arles warf sich in einen Sessel und suchte nach irgendeiner plausiblen Erklärung. »Ich bin bestimmt zu besseren Leistungen fähig, aber es liegt nicht nur an mir! Am meisten schuld sind diese staubtrockenen kleinen Bücherwürmer, die sich Lehrer nennen. Du kannst dir nicht vorstellen, was für einen langweiligen, stupiden Unterricht die einem heutzutage zumuten!

Ich bin nicht der einzige, der sich darüber beklagt. Aber mich haben sie sich rausgefischt!«

Spanchetta musterte ihn mit halb geschlossenen Augen. »Merkwürdig. Wieso gerade dich?«

»Vermutlich, weil ich ein kritischer Geist bin und nicht alles kritiklos schlucke, bloß um gute Noten zu kriegen. Ich betrachte sie als eine aufgeblasene kleine Clique von Rabulisten und Erbsenzählern, und das laß ich sie auch spüren.«

Spanchetta nickte mit unheilverkündender Bedächtigkeit. »Hmm. Wieso schneiden dann andere Schüler so gut ab? Glawen hat eine Urkunde für Ausgezeichnete Leistungen bekommen.«

»Komm mir bloß nicht mit Glawen! Der tut doch alles, um sich bei den Paukern einzuschleimen! Das weiß doch jeder, und mit Ausnahme von Glawen finden alle das gleiche wie ich! Wir alle wollen vernünftige Lehrer, die keinen bevorzugen!«

»Da werde ich mich wohl mal genauer informieren müssen«, sagte Spanchetta.

Von plötzlichem Schreck gepackt, fragte Arles: »Was hast du vor?«

»Ich will der Sache auf den Grund gehen und sie auf die eine oder andere Weise in Ordnung bringen.«

»Warte!« krähte Arles entsetzt. »Mir wäre lieber, du gibst mir einfach einen Brief mit, in dem steht, daß ich viele Verantwortungen habe und keine so gewaltige Fülle an mathematischem und naturwissenschaftlichem Wissen nötig habe! Es macht keinen guten Eindruck, wenn du persönlich dort hingehst.«

Spanchetta schüttelte unwirsch den Kopf, so daß der Lockenturm auf ihrem Kopf bedrohlich ins Wanken geriet; aber wie durch ein Wunder behielt er seine Form. »Wenn ich etwas will, dann krieg ich's auch, egal, was für einen Eindruck ich dabei mache. Du mußt dir ein dickes Fell zulegen, wenn du im Leben vorankommen willst.«

»Pah«, murmelte Arles. »Ich komm auch so gut voran.«

»Wenn du wegen schlechter Noten den Agentur-Status verlierst, dann wirst du anders reden.«

Gleich am darauffolgenden Morgen begab sich Spanchetta zum Lyzeum. Auf dem Flur vor dem Mathematikraum gewahrte sie den Lehrer Arnold Fleck und steuerte sogleich zielstrebig auf ihn zu.

Vor Fleck angekommen, blieb sie stehen und musterte ihn von Kopf bis Fuß. Konnte dieses schmächtige Männlein mit seinem schmalen bleichen Gesicht und den sanften blauen Augen wirklich mit jenem bösartigen Ungeheuer identisch sein, dessen rachgierige Greueltaten Arles so erregt geschildert hatte?

Fleck erkannte Spanchetta und erriet sofort den Grund ihres Besuchs. »Guten Morgen, Madame. Kann ich Ihnen in irgendeiner Weise behilflich sein?«

»Das wird sich herausstellen. Sind Sie der Lehrer Fleck?«

»Der bin ich.«

»Ich bin Spanchetta Clattuc aus dem Hause Clattuc. Mein Sohn Arles hat, wenn ich recht verstehe, bei Ihnen Unterricht?«

Fleck überlegte. »Nominell ja, und tatsächlich sehe ich ihn auch hin und wieder einmal.«

Spanchetta runzelte die Stirn. Sie wollte eine knappe, geschäftsmäßige Unterredung, ohne Ausflüchte oder oberflächliche Zweideutigkeiten. Dieser Lehrer Fleck hatte einen schlechten Anfang gemacht. »Mein Herr, wenn Sie bitte meine Frage beantworten wollen! Sind Sie Arles' Mathematiklehrer?«

»Ja, Madame.«

»Hm. Er hat anscheinend Probleme, und er behauptet, daß es nicht an ihm liegt. Er meint, der Stoff werde falsch vermittelt.«

Auf dem Gesicht von Lehrer Fleck erschien ein kühles, trauriges Lächeln. »Ich werde ihm den Stoff auf jede Weise vermitteln, die er wünscht, solange er nur seine Aufgaben macht. Er kann sich den Stoff nicht per Osmose aneignen; er wird nicht umhin können, zu pauken und die Probleme Schritt für Schritt auszuarbeiten, was zugestandenermaßen langwierig und mühselig ist.«

Spanchetta ließ ihren Blick über den Kreis von Schülern schweifen, die sich um sie geschart hatten und neugierig lauschten, was sie jedoch in keiner Weise abschreckte. Sie senkte ihre Stimme um eine drohende halbe Oktave. »Arles hat das Gefühl, Sie hätten ihn ganz speziell auf dem Kieker, weil er Kritik übe und nicht alles widerspruchslos hinnehme.«

Fleck nickte. »In diesem Fall hat Arles die Fakten korrekt wiedergegeben. Er ist der einzige in der Klasse, der eine negative Haltung zu seiner Arbeit einnimmt. Zwangsläufig ist er der einzige, der kritisiert wird.«

Spanchetta zog die Nase kraus. »Ich bin äußerst bestürzt. Hier ist ganz eindeutig etwas nicht in Ordnung.«

»Es ist in der Tat eine traurige Sache!« sagte Fleck. »Wollen Sie sich nicht setzen und sich ein wenig ausruhen, bis Sie sich wieder besser fühlen?«

»Ich bin nicht krank, sondern schockiert! Es ist Ihre Pflicht, den Unterricht so zu gestalten, daß jeder in der Klasse den Stoff bewältigen kann, und dabei auf die unterschiedlichen Temperamente der einzelnen Schüler so weit als möglich Rücksicht zu nehmen!«

»Da bin ich ganz Ihrer Meinung! Ich wäre auch sehr niedergeschlagen und hätte tiefe Schuldgefühle, gäbe es da nicht ein erstaunliches Faktum: alle anderen Lehrer Ihres Sohnes sehen sich mit demselben Problem konfrontiert, nämlich einer hartnäckigen Faulheit, die auch die besten Absichten vereitelt.« Fleck ließ den Blick durch die Runde der Zuschauer schweifen. »Habt ihr nichts Besseres zu tun als hier herumzustehen und zu gaffen? Diese Angelegenheit geht euch nichts an.« Dann, an Spanchetta gewandt: »Kommen Sie bitte mit ins Klassenzimmer. Es ist um diese Zeit unbenutzt, und ich habe da etwas, das ich Ihnen zeigen möchte.«

Spanchetta folgte Fleck zu seinem Pult, wo er ihr mehrere Zettel in die Hand drückte. »Hier ist eine Kostprobe von Arles' Arbeit. Anstatt die Probleme zu lösen, zeichnet er groteske Gesichter und Gebilde, die wie tote Fische aussehen.«

Spanchetta holte tief Atem. »Holen Sie Arles her! Wir wollen hören, was er dazu zu sagen hat.«

Fleck telefonierte, und wenig später kam Arles ins Klassenzimmer geschlichen. Spanchetta schüttelte die Blätter vor seiner Nase. »Wieso zeichnest du Figuren und tote Fische, statt deine Aufgaben zu lösen?«

Arles schrie entrüstet: »Das sind künstlerische Studien: Zeichnungen von nackten menschlichen Körpern!«

»Wie immer du diese Kritzeleien auch nennst – wieso sind sie hier und nicht deine Rechenaufgaben?«

»Ich hatte gerade in dem Moment andere Dinge im Kopf.«

Fleck sah Spanchetta an. »Kann ich noch irgend etwas für Sie tun, Madame Spanchetta? Wenn nicht ...«

Spanchetta erhob drohend die Hand wider ihren Sohn. »Geh zurück in deine Klasse!«

Arles entschwand dankbar.

Spanchetta wandte sich Fleck zu. »Ich brauche wohl nicht zu betonen, daß Arles unbedingt versetzt werden muß. Wenn er noch einmal sitzenbleibt, verliert er seinen Agentur-Status.«

Fleck hob die Schultern. »Er hat große Lücken aufzuholen. Je früher er damit anfängt und je mehr er sich anstrengt, desto größer werden seine Chancen, das Klassenziel zu erreichen.«

»Das werde ich ihm eindringlich vor Augen führen. Seltsam, ich habe diese ganze Episode heute nacht schon einmal im Traum erlebt. Der Traum fing ganz genauso an; ich erinnere mich an jedes Wort!«

»Erstaunlich!« sagte Fleck. »Madame, ich wünsche Ihnen einen guten Tag.«

Spanchetta ignorierte seine Worte. »In dem Traum blieb Arles sitzen, was Auslöser für eine ganze Kette von Mißgeschicken zu sein schien, von denen sogar der Lehrer mitbetroffen war. Es war ein sehr realistischer und ziemlich schrecklicher Traum.«

»Ich hoffe, es handelt sich hier nicht um einen Fall von Vorausahnung«, sagte Fleck.

»Vermutlich nicht. Doch – wer weiß? Es geschehen mitunter die merkwürdigsten Dinge.«

Fleck dachte einen Moment lang nach. »Ihr Traum ist das merkwürdigste von allen. Arles ist mit sofortiger Wirkung vom Unterricht suspendiert. Direktor Sonorius Offaw wird sich von nun an persönlich um seinen Fall kümmern. Guten Tag, Madame. Ich habe zu tun.«

Am folgenden Tag zitierte Direktor Sonorius Offaw Arles und Spanchetta zu sich in sein Büro. Spanchetta kam zornbebend zur Tür hereingestapft, einen trübsinnig vor sich hin starrenden Arles im Schlepptau. Spanchetta bekam mitgeteilt, daß sie auf ihre Kosten einen Nachhilfelehrer für Mathematik zu verdingen habe und daß am Ende jedes Trimesters Direktor Sonorius Offaw persönlich die Prüfungen überwachen werde.

Arles sah sich nun endlich zähneknirschend zu der Einsicht genötigt, daß die glücklichen Tage der Trägheit und des erbaulichen Nichtstuns zu Ende waren. Murrend und fluchend machte er sich an die Arbeit, unter der freudlosen Anleitung eines von Direktor Sonorius Offaw eigenhändig zu diesem Zwecke ausgesuchten Pädagogen.

Endlose Stunden lang büffelte Arles fortan in seiner Freizeit das Grundwissen der Mathematik und all den Stoff, den er bis jetzt verschlampt hatte, und schon bald stellte er zu seiner eigenen Überraschung fest, daß die Materie gar nicht so schwierig war, wie er angenommen hatte.

Noch verdrießlicher, als sie es ohnehin schon war, wurde die Situation für ihn dadurch, daß ausgerechnet jetzt Sessily Veder nach Station Araminta zurückkehrte. Sessily, eine von Florestes Laienmimen, hatte sich mit ihrer Mutter und ihrer jüngeren Schwester Miranda (besser bekannt als ›der Schreihals‹) in Soumjiana auf der Welt Soum getroffen. Von dort aus waren die drei weitergereist zu einem Besuch bei einem wohlhabenden Verwandten in seiner Villa an der romantischen Calliope-Küste zwischen Guyol und Sorrentine auf der Welt Cassiopeia 993:9.

Sessily, ein Jahr jünger als Glawen, war rundherum bezaubernd, wie ihr von jedermann neidlos eingeräumt wurde. Ein glückliches Schicksal hatte sie mit allen natürlichen Vorzügen ausgestattet: einer heiteren Intelligenz, einem feinen Sinn für Humor, einem freundlichen, herzlichen Wesen; und zusätzlich – fast schon ungerecht – mit einer blühenden Gesundheit, einem schönen schlanken Körper und einem schelmischen Stupsnasengesicht, das von einem allerliebsten braunen Lockenschopf umrahmt wurde.

Sessilys einzige Neider waren ein oder zwei von den älteren Mädchen, namentlich Ticia und Lexy, die blaß und ungehalten wurden, wenn Sessily in ihre Nähe kam. »Eitle kleine Angeberin!« murmelten sie dann hinter vorgehaltener Hand, aber Sessily lachte nur, wenn ihr diese Kommentare von andern zugetragen wurden.

Die Schule fiel Sessily leicht. Sie kam ein Jahr früher aufs Lyzeum als normal, so daß sie in derselben Klasse wie Glawen war. Wenn sie auf Reisen war, nahm sie ihre Schulbücher mit, und wenn sie nach Station Araminta zurückkehrte, hatte sie keine Mühe, sofort wieder den Anschluß an ihre Klassenkameraden zu finden.

Nach ihrer Rückkunft von Cassiopeia schien Sessily um eine wesentliche neue Dimension bereichert. Sie war vielleicht nicht einmal bewußt kokett; gleichwohl fand sie ein naives Vergnügen daran, jene wundervolle neue Fertigkeit zu erproben, die sie jüngst an sich entdeckt hatte.

Sessily war der Hauptgrund, warum Arles die Mimenschar so ungern aufgegeben hatte, überließ er doch so Sessily unkontrolliert den Balzattacken von Kirdy Wook, Banceck Diffin und anderen – wiewohl Sessily niemandem ersichtliche Gunstbezeigungen entgegengebracht hatte.

In diesem Jahr würden Florestes Darbietungen zum Parilia-Fest kürzer als gewöhnlich ausfallen. Sessily würde – zusammen mit der Kapelle und anderen – teilnehmen, aber zu Arles' Erleichterung würden weder *Evolution der Götter* noch *Erst-Feuer* aufgeführt werden – womit seine Rivalen der Gelegenheiten beraubt sein würden, die auch ihm selbst nicht vergönnt waren.

Sessily empfand ihrerseits keine besondere Vorliebe für irgendeinen ihrer Spielscharkameraden. In Soumjiana hatten ein paar Ereignisse sie etwas von den nachgerade angsteinflößenden Kräften gelehrt, die sie erzeugen, aber nicht kontrollieren konnte. Unter dem Eindruck dieser Erlebnisse hatte sie beschlossen, nach dem Parilia aus der Mimentruppe auszuscheiden. »Ich glaube, die Dinge werden nie wieder so sein wie früher«, sagte sich Sessily. »Ist es nicht seltsam? Der einzige Junge, den ich mag, würdigt mich kaum eines Blickes, während die anderen schon zudringlich werden, wenn ich nur höflich zu ihnen bin!«

Aus der Riege, die dieser letzteren Kategorie zuzuordnen war, tat sich Arles ganz besonders hervor. Er hatte eine Taktik entwickelt, sie abzufangen, wenn sie zum Mittagessen ins Refektorium kam, und sie mit sanfter Gewalt an einen Nebentisch zu eskortieren, um ihr dort während der gesamten, immerhin einstündigen Pause, mit Vorträgen über seine Person und seine hochfliegenden Zukunftspläne in den Ohren zu hängen. »Die Wahrheit ist, Sessily, daß ich einer von den Burschen bin, die sich nicht mit Gewöhnlichem zufriedengeben! Ich weiß, was in dieser Welt absolute Spitzenqualität ist, und nichts anderes will ich haben. Das bedeutet, mit aller Kraft danach zu streben, ohne jedes Wenn und Aber! Ich bin keiner von diesen Schlaffsäcken, diesen Verlierertypen, das kannst du mir glauben! Ich erzähl dir das, damit du weißt, aus welchem Holz ich geschnitzt bin! Und ich sag dir noch etwas – ganz offen.« Arles langte über den Tisch und ergriff Sessilys Hand. »Ich bin an dir interessiert – sogar sehr! Findest du das nicht toll?«

Sessily zog ihre Hand weg. »Nein, eigentlich nicht. Du solltest deine Interessensbasis vielleicht schon mal ein wenig ausweiten, damit du nicht enttäuscht bist, wenn ich nicht zu haben bin.«

»Nicht zu haben? Wieso nicht? Du bist lebendig und ich bin lebendig.«

»Das stimmt. Aber ich habe vor, alleine eine Tour durchs Universum zu machen, oder vielleicht werde ich auch Trappistenmönch.«

»Ha, ha! Sehr witzig! Mädchen können gar nicht Trappistenmönch werden!«

»Aber wenn doch, dann wäre ich auf jeden Fall sehr unerreichbar.«

»Kannst du nicht einmal ernst sein?« knurrte Arles verärgert.

»Ich bin sehr ernst … Entschuldige mich bitte, aber ich sehe da drüben Zanny Diffin, und ich muß ihr unbedingt was sagen.«

Am darauffolgenden Tag fand Arles Sessily trotz ihres Versuchs, sich zu verstecken, indem sie sich eine Mappe vor das Gesicht hielt, allein im Schatten des Gadroon-Baumes sitzend und setzte sich zu ihr an den Tisch. Mit einem plumpen weißen Finger drückte er die Mappe herunter und lächelte sie mit einem breiten, zähnebleckenden Lächeln an. »Hallihallo! Ich bin's, Arles! Na, wie geht's denn unserem jungen Trappistenmönch heute?«

»Der junge Trappistenmönch überlegt sich, ob er sich nicht die Haare abschneiden und das Gesicht blau anmalen soll, damit ihn keiner erkennt«, erwiderte Sessily.

»Ha! Ha! Das ist großartig! Kann ich das nicht machen? Ich frage mich, was Meister Floreste wohl sagen würde, besonders, wenn ich mir das Gesicht rot anmalen und wir beide Hand in Hand aufkreuzen würden!«

»Die Szene bekäme wahrscheinlich den Titel: ›Alptraum eines Wahnsinnigen‹. Aber leider wird Floreste sie nie zu sehen kriegen. Ich steige nämlich aus der Truppe aus.«

»Wirklich? Das ist eine gute Nachricht! Ich mache nämlich auch nicht mehr mit, zumindest solange, bis meine Noten besser sind. Dann sind wir ja den ganzen nächsten Sommer zusammen.«

»Das bezweifle ich. Ich arbeite nämlich im Opal Springs Lodge.«

Arles beugte sich vor. Für heute hatte er sich mit einer Strategie aus seinem *Handbuch der Erotischen Künste* gewappnet. »Ich möchte mit dir über was sprechen. Würdest du gern eine Raumyacht besitzen?«

»Blöde Frage. Wer würde das nicht?«

Arles sagte ernst: »Du und ich, wir sollten Pläne zusammen machen, was für eine Art von Yacht wir wollen. Wie findest du zum Beispiel die Spang Vandals? Oder die Fourteen Nasebys mit der Luxuskabine im Heck? Die sind zwar beide nicht ganz so superschnell, aber die Ausstattung ist erste Sahne! Was meinst du?«

»Mir wäre jede recht«, sagte Sessily. »Die Frage ist nur, wie drankommen? Ich bin zu feige, um eine zu klauen, und zu arm, um eine zu kaufen.«

»Mach dir da mal keine Gedanken drüber! Das regele ich schon! Ich besorge das Geld, und wir kaufen eine zusammen und gehen groß auf Tour! Was meinst du, was wir zwei für einen Spaß haben würden!«

Sessily machte eine schnippische Handbewegung. »Meine Mutter hat viel mehr Geld als ich. Warum besprichst du die Sache nicht mit ihr? Du könntest deine Mutter auch mitnehmen, und ihr drei würdet eine Menge Spaß haben.«

Arles starrte sie mit mißvergnügtem Stirnrunzeln an. Dem *Handbuch* zufolge reagierten Mädchen nie auf diese Art. War Sessily vielleicht irgendwie nicht ganz richtig im Kopf? Er fragte gereizt: »Würdest du denn nicht mal gern die Gläsernen Städte von Clanctus besuchen? Und die Kanäle von Alt-Kharay? Und nicht zu vergessen Xanarre mit seinen fremdartigen Ruinen und den schwebenden Wolkenstädten.«

»Im Moment ist mir eigentlich mehr danach, die Mädchentoilette zu besuchen. Du kannst ja hier sitzen bleiben und nach Herzenslust weiterspinnen.«

»Warte noch einen Moment! Ich habe beschlossen, dich zum Parilia zu begleiten! Was sagst du jetzt dazu?«

»Ich sage, beschließ was Neues; ich habe nämlich schon anderweitig geplant.«

»Ach? Mit wem gehst du denn?«

»Tra-la-la! Das ist mein Geheimnis! Vielleicht bleib ich auch zu Hause und lese ein Buch.«

»Was? Während des Parilia? Sessily, ich verlange, daß du ernst bleibst.«

»Arles, entschuldige mich bitte! Wenn ich hier stehen bleibe und mir in die Hose mache, werde ich wirklich sehr ernst sein!«

Sessily entschwand, einen wütenden Arles zurücklassend. Seine Stirn umwölkte sich noch mehr, als er sah, daß sie nicht direkt zur Mädchentoilette ging, sondern bei Glawen stehenblieb, der allein an einem Tisch saß und in einem Buch las. Er blickte lächelnd zu ihr auf, als er sie gewahrte, und deutete auf eine Stelle in dem Buch. Sie legte eine Hand auf seine Schulter und beugte sich über ihn, um zu schauen; dann sagte sie etwas und ging zur Mädchentoilette. Als sie wenig später wiederkam, ging sie direkt zu Glawen, ohne irgendwo anders hinzuschauen.

Mit demonstrativem Mißfallen stand Arles auf und verließ das Refektorium.

Wie viele andere, war auch Glawen von Sessily bezaubert. Er mochte ihre kecken Manierismen, ihre flotte, elegante Art, sich zu bewegen, ihre Eigenheit, einen mit einem schelmisch-verschmitzten Schmunzeln von der Seite anzuschauen. Doch immer wenn Glawen glaubte, er könne mit ihr sprechen, platzte mit tödlicher Sicherheit just in dem Moment irgend jemand in ihre Zweisamkeit, um sie mit Beschlag zu belegen. Daher war er angenehm überrascht, als sie sich zu ihm an den Tisch setzte. »Nun, Glawen, da bin ich wieder, und ich möchte dir eine Frage stellen.«

»Na schön. Frag.«

»Jemand hat mir gesagt, du hättest gesagt, du fändest, daß ich ein abscheuliches kleines Biest sei.«

»Also, das ist ja wirklich ...«, stammelte Glawen verdattert.

»Was denn nun? Gibst du's also zu?«

Glawen schüttelte den Kopf. »Das muß jemand anderes gewesen sein. Vielleicht Arles.«

»Und du findest nicht, daß ich ein abscheuliches kleines Biest bin?«

»Ganz bestimmt nicht. Ich würde dir gerne irgendwann mal sagen, wie ich dich wirklich finde, aber du bist immer gleich von einem halben Dutzend anderer umgeben, und ich komme gar nicht erst dazu.«

Sessily sagte nachdenklich: »Arles hat mich gerade gefragt, ob er mit mir zum Parilia gehen könnte. Ich hab nein gesagt, weil ich schon mit einem anderen gehen würde.«

»Oh? Und mit wem?«

»Das weiß ich selbst noch nicht. Ich nehme an, irgend jemand Nettes wird mich schon fragen.«

Glawen wollte etwas sagen, aber in dem Moment ertönte die Glocke, die die Schüler zurück zum Unterricht rief. Sessily sprang auf und machte sich auf den Weg in ihre Klasse. Glawen blieb noch für einen Moment sitzen, wie vom Donner gerührt, und starrte ihr nach. Konnte es tatsächlich sein, daß dies eine versteckte Aufforderung an ihn war, sie zum Parilia zu begleiten? Es wäre einfach zu schön, um wahr zu sein. Er hatte sich bestimmt verhört.

Wann immer möglich, versuchte Arles, Sessily nach der Schule abzufangen und sie nach Hause zu begleiten. An diesem speziellen Nachmittag jedoch dauerte sein Unterricht etwas länger, und Sessily trat froh allein den Heimweg an. Glawen, der auf sie wartete, verpaßte sie beinahe, erspähte sie jedoch noch rechtzeitig und rannte ihr nach, um sie einzuholen.

Sessily hörte seine Schritte hinter sich und blickte über die Schulter. »Einen schrecklichen Moment lang habe ich geglaubt, es sei Arles.«

»Nein, ich bin's, und ich habe über dein Problem nachgedacht.«

»Wirklich, Glawen? Wie lieb von dir! Und? Ist dir irgendwas eingefallen?«

»Ja! Ich dachte mir, daß ich dich frage, ob ich nicht vielleicht dein Begleiter beim Parilia sein könnte.«

Sessily blieb abrupt stehen und schaute ihn an. Ein Lächeln erschien auf ihrem Gesicht. »Glawen! Was für eine Überraschung! Bist du sicher, daß du mich nicht nur aus Freundlichkeit fragst?«

»Ganz sicher. Absolut sicher, um es genau zu sagen!«

»Und du hältst mich nicht für ein abscheuliches kleines Biest?«

»Das habe ich nie.«

»Wenn das so ist, dann nehme ich dein Angebot mit Freude an.«

Glawen strahlte sie verdutzt und glückselig zugleich an und ergriff ihre Hände. »Aus irgendeinem Grund fühle ich mich auf einmal ganz komisch, so als wäre ich voll mit Luftblasen.«

»So fühl ich mich auch. Ob es aus demselben Grund sein könnte?«

»Ich weiß nicht.«

»Wahrscheinlich nicht ganz derselbe. Vergiß nicht, ich bin ein Mädchen, und du bist ein Junge.«

»Das habe ich nicht für eine Sekunde vergessen.«

»Wir haben angeblich verschiedene Gründe, um die gleichen Dinge zu tun. Jedenfalls behauptet das Floreste. Er sagt, das sei es, was die Welt in Gang hält.«

»Sessily, was für ein kluger Mensch du bist!«

»Ach wo! Das hört sich nur so an.« Sessily tat einen Schritt auf ihn zu und gab ihm einen Kuß. Dann fuhr sie zurück, als sei sie erschrocken über ihre eigene Kühnheit. »Das hätte ich nicht tun sollen! Du hältst mich jetzt bestimmt für sehr dreist.«

»Na ja – für so dreist nun wieder auch nicht.«

»Es ist nur ... ich wollte dich schon seit Wochen küssen, und ich konnte einfach nicht mehr länger warten.«

Glawen wollte den Arm um sie legen, aber sie wurde mit einemmal ganz spröde. »Nur ich darf dich küssen; du mich nicht.«

»Das ist unfair!«

»Vielleicht nicht ... Komm, laß uns gehen; wir wollen doch nicht zu spät nach Hause kommen!«

Wie es der Zufall wollte, kam Arles just in dem Moment, als Sessily Glawen küßte, den Wansey-Weg heruntergeschlendert. Er blieb abrupt stehen, schaute einmal hin, dann ein zweites Mal, und dann brach er in höhnisches Lachen aus. »Hah! Hah! Da hab ich euch wohl in einem zärtlichen Moment gestört! Das tut mir aber leid! Ist das nicht ein etwas gewagter Ort für Intimitäten? Glawen, ein solches Benehmen hätte ich dir niemals zugetraut!«

Sessily lachte. »Glawen ist immer sehr nett zu mir, und deshalb küsse ich ihn. Und ich tu's vielleicht sogar noch mal. Läßt du uns jetzt vielleicht allein?«

»Warum so eilig? Vielleicht kann ich ja was Interessantes lernen.«

»Na schön, dann gehen wir eben.« Sessily nahm Glawens Arm. »Komm; hier wird's ungemütlich.«

Die zwei gingen würdevoll davon und ließen Arles wie einen Trottel auf dem Weg stehen. Sessily schaute Glawen mit bangem Blick an. »Du nimmst dir das doch nicht zu Herzen?«

Glawen schüttelte trotzig den Kopf. »Ich komm mir blöd vor.« Sessilys Arm wurde starr, und Glawen fügte hastig hinzu: »Weil ich mich nicht entscheiden konnte, wie ich reagieren sollte! Hätte ich ihm eins aufs Maul hauen sollen? Ich hab dagestanden wie eine Schaufensterpuppe! Nicht, daß du meinst, ich hätte Angst vor dem Kerl!«

»Du hast genau das Richtige gemacht«, sagte Sessily. »Arles ist ein Trampel! Er ist es nicht wert, daß du dich seinetwegen aufregst. Zumal, da du sowieso keine echte Chance gegen ihn hast.«

Glawen blies die Luft aus. »Da hast du wohl recht. Aber wenn er das noch mal macht ...«

Sessily drückte seinen Arm. »Ich will nicht, daß du dich wegen mir in eine blöde Prügelei einläßt. Bringst du mich nach Hause?«

»Natürlich!«

Am Tor vor der Auffahrt zum Veder-Haus spähte Sessily rasch in alle Richtungen. »Ich muß aufpassen; meine Mutter hält mich schon jetzt für eine wilde Range.« Sie legte neckisch den Kopf schief und küßte Glawen, der erneut versuchte, sie zu umarmen. Sessily lachte und entschlüpfte geschickt seiner Umarmung. »Ich muß gehen.«

Glawen fragte mit vor Aufregung heiserer Stimme: »Können wir uns heute abend nach dem Essen treffen?«

Sessily schüttelte den Kopf. »Ich muß ein Schaubild für die Schule zeichnen, und ich muß die Stücke proben, die ich auf dem Parilia-Fest spielen soll. Und danach muß ich ins Bett... Aber warte mal! Da fällt mir ein, daß meine Mutter morgen abend Ausschußsitzung hat; da könnte ich mich ein oder zwei Stündchen davonstehlen.«

»Also morgen abend. Und wo?«

»Kennst du unseren Rosengarten an der Ostseite des Hauses?«

»Wo die ganzen Statuen stehen und Wacht halten?«

Sessily nickte. »Da komm ich raus, wenn ich kann; sagen wir, ungefähr zwei Stunden nach Einbruch der Dunkelheit. Wir treffen uns an der Stelle, wo die Treppe von der oberen Terrasse herunterführt.«

»Ich werde da sein.«

Der nächste Tag war Milden*; an diesem Tag war schulfrei. Für Glawen schien sich dieser Tag schier endlos hinzuziehen: Minute um Minute um Minute.

Eine Stunde nach Sonnenuntergang zog er sich eine dunkelblaue Hose und ein weiches graues Hemd an. Scharde, dem die Nervosität seines Sohnes nicht entgangen war, fragte neugierig: »Was hast du denn Tolles vor? Oder handelt es sich um ein Geheimnis?«

Glawen machte eine wegwerfende Geste. »Ach, nichts Besonderes. Bloß so eine Verabredung.«

---

* Ursprünglich ›Ain-Milden‹ (wörtlich: ›Dieser Tag des Silbers‹), gleichbedeutend mit unserem heutigen ›Sonnabend‹. Die Vorsilbe Ain wurde mit der Zeit ungebräuchlich, so daß nur die Metallbezeichnung übrigblieb. Die Wochentage, beginnend mit Montag, sind: Ort, Tzein, Ing, Glimmet, Verd, Milden und Smollen. Übersetzt: Eisen, Zink, Blei, Zinn, Kupfer, Silber und Gold.

»Und wer ist die Glückliche?«

»Sessily Veder.«

Scharde schmunzelte. »Laßt euch aber nicht von ihrer Mutter erwischen. Felice Veder ist eine geborene Wook, und sie ist noch nie vom Pfade der Tugend abgekommen.«

»Das Risiko muß ich eingehen.«

»Das kann ich dir gut nachfühlen. Sessily ist ein entzückendes Mädchen, ganz ohne Zweifel! Also, ab mit dir, und ich brauche dir ja wohl nicht zu sagen …«

»Ich weiß schon, oder glaube es wenigstens zu wissen.«

»Ganz wie du möchtest.«

In der Tür drehte Glawen sich noch einmal um. »Und sag es bitte niemandem; schon gar nicht Arles!«

»Natürlich nicht. Hältst du mich für blöd?«

»Nein. Aber du hast mir selbst gesagt, man soll nie irgendwas als selbstverständlich voraussetzen.«

Scharde drückte lachend Glawens Schultern. »Du hast vollkommen recht! Aber laß dich nicht erwischen!«

Glawen lachte nervös und verließ das Zimmer. Er ging die Treppe hinunter und trat hinaus in die Dunkelheit. Seine Füße schienen ihm fast wie elektrisch geladen, und er rannte mehr als daß er ging zum Veder-Haus. Am Tor angekommen, machte er einen weiten Bogen quer über die Wiese und näherte sich dem Rosengarten. Er ging zwischen zwei großen Marmorurnen hindurch, die blaß im Sternenlicht leuchteten und aus denen sich dichte Strähnen von dunklem Efeu rankten, und betrat den Rosengarten. Zur Rechten und zur Linken standen sich Heldenstatuen in zwei Reihen gegenüber, dazwischen lagen Beete mit weißen Rosen. Jenseits davon ragten die Türme und Terrassen, Erker und Balkone von Haus Veder auf, schwarz und düster bis auf ein paar vereinzelte Rechtecke aus weichem, gelbem Licht vor dem Hintergrund der flimmernden Sternenflut von Mirceas Strähne.

Glawen ging den Weg zur Treppe hinauf. Er blieb stehen und horchte, aber der Garten war still. Der Duft von weißen Rosen hing in der Luft; und dieser Duft würde ihn fortan immer an diesen Abend erinnern.

Er war allein in dem Garten. Außer ihm waren nur die Statuen da. Er ging leise zu der Stelle weiter, an der sie verabredet waren. Sessily war noch nicht da. Er setzte sich auf eine Bank und wartete.

Die Zeit verstrich. Glawen schaute hinauf zu den Sternen, von denen er viele beim Namen nennen konnte. Er fand das Sternbild, das Endymions Laute genannt wurde. Von seinem Mittelpunkt aus würde man mit einem Teleskop von ausreichender Stärke die Alte Sonne entdecken können... Er vernahm ein schwaches Geräusch. Eine Stimme rief leise: »Glawen? Bist du hier?«

Glawen stand auf und trat aus dem Dunkeln hervor. »Ich bin hier, bei der Bank.«

Sessily stieß ein leises Jauchzen aus und rannte zu ihm; sie fielen sich in die Arme. Glawen fühlte sich wie in einem Rausch: oben die funkelnde, flirrende Sternensichel von Mirceas Strähne vor der Schwärze des unendlichen Alls; um ihn herum die blassen, duftenden Rosen und die marmornen Standbilder, bleich und stumm im Sternenschein.

»Komm«, sagte Sessily. »Laß uns zu der Laube dort gehen; dort können wir uns hinsetzen.« Sie führte ihn zu einer runden, offenen Pergola, an deren Säulen wilder Wein emporrankte. Die beiden setzten sich auf eine gepolsterte Bank, die im Halbkreis an der Innenseite der Pergola entlanglief. Minuten vergingen. Sessily regte sich und blickte zu ihm auf. »Du bist sehr still.«

»Mir gingen gerade ein paar ziemlich merkwürdige Gedanken durch den Kopf.«

»Was waren das für Gedanken? Erzähl's mir!«

»Sie sind schwer zu beschreiben; es war mehr so eine Art Stimmung als wirkliche Gedanken.«

»Versuch's trotzdem, ja?«

Glawen erzählte stockend: »Ich schaute so zum Himmel und zu den Sternen hinauf, und da fühlte ich eine plötzliche Offenheit – als ob mein Geist in dem Moment die ganze Galaxis in sich aufnehmen würde. Gleichzeitig fühlte ich all die Millionen und Milliarden von Menschen, die über die Sterne verstreut sind. Es war, als würde jeder einzelne von ihnen, jedes einzelne Leben, eine Art Summen oder Dröhnen absondern, das wie eine leise, langsame Musik klang. Für einen winzigen Augenblick konnte ich die Musik hören und ihre Bedeutung fühlen, und dann war sie auch schon wieder weg, und ich starrte die Sterne an und du fragtest mich, warum ich so still sei.«

Nach einem Moment des Schweigens sagte Sessily: »Gedanken solcher Art machen mich schwermütig. Ich stelle mir gerne vor, daß die Welt erst anfing, als ich geboren wurde, und daß sie immer weitergehen und sich niemals verändern wird.«

»Das ist ein sehr geheimnisvolles Universum.«

»Na und? Wen stört das schon? Es funktioniert jedenfalls ganz gut und paßt mir sehr gut, so wie es ist, also mache ich mir keine Gedanken um den Mechanismus, der es bewegt.« Sie richtete sich auf und beugte sich nach vorn und zur Seite, so daß sie Glawen direkt ins Gesicht sehen konnte. »Ich will nicht, daß du dir solche merkwürdigen Gedanken machst oder dir irgendwelche schaurige Musik vorsummst. Das lenkt dich nur von mir ab. Ich bin viel interessanter anzuschauen als die Sterne – glaube ich.«

»Davon bin ich überzeugt.«

Ein blasser Schimmer roten Lichts am östlichen Himmel kündigte das Kommen von Sing und Lorca an, den beiden anderen Sternen des Systems. Während sie versonnen zum Himmel blickten, tauchte erst Sing, dann

Lorca am Horizont auf: Sing sah aus wie ein bleicher orangefarbener Mond; Lorca war ein gleißender Stern, der in allen Farben des Prismas funkelte.

Sessily sagte: »Ich kann nicht mehr lange hier draußen bleiben. Die Ausschußsitzung findet in unserem Haus statt, und deine Großtante Spanchetta ist auch dabei. Sie und Mutter bekommen jedesmal Streit, und die Sitzung ist deshalb immer früh zu Ende.«

»Was für ein Ausschuß ist das?«

»Sie machen die Planung für das Parilia-Programm. Es sollen dieses Jahr weniger Vorstellungen als sonst im Orpheum stattfinden, und im Moment setzen sie sich deswegen mit Meister Floreste auseinander, was bestimmt für jeden der Beteiligten eine harte Geduldsprobe sein wird, da Meister Floreste bemerkenswert stur sein kann. Sein Lebenstraum ist ein neues Orpheum direkt gegenüber vom Lyzeum, und jeder Sol von den Außenwelt-Tourneen der Mimentruppe fließt in seinen Fonds.«

»Hast du ihm gesagt, daß du aufhörst?«

»Noch nicht. Aber er wird sich nicht viel draus machen, weil er sowieso schon damit rechnet. Er richtet sein Material immer geschickt nach dem Talent seiner jeweiligen Leute aus; deshalb ist er auch so erfolgreich. Zum Parilia wird er drei Kurzaufführungen haben, und ich nehme an allen dreien teil: Musikalische Neuheiten am Verd- und am Mildabend, und Smollenabend ein Schauspiel, in dem ich als Schmetterling mit vier Flügeln auftreten soll. Ich möchte mir gern selbst mein Kostüm machen, eins aus echten Schmetterlingsflügeln.«

»Das dürfte aber kompliziert sein.«

»Nicht, wenn du mir dabei hilfst. Darfst du schon fliegen?«

Glawen nickte. »Chilke hat mir letzte Woche meinen Schein für fortgeschrittene Anfänger ausgestellt. Ich habe auf allen Mitrex-Trainingsmaschinen erfolgreich die Prüfung abgelegt.«

»Prima! Dann können wir runter nach Maroli Meadow fliegen und Schmetterlingsflügel sammeln.«

»Ich wüßte nicht, was dagegen spräche – wenn deine Mutter es erlaubt, was ich bezweifle.«

»Das bezweifle ich auch – jedenfalls, wenn ich sie vorher frage. Also erzähl ich ihr's erst, wenn wir wieder zurück sind –, falls sie mich fragt. Es wird Zeit, daß ich anfange, selbständig zu werden, findest du nicht auch? Aber nicht zu sehr; für ein Weilchen bin ich ganz gern noch ein kleines Mädchen... Aber ich muß jetzt rein, bevor meine Mutter was merkt. Sie hat so ihre eigenen Vorstellungen von Selbständigkeit.«

»Wann willst du denn nach Maroli Meadow? Ich müßte es einen oder zwei Tage vorher wissen.«

»Übernächsten Ing ist schulfrei. Der Calliope-Club plant eine Schwimm-Party mit Picknick oben am Blue Mountain-See. Vielleicht können wir beide dann ja unser eigenes Picknick in Maroli Meadow machen.«

»Sehr gute Idee. Ich sag Chilke, er soll mir für den Tag eine Mitrix reservieren.«

Sessily stand auf. »Am liebsten würde ich ja hierbleiben – aber ich muß jetzt los! Paß auf dem Heimweg gut auf dich auf! Fall nicht hin und brich dir was, und daß du mir nicht unter die Räuber fällst!«

»Ich werd schon aufpassen.«

VII

Chilke hatte Glawen selbst ausgebildet und erklärte sich sofort bereit, ihm eine Mitrix bereitzustellen und den Flug als sogenannte ›Kadetten-Tagesstreife‹* zu deklarieren.

---

* Erkundungsflüge über das Konservat zur Überwachung der Viehherden oder zur Suche nach etwaigen Anzeichen von Seuchen oder krankhaften Umweltveränderungen oder von Naturkatastrophen wie Fluten, Feuersbrünste, Stürme und Vulkanausbrüche – und, last not least, zur Feststellung eines etwaigen Vordringens der Yips auf das Festland. Für diese Kurzpatrouillen wurden meist qualifizierte Kadetten eingesetzt.

Früh am Morgen des verabredeten Tages fanden sich Glawen und Sessily am Flughafen ein, Glawen mit zwei Weidenkörben und einem langstieligen Schmetterlingsnetz bewaffnet, während Sessily einen Picknickkorb mitgebracht hatte.

Chilke zeigte auf eine Maschine, die nicht weit von ihm stand. »Da ist deine Mitrix. Aber wozu die Körbe und das Schmetterlingsnetz?«

»Wir wollen in Maroli Meadow kurz runtergehen, um Schmetterlingsflügel zu sammeln«, erklärte Sessily. »Ich brauche sie für mein Parilia-Kostüm. Ich soll als ein schöner Schmetterling mit vier Flügeln in einem Stück auftreten.«

»Das wirst du ganz ohne Zweifel auch sein«, sagte Chilke galant.

»Aber erzählen Sie das niemandem!« warnte ihn Sessily. »Es soll eine Überraschung werden.«

»Keine Angst! Ich werde schweigen wie ein Grab.«

»Und was für ein Kostüm ziehst du an?« wollte Glawen wissen.

»Kostüm? Ich? Ich bin bloß einer der Helfer.«

»Komm, Chilke, führ uns nicht an der Nase rum! Du wirst doch bestimmt auf dem Fest sein!«

»Nun ja – vielleicht. Das ist das einzige Ereignis, bei dem ich auch dabeisein darf, aber nur, weil ich eine Maske über dem Gesicht habe. Ich gehe als Chitterjay, der Clown – da brauche ich mich nicht erst groß zu verkleiden. Und du? Als was gehst du?«

»Ich gehe als Schwarzes Teufelchen, mit einer enganliegenden schwarzen Samthaut und schwarz angemaltem Gesicht.«

»Dann bist du also nicht bei den Kühnen Löwen.«

»Keine Chance! Die kommen alle im Löwenkostüm.« Glawen deutete auf die Mitrix. »Ist sie startklar?«

»So ziemlich, wenn man bedenkt, daß es ein Araminta-Flieger ist. Dann wollen wir mal sehen, ob du den Check noch im Kopf hast.«

Chilke sah aufmerksam zu, wie Glawen den Routine-Check durchführte. »Treibstoff: voll«, sagte Glawen. »Reserveenergie: voll. Navigator: okay. Zeit: korrekt. Stromkreise: blaues Licht. Funkgerät: blaues Licht. Hilfsdose: blaues Licht. Notsignale: am Platz. Pistole: im Halter. Wassertank: voll. Notgerät: am Platz. Aggregate: okay. Alle Systeme klar: blaues Licht.«

Glawen beendete den Check zu Chilkes Zufriedenheit. »Und denk an zwei Dinge«, sagte Chilke. »In Maroli Meadow mußt du zusehen, daß du auf der Rampe landest. Wenn du einen Hügel aufreißt, hast du alles sofort voll Insekten und verfluchst den Tag, an dem du geboren bist. Zweitens: geh nicht in den Wald; in der Gegend sind Rankenköpfe gesichtet worden. Also halte die Augen offen und bleib in der Nähe des Fliegers.«

»Jawohl, Sir. Wir werden aufpassen.«

Glawen und Sessily verstauten ihre Sachen, kletterten in den Flieger, winkten Chilke noch einmal zu, und dann hoben sie ab. Glawen schaltete den Autopiloten ein, und sie flogen in einer Höhe von tausend Fuß Richtung Süden.

Die Mitrix flog mit mäßiger Geschwindigkeit über Plantagen und Weingärten, überquerte den Wan-Fluß und die Große Lagune, ließ die Enklave hinter sich und glitt fort über die Wildnis, die hier eine friedliche Savanne aus flachen Hügeln war, überzogen mit einem Teppich aus niedrigen blaugrauen Pflanzen und blaßgrünen Büschen, gesprenkelt mit dunkelgrünen Dendriten, die entweder allein oder in kleinen Gruppen standen, und vereinzelten Rauchbäumen, die ihre an Rauchwölkchen – daher der Name – erinnernden blauen Laubbüschel dreihundert Fuß hoch in die Luft reckten. Zum Westen hin wurden die Hügel höher, wuchsen von Kette zu Kette an und schwollen schließlich zum mächtigen Muldoon-Gebirge. Aus der Höhe gut zu erkennen war der Flutterby-Paß: diese enge Scharte, die quer durch das Gebirge ging, wirkte wie ein Trichter, der die Myriaden von Schmetterlingen auf ihrer Wanderschaft hinunter ins Maroli-Tal zu ihrem Rendezvous mit dem Meer leitete.

Zehn Meilen, zwanzig Meilen, dreißig Meilen: unter ihnen lag Maroli Meadow, eine große, lange Wiese, die einem grellbunten, mit Hunderten Farben gesprenkelten Teppich glich. Der Flieger sank langsam durch Wolken von Schmetterlingen nach unten. Glawen schaute durch den Sucher und fixierte den hellgrünen Kreis auf einer Betonrampe, die für die Omnibusflieger der Touristen angelegt worden war. Glawen drückte auf den Landeknopf, und die Mitrix senkte sich auf die Rampe.

Die zwei blieben noch einen Moment sitzen und schauten sich auf der Wiese um. Sie waren allein. Außer den Schmetterlingen rührte sich nichts. Zu ihrer Rechten, in einer Entfernung von vielleicht hundert Schritt, erhob sich dichter, dunkler Wald; zu ihrer Linken lag der Waldsaum noch näher. Geradeaus, in einer etwas größeren Entfernung, öffnete sich die Wiese zum Ozeanstrand; dahinter schimmerte blau der Ozean.

Sie öffneten die Tür und traten hinaus auf die Rampe. Der Himmel flimmerte von den Flügeln von Millionen Schmetterlingen, die aus allen Teilen von Deucas eintrafen. Der Schlag ihrer Flügel erzeugte ein leises, kaum hörbares Summen; die Luft war von einem schweren, süßen Geruch erfüllt. In riesigen Schwärmen, jeder von einer eigenen, spezifischen Farbe: scharlachrot und blau; hellgrün; zitronengelb und schwarz; purpur, lavendel, weiß und blau; purpur und rot, quollen sie auf die Wiese herab, einander umtanzend und umkreisend wie bunte Schneeflocken. Oft kam es vor, daß einer dieser Schwärme durch einen anderen hindurchflog und die Farben sich auf faszinierende Weise miteinander zu vermengen schienen, völlig neue, scheinbar nie zuvor gesehene Farbschattierungen von verblüffender, geradezu pointillistisch anmutender Leuchtkraft erzeugend.

Nach einer Weile scheinbar ziellosen Umherirrens ließen sich die Schwärme schließlich auf dem Baum nieder, der ihren jeweiligen Artgenossen vorbehalten war. Dort warfen sie sofort ihre Flügel ab, so daß ein stetiger Farbenregen auf die Wiese herniederrieselte und sie in einen Teppich von faszinierender Buntheit verwandelte.

Sobald dies geschehen war, rannten sie, nunmehr zu grauen, zwei Zoll großen Raupen mit sechs starken Beinen und hornartigen Mandibeln geworden, den Baumstamm hinunter zur Erde und trippelten, so schnell ihre sechs Beine sie trugen, zum Ozean.*

---

* Der Lebenszyklus des Schmetterlings ist höchst interessant. Sobald er seine Flügel abgeworfen hat, macht er sich auf den Weg zum Meer – eine Reise, die beträchtliche Abenteuer für ihn bereithält. Zuerst müssen die Raupen vier Fuß hohe Erdhügel überwinden, aus denen ganze Bataillone von Kriegerinsekten hervorgestürmt kommen, die danach trachten, die Raupen zu töten oder gefangenzunehmen und in die Hügel zurückzuschleppen. Die Raupen stehen ihnen jedoch keineswegs hilflos gegenüber; sie blenden ihre Feinde zuerst mit einem Tintenstrahl, dann beißen sie ihnen den Kopf ab und marschieren weiter. Auf der ganzen Wiese von Maroli toben fortwährend wütende Schlachten, während die Horden von Ex-Schmetterlingen ungerührt vorübermarschieren.

Glücklich am Strand angekommen, und jetzt nur mehr zehn Schritt von ihrem Ziel entfernt, sehen sich die Raupen einer neuen Bedrohung ausgesetzt: pfeilschnell herabstoßenden Vögeln. Die Überlebenden dieser Verheerung erwartet dann noch eine letzte, nicht minder bedrohliche Prüfung: der Yoot, ein Hybride aus Mandroli und Ratte (Mandroli-Hybriden sind auf ganz Cadwal verbreitet), ein massiges, halb im Wasser, halb auf dem Land lebendes Tier von träger Disposition, das den Strand abwandert und die Raupen mit seinem langen Rüssel aufsaugt. Eine abstoßende Kreatur mit rosa und schwarz gefleckter Haut, sondert der Yoot, wie auch viele andere Tiere Cadwals, einen üblen Geruch ab.

Die Raupen, die den Kriegerinsekten, den Vögeln und den Yoots entronnen sind, zählen immer noch nach Millionen. Sie stürzen sich in die Brandung und beginnen nun eine neue Phase ihres bemerkenswerten Lebenszyklus.

Glawen und Sessily holten ihre Netze und Körbe aus dem Flieger, und Glawen steckte sich, Chilkes mahnende Worte eingedenk, die Pistole in den Gürtel.

»Was willst du denn mit der Pistole?« fragte Sessily verwundert. »Hier liegen haufenweise lose Flügel herum; du brauchst die Schmetterlinge nicht erst abzuschießen.«

Glawen antwortete: »Eines der ersten Dinge, die mein Vater mir beigebracht hat, war: gehe niemals auch nur drei Schritte in die Wildnis ohne eine Waffe.«

»Die größte Gefahr, die hier lauert, ist, daß man in etwas Feuchtes und Klebriges tritt«, sagte Sessily. »Komm; laß uns unsere Flügel holen und verschwinden. Ich krieg kaum Luft bei dem scheußlichen Gestank.«

»Weißt du schon, welche Farben du haben willst?«

»Laß uns ein paar blaue und grüne von dem Baum da vorn holen, und ein paar rote und gelbe von dort drüben, und dann noch ein paar schwarze und purpurfarbene von dem da hinten; das reicht voll und ganz.«

Zwischen den ufernahen Felsen und Riffs mästen sich die einstmaligen Schmetterlinge im Plankton, werfen ihre Beine ab, bilden einen biegsamen Rückenschild und eine fischähnliche Schwanzflosse aus und verwandeln sich zu gehöriger Zeit in Fische von sechs Zoll Länge. Sodann schwimmen sie, einem geheimnisvollen Signal folgend, nach Osten und von Deucas fort, und treten eine Wanderschaft an, die sie um die halbe Welt führt. Schließlich erreichen sie eine Gegend im Süden von Ecce, wo ein riesiger Damm aus Seetang in einem Strudel der Meeresströmung gefangengehalten wird. Hier pflanzen die einstmaligen Schmetterlinge, nunmehr Fische von einem Fuß Länge, sich fort und legen ihre Eier im Seetang ab. Damit hat sich ihr Schicksal erfüllt: sie verenden und treiben an die Oberfläche. Der aus den Eiern entstehende Krill ernährt sich von den Kadavern seiner Eltern. Nachdem sie zehn Häutungen durchlaufen und sich zur Larve fortentwickelt haben, kriechen die Kreaturen an die Oberfläche des Tangs und trocknen ihre Flügel. Sodann schwingen sie sich in die Luft und machen sich ohne Umstände nach der Westküste von Deucas auf.

Sie bahnten sich behutsam ihren Weg über die Wiese zu den Bäumen, die Sessily ausgesucht hatte. Mit dem Netz fing Glawen die herabrieselnden Flügel auf und schlichtete sie vorsichtig in die Körbe: als erstes die smaragdgrünen und blauen, dann die granatapfelroten und zitronengelben, und schließlich die purpurnen, die schwarzen und die weißen.

Als er fertig war, verharrte Sessily noch einen Moment unschlüssig. Glawen fragte: »Ist das genug?«

»Das denke ich schon«, antwortete Sessily. »Ich hätte zwar noch ganz gern welche von den gelbroten und grünen da hinten, aber es ist zu weit, um dahin zu laufen, und von diesem Gestank wird mir ganz schlecht.«

»Ich sehe noch einen anderen Grund«, sagte Glawen, und seine Stimme klang plötzlich gepreßt. »Laß uns zum Flieger zurückgehen, und zwar schnell.«

Sessily folgte seinem Blick und sah auf der anderen Seite der Wiese ein langes, massiges Tier. Es war pechschwarz bis auf sein weißes, seltsam menschlich anmutendes Gesicht. Es trottete auf sechs krallenbewehrten Füßen am Rande des Waldes entlang; seine scherenförmigen Klauen hielt es vor der Brust ineinander verhakt, gleichsam in der Haltung eines Betenden. Es war dies der halbintelligente Muldoon-Rankenkopf, so genannt wegen der sich rankenartig windenden schwarzen Fühler auf seinem Kopf.

Glawen und Sessily machten sich so unauffällig wie möglich auf den Weg zum Flieger, aber der Rankenkopf bemerkte die Bewegung sofort. Er wandte sich um und trottete vorwärts, ihnen den Weg abschneidend.

Die Kreatur blieb etwa hundert Fuß vor ihnen stehen, um die Lage einzuschätzen, dann stieß sie ein klagendes Wimmern aus, gefolgt von einem tiefen, dröhnenden Stöhnen, und begann sich mit unheilverkündender Bedächtigkeit an sie heranzupirschen.

Glawen stieß zwischen zusammengebissenen Zähnen hervor: »Mein Vater hatte recht – wie immer.« Er zog die schwere Pistole aus seinem Gürtel und zielte auf den Rankenkopf, der sofort stehenblieb; von irgendwoher hatte er erfahren, daß Menschen, die mit Waffen zielten, noch gefährlicher waren als er selbst. Er gab erneut ein klagendes Wimmern von sich, dann wandte er sich um und rannte mit langen Sätzen zum Strand, wo er sich auf einen der Yoots stürzte. Das markerschütternde, schrille Quieken des Angegriffenen erstarb zu einem klagenden Schluchzen, und dann kehrte Stille ein.

Glawen und Sessily waren sofort zum Flieger gerannt, hatten hastig ihre Körbe und Netze verstaut und waren gestartet.

Mit tiefempfundener Erleichterung sagte Glawen: »Sicherheit! Noch nie habe ich sie so geschätzt!«

»Es war nett von dem Biest, wegzulaufen«, sagte Sessily.

»Sehr nett. Es hat sich entschlossen, mir noch mal eine Chance zu geben. Meine Hände haben so stark gezittert, daß ich das Vieh nie im Leben getroffen hätte. Ich bezweifle, ob ich es überhaupt geschafft hätte, abzudrücken... Ich bin alles andere als zufrieden mit mir.«

Sessily sagte in besänftigendem Ton: »Natürlich hättest du es getroffen, und ganz bestimmt an einer sehr empfindlichen Stelle. Das Biest hat das gemerkt. Außerdem habe ich ihm gesagt, daß es verschwinden soll.«

»Du hast *was?*«

Sessily lachte fröhlich. »Ich habe meine telepathischen Kräfte benutzt und ihm gesagt, es soll abhauen. Es spürte, daß mein Wille stärker war als seiner, und hat mir gehorcht.«

»Hm«, murmelte Glawen. »Sollen wir zurückfliegen und es noch einmal probieren?«

»Glawen! Du bist gemein! Mich so zu ärgern! Ich habe doch nur versucht, zu helfen.«

Glawen sagte nachdenklich: »Ich überlege, ob wir irgend jemandem etwas von diesem Vorfall erzählen sollen. Es könnte vielleicht zu alarmierend klingen, wie eine gefährliche Notsituation – und das war es ja auch.«

»Wir sagen nichts davon. Hast du Hunger?«

»Dazu steckt mir noch zu sehr der Schreck in den Gliedern.«

Sessily deutete nach vorn. »Da drüben ist ein lauschiger Hügel, genau das Richtige für unser Picknick.«

VIII

Am frühen Nachmittag kamen Glawen und Sessily nach Station Araminta zurück. Glawen landete den Flieger im Park auf der Rückseite des Veder-Hauses, wo Sessily mit ihren Flügeln, ihrem Netz und ihrem Picknickkorb ausstieg. Sodann flog Glawen die Mitrix zum Flughafen und stellte sie neben dem Hangar ab.

Chilke kam heraus, um ihn zu begrüßen. »Na? Wie ist die Schmetterlingsjagd verlaufen?«

»Ganz gut«, antwortete Glawen. »Sessily ist zufrieden mit der Ausbeute.«

Chilke warf einen prüfenden Blick auf die Mitrix. »Der Flieger scheint ja noch heil zu sein. Wieso bist du so blaß?«

»Ich bin nicht blaß«, sagte Glawen. »Jedenfalls habe ich nicht das Gefühl.«

»Du siehst aus wie ein Gespenst.«

»Nun ja, da war tatsächlich was, aber ich möchte nicht gern darüber reden.«

»Na komm schon, erzähl! So schlimm kann es doch nicht gewesen sein.«

Glawen zierte sich noch einen Moment lang, aber dann sprudelte es förmlich aus ihm heraus. »Also; folgendes ist passiert: Wir waren gerade mit dem Sammeln fertig und wollten zurück zum Flieger, da kam ein dicker schwarzer Rankenkopf aus dem Wald. Er entdeckte uns sofort und begann sich an uns ranzupirschen. Ich zog die Pistole und zielte auf ihn, aber ich brauchte nicht mehr zu schießen, weil er sich plötzlich umdrehte und runter zum Strand lief, wo er sich über einen Yoot hermachte. Sessily sagt, sie hätte ihn mit Hilfe von Telepathie verjagt, und wie es aussieht, hat sie das tatsächlich; ich selbst hatte viel zuviel Schiß, um selbst auf so einen vernünftigen Gedanken zu kommen.« Glawen holte tief Luft. »Ich hatte so einen Datterich, daß ich kaum die Knarre halten konnte.«

»Eine sehr bewegende Geschichte«, sagte Chilke. »Geht sie noch weiter?«

»Wir hauten mit Volldampf ab und waren froh, daß wir weg waren. Ungefähr zehn Meilen weiter nördlich hatten wir uns wieder einigermaßen beruhigt und gingen auf einem Hügel runter und aßen unser Mittagessen. Ich war immer noch sauer auf mich. Ich dachte, ich hätte einige Übung im Schießen und ein ganz gutes Gefühl dafür. Ich zielte auf einen Felsen und drückte ab. Die Knarre machte *klick!* Da hab ich das Magazin überprüft und festgestellt, daß das verdammte Ding überhaupt nicht geladen war.«

Chilkes Kinnlade fiel herunter. »Das ist wirklich ein Ding! Da verschwendest du deinen Datterich für eine leere Knarre!«

»So hab ich das noch gar nicht gesehen.«

Einen Moment lang pfiff Chilke mißtönend durch die Zähne. Schließlich sagte er: »Wenn wir denn nicht umhin kommen, irgend jemandem Vorwürfe zu machen, dann können wir gleich mit dir anfangen. Die Überprüfung des Magazins ist Aufgabe des Benutzers; so lautet die Regel.«

Glawen senkte schuldbewußt den Kopf. »Ich weiß. Ich hab's verpatzt.«

»Der zweite auf der Liste bin ich. Ich hab hier gestanden und dir beim Check zugeschaut und nichts gesagt, als du vergessen hast, das Magazin zu überprüfen. Meine einzige Entschuldigung ist, daß ich die Pistole selbst vor drei Tagen geladen habe. Wir haben beide eine Lektion gelernt, will ich hoffen. Und jetzt kommen wir zur Sache. Wieso war keine Munition in der Waffe? Ich schätze, ich weiß, warum. Dieser verdammte Halunke Sisco! Ha! Den werde ich mir vorknöpfen! So ein Mistkerl! Der kriegt eine Tracht Prügel, die sich gewaschen hat! Aber erst müssen wir ihn mal finden. Es ist ein wahres Vergnügen, den Yips beim Lügen zuzuhören, besonders, wenn sie ahnen, daß sie sich nicht mehr herauswinden können.«

Chilke schaute in den Hangar. »Sisco? Wo steckst du? Schläfst du schon wieder? Ah, ich sehe, du schläfst nicht; du hast dich nur hingelegt, um dich ein bißchen auszuruhen. Wieso bist du denn so müde? Du hast doch noch gar nichts gearbeitet. Aber egal. Komm raus; ich will mich mit dir unterhalten!«

Sisco kam aus dem Hangar: ein junger Mann mit goldbrauner Haut, einem Haarschopf von fast der gleichen Farbe, feinem Körperbau und Gesichtszügen von klassischer Schönheit. Wenn es an seinem Äußeren überhaupt etwas zu bemäkeln gab, dann höchstens, daß seine Augen vielleicht eine winzige Idee zu weit auseinander standen. Er blickte nervös zwischen Chilke und Glawen hin und her, dann trat er, das undefinierbare Yip-Lächeln auf dem Gesicht, zögernd nach vorn.

Chilke fragte in freundlichem Ton: »Sisco, kennst du denn Unterschied zwischen einer schweren Tracht Prügel, einer gewaltigen Tracht Prügel und einer Tracht Prügel, die man sein Leben lang nicht vergißt?«

Sisco schüttelte lächelnd den Kopf. »Sie sprechen in Rätseln. Ich kenne nichts von diesen schlimmen Dingen, die in einer höflichen Unterhaltung nichts zu suchen haben.«

»Kennst du denn den Unterschied zwischen ›mein‹ und ›dein‹?«

Verwirrung trat in Siscos Gesicht. »Um Ihre Frage richtig beantworten zu können, muß ich erst wissen, auf welches Ding sich dieses ›mein‹ und dieses ›dein‹ beziehen soll. Oder ist es wieder so eine Gemeinheit, die Sie mir an den Kopf werfen wollen, und noch dazu vor diesem Jungen?«

Chilke schüttelte traurig den Kopf. »Manchmal, Sisco, treibst du mir mit deinen seltsamen Vorstellungen die Schamröte ins Gesicht.«

»Das lag aber nicht in meiner Absicht.«

»Macht nichts. Ich will, daß du jetzt mit mir kommst, und zwar dorthin, wo du die Munition aus der Pistole hingetan hast.«

»Pistole? Munition?« fragte Sisco verblüfft.

»Rück sie raus, bevor ich dich verprügle.«

»Ha, ha, ha.«

»Wieso lachst du?«

»Ihre Scherze, über Dinge wie Munition und dergleichen – sie sind so witzig.«

»Das sind keine Scherze. Glawen lacht auch nicht. Schau ihn an. Wenn er lacht, kannst du auch lachen.«

»Jawohl, Sir. Soll ich ihn jetzt anschauen, jetzt sofort, oder soll ich wieder an meine Arbeit gehen?«

»Zuerst gibst du mir mal die Munition aus der Pistole in der Mitrix. Wo ist sie?«

»Ach so! *Die* Munition! Warum haben Sie das nicht gleich gesagt? Sie haben mir vielleicht einen Schreck eingejagt! Sie taugte nichts, und ich habe sie rausgenommen, um bessere reinzutun, und bevor ich dazu kam, mußte ich schon wieder tausend andere Dinge erledigen. Und als ich wiederkam, war die Munition weg. Irgend jemand muß gesehen haben, daß sie schlecht war, und hat sie weggeworfen.«

»Glawen, hast du schon einmal solche Lügengeschichten gehört? Bring mir mal den Strick dort, damit ich Sisco festbinden kann.«

»Nun ja«, sagte Sisco beklommen. »Ich weiß, daß Sie

gerne Späße unter Freunden machen, aber manchmal ist es netter, das zu benutzen, was ich freundliche Worte nenne. Was wird dieser Junge sonst noch denken? Ich bin eine feine Person.«

»Zum letztenmal: Wo ist die Munition?«

»Wie? Ach so, ja, das Zeug! Ich glaube, ich habe da etwas, das so aussah, hinter der Werkstatt liegen sehen. Irgendeine unfolgsame Person, oder vielleicht sogar ein Dieb, muß sie dort hingelegt haben.«

»Das hast du ganz richtig ausgedrückt. Glawen hat heute versucht, einen Rankenkopf zu erschießen, als dieser ihn angriff. Er zielte mit der Waffe auf ihn, und als er abdrücken wollte, war keine Munition drin, weil du sie geklaut hast! Zum Glück kriegte der Rankenkopf Angst und rannte weg.«

»Fürwahr ein tolles Wagestück!« sagte Sisco. »Sie, junger Herr, besitzen eine geheime Kraft! Ich kann sie fühlen! Können Sie sie auch fühlen, mein Freund Chilke? Es ist eine edle Kraft! Welch ein Segen für Sie! So, und nun bin ich ausgeruht und muß mich meinen Pflichten widmen.«

»Erst gibst du mir die Munition!« sagte Chilke. »Hinter der Werkstatt, sagst du?«

Sisco hob nervös den Finger. »Da ist mir gerade was eingefallen! Ich glaube, mich erinnern zu können, daß ich das wertlose alte Zeug in mein Zimmer gebracht habe! Ihr könnt euch in Ruhe hinsetzen und ausruhen! Ich renne sofort los und hole sie!«

»Ich komme auch mit, aber nicht im Laufschritt. Glawen, was ist mit dir? Kommst du auch mit?«

»Ich habe für heute genug Aufregung gehabt. Ich gehe nach Hause.«

»In Ordnung. Wenn du mal wieder ein bißchen Zeit hast, zeige ich dir, wie man mit der Waffe umgeht. Man kann es falsch machen, und man kann es richtig machen. Es kann nie schaden, zu wissen, wie man mit so einem Ding umgeht; die Leute, die den Kopf in den

Sand stecken, wenn sie in eine brenzlige Situation kommen, kriegen bloß einen Tritt in den Arsch.«

»Ich werde gern auf dein Angebot zurückkommen.« Glawen ging.

Scharde war nicht da, als Glawen in ihre Wohnung im Clattuc-Haus zurückkam. Glawen warf sich erschöpft auf die Couch und schlief sofort ein.

Als er erwachte, war Syrene bereits untergegangen, und Dämmerung lag über Station Araminta. Scharde war immer noch nicht zurück: das war sehr ungewöhnlich.

Glawen wusch sich das Gesicht und die Hände, kämmte sich und ging hinunter in den Speiseraum, um sein Abendessen einzunehmen. Wenige Minuten später tauchte Arles auf. Glawen schaute weg, in der Hoffnung, Arles werde ihn vielleicht nicht bemerken, aber vergebens. Arles marschierte quer durch den Raum und setzte sich neben ihn. »Du hast ja mächtig Staub aufgewirbelt! Was war denn los?« fragte er, kaum, daß er Platz genommen hatte.

»Ich weiß nicht, wovon du redest.«

Arles lachte schallend. »Hältst du mich für blöd? Du hast Sessily mit dem Flieger mitgenommen und bist mit ihr an ein schönes lauschiges Plätzchen geflogen, wo du es ungestört mit ihr treiben konntest. Dann hast du, wie ich höre, die Pistole verloren, und als du zurückgekommen bist, hast du die Schuld dafür dem Yip in die Schuhe geschoben, und der arme Kerl mußte es ausbaden.«

Glawen starrte Arles entrüstet an. »Wo hast du diesen ausgemachten Unsinn her?«

»Das ist doch egal! Und das ist noch nicht alles!«

»Du meinst, du hast noch mehr von diesem Quatsch auf Lager?«

»Natürlich! Chilke, dein sauberer Freund, glaubte dir deine Geschichte mal wieder und fing an, den armen

Yip runterzumachen. Da schritt Namour ein und machte Chilke klar, wo er sich befindet! Ein Wort gab das andere, und am Ende entließ Namour Chilke von seinem Posten. Und das ist das Ergebnis deiner kleinen Expedition.«

Glawen erwiderte in verächtlichem Ton: »An dem, was du da quatschst, ist aber auch nicht ein Wort wahr. Sessily und ich sind nach Maroli Meadow geflogen, um Schmetterlingsflügel zu sammeln, und nicht, um ›es miteinander zu treiben‹, wie du es so elegant formulierst.»

Arles gab ein schmieriges Lachen von sich. »Umso blöder von dir! Ich habe gesehen, wie sie sich verhält, wann immer ein Bursche in ihrer Nähe ist: erzähl mir nicht, sie wäre die Unschuld in Person!«

»Ich sage dir bloß die Wahrheit. Ich habe keine Pistole verloren; ich habe lediglich festgestellt, daß Sisco die Munition geklaut hat, und das Chilke gesagt.«

»Hm! Namour glaubt das nicht, und deshalb hat er Chilke gefeuert. Das ist maßgeblich.«

Scharde kam in den Speiseraum. Er setzte sich Glawen gegenüber und fragte: »Wo hast du denn während dieses ganzen Theaters gesteckt?«

»Ich habe geschlafen. Arles sagt, Namour hätte Chilke aus seinem Job gefeuert. Ist das das Theater, von dem du sprichst?«

Scharde sah Arles überrascht an. »Namour ist dazu gar nicht befugt. Er ist verantwortlich für die Yips, mehr nicht. Wo hast du diesen Unsinn her?«

»Von meiner Mutter«, brummte Arles. »Sie hat gesagt, Namour wäre für alle Außenarbeitskräfte zuständig.«

»Das stimmt nicht. Namour und Chilke arbeiten beide für Amt D, auf etwa der gleichen Rangstufe. Zweitens hat eine Entlassung Chilkes nie zur Debatte gestanden. Wenn überhaupt jemand eine Erklärung schuldig ist, dann ist das Namour. Amt B hat die Sache den ganzen Nachmittag über untersucht, und ich gehe gleich wieder zurück ins Amt, sobald ich was gegessen habe.«

Arles sagte mürrisch: »Ich habe das aber alles ganz anders gehört. Aber du wirst ja wohl wissen, wovon du redest.«

»Eines kann ich dir schon mal sagen«, sagte Scharde. »An der Sache ist mehr dran, als einem auf den ersten Blick ins Auge fällt. Mehr will ich dazu jetzt nicht sagen; aber morgen wirst du mehr wissen.«

IX

Am Nachmittag des darauffolgenden Tages ging Glawen zum Haus der Verders, um Sessily beim Basteln ihrer Schmetterlingsflügel zu helfen. Während sie arbeiteten, berichtete er Sessily von den Ereignissen, die sich im Anschluß an ihre Rückkehr und die Rückgabe der Mitrix zugetragen hatten. »Ich habe Chilke heute morgen getroffen«, erzählte Glawen. »Er sagt, ich hätte das Beste verpaßt. Er sagt, es wäre wie eine Dressurnummer im Zirkus gewesen, bei der ein dramatischer Höhepunkt den nächsten gejagt hätte. Namour fing automatisch an, Sisco zu verteidigen, ohne sich auch nur im geringsten um die Fakten zu scheren. Er sagte zu Chilke: ›Natürlich klauen sie hier und da mal eine Kleinigkeit, das wissen wir doch alle! Was erwartest du von ihnen? Das sind halt kleine Nebeneinkünfte; die gehören zu ihrem Job!‹

›Nicht mehr!‹ erwiderte Chilke. ›Mit diesen Nebeneinkünften ist es seit dem Tag vorbei, an dem ich die Leitung des Flughafens übernommen habe.‹

Das war der Punkt, an dem Namour Chilke gefeuert hat. Er sagte: ›Wenn das so ist, dann bist du auf der Stelle von deinem Posten entbunden! Pack deine Siebensachen zusammen und verschwinde vom Planeten! Du wirst nämlich ganz bestimmt nichts daran ändern, wie wir hier auf Station Araminta die Dinge regeln!‹

Chilke lachte ihn bloß aus. Er sagte: ›Munition zu stehlen, ist kein bloßer Dummejungenstreich. Wenn du meinst, doch, dann solltest vielleicht besser du deine Sachen packen und verschwinden. Munitionsdiebstahl ist eine sehr ernste Angelegenheit. Wir gehen jetzt sofort los und durchsuchen Siscos Zimmer. Alles, was aus dem Flughafen ist, will ich zurückhaben, und zwar sofort! Ich bin für das Zeug verantwortlich.‹

Namour weigerte sich, mitzugehen. Chilke sagte, dann würde er eben allein Siscos Zimmer durchsuchen. Da schien Namour offenbar den Kopf zu verlieren. Er drohte Chilke, wenn er auch nur einen Schritt in Siscos Zimmer machen würde, würde er ihn von den Yips, die ihm unterstünden, vom Gelände werfen lassen.

Chilke hatte keine Lust mehr, sich weiter mit Namour herumzustreiten und rief Amt B an. Da kühlte Namour sich auf einmal ab und nahm wieder Vernunft an. Während sie warteten, schlich Sisco sich zu seinem Zimmer, offenbar in der Absicht, die Beute zu verstecken. Darauf hatte Chilke nur gewartet und folgte Sisco in das Zimmer. Er fand ein erstaunliches Warenlager vor: eine Pistole, mehrere Streifen Munition, Werkzeuge, Fliegerersatzteile: alles Zeug, das Sisco im Flughafen gestohlen hatte.

Inzwischen war Spanchetta auf dem Schauplatz eingetroffen. Sie regte sich fürchterlich auf und fragte Chilke: ›Wie können Sie es wagen, den armen Sisco wegen solcher Lappalien zu bedrohen?‹ Und: ›Finden Sie nicht, daß das eine unverzeihliche Anmaßung ist, das Gesetz in Ihre eigenen Hände zu nehmen, und das auch noch, nachdem Sie von Ihrem Posten entbunden worden sind?‹«

Sessily fragte fasziniert: »Und was hat Chilke darauf erwidert?«

»Er sagte: ›Madame, ich bin weder meines Postens enthoben worden, noch habe ich das Gesetz in meine eigenen Hände genommen. Ich habe lediglich – um bei

Ihrem Bild zu bleiben – Eigentum des Flughafens in meine eigenen Hände genommen. Es verkörpert eine beträchtliche Summe Geldes.‹

Darauf erwiderte Spanchetta, Prinzipien seien wichtiger als Geld, aber inzwischen waren die Leute von Amt B auf den Plan getreten: mein Vater, Wals Diffin und der alte Bodwyn Wook höchstpersönlich. Keiner stimmte Spanchetta zu, nicht einmal Namour.

»Und was passiert jetzt mit Sisco?«

»Er wird ohne Lohn nach Yipton zurückgeschickt; das ist so ziemlich alles, was sie vernünftigerweise mit ihm machen können. Aber der Fall ist noch nicht abgeschlossen. Alle sind im Moment unten auf dem Gelände und machen eine genaue Inspektion, und sogar der neue Konservator ist benachrichtigt worden. Ich müßte eigentlich auch dabei sein, aber mich wird schon keiner vermissen, und außerdem bin ich viel lieber hier bei dir.«

»Danke, Glawen. Ich wäre auch stocksauer, wenn ich wegen Siscos Klauerei das Parilia sausen lassen müßte, und das müßte ich wohl, wenn ich diese Flügel nicht fertig kriege.«

»Ich finde, wir kommen ganz gut voran.«

»Das find ich auch.« Sie hatten bereits vier Rahmen aus Bambusstäben gebastelt und diese mit durchsichtiger Folie bespannt; jetzt waren sie dabei, die Flügel nach einem bestimmten Muster auf die Folie zu kleben. Sie arbeiteten in einem kombinierten Arbeits- und Lagerraum unter dem Westflügel von Haus Veder, durch dessen hohe Fenster das Sonnenlicht hereinflutete. Sessily hatte eine rosafarbene Hose und ein graues Sweatshirt an: Kleidungsstücke, die die sanften Rundungen ihres Körpers nicht zu verbergen vermochten. Glawen konnte seinen Blick nicht von ihr losreißen. Nach einer Weile – sie beugte sich gerade über den Tisch, um einen Flügel auf die Folie zu kleben – kam er zu ihr und stellte sich ganz dicht neben sie. Sie fühlte seine Nähe und blickte auf, ein sanftes Lächeln im Gesicht. Glawen nahm sie in die Arme und küßte sie mit einer Innigkeit, die sie nicht mißdeuten konnte – und die sie erwiderte. Schließlich ließen sie atemlos voneinander ab und schauten sich tief in die Augen.

Glawen sagte heiser: »Ich weiß nicht, ob es deswegen ist, weil Arles mir Ideen in den Kopf gesetzt hat, oder weil ich angefangen habe, sie von selbst zu kriegen. Jedenfalls fällt es mir schwer, wieder aufzuhören.«

Sessily sagte mit einem traurigen Lächeln: »Arles dafür verantwortlich zu machen, daß du mich lieben willst – das ist nicht sehr schmeichelhaft.«

»So hab ich's nicht gemeint«, sagte Glawen hastig. »Es ist nur so, daß ich ...«

»Psst«, sagte Sessily. »Du mußt mir nichts erklären. Reden lenkt immer nur ab. Denk lieber.«

»Denken? An was?«

»Nun ... Vielleicht an Arles.«

Glawen sah sie verdutzt an. »Wenn du möchtest ... Wie lange?«

»Nur für einen Moment. Gerade lange genug, um zu begreifen, daß ich auch Gefühle habe, und zu mir hat Arles nichts gesagt.« Sie trat einen Schritt zurück. »Glawen, nein. Ich hätte das nicht sagen sollen. Meine Mutter kann jeden Moment hier reingucken ... Du, horch mal! Da kommt sie schon! Los, mach irgendwas!«

Schritte nahten, flink und zielstrebig. Die Tür ging auf, und es war in der Tat Felice Veder, die in den Raum kam: eine hübsche Frau in der Blüte ihrer Jahre, nicht viel größer als Sessily, gekennzeichnet von einer angeborenen Entschlossenheit, wie als würde ihr Verhalten gesteuert von Schablonen von absoluter Gültigkeit, die keiner speziellen Aufmerksamkeit bedurften.

Felice hielt einen Moment lang inne, um Glawen und Sessily zu taxieren. Ihr Blick registrierte sofort Glawens verlegene Körperhaltung und Sessilys gerötete Wangen und ihre ein wenig zerzausten braunen Locken. Sie kam zum Tisch und begutachtete die Flügel. »Oh, wie schön! Die werden ganz sicher ins Auge fallen, besonders, wenn das Licht auf sie fällt! Täusche ich mich, oder ist es wirklich ein bißchen warm hier unten? Warum macht ihr die Fenster nicht auf?«

»Ja, das stimmt, es ist ein bißchen heiß«, pflichtete Sessily ihr bei. »Glawen, könntest du bitte – aber nein, das geht nicht! Wenn der Wind hereinbläst, fliegen die ganzen Flügel durcheinander, die wir so schön zurechtgelegt haben.«

»Das ist wahr«, sagte Felice. »Nun, ich habe viel zu tun. Macht weiter so!«

Sie ging. Ein paar Minuten später waren erneut Schritte auf dem Flur zu hören. Sessily horchte. »Das ist der Schreihals. Mutter hat beschlossen, daß wir einen Aufpasser brauchen.« Sie warf Glawen einen schelmischen Blick zu. »Vielleicht mit gutem Grund?«

Glawen verzog das Gesicht. »Von jetzt an wird sie bestimmt immer dafür sorgen, daß wir niemals allein sind.«

Sessily lachte. »Das wird sie kaum schaffen... Obwohl, manchmal möchte ich, daß die Dinge für immer so weitergehen, wie sie sind.«

Ein Mädchen kam in den Raum: ein zierliches kleines Geschöpf von etwa zehn Jahren, mit der Stupsnase und den braunen Locken von Sessily. Sessily blickte auf. »Hallo, Schreihals. Was machst du denn hier unten zwischen den Ratten und dem Ungeziefer?«

»Mutter sagt, daß ich euch helfen soll und daß Glawen sehr hart arbeiten muß, damit seine Gedanken nicht zu den Blumen abschweifen. Ist das nicht komisch für Mutter, so was zu sagen?«

»Sehr komisch. Sie ist unberechenbar. Sie meint natürlich damit, daß Glawen so etwas wie ein Poet ist, und wenn du und ich ihm nicht alles genau vorsagen, was er machen soll, dann steht er bloß rum und träumt.«

»Hm. Glaubst du wirklich, daß sie das gemeint hat?«

»Da bin ich ganz sicher.«

»Wann bin ich denn damit dran, Glawen zu sagen, was er machen soll?«

Sessily erwiderte: »Manchmal, Schreihals, habe ich den Verdacht, daß du weit klüger bist, als du tust. Du kommst bestimmt nicht dran bei Glawen. Jedenfalls nicht, solange ich ihn nicht auf Herz und Nieren geprüft habe und sich herausgestellt hat, daß er zahm ist. So, und jetzt komm hier rüber und mach dich nützlich.«

»Sind hier unten wirklich Ratten und Ungeziefer?«

»Das weiß ich nicht. Wirf mal einen Blick da hinten in die dunkle Ecke, hinter den Kisten. Wenn dir da was ins Gesicht gesprungen kommt – nun, dann wissen wir alle, daß wir das besser bleiben lassen sollten.«

»Vielen Dank. So wichtig ist das auch wieder nicht.«

Sessily sagte zu Glawen: »Der Schreihals ist sehr tapfer in solchen Sachen, sogar unheimlich tapfer.«

»Eigentlich nicht so sehr«, sagte der Schreihals. »Ehrlich gesagt überhaupt nicht, obwohl es nett von dir ist, daß du das sagst. Außerdem habe ich mir neulich überlegt, daß ich nicht mehr Schreihals genannt werden möchte. Hast du das gehört, Glawen?«

»Na klar. Wie sollen wir dich denn nennen?«

»Mein richtiger Name ist Miranda. Das klingt mehr nach einem Mädchen als ›Schreihals‹.«

»Kann schon sein«, sagte Glawen. «Nach was klingt denn ›Schreihals‹ deiner Meinung nach?«

»Ich weiß, wie das klingt! Immer wenn jemand ›Schreihals‹ sagt, dann denken alle gleich an mich.«

»Genau!« sagte Sessily. »Also gewöhnen wir uns das ab. Besonders, wo ›Miranda‹ doch so ein hübscher Name ist, genau das Richtige für ein nettes Mädchen, das nicht so eine blöde Kuh ist wie so viele andere kleine Schwestern, die ich kenne.«

»Danke, Sessily.«

X Unmittelbar nach Sonnenuntergang kehrte Glawen nach Haus Clattuc zurück, und wieder war Scharde nicht in ihrer Wohnung. Glawen stand unschlüssig da, beunruhigt von einem Gefühl von Schuld für irgendeine Tat oder Missetat, die er nicht definieren konnte, aber für die Schardes Abwesenheit ihn zu tadeln schien. Was konnte sein Vater um diese stille Abendstunde noch Wichtiges zu tun haben? Die Sache mit Siscos Diebstahl mußte doch längst abgeschlossen sein... Glawen rief in Namours Büro an, aber es meldete sich niemand. Er rief die Zentrale von Amt B in der Neuen Agentur an und erfuhr, daß Scharde aller Wahrscheinlichkeit nach noch auf dem Gelände zu tun habe.

Glawen mochte nicht länger warten und machte sich auf den Weg zum Gelände. Er war kaum zur Tür hinaus, da kam ihm Scharde schon entgegen. Glawen sagte hastig: »Ich wollte gerade nach dir suchen. Was hat dich so lange aufgehalten?«

»So einiges«, sagte Scharde. »Warte im Speisesaal auf mich. Ich geh mich noch schnell waschen.«

Zehn Minuten später kam Scharde in den Speiseraum und setzte sich zu Glawen, der lustlos an einem Stück Käse und ein paar Salzkeksen herummümmelte. Scharde fragte: »Und wo hast du dich den ganzen Nachmittag über versteckt? Du wurdest gebraucht.«

»Es tut mir leid«, sagte Glawen. »Ich habe Sessily bei ihrem Kostüm mitgeholfen. Ich wußte nicht, daß meine Anwesenheit so wichtig war.«

»Das hätte ich mir denken können«, sagte Scharde. »Parilia geht wohl vor. Nun, wir sind auch ohne dich klargekommen, und wahrscheinlich haben wir euch dabei auch noch das Leben gerettet. Obwohl, wenn ich jetzt darüber nachdenke, hattest du dabei selbst deine Hand im Spiel.«

»Aber was ist passiert?«

Scharde schwieg, bis der Yip-Kellner, der ihnen die

Suppe servierte, sich wieder entfernt hatte. Dann sagte er: »Es ist wahrhaftig eine wundersame Verkettung von Umständen. Das Parilia-Fest scheint unter einer Art göttlichem Schutz zu stehen.«

»Wie das?«

»Wenn das Parilia-Fest nicht vor der Tür gestanden hätte, hätte Sessily niemals Schmetterlingsflügel haben wollen. Du hättest nicht heldenhaft versucht, einen Rankenkopf mit einer ungeladenen Pistole zu erschießen. Chilke hätte sich nicht in seiner Ehre gekränkt gefühlt und wäre nicht auf eigene Faust in Siscos Zimmer eingedrungen, um seine schreckliche Entdeckung zu machen. Amt B wäre nicht auf das Gelände gerufen worden, wo wir jeden einzelnen Raum durchsuchten und nicht nur Berge von gestohlenen Waren und Fliegerersatzteilen fanden, sondern auch ein kleines Waffenarsenal. Jeder Yip auf dem Gelände besaß eine Waffe. Wir fanden jede Menge Messer, Pfeilschleudern, Spantics und achtundzwanzig Pistolen. Das Gelände war ein bewaffnetes Lager! Namour erklärt sich für sprach- und ahnungslos. Er ist im Moment ganz kleinlaut, und er gibt zu, daß Chilke richtig gehandelt hat, wenn auch aus falschen Gründen.«

»Aber was hat das alles zu bedeuten?« wollte Glawen wissen.

»Das weiß niemand genau. Die Yips grinsen bloß albern und verdrehen die Augen. Die Pistolen seien Geschenke von Touristen, behaupten sie. Das würde bedeuten, daß Touristen, die zu Besuch in Yipton waren, während ihres Aufenthalts mit Yip-Mädchen versorgt wurden und dafür mit Pistolen bezahlten. Das ist durchaus möglich. Wir werden das ab sofort unterbinden; keiner darf mehr eine Waffe nach Yipton mitnehmen.

Die Yips werden uns natürlich nicht ihre Pläne auf die Nase binden. Aber nächste Woche ist Parilia. Am Ort sollte eine neue Gruppe Yips mit der Fähre kommen, vielleicht mit noch mehr Waffen. Stell dir vor, Tzein-

oder Ingnacht, wenn alle in ihren Kostümen herumlaufen, ahnungslos und betrunken, wäre plötzlich ein Massaker ausgebrochen, und die Yips wären zu Tausenden nach Araminta eingeströmt. Von da aus wären sie nach Süden geflogen, nach Throy, hätten Stroma in den Fjord geblasen, und aus wär's gewesen: Deucas wäre in Yipland umgetauft worden, mit Titus Pompo als Oomphaw von Cadwal. Aber« – an dieser Stelle hob Scharde den Finger – »Sessily wollte unbedingt Schmetterlingsflügel haben, und Chilke ist ein Mann, der sich nicht so einfach abweisen läßt, und also wird Parilia seinen gewohnten Gang nehmen, und nur sehr wenige werden wissen, wie haarscharf sie an einer Katastrophe vorbeigeschrammt sind.«

»Und was wird als nächstes passieren?«

»Das wird nach Parilia entschieden. Einstweilen werden erst einmal alle Yips bis auf die Hausangestellten unter Arrest gestellt und dürfen das Gelände nicht verlassen. Chilke will sie nach Rosalia schicken, auf Kontrakt, damit sie ihr Fahrgeld bezahlen können. Es scheint, daß Namour bereits ein Geschäft in dieser Art am Laufen hat.«

»Klingt vernünftig.«

»Entscheidungen solcher Art werden in Stroma getroffen, wo nie irgendwas einfach ist. Anscheinend gibt es dort jetzt irgend so eine Partei, die sich Gesellschaft für Frieden, Freiheit und Mutterliebe nennt oder so ähnlich, die sich strikt gegen jede Maßnahme verwahrt, die die Gefühle des Oomphaw verletzen könnte. Nun, wir werden sehen. Ich habe übrigens eine gute Nachricht für dich!«

Glawen blickte überrascht auf, von einer dumpfen Ahnung beschlichen. »Ach? Was denn?«

»Dir sind für die Zeit des Parilia ein paar wichtige amtliche Pflichten übertragen worden.«

Glawen schluckte. »Ich soll die Yips auf dem Gelände bewachen, stimmt's?«

»Richtig! Gut kombiniert! Darüber hinaus wirst du ein äußerst prestigeträchtiges Amt haben. Der neue Konservator heißt Egon Tamm. Er wird über Parilia in Haus Clattuc residieren, bis der alte Konservator aus Haus Stromblick ausgezogen ist. Er wird seine Familie mitbringen, zu der zwei Kinder gehören: Milo, ein Junge in deinem Alter, und Wayness, ein Mädchen, das etwas jünger ist. Es sind sympathische und intelligente junge Leute, sehr wohlerzogen. Du bist dazu auserkoren worden, dich um sie zu kümmern und sie während des Parilia-Fests nach besten Kräften zu unterhalten. Willst du wissen, warum man dich auserwählt hat? Bereite dich auf ein Kompliment vor! Weil auch du als sympathisch, intelligent und wohlerzogen angesehen wirst.«

Glawen ließ sich schlaff in seinen Stuhl zurücksinken. »Weniger Komplimente und mehr freie Zeit wären mir lieber.«

»Solche Gedanken mußt du beiseiteschieben.«

»Mein Sozialleben ist ruiniert.«

»Ein Clattuc ist nicht nur kühn und unerschrocken; er ist auch wendig und wartet den rechten Augenblick ab. So bestimmt es zumindest die Tradition.«

»Wenn ich muß, dann muß ich halt«, brummte Glawen. »Wann fängt dieser äußerst prestigeträchtige Dienst an?«

»Sobald sie aus Stroma eintreffen. Sie sind wahrscheinlich sittsam und konventionell; mach sie nicht betrunken, daß sie womöglich unangenehm auffallen; der Konservator fände das bestimmt nicht gut, und er würde eine schlechte Meinung von dir bekommen.«

»Alles schön und gut«, murmelte Glawen. »Aber was, wenn sie wild und ausgelassen sind: wer beschützt mich dann?«

Scharde lachte. »Ein Clattuc verhält sich unter allen Umständen wie ein Gentleman.«

KAPITEL ZWEI

I

Am Morgen des Verd sprang der Satyr Latuun auf eine Strebe in der Nähe des Lyzeums, schwang ruckartig seine knotigen braunen Arme, stampfte mit seinen Ziegenbeinen auf und blies sodann einen schrillen Tusch auf seinem Dudelsack: das Signal, daß das Parilia-Fest begonnen hatte. Dann sprang er hinunter auf den Wansey-Weg und setzte sich, eine Melodie aus schrillen Phrasen und schnarrenden Grundtönen blasend, an die Spitze des Festzugs und führte ihn den Wansey-Weg hinauf, hüpfend und stolzierend und mit den Füßen aufstampfend wie ein junges Tier, die haarigen Beine wild von sich werfend. Bunt kostümierte Zelebranten folgten dichtauf, hopsend und springend zu der schmissigen Musik seines Dudelsacks, zusammen mit zwei Dutzend geschmückten Wagen, mechanischen Fabeltieren, prachtvoll ausstaffierten Damen und stattlichen Herren in prächtigen Kutschen. Musikanten begleiteten den Zug zu Fuß oder auf Wagen; eine Phalanx aus acht Kühnen Löwen in Kostümen aus lohfarbenem Fell tänzelte auf geschmeidigen Tatzen hinter dem Zuge einher, mit plötzlichen Ausfällen und furchterregendem Gebrüll den hübschen Mädchen am Wegesrand jauchzende Schreckensschreie entlockend. Scharen ausgelassen tollender Kinder: kleine Pierrots und Pulcinellas, rannten hin und her, warfen Blüten in die Menge und flitzten zwischen den Wagen und Kutschen herum, schlüpften manchmal sogar unter den fliegenden Beinen Latuuns hindurch. Und wer mochte wohl dieser Satyr unter seiner boshaft schielenden Maske sein? Latuuns Identität sollte ein gut gehütetes Geheimnis sein, aber Latuun und der Mann, der ihn verkörperte, paßten geradezu ideal zueinander, und es wurde allgemein vermutet, daß Latuun kein anderer war als der galante Taugenichts Namour.

So begannen die drei Tage und Nächte der ausgelassenen Schwelgerei, des überschäumenden Gepränges und zügellosen Schlemmens und Prassens, des amourösen Prickelns und flatterhaften Tändelns. Am Verd- und Mildenabend würden Florestes Mimen eines ihrer kleinen Intermezzi aufführen, die Floreste ›Witzeleien‹ nannte, und am Smollenabend eine etwas ausgedehntere Phantasmagorie. Sodann, als Höhepunkt, würde das Große Maskenfest stattfinden, und um Mitternacht würde die bittersüße Musik der Pavane das Parilia-Fest beenden, unter dem Abnehmen der Masken und Tränen der Rührung, die nicht selten flossen um der schieren tragischen Herrlichkeit des Lebens willen, und um des Wunders willen, welches mit seinem Entstehen und Vergehen verbunden war.

Solchergestalt war das Parilia, in der Form, wie sie sich aus nunmehr tausendjähriger Tradition heraus entwickelt hat.

II

Glawens Pläne für das Parilia-Fest wurden jäh durchkreuzt durch zwei zueinander nicht in Beziehung stehende Umstände, beidesamt überraschend, beidesamt ärgerlich: die Entdeckung des Waffenarsenals der Yips und die Ankunft des neuen Konservators und seiner Familie in Haus Clattuc.

Im Ergebnis des ersteren Umstands fand Glawen sich, in seiner Eigenschaft als Amt-B-Kadett, zu einer dreistündigen Nachtstreife am Zaun des Yip-Geländes verdonnert. Die Streife sollte der Möglichkeit entgegenwirken, daß die Yips – unter Rückgriff auf etwaige weitere Waffenverstecke – doch noch eine gewaltsame Revolte versuchten: nach Glawens Dafürhalten eine völlig an den Haaren herbeigezogene Hypothese.

Scharde bekräftigte Glawen nachdrücklich in seiner

Meinung. »Du hast vollkommen recht! Die Chancen eines plötzlichen Angriffs seitens der Yips sind in der Tat äußerst gering: wahrscheinlich nicht größer als eins zu zehntausend. Das würde bedeuten, daß es zwanzig oder fünfundzwanzig Jahre dauern kann, bis wir von rasenden, grinsenden Yips überrascht und abgeschlachtet werden!«

»Jetzt machst du dich auch noch über mich lustig«, knurrte Glawen. »Ich gehe zusammen mit Kirdy Wook auf Streife, das macht es noch schlimmer.«

»Ach? Ich dachte, du magst Kirdy.«

»Ich habe nichts gegen ihn. Er ist nur so ein schrecklicher Langweiler.«

Die Yips reagierten auf die Bewachung mit scheinbar amüsierter Verblüffung – aber alterfahrene Yip-Kenner glaubten unter der gewohnten Freundlichkeit doch bittere Enttäuschung herauszuspüren.

Manche ließen nicht einmal die winzige Möglichkeit einer blutigen Yip-Revolte gelten. Namour bemerkte kühl und spöttisch: »Ich bin froh, daß ich hier nicht verantwortlich bin. Wenn ich Entscheidungen wie diese hier festlegen würde, würde ich aus meinem Job rausgelacht.«

Chilke bekam die Bemerkung zufällig mit. »Du bist nicht überrascht über den Haufen Diebesgut da draußen?«

»Natürlich bin ich überrascht.«

»Wen, glaubst du, wollten sie wohl mit den Knarren erschießen? Touristen?«

Namour zuckte die Achseln. »Ich habe schon vor langer Zeit den Versuch aufgegeben, die Yips zu begreifen. Aber eins weiß ich: nicht einer von ihnen wäre in der Lage, auch nur einen Hahnenkampf zu organisieren, ohne dabei vom Baum zu fallen und sich das Bein zu brechen.«

»Vielleicht hilft ihnen jemand.«

»Vielleicht. Aber ich würde ganz sicher erst einmal

ein paar handfeste Beweise sehen wollen, bevor ich die ganze Station auf den Kopf stellen würde.«

Kirdy Wook war als dem dienstälteren von beiden die Verantwortung für die Streife übertragen worden. Kirdy, ein großer, hellhäutiger junger Mann mit ziemlich plumpen Gesichtszügen und runden, porzellanblauen Augen, brachte mürrisch seinen Unwillen über den lästigen Dienst zum Ausdruck. »Die Gefahr ist vorüber, wenn sie überhaupt je existiert hat«, erklärte er im Brustton der Überzeugung. »Wieso müssen wir dann hier in der Dunkelheit hin und her latschen?«

»Ich weiß, warum wir hier sind«, sagte Glawen. »Weil Bodwyn Book es angeordnet hat.«

Kirdy grunzte. »Ich bin jedenfalls bestimmt nicht aus freien Stücken hier. Man kann es mit der Vorsicht auch übertreiben! Na schön, vielleicht wären die Yips ja wirklich Amok gelaufen und hätten ein paar Leuten die Kehle aufgeschlitzt, aber mehr wäre bestimmt nicht passiert.«

»Mehr? Reicht das nicht?«

Kirdy gab ein unwilliges Knurren von sich. »Mußt du denn jedes Wort auf die Goldwaage legen? Die Yips haben so was doch noch nie gemacht, oder?«

»Deswegen sind wir ja auch jetzt hier und reden darüber.«

»Ich kann dir nicht ganz folgen«, sagte Kirdy.

»Wenn die Yips unsere Großmütter umgebracht hätten, wären wir niemals geboren.«

»Pah«, knurrte Kirdy. »Mit dir ist einfach kein vernünftiges Gespräch möglich.«

Glawen mußte an eine von Uther Offaws Bemerkungen in Verbindung mit Kirdy denken: »Kein Geheimnis: Kirdy ist einfach frühzeitig vergreist.« Arles hatte darauf etwas unsicher erwidert: »Da bin ich nicht so sicher! Er ist ein ungemein eifriger Mime und ein famoser Kühner Löwe!« Uther Offaw hatte mit den Achseln gezuckt und gesagt: »Er ist wahrscheinlich bloß ein wenig schüchtern.«

Kirdy brummelte jetzt: »Ich frage mich, wie lange sie diese Streife wohl aufrechterhalten.«

»Mindestens bis nach Parilia, sagt mein Vater.«

Kirdy rechnete im Geist nach. »Dann hätten wir also am Smollen die Spätschicht! Weißt du, was das heißt? Wir werden die Phantasmagorie und das Maskenfest verpassen!«

Mit Bestürzung begriff Glawen, daß Kirdy recht hatte und daß er Sessily nicht in ihrem Schmetterlingskostüm sehen würde. Zerknirscht sagte er: »Da können wir halt nichts machen.«

Kirdy grunzte. »Mir fällt auf, daß die Bonzen keinen stupiden Streifendienst hier draußen in der Dunkelheit schieben müssen – nur die Kadetten und die jungen Offiziere.«

»Das liegt nun einmal in der Natur der Dinge. Ich bin nicht schlau, aber das zumindest weiß ich schon.«

»Ich weiß es auch, aber es gefällt mir nicht ... So, noch schlappe zwanzig Minuten; dann können wir nach Hause und uns ins Bett hauen.«

Am darauffolgenden Morgen begann die Parilia-Woche. Beim Frühstück teilte Scharde Glawen mit, daß der neue Konservator im Laufe des Tages in Haus Clattuc eintreffen würde. »Wasch dich also hinter den Ohren und übe schon mal zu sagen: ›Ja, Fräulein Wayness‹, und ›Ganz recht, Herr Milo‹.«

Glawen blickte erschrocken auf und war erleichtert, als er sah, daß Scharde einen Scherz gemacht hatte. »Trotzdem wüßte ich gerne, was mich erwartet. Sind sie komisch oder sonderbar? Soll ich mich mit ihnen über die Ökologie Cadwals unterhalten? Oder sollte ich das Thema lieber meiden? Wird von mir erwartet, daß ich mit dem Mädchen tanze?«

Scharde grinste. »Natürlich! Wo ist deine Ritterlichkeit? Würdest du vielleicht lieber mit dem Jungen tanzen?«

»Hmm. Die Frage kann ich erst mit Sicherheit beantworten, wenn ich das Mädchen gesehen habe.«

Scharde warf die Arme hoch. »Nach dieser Bemerkung trete ich den Rückzug an!«

Nach dem Frühstück rief Glawen in Haus Veder an und berichtete Sessily von seinen diversen Mißgeschicken.

Sessily zeigte aufrichtiges Mitleid. »Du mußt mit Kirdy auf Streife gehen? Wie langweilig!«

»Das kann man wohl sagen! Obwohl der Bursche es gut meint. Aber er ist nur die Spitze des Eisbergs. Nach dem Plan haben wir Smollenabend während des Auftritts der Spielschar Dienst, und ich kann dich nicht in deinen Flügeln sehen!«

»Ha! Vielleicht ist das ganz gut so, weil ich nämlich nicht sicher bin, ob die Fugen die Aufführung überhaupt überstehen.«

»Das ist aber noch nicht alles. Heute kommen meine unbekannten Gäste aus Stroma an, und ich muß mich während des ganzen Parilia-Fests um sie kümmern und sie bei Laune halten.«

»Das klingt aber ziemlich aufregend!«

»›Aufregend‹ ist nicht das Wort, das ich benutzen würde. Ich rechne mit einem Paar kerniger, rotbackiger Naturfreunde, sehr groß, mit dröhnenden Stimmen, die nach Fisch und Ölzeug und Terpentin riechen.«

»Ach, Blödsinn! Die Naturalisten, die ich bisher gesehen habe, haben nie so ausgesehen.«

»Bei meinem Glück gerate ich bestimmt an ein solches Pärchen.«

»Dann fütterst du sie gut mit deftiger, gesunder Kost und machst mit ihnen ausgedehnte Dauerläufe den Strand rauf und runter. Aber ich bin sicher, daß es nicht so schlimm sein wird, wie du befürchtest. Wie heißen die beiden denn?«

»Milo und Wayness Tamm.«

»Vielleicht sind sie ja ganz unterhaltsam und schlau,

und es macht dir sogar Spaß, mit ihnen zusammen zu sein. Ich würde die Hoffnung nicht schon jetzt aufgeben.«

»Hmmm«, sagte Glawen. »Du zeigst großen Mut angesichts der Qualen, die mir bevorstehen.«

»Ich habe auch meine Probleme. Floreste geht mir total auf den Nerv. Er stellt alle möglichen Forderungen an mich und schmeißt alle zehn Minuten das Programm um. Jetzt soll ich zwei Abende in dem Trio mitspielen, und dabei kenne ich doch die Lieder gar nicht, und aus schierer Laune heraus hat er auch noch sämtliche festgelegten Abläufe für Mildenabend umarrangiert. In dem Fall bin ich ihm sogar dankbar. Floreste plant ein kurzes komisches Pasticcio, bei dem sechs Nymphen Latuun, den Satyr, necken, der natürlich von Namour gespielt wird.«

»Ich wußte gar nicht, daß Namour sich für die Schauspielerei interessiert!«

»Tut er auch eigentlich nicht. Er hat bloß Spaß an den Nymphen, und sein Kostüm gibt ihm Spielraum für allerlei Ungezogenheiten. Er verhält sich mir gegenüber in letzter Zeit ziemlich aufdringlicher, und er hat sogar schon ein paar leise Andeutungen gemacht. Ich hab Floreste gesagt, daß ich ja wohl schlecht in dem Trio mitspielen und gleichzeitig als Nymphe auftreten kann. Das hat er eingesehen und Drusilla an meine Stelle gesetzt.«

»Wer ist Drusilla?«

»Drusilla co-Laverty. Sie ist etwas älter als wir und arbeitet im Hotel.«

»Jetzt weiß ich, wen du meinst. Ist sie nicht eine Spur zu üppig für die Rolle?«

»Das ist mir doch egal. Ich hab genug Probleme damit, zu lernen, meine vier Schmetterlingsflügel im richtigen Rhythmus zu bewegen. Ich hab großen Respekt vor den Insekten bekommen, die das so locker und spielerisch hinkriegen.«

III Am Abend rief Glawen Sessily noch einmal an.
»Glawen hier.«

»Oh! Ich habe mich den ganzen Tag gefragt, was du wohl machst. Was hast du denn getrieben?«

Glawen fand, daß Sessily sich müde und ein wenig niedergeschlagen anhörte.

Er sagte: »Nicht viel. Nur meine offiziellen Pflichten.«

»Du klingst verdächtig munter.«

»Das kommt daher, weil mir ein wundersames Glück zuteil wurde. Ich bin vom Streifendienst befreit worden, damit ich mich voll unseren Gästen widmen kann. Rate mal, wer für mich einspringen muß?«

»Namour? Chilke? Floreste?«

»Falsch, falsch, falsch. Der Glückliche ist Arles. Es gab ein ganz schönes Theater, als Arles die Neuigkeit erfuhr. Er war in Topform, sag ich dir. Spanchetta hatte natürlich auch ihren Senf dazuzugeben.«

»War bestimmt eine heiße Show.«

»Das kannst du glauben. Hat aber nichts genützt. Heute abend stapfen Kirdy und Arles am Zaun entlang und vertreiben sich die Zeit mit Geschichten von den Kühnen Löwen.«

»In Kühnen-Löwen-Kostümen, schätze ich.«

»Von wegen! Was würden die Yips denken, wenn sie plötzlich zwei Kühne Löwen um den Zaun herumschleichen sehen?«

»Ich vermute, sie würden hastig ihre Frauen in Sicherheit bringen.«

»Ha! Jedenfalls müssen Arles und Kirdy in vorschriftsmäßiger Amt-B-Dienstkluft ausrücken.«

»Na, das ist ja wirklich eine gute Nachricht für dich. Bist du inzwischen mit deinen Gästen warm geworden?«

Glawen sagte vorsichtig: »Wir sind noch immer ein bißchen förmlich, aber ich habe meine Angst vor ihnen verloren.«

»Wayness ist also doch nicht sieben Fuß groß und riecht nach Fisch?«

»Das sollte bloß ein Scherz sein. Sie ist ganz normal und riecht auch nicht, so weit ich das bisher feststellen konnte.«

»Und sie ist unheimlich hübsch? So daß ich neben ihr wie eine alte Matschkuh aussehe?«

»Du spinnst wohl! Du bist die hübscheste Matschkuh, die ich je gesehen habe!«

»Glawen! Soll ich das etwa als Kompliment auffassen? Da hätte ich aber einige Probleme mit!«

»Es sollte jedenfalls ein Kompliment werden. Was machst du denn so?«

»Frag mich lieber, was ich besser machen sollte: nämlich, meine Rolle üben. Aber erzähl mir mehr von deinen Gästen. Sind sie hochnäsig oder eigensinnig?«

»Überhaupt nicht! Sie sind ganz nett – und sehr wohlerzogen.«

»Hmmm. Die Naturalisten, die ich draußen in den Ferienhäuschen kennengelernt habe, waren alle ein wenig absonderlich, so als würden sie anders denken als ich.«

Glawen blickte über die Schulter zum Bibliothekstisch, an dem Milo und Wayness standen und in Zeitschriften aus anderen Welten blätterten. »Sie scheinen nicht übertrieben absonderlich zu sein; aber ich weiß schon, was du meinst.«

»Wie sehen sie aus?«

Wieder wählte Glawen seine Worte sorgfältig. »Ich würde sie nicht als schlechtaussehend bezeichnen.«

»Hinreißend! Erzähl mir mehr.«

»Sie haben schwarzes Haar, das einen bemerkenswerten Kontrast zu ihrer blassen Olivenhaut bildet. Milo ist ganz gut gebaut.«

»Und Wayness? Ist sie auch gut gebaut?«

»In gewisser Weise. Sie ist schlank, fast knabenhaft, würde ich sagen. Milo ist einen Zoll größer als ich und ganz hübsch, würde ich sagen, auf eine aristokratische Weise.«

»Wayness ist also nicht aristokratisch?«

»In dem Punkt sind sie sich sehr ähnlich. Sie sind beide sehr selbstsicher und beherrscht.«

»Was haben sie an?«

»Da habe ich noch nicht drauf geachtet. Moment, ich guck mal.«

»Mach schnell, meine Mutter ruft gerade nach mir!«

»Wayness hat einen kurzen grauen Rock an, schwarze Kniestrümpfe, eine schwarze Jacke, und trägt um das Haar ein graues Band mit zwei Troddeln, dunkelrot und dunkelblau, und Milo ...«

»Den kannst du dir sparen. Ich bin sicher, daß er ordentlich gekleidet ist.«

»O ja, das ist er. Sie gucken sich noch immer Modehefte an ... Jetzt lachen sie; warum, weiß ich nicht.«

»Da kommt der Schreihals, ich meine Miranda, mit einer dringenden Nachricht von meiner Mutter. Ich muß aufhören.«

Glawen legte den Hörer auf. Er betrachtete einen Moment lang seine Gäste, dann ging er langsam zum Tisch. »Wie ich sehe, bin ich doch nicht so unentbehrlich. Ihr kommt auch ganz gut ohne mich zurecht.«

»Ja, mit Hilfe dieser albernen Modezeitschriften«, sagte Milo. »Schau dir mal dieses lustige Geschöpf hier an.«

»Traurig zu sagen, das ist eine Dame, und sie ist todernst.«

»Hm. Da fällt mir ein: ich war sehr beeindruckt von der Frisur deiner Tante Spanchetta.«

»Da sind wir auch alle ganz stolz drauf. Leider gibt's hier außer Tante Spanchettas Frisur und den Modejournalen nicht viel Interessantes zu sehen.« Glawen ging zum Sideboard und schenkte Wein ein. »Das ist unser Grüner Zoquel, von dem wir Clattucs behaupten, daß er der Anfang des Parilia-Fests war.«

Die drei setzten sich auf das Sofa. Außer ihnen war niemand in der Bibliothek. Glawen sagte: »Es ist heute still unten. Alle sind mit ihren Kostümen beschäftigt. Was ist mit euch? Wir müssen passende Kostüme für euch organisieren.«

Wayness fragte: »Geht denn jeder verkleidet?«

»Fast jeder – von morgen früh bis Smollenabend. Wir finden bestimmt irgendwas Passendes für euch im Fundus der Laienspielgruppe. Wir gehen gleich morgen früh nachschauen.«

»Kostüme verleiten zu Verhaltensweisen, die der Betreffende sonst vielleicht unterdrücken würde«, sagte Milo. »Frag mich nicht, woher ich das weiß; es fiel mir nur gerade so ein.«

Wayness sagte: »Ich habe immer angenommen, daß die Leute sich Kostüme aussuchen, die Rollen verkörpern, die sie gern spielen würden.«

»In vielen Fällen läuft das auf dasselbe hinaus«, sagte Glawen. »Es laufen immer mehr Dämonen und halbnackte Mänaden herum als hübsche kleine Vögel oder Obstkörbe.«

Wayness fragte schelmisch: »Und als was gehst du? Als hübscher Vogel?«

»Nein«, antwortete Glawen. »Ich gehe als schwarzer Dämon, der sich manchmal unsichtbar macht – das heißt, wenn die Lichter ausgehen.«

»Ich stülpe mir einfach einen Sack über«, sagte Milo. »Auf diese Weise entziehe ich mich allen Versuchen einer psychoanalytischen Deutung.«

»Ein Pierrot würde dir besser stehen«, sagte Wayness. »Außerdem wäre es unauffälliger.« Sie wandte sich an Glawen: »Milo hat das Gefühl, daß sich hinter auffälligem oder protzigem Gehabe in Wirklichkeit meistens eine fade Persönlichkeit verbirgt.«

»Ich werde darüber nachdenken«, sagte Milo. »Wenn ihr mich jetzt entschuldigt – ich bin müde und möchte zu Bett.«

»Ich auch«, sagte Wayness. »Gute Nacht, Glawen.«

»Gute Nacht.«

Glawen ging auf sein Zimmer. Scharde schaute zu ihm herein und sagte: »Na, scheint ja halb so schlimm gewesen zu sein, oder?«

Glawen erwiderte nonchalant: »Es war jedenfalls nicht so schlimm, wie ich befürchtet hatte – vor allem, wenn ich mir vorgestellt habe, wie Arles jetzt um den Zaun herummarschiert.«

»Das entschädigt einen für vieles«, sagte Scharde. »Was hältst du denn von deinen sieben Fuß großen Naturburschen?«

»Sie sind ganz umgänglich.«

»Da bin ich ja erleichtert.«

»Zuerst war es alles ein bißchen zäh. Ich dachte, sie würden sich über Ökologie und über die nahrhaftesten Sorten Fischöl unterhalten wollen, aber als ich diese Themen anschnitt, zeigten sie wenig Interesse. Schließlich habe ich eine große Flasche Grünen Zoquel aufgemacht, und die Unterhaltung wurde etwas lockerer. Ich finde sie trotzdem ein wenig steif.«

»Vergiß nicht, sie sind fern von daheim und in einer neuen, unbekannten Umgebung; da ist man immer erst mal ein bißchen schüchtern und zurückhaltend. Das wird sich schon legen.«

Glawen schüttelte skeptisch den Kopf. »Warum sollten sie schüchtern sein? Sie sind wohlerzogen und nett gekleidet, und auf eine gewisse, dezente Weise sogar hübsch. Nun ja, das Mädchen ist vielleicht ein wenig unscheinbar.«

Scharde zog die Brauen hoch. »Unscheinbar? Da hatte ich aber einen anderen Eindruck. Sicher, sie ist nicht gerade das, was man drall nennen würde, aber sie hat ein sehr intelligentes Gesicht und ist sehr hübsch anzuschauen... Und worüber habt ihr euch schließlich unterhalten?«

»Ich habe ihnen von Sisco und den gestohlenen Sachen erzählt. Es hat sie sehr interessiert – viel mehr, als ich gedacht hätte. Anscheinend sind die Yips in Stroma eine bedeutende politische Streitfrage.«

»Davon habe ich gehört«, sagte Scharde. »Die eine Seite ist bereit für Veränderungen; zumindest verzichtet sie auf Gewalt als Instrument der Politik. Die andere Seite setzt sich zusammen aus alten, traditionsbewußten Naturalisten, die nicht ganz so zimperlich sind. Sie wollen, daß die Yips entweder aufhören, sich fortzupflanzen, oder Cadwal verlassen, oder beides. Der Konservator ist von Amts wegen nach außen hin neutral, aber privat scheint er zu den Chartisten zu tendieren.«

»Milo hat es sogar noch drastischer ausgedrückt, besonders, nachdem er Chilkes Theorie gehört hatte.«

»Da scheinst du mir ein Stück voraus zu sein«, sagte Scharde. »Was ist denn Chilkes Theorie?«

»Er glaubt, daß die Yips sich stückweise Flieger von uns zusammengeklaut haben, immer schön Teilchen für Teilchen. Er sagt, die Warenbestandslisten – obwohl sie in großer Unordnung sind – deuteten auf etwas in der Art hin.«

»Das ist ja eine interessante Neuigkeit.«

»Milo hat es so ausgedrückt: ›Wenn die Yips Flugzeuge stehlen, dann bedeutet das, daß sie irgendwo hinfliegen wollen. Und wenn sie Waffen stehlen, dann heißt das, daß sie auf irgend jemanden schießen wollen‹.«

Scharde rieb sich das Kinn. »Und alles, weil du auf den Abzug einer leeren Pistole gedrückt hast.«

IV

Am Morgen ging Glawen mit Milo und Wayness den Wansey-Weg hinunter, vorbei am Lyzeum und weiter zum Fundus der Mimentruppe, wo die Kulissen und Kostüme aufbewahrt wurden. Das Gebäude war leer; die drei gingen an den Garderobenständern entlang, begutachteten Kostüme und hielten sie sich vor den Körper. Milo wählte schließlich ein Harlekinskostüm mit einem schwarzgelbem Rautenmuster und einen schwarzen Dreispitz. Wayness schwankte zwischen einem halben Dutzend Kostümen, entschied sich aber schließlich für einen enganliegenden, rosafarbenen Overall, der auf der Vorderseite mit schwarzen Troddeln besetzt war. Eine enganliegende Kapuze mit schrägen, schlitzförmigen Augenlöchern ließ nur die Nase, den Mund und das Kinn frei, und ihr Haar zierte eine Krone aus feinen Silberspiralen.

Ohne erkennbare Befangenheit schlüpften Milo und Wayness aus ihren Oberkleidern und probierten die Kostüme an.

Milo sagte sorgenvoll: »Jetzt hat Glawen uns doch noch dazu gekriegt, daß wir uns verkleiden und herausputzen, und wahrscheinlich werden wir jetzt alle möglichen Schandtaten begehen. Glawen wird eine schwere Last auf seinem Gewissen haben.«

»Nur, wenn ihr euch erwischen laßt«, sagte Glawen. »Haltet euch zurück, und wenn ihr euch nicht zurückhalten könnt, dann macht es wenigstens heimlich, so, daß euch keiner sieht.«

»Das ist ein nettes Kostüm, und ich habe die Absicht, sehr nett zu sein«, sagte Wayness. Sie betrachtete sich in einem großen Spiegel. »Ich sehe aus wie ein hageres rosafarbenes Tier.«

»Du siehst eher wie eine rosafarbene Wolkenelfe aus, und das kommt dir ja auch bedeutend näher.«

»Sollen wir die Kostüme anlassen oder uns wieder umziehen?«

»Bleibt, wie ihr seid. Ich zieh mir auch mein Kostüm an, und dann gehen wir raus auf Abenteuersuche.«

Zu Hause angekommen, verwandelte Glawen sich in einen schwarzen Dämon, dann rief er Sessily an. »Wir sind alle verkleidet und wollen ein bißchen rausgehen. Sollen wir bei dir vorbeikommen und dich abholen?«

»Das geht leider nicht. Meine Verwandten von Cassiopeia sind hier, und ich bin dazu verdonnert worden, sie bis zum Mittag in der Stadt herumzuführen.«

»Wir können uns ja zum Mittagessen in der Alten Laube treffen, was meinst du?«

»Ich versuche, da zu sein. Wenn nicht, teilen wir uns heute abend einen Tisch unter den Laternen. Als was gehen deine Freunde?«

»Milo ist ein Harlekin in Gelb und Schwarz. Wayness ist eine pinkfarbene Wolkenelfe. Und du, als was gehst du?«

»Ich bin noch unentschieden. Miranda hat beschlossen, alle als Pierrot zu verblüffen, und ich werd wahrscheinlich das gleiche machen, zumindest für heute.«

Der Morgen, so schien es Glawen, ging auf angenehme Weise vorüber. Zum Mittag fanden die drei einen Tisch in der Alten Laube, einem Etablissement, das halb Restaurant, halb Gartenlokal war und das seinen Namen einem von spanischem Flieder und einheimischer Jelosaria umrankten Laubengang verdankte. Durch eine offene Arkade fiel der Blick auf das Geviert Aramintas und eine Anzahl von Leuten, die sich bereits für das Parilia kostümiert hatten.

Kurz nachdem sie Platz genommen hatten, erschien Sessily, freilich nicht als Pierrot verkleidet, sondern in einem höchst wunderlichen, buntgescheckten Aufzug, den sie aus allen möglichen Resten von diesem und jenem zusammengepfriemelt hatte und in dem sie sich dem staunenden Dreigespann als Kalaki-Tempeltänzerin von der guten alten Erde vorstellte.

»So sehen die also aus«, sagte Milo mit einem milden Schmunzeln.

»Verlaß dich lieber nicht darauf«, belehrte ihn Sessily. »Ich garantiere für nichts... Was essen wir zum Lunch?«

»Was kannst du empfehlen?« frug Milo.

»Hier schmeckt alles gut. Ich mag ganz besonders die Fleischspieße mit heißer Soße und Brot.«

»Dazu schmeckt am besten ein kühles Bier«, meinte Glawen.

»Nicht für mich«, sagte Sessily. »Floreste hat sich schon wieder was Neues ausgedacht, und jetzt muß ich bis Mildennachmittag zwei neue Programme auswendig lernen. Es ist nicht schwer, aber ich brauche dafür jede Minute… Guck! Da geht er gerade vorbei!« Sessily zeigte auf einen großgewachsenen Mann mit scharfgeschnittenen Gesichtszügen und einer dichten grauen Haarmähne, der auf langen, schlanken Beinen über das Geviert schritt.

»Jeder sagt, daß er ein Genie ist, einschließlich Floreste selbst«, sagte Sessily. »Er will ein großes neues Orpheum bauen und Künstler und Publikum aus dem ganzen Reich nach Araminta locken. Um das Geld dafür zusammenzukriegen, würde er sogar seine eigene Großmutter verkaufen.«

Wayness fragte Sessily: »Was für eine Art von Musik wirst du spielen?«

»Verschiedene Arten. Am Verdabend werde ich Flöte und Tzingal mit dem Trio spielen. Mildenabend habe ich bloß ein paar kurze Läufe auf dem Mellochord. Und Smollenabend, bei der Phantasmagorie, spiele ich Flöte im Orchester bis zu meinem Auftritt als Schmetterling, und damit hat sich's dann auch schon!«

»Ich wünschte, ich hätte deine Begabung«, sagte Wayness. »Ich bin zu ungeschickt. Meine Finger wollen einfach nicht so, wie ich will.«

Sessily lachte grimmig auf. »Deine Finger würden sehr wohl wollen, wie du willst, wenn deine Mutter Felice heißen würde.«

»Wirklich? Ist Übung alles, was dazu gehört?«

»Nun ja – nicht ganz. Musikinstrumente sind wie Sprachen; je mehr du kennst, desto einfacher ist es, eine neue dazuzulernen – wenn du erst einmal den Bogen raus hast. Und wenn du dann noch eine Mutter mit Namen Felice hast, dann lernst du, Tonleitern rauf und runter zu spielen, bis dir die Ohren sausen. Ich bin froh, daß sie nie Löwenbändiger oder Fakire, die über glühende Kohlen laufen, bewundert hat; das wären ganz neue Fähigkeiten zur Bereicherung meines Repertoires.«

»Die überlassen wir lieber dem Schreihals zum Lernen«, sagte Glawen. »Und wo wir gerade vom Löwenbändigen sprechen: guck mal, was da just in diesem Moment hereingepirscht kommt.«

»Was ist das denn?« fragte Wayness.

»Das ist ein sogenannter Kühner Löwe. Acht von ihnen haben einen exklusiven Club gegründet.«

»Offenbar keinen Abstinenzlerclub«, bemerkte Milo.

»Ganz bestimmt nicht. Daß der hier einen sitzen hat, erkennst du an der Art und Weise, wie er seinen Schwanz über den Boden zieht. Ich glaube, in ihm meinen entfernten Cousin Arles Clattuc zu erkennen.«

»Ho, ho!« rief Sessily. »Seht ihr die Rubinrote Kaiserin da draußen auf dem Geviert? Das ist seine Mutter Spanchetta. Armer Arles! Sie hat ihn gesichtet!«

»Schlimmer noch«, sagte Glawen. »Sie kommt her.«

Spanchetta trat in den Laubengang und baute sich vor Arles auf. Die braungelben Schultern krümmten sich; der massige Löwenkopf sackte nach vorn.

Spanchetta machte eine harsche Bemerkung, auf die Arles mit einem mürrischen Brummen reagierte, dessen Tenor Glawen deduzierte und wie folgt wiedergab: »Arles fragt: ›Haben wir nicht Parilia? Laß doch die Blumen frei und in üpp'gem Überflusse blühen!‹«

Spanchetta sagte erneut etwas, dann machte sie auf dem Absatz kehrt und schied aus der Alten Laube. Arles ging zu einem Tisch und ließ sich eine Terrine Fischsuppe auftragen.

Spanchetta, zurück im Geviert, setzte sich auf eine

Bank, wo sich alsbald ein maskierter Satyr mit Hörnern und behaarten Ziegenbeinen zu ihr gesellte.

»Da ist Latuun«, sagte Sessily. »Es ist in Wirklichkeit Namour, der angeblich eine diskrete Beziehung zu Spanchetta unterhält.«

»Es ist unfaßbar«, sagte Glawen. »Und dennoch: da sitzen sie!«

Ein kleines Mädchen mit bauschigen weißen Pantalon, einer weißen Bluse und einem hohen, kegelförmigen weißen Hut näherte sich dem Tisch. Sein Gesicht war unter weißer Farbe und einer dicken Knollennase verborgen.

Glawen sagte: »Ich vermelde die Ankunft einer gewissen Miranda, lange Zeit – aber nicht länger mehr – auch unter dem Namen ›der Schreihals‹ weithin bekannt. Sie bringt bedeutsame Nachrichten, wie üblich.«

»Woher weißt du das?« frug Miranda.

»Das erkenne ich an der Art, wie deine Nase zuckt.«

»Du kannst meine Nase doch gar nicht sehen! Die ist doch unter der falschen Nase versteckt!«

»Oh! Das habe ich gar nicht bemerkt!«

»Glawen! Ich habe doch keinen solchen Zinken! Das weißt du doch ganz genau!«

»Stimmt; jetzt erinnere ich mich. Nun, wie lautet die Nachricht?«

»Mutter will, daß Sessily sofort nach Hause kommt.«

Sessily seufzte. »Am besten, ich besaufe mich wie Arles und stelle mich schwankend vor Mutter und gebe unartikulierte Laute von mir, während sie mit mir spricht!«

Miranda schrie begeistert: »Au ja, Sessily! Ich besaufe mich auch! Uns beide zu erschlagen, würde Mutter sich bestimmt nicht trauen!«

»Sei dir da mal nicht zu sicher«, sagte Sessily. »Ich schätze, wir müssen gehen. Komm, Miranda!«

»Vielleicht besäuft Glawen sich ja mit mir.«

»Du läßt schön deine gierigen kleinen Pfoten von

Glawen! Er gehört mir!« Sessily stand auf. »Komm jetzt, du ungezogene kleine Göre! Wir müssen zu Mutter.«

Der Nachmittag verstrich, es verstrich der Abend. Bevor er zu Bett ging, rief Glawen Sessily noch einmal an. »Hat Floreste noch mal was verändert?«

»Nur eine Kleinigkeit, aber eine, über die ich sehr froh bin. Ich brauche Smollenabend nicht mehr Flöte im Insektenorchester zu spielen. Aber mit den Flügeln komme ich immer noch nicht so richtig klar. Es ist eine Frage der exakten Koordination. Ich muß üben, üben und nochmals üben.«

»Schmetterlinge schaffen es ohne jede Übung.«

»Schmetterlinge stehen ja auch nicht vor Publikum auf einem Podest unter buntem Scheinwerferlicht.«

»Das stimmt.«

»Ich hab Floreste gesagt, er soll sofort die Scheinwerfer ausschalten, sobald ich anfange, Fehler zu machen. Übrigens, wieso hast du mir gesagt, Wayness Tamm wäre unscheinbar und hätte eine Figur wie ein Junge?«

»Hat sie das nicht?«

»Das konnte man ja wohl auf den ersten Blick sehen, daß sie das nicht hat.«

»Dann hab ich wohl nicht so genau hingeguckt.«

»Nun, wie auch immer, ich bin müde und muß jetzt ins Bett. Morgen können wir uns nicht treffen, aber vielleicht können wir Glimmet wieder zusammen in der Laube Mittag essen.«

»Das hoffe ich. Aber auf dem Maskenfest können wir uns doch jetzt sehen, nicht?«

»Ja! Sobald ich die Flügel abgemacht habe, treffen wir uns seitlich vom Orchester, in der Nähe der Gambe.«

Der Ing und der Glimmet vergingen, und am Verdmorgen führte Latuun den Festzug über den Wansey-Weg an: die drei tollen Tage des Parilia-Fests begannen.

Allenthalben herrschten buntes Festgepränge und

fröhliches Treiben; überall entlang des Wansey-Wegs waren Weinstände aufgebaut, die die großen Jahrgänge von Station Araminta ausschenkten und flaschen-, ja fässerweise an Weinkenner aus nahen und fernen Welten verkauften. Jeden Abend schlemmten die Festbesucher an langen Tischen rings um das Geviert, direkt unter der Freiluftbühne des Alten Orpheums. Am Verd- und Mildenabend trat Sessily in gekürzten Aufführungen der Spielschar auf: am ersten Abend spielte sie in einem Trio mit, am zweiten Abend begleitete sie eine Reihe von Sketchen, dargeboten von Florestes Mimen, auf dem Mellochord.

Am Smollenabend erreichte das Parilia-Fest seinen Höhepunkt mit dem Bankett und Florestes Phantasmagorie und dem anschließenden Großen Maskenfest, das um Mitternacht zu den erhabenen Klängen der Abschiedspavane seinen Abschluß finden würde. Pünktlich mit dem Gongschlag, der den neuen Tag verkündete, würde Latuun von der Bühne springen und durch die Menge rennen, wo man ihn mit Trauben bombardieren und so in die Dunkelheit davonjagen würde; und mit dem Verschwinden Latuuns würde das Parilia-Fest offiziell zu Ende gehen. Eine allgemeine Demaskierung würde stattfinden, und unter den traurig-süßen Klängen der alten Volksweisen würden die Festgäste heimwärts zu ihren Betten streben, und nur ein paar weinselige Trunkenbolde würden zurückbleiben, um ihren Rausch an Ort und Stelle auszuschlafen.

Glawens Pläne für Sessily und ihn selbst waren gründlich über den Haufen geworfen worden, zum einen durch Felice Veder, die wollte, daß Sessily einen guten Eindruck auf ihre Außenwelt-Verwandten machte, zum andern aufgrund seiner eigenen Verpflichtungen in Verbindung mit Wayness und Milo Tamm.

Glawen hatte sich fatalistisch in sein Schicksal ergeben und sich der Situation gefügt. Beim Bankett saß er neben Wayness, die auf der anderen Seite von ihrem Bruder Milo flankiert wurde. Arles, der trotz seiner Amt-B-Kadettenuniform ein wenig verlottert wirkte, saß an einem anderen Tisch neben Spanchetta. Er würde wegen seines Streifendienstes den größten Teil des Banketts, die Phantasmagorie und das Große Maskenfest verpassen, und seine Sitzhaltung drückte Unmut und Widerwillen aus. Von Zeit zu Zeit langte er nach der Flasche, um seinen Pokal mit Wein aufzufüllen, doch jedesmal gebot ihm Spanchetta aufs neue Einhalt mit einer herrischen Gebärde und der Mahnung, daß Nüchternheit ein wesentlicher Bestandteil eines korrekten und umsichtigen Streifendienstes sei.

Glawen, der dieses Schauspiel beobachtete, sagte zu Wayness: »Arles versucht, sich Wein einzuschenken, aber Spanchetta hindert ihn jedesmal daran. Arles wird mit jeder Minute aufsässiger. Er und Kirdy verziehen sich bestimmt irgendwann mit einer Flasche in die Büsche und lassen die Streife Streife sein. Wir werden Genaueres wissen, wenn die Yips schreiend über das Geviert gestürmt kommen und uns die Gurgel aufschlitzen.«

Wayness schüttelte skeptisch den Kopf. »Die Yips würden sich nicht trauen, während des Parilia einen Aufstand zu machen! Damit würden sie sich sämtliche Sympathien verscherzen, selbst die der LFF.«

»Wer ist denn die LFF?«

»Die Leben, Frieden und Freiheit-Leute. So nennen sie sich selbst. Uns nennen sie Alligatoren. Aber ich möchte mich jetzt nicht über solche Dinge unterhalten.«

Glawen studierte ihr Profil. »Gefällt es dir hier?«

»Natürlich!« Sie warf ihm einen Blick von der Seite zu. »Hast du befürchtet, es könnte mir vielleicht nicht gefallen?«

»In gewisser Weise schon. Ich war nicht sicher, ob dir Station Araminta gefallen würde. Oder ich.«

Wayness lachte. »Ach, du bist doch eigentlich ganz nett. Und was die Station angeht, hatte ich zuerst ein bißchen Angst, daß ich mir wie die sprichwörtliche Unschuld vom Land vorkommen würde, weil alle so weltmännisch und hochgestochen sein würden.«

»Und? Tust du's?«

»Nein. Danke für die Nachfrage.«

»Gern geschehen.«

»Ich habe mich gefragt, wie es wohl auf dem Lyzeum ist. Ist es schwer?«

»Nicht, wenn du regelmäßig deine Schulaufgaben machst. Arles ist ein gutes einschlägiges Beispiel. Er will Önologe werden und hat zwei Jahre lang versucht, gute Noten zu bekommen, indem er gallonenweise Wein gesoffen hat. Natürlich ist er damit fürchterlich auf die Schnauze gefallen.«

»Interessant, aber warum erzählst du das *mir?*«

»Weil ich denke, daß es immer mal wieder ganz gut ist, sich klarzumachen, daß Weintrinken dem Lernen nicht unbedingt förderlich ist.«

»Hm. Und hat Arles sich gebessert?«

»Bis zu einem gewissen Grade ... Da geht er gerade los, unser feiner junger Kadett, den Zaun bewachen.«

»Armer Arles! Er wird die Phantasmagorie verpassen.«

»Die kennt er sowieso schon. Er ist nämlich ein leidenschaftlicher Mime, ob du's glaubst oder nicht. Kirdy im übrigen auch.«

»Und was ist mit dir?«

»Ich habe nie den Drang verspürt. Und du?«

»In Stroma gibt es keine Festzüge oder Schauspielaufführungen.«

»Wieso denn nicht?«

Wayness zuckte die Achseln. »Ich vermute, daß die Leute von Stroma keine Lust haben, wie die Deppen dazusitzen und anderen beim Spielen oder Singen zuzuschauen.«

»Hm. Da muß ich erstmal ein bißchen drüber nachdenken.«

Während das Bankett seinen Lauf nahm, präsentierte Floreste auf der Bühne des Orpheums seine Phantasmagorie: ein Potpourri aus Pantomime, Schwank, Ballett und Schauspiel, zusammengehalten von einem losen roten Faden.

Das Werk trug den Titel *Die reizenden Possen der Käfershausener* und handelte von den Abenteuern diverser Insekten, die allesamt als Bauern verkleidet waren. Die liebevoll gestalteten Kulissen zeigten ein Dorf aus kleinen Hütten und Werkstätten in einem dunklen Winkel des Waldes, mit einem abgebrochenen Säulenfuß aus graugrünem Marmor im Hintergrund. Insekten flitzten und huschten hierhin und dorthin und verrichteten kleine Geschäfte, meistens mit drolligen Folgen. Eine Gruppe von kleinen Käfern tanzte zu der zirpenden, kratzenden und schnatternden Musik eines Insektenorchesters. An einem Baum seitlich von ihnen hing eine weiße Schmetterlingspuppe; von Zeit zu Zeit blähte sich die Puppe an den Seiten auf und zuckte, wie unter einem inneren Druck stehend. Die Käfer hielten in ihrem Tanz inne und scharten sich ehrfürchtig starrend um die Puppe.

Die Aktivität im Innern der Puppe wurde heftiger, drängender, und die Kapelle begann die Stöße und Püffe mit schnarrenden, guttural klingenden Tönen zu untermalen.

Die Puppe begann Risse zu zeigen; die Lichtkegel der Scheinwerfer richteten sich gebündelt auf die zappelnde und zuckende bleiche Hülle, der Rest der Bühne lag im Dunkeln.

Dann platzte die Puppe; schlagartig verstummte das Orchester. Aus der Öffnung hüpfte ein scheußlicher kleiner weißer Kobold, dessen verzerrte Züge schwarz hervorgehoben waren. Er stieß vergnügte Kicherlaute aus und huschte mit behenden Sprüngen von der

Bühne, während die Insekten und die Kapelle Laute der Bestürzung hervorbrachten.

Das Licht der Scheinwerfer glitt von der Hülle, und für einen Moment geschah nichts auf der Bühne. Dann erstrahlte mit einem Schlag der Marmorsockel in gleißendem Licht, und da stand Sessily, der Schmetterling, eingehüllt in weichen grauen Stoff, mit langen, dünnen Fühlern, die ihr aus der Stirn sprossen. Die wunderbaren Flügel bewegten sich wie von selbst, in sanftem, gleichmäßigem Rhythmus.

Sessily drehte sich langsam auf dem Marmorsockel, mit rhythmisch schlagenden Flügeln, das Gesicht eine Studie in entrückter Konzentration. Sie sank in den Lotossitz; die Flügel schwangen auf und ab, vibrierten, pulsierten, schillerten in faszinierendem Farbenspiel: purpur und grün, tiefrot, orangegelb, samtschwarz.

Jetzt richtete sie sich langsam auf, wie von den Flügeln emporgetragen. Sie stand da, ein verzücktes Halb-Lächeln auf dem Gesicht, begeistert vom spielerisch-mühelosen Schlag der Flügel. Alle Blicke ruhten gebannt auf ihr; sie gab ein Bildnis von unwiderstehlichem Liebreiz ab, und Glawen fühlte, wie sein Herz sich in der Brust zusammenkrampfte.

Die anderen Teile der Bühne lagen im Dunkeln. Von der Seite erscholl lautes Gebrüll. Die Lichter flohen von dem Marmorsockel, huschten zu der Quelle des Getöses. Im gleißenden Licht der Scheinwerfer stand eine Horde von Kobolden, bewaffnet mit bizarr geformten Hellebarden. Die Insekten prallten entsetzt zurück, sammelten sich und stürzten sich mit wildem Grimm auf die Kobolde. In Sekundenschnelle wurden die Kobolde vernichtet: zermalmt von Beißwerkzeugen, durchbohrt von Stacheln, erdrückt von Tausendfüßlern, zernagt von Käfern. Die Lichtkegel der Bühnenscheinwerfer huschten scheinbar ziellos hierhin und dorthin, die Szene des Gemetzels in bleiches, diffuses

Irrlicht tauchend. Ein Lichtkegel huschte zu dem Marmorsockel, verharrte dort einen Moment lang; der Schmetterling war fort.

Vom Orchester kam ein brausender, vielstimmiger Aufschrei, der fast sofort wieder verstummte; bis auf einen weißen Lichtkegel, der hierhin und dorthin wanderte, war die Bühne dunkel.

Die Insekten, über die der Lichtkegel hinwegglitt, waren allesamt in emsige Betriebsamkeit verfallen. Mit riesigen Hämmern, Pressen und Walzen plätteten sie die Kobolde zu dünnen, steifen Platten, ihre Züge zu abstrakten Mustern verzerrend.

Aus der Richtung des Marmorsockels kam das Geräusch von Hammerschlägen. Im Licht des Scheinwerfers sah man Insekten, die die Platten zu einer groben Nachbildung eines Schmetterlings zusammennagelten.

Der Vorhang fiel. Floreste trat mit quirligem Schritt auf die Vorbühne. »Die Mimen und ich hoffen, daß Ihnen unsere Darbietung gefallen hat. Wie Sie wahrscheinlich wissen, setzt sich unser Ensemble ausschließlich aus jungen Talenten hier von Station Araminta zusammen; sie arbeiten mit viel Einsatz und Hingabe, um unsere Aufführungen möglich zu machen.

Ich trete nun mit einer kleinen Bitte an Sie heran. Dieses Orpheum hat uns schon viele schöne Stunden bereitet, aber es ist klein und hoffnungslos veraltet, so daß jede unserer Aufführungen hier zu einem Abenteuer in sich wird.

Viele von Ihnen wissen, daß wir den Bau eines neuen Orpheums planen. Alle Einnahmen der Truppe von Außenwelt-Tourneen fließen daher in einen Fonds zur Errichtung eines neuen Orpheums, welches das schönste seiner Art im gesamten Gaeanischen Reich werden soll.

Ich bitte Sie daher schamlos um einen bescheidenen

Beitrag; jeder Sol, den Sie spenden, bringt uns unserem Ziel ein Stück näher. Ich danke Ihnen.«

Floreste sprang mit einem eleganten Satz von der Bühne und verschwand.

Glawen wandte sich zu Wayness und Milo. »So, jetzt habt ihr also eine von Florestes Schöpfungen gesehen. Die einen mögen sie, die anderen nicht.«

»Er hält einen zumindest in Spannung«, sagte Wayness.

Milo brummte: »Mir würde es besser gefallen, wenn ich wüßte, worum es ging.«

»Höchstwahrscheinlich weiß Floreste das selbst nicht. Er improvisiert einfach drauflos, und den letzten beißen die Hunde.«

»Da kann man wirklich was lernen«, sagte Milo nachdenklich. »Floreste zeigt ein paar verblüffende Bilder, dann kommt er raus auf die Bühne und verlangt Geld, und die Leute lachen ihn nicht mal aus.«

Das Orchester hatte begonnen, sich für den Großen Maskenball zu versammeln. Glawen sagte: »Der erste Tanz ist immer die ›Höflichkeits-Pavane‹; sie legen gleich los, und ich muß sie mit Sessily abschreiten. Aber ich möchte euch nicht gerne allein hier sitzen lassen. Habt ihr nicht Lust, mitzutanzen?«

Wayness sah Milo an, aber der schien nicht begeistert von der Idee. »Ich glaube, wir bleiben lieber hier sitzen und gucken zu.«

»Sessily ist wahrscheinlich inzwischen schon umgezogen«, sagte Glawen. »Wir haben einen Treffpunkt ausgemacht, und wenn ihr mich jetzt entschuldigen wollt, gehe ich schon mal dorthin und warte auf sie.«

Glawen ging zu dem vereinbarten Treffpunkt und stellte sich so hin, daß er den Durchgang, der sowohl hinter die Bühne als auch zu den Küchen führte, im Auge hatte.

Soeben wurden auf der Bühne die Ergebnisse der Weinwettbewerbe verkündet. Wie gewohnt, erhielt die Weinkellerei der Wooks den großen Preis für ausgezeichnete Gesamtleistung und den besten Einzelwein, und andere Häuser gewannen Sonderpreise für spezielle Erzeugnisse, wie der Grüne Zoquel der Clattucs.

Die Preisverleihung war beendet. Das Orchester begann sich einzustimmen, und entlang dem Geviert nahmen die Paare ihre Plätze für die ›Höflichkeitspavane‹ ein. Da das Haus Wook den großen Preis gewonnen hatte, ging der Ehrenplatz an den Hausvorsteher der Wooks, Ouskar Wook, und seine Gemahlin Ignatzia.

Glawen wurde unruhig. Wo blieb Sessily nur? Wenn sie nicht bald kam, würden sie den Beginn der Pavane verpassen... Konnte es sein, daß er sich im Treffpunkt geirrt hatte? Er rief sich ihr letztes Gespräch in die Erinnerung zurück. Direkt hinter ihm stand der Gambist mit seinem beeindruckenden Instrument.

Glawen entdeckte Miranda in der Menge und rief sie. Sie hörte ihn und kam zu ihm gerannt. »Hast du mich gesehen, Glawen?« rief sie, vor Aufregung fast übersprudelnd. »Ich war der dritte Kobold – der, der von dem Wisselrode-Käfer getötet worden ist.«

»Na klar hab ich dich gesehen. Du bist mit großem Pathos gestorben. Wo ist Sessily?«

Miranda spähte den Durchgang hinunter. »Ich hab sie nicht gesehen. Sie ist in einem anderen Umkleideraum als ich; wir haben bloß so ein kleines Kabuff hinter der Bühne; Sessily kann sich in der sogenannten ›Damengarderobe‹ draußen am Steg hinter der Küche umziehen.«

»Könntest du mir den Gefallen tun und gucken, ob du sie dort findest? Und sag ihr, sie soll sich beeilen, sonst verpassen wir die Pavane.«

Miranda zögerte einen Moment, dann fragte sie: »Und wenn ihr schlecht ist, soll sie dann trotzdem mit dir tanzen?«

»Nein, natürlich nicht! Nur finde sie. Ich warte hier, für den Fall, daß sie schon unterwegs ist.«

Miranda rannte davon. Fünf Minuten später kam sie zurück. »Sessily ist nicht im Umkleideraum, und das Mädchen sagt, sie wäre auch nicht dagewesen. Und auf dem Weg habe ich sie auch nicht gesehen.«

»Ob sie vielleicht schon nach Hause gegangen ist? Wo ist deine Mutter?«

»Sie tanzt die Pavane mit meinem Vater. Glawen, ich hab Angst! Wo kann sie nur sein?«

»Das kriegen wir schon raus. Was haben deine Eltern an?«

»Mutter geht als Meereskönigin. Siehst du sie? Die da, in Grün! Vater ist der Dombrasianische Ritter neben ihr.«

Glawen ging hinaus auf die Tanzfläche und trat an Carlus und Felice Veder heran, die bereits dabei waren, die förmlich-steifen Schrittfolgen der Pavane zu absolvieren. An Carlus Veder gewandt, sagte Glawen: »Herr Veder, entschuldigen Sie die Störung, aber wir können Sessily nicht finden. Sie sollte die Pavane mit mir tanzen, aber sie ist nach der Aufführung nicht hinter der Bühne hervorgekommen, und sie ist auch jetzt nicht dort.«

»Komm! Gehen wir sie suchen!«

Die Suche blieb ohne Erfolg. Auch später konnte man sie nirgends entdecken, obwohl das Gelände sorgfältig durchkämmt wurde. Sessily blieb spurlos verschwunden.

V Eine Aura tragischen Glanzes umgab das Verschwinden von Sessily Veder. Hoch oben auf dem Marmorsockel stehend, mit verzücktem Gesichtsausdruck, den Körper straff emporgereckt, die Schwingen und Arme zum Abschiedsgruß erhoben, wurde der Mädchen-Schmetterling zu einem Abbild ursprünglicher Glorie, und niemals würde einer von denen, die dabeigewesen waren, sich an jenen Anblick erinnern, ohne daß ihm oder ihr ein unheimlicher Schauer über den Rücken lief.

Eine hastige Suche blieb ohne Ergebnis; es war, als wäre Sessily in eine andere Dimension gesaugt worden. Daraufhin wurde die gesamte Station Araminta ein weiteres Mal durchsucht, gründlicher diesmal, aber ebenso fruchtlos.

Sofort vermuteten alle, daß Sessily in einem Flugzeug weggebracht worden war, aber eine Überprüfung der Datenaufzeichnungen am Flughafen ergab, daß weder ein Flugzeug noch ein Raumfahrzeug den Luftraum über Station Araminta während der fraglichen Zeit benutzt hatte.

War sie dann womöglich in einem Boot oder einem Bodenfahrzeug fortgeschafft worden? Eine ähnlich klare Aussage wie bei den Luftfahrzeugen konnte hier nicht getroffen werden; doch ergab eine rasch durchgeführte Überprüfung aller Personenkraftwagen, Lastkraftwagen und Lieferwagen, daß sie allesamt an ihren gewohnten Stellplätzen standen, und verdächtige Bewegungen hatte niemand beobachtet. Und was den Wegtransport mit einem Boot anbelangte, so wäre jeder Verkehr stromabwärts vom Orpheum aus – also parallel zum Wansey-Weg – sofort aufgefallen, und von einem weiter stromaufwärts gelegenen Punkt aus konnte er aufgrund des Röhrichts, das das Flußufer einsäumte, sicher ausgeschlossen werden. Das Durchstoßen des Schilfs mit einem Boot oder das Transportieren eines Körpers zu einem an der Küste wartenden Boot hätten eindeutige und unverkennbare Spuren hinterlassen. Das gleiche galt für die Möglichkeit, daß jemand eine Leiche in den Fluß geworfen hatte, um sie von der Strömung ins Meer treiben zu lassen. Auch hier wären sichtbare Spuren im Schilf zurückgeblieben.

Vorfälle dieser Art, daß Personen auf mysteriöse

Weise verschwanden, waren selten in Station Araminta, wenngleich keinesfalls unbekannt. Die klassischen Opfer waren Yip-Mädchen, die sich sexuellen Avancen widersetzt hatten – mit für den Täter unseligen Folgen.* Wurde er gefaßt und zweifelsfrei identifiziert, so wurde er auf der Stelle gehenkt oder – wahlweise – hundert Meilen vor der Küste ins Meer geworfen.

Für die Untersuchung von Straftaten, die in Station Araminta oder anderswo auf Deucas begangen wurden, waren die Agenten von Amt B zuständig, einer Zweigstelle der GKIPA.** Leiter von Amt B war der siebzigjährige Bodwyn Wook, ein kleiner, dünner, quecksilbriger Mann, der etwas von einem Zuchtmeister hatte. Seinen Kopf, der kahl wie eine Billardkugel war, zierten zwei lebhafte blaue Augen, ein knochiges Kinn und eine lange, neugierige Nase. Seine Hauptmänner waren Ysel Laverty, Rune Offaw und Scharde Clattuc. Diese vier ranghöchsten Offiziere wurden von den jüngeren Beamten heimlich als ›der Zoo‹ tituliert, wegen ihrer angeblichen Ähnlichkeit mit Illustrationen in einem berühmten alten Tierbuch von der Erde. Scharde war ein grauer Wolf, Ysel Laverty war ein Keiler, Rune Offaw war ein Hermelin, und Bodwyn Wook war ein kleiner glatzköpfiger Orang-Utan.

---

* Fast jedes Yip-Mädchen stellte sich bereitwillig für sexuelle Dienste zur Verfügung, sofern das Honorar angemessen war. (Dem allgemeinen Konsens nach galt dieses Geld als zum Fenster hinausgeworfen, da die Yip-Mädchen den sexuellen Akt in stoischer Apathie über sich ergehen ließen, dem Koitanten so die erhoffte sexuelle Gratifikation vorenthaltend.) In Yipton war ein Etablissement namens Pussycat-Palast errichtet worden, vornehmlich zur Ergötzung der Touristen; hier waren die Mädchen (und Knaben) dazu ausgebildet, zumindest die Rudimente von Enthusiasmus zu simulieren, um die Kunden zum Wiederkommen zu ermuntern.

** GKIPA: die Gesellschaft zur Koordinierung der Interplanetarischen Polizeiarbeit, anfänglich ein Privatkonzern, heute eine halbamtliche Polizeiorganisation, die im gesamten Gaeanischen Reich operiert.

Der gesamte Zoo widmete sich nun dem Fall Sessily Veder, verstärkt durch alle Sergeanten, Wachtmeister und Kadetten, die irgend abkömmlich waren.

Die Durchsuchung von Station Araminta und ihrer Umgebung wurde mit peinlicher Sorgfalt durchgeführt. Jedes Gebäude wurde inspiziert, desgleichen das gesamte umliegende Terrain in einem angemessenen Umkreis. Jeden Tag entnahm ein Chemiker Wasserproben aus dem Fluß und untersuchte sie nach Spuren von verwesendem Fleisch – ebenfalls ohne Ergebnis. Sessily Veder hatte sich buchstäblich in Luft aufgelöst, nichts zurücklassend außer einigen wenigen vagen Theorien.

Eine dieser Theorien, die dahingehend lautete, daß Sessily, von einer plötzlichen geistigen Verwirrung heimgesucht, ziellos davongestürmt sei und sich irgendwo in der Wildnis versteckt hielte, wurde als purer Nonsens verworfen, aber wenn sowohl panische Flucht als auch Ertrinken im Fluß als auch Entführung per Flugzeug mit Sicherheit ausgeschlossen werden konnten – was für eine Erklärung gab es dann? In Amt B war man sich darüber im klaren, daß die allgemeine Ratlosigkeit sehr tröstlich für den Täter – so es denn einen solchen gab – sein mußte.

Jeder, der während der Phantasmagorie zugegen gewesen war – egal ob Tourist, Weineinkäufer, Ortsansässiger, Collateraler, Gast, Arbeiter, Mime, Musikant –, alle wurden vernommen und aufgefordert, sowohl ihre eigenen Bewegungen zu beschreiben als auch die all jener Personen, die sich vor, während und unmittelbar nach der Aufführung in ihrer Nähe aufgehalten hatten. Alle diese Aussagen wurden im Computer von Amt A miteinander verglichen, und anhand des Ergebnisses konnte einer großen Anzahl von Besuchern die Abreise von Station Araminta gestattet werden.

Eine zweite Ermittlungskommission versuchte, Sessilys Bewegungen unmittelbar nach ihrem Abgang von dem Marmorsockel zu erkunden. Ihre Route hätte sie quer über die Hinterbühne zu einer Tür führen müssen, die hinaus auf einen Gang führte. An der Stelle hätte sie nach links abbiegen und nach einer kurzen Distanz von etwa zwanzig Fuß auf einer Laderampe auskommen müssen. Sodann hätte sie nach links zum Umkleideraum-Anbau weitergehen müssen, der hinter dem eigentlichen Orpheum lag: ein sehr lästiger Übelstand, den Floreste gern bei seinen Bettelgängen für den Bau eines neuen Orpheums ins Feld führte.

Drusilla co-Laverty, eine Mimin, die zwei oder drei Jahre älter war als Sessily, hatte ihr von dem Säulenfuß heruntergeholfen. Drusilla und mehrere andere Mimen hatten Sessily von der Bühne heruntergehen und in dem Gang verschwinden sehen. Von da an verlor sich ihre Spur. Die beiden Garderobenmädchen versicherten, sie sei niemals im Umkleideraum angekommen. Irgendwo zwischen der Hinterbühne und dem Umkleideraum war Sessily abhanden gekommen – das bedeutete, von der Laderampe.

Zu dieser Stunde war die Laderampe leer und schwach beleuchtet, während der Versorgungsbereich dahinter überhaupt nicht beleuchtet war. Das Küchenpersonal hatte über eine Vorratskammer Zugang zu der Rampe, aber dahingehend befragt, erklärten alle, eingeschlossen Zamian, ein Yip-Küchenjunge, sie hätten mit der Bedienung der Bankettgäste alle Hände voll zu tun gehabt und seien nicht hinaus auf die Rampe gegangen.

Wegen ihrer räumlichen Nähe zur Rampe wurden die Küchenmitarbeiter besonders eingehend vernommen. Eine vergleichende Analyse ihrer Aussagen durch den Computer förderte Widersprüche in der Aussage Zamians zutage. Er wurde daraufhin sofort zwecks weiteren Verhörs in die Räume von Amt B geholt. Scharde Clattuc führte ihn Bodwyn Wook vor, dann setzte er sich still auf eine Bank im Hintergrund.

Bodwyn Wook lehnte sich in seinen wuchtigen Sessel zurück und fixierte Zamian mit drohendem Blick.

Zamian, ein schlanker, großgewachsener junger Mann mit ebenmäßigen Zügen und kurz gestutzten goldfarbenen Locken, erwiderte den prüfenden Blick mit einem höflichen Nicken. »Herr, wie kann ich Ihnen dienlich sein?«

Bodwyn Wook schwenkte ein Blatt Papier in der Luft. »Du hast eine Aussage bezüglich deines Tuns am Abschlußabend des Parilia-Fests gemacht. Erinnerst du dich daran?«

Zamian nickte lächelnd. »Jawohl! Ihr Gewährsmann hat meine Aussage völlig wahrheitsgemäß wiedergegeben, und Sie können seinem Wort voll vertrauen. Es freut mich, daß ich Ihnen behilflich sein konnte. Kann ich jetzt wieder gehen?«

»Ich bin noch nicht ganz fertig«, sagte Bodwyn Wook. »Es sind da noch ein paar Kleinigkeiten zu klären. Zunächst einmal: kennst du die Bedeutung des Wortes ›Wahrheit‹?«

Zamian zog überrascht die Augenbrauen hoch. »Selbstverständlich, Herr, und ich bin gern bereit, Ihnen das Wort so gut ich kann zu erklären; aber wäre Ihnen nicht vielleicht besser gedient, wenn Sie die genaue und offizielle Definition des Begriffs dem Wörterbuch entnehmen?«

Bodwyn Wook hustete. »Da magst du wohl recht haben. Ich werde mich nachher darum kümmern... Nein, geh noch nicht; ich bin noch nicht ganz fertig mit dir. In dieser deiner Aussage behauptest du, in der fraglichen Zeit, also ungefähr vom Ende der Phantasmagorie bis zum Beginn des Großen Maskenballs, die Küche nicht verlassen zu haben.«

»Natürlich habe ich sie nicht verlassen, Herr! Ich hatte den mir anvertrauten Pflichten nachzukommen. Wie hätte ich sie erledigen können – und gut erledigen können –, wenn ich mich woanders aufgehalten hätte, beispielsweise unten am Strand, oder am Fluß? Ich bin überrascht, daß Sie mir diese Frage stellen, da Sie doch wissen, daß die mir anvertrauten Aufgaben fachmännisch erledigt wurden!«

Bodwyn Wook hob einen Stapel weiterer Protokolle hoch. »Dies sind Aussagen, die versichern, daß du dich mehrfach aus der Küche entfernt hast, um Taschen mit gestohlenen Nahrungsmitteln zu verstecken. Was sagst du dazu?«

Zamian wiegte reumütig den Kopf. »Wie Sie sehr wohl wissen, Herr, gibt es immer Klatsch in der Küche. Man hört ständig ein Dutzend Geschichten. Der eine läßt immer den Schweiß in die Suppe tropfen, ein anderer läßt jedesmal einen fahren, wenn er sich nach vorn beugt, um in die Backröhre zu gucken, der dritte bohrt in der Nase, und so weiter und so fort. Ich gebe nichts auf solches Geschwätz. Gewöhnlich ist es nicht wahr.«

»Aber in diesem speziellen Fall entsprechen die Berichte der Wahrheit?«

Zamian wandte den Blick zur Decke. »Ich kann mich nur noch bruchstückhaft erinnern, Herr.«

Bodwyn Wook wandte sich an Scharde, der die Befragung schweigend verfolgt hatte. »Bringen Sie Zamian in einen ruhigen, dunklen Raum, wo er nachdenken kann, ohne abgelenkt zu werden. Ich will, daß er sich an jede Einzelheit erinnert.«

Zamian hob die Hand; sein Lächeln war jetzt ein wenig unsicher geworden. »Warum solche Umstände machen? Wenn ich mich nur recht konzentriere, stelle ich fest, daß ich mich doch ganz gut erinnere!«

»Das höre ich gern! Der Geist ist doch ein wunderbares Organ, nicht wahr? Was geschah an dem Abend?«

»Jetzt fällt es mir wieder ein! Ich bin ein- oder zweimal in die Vorratskammer gegangen, um mir die Beine zu vertreten. Und dann … – nun, ich bin mir nicht so ganz sicher.«

»Sag's uns trotzdem.«

Zamian sprach mit großem Ernst. »Wahrhaftig, Herr, es ist falsch, eine Aussage zu machen, wenn man sich nicht ganz sicher ist. Damit kann man ein schweres Unrecht begehen, und ich würde eine solche Last nicht auf meiner Seele haben wollen, es sei denn, sie würde gelindert durch eine große Summe Geldes.«

Scharde sagte zu Bodwyn Wook: »Er will wissen, wieviel wir zahlen.«

Bodwyn Wook warf sich in seinen Sessel zurück. »Ich denke, wir bringen Zamian doch besser an einen Ort, wo er ungestört nachdenken kann, bis er sich ganz sicher ist. So erspart er sich Kummer, wir sparen Geld, und allen ist geholfen.«

»Sehr richtig, Sir: eine vernünftige Überlegung.«

Bodwyn Wook fügte hinzu: »Bevor Sie ihn mit sich allein lassen, erklären Sie ihm noch, daß die Mitwisser eines Verbrechens genauso bestraft werden wie die Verbrecher selbst.«

Zamian sagte in würdevoller Entrüstung: »Solches Gerede ist geschmacklos, wenn jemand eifrig bemüht ist, zu helfen. Ich würde niemals das Wissen um ein Verbrechen zurückhalten. Trotzdem meine ich, sind wir uns darüber einig, daß eine kleine Gabe immer nett ist und guten Willen und Zufriedenheit auf allen Seiten schafft.«

»Wenn wir gutwillig und nett und zufrieden wären, würden wir niemals Verbrecher fangen«, sagte Bodwyn Wook. »Deshalb sind wir grausam und gnadenlos. Erzähl uns, was du weißt, und zwar schnell, wenn ich bitten darf!«

Zamian zuckte resigniert die Achseln. »Wie ich schon sagte: ich ging in die Vorratskammer, um mir die Beine zu vertreten und nachzudenken. Und wie ich noch so nachdachte, glaubte ich, jemand schreien zu hören. Es hörte sofort wieder auf. Ich lauschte und hörte Stimmen, die sich unterhielten, und ich dachte:

Ah, dann ist ja alles gut. Dann schrie die Stimme wieder. Diesmal sagte sie: ›Du zerbrichst meine Flügel!‹

»Und dann?«

»Ich ging zur Tür und schaute nach draußen. Ich konnte niemanden sehen. Der Lastwagen von der Weinkellerei war schon früher mit Wein für das Bankett gekommen; er stand mit dem Heck vor der Laderampe geparkt, mit heruntergelassener Plane. Ich dachte mir, daß die Stimmen wohl aus dem Lastwagen gekommen sein mußten. Aber solche Dinge gehen mich natürlich nichts an.«

»Und was passierte dann?«

»Das ist alles. Um Mitternacht, nach der Demaskierung, kam der alte Nion, um seinen Lastwagen zu holen, aber da war keiner mehr drin.«

»Woher weißt du das?«

»Er stellte ein leeres Faß hinten rein.«

»Und du kannst die Personen, die in dem Lastwagen waren, nicht zufällig identifizieren?«

»Nein.«

Scharde trat an Zamian heran und sagte leise, fast flüsternd: »Wenn dir nun ganz zufällig Geld angeboten würde, würdest du dich dann an mehr erinnern?«

Zamian sagte mit gequälter Miene: »Wie immer bin ich das Opfer eines boshaften Schicksals! Da hatte ich nun endlich meine große Chance! Doch was tat ich? Anstatt hinter die Plane zu spähen und mir Namen zu notieren, saß ich in der Vorratskammer und döste. Eine goldene Nase hätte ich mir verdienen können; statt dessen stehe ich nun mit leeren Händen da.«

»Das ist wirklich sehr traurig«, sagte Bodwy Wook. »Aber ich fürchte, du überschätzt die Summe, die du von uns hättest kriegen können.«

Zamian ging. Bodwyn Wook und Scharde suchten sofort das Aussageprotokoll von Nion co-Offaw, seines Zeichens Oberkellermeister in der Gemeinschafts-Weinkellerei, heraus und studierten es. Nion hatte ausgesagt, er habe drei Fässer Wein von der Weinkellerei gebracht, sie auf der Rampe abgeladen, dann sei er, mit einem behelfsmäßigen Clownskostüm bekleidet, zum Geviert gegangen, um dort mit Freunden zu speisen und sich die Phantasmagorie anzuschauen. Er habe dort unter Verzehr einiger Pokale Wein bis etwa eine halbe Stunde nach der mitternächtlichen Demaskierung verharrt und sei alsdann mit seinem Lastwagen zur Weinkellerei zurückgefahren. Ihm sei nichts Außergewöhnliches aufgefallen, und von den schrecklichen Ereignissen habe er erst am darauffolgenden Morgen erfahren.

Bodwyn Wook schob das Protokoll beiseite. »Nun, wir sind einen winzigen Schritt weitergekommen. Der Täter hat das Mädchen offenbar in den Lastwagen gebracht und es dort angefallen. Was fällt Ihnen dazu ein?«

»Nicht viel mehr. Offenbar kannte er den Weg, den sie nehmen würde, und plante, ihr dort aufzulauern – wobei er diesen Plan vermutlich sehr kurzfristig gefaßt hat.«

»Ganz so muß es sich abgespielt haben. Wir müssen also unser Augenmerk auf den Lastwagen richten.«

»Auf jeden Fall muß er sorgfältig untersucht werden.«

»Das ist ein guter Job für Sie.«

VI

Die Woche nach Parilia war trist und ruhig. Die Weinkäufer waren abgereist, bepackt mit üppiger Fracht, die die Laderäume der abfahrenden Schiffe schier zu sprengen drohte. Auch die Touristen, die Hausgäste der Clattucs eingeschlossen, hatten ihre Koffer gepackt und waren weitergereist: die einen zurück zu ihren fernen Heimatwelten, andere zu den Ferienhäusern in den wilden Regionen, wieder andere per Fähre dreihundert Meilen über den Ozean nach

Yipton: ein Reiseziel, das nicht minder exotisch war als jedes andere. Dort würden sie das prickelnde, halbbarbarische Ambiente des Arkady-Gasthofs goutieren oder die labyrinthartigen Basare durchstreifen oder sich in einer Gondel durch das erstaunliche Kanalgewirr schaukeln lassen oder von einem Balkon aus den Blick auf das bunte Getriebe der Stadt genießen. Und der eine oder andere mochte vielleicht die verlockenden Angebote des Pussycat-Palasts erproben.

In Amt B gingen die Nachforschungen über das Verschwinden Sessily Veders unaufhörlich weiter; sie erhielten Vorrang vor allem anderen, ausgenommen die Patrouillen vor der Küste von Marmion.

Die Überwachung des Yip-Geländes wurde an spezielle Abteilungen der Miliz delegiert. Kirdy Wook wurde wieder zurück an Amt B überwiesen; Arles hingegen mußte weiterhin seinen nächtlichen Streifendienst verrichten, zu seinem großen Mißvergnügen.

Glawen war von den Ermittlungen vollkommen in Bann gezogen und konnte an nichts anderes mehr denken. Er verlor sogar sein Interesse am Essen, und einzig Schardes besorgte Mahnungen, er werde noch ganz vom Fleisch fallen, konnten ihn dazu bewegen, wenigstens hin und wieder etwas zu sich zu nehmen.

Glawen hatte sich an die Hoffnung geklammert, daß Sessily vielleicht noch am Leben war, daß sie sich aus irgendeinem unerfindlichen Grund ihrer Schmetterlingsflügel entledigt hatte und in ein anderes Kostüm geschlüpft war und sich sodann, dergestalt verkleidet, an irgendeinen geheimen Ort begeben hatte, von dem sie früher oder später zurückkehren oder wenigstens irgendein Lebenszeichen schicken würde.

Zamians Aussage zerstörte diese Hoffnung; es konnte kaum noch ein Zweifel daran bestehen, daß Sessily ein gewaltsames Ende gefunden hatte, und Glawens Eingeweide kribbelten vor Haß auf das Scheusal, das dafür verantwortlich war.

Was war mit der Leiche geschehen?

An Antworten auf diese Frage hatte es keinen Mangel gegeben: von Versenken im Fluß oder in der Lagune oder im Ozean über Vernichtung durch Chemikalien oder Feuer; Zerstückelung, Implosion, ionische Dissoziation; Entführung per Ballon – bis hin zu der Möglichkeit, daß ein riesiger nachtfliegender Gambril aus dem Maughrim-Gebirge sie gepackt und fortgeschleppt haben könnte, spannte sich der Bogen der vorgebrachten Theorien. In jeder dieser Hypothesen waren jedoch ein bis zwei Schwachstellen gefunden worden, so daß das Problem nach wie vor im Raum stand.

Als Glawen von Zamians Einlassungen erfuhr, frug er sogleich: »Was ist mit dem Lastwagen? Hat ihn sich schon jemand vorgenommen?«

»Genau das habe ich gerade vor«, sagte Scharde. »Ich dachte mir, du hättest vielleicht Lust, mit mir zu kommen.«

»O ja, das würde ich gern.«

»Dann komm.«

Es war früher Nachmittag an einem windigen, kalten Tag; ein von Nordosten kommender böiger Wind trieb dunkle Wolkenfetzen hinaus über den Ozean. Scharde und Glawen fuhren bis zum Ende des Wansey-Weges, um das Orpheum herum, bogen dann landeinwärts und folgten einem unbefestigten Pfad, der Richtung Osten führte, zuerst durch Gartenanlagen, Felder und Obstplantagen, und schließlich in eine Gegend aus sanften Hügeln und Tälern, an deren Hängen Weingärten angelegt waren. Knapp eine Meile von der Station entfernt erhoben sich auf der Spitze einer niedrigen Anhöhe die Gebäude der Gemeinschafts-Weinkellerei: eine Gruppe graubrauner, unauffällig in den Kontext der Landschaft eingefügter Betonbauten.

In der Gemeinschafts-Weinkellerei wurden die zweiten Qualitäten der sechs Weinerzeuger, jene Lagen, die den Anforderungskriterien für die absoluten Spitzenerzeugnisse nicht ganz genügten, von Oberkellermeister Nion co-Offaw zu einem ordentlichen Wein von gutem Charakter verschnitten, der sowohl für den Eigenverbrauch als auch für den Export geeignet war.

An der Stelle, wo die Gartengrundstücke den Weinhängen zu weichen begannen, hielt Scharde den Wagen an. »Dieses Gelände hier ist Zoll für Zoll durchgekämmt worden, nicht nur ein, sondern zweimal, auf eine Entfernung von einer Viertelmeile zu beiden Seiten des Weges. Das wird als das Doppelte der maximalen Distanz betrachtet, über die ein Mann eine Leiche tragen, sie verscharren und innerhalb des Zeitlimits zum Weg zurückkehren könnte. Meiner Meinung nach ist es eher das Vierfache als das Doppelte.«

»Aber das ist doch nur etwas mehr als hundert Yard.«

»Hundert Yard im Dunkeln, mit einer Leiche und Werkzeugen bepackt, ohne Spuren zu hinterlassen? Das allein würde ich schon eine unglaubliche Leistung nennen.«

»Die ganze Sache ist unglaublich«, murmelte Glawen. »Mir ist unvorstellbar, wie jemand die arme kleine Sessily töten konnte.«

»Ah! Aber als sie getötet wurde, war sie die strahlende, wunderbare Sessily, ein Mädchen von geradezu überirdischer Schönheit, und irgend jemand fühlte sich dazu getrieben, die höchsthängende Frucht vom Baum des Lebens zu pflücken. Ich vermute, daß er nichts bereut.«

»Das wird sich gewaltig ändern, wenn wir ihn schnappen.«

»Dann wird er höchstens bedauern, daß er erwischt worden ist«, sagte Scharde. »Aber das nicht zu knapp.«

»Die Kellerei ist natürlich durchsucht worden?«

»Die habe ich eigenhändig auf den Kopf gestellt. Da ist sie nicht: es gibt keinen Schrank, keine Kammer, kein Faß, keine Nische, in die ich nicht reingeschaut hätte. Und auf dem Dach oder im Keller ist sie auch nicht. Nion ist ein bärbeißiger alter Bursche, erwarte also keine Herzlichkeit. Außerdem tut er so, als wäre er taub – aus purer Boshaftigkeit, wie ich meine.«

Scharde fuhr an; die beiden fuhren weiter den Weg hinauf, der gleich darauf eine Kurve beschrieb und nach einer kurzen, sanften Steigung vor der Kellerei endete.

Scharde brachte den Wagen zum Stehen; die beiden stiegen aus und taxierten die Umgebung. Die Vorderfront der Kellerei ragte vor ihnen auf. Eine hohe, offenstehende Tür gestattete einen Blick auf das im Halbdunkel liegende Interieur: eine Reihe großer Fässer, diverse Apparaturen, matt schimmernde Rohrleitungen. In etwa fünfzig Fuß Entfernung, unter einem Baum an der Seite des Hauses, parkte Nions Lastwagen.

Scharde und Glawen gingen zu der offenen Tür und schauten in die Kellerei. Sie entdeckten sogleich Nion, der auf einem Gabelstapler saß und Weinfässer in einen Frachtcontainer lud. Die zwei traten zu ihm und warteten höflich, daß er sich dazu herbeiließ, von ihrer Gegenwart Notiz zu nehmen.

Nion warf ihnen einen flüchtigen Blick zu, fuhr aber ungerührt mit seiner Arbeit fort, bis sich eine optimal geeignete Gelegenheit zum Aufhören ergab. Dann schwang er in seinem Sitz herum, taxierte seine Besucher, und stieg schließlich mit sichtbarem Widerwillen zu ihnen herunter: ein Mann von mittlerem Alter, stämmig gebaut, mit rotem Gesicht, borstigem braungrauen Haar und schmalen rotbraunen Augen unter buschigen Brauen. Er fragte mit brummiger Stimme: »Was gibt's denn schon wieder? Ich habe nichts zu tun mit eurem rätselhaften Fall.«

»Wir haben ein paar neue Erkenntnisse«, sagte Scharde. »Es sieht ganz so aus, als hätte der Täter während Ihrer Abwesenheit den Kellereilaster benutzt, wahrscheinlich, um die Leiche wegzuschaffen.«

Nion stieß ein verächtliches, durch jahrzehntelange Übung gleichsam zu einem Automatismus gewordenes Schnauben aus, hielt abrupt inne, zog die Stirn kraus, überlegte einen Moment lang, zuckte die Achseln und warf den Kopf zurück. »Dazu kann ich nichts sagen. Wenn das stimmt, dann waren sie ganz schön dreist, meinen Laster für ihr schmutziges Geschäft zu benutzen.«

Glawen setzte zum Sprechen an, doch ein rascher Blick von Scharde ließ ihn verstummen. Scharde fragte: »Einige Zeit vorher hatten Sie drei Fässer Wein von der Kellerei dort abgeliefert?«

»Ja, das hab ich; der Weinkellner hatte sie eigens angefordert. Er ist der Mann, den Sie diesbezüglich befragen müssen. Wenn das alles ist, was Sie wissen wollten, dann gehe ich jetzt wieder an meine Arbeit.«

Scharde blieb unbeirrt. »Sie haben den Laster rückwärts an die Rampe gesetzt, um die Fässer auszuladen?«

Nion starrte Scharde verblüfft an. »Natürlich, Mann, eine dümmere Frage können Sie wohl nicht stellen! Wie hätte ich ihn denn sonst parken sollen? Mit der Schnauze zur Rampe vielleicht?«

Scharde lächelte grimmig. »Sehr gut. Ich darf also davon ausgehen, daß Sie den Wagen rückwärts an die Rampe gesetzt haben. Als Sie zurückkamen, was nach Ihrer Aussage etwa eine halbe Stunde nach Mitternacht der Fall war, stand der Wagen da noch genau so da, wie Sie ihn zurückgelassen hatten?«

Nion blinzelte. »Jetzt, wo Sie mich fragen, fällt mir wieder ein, daß irgendein Hornochse damit herumgegurkt war und ihn, um seiner Blödheit die Krone aufzusetzen, auch noch vorwärts eingeparkt hatte. Wenn ich den erwischt hätte, der hätte sein blaues Wunder erlebt!«

Scharde lächelte erneut. »Haben Sie irgendeinen Hinweis gefunden, wer Ihnen diesen Streich gespielt haben könnte? Irgendwas, das er im Wagen liegengelassen hat? Ein Taschentuch, eine Schachtel Streichhölzer oder sonst irgendwas, das ihm gehört haben könnte?«

»Da war nichts.«

»Haben Sie den Laster seitdem wieder benutzt?«

»Und ob ich das habe! Jeden Tag liefere ich eine Norm-Einheit – das ist ein Frachtcontainer à vier Faß, müssen Sie wissen – unten am Flughafen ab. Manchmal auch mehr, wenn ein Schiff beladen werden muß. So. Wollen Sie noch mehr wissen?«

»Wir werden uns den Laster mal anschauen.«

»Bitte. Wie Sie wünschen.«

Scharde und Glawen verließen die Kellerei und gingen zum Lastwagen. Scharde warf einen kurzen Blick in das Führerhaus, das enttäuschend kahl und sauber war. »Hier werden wir nichts finden.«

Glawen hatte die Heckplane zur Seite geschlagen, um einen Blick in den leeren Laderaum zu werfen. Die Ladefläche war mit einer etwa einen Zoll dicken Gummimatte ausgelegt. Zwei Bretter lagen parallel in einem Abstand von vier Fuß zueinander längsseits auf der Gummimatte; offenbar dienten sie als Unterlagen für die Räder von Gabelstaplern.

Scharde kletterte in den Laderaum und sah sich um. Fast sofort bemerkte er Flecken in der Mitte der Ladefläche zwischen den beiden Brettern. Er bückte sich und untersuchte die Flecken. Sie waren von dunkelroter Farbe und konnten durchaus Blutflecken sein. Er ging zum vorderen Ende des Laderaums und begann, auf Hände und Knie gestützt, die Ladefläche Zoll für Zoll zu untersuchen. Glawen bemerkte die Flecken ebenfalls, aber er hielt den Mund. Da es im Moment nichts für ihn zu tun gab, sah er sich im Führerhaus um, fand jedoch nichts von Interesse und ging zur

Rückseite des Wagens zurück – gerade rechtzeitig, um zu sehen, wie Scharde mit spitzen Fingern etwas aufhob, das sich an einem Holzsplitter an der Innenkante des linken Bretts verfangen hatte. Er fragte: »Was hast du gefunden?«

»Haare«, antwortete Scharde lakonisch und setzte seine Suche fort.

Glawen hielt das müßige Herumstehen nicht länger aus. Er stieg auf die Ladefläche und begann eine Stelle zu untersuchen, die Scharde bis jetzt außer acht gelassen hatte: den Spalt oder die Fuge zwischen Gummimatte und Seitenwand. Schon nach kurzer Suche machte er eine Entdeckung, die ihn zu einem traurigen Ausruf veranlaßte.

Scharde wandte sich um. »Was hast du gefunden?«

Glawen hielt einen schwarzen und orangefarbenen Fetzen hoch. »Ein Stück von dem Schmetterlingsflügel.«

Scharde nahm den Fetzen an sich und steckte ihn in einen Umschlag. »Damit bestehen keine Zweifel mehr an Tatzeit und Tatort.«

»Nur noch am Täter.«

Die beiden setzten ihre Suche noch eine Weile fort, fanden jedoch bis auf ein weiteres Büschel verfilzter Haare nichts, was ihnen weitere Aufschlüsse hätte geben können. Sie kletterten von der Ladefläche herunter und begutachteten ihre Funde: das Stück von dem Flügel und die zwei braunen Haarbüschel. »Nicht viel«, sagte Scharde, »aber besser als nichts. Vielleicht sollten wir uns noch einmal mit Nion unterhalten.«

Glawen schaute skeptisch zur Kellerei hinüber. »Er scheint kein allzu großes Interesse daran zu haben, uns zu helfen.«

»Wir können es trotzdem noch mal versuchen. Die Spur muß irgendwo hinführen.«

Die zwei kehrten zur Kellerei zurück. Nion, der im Türrahmen stand, beobachtete ihr Kommen ohne sichtbare Gemütsregung. Als sie näher kamen, fragte er: »Was habt ihr gefunden, wenn ihr überhaupt was gefunden habt?«

Scharde zeigte ihm die Haarbüschel und das Flügelfragment. »Sagt Ihnen das irgendwas?«

»Der bunte Fetzen könnte von einem Mädchenkostüm stammen. Das andere Zeug sagt mir erstmal nichts.«

»Benutzen Sie schon mal eine Unterlage oder Decke aus Leinen oder Sacktuch oder ähnlichem Material?«

»Nein. Nie.«

»Sehr gut. Wir möchten noch einmal einen Blick in die Kellerei werfen.«

Nion zuckte die Achseln und trat zur Seite. »Was erhoffen Sie sich davon? Sie haben das Gebäude doch schon bis in den hintersten Winkel durchsucht.«

»Schon richtig. Aber irgendwo müssen wir trotzdem was übersehen haben.«

»Wie das?«

»Die Spur endet hier. Sie wurde in dem Wagen umgebracht. Als Sie den Wagen holten, war jemand in der Zwischenzeit mit ihm gefahren, und die Leiche war weg. Der Täter hatte nur sehr wenig Zeit; die Leiche wurde offenbar nicht vergraben; wir hätten sonst Spuren gefunden, und die Radspuren auf dem Weg weisen eindeutig darauf hin, daß der Laster nicht weiter als bis zur Kellerei gefahren ist. Wo ist die Leiche abgeblieben?«

»Ich kann Ihnen nicht helfen. Suchen Sie, solange Sie wollen.«

Scharde und Glawen gingen durch die Tür in die Kellerei. Nion folgte ihnen. Zehn Bütten ragten vor ihnen auf, fünf auf jeder Seite. Jede Bütte war in einer anderen Farbe gestrichen, und an jedem befand sich eine Armatur mit Anzeigen und Meßgeräten für Füllmenge, Druck und dergleichen mehr. Bei Schardes vorausgegangenem Besuch hatte Nion alle Bütten der

Reihe nach leergepumpt, ohne daß sich eine Spur von Sessily gefunden hätte.

Nion bemerkte Schardes offenkundiges Interesse an den Bütten. Er fragte mürrisch: »Was jetzt? Soll ich die Bütten etwa noch einmal leerpumpen? Mir geht jedesmal mindestens eine Gallone guten Weins verloren, wenn ich eine Bütte umpumpe!«

»Sind Ihre Meßgeräte so exakt?«

»Aber sicher. Sie messen bis auf eine Zehntelgallone genau, was für ein exaktes Mischen unerläßlich ist, wenn Sie bedenken, daß schon eine halbe Gallone von Diffins No. 4 Bittermalvasier zuviel oder zuwenig einen Verschnitt völlig versauen kann.«

»Wie geht so ein Mischvorgang vor sich?«

»Simpel ausgedrückt: ich pumpe den Wein im festgelegten Verhältnis aus den Bütten in den Mischtank, bis zu einer Gesamtmenge von sechshundertsechzig Gallonen, was zwölf Fässern oder drei Frachtcontainern entspricht. Das ist die herkömmliche Versandgröße. Dann schiebe ich die Fässer über die Rutsche zur Füllmaschine. Ich gucke in jedes Faß rein; die Pumpe fördert bei einem Arbeitsgang exakt fünfundfünfzig Gallonen Wein. Dann lege ich den Deckel drauf, und die Maschine verschweißt den Deckel mit dem Faß. Ich schiebe das volle Faß weg und fülle das nächste, und so weiter, bis ich zwölf Fässer voll habe. Die vollen Fässer werden da drüben an der Wand gestapelt, und wenn ich eine Bestellung hereinbekomme, lade ich die Fässer in Versandcontainer um, wie gesagt, jeweils vier Stück, und die bringe ich dann zur Frachtabteilung vom Raumhafen.«

Scharde ließ seinen Blick über die Wand schweifen. »Ihr derzeitiger Lagerbestand ist aber ziemlich niedrig.«

»Kein Wunder – ist beim Parilia fast alles verkauft worden.«

»Und zum Raumhafen gebracht worden?«

»Natürlich.«

»Und versandt worden?«

»Das nehme ich doch an.«

»Und in einem der Fässer könnte eine Leiche gewesen sein?«

Nion schickte sich an, etwas zu erwidern, dann hielt er abrupt inne. Er schaute zum Mischtank und schien etwas vor sich hin zu murmeln. Als er Scharde wieder den Blick zuwandte, war sein Gesicht aschgrau geworden. »Jetzt wird mir einiges klar. Ich kann Ihnen mit ziemlicher Sicherheit sagen, wie die Leiche weggeschaft worden ist.«

»Hm. Und wie?«

»Am Ortmorgen habe ich das, was in der Bütte noch an Wein übriggeblieben war, auf Fässer abgefüllt, und als ich fertig war, stellte ich fest, daß ich einen Überschuß von fast dreizehn Gallonen hatte.«

Glawen wandte sich um und ging aus der Kellerei. Nion und Scharde schauten ihm nach. Nion stieß einen tiefen Seufzer aus und drehte sich wieder zum Mischtank um. »Ich war darüber einigermaßen verwundert. Wie konnte das passieren, wo meine Meßgeräte normalerweise doch schon auf einen Bruchteil dieser Menge ansprechen? Sagen Sie, wieviel wog das Mädchen?«

»Das könnte Glawen uns sagen, aber er ist nicht da. Ich würde sagen, ungefähr hundert Pfund, vielleicht auch hundertfünf.«

»Das heißt, sie würde damit etwas weniger als dreizehn Gallonen Wein verdrängen. Das würde meinen Überschuß erklären.«

»Wer weiß alles, wie man ein Faß füllt und versiegelt?«

Nion machte eine heftige, wilde Handbewegung. »Da kämen viele in Frage: die Önologiestudenten, dann alle, die in den sechs Hauskellereien arbeiten, praktisch jeder, der mir schon einmal bei der Arbeit zugesehen hat. Eins sag ich Ihnen! Mit diesen beiden

Händen würde ich den erwürgen, der das gemacht hat! Ein Kranker ist das, ein Perverser! So den Wein zu verderben!«

Scharde neigte den Kopf in tiefer Zustimmung. »Es ist ein doppelt verwerfliches Verbrechen, das ist wahr. Ich teile Ihren Abscheu.«

»Werden wir dieses Scheusal jemals zu fassen kriegen?«

»Im Moment kann ich nicht viel mehr sagen, als daß wir Fortschritte in unseren Ermittlungen machen. Noch eine Frage, das Faß selbst betreffend: können wir es aufspüren? Was trug es für ein Etikett?«

»Es war ein Graciosa, und davon habe ich seit Parilia fünfzig oder sechzig Fässer an eine große Anzahl von Empfängern versandt. Es dürfte so gut wie unmöglich sein, das verdorbene Faß ausfindig zu machen.«

»Tragen die Fässer keine Seriennummer? Keinen Code irgendwelcher Art?«

»Nein. Eine solche Aufgabe würde mich in Papierkram ertrinken lassen, und sie dient auch keinem Zweck.«

»Bis jetzt nicht.«

»Das wird nicht noch einmal passieren, nicht, solange ich lebe.« Nion hieb sich mit der Faust auf die Brust. »Ich bin immer zu sanft und zu arglos gewesen! Ich habe Leuten vertraut, die statt eines Hirns Eiterbeulen im Kopf hatten! Sie haben mich angeschaut und diese Luft hier geatmet; ich habe meine Geheimnisse offenbart und mein Bestes gegeben; und als Dank dafür tun sie mir so etwas an! Nie wieder! Mit mir nicht mehr!«

»Es ist eine schlimme Sache«, sagte Scharde. »Trotzdem dürfen wir das Kind nicht mit dem Bade ausschütten. Die Unschuldigen dürfen nicht für die Verbrechen der Schuldigen mitbüßen.«

»Wir werden sehen.«

»Ein abschließendes Wort noch, und hier wird Ihr

Rat äußerst wichtig sein. Ich persönlich sehe keinen Grund, diese Sache an die große Glocke zu hängen. Ich werde absolute Diskretion in unseren Verlautbarungen empfehlen; ansonsten werden wir nämlich für lange Zeit nur noch sehr wenig von Ihrem guten Graciosa verkaufen, wenn unsere Weinkellerei Gegenstand vulgärer Witze werden sollte.«

Nions rotes Gesicht war erneut aschfahl geworden. »Trotzdem – früher oder später wird irgend jemand eine grausige Entdeckung machen.«

»Wir können nur hoffen, daß es eher später als früher sein wird. Wenn es so weit ist, können wir die Sache an der Front regeln und hoffen, daß niemand groß was davon merkt. Und wenn doch, werden wir es auf Lagerhausbanditen schieben.«

»Ja; das ist korrekt«, sagte Nion. »Ach, verflucht auch, und so was ausgerechnet mir! So ein verdammter Mist!«

VII

Auf Befehl von Amtsleiter Bodwyn Wook versammelte sich das gesamte Personal von Amt B, von den Hauptleuten, Sergeanten und Juniorsergeanten bis hinunter zu den Kadetten, im Auditorium der Neuen Agentur. Pünktlich zum anberaumten Zeitpunkt marschierte Bodwyn Wook in den Saal, setzte sich auf die Rednerbühne und wandte sich an seine Untergebenen.

»Ich möchte Sie heute abend über die jüngste Entwicklung im Fall Sessily Veder in Kenntnis setzen, durch die bestimmte Spekulationen gegenstandslos werden. Da die Ermittlungen noch laufen, werde ich keine Fragen entgegennehmen; die Informationen, die in meiner Verlautbarung enthalten sind, müssen und werden fürs erste genügen.

Wie jeder weiß, hat Sessily Veders Verschwinden uns alle vor ein großes Rätsel gestellt. Nun haben neue Informationen aus bestimmten Quellen das Geheimnis aufgeklärt. In groben Zügen umrissen: Nachdem Sessily ihr Kostüm gewechselt hatte, wurde sie durch eine fingierte Botschaft zu einem Treffpunkt gelockt, wo sie einen Pierrot traf, der sie unter Zuhilfenahme von Listen und Vorwänden, über die wir nur spekulieren können, dazu überredete, mit ihm zum Strand zu gehen.

Die zwei gingen in südlicher Richtung den Strand hinunter. Zwei Stunden später kehrte der Pierrot alleine zurück, dem Vernehmen nach in einem Zustand höchster Erregung und Verwirrung.

Wir können daraus nur schlußfolgern, daß eine Person, die Sessily wahrscheinlich bekannt war, sie hinunter zum Strand gebracht hat, sie dort ermordet hat und ihre Leiche ins Meer geworfen hat, wo sie von der Küstenströmung davongetragen wurde.

Soweit meine Verlautbarung, meine Herren. Ich weise hiermit jeden von Ihnen ausdrücklich an, jegliche Diskussion über den Fall mit Personen, die nicht in Amt B beschäftigt sind, zu vermeiden, um die weiteren Ermittlungen nicht durch Spekulationen und Klatsch zu beeinträchtigen. Es steht Ihnen frei, in knapper Form wiederzugeben, was ich Ihnen gesagt habe, aber nicht mehr. Habe ich mich klar ausgedrückt? Wer dabei ertappt wird, daß er gegen diese Anweisung verstößt, wird wenig Grund zur Freude haben.

Morgen werden gewisse Umstrukturierungen hinsichtlich der Aufgabenbereiche vorgenommen werden. Das ist alles.«

Als Glawen und Scharde hinausgingen, kam Kirdy Wook ihnen nachgeeilt. »Ihr sollt ins Büro des Amtsleiters kommen. Fragt mich nicht, warum; ich überbringe nur Botschaften.«

Scharde und Glawen gingen die Treppe zu Bodwyn Wooks Büro im zweiten Stock hinauf. Er begrüßte sie mit einer einladenden Handbewegung. »Nehmt Platz, wo ihr wollt. Dies ist ein informelles Treffen. Kirdy, sei so nett und mach uns eine schöne Kanne Tee; danach kannst du gehen.«

Mit einem knappen, eisigen Blick auf Glawen, den er vom Rang her übertraf, ging Kirdy zum Sideboard und schüttete den Tee auf, dann wandte er sich um und schickte sich an, hinauszugehen. Bodwyn Wook, der sein steifes Benehmen bemerkt hatte, rief: »Wenn ich es mir recht überlege, könntest du auch hierbleiben und deinen Senf zu unserem dazutun. Wir haben schwierige Probleme zu wälzen, und da können wir jede graue Zelle gebrauchen, die wir kriegen können.«

Kirdy nickte. »Wie Sie wünschen, Sir.«

Bodwyn Wook wandte sich an Scharde. »Wie sind meine Statements rübergekommen?«

»Ganz gut, würde ich sagen. Niemand kann Ihnen widersprechen.«

»Genauso soll es auch sein. Nun zu unseren Ermittlungen. Ich sehe sie auf zwei Schienen verlaufen: erstens, das Material, das Sie in dem LKW gefunden haben. Wir werden es analysieren und feststellen, woher es stammt. Zweitens habe ich heute eine höchst sonderbare Nachricht von Zamian, dem Yip, erhalten. Ich werde sie euch vorlesen.« Er wartete, bis Kirdy den Tee serviert und sich gesetzt hatte.

Bodwyn Wook räusperte sich und schaute hinunter auf ein Blatt Papier. »Sie lautet wie folgt:

An den Herrn Leiter der Ermittlungskräfte

Sehr geehrter Herr!

Ich hoffe, Ihre Arbeit verläuft gut, so daß Verbrechen hier und anderswo Einhalt geboten wird. Seien Sie meiner Hilfe dabei versichert.

Ich schreibe Ihnen, um Ihnen mitzuteilen, wie es mir geht. Es geht mir gut. Wie ich Ihnen bereits mit ehrlicher Aufrichtigkeit sagte, tut es mir leid, daß ich nicht alle verdächtigen Dinge untersucht habe, als sie sich ereigneten, und nicht nach der wahren Erklärung gefragt habe. Aber erinnern Sie sich bitte! Ich sagte Ihnen, daß ich nicht aufhören würde, nachzudenken, und jetzt sehe ich, daß meine Anstrengungen gut waren, und ich bin zum Erfolg gekommen, es sei denn, ich liege ganz falsch, oder wenn wir nicht einen kleinen, bescheidenen Fonds aufbringen können, damit ein gewisser Herr das Gefühl hat, daß er nicht für ein bloßes ›Ich danke Ihnen! Sie sind wirklich ein feiner Mann!‹ seinen Kopf riskiert. Denn bedenken Sie: Erfolg kostet Geld! Aber er ist billig, um jeden Preis.

Noch eines, Herr. Ich sollte das eigentlich nicht sagen, aber ich habe das Gefühl, daß Grund zur Eile besteht, da dieser Herr sonst möglicherweise woanders um Geld bittet. Ein solches Vorgehen ist manchmal falsch, aber Geld ist stets und zu jeder Zeit richtig. Dies ist ein kleiner Scherz, aber wie wahr er ist! Wie auch immer, es wäre klug, mir bis morgen früh Bescheid zu geben, vielleicht verbunden mit einer kleinen freundlichen Zuwendung auch für mich. Ich verbleibe mit hochachtungsvollen Grüßen

Ihr guter Freund und Helfer
Zamian Lemew Gabriskies.«

Bodwyn Wook hob den Blick von dem Brief. »Zamian hat eine erfrischend ungekünstelte Art; es ist ein Vergnügen, dem Fluß seiner Gedanken zu folgen. Er ist jederzeit klar und durchschaubar; man ist nie im Zweifel hinsichtlich seiner Wünsche, aber er ist so sanft und leise wie eine Flaschenschlange, die Milch stiehlt. Ohne Zweifel findet er uns gleichermaßen anheimelnd.« An dieser Stelle blickte Bodwyn Wook von einem Gesicht zum andern, dann versetzte er dem Brief einen leichten Schlag mit den Fingern. »Gleichwohl, wir sind weder Poeten, noch sind wir Soziologen, und wir dürfen uns nicht den Vergnügungen dieser beiden Berufsstände hingeben. Glawen, du hast sichtbar angestrengt nachgedacht. Was ist deine Meinung?«

»Sie ist noch nicht so gefestigt, als daß man sie als

Meinung bezeichnen könnte: es sind eher Spekulationen.«

»Das ist angemessen unter den Umständen. Sag's uns trotzdem.«

»Als erstes fällt mir auf, daß Zamians Ton jetzt anders ist, so als hätte er etwas Handfestes und Neues zu bieten. Wahrscheinlich hat dieser ›gewisse Herr‹ auch in der Küche oder in der Vorratskammer nahe der Rampe gearbeitet – die Informationsquelle sozusagen. Aus irgendeinem Grund haben Zamian und der ›gewisse Herr‹ zumindest halbwegs unabhängig voneinander gearbeitet, und der ›Herr‹ hat anscheinend irgendwelche Informationen bekommen, die Zamian zu dem Zeitpunkt außer acht gelassen hat oder an die er nicht heran konnte.«

»Das scheint zusammenzuhängen. Zamian ist jetzt der Strohmann, der von hier aus Verhandlungen führt, während der ›gewisse Herr‹ uns zu erpressen versucht. Vermutlich haben sie sich darauf geeinigt, die Einnahmen zu teilen. Kirdy, wie lautet deine Analyse?«

»Verzeihung, aber ich habe nicht allzu tief über den Fall nachgedacht, wegen der anderen Pflichten, mit denen ich betraut war – ziemlich törichterweise, wie ich finde.«

Bodwyn Wook quittierte die Bemerkung mit einem sanften Grinsen. »Du meinst damit den dir so verhaßten Streifendienst, nehme ich an. Wer weiß? Vielleicht hast du damit uns allen die Mißhelligkeiten einer kreischenden Yip-Revolte oder noch Schlimmeres erspart – falls es überhaupt Schlimmeres gibt. Sie dürften ziemlich üble Kunden sein, wenn sie erst einmal das ›Jawohl, Herr‹ und ›Nein, Herr‹ vergessen. Oder vielleicht würden sie auch höflich bleiben, und es würde heißen: ›Entschuldigen Sie, Herr, aber wären Sie so freundlich und würden stillhalten, während ich Ihnen die Nase abschneide?‹ Kopf hoch, Kirdy! Dein ritterliches Opfer hat dazu beigetragen, daß wir alle ruhig schlafen konnten. Es war keineswegs umsonst!«

Glawen sagte: »Ich habe ganz bestimmt besser geschlafen bei dem Gedanken, daß Kirdy und Arles da draußen Wacht hielten.«

»Es war eine noble Handlung«, sagte Bodwyn. »Aber zurück zu Zamian und seinen Intrigen. Scharde, was ist Ihre Meinung dazu?«

»Ich möchte da anknüpfen, wo Glawen aufgehört hat: wir haben also Zamian und einen ›gewissen Herrn‹, die beide in der Küche respektive in der Vorratskammer arbeiten. Was könnte der ›Herr‹ gesehen haben, das Zamian entgangen ist? Er könnte den Mörder gesehen haben, während er auf Sessily wartete. Oder Zamian könnte ihm gesagt haben, daß irgend etwas in dem Lastwagen vor sich ging. Sie sahen, wie er wegfuhr, und beschlossen, aufzupassen, wer aussteigen würde, wenn er zurückkommen würde. Offenbar war Zamian anderweitig beschäftigt, und der ›gewisse Herr‹ übernahm das Aufpassen.«

»Genau!« rief Bodwyn Wook. »Das entspricht exakt meiner eigenen Rekonstruktion der Ereignisse. Zamian hat sich nun auf die Haltung des freundlichen Helfers festgelegt, und deshalb mangelt es ihm an einem Druckmittel. Oder aber der ›gewisse Herr‹ hat beschlossen, die Sache allein durchzuziehen und Zamian auszuschalten. Vermittelst dieses Briefes stellt Zamian sicher, daß er seinen Anteil so oder so kriegt, entweder von uns oder auf dem Wege der Erpressung. Er stellt dabei nicht in Rechnung, daß auch wir es alleine durchziehen können und weder ihm noch dem ›gewissen Herrn‹ etwas zahlen.« Bodwyn Wook öffnete eine Schublade und zog einen Hefter hervor. »Das hier sind die Aussagen des Küchenhilfspersonals. Vier Yips hatten Dienst: Zamian und drei andere. Zwei von ihnen waren die ganze Zeit über voll mit Bedienen eingespannt und scheiden mithin aus. Zamian und Xalanave hatten allgemeinere Aufgaben, die sie auch in die Vorratskammer führten. Ich vermute daher, daß Xalanave besagter ›gewisser Herr‹ ist und schlage vor, daß wir ihn so bald wie möglich in die Mangel nehmen – sagen wir, morgen früh. Kirdy, du und Glawen holt ihn ab und bringt ihn hierher.«

»Wann?«

»Am späten Vormittag.«

»Und was machen wir mit Zamian?«

»Wir nehmen sie uns getrennt vor. Wenn wir Glück haben, kann Xalanave den Fall für uns knacken.«

Einen Moment lang hing jeder der vier seinen eigenen Gedanken nach, dann sagte Scharde: »Hoffentlich sind Sie da nicht zu optimistisch. Vergessen Sie nicht, der Laster parkte nach seiner Rückkehr unten am anderen Ende der Rampe, an einer Stelle also, die von der Vorratskammer aus nicht gut zu übersehen ist.«

»Was hätte Xalanave dann davon abhalten sollen, die Rampe so weit hinunter zu schlendern, bis er sehen konnte, was er sehen wollte? Ich an seiner Stelle hätte mich jedenfalls so verhalten.«

»Und vergessen Sie nicht, daß der Fahrer mit ziemlicher Sicherheit verkleidet war.«

»Auch das ist richtig – und wir wissen einiges über sein Kostüm. Das ist das zweite Eisen, das wir im Feuer haben. Auf jeden Fall aber werden wir morgen die Wahrheit aus Xalanave herauskriegen. Was ist nun mit diesem Haarbüschel oder was immer es ist?«

»Es stammt offenbar von einem zottigen braunen Gewebe: einem groben Teppich oder imitiertem Pelz.«

Bodwyn Wook blickte hinauf zur Decke. »So weit ich mich erinnere, waren Latuuns Ziegenbeine mit so einem Fellimitat bedeckt. Sechs Kühne Löwen, die Rüpel von Station Araminta, trugen ebenfalls Fellkostüme, als sie torkelnd, taumelnd, tollend, balgend, grölend und saufend auf dem Festgelände herumzogen.«

Sofort meldete sich Kirdy zu Wort: »Schließen Sie mich bitte aus; ich hab nur ganz wenig getrunken!«

Bodwyn Wook ließ seinen Einwand unbeachtet. »Ich sah einen kazakhischen Räuber mit einer Fellhose, einen Mang und einen tantischen Riesen mit einer Fellweste.«

»Der Riese war ein Pappmachégestell auf Dalremy Diffins Schultern. Mit dem Kostüm hätte er unmöglich den LKW fahren können«, sagte Scharde.

Auch diese Bemerkung ignorierte Bodwyn Wook. »Zweifellos gab es da noch eine ganze Reihe andere, aber es hat keinen Zweck, diese Schiene zu verfolgen, solange wir nicht Xalanave vernommen haben. Juniorsergeant Kirdy und Kadett Glawen: hier sind eure Befehle. Morgen früh geht ihr zu den Yip-Unterkünften, verlangt in gehöriger und offizieller Form, Xalanave zu sprechen und bringt ihn hierher, sagen wir, zwei Stunden vor Mittag; das dürfte für alle ein angemessener Zeitpunkt sein.« Bodwyn Wook stand auf. »Das war ein anstrengender Tag heute, und ich gehe jetzt ins Bett.«

VIII

Glawen hatte gerade sein Frühstück beendet, als Kirdy eintraf. »Ich bin gleich soweit«, sagte Glawen. »Ich habe nicht damit gerechnet, daß du so früh kommst. Möchtest du eine Tasse Tee?«

»Nein danke«, sagte Kirdy und fügte in einem Ton der Mißbilligung hinzu: »Ich hatte mir gedacht, daß du noch nicht fertig sein würdest; deshalb bin ich zehn Minuten früher gekommen.«

Glawen zog erstaunt die Augenbrauen hoch. »Aber ich werde in weniger als zehn Minuten fertig sein. Eigentlich bin ich schon jetzt fertig; ich muß mir nur noch schnell meine Jacke anziehen.«

Kirdy musterte ihn von oben bis unten. »Du willst doch nicht etwa so gehen? Wo ist deine Uniform?«

»Um zum Yip-Gelände zu gehen? Dafür müssen wir doch wohl keine Uniform anziehen?«

»Es ist eine Dienstsache. Wir kommen als Vertreter des Amts.« Kirdy selbst war peinlich korrekt in voller Amt-B-Sergeantenuniform erschienen. Glawen blickte zu Scharde, der aus dem Fenster schaute.

»Na gut«, sagte Glawen. »Da hast du wohl recht. Einen Augenblick. Ich werde trotzdem rechtzeitig fertig sein.«

Korrekt ausstaffiert marschierten die zwei zum Yip-Gelände. Kirdy erkundigte sich in der Anmeldung nach Xalanave, und der Pförtner rief in Xalanaves Wohnung an.

Dort meldete sich niemand. Zwei oder drei weitere Anrufe ergaben, daß Xalanave sich weder in seiner Wohnung noch sonst irgendwo auf dem Gelände aufhielt.

»Vielleicht macht er doppelte Schicht im Hotel«, meinte der Pförtner. »Das macht er ein- oder zweimal die Woche.«

Ein Anruf in der Küche des Hotels Araminta ergab, daß Xalanave nicht im Hause war. »Er hat gestern abend die Spätschicht gemacht, die geht bis Mitternacht«, sagte der Küchenchef. »Ich erwarte ihn nicht vor heute nachmittag zurück.«

»Vielen Dank, Sir«, sagte Kirdy. »Sie haben uns sehr geholfen.«

»Warte, leg noch nicht auf!« sagte Glawen. »Frag ihn, ob Xalanave gestern abend irgendwelche Anrufe bekommen hat oder ob irgendwas Ungewöhnliches vorgefallen ist.«

Kirdy warf Glawen einen mürrischen Blick zu, dann wandte er sich um und sprach ins Telefon. Der Küchenchef meinte, nichts dergleichen bemerkt zu haben, aber ganz sicher sei er sich da natürlich nicht. Kirdy rief daraufhin Bodwyn Wook an und schilderte ihm die Lage.

»Sucht Namour«, sagte Bodwyn Wook. »Erklärt ihm die Situation und sagt ihm, er soll Xalanave suchen. Wenn er irgendwelche Fragen hat, soll er mich anrufen.«

Namours Nachforschungen ergaben keine neuen Erkenntnisse. Xalanave hatte die Küche des Hotels Araminta um Mitternacht verlassen und war seitdem nicht mehr gesehen worden.

Als Kirdy und Glawen sich daraufhin auf Anweisung von Bodwyn Wook zu Zamian aufmachten, erlebten sie abermals eine Enttäuschung. Auch Zamian war im Bereich von Station Araminta nirgends zu finden, freilich aus einem anderen Grund: Zamian war an Bord der Morgenfähre nach Yipton abgereist. Eine Überprüfung der Passagierliste ergab, daß Xalanave nicht mit an Bord der Fähre war, und in Amt B kam man rasch zu der übereinstimmenden Meinung, daß Xalanave im Dunkeln hinter dem Hotel überfallen worden war, hinunter zu Hoteldock geschleppt worden war und ins Meer geworfen worden war.

IX

Der Tag und die darauffolgende Nacht vergingen. Früh am Morgen, noch vor Beginn der Dämmerung, verließ Scharde das Clattuc-Haus und ging den Wansey-Weg Richtung Ozean hinunter.

Die Luft war kühl und still. Kein Laut war zu hören, nur das leise Knirschen von Schardes Sohlen auf dem Kies. Ein leichter, hochliegender Dunst überzog den Himmel mit einem milchigen Schleier. Lorca und Sing, dicht über dem westlichen Horizont hängend, schwammen in einer Lache rosafarbenen Lichts; als Scharde unter den Pappeln am Flußufer vorbeikam, ging er über Kleckse von blaßrosafarbenem Licht und schwarzem Schatten.

Am Küstenweg angekommen, bog er nach links ab und erreichte wenig später den Flughafen. Ein verschlafen wirkender Chilke erwartete ihn im Büro.

Chilkes Begrüßung war gedämpft. »Das ist nicht meine Tageszeit. Dieser nasse Tau überall und das frühe Vogelgezwitscher gehen mir bloß auf die Nerven. Das einzig Gute am Morgen ist das Frühstück.«

»Wenigstens bist du heiter und gutgelaunt.«

»Bin ich das? Wahrscheinlich, weil das Schlimmste schon vorbei ist. Sobald du gestartet bist, schwinge ich mich wieder ins Bett.«

Die zwei gingen hinaus zum Flieger, der startklar neben dem Hangar stand. Chilke schaute zu, während Scharde den vorgeschriebenen Routinecheck durchführte.

»Alles in Ordnung«, sagte Scharde. »Sogar die Pistole ist geladen.«

Chilke gab ein bitteres Lachen von sich. »Du wirst vielleicht eine defekte Treibstoffzelle finden oder ein kaputtes Fahrgestell oder durchgebrannte Sicherungen am Funkgerät, aber bestimmt keine ungeladene Pistole mehr. Darauf gebe ich dir Brief und Siegel. Darf ich fragen, wohin du fliegst, wozu ich den Bestimmungen nach verpflichtet bin? Und warum so viel Heimlichtuerei – wonach zu fragen ich nicht verpflichtet bin?«

»Natürlich darfst du fragen. Ich antworte dir sogar. Ich möchte mir einen netten Tag in Yipton machen. Wenn irgend jemand fragen sollte, bin ich auf einem Patrouillenflug.«

»Und warum sollte jemand fragen?«

»Wenn ich das wüßte, bräuchte ich nicht zu fliegen. Aber ich will zu den Lutwen-Inseln, und ich werde noch vor dem Abend zurück sein, wenn alles glatt läuft, was es natürlich nicht wird, weil in Yipton nie irgendwas glatt läuft.«

»Viel Glück, und schöne Grüße an den Oomphaw.«

Scharde startete den Flieger und flog hinaus über den Ozean und nahm Kurs auf Nordosten, wo sich jetzt die ersten Farben der Morgendämmerung zeigten. Hinter ihm warfen Lorca und Sing einen rosafarben glitzernden Streifen über das Wasser, der gleich darauf von den Spiegelungen des beginnenden Sonnenaufgangs überlagert wurde und verschwand.

Syrene tauchte aus dem Meer auf: ein blauweißer Funke am Horizont, der sich zu einem gleißenden Streifen ausdehnte und schließlich zu einem Segment schwoll; im Westen verblaßten Lorca und Sing im Morgenlicht.

Vor ihm tauchte ein großes Floß aus graubraunem Gerümpel auf dem Wasser auf: das Lutwen-Atoll, ein Kranz aus schmalen Inseln, der eine seichte Lagune umgab, inzwischen total überkrustet von den Gebäuden von Yipton. Erste Details begannen sich aus dem Dunst herauszuheben: ein Aderwerk von bleigrauen Wasserstraßen, die plötzlich silbern aufblitzten, als das Sonnenlicht im richtigen Winkel auf sie fiel.

Unter ihm waren Fischerboote auf der Oberfläche des Ozeans aufgetaucht: zerbrechliche Gefährte aus zusammengebundenen Bambusbündeln, vorangetrieben von Segeln aus Filzfaser.

Die Details von Yipton begannen sich abzuzeichnen. Zerbrechlich aussehende Gebäude von zwei, drei oder vier Stockwerken Höhe, die sich unter einem riesigen, scheinbar zusammenhängenden Flickenteppich von Dächern versteckten, jedes aus tausend Segmenten zusammengesetzt, jedes Segment und jede Schräge in einem anderen Ton von Blaßbraun – aschbraun, graubraun, umbra, schlammfarben. In Winkeln, Ritzen, Nischen und Ecken sprossen Gruppen und Büschel von Bambus; Kokospalmen neigten sich meerwärts aus kleinen, mühevoll angelegten Gartenflächen entlang der Peripherie der Inseln.

Ein Netz von Kanälen überzog Yipton ohne erkennbares Muster, manchmal offen, manchmal in Tunneln unter den Häusern verschwindend. Boote bewegten sich träge auf diesen Kanälen, wie Blutkörperchen in einer Arterie. Andere Boote lagen permanent entlang den Ufern der Kanäle vertäut; von ihren winzigen Kohlenpfannen stiegen Rauchfahnen auf, die sich schließlich kräuselten, zusammenfalteten und in der stillen Morgenluft in Nichts auflösten.

Am südlichen Rand von Yipton erhob sich die bizarre, faszinierende und unregelmäßige Form des berühmten Arcady-Gasthofs: ein Gebäude mit fünf Stockwerken, hundert schwankenden Balkonen und einem Dachgarten, auf dem die Touristen im Schein bunter Lampions speisten, während Yip-Mädchen und Jungen akrobatische Darbietungen vollführten, manchmal naiv, jedoch stets unbegreiflich, zu den Klängen einer dünnen Musik von Flöten und sanften Glockentönen, die, wenngleich jenseits des Musikverständnisses der Touristen, zumindest eine sanfte und angenehme Atmosphäre erzeugten.

Neben dem Hotel stieß ein Pier in den Ozean, an dem die Fähre nach Station Araminta anlegte; dahinter lag eine winzige Start- und Landepiste mit einem Belag aus Mergel, der sich zusammensetzte aus einem Gemenge von zerstoßenen Muschelschalen, Korallen und miesmuschelartigen zweischaligen Muscheln, die ein hartes Bindemittel abgaben. Scharde flog die Piste vom Meer her an, den günstigeren Anflug über das Stadtgebiet tunlichst meidend, um so lange wie irgend möglich dem ›Großen Mief‹ zu entgehen: nächst dem Pussycat-Palast die berüchtigtste von allen exotischen und wunderbaren ›Attraktionen‹ von Yipton. Wann immer irgendwo in den Weiten des Gaeanischen Reichs das Gespräch auf das Thema üble Gerüche kam, gab es mit Sicherheit irgendeinen, der darauf bestand, daß der Große Mief von Yipton die anderen Mitbewerber um den Titel des schlimmsten vorstellbaren Gestanks locker übertrumpfte.

Ein Gelehrter mit Wohnsitz im Vagabond-House hatte einmal in einer satirischen Zeitschrift in einem Artikel zum Thema Gestank ein Rezept für den Großen Mief vorgeschlagen:

Der Grosse Gestank
Versuch eines Rezepts

Zutaten Anteile in Prozent

Menschliche Ausdünstungen	25 %
Rauch und verkohlte Knochen	8 %
Fisch, frisch	1 %
Fisch, verfault	8 %
Verwesende Korallenpolypen	20 %
Kanalgestank	15 %
Trockenes Gestrüpp, Bambus	8 %
Komplexe Kakodylverbindungen	13 %
Undefinierbares	2 %

Touristen wurden niemals im voraus auf den Großen Mief hingewiesen, da ihr Entsetzen und ihre Verwirrung einen niemals versagenden Quell des Vergnügens für die Eingeweihten lieferte. Aber zur Erleichterung der Geschockten wurden die Nasen rasch unempfindlich, und der Große Mief verlor seinen Schrecken.

Scharde landete den Flieger und trat hinaus auf die Piste. Er zuckte kurz zusammen, als ihm der Große Mief in die Nase stach, dann gab er sich einen Ruck, blies die Luft aus und verschloß den Flieger, obwohl Diebstahl – aufgrund einer Verordnung von Oomphaw Titus Pompo ein relativ seltenes Ärgernis in Yipton war.

Scharde stieg die breite Treppe zur Veranda des Hotels hinauf. Zwei Pagen in kurzen weißen, seitlich offenen Schurzen, bestickten Westen, weißen Handschuhen und kleinen runden weißen Kappen traten auf ihn zu, um ihm sein Gepäck abzunehmen. Als sie sahen, daß er keines hatte, blieben sie verblüfft stehen, dann verbeugten sie sich rasch und zogen sich zurück, vergnügt kichernd über den lächerlichen Ausländer ohne Gepäck und ihr eigenes Versehen.

Scharde überquerte die Terrasse und betrat das

breite, luftige Foyer, das seit seinem letzten, gut zehn Jahre zurückliegenden Besuch renoviert worden war. Die Bambuswände waren weiß gestrichen; neue grün und blau gemusterte Läufer bedeckten den Fußboden; die Sitzmöbel aus weichem weißen Weidenkorb waren in blassem Meergrün gepolstert. Scharde war angenehm beeindruckt; er entsann sich an dunkel lackiertes Bambus und spartanisches Mobiliar, das weder sauber noch bequem gewesen war.

Zu dieser frühen Stunde waren erst wenige Hotelgäste aus ihren Zimmern herunter in die Halle gekommen. Ein Dutzend saßen auf der Terrasse beim Frühstück; eine weitere Gruppe stand in der Mitte der Halle und diskutierte ihren Tagesplan, zu dem, wie Scharde mitbekam, eine Gondelrundfahrt durch die Kanäle gehörte.

Scharde ging zur Rezeption. Hinter dem Schalter saßen vier Beamte in frisch gestärkten weißen Uniformen. Am linken Ohr eines jeden von ihnen baumelte eine schwarze Perle an einem Silberkettchen, welches sie als Oomps auswies, als Angehörige des persönlichen Stabs des Oomphaws. Einer von ihnen trat zu ihm: ein Mann von mittlerem Alter, würdevoll und stattlich. Er frug: »Wie lange haben Sie vor, bei uns zu bleiben?«

»Nur ganz kurz. Ich bin Hauptmann Scharde Clattuc von Amt B in Station Araminta. Bitte informieren Sie Titus Pompo, daß ich ihn so rasch wie möglich in einer offiziellen Angelegenheit sprechen möchte; wenn es geht, sofort.«

Der Beamte schaute zu seinen Kollegen; die drei musterten Scharde mit kurzen, neugierigen Blicken, um seine Seriosität oder vielleicht auch seinen Geisteszustand abzuschätzen, und wandten sich wieder ihrer Arbeit zu, mit ihren Mienen zum Ausdruck bringend, daß sie mit einem so bizarren Problem nichts zu tun haben wollten. Der Beamte, der an die Theke gekommen war, sagte bedächtig, seine Worte sorgfältig wägend: »Mein Herr, ich werde dafür sorgen, daß Ihre Nachricht unverzüglich dem Oomphaw zur Kenntnis gebracht wird.«

Eine Nuance in der Ausdrucksweise des Beamten ließ Scharde stutzen. »Was bedeutet das?«

Der Beamte erklärte lächelnd: »Die Nachricht wird in das Büro des Oomphaws gesandt. Sodann – wahrscheinlich noch heute – wird Ihnen einer der dafür zuständigen Angehörigen des Stabes ein Anmeldeformular zukommen lassen, auf dem Sie Ihr Anliegen darlegen können.«

»Sie haben mich nicht ganz verstanden«, sagte Scharde. »Ich will kein Anmeldeformular, ich will lediglich ein paar Worte mit Titus Pompo wechseln, und zwar so bald wie möglich. Am besten vor fünf Minuten.«

Das Lächeln des Beamten gefror. »Mein Herr, lassen Sie mich ein offenes Vokabular benutzen. Sie machen nicht den Eindruck eines weltfremden Visionärs, der den Blick entrückt zur Glorie des Unaussprechlichen emporhebt. Dennoch erwarten Sie offenbar von mir, daß ich zum Schlafgemach des Oomphaws renne, ihn wachrüttle und ihm sage: ›Raus aus den Federn mit Ihnen, Herr! Da ist ein Herr, der mit Ihnen sprechen möchte.‹ Ich muß Ihnen mitteilen, daß das nicht machbar ist.«

Scharde nickte. »Sie verstehen es, sich deutlich auszudrücken. Kann ich ein Blatt Hotelschreibpapier haben?«

»Natürlich. Bitte sehr.«

»Wie lautet Ihr Name?«

Der Beamte zog verblüfft die Brauen hoch, eine Spur verunsichert: »Ich bin Euphorbius Lelianthо Jantifer.«

Scharde schrieb etwas auf das Blatt, dann sagte er: »Bitte unterzeichnen Sie dieses Dokument und bitten Sie Ihre Kollegen, ihre Unterschrift als Zeugen und Beteiligte mit daraufzusetzen.«

Der Beamte, jetzt sichtlich besorgt, überflog das Dokument, den Text leise mitmurmelnd: »Ich, Euphorbius Leliantho Jantifer, bestätige hiermit, daß ich mich am Morgen des oben angegebenen Tages geweigert habe, Titus Pompo darüber in Kenntnis zu setzen, daß Hauptmann Scharde Clattuc von Amt B, Station Araminta, hier erschienen ist, um mit ihm in einer dringenden und amtlichen Angelegenheit zu sprechen. Ich bestätige des weiteren, daß Hauptmann Clattuc mich darauf hingewiesen hat, daß er keine Zeit habe, sich mit Formalitäten abzugeben und unverzüglich nach Station Araminta zurückkehren müsse, und daß die Strafe, die mein Verhalten nach sich ziehe, unter anderem in sofortiger Einstellung des Fährverkehrs auf unbestimmte Zeit oder aber bis zum Eingang eines Bußgeldes in Höhe von tausend Sol bestünde.« Er blickte auf; seine Kinnlade sackte herunter.

»So«, sagte Scharde. »Unterzeichnen Sie das, und dann gehe ich. Eine letzte Fähre wird noch die Personen mitnehmen, die sich im Hotel befinden, danach wird der Verkehr mit sofortiger Wirkung eingestellt. Unterzeichnen Sie bitte – obwohl, es ist natürlich nicht notwendig, da es genügend Zeugen für Ihr Verhalten gibt.«

Der Beamte schob das Dokument beiseite und brachte ein ironisches Grinsen zustande. »Kommen Sie, kommen Sie, mein Herr. Dieses Dokument ist lächerlich, wie Sie sehr wohl wissen.«

»Ich gehe jetzt hinaus auf die Terrasse und frühstücke«, sagte Scharde ungerührt. »Wenn ich fertig bin, werde ich nach Station Araminta zurückkehren, sofern Sie mir nicht bis dahin eine klare und eindeutige Antwort von Titus Pompo gebracht haben.«

Euphorbius, jetzt sichtbar nervös und kleinlaut geworden, trat zum Rückzugsgefecht an. »Mein Herr, Sie sind wirklich sehr lästig. Aber ich will sehen, was ich machen kann.«

»Danke.« Scharde ging hinaus auf die Terrasse, suchte sich einen Korbstuhl unter einem blaßgrünen Sonnenschirm und tat sich an einem Frühstück aus den pikanten Nahrungsmitteln Yiptons gütlich.

Als sich seine Mahlzeit dem Ende zuneigte, kamen drei von Titus Pompos Elite-Oomps auf die Terrasse marschiert und steuerten auf seinen Tisch zu. Der Beamte, der die Abteilung anführte, blieb vor Scharde stehen und vollführte eine zackige Verbeugung. »Sir, Sie werden zu einer sofortigen Audienz bei Titus Pompo erwartet.«

Scharde erhob sich. »Gehen Sie voraus.«

Die Oomps marschierten von der Terrasse; Scharde folgte ihnen mit einigen Schritten Abstand. Ihr Weg führte durch die Halle in ein Labyrinth von Fluren, Gängen und knarrenden Bambustreppen; vorbei an einer Reihe von Türen und Öffnungen, hinter denen unbeleuchtete Räume lagen, aufwärts und abwärts über wacklige Bambusstiegen, hinauf unter das Dach, wo durch die Ritzen zwischen den Palmwedeln das Sonnenlicht schimmerte, hinunter in die unteren Bereiche, wo er das Glucksen und Plätschern der Lagune an den Bambuspfählen hören konnte, und schließlich durch eine Bambustür in einen Raum, der möbliert war mit einem rosafarbenen Teppich mit dunkelrot-blauem Muster, einer rosafarben gepolsterten Couch sowie zwei kleinen Beistelltischen, auf denen jeweils eine mit einem Schirm versehene Lampe stand, die den Raum in gedämpftes Licht tauchten.

Scharde trat langsam in den Raum, nach links und nach rechts schauend. Was er sah, gefiel ihm nicht. Er studierte die Couch, dann wandte er sich um und musterte die gegenüberliegende Wand, die aus miteinander verflochtenen Bambusstäben konstruiert war, unterbrochen von zwei Zoll breiten, quadratischen Lücken, hinter denen sich scheinbar dunkler Raum befand.

Der Oomp-Offizier wies auf die Couch. »Nehmen Sie Platz und warten Sie hier.«

Die Oomps gingen hinaus; Scharde war allein. Er stellte sich hin und horchte. Kein Laut war zu hören, außer dem fernen, alles durchdringenden Tosen der Stadt.

Scharde inspizierte abermals die Couch und die dahinterliegende Wand. Er wandte sich ab und ging zur Seitenwand. Er wurde ganz offensichtlich beobachtet: wahrscheinlich durch das Bambusgeflecht. Es schien indes kein Grund zu existieren, außer dem der Freude an der Täuschung um ihrer selbst willen.

Scharde lehnte sich zurück gegen die Wand und rüstete sich für die Wartezeit, die sein forscher und mit dem Selbstwertgefühl des Oomphaws nicht gerade sensibel umspringender Auftritt geradezu garantierte und die er durch allzu offensichtliche Ungeduld nur verlängern konnte. Er schloß die Augen und tat so, als döse er.

Minuten vergingen: zehn, dann fünfzehn, das Mindestmaß, das unter diesen Umständen zu erwarten war.

Als eine halbe Stunde vergangen und immer noch nichts geschehen war, gähnte Scharde und streckte sich und begann, seine Alternativen abzuwägen, die freilich im Moment auf möglichst würdevolles Warten beschränkt waren.

Nach etwa vierzig Minuten, als ›geistesabwesende Gleichgültigkeit, gewürzt mit einem Schuß Geringschätzung‹ sich hart der Grenze zu ›vorsätzlicher Brüskierung‹* zu nähern begann, vernahm er Bewegung in dem Raum auf der anderen Seite des Bambusgeflechts.

---

* Kulturpsychologen haben den Symbolwert von ›Wartezeiten‹ und seine Schwankungsbreite von Kultur zu Kultur definiert. Die Bedeutung der Zeitabstände wird determiniert von einer großen Anzahl von Faktoren, und der Student kann ohne Schwierigkeit aus seiner eige-

Eine Stimme sprach: »Scharde Clattuc, was wünschen Sie von Titus Pompo?«

Schardes Zwerchfell zog sich ruckartig zusammen, aus Gründen, die ihm nicht klar waren, da die Stimme ihm nicht bekannt war. Er fragte: »Wer spricht da?«

»Sie können dies als die Worte von Titus Pompo auffassen. Warum benutzen Sie nicht die Couch, die Ihnen zu Ihrer Bequemlichkeit angeboten wurde?«

»Das war nett gemeint, aber ich mag die Farbe nicht.«

»Wirklich? Es ist meine Lieblingsfarbe.«

»Außerdem sieht sie so aus, als könnte sie gerade dann, wenn man es am wenigsten erwartet, plötzlich

---

nen Erfahrung heraus diejenigen für sich auflisten, die für seine eigene Kultur relevant sind.

›Wartezeiten‹, in Kategorien von sozialer Wahrnehmung gesprochen, schwanken zwischen ›kleiner Wartezeit‹ und Wochen oder gar Monaten. Wird in dem einen Kontext eine Wartezeit von fünf Minuten bereits als ›unverzeihliche Dreistigkeit‹ eingestuft, so kann in einem anderen zeitlichen und örtlichen Zusammenhang eine Wartezeit von nur drei Tagen durchaus als ein Zeichen von wohlwollendem Entgegenkommen interpretiert werden.

Das ›Arbeiten‹ mit einer exakt kalkulierten Wartezeit, oder, simpler ausgedrückt, das ›Wartenlassen‹, kann, wie jeder, der mit den Konventionen seiner eigenen Kultur vertraut ist, ohne weiteres einsehen wird, als probates Mittel zur Durchsetzung respektive Geltendmachung von Herrschaft – ›jemandem deutlich machen, wohin er gehört‹ – als legale und scheinbar gewaltlose Methode eingesetzt werden.

Das Thema weist eine Reihe faszinierender Nebenaspekte und Variationsmöglichkeiten auf. Ein Beispiel: Person A möchte ihren überlegenen Status gegenüber Person B deutlich machen und läßt sie eine Stunde warten. Nach einer halben Stunde, einer Zeitspanne, die B bereits als unannehmbar und demütigend empfindet, läßt A Person B ein kleines Tablett mit Tee und Naschwerk bringen, eine Geste, die B nicht ohne Einbuße an Ansehen zurückweisen kann. A zwingt B dadurch, eine volle Stunde zu warten, und B muß A auch noch dankbar sein für seine Großzügigkeit in puncto Bereitstellung wohlfeiler Erfrischungen. Geschickt eingesetzt und sauber durchgeführt, ist dies eine ausgezeichnete Taktik.

nach hinten wegkippen. Ich möchte derlei Streichen lieber aus dem Weg gehen.«

»Sie haben ein ängstliches Temperament!«

»Nun, ich bin für Sie ja auch sichtbar... Sie haben zweifellos gute Gründe, sich nicht zu zeigen.«

Für ein paar Sekunden herrschte verstimmtes Schweigen, dann: »Ihrem Verlangen entsprechend ist Ihnen eine Audienz gewährt worden; vergeuden Sie diese Gelegenheit nicht, indem Sie an Dingen herummäkeln, die nun einmal so sind, wie sie sind.« Die Stimme, die von neutralem Timbre und gleichmäßigem Tonfall war, schien fast mechanisch und hatte etwas leicht Krächzendes, wie als käme sie durch einen überlasteten Filter.

»Ich will versuchen, mich an die Sache zu halten, um die es geht«, sagte Scharde. »Es geht um einen Mord, der vor wenigen Tagen in Station Araminta geschehen ist. Es gab einen Zeugen, oder Beinahe-Zeugen, namens Zamian Lemew Gabriskies. Er hält sich jetzt hier in Yipton auf. Ich ersuche Sie daher, diese Person ausfindig zu machen und in meine Obhut zu überstellen.«

»Selbstverständlich, und unverzüglich! Aber ich muß Ihnen dafür eine Gebühr von tausend Sol in Rechnung stellen.«

»Sie werden keinen roten Heller bekommen für eine Selbstverständlichkeit, die das Gesetz von Ihnen verlangt – welches Sie genauso gut wie ich kennen, vielleicht sogar noch besser.«

»Sicher kenne ich Ihr Gesetz, aber auf den Lutwen-Inseln richten wir uns nach meinem Gesetz.«

»Nicht doch! Ich gebe zu, daß Sie eine persönliche Herrschaft hier ausüben, dies aber nur in Ermangelung einer etablierten staatlichen Autorität, die jederzeit erneut geltend gemacht werden kann. Die Situation wird lediglich geduldet als ein vorübergehender Notbehelf, und weil im Großen und Ganzen die soziale Ordnung einigermaßen aufrechterhalten wird – von einigen unangenehmen Umständen abgesehen. Mit anderen Worten: Ihre Herrschaft wird nur geduldet, weil sie zweckdienlich ist, und nicht, weil Sie das verbriefte Recht dazu haben. In dem Augenblick, wo Sie aus der Reihe tanzen und geltendes Recht mit den Füßen treten, erlischt diese stillschweigende Duldung.«

»Sie können es ausdrücken, wie Sie wollen«, sagte die Stimme. »Die Lutwen-Inseln sind de facto unabhängig, ob Ihnen das paßt oder nicht. Wollen wir doch alle der Realität ins Auge sehen, angefangen beim Konservator. Seine Sanktionen sind von einer unerträglichen Impertinenz.«

»Ich weiß von keinen Sanktionen.«

»Haben Sie die Nachrichten nicht gehört? Der Konservator gestattet uns jetzt Zahlungen nur noch per Bezugsschein. Touristen dürfen kein Geld mehr nach Lutwen City mitbringen: nur Gutscheine, die wir dann beim Bevollmächtigten von Araminta gegen genehmigte Waren einlösen müssen.«

Scharde lachte leise in sich hinein. »Waffen stehen wohl nicht auf der Liste der genehmigten Waren.«

»Das nehme ich an. Die Taktik ist ungeeignet. Wir erwerben so viel harte Währung, wie wir wollen.«

»Wie bewerkstelligen Sie das?«

»Ich sehe keinen Grund, unsere Quellen bekanntzugeben.«

Scharde zuckte die Achseln. »Wie Sie wollen. Ich bin nicht hier, um mit Ihnen über Politik zu diskutieren. Ich will bloß Zamian.«

»Und Sie sollen ihn bekommen. Meine Untersuchungen sind abgeschlossen, und auch ich betrachte ihn als einen Bösewicht. Er hat in die eigene Tasche gearbeitet, zum Schaden meiner persönlichen Interessen.«

Erneut konnte Scharde sich ein spöttisches Lachen nicht verkneifen. »Mit anderen Worten, er hat sich geweigert, Sie an der Beute zu beteiligen.«

»Ganz recht. Er beabsichtigte die Erpressung zu seinem alleinigen persönlichen Gewinn. Er hat Sie glauben gemacht, ein gewisser Xalanave sei der Erpresser. In Wahrheit wußte Xalanave gar nichts; trotzdem wurde er getötet.«

»Von wem?«

»Das ist irrelevant, von meinem Standpunkt aus betrachtet. Ich habe keine Nachforschungen in diese Richtung angestellt.«

Die Aussage, registrierte Scharde, beantwortete seine Frage nicht ganz. Er sagte: »Ich verstehe noch immer nicht ganz, was Sie damit sagen wollen. Wissen Sie es, oder wissen Sie es nicht?«

»Ich sehe keinen Grund zu spekulieren – außer, die Möglichkeit zu erwähnen, daß Zamian selbst in diesem Fall der Schuldige sein könnte.«

»Das ist keine schlüssige Theorie«, sagte Scharde. »Wenn Xalanave tatsächlich nichts von dem ursprünglichen Verbrechen wußte, dann hatte Zamian nicht den geringsten Grund, ihm etwas anzutun oder Station Araminta zu verlassen. Es scheint kein Zweifel zu bestehen, daß er aus Angst flüchtete. Wenn wir diesen Gedanken weiterspinnen ...« Scharde verstummte.

»Fahren Sie fort«, sagte Titus Pompo leise, und selbst die elektronische Transvokalisierung vermochte es nicht, einen Unterton von Spott oder Heiterkeit aus seiner Stimme zu eliminieren.

»Auch ich habe keine Lust, mich in Spekulationen zu ergehen«, sagte Scharde. »Ich bin nur gespannt darauf, zu erfahren, was Zamian mir zu sagen hat.«

»Sie wollen also Zamian? Gehen Sie hinaus auf den Gang und gehen Sie die Treppe hinunter; in dem Raum gleich rechts hinter der Treppe finden Sie Zamian und Angehörige der Oomps, die Sie zu Ihrer Flugmaschine begleiten werden.«

»Nun, dann möchte ich Ihre Zeit nicht länger in Anspruch nehmen. Ich danke Ihnen für Ihr Entgegenkommen.«

Hinter dem Bambusgeflecht blieb es still; Scharde vermochte nicht zu sagen, ob noch immer jemand dahinter stand und ihn aus dem Dunkeln beobachtete.

Gepackt von einem plötzlichen Gefühl des Eingeschlossenseins, drehte sich Scharde auf dem Absatz um und hastete mit langen Schritten aus dem Raum. Er marschierte durch den Gang und stieg die Treppe hinunter. Zu seiner Rechten fand er eine dunkelrot gestrichene Bambustür und stieß sie auf. Ein Oomp, der auf einer Bank an der Wand saß, erhob sich. »Sie kommen wegen Zamian?«

Scharde blickte sich suchend in dem Raum um. »Wo ist er?«

»Hier drüben in dem Loch, in sicherem Gewahrsam. Er war Küchenjunge? Erwarten Sie nicht, daß er seiner Arbeit so wie bisher nachgehen kann; er ist ein wenig mitgenommen.« Der Oomp ging zu einer Winde, von der ein Seil hing, das in einem Loch im Boden verschwand, und drehte an der Kurbel. Scharde schaute in das Loch. In zehn Fuß Tiefe sah er einen Haufen schwarzen Schlamms, der von Rinnsalen und Pfützen brackigen Lagunenwassers durchzogen war. Das Seil war am Haarschopf eines nackten Mannes befestigt, der in dem Schlamm zappelte. Seine Arme waren auf den Rücken gefesselt; ein Streifen Klebeband bedeckte seinen Mund. Zappelnd und verzweifelt sich windend versuchte er, sich gegen die Attacken von ekelerregenden Kreaturen mit fleckiger schwarzer Haut und spitzen, nichtmenschlichen Gesichtern zu wehren, die wie eine Kreuzung aus Ratten und Kindern aussahen. Sie nagten an den blutigen Überresten seiner Beine und gruben sich mit rasendem Heißhunger in seinen Unterleib. Nur widerstrebend ließen sie von ihm ab, als der Oomp die Winde betätigte, um Zamian aus dem Schlamm zu ziehen.

Zamians Kopf tauchte aus dem Loch auf, gefolgt von seinem Rumpf. »Die Yoots haben ihm ziemlich zugesetzt«, sagte der Oomp. »Ich weiß nicht, was er Ihnen jetzt noch nützt.«

»Wahrscheinlich nichts«, sagte Scharde.

Zamian war noch am Leben. Er sah Scharde, und so etwas wie Erkennen huschte über sein schlammverschmiertes Gesicht. Er gab gurgelnde Laute von sich.

Scharde sprang vor und nahm ihm das Klebeband ab. »Zamian! Kannst du mich hören?«

Der Oomp sagte: »Er kann nicht sprechen, geschweige denn denken; wir haben ihm Nene eingegeben, damit er alles, was er wußte, dem Oomphaw ausplauderte. Jetzt ist nichts mehr übrig. Das ist das Gute und gleichzeitig das Schlechte an dem Zeug. Aber jetzt gehört er Ihnen; nehmen Sie ihn mit.«

»Einen Moment noch«, sagte Scharde. »Zamian! Ich bin's, Scharde! Sag was!«

Zamian gab nur unverständliche Gurgellaute von sich.

»Zamian! Antworte! Wer hat den Lastwagen gefahren? Wer hat das Mädchen getötet?«

Zamians Gesicht verzerrte sich. Sein Mund ging auf. Seine Stimme kam klar und deutlich vernehmbar. »Als er zurückkam, habe ich sein Fell gesehen. Aber keinen Kopf.«

»Wer war es? Kennst du seinen Namen?«

Der Oomp sagte: »Übernehmen Sie ihn, wenn Sie in haben wollen; ich habe keine Lust, ihn noch länger zu halten.«

»Einen Moment noch«, sagte Scharde, und zu Zamian: »Sag mir seinen Namen!«

Der Oomp ließ die Winde los. Die Spule surrte; das Seil rollte sich ab; Zamian verschwand im Loch. Scharde stöhnte gequält auf und schloß die Augen. Er mußte an sich halten, um sich nicht auf den Oomp zu stürzen.

Scharde beugte sich über das Loch und schaute hinunter. Die Yoots hatten sich sofort wieder über Zamian hergemacht; Zamian saß da und starrte sie verwirrt an, während sie sich in seinen Körper verbissen. Seine Welt hatte sich verengt, ging ihrem Ende entgegen; es sah nicht so aus, als ob er noch einmal etwas sagen würde.

Scharde wandte sich ab. Mit tonloser Stimme sagte er: »Ich gehe jetzt zurück zu meinem Flieger. Ich bin fertig hier.«

X Glawen war unterdessen zu seiner gewohnten Zeit aufgestanden, hatte ein einsames Frühstück zu sich genommen und den Morgen damit verbracht, liegengebliebene Hausaufgaben zu erledigen und sich für den Wiederbeginn des Schulunterrichts nach den Pariliaferien zu rüsten.

Eine Stunde vor Mittag erhielt er einen Telefonanruf. »Glawen Clattuc hier.«

Eine helle, klare Stimme antwortete: »Glawen, hier ist Miranda. Ich habe was sehr Komisches entdeckt und möchte mit dir darüber sprechen.«

»Erzähl; was ist los?«

»Nicht am Telefon, Glawen!« Mirandas Stimme schien plötzlich weg.

Glawen rief in die Muschel: »Miranda, bist du noch dran?«

»Ich habe nur gerade über meine Schulter geguckt; ich krieg jedesmal einen Schreck, wenn ich irgendein Geräusch höre. In diesem Fall sogar zu Recht; das Geräusch kam nämlich von Mutter.«

»Also gut; treffen wir uns. Soll ich zu euch nach Hause kommen?«

»Nein. Wir treffen uns unten am Weg, in ungefähr zehn Minuten, ja?«

»Gut. Ich werde da sein.«

Glawen kam eine Minute früher zum vereinbarten Treffpunkt und sah, wie Miranda den Kiesweg vom

Veder-Haus heruntergerannt kam: ein schlankes kleines Geschöpf mit großen Augen und einem Wust brauner Locken, das sich seiner eigenen Wichtigkeit ganz genau bewußt war, zumindest innerhalb der Sphäre seines privaten kleinen Universums. Glawen, der im Schatten der Torpfosten wartete, fand, daß sie irgendwie bedrückt und ängstlich wirkte.

Miranda kam atemlos am Tor an. Glawen trat aus dem Schatten hervor. »Ich bin hier drüben.«

Miranda fuhr herum. »Oh – ich hab dich gar nicht gesehen. Ich war so durcheinander.«

»Entschuldige«, sagte Glawen. »Wo ist denn nun so Schlimmes passiert?«

»Komm mit«, forderte Miranda ihn auf. »Ich möchte nicht hier darüber reden.«

»Wie du willst. Aber dann sag mir wenigstens, wohin wir gehen.«

»Zum Archiv.«

Die zwei gingen im Schatten der Bäume den Wansey-Weg hinauf, vorbei an der Laube und weiter über den Uferpfad zur ehrwürdigen Alten Agentur.

Während sie gingen, begann Miranda zu reden, zunächst nur in unzusammenhängenden Satzfetzen: »... die ganze Zeit über, als würde sie direkt hinter mir sitzen... Manchmal glaube ich, ich bin einfach übergeschnappt oder zehn oder zwanzig Jahre zu früh alt geworden.«

»Ein origineller Gedanke, zweifellos«, sagte Glawen. »Wenn du mich fragst, ich fühle mich plötzlich so alt wie die Hügel.«

In ihre eigenen Gedanken vertieft, hörte Miranda ihn kaum. »Ich mag überhaupt nicht, wie ich mich fühle – so voll von Haß, daß ich das Gefühl habe, als müßte ich mich übergeben... Neulich nachts, als ich wach im Bett lag, habe ich versucht, mir vorzustellen, wie es passiert ist. Der das getan hat, muß Sessily während der Phantasmagorie beobachtet haben, und kurz vor dem Ende hat er sich dann unauffällig entfernt und sich in dem Laster versteckt.«

Glawen fragte überrascht: »Woher weißt du von dem Lastwagen? Das ist doch geheim.«

»Ich habe gehört, wie Mutter und Vater sich darüber unterhalten haben, als sie dachten, ich könnte sie nicht hören. Jedenfalls sind mir dann plötzlich die Kameras vom Archiv eingefallen; sie müssen ihn aufgenommen haben, als er zu der Laderampe ging.«

»Das ist eine sehr gute Idee. Sogar die Leute von Amt B haben daran gedacht. Hauptmann Rune Offaw hat die Photos jeden Tag studiert.«

»Ich weiß. Er hat mir mehrere Male Spulen abgenommen.«

»Ah, ich verstehe! Du bist unten im Archiv gewesen und hast Amt B bei der Auswertung der Photos mitgeholfen!«

Miranda warf ihm einen vorwurfsvollen Blick zu. »Glawen, lachst du mich jetzt aus? Noch ehe du überhaupt gesehen hast, was ich dir zu zeigen habe?«

»Nein, ich lach dich nicht aus. Und ich gestehe, daß ich sehr neugierig bin.«

Miranda quittierte die Bemerkung mit einem würdevollen Nicken. Kurz darauf betraten sie die Alte Agentur.

Die zwei gingen durch die große Halle. Ihre Schritte hallten laut auf dem Marmorboden, und ihr Echo wurde von den gußeisernen, mit großen Medaillons aus Grünstein verzierten Wänden zurückgeworfen. Miranda sagte nachdenklich: »Vielleicht sollte ich dir besser sagen, wonach ich überhaupt gesucht habe.«

»Ich kann's mir schon denken. Nach jemandem, der hinter dem Orpheum herumschleicht.«

»Und Fell trägt. Wie Latuun, oder die Kühnen Löwen ...«

»Dann weißt du also auch von dem Fell.«

»Wieso sollte ich das nicht?«

»Gibt eigentlich keinen Grund. Erst recht, wenn du was gefunden hast.«

»Ich werd's dir gleich zeigen!«

Miranda zog die schwere Tür auf; die beiden betraten die imposanten, altehrwürdigen Hallen von Amt A. Miranda ging voraus zu einem Schalter, füllte ein Formular aus und steckte es in einen Schlitz; einen Augenblick später wurde ihr ein kleiner schwarzer Kasten ausgehändigt.

Die zwei gingen in einen Projektionsraum. Miranda drehte das Licht dunkler und schaltete den Projektor ein. »Als ich das das erste Mal gemacht hab, konnte ich es kaum ertragen, Sessily anzuschauen. Jetzt denk ich einfach nicht mehr darüber nach. Wahrscheinlich bin ich inzwischen abgebrüht oder so was in der Art.« Während sie das sagte, begann ihre Stimme leicht zu zittern. »Na ja, so ganz wohl doch noch nicht. Aber keine Sorge; ich werd schon nicht anfangen zu heulen oder mich auf den Boden schmeißen.«

Glawen strich ihr mit der Hand über den Kopf und zauste ihr die Haare. »Ich finde, du bist ungewöhnlich klug für dein Alter, Schreihals.«

»Das finde ich von dir auch. Und nenn mich bitte nicht mehr Schreihals.«

»Entschuldige. Soll nicht wieder vorkommen.«

Miranda nickte. »Ich habe mir alle Spulen mindestens ein Dutzendmal angeschaut. Oft zeigen sie denselben Bereich aus verschiedenen Winkeln, so daß man alle sehen kann, die da waren. Die Archivare sind noch nicht ganz fertig, aber inzwischen sind fast alle identifiziert. Zum Beispiel der da...« Miranda drehte an ein paar Knöpfen und dirigierte einen Lichtpfeil über die Leinwand. Sie hielt ihn auf einem der Gesichter an und drückte auf einen Knopf. Ein Name erschien auf dem unteren Rand der Leinwand: GLAWEN CLATTUC. »Natürlich hab ich nicht nach dir gesucht. Ich wollte jemanden finden, der sich hinter dem Orpheum herumdrückt. Aber der Täter war vorsichtig genug, sich von den Kameras fernzuhalten, und ich fand nichts. Nach einer Weile fing ich an, mit dem Zoom herumzuspielen und einfach so rumzugucken, ohne irgendwas Bestimmtes zu suchen. Und plötzlich, rein zufällig, fällt mir das da ins Auge.«

XI

Godwyn Wook und seine Hauptmänner fanden sich im Büro auf der zweiten Etage der Neuen Agentur zusammen. Nach dem üblichen Smalltalk ließ sich Bodwyn Wook in die Tiefen seines wuchtigen schwarzen Sessels zurücksinken. »Ich möchte nun Ihre neuesten Berichte hören. Hauptmann Laverty?«

Ysel Laverty räusperte sich und sagte: »Ich habe die Fasern von der Ladefläche des Lastwagens untersucht. Sie bestehen aus einem synthetischen Material, das auf einer anderen Welt hergestellt wurde, vermutlich auf Soum. Ich habe Proben von diversen ›haarigen Kostümen‹, wie ich sie einmal nennen möchte, sichergestellt, darunter solche von Latuuns Beinkleidern, von den Fellen der Kühnen Löwen sowie von einer Anzahl anderer. Die Ergebnisse sind mehrdeutig. Die Faser entspricht exakt lediglich dem Fell von Latuuns Beinen, jedoch entdeckte ich auch eine Anzahl enger Übereinstimmungen mit den Kostümen der Kühnen Löwen. Die Frage ist nun: wo haben sich besagte Personen zur fraglichen Zeit aufgehalten? Zwei der Kühnen Löwen, Arles Clattuc und Kirdy Wook, waren zum Streifendienst um das Yip-Gelände abkommandiert; die übrigen sechs Kühnen Löwen waren hier und dort, aber während der fraglichen Zeit häufig genug im Blickfeld achtbarer Zeugen, um sie aus dem Kreis der Verdächtigen ausschließen zu können. Latuun, oder sollte ich besser sagen, Namour, sagt aus, er habe eine Zeitlang zusammen mit Spanchetta Clattuc die Pavane getanzt und sei dann ein wenig herumgeschlendert, habe aber niemals die nähere Umgebung des Gevierts dabei verlassen. Spanchetta bestätigt seine Aussage, wie auch mehrere weitere Zeugen; trotz des Fell-Indizes müssen wir also auch Namour aus dem Kreise der Verdächtigen ausschließen. Nun denn …« Ysel Laverty hob die Hände in einer Geste der Frustration. »Was bleibt übrig? In Verbindung mit dem Fell: sehr wenig, wenn überhaupt etwas. Latuuns Aussage nach stammte sein Kostüm aus dem Fundus der Spielschar. Das Material dafür erwarb Floreste auswärts, speziell für die Anfertigung von ›urzeitlichen‹ Kostümen; und ein paar Reste davon sind übriggeblieben. Ich will nicht sagen, daß das Rätsel verworrener ist als vorher, aber es ist zweifellos seiner Lösung auch nicht nähergekommen.«

»Wir müssen weiter dran bleiben«, sagte Bodwyn Wook. »Wer ist der nächste? Scharde?«

»Ich habe in Yipton eine Menge erfahren«, sagte Scharde. »Sogar erheblich mehr, als ich eigentlich wissen wollte. Leider nicht viel, was in Zusammenhang mit unserem Fall steht. Titus Pompo habe ich nicht zu Gesicht bekommen; er trifft obsessiv anmutende Vorkehrungen, um nicht gesehen zu werden; er ist ein Rätsel in sich, das zu lösen wir Maßnahmen ergreifen sollten. Ich unterhielt mich mit ihm und hörte in gewisser Weise seine Stimme.«

Bodwyn Wook schaute ihn mit hochgezogenen Brauen an. »In gewisser Weise? Entweder Sie haben ihn gehört, oder Sie haben ihn nicht gehört. Erklären Sie das bitte genauer.«

»Was ich hörte, war meines Erachtens nach eine Neuerschaffung seiner Stimme. Entsprechungen, Analoga seiner Worte, wenn man so will. Ich vermute, daß, während er sprach, seine Worte in eine Transvokalisationsmaschine geleitet wurden, dort in digitale Signale aufgelöst wurden und dann in neue Klänge umgeformt wurden, wobei die Regler so eingestellt waren, daß die dialektalen Eigenheiten eliminiert wurden, das Sprechtempo angepaßt wurde sowie Klangfarbe, Tonhöhe und Obertöne verändert wurden. Am Ende hatte die Stimme nicht mehr Charakter als eine Videozelle, die eine gedruckte Seite liest. Trotz alledem kam sie mir irgendwie bekannt vor. Ich bin überzeugt, daß ich diese Stimme schon einmal gehört habe.«

»Sehr schön«, sagte Bodwyn Wook. »Soviel zu der Stimme. Nun denn: erzählen Sie uns, was geschehen ist.«

Scharde schilderte seine Erlebnisse. »Irgend jemand machte einen Fehler, und Zamian schaffte es, mir ein paar Worte der Information zu übermitteln. Er sagte ganz klar und deutlich: ›Als er zurückkam, habe ich sein Fell gesehen. Aber keinen Kopf.‹«

»Ha!« Bodwyn Wook hieb die Hand auf den Tisch. »Also können wir Ysel Lavertys Arbeit doch nicht so einfach außer acht lassen!«

»Richtig. Und wir können außerdem davon ausgehen, daß der Mann nicht Namour war, den Zamian natürlich sehr gut kannte und den zu decken er keinen Grund hatte, so weit ich weiß. Zamian war dem Tode nahe und stand unter Schock. Seine Aussage ist also mit Vorsicht zu genießen. Was die Formulierung ›Aber keinen Kopf‹ anbelangt – ich würde vermuten, daß der Mörder den Kopf von seinem Kostüm abgenommen hatte, und sei es bloß, um den LKW bequemer fahren zu können. Hier ergibt sich Raum für allerlei Spekulationen, aber ich persönlich glaube nicht, daß es der Mühe wert ist.«

Bodwyn Wook ließ den Blick durch die Runde schweifen. »Hauptmann Rune Offaw, mit welchen Neuigkeiten haben Sie aufzuwarten? Sie sind verdächtig heiter, und ich entdecke bei Ihnen jenes ziemlich irritierende Air von Allwissenheit, welches die Popularität der Offaws über die letzten Jahre hinweg sehr beeinträchtigt hat.«

»Es ist der Vergleich mit den Wooks, der die Offaws so mühelos tüchtig und fähig erscheinen läßt. Nun, in dem vorliegenden Fall glaube ich in der Tat zumindest einen kleinen Fortschritt vorweisen zu können und den Verbrecher mit einigem Glück bald bei den Hammelbeinen zu kriegen.«

»Das ist in der Tat ein Grund zur Heiterkeit! Nun denn: was sagen uns die Kameras? Hat Namour sich tatsächlich mit Dame Spanchetta ›ein ums andere Mal in traumhafter Verzückung im Tanze gewiegt‹, wie er behauptet, oder hat er ›Vergnügen von eher grausiger und scheußlicher Art‹ gefrönt? Kurz ausgedrückt: ist er dieses einen Verbrechens schuldig? Oder, was wahrscheinlicher ist, zwanzig anderer halb schuldig?«

»In diesem Fall zumindest scheint Namour tatsächlich über jeden Verdacht erhaben«, sagte Rune Offaw. »Ohne jede Scham wiegt er sich mit Spanchetta in traumhafter Verzückung im Tanze und wirbelt sie hierhin und dorthin mit tollkühnem Selbstbewußtsein. Natürlich nicht während der ganzen drei Stunden, aber jedenfalls weit über die fragliche Zeit hinaus. Streichen Sie also Namour von der Liste, trotz der Fasern. Das gleiche gilt quer durch die Bank für alle anderen Verdächtigen. Es ist zweifelsfrei erwiesen, daß alle während der fraglichen Zeit tatsächlich das getan haben, was sie bei der Vernehmung angegeben haben.

Mit Ausnahme von einem Fall. Gestern förderte eine Mischung aus Fleiß und glücklichem Zufall ein bedeutsames Faktum zutage.« (Der ›glückliche Zufall‹ bestand darin, daß Glawen darauf insistiert hatte, daß Miranda ihre Entdeckung Rune Offaw meldete. »Sag ihm, was du gefunden hast! Er wird ein nützlicher Freund sein, und du wirst dir anderswo keine Feinde schaffen.«) »Ich fand heraus, wie zu erwarten war, daß die Bewegungen der Kühnen Löwen während der fraglichen Zeit bei weitem weniger strukturiert und statisch waren als die von anderen Festgästen. Trotzdem ist es mir gelungen, alle acht aufzuspüren: Arles Clattuc und Kirdy Wook waren auf Streifendienst, und ich habe hier eine Kopie ihres Kontrollzettels, halbstündlich unterzeichnet und gegengezeichnet, wie vorgeschrieben. Die anderen sechs Kühnen Löwen waren nicht so leicht ausfindig zu machen, aber ein echtes Problem war es nicht. Also: runter von der Liste mit den acht Kühnen Löwen. Aber – und jetzt wird's spannend: als ich gerade im Begriff war, das Gerät auszuschalten, erregte plötzlich etwas meine Aufmerksamkeit: eine verschwommene Gestalt im Schatten hinter der Laube, soeben noch im Sichtfeld der Kamera. Ich zoomte sie so nah wie möglich ran und schaltete das Gerät auf volle Verstärkung, und heraus kam das hier.« Rune Offaw zog eine Spule aus der Tasche, legte sie in Bodwyn Wooks Videogerät und schaltete es ein. Der Wandbildschirm leuchtete auf. »Es ist ein Kühner Löwe, und das, obwohl alle ein festes Alibi haben beziehungsweise von der Kamera eingefangen worden sind! Wenn die Figur sich bewegt, erkennt man unschwer Arles Clattuc – der angeblich am Yip-Gelände auf Streife ist! Der Zeitpunkt stimmt; Sessily ist noch auf dem Marmorsockel. Er könnte unser Mann sein.«

»Ha-ha!« schnarrte Bodwyn Wook. »Der brave, pflichtgetreue Arles! Ist er schon vernommen worden?«

»Nein. Ich dachte, es wäre besser, wenn wir gemeinsam überlegen, wie wir vorgehen sollen. Sergeant Kirdy Wook, der mit ihm Streifendienst hatte, wird ein paar ernste Fragen zu beantworten haben, zum Beispiel, warum er es versäumt hat, Arles' Pflichtverletzung zu melden, obwohl ihm klar sein mußte, daß diese für unseren Fall von größter Bedeutung sein kann.«

»Hm«, sagte Bodwyn Wook. »Diese Frage zumindest ist leicht zu stellen – wenn auch vielleicht nicht so leicht zu beantworten. Zuerst möchte ich mal dieses Streifenprotokoll sehen.«

Rune Offaw reichte ihm den Kontrollzettel. »Sie werden feststellen, daß an den drei vorangegangenen Abenden die Eintragungen einige Male von Arles vorgenommen wurden: zwei- oder dreimal pro Abend, wenngleich Kirdy als der Ranghöhere den überwiegenden Teil der Eintragungen gemacht hat. Die Eintragungen in der Mordnacht stammen hingegen allesamt von Kirdy.«

Bodwyn Wook ließ seinen Blick durch die Runde schweifen. »Nun, meine Herren? Irgendwelche Bemerkungen?«

Ysel Laverty meldete sich zu Wort. »Da sind immer noch die Fasern, für die es keine Erklärung gibt. Der Mörder trug Fell; in dem Lastwagen wurden Fasern gefunden. Aber die Fasern von Arles' Kostüm stimmen nicht mit denen aus dem LKW überein. Mithin kann Arles eine Schuld nicht nachgewiesen werden.«

Bodwyn Wook sagte: »Möglicherweise hatte er zwei Kostüme, ein altes und ein neues. Nun, es läßt sich nicht ändern; wir müssen Arles ein paar Fragen stellen, und zwar noch heute. Kirdy nehme ich mir später vor.«

»Warum knöpfen wir uns Arles nicht gleich vor?« fragte Scharde. »Es ist noch früh; er wird jetzt in seiner Wohnung sein. Spanchetta auch.«

Rune Offaw sagte nachdenklich: »Ich habe noch ein paar dringende Angelegenheiten zu erledigen, und es wird ja wohl nicht erforderlich sein, daß wir zu viert bei ihm aufkreuzen.«

Ysel Laverty warf hastig ein: »Ich habe Berge von Papier auf meinem Schreibtisch liegen; wenn ich mich nicht heute morgen daran begebe, bricht mein Schreibtisch noch unter der Last zusammen und begräbt mich unter sich.«

»Hmm«, sagte Bodwyn Wook. »Ich habe keine Angst vor Spanchetta.« Er schaltete das Sprechgerät an. »Wer ist im Amt? Ich brauche einen erfahrenen Mann – groß, stark, leichtfüßig und unerschrocken. Wer ist verfügbar?«

»Tut mir leid, Sir. Im Moment ist niemand im Amt außer dem Kadetten Glawen Clattuc.«

Bodwyn Wook warf Scharde einen Blick zu. »Glawen, sagen Sie? Sehr gut, genau der Richtige. Sagen Sie ihm, er soll sich sofort in meinem Büro melden – in Uniform.«

XII

Bodwyn Wook, Scharde und Glawen fanden sich an der Wohnungstür von Millis, Spanchetta und Arles im Hause der Clattucs ein. Bodwyn Wook betätigte die Klingel, und ein Lakai geleitete sie ins Foyer: ein achteckiger Raum, in dessen Mitte eine achteckige, mit grüner Seide bespannte Polsterbank stand. Vier Alkoven beherbergten vier feine Zinnoberkrüge mit sorgfältig arrangierten Sträußen gläserner Blumen. Am Ende des Raumes stand ein aus schwarzem Feuerstein gehauener Sockel; darauf ruhte ein silbernes Weihrauchfaß, dem eine dünne, zitternde Rauchfahne entstieg.

Bodwyn Wook ließ seinen Blick kritisch durch den Raum schweifen. »Ich finde diesen neoklassizistischen Romantizismus ein wenig übertrieben. Zweifellos ist das die Vorliebe von Millis. Soviel ich weiß, ist Spanchettas Geschmack schlicht und unaufdringlich.«

»Das würde ich auch vermuten«, sagte Scharde.

»Schade, daß wir heute nicht das Vergnügen haben werden, Spanchetta zu sehen«, sagte Bodwyn Wook. »Aber vielleicht ergibt sich dazu ja schon bald eine neue Gelegenheit, sollte Arles hingerichtet werden.«

Er hatte den Satz noch nicht ganz vollendet, als Spanchetta in den Raum gerauscht kam, trotz der vorgerückten Stunde mit einem Morgenmantel aus plissiertem, mit Rüschen verziertem Satin und Pantoffeln aus rosafarbenem Flaum bekleidet. Ihre ungestümen schwarzen Lockenmassen wurden von einem zylinderförmigen breiten Band zusammengehalten, über dessen Rand gleichwohl eine Anzahl vorwitziger Ringellöckchen hinwegquollen. Sie musterte die drei der Reihe nach. »Was soll dieser Aufmarsch? Bodwyn Wook. Scharde. Und wer ist das da? Glawen? In einer Uniform? Eine fürwahr imposante Riege von Würdenträgern.«

Bodwyn Wook machte eine knappe Verbeugung. »Ich fürchte, da liegt ein Irrtum vor; wir haben nach Arles verlangt.«

»Arles ruht gerade. Was gibt's denn für ein Problem?«

»In erster Linie jenes, daß, wenn wir Arles zu sehen wünschen, statt dessen du erscheinst.«

»Na und? Ich bin schließlich seine Mutter.«

»Ganz recht. Doch wie du an der Tatsache, daß wir Uniform tragen, unschwer erkennen wirst, sind wir in dienstlicher Eigenschaft hier, und zwar, um im Mordfall Sessily Veder Ermittlungen anzustellen.«

Spanchetta warf den Kopf zurück und senkte halb ihre schweren Augenlider. »Mordfall? Müßt ihr dieses schreckliche Wort benutzen, obwohl es doch gar nicht erwiesen ist? Ich weiß aus erstklassiger Quelle, daß sie ganz einfach mit einem auswärtigen Liebhaber durchgebrannt ist, in höchst unverantwortlicher Weise. Jedenfalls kann Arles der Fall doch wohl kaum betreffen.«

»Genau das hoffen wir festzustellen. Bitte bring ihn sofort her, oder ich muß Sergeant Glawen Clattuc bitten, ihn zu holen, wenn nötig mit Gewalt.«

Spanchetta sandte Glawen einen eisigen Blick, dann sagte sie: »Das wird nicht nötig sein. Ich werde sehen, ob er mit euch sprechen will.« Sie drehte sich um und stapfte hinaus.

Zehn Minuten vergingen, während derer von Ferne

schwach Spanchettas hitziger Alt und Arles' mürrisches Gebrummel zu ihnen durchdrangen.

Schließlich kam Arles in den Raum geschlurft, angetan mit einem braunen Hausmantel und roten, extravagant geschnittenen Lederslippern. Er verharrte einen Moment lang zögernd auf der Türschwelle, von einem zum andern blickend, ehe Spanchetta ihn unerbittlich vorwärtstrieb.

Bodwyn Wook sagte: »Ich schlage vor, daß wir in den Salon gehen, wo wir unsere Fragen in größerer Bequemlichkeit stellen können.«

»Kommt«, sagte Spanchetta schroff und stapfte voraus in den angrenzenden Salon.

»Ausgezeichnet«, sagte Bodwyn Wook. »Arles, du bist so nett und setzt dich dorthin. Spanchetta, wir brauchen dich im Moment nicht: du kannst gehen.«

»Einen Moment!« fauchte Spanchetta. »Was wird Arles zur Last gelegt?«

»Noch wird ihm gar nichts zur Last gelegt. Arles, wenn du möchtest, kannst du Fratano hinzuziehen oder einen anderen Berater oder auch deine Mutter; du kannst aber auch allein mit uns sprechen oder, wenn du willst, jegliche Aussage verweigern. In letzterem Fall wirst du in Gewahrsam genommen und unter Anklage gestellt.«

»Mit welcher Begründung?« schrie Spanchetta. »Ich verlange eine Erklärung!«

»Oh – da wird uns schon was einfallen. Nun, Arles, hast du es dir überlegt?«

Arles fuhr sich mit der Zunge über die Lippen und blickte zu seiner Mutter. Dann sagte er mit mürrischer Stimme: »Ich brauche niemandes Rat. Ich möchte lieber allein mit euch reden.«

Spanchetta zog schließlich widerstrebend ab, und Scharde schloß die Tür hinter ihr.

»Nun denn«, sagte Bodwyn Wook, »beantworte unsere Fragen klar und direkt und ohne Ausflüchte. Du bist nicht verpflichtet, dich selbst zu beschuldigen, aber du darfst auf keinen Fall andere Personen decken. Erste Frage: weißt du, wer Sessily Veder getötet hat?«

»Natürlich nicht!«

»Beschreibe ausführlich, was du am Tatabend gemacht hast.«

Arles räusperte sich. »Was immer ich gemacht habe, es hatte nichts mit Sessily zu tun.«

»Das behauptest du. Wir wissen jedoch, daß du deinen Posten am Yip-Gelände verlassen hast, in ein Löwenkostüm geschlüpft bist und dabei beobachtet wurdest, wie du den Kellereilastwagen zu seinem Platz an der Laderampe zurückgebracht hast.«

»Das kann nicht sein«, sagte Arles. »Ich war nicht dort. Ihre Informationen sind falsch.«

»Wo warst du dann?«

Arles schaute zur Tür und sagte leise: »Ich hatte eine Verabredung mit einer jungen Dame. Ich hatte sie schon getroffen, bevor ich von der Streife wußte, und wollte sie nicht platzen lassen.«

»Wer war diese junge Dame?«

Arles warf erneut einen ängstlichen Blick zur Tür und sagte so leise, daß seine Stimme kaum zu hören war: »Es ist jemand, den meine Mutter nicht leiden kann. Sie würde einen Tobsuchtsanfall bekommen, wenn sie es erführe.«

»Wer ist das Mädchen?«

»Wird meine Mutter es erfahren?«

»Sehr wahrscheinlich. Dein Fehlverhalten kann nicht vertuscht werden, und zweifellos wirst du gebührend bestraft werden.«

»Bestraft? Wofür? Es war völliger Blödsinn, im Dunkeln an dem Zaun auf und ab zu latschen. Einer hätte dafür vollkommen ausgereicht.«

»Das mag ja sein. Warum hat Kirdy dein Fehlen nicht gemeldet?«

»Er wußte, wo ich hin wollte; er wußte, daß ich dort

gewesen war und nirgendwo anders. Ihm war klar, daß unter den Umständen eine solche Meldung einen großen Lärm um nichts ausgelöst hätte. Also hat er es für besser gehalten, nichts davon zu erwähnen. Wir sind beide Kühne Löwen, vergessen Sie das nicht!«

»Ich werde daran denken. Ihr werdet ausreichend Gelegenheit zum Brüllen haben, wenn ihr ausgepeitscht werdet.«

»Ausgepeitscht?« kreischte Arles entsetzt.

»Ich kann die Strafe nicht vorhersagen. Wahrscheinlich werdet ihr doch nicht kriegen, was ihr verdient. Wer war die junge Dame?«

»Ein Mädchen, das ich von der Spielschar kenne. Ihr Name ist Drusilla co-Laverty.«

»Und wo hat euer Stelldichein stattgefunden?«

»In einer dunklen Ecke der Laube, wo wir uns die Phantasmagorie anschauen konnten. Danach haben wir noch eine Weile dagesessen und uns unterhalten.«

»Hat euch irgend jemand gesehen?«

»Natürlich. Jede Menge Leute. Aber ich weiß natürlich nicht, ob sie uns besondere Beachtung geschenkt haben.«

Ein kurzes Schweigen trat ein. Schließlich stellte Glawen eine Frage. »Dein Kostüm – hast du das schon mit auf die Streife genommen?«

Arles zuckte bloß mit den Achseln; offenbar betrachtete er Fragen von Glawen als unter seiner Würde. Bodwyn Wook sagte ruhig: »Beantworte die Frage.«

»Ich ließ mein Kostüm in Haus Clattuc. Ich wollte keine Zeit verlieren, also ging ich in den Fundus der Spielschar und holte mir ein urweltliches Kostüm, mit so einer Art Fabelwesenkopf. Keiner hat den Unterschied bemerkt. Nicht einmal die Kühnen Löwen.«

»Ich verstehe. Und wie ging's dann weiter?«

»Vor Mitternacht habe ich das Kostüm wieder ausgezogen und bin zurück auf meinen Posten und hab festgestellt, daß alle Streifen ordnungsgemäß ein- und ausgetragen waren. Nichts war schiefgelaufen, und ich hatte nicht das Gefühl, irgendwelchen Schaden angerichtet zu haben.«

Bodwyn Wook schüttelte ernst den Kopf. »Das ist wahrlich keine schöne Geschichte«, sagte er mit seiner schnarrendsten, näselndsten Stimme. »Du hast unerlaubt deinen Posten verlassen. Du hast amtliche Dokumente gefälscht und das Vertrauen deines vorgesetzten Offiziers mißbraucht… Was hast du zu deiner Verteidigung vorzubringen?«

Arles, der versucht hatte, eine Bemerkung einzuwerfen, offenbar zu seiner Rechtfertigung, besann sich eines Besseren. »Nichts«, sagte er mürrisch. »Gar nichts.«

Bodwyn Wook warf die Papiere auf den Tisch. »Was immer du sonst noch gemacht hast, wir werden es zu gehöriger Zeit herausbekommen. Du kannst gehen.«

KAPITEL DREI

Tage vergingen, dann Wochen. Der Herbst wich dem Winter, und der Rhythmus der Jahreszeiten, unterbrochen vom klingenden, glitzernden, bunten Parilia-Fest, nahm seinen gewohnten Lauf. Das Verschwinden Sessily Veders entrückte mehr und mehr in die Vergangenheit; die öffentliche Empörung stumpfte ab, obwohl alle wußten, daß irgendwo unter ihnen einer war, hinter dessen Gesicht sich ein grausiges Geheimnis verbarg.

Auch Glawens Erregung legte sich mit der Zeit, obwohl er noch immer oft nachts wachlag und in die Dunkelheit starrte und versuchte, in das Gesicht des Mörders zu blicken. Manchmal sah er sich im Geiste an der Laderampe stehen und die Ereignisse wie einen Film vor sich ablaufen. Da! Der Lastwagen! Und da, im Laderaum, eine stille dunkle Gestalt! Und da kam Sessily gerannt, so schnell, wie ihre Schmetterlingsflügel es zuließen. Sie lief auf die Rampe, stutzte, hielt inne, horchte – und dann näherte sie sich arglos dem Lastwagen, dem Ruf einer Person folgend, die sie kannte, während Glawen sich verzweifelt bemühte, das Gesicht zu erkennen, das Sessily in diesem Moment vor ihren Augen sah. Manchmal glaubte Glawen für einen Moment die Züge von Arles zu erkennen, doch meistens war das Gesicht nicht mehr als ein blasser, verschwommener Fleck in der Dunkelheit.

Nach allen Grundsätzen der Logik – so sagte sich Glawen immer wieder – war Arles der Täter. Drusilla hatte sich als ein äußerst schwankendes Rohr erwiesen, als sie aufgefordert wurde, Glawens Schilderung vom Verlauf des fraglichen Abends zu bestätigen. Ihr Auftreten war unbekümmert und schnippisch gewesen;

das Alibi, das sie Arles lieferte, war fast wackliger als gar keines.

Die Unterredung mit Drusilla hatte auf der Seeterrasse des Hotels Araminta stattgefunden, wo Drusilla gerade ihr Frühstück beendet hatte. Jetzt saß sie seitlich auf einer Bank, die Arme um die Knie geschlungen, eine leichte Brise kräuselte ihr ausgebleichtes, rötlichblondes Haar, der Stoff ihrer weißen, knielangen Hose spannte sich über der Rundung ihres drallen Hinterns. Als sie an die schicksalsschwere Nacht des Großen Maskenballs zurückdachte, trat ein schamhaftes Lächeln auf ihre Züge.

»Willst du die ungeschminkte Wahrheit wissen? Ja? Wirklich? Gut, hier hast du sie! Ich war betrunken, sturzbetrunken!« Sie schüttelte den Kopf in reumütigem Stolz auf die Größe ihrer Heldentat. »Ich war voll wie eine Haubitze, und ich bereue es nicht im geringsten. Ich war gerade zu der Erkenntnis gelangt, daß alle, die ich kannte, entweder Miesepeter oder Rohlinge oder erbärmliche Lumpen waren. Ich war stinksauer auf Florrie« – sie meinte damit Floreste –, »und mein Verlobter lachte mich bloß aus, als ich ihm das erzählte. Das ist Namour, wie du wahrscheinlich weißt: charmant und liebenswürdig, aber ein ganz schön gemeines Stück! Ich frag mich wirklich manchmal, wie ich's mit dem aushalte! Spanchetta kann ihn komischerweise um den kleinen Finger wickeln. Was meinst du, wie die mich haßt! Fuff!« Das Geräusch sollte die Intensität von Spanchettas Haß lautmalerisch vermitteln. »Jedenfalls dachte ich mir: die können mich alle mal! Denen werd ich's allen mal zeigen! Ich knallte mir die Birne voll und amüsierte mich köstlich ganz für mich allein, und ich bereu's noch immer kein Stück!«

»Und was war mit Arles?«

»Ach ja, stimmt. Der war auch da, für eine Weile – ich erinnere mich, daß ich einen Teil der Phantasmagorie mit ihm gesehen habe; die konnten wir uns ja wohl schlecht entgehen lassen, wo wir doch beide Mimen sind. Aber was danach passiert ist, weiß ich echt nicht mehr – das heißt, wart mal, ich erinnere mich noch, daß er versucht hat, mich dazu rumzukriegen, daß ich mit ihm runter zum Fluß gehe – daran kann ich mich noch genau erinnern –, aber ich wollte nicht, ich hatte keine Lust, da unten rumzusitzen, zwischen den ganzen Fröschen und Brombeersträuchern und Ohrenkneifern –, und da ist er dann beleidigt abgedampft. Danach ist der Faden endgültig gerissen. Ich glaube, ich hab mich auf die Bank gelegt und bin eingeschlafen; jedenfalls bin ich da aufgewacht, und da war es schon weit nach Mitternacht, und die Demaskierung war schon längst vorbei. Dann kam Arles wieder und ich hab mich von ihm nach Hause bringen lassen, weil ich mich nicht gerade taufrisch gefühlt hab, wie du dir denken kannst.«

Drusillas Aussage verstärkte die düstere Stimmung noch, die in Amt B herrschte. Alle hielten Arles für den wahrscheinlichen Täter, aber für eine Anklage reichte das Beweismaterial nicht aus, da eine andere Person unter Benutzung des zweiten urzeitlichen Kostüms die Tat genauso gut hätte begehen können.

Die Ungewißheit wurde noch verstärkt durch einen höchst seltsamen Umstand, der Sergeant Kirdy Wook teuer zu stehen kam. Er erhielt den Befehl, zum Fundus der Spielschar zu gehen und die beiden urzeitlichen Kostüme in Verwahrung zu nehmen. Es war schon spät am Abend; Kirdy hatte noch Schulaufgaben zu machen, und er verschob den Gang auf den nächsten Tag. Als er die Kostüme dann schließlich abholen wollte, waren sie nicht mehr da, und der Garderobenwart konnte ihm nur achselzuckend mitteilen, daß sie tags zuvor noch da gewesen seien.

Diese Nachlässigkeit, im Verein mit seinem Versäumnis, Arles' unerlaubtes Entfernen von der Streife zu melden, brachte Kirdy eine Degradierung und einen Verweis von Bodwyn Wook ein.

Kirdy ließ die Rüge mit einem spöttischen Grinsen über sich ergehen, was Bodwyn Wook nur um so mehr zur Weißglut brachte. Er blaffte: »Nun, was hast du zu deiner Verteidigung zu sagen?«

Kirdy erwiderte: »Ich war auf den Verweis vorbereitet und habe ihn, wie Sie gewiß gemerkt haben, mit Haltung hingenommen. Aber die Degradierung ist übertrieben und ungerecht!«

»Ach!« sagte Bodwyn Wook und zog die Augenbrauen hoch. »Inwiefern?«

Kirdy überlegte und drückte sich dann so diplomatisch aus, wie er konnte. »Manchmal, Sir, muß ein Mann sich von seinen Prinzipien leiten lassen.«

Die Bemerkung ließ Bodwyn Wook in seinem Sessel hochfahren. Seine Stimme hatte einen unheilvoll ruhigen Klang, als er erwiderte: »Du bist also der Meinung, daß du die Befehle deiner Vorgesetzten erst daraufhin überprüfen mußt, ob sie in Einklang mit deinen persönlichen Überzeugungen sind, bevor du dich an sie gebunden fühlst?«

Kirdy zögerte, dann sagte er: »Wenn ich ehrlich sein will, muß ich die Frage wohl mit ja beantworten.«

»Erstaunlich. Wo und wie bist du auf diesen verblüffenden Gedanken gekommen?«

Kirdy zuckte die Achseln. »Letztes Jahr bei der Schauspieltruppe habe ich viel nachgedacht und auch einige Ansichten mit Floreste ausgetauscht.«

Bodwyn Wook ließ sich in die Tiefen seines Sessels zurücksinken. Er legte die Fingerspitzen aufeinander und betrachtete die Decke. Schließlich sagte er: »Hahah! Wollen wir deinen Fall noch einmal durchgehen.«

»Ich hatte gehofft, daß Sie das sagen würden, Sir.«

Bodwyn Wook ignorierte seine Bemerkung. »Erstens: du bist ein Wook. Es ist nicht üblich für einen Wook, die Laufbahn eines Darstellers einzuschlagen und auf einer Bühne herumzuhüpfen und zu tanzen und Grimassen zu schneiden. Wir betrachten die Schauspielerei nicht als ein würdiges Metier für einen jungen Mann. Daher mache ich die folgende Analyse nur höchst ungern.«

Kirdys breites, ernstes Gesicht wurde lang. »Und wie lautet diese Analyse, Sir?«

Bodwyn Wook senkte seinen Blick langsam von der Decke. »Ausgehend von dem, was du mir gesagt hast, hast du offenbar die Wahl zwischen zwei beruflichen Karrieren: die Schauspielerei oder Amt B. Vieles spricht für die Schauspielerei. Du kannst deiner Phantasie freien Lauf lassen und dein Naturell nach Herzenslust ausleben. Wenn du einen Gassenhauer singst und Floreste verlangt, daß du einen anzüglichen Blick nach rechts wirfst, während du dein Becken nach links schwingst, kannst du geltend machen, daß deine ›Prinzipien‹ dem entgegenstehen. Floreste wird dich vielleicht verdutzt anglotzen, aber da er ein einsichtiger Mensch ist, wird er dir dein Recht, dein Becken dorthin zu schwingen, wo du willst, nicht bestreiten. So viel zur Schauspielerei. In Amt B sind die Bedingungen andere. Ganz andere, das kannst du mir glauben! Hier bedeuten ›Prinzipien‹ dasselbe wie Befehle von Vorgesetzten! Die Philosophie, die hier dein Berufsleben leitet, ist nicht deine, auch nicht Florestes, sondern meine! Ist das vollkommen klar?«

»Sicher, aber es gibt doch bestimmt auch ...«

»Nein, die gibt es nicht.«

»Und wenn mir befohlen wird, Dinge zu tun, die meinem Gewissen zuwiderlaufen?«

»Wenn du auch nur einen Hauch von Bedenken hast, bin ich auf der Stelle bereit, deinen Abschied von Amt B entgegenzunehmen.«

Kirdy versetzte patzig: »Mit dem gleichen Recht könnte ich von Ihnen verlangen, daß Sie zurückzutreten.«

Bodwyn Wook konnte sich ein leises Lachen nicht verkneifen. »Das könntest du. Wer von uns beiden, glaubst du, würde wohl innerhalb von fünf Minuten aus diesem Büro geworfen werden?«

Kirdy sagte nichts. Sein großes, rosiges Gesicht war freudlos.

»Nun«, sagte Bodwyn Wook. »Wofür entscheidest du dich?«

»Es liegt offensichtlich in meinem besten Interesse, meine berufliche Zukunft in Amt B zu suchen.«

»Darum geht es nicht. Beantworte meine Frage.«

»Ich entscheide mich für Amt B. Ich habe keine andere Wahl.«

»Und was ist mit deinen ›Prinzipien‹?«

Kirdys runde blaue Augen funkelten vor Schmerz und Empörung. »Die werde ich wohl beiseiteschieben müssen.«

»Sehr schön.« Bodwyn Wook deutete mit dem Daumen zur Tür. »Das ist alles.«

Kirdy begehrte ein letztes Mal auf. »Ich finde die Degradierung trotzdem nicht gerechtfertigt!«

»Diese Art von Reaktion ist nicht ungewöhnlich«, sagte Bodwyn Wook. »Und jetzt hinaus mit dir, ehe ich aufhöre zu lachen und anfange zu denken.«

Kirdy machte auf dem Absatz kehrt und stapfte hinaus.

II

Der Winter nahm seinen Lauf, und der Frühling hielt Einzug in Station Araminta. Widerwillig wichen die Obsessionen, die Glawens Geist gepackt hielten, der heilenden Kraft des Frühlings. Er hatte sein Äußerstes getan; mehr konnte er nicht tun – zumindest im Moment nicht. Sessily Veder verblaßte zu einem melancholischen Schmerz in seiner Erinnerung.

Glawen lenkte seine lange blockierten Energien auf die Schule und fand rasch zu seinem gewohnten hohen Leistungsniveau zurück. Arles, angetrieben durch den ungeheuren Druck, der ihm im Nacken saß, schaffte es soeben noch, den drohenden Verweis von der Schule abzuwenden.

Das Jahr verstrich, und ein zweites Jahr folgte. Glawen erreichte seinen neunzehnten Geburtstag mit einem SI von 23 – einer Zahl, die immer noch ein wenig zu hoch war, um aller Sorgen ledig zu sein, und Glawen bekam allmählich klamme Finger, obgleich Scharde ihm versicherte, daß absolut kein Grund zur Panik bestand. »Noch nicht, jedenfalls«, sagte Scharde.

In den drei Jahren seit seinem sechzehnten Geburtstag hatte Glawen sich wenig verändert. Er war größer geworden, so groß wie Scharde, und von irgendwoher hatte er eine unbestimmbare Aura von Kompetenz und Entschlossenheit bekommen, welche fast frühreif anmutete. Wie Scharde war er jetzt hager und schlank, dabei breitschultrig und schmalhüftig. Und wie Scharde bewegte er sich mit einer zurückhaltenden Sparsamkeit, die in ihrer Einfachheit fast elegant wirkte. Sein Gesicht war indes weniger hager, knochig und raubtierhaft als das von Scharde, und wurde darüber hinaus gemildert von leuchtenden haselnußbraunen Augen, einer Kappe kurzen dichten schwarzen Haares und einem breiten, üppigen Mund, dessen Winkel nachdenklich, ja schwermütig nach unten gezogen waren: ein Gesicht, das ein wenig unregelmäßig und keineswegs als klassisch schön zu bezeichnen war, aber das eine unwiderstehliche Anziehungskraft auf romantisch veranlagte Mädchen ausübte. Glawen dachte jetzt nur noch selten an Sessily Veder; nur manchmal, wenn er allein durch das Land streifte oder an der Küste stand und auf das Meer schaute, sah er sie im Geiste vor sich, und dann flüsterte er leise: »Sessily, Sessily, wo hat es dich hinverschlagen? Ist es einsam dort draußen?«

Mit den Jahren waren die Fakten des Falles, so, wie sie Amt B bekannt waren, an die Öffentlichkeit durchgesickert, und Arles' Schuld wurde als Tatsache angenommen, beweisbar oder nicht. Während den einen die Vorstellung einen schaurigen Kitzel bereitete, fühlten sich die anderen angewidert, und Spanchetta kriegte vor Scham und Kränkung kaum noch den Mund auf. Allein die Kühnen Löwen standen fest zu Arles – freilich nicht so sehr aus Loyalität oder Toleranz heraus, sondern weil Arles' Mitgliedschaft ihrer Bande ein besonders schurkisches und todesverachtendes Image verlieh.

Doch je mehr Zeit ins Land ging, desto mehr gewöhnten sich die Bewohner von Station Araminta an diesen Zustand. Arles gewann allmählich wieder mehr und mehr von seinem früheren Ansehen zurück und trumpfte bald wieder mit seinem alten großkotzigen Selbstbewußtsein auf, wenngleich sein Witz nun einen gehässigen, hadersüchtigen Nebenton hatte, der auszudrücken schien: »Ihr haltet mich also für einen Perversen und Mörder? Na schön, wenn ihr das meint, dann wundert euch nicht über das, was ihr kriegt! Ihr könnt mich alle mal, ihr Arschlöcher!«

Mit dem Beginn des Sommers ging Arles mit den Mimen auf eine Außenwelt-Tournee, bei der er als Florestes Assistent fungierte, und während seiner Abwesenheit schien die Atmosphäre in Station Araminta angenehmer und entspannter.

Glawens SI verbesserte sich dramatisch. Der Grund dafür waren ein unerwarteter Todesfall und eine Pensionierung, wodurch seine Indexziffer auf eine ermutigende 21 gedrückt wurde, eine beinahe sichere Garantie für die Erlangung des Agenturstatus, und ihm fiel ein großer Stein vom Herzen.

Ein zweites bemerkenswertes Ereignis markierte das Ende des Sommers: die Rückkehr von Milo und Wayness Tamm von einem langen Aufenthalt auf der Erde. Sie nahmen ihren Wohnsitz in Haus Stromblick und schrieben sich für das Herbsttrimester am Lyzeum ein.

Ihre Anwesenheit gab Anlaß zu einer Fülle von

Tratsch und Diskussionen. Nach den Klischeevorstellungen der Leute von Station Araminta waren Naturalisten komische Vögel, verschroben und unkonventionell, mit einem Hang zur Prüderie. Milo und Wayness enttäuschten freilich die öffentliche Erwartungshaltung. Beide waren auffallend sauber, intelligent und hübsch. Beide trugen ihre schlichte, nach dem Stil der Erdbewohner geschnittene Kleidung mit Flair; beide bewegten sich vollkommen unbefangen und ohne jede Affektiertheit. All dies löste nicht wenig Neidgefühle und verächtliches Naserümpfen bei jenen aus, die sich als unfehlbare Schiedsrichter in Fragen des Geschmacks betrachteten.

Auf Glawen wirkten die beiden nicht anders als vordem. Milo, großgewachsen und auf herbe Weise schön, erschien ihm noch immer als verdreht, klug und verschlossen: ein intellektueller Aristokrat. Trotz seiner guten Manieren gewann Milo wenig Freunde. Uther Offaw, der intelligenteste der Kühnen Löwen, fand in Milo eine verwandte Seele, aber Uther Offaw selbst galt als wunderlich und ziemlich schlampig, wenn nicht gar als unstet und labil; warum würde er sonst bei den ungesitteten und rüpelhaften Kühnen Löwen bleiben?

Seixander Laverty, Gebieter über eine andere Gruppe, die sich die ›Unerträglich Unbeschreiblichen‹ nannten, fand Milo ›elitär: sarkastisch und unausstehlich eitel‹: eine Beurteilung, die Milo als Kompliment verstand. Ottilie Veder von den ›Esoterischen Düften‹ wunderte sich laut, ob »dieser Milo sich einbildet, er braucht die Mädchen bloß anzugucken, und schon liegen sie ihm zu Füßen«.

Von anderen, Ohrenzeugen dieser Äußerung Ottilies, hierauf angesprochen, sagte Milo, nein, dies sei nicht sein Begehr.

Ein anderes Mitglied der Esoterischen Düfte, Quhannis Diffin, fand Milo – »... ich würde sagen, ein bißchen hochnäsig. Dasselbe trifft natürlich auch auf Wayness zu, obwohl sie ohne Frage toll aussieht.«

Nach Glawens Empfinden hatte sich Wayness in den drei Jahren wenig verändert. Sie war zwar um einen Zoll gewachsen, aber ihre Figur war noch genauso knabenhaft wie früher, und ihr glänzendes dunkles Haar, ihre dunklen, leuchtenden Augen und ihre dunklen Brauen bildeten noch immer einen eindrucksvollen Kontrast zu ihrer schönen blassen Olivenhaut. Wie, dachte Glawen kopfschüttelnd, konnte er sie je als unscheinbar empfunden haben?

Wayness wurde nicht minder ausführlich begutachtet und durchgehechelt als Milo. Die statueske Hillegance Wook, ebenfalls ein Esoterischer Duft, befand: »Die hat doch überhaupt keine Figur. Ich habe schon nasse Wiesel gesehen, die mehr hatten als die!« Diese Ansicht wurde ganz und gar nicht geteilt von Seixander Laverty von den Unbeschreiblichen (»Sie hat ihre Pfunde da, wo es drauf ankommt, da quillt nichts über, und genau so muß es sein«), und schon gar nicht von den Kühnen Löwen, die sie mit fasziniertem Interesse studierten. Wayness zeigte wenig Hang zum Flirten, was die Experten unter den Kühnen Löwen als einen eindeutigen Fall von sexueller Frigidität diagnostizierten, indessen sie sich nicht auf die vielversprechendste Methode einigen konnten, wie das unglückliche Geschöpf von diesem seinem Gebrechen zu heilen sei.

Das Trimester begann. Milo und Wayness belegten ihre Klassen und gewöhnten sich an ihren neuen Schulalltag. Glawen war ihnen dabei behilflich und erklärte ihnen die Traditionen und besonderen Sitten und Gebräuche der Schule so gut er es vermochte. Milo und Wayness nahmen ihren allgemein kühlen Empfang durch die anderen Schüler mit Gleichmut hin. Milo sagte zu Glawen: »In Stroma hättest du viel größere Schwierigkeiten; da sind die Cliquen fast schon so etwas wie kleine Geheimbünde.«

»Trotzdem ...«

Milo hob abwehrend die Hand. »Es macht mir nichts, wirklich. Ich habe absolut keine Lust, mich irgendeiner Gruppe anzuschließen, und Wayness ganz sicher auch nicht. Deine Sorge ist überflüssig.«

»Wie du meinst.«

Milo lachte und klopfte Glawen auf die Schulter. »Komm schon, sei nicht sauer! Ich freue mich, daß du mich so sehr magst, daß du dir um meinetwegen Sorgen machst.«

Glawen brachte ein Lachen zustande. »Die Situation würde mich auch ärgern, wenn ich dich nicht mögen würde.«

Wayness gegenüber empfand Glawen etwas, das komplizierter war als simples Mögen, und er war sich nicht sicher, wie er mit diesem Gefühl umgehen sollte. Er mußte immer häufiger an sie denken, fast gegen seinen Willen, da er kein neues Herzeleid wollte. Es würde schrecklich sein, dachte er, sich in Wayness zu verlieben und dann womöglich festzustellen, daß sie seine Gefühle nicht beantwortete. Was würde er dann tun?

Wayness' unpersönliche Liebenswürdigkeit gab keinen Hinweis auf ihre Gefühle. Manchmal vermutete Glawen sogar, daß sie ihm absichtlich aus dem Weg ging, was neue Zweifel und Verwirrung in ihm weckte.

In tiefer Frustration warf Glawen sich in einen Sessel, starrte aus dem Fenster und versuchte, zu irgendeiner Entscheidung zu gelangen. Wenn er ihr seine Zuneigung gestand und sie ihn höflich aber bestimmt abwimmelte, was wahrscheinlich war, dann würde er sich fürchterlich elend fühlen. Andererseits, wenn er gar nichts unternahm und einfach so weiterbrütete, dann würde er sich auf die Dauer wahrscheinlich noch elender fühlen, weil er sich dann auch noch Feigheit würde vorwerfen müssen ... Er holte tief Luft. Was war er denn? Ein Clattuc oder ein Schlappschwanz? Er nahm all seinen Mut zusammen und rief Wayness an. »Hier ist Glawen.«

»Oh! Und was verschafft mir diese Ehre?«

»Das ist ein persönlicher Anruf. Ich würde gerne morgen etwas mit dir unternehmen, aber ich muß dich natürlich erst fragen, ob du überhaupt Lust hast.«

»Es ist wirklich sehr höflich von dir, mir die Wahl zu lassen, und ich bin positiv beeindruckt. Ehrlich gesagt, ich bin sogar ein bißchen aufgeregt. Was hast du denn vor? Hoffentlich ist es etwas, das ich mag – obgleich ich wahrscheinlich auch so einverstanden wäre.«

»Morgen dürfte ein schöner Tag zum Segeln sein. Ich habe mir gedacht, wir könnten vielleicht mit der Schaluppe nach Ocean Island fahren und dort Picknick machen.«

»Das hört sich ganz verlockend an.«

»Dann kommst du also mit?«

»Ja.«

III

Der Tag hätte nicht schöner sein können, selbst wenn Glawen persönlich für das Wetter gesorgt hätte. Syrene schien hell am blauen Morgenhimmel; eine kühle Brise von Nordosten erzeugte ein belebendes Prickeln auf der Haut, und zudem blies sie genau aus der richtigen Richtung.

Glawen und Wayness trafen früh am Bootshaus der Clattucs ein, stiegen in die Schaluppe, hißten das Segel und legten ab. Das Boot trieb hinaus auf den Fluß, faßte Wind, schaukelte und stampfte, dann schwoite es herum und glitt flußabwärts: durch die Lagune, durch die Flußmündung und hinaus auf die offene See. Glawen nahm Kurs nach Südosten, und das Boot segelte von der Küste weg und in eine Region von endlosen, trägen Wellen aus klarem blauen Wasser, nur sanft gekräuselt von einer frischen Kühle.

Sie machten es sich auf den Kissen in der Plicht bequem.

»Ich mag diese Art des Segelns«, sagte Wayness. »Die Welt ist friedlich und heiter, und das steckt mich an. Nichts ist zu hören außer dem leisen Klang meiner Stimme. Schuld, Sorgen und Gewissensbisse fliegen davon wie Rauch im Wind. Pflichten und Verantwortlichkeiten – wer fragt noch danach? Schularbeiten: bedeutungsloser denn Luftbläschen im Kielwasser!«

»Wenn es doch nur so wäre«, sagte Glawen. »Leider hast du mich wieder dran erinnert.«

»Erinnert woran? So schlimm kann es doch bestimmt nicht sein!«

»Du kannst von Glück reden, daß du ein Mädchen bist und dir so was nicht passieren kann.«

»Glawen, jetzt hör auf, in Rätseln zu sprechen. Ich mag solche geheimnisvollen Andeutungen nicht. Was hat dich denn so gestört? Hat es mit mir zu tun? Rede ich zu viel? Mir gefällt es nun mal hier draußen auf dem Ozean!«

»Ich sollte wahrscheinlich gar nicht darüber sprechen«, sagte Glawen. »Aber – warum eigentlich nicht? Gestern abend hat Bodwyn Wook mir befohlen, etwas ganz Schreckliches zu tun.«

Wayness lachte nervös auf. »Ich hoffe, es hat nichts mit mir zu tun. Etwa, daß du mich irgendwo auf einer einsamen Insel aussetzen oder über Bord werfen sollst.«

»Viel schlimmer«, sagte Glawen finster.

»Schlimmer? Gibt es etwas, das noch schlimmer ist?«

»Urteile selbst. Ich habe den Auftrag, den Kühnen Löwen beizutreten.«

»Das ist wirklich schlimm, da stimme ich dir zu. Aber nicht schlimmer ... Und was hast du gesagt?«

»Erst erzähl ich dir, was ich hätte sagen sollen: ›Wenn Sie so versessen auf die Kühnen Löwen sind, dann treten Sie ihnen doch selbst bei!‹ Aber vor lauter

Schreck brachte ich überhaupt kein Wort raus. Und als ich mich schließlich von dem Schock einigermaßen erholt hatte, habe ich gefragt: ›Wieso ich? Kirdy ist doch schon Mitglied in dem Verein!‹ Darauf Bodwyn Wook: ›Das weiß ich auch. Aber Kirdy ist ein bißchen verträumt und nicht immer zuverlässig. Wir brauchen dich!‹ Darauf fragte ich noch mal: ›Aber warum? Warum gerade ich?‹ Darauf er: ›Das wirst du schon zur gehörigen Zeit erfahren.‹ Darauf ich: ›Ich soll also offensichtlich spionieren.‹ Darauf er: ›Natürlich! Was sonst?‹ Ich sagte, Arles würde mich doch nie im Leben in dem Club dulden. Da hat er nur gelacht und gesagt, da solle ich mir mal keine Sorgen machen; bevor die Woche zu Ende wäre, würde ich Mitglied der Kühnen Löwen sein. Und deshalb bin ich so sauer und mißmutig.«

»Armer Glawen! Aber heute ist so ein schöner Tag, da wollen wir uns doch durch so was nicht die Laune verderben lassen. Wie weit ist Ocean Island von hier entfernt?«

»Nicht weit. Wir müssen sie jeden Moment sichten. Da, schau mal, siehst du den grauen Fleck da hinten am Horizont? Das ist Ocean Island.«

Die Schaluppe schaukelte gemächlich dahin: die blauen Hänge hinauf, und wieder hinunter in die breiten feuchten Täler. Ocean Island, die Spitze einer Meereserhebung, nahm Gestalt an: ein flacher Kegel mit einer unregelmäßig zerklüfteten Spitze von etwa einer Meile Durchmesser, ringsum gesäumt von Kokospalmen, überzogen von einem Wald einheimischer Bäume, der sich bis dicht unter den zentralen Gipfel empordehnte.

Glawen ankerte in einer windgeschützten kleinen Bucht, hundert Fuß vor einem Strand aus weißem Sand. Er sprang von Bord in das hüfttiefe Wasser. »Komm«, sagte er zu Wayness. »Ich trage dich zum Strand.«

Wayness zögerte einen Moment, dann legte sie die Arme um seinen Hals. Er faßte sie unter den Knien, trug sie zum Strand, dann watete er zum Boot zurück, um den Picknickkorb zu holen.

Sodann entfachte Glawen im Schatten einer mächtigen Klarensie ein Feuer, über dem sie Fleischspieße grillten, die, in Pfeffersauce getunkt, zusammen mit frischem, knusprigen Brot vertilgt wurden. Dazu kredenzte Glawen eine Flasche milden, trockenen weißen Clattuc-Weins.

Die zwei lehnten sich zurück gegen den Baum und blickten über den palmgesäumten Strand. Die Palmwedel schwankten sanft in der Brise; das Wasser des Ozeans umschmeichelte spielerisch den weißen Sand. Glawen seufzte. »Hier gibt es keine Kühnen Löwen. Dort warten sie auf mich. Es erscheint mir töricht, zurückzukehren. Warum bleiben wir nicht einfach hier? Hier können wir in Ruhe und Beschaulichkeit leben, im Frieden mit den Elementen. Es spricht einiges für diese Idee.«

»Da bin ich nicht so sicher«, gab Wayness zu bedenken. »Es beginnt schon damit, daß wir nichts mehr zu essen haben. Wovon sollen wir leben?«

»Von dem, was die Natur für uns im Überfluß bereithält: Fische, eßbare Wurzeln, Seetang, Kokosnüsse, Ratten und Landkrebse. Es ist der Traum von Millionen romantischer Dichter.«

»Richtig – bis auf die Speisekarte, die mit der Zeit ein wenig eintönig werden könnte. Wer hat schon Lust, jeden Tag abwechselnd Ratten oder Fische zum Abendessen zu verspeisen? Außerdem könnte ich mir vorstellen, daß ich dir nach ein paar Jahren überdrüssig werden könnte – spätestens dann, wenn uns die Seife ausgehen würde.«

»Seife ist kein Problem. Die könnten wir selbst machen, aus Kokosnußöl und Asche.«

»In dem Fall gäbe es nur noch ein kleines Hindernis:

meine Mutter. Sie ist ziemlich konservativ. Ein romantischer Aufenthalt auf Ocean Island – oder auf irgendeiner anderen Insel – würde ihren Plänen hinsichtlich meiner Heirat so gar nicht entgegenkommen.«

»Deiner Heirat?« Glawen starrte sie verblüfft an. »Du bist doch noch viel zu jung zum Heiraten!«

»Nur keine Aufregung, Glawen. Es ist noch gar nichts entschieden. Meine Mutter denkt einfach ein bißchen voraus. Dieser junge Mann meint, er würde mich gern heiraten; zumindest hat er das meiner Mutter gesagt. Er hat Vermögen und ist schon jetzt ziemlich einflußreich in Stroma. Meine Mutter meint, er wäre eine ausgezeichnete Partie für mich, obwohl er von seinen Ansichten her total auf LFF-Linie ist.«

»Hmm. Und was hältst du von der ganzen Sache?«

»Ich habe, ehrlich gesagt, noch nicht viel darüber nachgedacht.«

Glawen versuchte seine Stimme lässig klingen zu lassen. »Und dieser LFFler – wie heißt der?«

»Julian Bohost. Er war auch auf der Erde, als wir da waren, und ich habe ihn ein paarmal gesehen. Er ist ziemlich willensstark und ernst, und Mutter hat wahrscheinlich ganz recht: Julian wäre bestimmt nicht erbaut, wenn seine Braut schon zehn oder zwanzig Jahre ihrer Jugend mit einem anderen Herrn auf Ocean Island verbracht hätte.«

»Magst du ihn?«

Wieder lachte Wayness. »Darf ich denn gar keine Geheimnisse haben?«

»Entschuldige; ich sollte dich wirklich nicht so ausfragen.« Glawen stand auf und blickte zur Sonne. »Ohnehin ist es Zeit, die romantische Idylle für heute zu beschließen. Der Wind ist zwar umgeschlagen, was nur vorteilhaft für uns ist, aber er hat die unangenehme Neigung, zum späten Nachmittag hin abzuflauen, und es ist wahrscheinlich jetzt ein günstiger Zeitpunkt, uns auf den Rückweg zu machen.«

Glawen trug den Picknickkorb zurück zum Boot. Als er sich umdrehte, sah er, wie Wayness sich anschickte, zum Boot zu waten. »Warte, ich komme und trage dich!« rief er ihr zu.

Wayness machte eine abwehrende Geste. »Es macht mir nichts aus, nasse Beine zu kriegen.« Trotzdem wartete sie, bis Glawen bei ihr war, und erhob keinen Protest, als er sie auf den Arm nahm.

Auf halbem Wege zum Boot blieb Glawen stehen. Ihre Gesichter waren dicht beieinander. Wayness fragte mit leiser, belegter Stimme: »Bin ich dir zu schwer? Hast du vor, mich ins Wasser fallen zu lassen?«

Glawen seufzte. »Nein ... ich sehe eigentlich keinen Grund dafür.«

Er trug sie zum Boot und stieg dann selbst an Bord. Während Glawen den Picknickkorb verstaute und das Boot klar machte, saß Wayness auf der Plicht, kämmte ihr Haar mit den Fingern und beobachtete ihn mit einem rätselhaften Ausdruck im Gesicht. Sie sprang auf und half ihm, das Segel zu hissen und den Anker zu lichten; die Schaluppe gewann rasch an Fahrt, und Ocean Island entschwand ihren Blicken.

Weder Glawen noch Wayness war auf dem Heimweg viel nach Reden zumute; jeder schien seinen eigenen Gedanken nachzuhängen, obwohl sie dicht nebeneinander auf der Backbordplicht saßen.

Als die Brise abzuflauen begann und die Sonne sich dem Horizont entgegen neigte, steuerte Glawen das Boot in die Mündung des Wan-Flusses und segelte flußaufwärts zum Bootshaus der Clattucs. Dort angekommen, belegte er die Schaluppe und fuhr Wayness mit dem Kraftwagen der Clattucs zum Stromblick-Haus. An der Tür zögerte sie einen Moment, wie als dächte sie nach; dann wandte sie sich zu Glawen um und sagte: »Übrigens, was Julian Bohost angeht, so ist Vater ziemlich skeptisch. Er hält Julian für einen Demagogen.«

»Mich interessiert eigentlich mehr, wofür du ihn hältst«, sagte Glawen.

Wayness neigte den Kopf zur Seite und schürzte die Lippen, so als würde sie sich ein Lächeln verkneifen. »Er ist vornehm; er ist großherzig; er ist stark! Was mehr könnte sich ein Mädchen wünschen? Einen, der mehr so ist wie Glawen Clattuc? Wer weiß?« Sie beugte sich rasch vor und gab Glawen einen Kuß auf die Wange. »Vielen Dank für den wunderschönen Tag.«

»Warte!« rief Glawen. »Komm zurück!«

»Mm-mm«, sagte Wayness und rannte den Kiespfad zum Stromblick-Haus hinauf.

IV

Bodwyn Wook rief Glawen in sein Büro und bedeutete ihm, Platz zu nehmen. Glawen setzte sich und wartete geduldig, bis Bodwyn Wook mit dem Ordnen der Papiere auf seinem Schreibtisch fertig war. Schließlich rieb sich Bodwyn Wook den kahlen Schädel, lehnte sich in seinem wuchtigen Ledersessel zurück und fixierte Glawen mit scharfem Blick. »So! Da ist also unser famoser neuer Kühner Löwe!«

»Noch nicht«, sagte Glawen. »Wenn überhaupt je.«

»Wenn überhaupt je, häh? Und was soll ich darunter verstehen?«

»Es ist nicht sehr wahrscheinlich, daß ich in die Gruppe überhaupt aufgenommen werde«, antwortete Glawen.

»Was du nicht sagst! Du wirst sehen, daß ich recht behalte und du dich irrst. Du wirst mit Leichtigkeit bei den Kühnen Löwen aufgenommen werden.«

»Wie Sie meinen, Sir, obwohl mir schleierhaft ist, warum.«

Bodwyn Wook verschränkte die Hände, schob sie unter sein knochiges Kinn und wandte den Blick zur Decke. »In ungefähr einem Monat, so habe ich erfahren, wird die Gruppe auf einen mehrtägigen Besuch nach Yipton fahren, zwecks ›sozialer Studien‹. Du wirst an dieser Lustpartie teilnehmen. Das ist doch eine angenehme Aussicht, nicht wahr?«

»Eigentlich nicht, Sir. Ich bin kein großer Freund von solcherlei Gruppenvergnügungen.«

»Hm. Mehr der typische Einzelgänger, was, Glawen?«

»Da ist wohl was dran.«

»Je nun, jedenfalls fährst du mit nach Yipton und bist lustig und ausgelassen und fröhlich wie die anderen. Sich verstellen können ist das Grundrüstzeug des Spitzels.«

»Aber was soll ich eigentlich rausbekommen?«

»Das wirst du zu gegebener Zeit erfahren. Bis es soweit ist: werde ein guter Kühner Löwe! Lerne zu zechen und zu prahlen und auf den Putz zu hauen, denn in Yipton mußt du dich an jedem Unfug beteiligen, wenn du deine Tarnung nicht gefährden willst.«

Glawen nickte freudlos. »Wenn ich muß, dann muß ich halt. Die Spesen werden gewiß beträchtlich sein …«

Bodwyn Wook richtete sich ruckartig in seinem Sessel auf, plötzlich hellwach geworden. »Ganz recht. Geld, das man zum Vergnügen ausgibt, ist gut angelegtes Geld; betrachte es so.«

»… ich darf doch wohl annehmen, daß Sie mich mit Agenturmitteln ausstatten?«

Bodwyn Wook seufzte. »Glawen, ich habe dich verkannt. Du bist doch ein Halunke, trotz deines versonnenen Unschuldsblicks, der die Mädchen zweifellos wild macht. Führe mich bitte nicht noch einmal hinters Licht.«

»Sir …«

Bodwyn Wook erhob sich aus seinem Sessel. »Ich habe genug gehört. Ich habe keinen Zweifel mehr, daß du deine Rolle als Kühner Löwe mit Bravour ausfüllst. Gut möglich, daß du sogar der wertloseste von der ganzen Bande bist. Das wäre vorerst alles.«

Glawen verkniff sich die hundert Fragen, die ihm noch auf der Zunge brannten, und verließ das Büro, um zu seinem morgendlichen Schulunterricht zu gehen.

Am Mittag setzte sich Glawen an einen Tisch an der Seite der Terrasse und tat so, als lese er ein Buch, aber in Wirklichkeit wartete er darauf, daß Wayness auftauchte. Die Minuten gingen vorüber, nicht aber Wayness. Er wurde unruhig. Entweder spielte ihm seine Phantasie einen Streich, oder sie ging ihm mit Absicht aus dem Weg. Das war unlogisch; warum sollte sie das tun? Aus irgendeiner Laune heraus? Aus schlechtem Gewissen gegenüber Julian Bohost? Unmöglich zu erraten, was in ihrem Kopf vorging... Da kam sie, mit zwei ihrer Freundinnen. Glawen stand auf, aber sie schien ihn nicht zu bemerken und ging zu einem Tisch auf der anderen Seite der Terrasse. Als sie sich hinsetzte, warf sie einen raschen Blick in seine Richtung und winkte ihm verstohlen mit dem kleinen Finger zu. Sie hatte ihn also doch gesehen!

In trüber Stimmung beugte sich Glawen wieder über sein Buch und beobachtete sie aus den Augenwinkeln. Irgendwas war anders an ihr. Aber was? Ihr Haar? Dieselben losen dunklen Locken. Ihr Gesicht? Faszinierend, magisch, verzaubernd: wie immer. Ihre Kleider? Aha! Statt des knielangen dunklen Kostüms, das sie von der Erde mitgebracht hatte, trug sie eine hellblaue Hose nach der Mode von Araminta, enganliegend an den Hüften, locker unterhalb der Knie und an den Knöcheln gerafft, mit einem kurzärmeligen, graubraunen, am Hals offenen Hemd: eine Tracht, die ihre schlanke Figur wunderbar zur Geltung brachte.

Glawen faßte einen Entschluß. Wenn sie nicht zu ihm kam, würde er aufstehen und sich zu ihr an den Tisch setzen... Andererseits konnte das genau die falsche Taktik sein. Was würde sein Vater in so einer Situation machen? Glawen stellte sich Schardes Gesicht vor, hart und entschlossen und grillenhaft zugleich. Scharde, entschied er, würde einfach lachen und sein Buch lesen und Wayness zappeln lassen.

Kirdy Wook setzte sich zu ihm an den Tisch. »Ich habe gehört, du willst ein Kühner Löwe werden.«

Glawen schüttelte langsam den Kopf. »Da hast du dich verhört.«

»Häh? Was ist los? Ich weiß es aus erster Hand, vom Alten persönlich.«

»Es ist seine Idee, nicht meine.«

Kirdys rosige Gesichtszüge verzogen sich zu einer Miene des Erstaunens. »Was hat er vor?«

»Frag ihn doch selbst.«

Kirdy schnitt eine Grimasse. »Mit dem alten Kauz kann man doch nicht reden. Entweder, die Dinge laufen so, wie er es will, oder gar nicht. Würde mich nicht wundern, wenn ich eines Tages zu ihm reinkomme, und er hockt auf dem Kronleuchter und kratzt sich mit der einen Hand den Arsch und frißt mit der andern eine Banane.«

Glawen grinste, gab aber keinen Kommentar.

Kirdy blickte mißmutig über die Terrasse. »Es gibt nur einen Weg, mit ihm zu Rande zu kommen. Er ist einfach und praktisch: ich befolge seine Befehle bis aufs I-Tüpfelchen und behalte meine eigenen Ideen für mich. Er wird eines Tages merken, was er davon hat, aber dann wird es zu spät sein, und es wird ihm nur recht geschehen.«

»Ja, zweifellos. Was muß man tun, um Mitglied der Kühnen Löwen zu werden?«

»Nichts Großartiges.« Kirdy warf einen Packen Blätter auf den Tisch. »Lern die Brüller und die Knurrer auswendig; das ist wichtig. Und lies dir auch die Satzung gut durch, für den Fall, daß einer auf die Idee kommt, dich zu prüfen, ob du den Schwanzmarsch kannst.«

»Was ist das denn?«

»Bloß so eine Übung, mit der du deine extreme Löwenhaftigkeit demonstrierst.«

Glawen überflog die Blätter. »Und was bedeutet das hier: ›Agrolio, agrolio, agrolio‹?«

»Das ist einer der förmlichen Brüller.«

Glawen warf das Blatt zurück auf den Tisch. »Das ist Schwachsinn.«

Kirdy grinste breit. »Na klar ist das Schwachsinn! Aber draußen am Strand, mit einem Faß Bier, macht das echt Laune! Paß auf, daß du auch alles richtig behältst.«

»Wozu der Aufwand? Arles stellt sich doch sowieso quer.«

»Mach dir mal wegen Arles keine Gedanken; morgen abend geht er zu seinem Schminkkurs im Lyzeum. Dann beruft die Schnelle Tatze – das ist Uther – schnell eine außerordentliche Versammlung ein, und schwupp! bist du aufgenommen. So einfach ist das.«

»Das wird Arles aber gar nicht passen.«

Kirdy sagte gewichtig: »Das weiß ich. Aber wir haben nun mal unsere Geschäftsordnung. Arles muß lernen, mit solchen kleinen Widrigkeiten fertig zu werden.« Er stand auf. »Also dann, morgen abend in der Höhle.«

Kirdy entschwand. Glawen schaute zu dem Tisch, an dem Wayness gesessen hatte, aber sie war fort.

Während des Abends versuchte Glawen, sich auf seinen Unterrichtsstoff zu konzentrieren, aber schließlich hielt er es nicht mehr aus; er sprang auf und rief Wayness im Stromblick-Haus an. »Hier ist Glawen.«

Wayness' Stimme klang auf eine behutsame Weise freundlich. »Als ich das Klingeln hörte, wußte ich sofort, daß du es warst! Ein klarer Fall von Telepathie!«

»Oder Angst?«

»Oh, vielleicht auch ein bißchen Angst«, sagte Wayness unbekümmert. »Aber sei bitte nicht so streng mit mir.«

»Hast du zu tun?«

»Nicht mehr als normal. Warum fragst du?«

»Kann ich dich besuchen kommen?«

»Hier? Im Stromblick-Haus?«

»Natürlich; wo sonst?«

Es folgte eine Pause von drei Sekunden, dann kam die etwas unsicher klingende Antwort: »Das wäre nett. Es ist nur ...«

Glawen wartete, aber das Schweigen dauerte an. Schließlich sagte er mit nüchterner Stimme: »Schon gut. Ich werde nicht kommen.«

Wayness sagte: »Ich weiß nicht so recht, wie ich es dir erklären soll ... Am besten, ich sage dir einfach die Fakten. Du kannst gern kommen, wenn du möchtest. Aber sobald du wieder weg bist, werde ich wieder eine ernste Diskussion mit meiner Mutter haben.«

»Wieder?«

»Als wir von unserem Segelausflug zurückgekommen sind, habe ich den Fehler begangen, ihr zu erzählen, daß es ein schöner Tag gewesen war und daß ich dich mag.«

»Sie hat was gegen mich?«

»Nein, aber das ist nicht der entscheidende Punkt. Sie findet, daß es besser ist, wenn wir keinen Kontakt miteinander haben, es sei denn auf einer sehr höflichen und unpersönlichen Basis. Sie sagt, daß alles andere ohnehin zu nichts führen könne, und sie wundere sich, daß ich nicht klarsichtig genug sei, um das selbst zu erkennen. Ich kann dazu nur sagen, daß ich darüber auch verblüfft bin. Dann wird sie analytisch. Sie stellt mir die rhetorische Frage: und wenn aus der Beziehung nun mehr würde und wir so töricht wären, zu heiraten? Und um mir die Anstrengung des Nachdenkens zu ersparen, beantwortet sie die Frage gleich selber. Es würde eine Tragödie geben, sagt Mutter. Wo würden wir leben? In Stroma? Unmöglich. Du würdest dich da wie ein Fisch auf dem Trockenen fühlen. In Haus Clattuc? Das wäre das gleiche, nur umgekehrt.« Wayness lachte leise. »Natürlich hat sie recht; ich kann ihr da schlecht das Gegenteil beweisen. Dann stellt sie mir die Frage, die ich mir selbst fortwährend stelle: Was mache ich aus meinem Leben? Und im Gegensatz zu mir hat sie auch gleich eine Antwort parat.«

»Und die heißt mit Vornamen Julian, stimmt's?«

»Sie erzählt mir ständig, das sei eine Chance, wie sie einem nur einmal im Leben geboten würde. Ich entgegne dann immer, daß ich keine Lust habe, mir über so was schon jetzt den Kopf zu zerbrechen. Dann erklärt sie mir, daß die Zeit die unangenehme Eigenschaft hätte, blitzschnell vorüberzugehen, und ehe man sich's versähe, wäre man zäh und hager und alt und grau, und der Rücken täte einem weh, und wo wären die Chancen der Jugend dann? Passé, aus und vorbei. Nach einem solchen Gespräch bin ich immer ganz fertig und kaputt. Heute abend möchte ich mir eine solche Diskussion ganz einfach nicht mehr antun, und deshalb glaube ich, daß es besser ist, wenn du nicht kommst.«

»Heißt das, morgen abend auch nicht? Und am besten überhaupt nicht mehr?«

Wayness lachte erneut, und es war ein ziemlich hoffnungslos klingendes Lachen. »Hört sich beinahe so an, nicht? Ich muß darüber nachdenken. Ich bin bestimmt keine, die zu allem Ja und Amen sagt, was die Mutter sagt, aber ich habe einfach keine Lust mehr auf diese ätzenden Debatten mit meiner Mutter, zumal, wenn sie wahrscheinlich auch noch recht hat.«

»Wie du möchtest.«

»Glawen! Jetzt bist du böse auf mich!«

»Ich weiß nicht, was ich davon halten soll. Und zu allem Überfluß muß ich jetzt auch noch ein Kühner Löwe werden, und ich wünschte mir sehr, daß Bodwyn

Wook die ›Brüller‹ und ›Knurrer‹ an meiner Stelle lernen würde.«

Wayness bemühte sich, einen Ton von nüchterner Sympathie zu treffen, aber es gelang ihr nicht so recht. »Du wirst wahrscheinlich auf eine wichtige Mission vorbereitet; wenn du die näheren Einzelheiten erfährst, wirst du bestimmt besser über das Programm denken, trotz der Heuler und Kläffer.«

»Brüller und Knurrer.«

»In jedem Fall ist es eine sehr ausgefallene Fähigkeit, eine, die Julian Bohost völlig fremd sein wird. Übrigens, er kommt bald auf einen Besuch nach Haus Stromblick. Vielleicht lernt ihr euch ja kennen.«

»Es wird mir ein Vergnügen sein.«

»Gute Nacht, Glawen.«

»Gute Nacht.«

V Zur verabredeten Stunde fand sich Glawen an der Alten Laube ein. Er begab sich in die Ecke, die die Kühnen Löwen als ihre Höhle mit Beschlag belegt hatten, und ließ sich, ein wenig abseits, im Schatten nieder.

Drei der Mitglieder, Kirdy Wook, Cloyd Diffin und Jardine Laverty, waren bereits zugegen, und kurz darauf erschienen auch Shugart Veder und die beiden anderen Offaws, Uther und Kiper.

Schnelle Tatze Uther Offaw eröffnete die Sitzung. »Diese Sitzung wurde für heute abend einberufen wegen einer besorgniserregenden Entwicklung, die unsere sofortige Aufmerksamkeit erfordert. Wie wir alle wissen, gibt es ständig Ärger mit den Yips, und es scheint eher schlimmer denn besser zu werden – so schlimm, daß die Behörden alle Ausflüge abgeblasen haben, einschließlich den Rip-Roar! Ich kann jedoch mit Freude vermelden, daß Kirdy Wook heute mit großem Nachdruck an höchster Stelle vorstellig geworden ist. Er wies darauf hin, daß wir bereits alle unsere Reisevorbereitungen getroffen hatten, kurz: er machte mächtig Dampf und setzte seine ganze Löwen-Power ein. Er erreichte, daß die Absage rückgängig gemacht wurde. Für diese Leistung schulden wir Kirdy drei stürmische Knurrer. Lassen wir sie laut und klar ertönen! – Hurra, Kirdy!«

Pflichtschuldig stießen die Kühnen Löwen drei Beifallsknurrer aus.

»Sehr gut! Zum Glück ist die Katastrophe abgewendet! Kirdy, möchtest du was sagen?«

»Nun, ja. Tardy Diffins Rücktritt hat eine Lücke in der Gruppe hinterlassen, die auszufüllen wir heute Gelegenheit haben. Als neues Mitglied schlage ich eine hervorragende Raubkatze mit einem langen Schweif und einer prächtigen Mähne vor: Glawen Clattuc! Er wird Behendigkeit und kluge neue Taktiken in unser Rudel mitbringen!«

Uther Offaw rief begeistert: »Eine ausgezeichnete Wahl! Ich unterstütze den Vorschlag! Gibt es irgendwelche Fragen? Irgendwelche Einwände? Da ich feststelle, daß keine Pranke sich hebt, erkläre ich hiermit Glawen Clattuc als einstimmig in das Rudel der Kühnen Löwen aufgenommen. Drei mächtige Knurrer für Glawen Clattuc, so laut, daß die Wände wackeln!«

Die Knurrer wurden mit Begeisterung absolviert, und Glawen wurde ein Kühner Löwe.

Am darauffolgenden Tag wartete Arles am Tor zwischen dem Wansey-Weg und der Terrasse des Lyzeums. Wenig später kam Uther Offaw vorbei. Arles trat vor. »Uther, einen Augenblick bitte!«

Uther blieb stehen. »Aber mach schnell; ich hab höchstens eine Minute Zeit.«

»Was ich zu sagen habe, ist sehr wichtig«, erklärte Arles. »Es kann länger als eine Minute werden.«

»Na los, dann red schon! Was willst du? Den Mathebogen? Hier ist er; die Lösungen mußt du selbst ausarbeiten; ich bin noch nicht dazu gekommen.«

Arles schob den Bogen beiseite. »Ich habe gerade von der Versammlung gestern abend erfahren. Zu meinem größten Entsetzen höre ich, daß ihr Glawen aufgenommen habt.«

»Stimmt. Und zwar einstimmig. Eine ausgezeichnete Wahl, findest du nicht auch?«

»In keinster Weise! Und ich will dir auch sagen, warum: Glawen ist einfach nicht aus dem richtigen Holz geschnitzt! Er ist einer von den Schüchternen, die immer verschämt um die Ecken spähen. So wie ich es sehe, sind die Kühnen Löwen ein wilder, tollkühner Haufen, immer obenauf und vorneweg, und den letzten beißen die Hunde! Glawen? Ein jämmerlicher kleiner Schlappschwanz, wenn du die Wahrheit wissen willst.«

Uther schürzte die Lippen. »Ich bin überrascht, das zu hören! Die restlichen Mitglieder haben das Gefühl, daß wir einen ganz guten Fang mit ihm gemacht haben.«

»Habt ihr denn alle keinen Funken gesunden Löwenverstand? Wieso sollen wir so blöd sein, uns ausgerechnet einen Amt-B-Spitzel in den Pelz zu setzen, der jedes kleinste Vergehen sofort den Behörden meldet?«

Uther gab ein schiefmäuliges Lachen von sich. »Jetzt hör aber auf! Kirdy ist auch in Amt B, und da machst du ja auch keinen Aufstand.«

Arles blinzelte und überlegte. »Nun, Kirdy ist ja auch ein Mime, und das macht einen ganz schönen Unterschied aus, glaub mir. Er ist kein Tugendbold und weiß, wann es am besten ist, die Paragraphen Paragraphen sein zu lassen.«

Uther sagte ruhig: »Es macht wirklich keinen Unterschied aus. Ich jedenfalls habe nicht vor, irgendwelche Gesetze zu brechen.«

»Ich auch nicht! Aber ab jetzt müssen wir uns jeden

harmlosen kleinen Streich immer erst zehnmal überlegen, damit wir Glawen nur ja nicht in seinem Rechtsempfinden kränken.«

Kirdy Wook, der zu ihnen getreten war und mitgehört hatte, sagte verärgert: »Arles, du bist hysterisch!«

»Nenne es, wie du willst! Ich habe nur einfach keine Lust darauf, daß Glawen jedesmal mitzählt, wenn ich mir die Nase putze.«

Uther schien zu überlegen. »Eine schwierige Situation. Was sollen wir machen?«

Arles hieb sich mit der Faust in die hohle, fleischige Hand. »Ist doch klar: wir müssen noch mal überprüfen, ob die Aufnahme kein Fehler war.«

Kirdy lachte leise in sich hinein. »Es ist klar, daß Arles seinen Willen kriegen muß. Uther, welche Verfahrensweise schreibt die Satzung für solch einen Fall vor?«

»Scheiß auf die Satzung!« erklärte Arles gereizt. »Wir brauchen dem Arsch doch bloß zu sagen, daß wir einen Fehler begangen haben und daß seine Mitgliedschaft ungültig ist.«

»Das geht nicht«, sagte Kirdy. »Der Beschluß war einstimmig.«

»Also, wir können jedenfalls keine Zwietracht gebrauchen«, sagte Uther. »Wir berufen für heute abend eine Sondersitzung ein, und Arles kann einen Antrag auf Ausschluß einbringen, wenn er bereit ist, das Risiko zu tragen, daß er damit auf die Nase fällt.«

Arles stotterte: »Ich sagte nicht ›Ausschluß‹! Ich sagte: ›keine Aufnahme‹!«

»Wir müssen uns an die Satzung halten«, sagte Uther. »Für einen Ausschluß brauchst du sechs der acht Stimmen, und wenn du nicht durchkommst, bist du selbst draußen. Mit Glawens Stimme kannst du schon mal nicht rechnen; das steht fest. Kirdy?«

»Ich habe Glawen vorgeschlagen; da würde ich ja

wohl ganz schön blöd dastehen, wenn ich für seinen Ausschluß stimmen würde.«

»Ich habe auch mit ›ja‹ gestimmt, also gilt das gleiche für mich. Arles, es sieht ganz so aus, als würdest du mit deinem Antrag auf die Schnauze fallen. Möchtest du austreten?«

»Nein«, sagte Arles. »Vergeßt die Sondersitzung. Ich regle das schon auf irgendeine andere Weise.«

VI

Eine bemerkenswerte Reihe von Ereignissen, von denen jedes die Form des nächsten bestimmte, nahm ihren Ausgang in einem Kurs in Sozialanthropologie am Lyzeum.

Der Kurs, eine Voraussetzung für die Erlangung des Zwischendiploms, wurde abgehalten von Professor Yvon Dace, einem der unberechenbarsten aus einem ohnehin schon bemerkenswert unkonventionellen Lehrkörper. Dace verkörperte die Rolle des Sonderlings allein schon durch seine Erscheinung: er hatte eine hohe, bis zur Mitte des Schädels reichende Stirn, die umkränzt war von ein paar dünnen, stets fettig erscheinenden Strähnen staubfarbenen Haars, traurige dunkle Augen, eine Knollennase, eine lange, fleischige Oberlippe und ein kleines, knubbliges Kinn, das irgendwie an einen Holzapfel erinnerte.

Professor Daces verhuschte Physiognomie wurde Lügen gestraft von seinem Auftreten, das oft Überraschungen barg. Zu Beginn des Trimesters machte er seine Position deutlich. »Was immer ihr über mich gehört habt, vergeßt es. Ich betrachte meinen Unterricht nicht als eine Konfrontation zwischen dem gleißenden Licht meines Intellekts und zweiundzwanzig Exemplaren fauler und halsstarriger Blödheit. Die exakte Anzahl ist vielleicht nur halb so groß, wenn wir Glück haben, und schwankt natürlich auch von Trimester zu Trimester. Trotz allem bin ich ein freundlicher

Mensch, geduldig und gründlich, aber wenn ich etwas, das ich bereits ausgeführt habe, mehr als zweimal erklären muß, kann ich bisweilen recht ungemütlich werden.

Was unseren Stoff betrifft, können wir allenfalls hoffen, uns mit den allgemeinen Grundzügen vertraut zu machen, wobei wir natürlich oft innehalten werden, um uns interessante Einzelheiten etwas genauer unter die Lupe zu nehmen. Ich empfehle euch, zusätzliche Lektüre zu lesen, womit ihr im übrigen auch eure Noten verbessern könnt. Jeder, der zusätzlich zu den obligatorischen Texten noch die zehn Bände von Baron Bodisseys *Leben* durcharbeitet, erhält automatisch als Minimum das ›Bestanden‹-Zertifikat. Selbstredend werde ich mich vergewissern, ob der Text auch wirklich gelesen wurde.

Einige von euch werden meinen Unterrichtsstil vielleicht als zwanglos betrachten. Andere werden sich fragen, wie ich zu euren jeweiligen Noten komme. Daran ist nichts Geheimnisvolles. Ich benote zum einen Teil nach den Prüfungsergebnissen, zum andern nach einer subjektiven, ja sogar unterbewußten Bewertung. Ich habe wenig Sympathie für Schwärmerei auf der einen und Dummheit auf der anderen Seite; ich hoffe, ihr werdet etwaige Neigungen in dieser Richtung bei unseren Diskussionen bezähmen. Ich muß gestehen, daß hübsche Mädchen es mit einem besonderen Handicap zu tun haben; ich muß beständig davor auf der Hut sein, daß ich diesen entzückenden Geschöpfen nicht alles gebe, was sie wollen, oder gar noch mehr. Ich darf um der Gerechtigkeit halber hinzufügen, daß es häßlichen Mädchen nicht besser ergeht, da ich in ihrem Fall immer darauf achten muß, daß mein Mitgefühl nicht mit mir durchgeht.

Genug der Nebensächlichkeiten; kommen wir zum Stoff selbst, der, wie ihr feststellen werdet, fesselnd, reich an Dramatik, Humor und Pathos ist. Der erste

Text, den wir uns vornehmen wollen, ist Teil eins und zwei von *Die Welten der Göttin Gaea* von Michael Yeaton. Habt ihr irgendwelche Fragen? Ja bitte?«

Ottillie Veder hatte sich gemeldet. »Ich bin ein Mädchen. Woher soll ich wissen, ob meine schlechte Note daher kommt, weil Sie mich bewundern, oder weil Sie mich häßlich und abstoßend finden?«

»Nichts ist einfacher zu beantworten. Verabrede dich mit mir am Strand mit einer Decke und einer Flasche guten Weines. Wenn ich nicht aufkreuze, sind deine pessimistischsten Befürchtungen bestätigt. Nun denn, zu unserem heutigen Thema ...«

Zu den Mädchen aus dem Kurs gehörten neben Ottillie Veder noch Cynissa und Zanny Diffin, Tara und Zaraide Laverty; Mornifer und Jerdys Wook; Adare und Clare Clattuc; Vervice Offaw; Wayness Tamm von Haus Stromblick, und noch einige andere. Die Kühnen Löwen waren vertreten durch Glawen und Arles Clattuc, Kiper Laverty, Kirdy Wook, Ling Diffin und Shugart Veder.

Als zwei Wochen des Trimesters um waren, lehnte sich Professor Dace eines Tages in seinen Stuhl zurück. »Heute wollen wir einmal von unserer gewohnten Arbeitsweise abweichen und ein paar praktische anthropologische Studien hier in der Klasse vornehmen. Jeder von euch hat zweifellos die verschiedenen Individuen zur Kenntnis genommen, die normalerweise in unserem Kurs anwesend sind. Zwei dieser Personen entstammen Kulturen, die von der hiesigen ein wenig abweichen. Eine dieser Personen bin ich selbst, aber ich kann mich natürlich schlecht von der Klasse als Studienobjekt benutzen lassen, ohne Gefahr zu laufen, eine flagrante Einbuße an Würde hinzunehmen. Laßt uns daher unsere Aufmerksamkeit auf jenes bezaubernde Individuum richten, das sich Wayness nennt, und hoffen, daß ihre Würde darunter keinen Schaden nimmt. Schaut sie euch jetzt einmal an, wie sie an ihrem Tisch sitzt und diese unerwartete, verwirrende Wendung der Ereignisse abschätzt und bewertet. Ihre Haltung ist bemerkenswert; weder kichert sie und verdreht die Augen, noch errötet sie und kauert verschämt da. Aha! Endlich lacht sie! Sie ist also doch eine normale Sterbliche! Dem scharfen und trainierten Auge verraten eine Reihe subtiler Signale sofort ihren andersgearteten kulturellen Background: zum Beispiel, die seltsame Art, wie sie ihren Bleistift hält.«

Kiper Laverty, Wayness' Banknachbar, rief laut dazwischen: »Das ist gar kein Bleistift; sie hat sich meinen neuen Wackelstift von mir ausgeliehen.«

»Danke, Kiper«, sagte Professor Dace. »Du bringst wie immer eine frische Perspektive in unsere Grübeleien. Um wieder auf Wayness zurückzukommen, ich vermute, daß die Ereignisse ihres bisherigen Lebens fast kaum mit denen von uns anderen vergleichbar sind. Außerdem deutet sie diese Ereignisse anders, als wir es würden. Habe ich recht, Wayness?«

»Ich denke schon, Herr Dace; schließlich sind Sie ja der Professor.«

»Hm, ja; ganz recht. Nun denn: wie würdest du die Unterschiede zwischen dem Leben hier und dem Leben in Stroma beschreiben?«

Wayness dachte einen Moment lang nach. »Es gibt Unterschiede, sicher, aber sie sind schwer zu beschreiben. Unsere Sitten und Bräuche sind praktisch die gleichen wie hier: wir haben die gleichen Tischmanieren und waschen uns, wenn wir schmutzig sind. In Station Araminta sind Klassenunterschiede wichtig, und die Klassen sind peinlich voneinander abgegrenzt, aber ihr habt keine erkennbaren politischen Richtungen. In Stroma sind Politik und politische Fähigkeiten die Quelle von Prestige, noch viel mehr als Reichtum. Aber wir haben keine Klassenunterschiede.«

»Das ist eine interessante Beobachtung«, sagte Professor Dace. »Und welches hältst du für das bessere System?«

Wayness schürzte die Lippen in milder Verblüffung. »Ich habe mir nie die Mühe gemacht, darüber nachzudenken. Ich habe es immer für selbstverständlich genommen, daß unser Weg der beste ist.«

Professor Dace schüttelte den Kopf. »Das muß nicht unbedingt so sein; aber wir wollen das Thema jetzt nicht weiter vertiefen. Fahr bitte fort.«

»Wie auch immer«, sagte Wayness, »Politik ist ein sehr wichtiges Thema in Stroma; tatsächlich herrscht ein ständiges Gerangel, von dem jeder betroffen ist.«

»Und worum geht es, kurz ausgedrückt, bei diesem Gerangel?«

»Es gibt zwei Hauptparteien: die Gruppe ›Leben, Frieden und Freiheit‹, die unbedingt ›progressive Veränderungen‹, wie sie es nennt, herbeiführen will, und die Alten Naturalisten, von den LFFlern ›Naturapostel‹ oder ›Vogelgucker‹ genannt, die Cadwal als unberührtes Biotop bewahren wollen.«

»Und was ist deine Meinung dazu?« fragte Professor Dace.

Wayness schüttelte lächelnd den Kopf. »Der Konservator ist von Amts wegen neutral. Ich bin Angehörige seiner Familie.«

Adare Clattuc fragte: »Wo gefällt es dir denn besser? Hier oder in Stroma?«

»Die Frage stelle ich mir selbst oft. Es existiert eigentlich keine Vergleichsbasis.«

»Aber ist Araminta nicht viel schöner? Wie kann man da auch nur eine Sekunde zögern?«

»Nun – da Throy überhaupt nicht ›schön‹ ist, ist der Begriff schlicht unpassend. Throy ist ein Land von Kraft und Größe: nicht unbedingt hart oder grausam, aber auch bestimmt nicht freundlich. Wenn ich an Throy denke, habe ich zwei Empfindungen: ein Gefühl der Freude und Heiterkeit ob seiner natürlichen, unberührten Schönheit, und Ehrfurcht. Diese Gefühle begleiten uns ständig und fordern oft unseren Mut heraus. In unseren Winterhütten hoch oben auf den Felsklippen über dem Meer können wir die Kraft des Sturms fühlen und zuschauen, wie die großen Meereswellen krachend gegen die Felsen donnern. Ein Teil des Glücksgefühls kommt vom Kitzel der Furcht, obwohl wir wissen, daß wir sicher und geborgen sind. Manche Tollkühne behaupten, es gebe nichts Schöneres als das, was sie Sturmsegeln nennen; sie fahren hinaus aufs Meer und fordern in Todesverachtung die Urgewalten der Natur heraus. Manchmal glaube ich, daß sie am meisten von allem das Gefühl genießen, lebend zurückzukommen. Natürlich sind die Sturmboote sehr stark und sehr schwer; sie sehen wunderschön aus, wenn sie über die Wellen reiten. Einmal, als ich noch klein war, sah ich vom Fenster unserer Hütte aus, wie ein Sturmboot auf ein Unterwasserriff lief und unterging; noch heute, wenn ich daran denke, überkommt mich ein seltsames Gefühl, das ich nicht beschreiben kann.

Manchmal gehen wir auch statt in unsere Hütte in einen der berühmten alten Gasthöfe. Die Eiserne Weißwangengans, die auf einer Klippe vor der Küste erbaut wurde, ist mein Lieblingsplatz, wenn der Sturm am wildesten tobt. Die grünen Wellen kommen vom Meer herangerollt und donnern gegen die Felsen, und weiße Gischt spritzt hundert Fuß hoch in die Luft. Die Winde brüllen und tosen; Wolken jagen am Himmel entlang, während der Regen und der Hagel auf das Dach prasseln und das Kaminfeuer die Seele aufrührt wie schöne Musik. Bei solchen Gelegenheiten gibt es immer eine ganz spezielle heiße Suppe, und Grog wird ausgeschenkt. Und wenn wir schließlich ins Bett gehen, hören wir die ganze wilde schwarze Nacht hindurch das Tosen der See und das Heulen des Sturms. Immer wenn wir eine weite Reise machen und weit von Throy weg sind, bekommen wir richtig Heimweh nach der Eisernen Weißwangengans.«

»Besucher fragen sich oft«, fragte Professor Dace, »weshalb die Gesellschaft Stroma auf Throy errichtet hat, wo es doch gewiß angenehmere und günstigere Lagen gab. Kannst du uns das erklären?«

»Ich glaube, sie wollten die Bevölkerung niedrig halten, ohne eine künstliche Obergrenze einführen zu müssen.«

»Und wie groß ist die Bevölkerung jetzt?«

»Ungefähr sechshundert. Als die Gesellschaft noch Unterstützung schickte, lag sie bei fünfzehnhundert.«

»Und was macht die Gesellschaft heutzutage? Kümmert sie sich noch immer um die Konservatspolitik?«

»So weit ich weiß, überhaupt nicht mehr.«

»Erzähl uns von deinem Alltag in Stroma.«

Wayness zögerte. »Ich glaube nicht, daß das jemand interessant findet.«

»Flechte die eine oder andere lustige Anekdote mit ein, und sofort hören dir alle gespannt zu, erst recht, wenn sie wissen, daß deine Schilderungen die Basis für eine Prüfung bilden werden.«

»Lassen Sie mich nachdenken. Wo soll ich anfangen? Wie alle wissen, liegt Stroma oberhalb des Stroma-Fjords. Wir wohnen im besten der alten Häuser; andere sind abgerissen worden, und nur die Gärten sind geblieben. Am Ende des Sunds sind die Treibhäuser; fast hundert Morgen Landes sind unter Glas.

Beinahe jede Familie hat eine Hütte: an den Meeresklippen, an einem Bergsee oder draußen in den Mooren, in welchen sie Freunde und Verwandte gastfreundlich bewirten. Dabei gibt es stets großen Spaß, besonders für die Kinder. Tagsüber und mitunter auch nachts machen wir Wanderungen – oft allein –, um die Einsamkeit zu genießen. Die Andorile* haben gelernt,

---

* Andorile: große bösartige andromorphe Kreaturen. Aufgrund der Schwierigkeit, sie zu erforschen, ist ihre Lebensweise nach wie vor unklar.

uns nicht zu behelligen. Die Toctacs** hingegen legen bisweilen kunstvolle Hinterhalte, die wir zu umgehen bemüht sind. Einmal stieß ich draußen im Moor auf einen riesigen Leitandoril, der auf einem Felsen saß. Er war bestimmt zwölf Fuß hoch und hatte geschwungene schwarze Schulterhörner und einen Kamm mit fünf Knochenzacken. Er beobachtete mich scharf, während ich vorüberging, kaum hundert Fuß von ihm entfernt. Ich wußte, daß er nichts lieber wollte, als mich fressen, und er wußte, daß ich das wußte. Aber er wußte auch, daß ich ihn nicht töten würde, wenn er mich nicht angriff, und deshalb blieb er ruhig sitzen und fragte sich, wie ich wohl besser schmecken würde, gebraten oder gedünstet. Ich konnte jede Einzelheit seines Gesichts erkennen, was sehr beunruhigend war, weil ich das Gefühl hatte, seine Gedanken lesen zu können.«

Zaraide Laverty keuchte: »Hattest du denn nicht schreckliche Angst?«

»In gewisser Weise schon. Aber ich hatte meine Pistole schußbereit, und es bestand eigentlich keine Gefahr. Wenn ich auf Nachtwanderungen war, habe ich immer einen Warnsensor gegen Hinterhalte dabeigehabt. Hier in Araminta brauche ich mich natürlich um solche Dinge nicht zu kümmern.«

»Du gehst nachts spazieren? Alleine?«

Wayness lachte. »Ich gehe manchmal schwimmen, wenn das Meer ruhig ist – besonders dann, wenn Lorca und Sing am Himmel stehen.«

Glawen, der unwillkürlich zu Arles blickte, sah, wie dieser den Kopf ruckartig hob und Wayness verstohlen anstarrte. Nach einem Moment senkte er den Kopf wieder und tat so, als mache er sich Notizen. Dann, kurze Zeit später, blickte er wieder auf und studierte Wayness noch eingehender.

** Toctas sind zweibeinige Wölfe.

Vervice Offaw, eine der Glücklichen Fünf, neigte in ihrem Verhalten gegenüber Wayness dazu, sich kühl und herablassend zu geben. Sie sagte: »Du mußt Haus Stromblick nach all deinen aufregenden Schlachten mit den Elementen, ganz zu schweigen von den Andorilen, doch eigentlich schrecklich fade und dekadent finden. Langweilt es dich nicht, hier zu leben?«

Professor Dace sagte mit träger Stimme: »Gestattet mir, ein Urteil anzubieten, das Wayness selbst möglicherweise aus Nachsicht oder Höflichkeit nicht äußern möchte. Sie hat beträchtliche Zeit auf der Erde verbracht, wo wirkliche Dekadenz gang und gäbe ist, und ich bezweifle ernsthaft, daß sie Haus Stromblick als in eine solche Kategorie hineingehörend empfindet. Fade? Langweilig? Der Konservator empfängt häufig Gäste, sowohl aus Stroma als auch von außerhalb. Ich könnte mir denken, daß Wayness Haus Stromblick sowohl als anregend als auch als angenehm ruhig empfindet, jedoch niemals als langweilig. Station Araminta erscheint ihr wahrscheinlich als ein verschlafenes kleines Nest, das in allen Moden und Trends immer zehn Jahre hinterherhinkt.«

Vervice entschied, daß sie Professor Dace tiefer haßte als jeden anderen Mann, der ihr je begegnet war.

Wayness lächelte über die Bemerkung. »Haus Stromblick ist ganz gewiß ein friedvoller Ort. Ich habe mehr Zeit für mich als jemals zuvor, und das gefällt mir sehr.«

Ottillie Veder fragte: »Wie ist es mit Liebesaffairen in Stroma? Wer bestimmt bei euch, wer wen heiratet?«

»Heiratsabsprachen sind unüblich in Stroma.* Liebesaffairen? Die sind gang und gäbe.«

---

* In Station Araminta schließen junge Männer und Frauen meistens Neigungsehen, bisweilen sogar – gegen den Druck der Familie – mit Collateralen. Indessen, steht der Agenturstatus auf dem Spiel, wird der Hausvorsteher alles daransetzen, um eine vorteilhafte Liaison zu arrangieren.

Professor Dace richtete sich auf seinem Stuhl auf. »Und mit dieser letzten Auskunft wollen wir es denn auch bewenden lassen, bevor die Fragen gar zu persönlich werden.«

VII Am frühen Abend fanden sich die Kühnen Löwen in der Alten Laube ein, um ein oder zwei Gläser Wein zu trinken, zu plaudern, Pläne zu schmieden und über Raumyachten zu diskutieren. Fast alle brachten Bücher mit, so als hätten sie die Absicht, zu lernen, aber meistens kam dabei nicht viel heraus.

Das Gespräch kam bald auf ein Thema von allgemeinem Interesse: wie ließen sich aus dem Verhalten eines Mädchens, aus seinem Auftreten, aus seinen physischen Merkmalen und aus den Signalen, die es aussandte, Rückschlüsse auf seine erotischen Neigungen ziehen. Jeder der Kühnen Löwen hatte zu dem Thema seine Überlegungen angestellt, und jeder steuerte seine Erkenntnisse zu der Diskussion bei. Einige aus der Gruppe behaupteten steif und fest, daß die Größe der Brust unfehlbar mit dem erotischen Schwung korrespondiere. Ling Diffin versuchte, die Theorie auf der Grundlage des psychologischen Triebs zu rechtfertigen: »Ist doch ganz logisch. Ein Mädchen guckt an sich runter und kann wegen seiner ungeheuren Titten seine Füße nicht sehen; also sagt es sich: ›Au Mann! Überall, wo ich hingehe, trage ich diese bemerkenswerten Geschlechtssymbole vor mir her! Ob es mir bewußt ist oder nicht, ich muß einfach ein ganz heißer Fünf-Sterne-Feger sein! Es gibt keine andere Erklärung! Warum also dagegen ankämpfen?‹ Andersherum, wenn das Mädchen nicht nur seine Füße, sondern auch noch seine Knöchel und Fersen sehen kann, tritt genau der entgegengesetzte Effekt ein.«

»Hört sich auf den ersten Blick gelehrt an, ist aber Quatsch«, meinte Uther Offaw.

Kiper Laverty sagte: »Mädchen sind verwirrende Geschöpfe, aber ein scharfer Beobachter kriegt schnell raus, wo er bei ihnen dran ist. Ich zum Beispiel erfahre alles, was ich wissen muß, indem ich darauf achte, wie die Mädchen mit den Fingern zucken, besonders mit dem kleinen Finger.«

»Totaler Blödsinn!« sagte Kirdy Wook. »Warum sollte ein Mädchen zu solch subtilen Raffinessen greifen? Sie haben wahrhaftig besseres zum Wackeln als ausgerechnet den kleinen Finger.«

Shugart Veder sagte mit gewichtiger Miene: »Ich meine, es gibt keine verläßlichen Patentrezepte; man muß das Gesamtbild studieren.«

»Das kann man so oder so sehen«, sagte Arles. »Ich kann jedenfalls bei einem Mädchen schon auf eine Entfernung von fünfzig Yard erkennen, ob sie scharf ist oder nicht – ganz einfach an der Art, wie sie geht.«

Uther Offaw schüttelte den Kopf. »In diesem Punkt muß ich Shugart recht geben. Ich persönlich führe ein Diagramm in meinem Notizbuch und synthetisiere meine Informationen anhand verschiedener Schlüsselparameter. Mein System hat mich noch nie im Stich gelassen.«

Arles setzte ein herablassendes Grinsen auf. »Na schön, dann machen wir doch mal die Probe aufs Exempel: wo würdest denn du und dein Index, sagen wir: Ottillie, auf einer Skala von null bis zehn einstufen, wenn null ein toter Fisch ist und zehn ein echt supergeiler Vollfetzer?«

»So weit ich mich entsinne, sagen meine Daten, daß Ottillie zu haben ist – vom richtigen Mann am richtigen Ort zur richtigen Zeit.«

»Sehr informativ«, sagte Arles spöttisch. »Und wie sieht's bei Wayness aus?«

Uther runzelte die Stirn. »In dem Fall bin ich nicht zufrieden mit meinen Daten. Sie sendet zu viele widersprüchliche Signale aus. Zuerst dachte ich, sie sei spröde; inzwischen finde ich sie auf eine seltsame Art anziehend.«

»Da ist überhaupt nichts Seltsames dabei«, sagte Kiper. »In der engen Hose, die sie heute an hatte, sieht sie echt zum Anbeißen aus.«

»Ruhig, Kiper«, sagte Shugart. »Du vergiftest die moralische Atmosphäre.«

Kirdy Wook wandte sich an Kiper. »Ich dachte, du wärst ein Verfechter der ›Fingerwackel-Theorie‹.«

»Ich hab auch zuerst nur auf ihre Finger geguckt«, sagte Kiper. »Dann auf den Rest.«

»Könntet ihr euch nicht mal über was anderes unterhalten?« knurrte Kirdy Wook. »Ich bin eigentlich zum Lernen hierhergekommen.«

»Ich auch«, sagte Arles. Er schaute mißmutig auf seine Bücher. »Dieser Stoff ist trocken wie ein abgehangener Furz. Uther, du bist doch ein Mathegenie; kannst du mir die Aufgaben nicht machen? Sie sind für morgen auf, und ich habe gerade erst damit angefangen.«

Uther schüttelte lächelnd den Kopf. »Ich weigere mich, dich weiter in deiner Faulheit zu unterstützen, Arles. Das bringt doch nichts. Du mußt den Tatsachen ins Auge schauen. Wenn du den Kurs bestehen willst, mußt du solche Aufgaben lösen können.«

Arles erwiderte vorwurfsvoll: »Ist das das wahre Gesicht der Schnellen Tatze, des Weisen des Rudels, ein anderes Rudelmitglied so schmählich im Stich zu lassen?«

»Ich bin die Schnelle Tatze und ein wahrer Kühner Löwe! Wenn ich dir heute abend deine Aufgaben mache, dann blickst du morgen, beim nächsten Stapel, noch weniger durch und guckst noch doofer aus der Wäsche. Und am Ende läuft's darauf hinaus, daß ich dich bis zur Prüfung mit durchziehe, und wenn du dann mit Pauken und Trompeten durchfällst, bin ich daran schuld.«

»Ich dachte, du hättest einen Nachhilfelehrer«, sagte Shugart Veder.

Arles knurrte: »Der war in jeder Hinsicht total unfähig! Läßt der mich doch tatsächlich erst mal diesen ganzen I-Männchen-Kram von vorne durchkauen! Dabei brauch ich nichts weiter als eine klare und simple Methode, um die Aufgaben zu lösen, die wir jetzt durchnehmen. Aber jedesmal, wenn ich ihm das vorhielt, meinte er bloß: ›Zu gegebener Zeit!‹ und ›Eins nach dem andern!‹ und ähnliche dumme Sprüche. Schließlich sagte ich ihm, entweder, er würde mich richtig unterrichten, oder er soll einen anderen ranlassen, der das so machen würde, wie ich mir das vorstelle.«

»Starke Worte! Und? Was hat er darauf gesagt?«

»Nicht viel. Er wußte, daß ich ihn klar durchschaut hatte; also hat er bloß hohl gelacht und ist abgehauen. Komischer Knabe.«

»Und wer hat dir dann deine letzten Hausaufgaben gemacht?«

Kirdy Wook murmelte: »Könnte es Spanchetta gewesen sein, die edelste der Löwenmütter?«

Arles zog einen Flunsch und schlug das Buch zu. »Sie hat mir hier und da einen kleinen Tip gegeben. Na und?«

»Sieh den Tatsachen ins Auge, Arles! Spanchetta kann nicht die Prüfung für dich machen!«

»Pah!« stieß Arles hervor. »Du redest schon genauso daher wie mein Nachhilfelehrer.« Er stieß seinen Stuhl zurück und stand auf. »Ich habe keine Angst. Ich weiß schon, wie ich mit diesen sogenannten Tatsachen fertigwerde, wenn es nötig wird!«

Alle, die am Tisch saßen, sahen ihn verblüfft an. Uther Offaw sagte kühl: »Ich verstehe nicht, wie du das meinst. Könntest du das vielleicht mal näher erläutern?«

»Natürlich kann ich das, wenn ihr zu blöde seid, um

es selbst zu kapieren! Hier wird sich in Kürze einiges ändern! Einige werden ganz nach vorn kommen; andere werden auf dem Hintern landen. Ich wollte eigentlich, daß die Kühnen Löwen vorneweg marschieren. Aber jetzt bin ich mir da nicht mehr so sicher. Die Gruppe läßt immer mehr nach, anstatt besser zu werden. Kapiert ihr jetzt?«

»Ich nicht, aber ich muß sagen, daß mir dein Ton gar nicht gefällt.«

Arles grinste. »Sei nicht so ein zahmes kleines Miezekätzchen! Vielleicht müssen wir uns doch eine neue Schnelle Tatze wählen! Einen, der die Dinge richtig geregelt kriegt.« Arles packte seine Bücher zusammen. »Ich hau jetzt ab; es gibt Dinge, die möchte ich lieber woanders machen.«

Arles verließ die Alte Laube, eine in betretenem Schweigen dasitzende Gruppe zurücklassend. Schließlich sagte Shugart: »Keine schöne Szene. Ich hab keine Ahnung, wovon der Kerl redet.«

»Ganz gleich, was es ist, es gefällt mir jedenfalls nicht«, sagte Uther in besorgtem Ton. »Es klingt irgendwie verdammt unheimlich.«

»Wenn er in so eine Stimmung kommt, ist er immer unberechenbar ...« sagte Cloyd Veder. »Ich frage mich nur, was er damit meinte, als er sagte, er wolle, daß die Kühnen Löwen vorneweg marschieren.«

Kirdy Wook trank sein Glas leer und packte seine Bücher zusammen. »Arles hört sich halt gerne reden.«

»Und was meint er mit ›die Gruppe läßt immer mehr nach‹? Das find ich nicht in Ordnung.«

Kirdy stand auf. »Er kann sich nicht damit abfinden, daß Glawen jetzt Mitglied ist ... Wo ist Glawen überhaupt? Als ich das letzte Mal hingeschaut habe, war er noch da.«

»Er ist vor einer Minute weggegangen – kurz nach Arles«, sagte Kiper. »Der ist auch irgendwie seltsam.«

»Das trifft mehr oder weniger auf jeden von uns

zu…«, erwiderte Kirdy. »Ich mach mich jetzt auch auf die Socken.«

»Ich auch«, sagte Uther. »Die Sitzung ist vertagt.«

VIII

Glawen verließ unauffällig die Alte Laube und ging hinaus auf den Wansey-Weg, wo er stehenblieb und horchte… Er hörte nur ein gedämpftes Stimmengemurmel aus der Alten Laube. Das Geviert lag still und menschenleer im Sternenlicht. Der Wansey-Weg wand sich zwischen bleichen Lichttupfern und tiefem Schatten Richtung Strand weiter. Doch war nirgends die dunkle, sich vorwärtsbewegende Gestalt zu sehen, die auf den gegenwärtigen Standort von Arles hätte hindeuten können: ein Faktum, das plötzlich zu einer Angelegenheit von schwerwiegender Bedeutung geworden war.

Wo, wenn nicht hier, war Arles dann? Beim Treffen hatte er einen gereizten und zerstreuten Eindruck gemacht, als ob irgend etwas ihn stark beschäftigte.

Glawen glaubte zu ahnen, was Arles so sehr beschäftigte.

Wo steckte er jetzt?

Der erste und naheliegendste Ort, wo er suchen mußte, war Haus Clattuc. Glawen wandte sich um und rannte den Pfad hinauf. Er stieß das Haupttor auf und schaute in die Halle. Der diensttuende Lakai begrüßte ihn höflich. »Guten Abend, Herr.«

»Ist Arles vor kurzem reingekommen?«

»Ja, Herr; vor ungefähr fünf Minuten.«

Die Antwort überraschte Glawen. »Und er ist nicht wieder herunter gekommen?«

»Nein, Herr. Dame Spanchetta begegnete ihm beim Hinausgehen und gab ihm feste Anweisungen bezüglich seiner Schulaufgaben. Herr Arles ging darauf lustlos hinauf in seine Wohnung.«

»Hmm«, murmelte Glawen. »Höchst merkwürdig...« Er ging die Treppe hinauf zu seiner eigenen Wohnung. Sie war dunkel und still; Scharde war gegangen. Glawen warf sich verwirrt und unzufrieden in einen Sessel und starrte brütend vor sich hin.

Ein neuer Gedanke kam ihm. Er ging in sein Schlafzimmer, öffnete das Fenster und stieg auf das Dach. Eine große Eiche, die ihre Äste bis nahe an die Dachkante reckte, bot eine verschwiegene Route nach unten. Schon als Junge war er so manches Mal an dieser Eiche heruntergeklettert, wenn ihm der Sinn danach gestanden hatte. Jetzt ging er leise um das Dach herum, bis er die Fenster von Arles' Schlafzimmer sehen konnte. Die Fensterflügel standen offen, aber der Raum dahinter war dunkel.

Glawen huschte über die feuchten alten Schindeln zu seinem Schlafzimmer zurück. Er mußte sich vergewissern. Er rief Arles über das Telefon an. Niemand meldete sich.

Glawen stieß einen leisen Fluch aus, als ihm bewußt wurde, daß sich hier ein neues Dilemma auftat. Was sollte er tun? Wenn er jetzt, solange noch die Möglichkeit bestand, Vorsichtsmaßnahmen zu treffen, in Haus Stromblick anrief, würde er unweigerlich als Panikmacher dastehen, als jemand, der seine Nerven nicht im Griff hatte und ohne Not die Pferde scheu machte. Das konnte sehr peinlich für ihn werden.

Wütend auf sich selbst, daß er sich von solchen kleinlichen persönlichen Erwägungen irremachen ließ, wandte Glawen sich vom Telefon ab. Jetzt zählte jede Minute; Arles hatte einen beträchtlichen Vorsprung. Glawen verließ seine Wohnung und rannte so schnell er konnte die Treppe hinunter und zum Wansey-Weg. Er lief den Strandweg hinunter und bog dann nach Süden ab, Richtung Stromblick-Haus, ständig nach vorn spähend, um Arles nicht womöglich unbemerkt zu überholen – vorausgesetzt, daß Arles sich tatsächlich vor ihm auf dem Weg befand.

Glawen blieb stehen und lauschte. Der Ozean war still. Ein rosafarbener Schimmer am Horizont kündigte das baldige Erscheinen von Lorca und Sing an. Er hörte das sanfte Rauschen der Brandung und hin und wieder den leisen Ruf eines Nachtvogels in den Palmen und Tanjeebäumen, die den Weg säumten.

Glawen ging weiter, aber jetzt langsamer und vorsichtiger. Wenn Arles tatsächlich diesen Weg benutzte, dann konnte er nicht mehr weit vor ihm sein, und es würde gewiß sehr ungemütlich werden, wenn er hier draußen im Dunkeln mit Arles aneinandergeriet. Glawen stieß einen leisen Fluch aus; warum hatte er nicht daran gedacht, eine Waffe mitzunehmen?

Glawen bewegte sich lautlos vorwärts ... Da! Er blieb stehen. Da, ein Stück voraus, bewegte sich etwas: ein dunkler Schatten! Das konnte nur Arles sein! Glawen empfand eine grimmige Befriedigung, daß seine Intuition ihn nicht getrogen hatte.

Die Erkenntnis ließ ihm eine Gänsehaut über den Rücken laufen. Arles war alles andere als ein Schwächling, und er gab sich nicht der Illusion hin, ihn in einem Handgemenge besiegen zu können. Wieder wünschte er sich sehnlich, er hätte eine Waffe mitgenommen.

Mit noch größerer Behutsamkeit als vorher ging er weiter, sich, wann immer möglich, im Schatten haltend, immer gerade so schnell vorwärtsstrebend, daß er die dunkle Gestalt vor ihm nicht aus den Augen verlor. Irgend etwas mit den Konturen stimmte nicht; war das wirklich Arles? Glawen war sich nicht sicher, aber er wagte es nicht, den Abstand zu verringern, obwohl die Gestalt, die sich in einem gemächlichen Trott vorwärtsbewegte, für die Möglichkeit, daß ihr jemand folgte, blind zu sein schien.

Der Weg näherte sich dem Wäldchen, das Haus Stromblick umgab; weiter hinten schimmerte das Sternenlicht auf der Lagune ... Die Gestalt blieb plötzlich stehen. Glawen hielt ebenfalls an und spähte nach vorn. Die Gestalt schien die Umgebung des Hauses zu taxieren. Glawen duckte sich in einen tiefen Schatten. Haus Stromblick, das auf einem in die Lagune hineinragenden Buckel stand, war jetzt anhand des Lichtscheins hinter seinen Fenstern auszumachen.

Glawen schob sich im Schutz des Schattens näher an die dunkle Gestalt heran. Plötzlich, wie durch einen psychischen Impuls aufgeschreckt, drehte die Gestalt sich um und blickte in die Richtung, aus der sie gekommen war. Die plötzliche Bewegung führte dazu, daß ihre Umrisse sich eigenartig bauschten; ein Schauer des Entsetzens durchrieselte Glawen: die Gestalt trug einen langen, weiten Mantel und eine Art Maske! Glawen war jetzt nahe genug, um die Gestalt identifizieren zu können: es war eine geheime und schauerliche, bisher unbekannte Version von Arles – zumindest war sie ihm, Glawen, unbekannt. Neuerlich bedauerte er, daß er keine Waffe bei sich trug. Er tastete am Boden entlang und fand den toten Wedel eines Sonnenschirmbaums. Sorgfältig entfernte er die faserigen Speichen und erhielt so einen biegsamen Stab mit einer Knolle aus schwerem, feuchtem Schwamm an einem Ende. Er duckte sich wieder in den Schatten zurück, brach mit großer Behutsamkeit das obere Ende ab und erhielt so eine solide, drei Fuß lange Keule.

Glawen kroch vorsichtig weiter vorwärts. Lorca und Sing waren inzwischen über dem Meer aufgegangen und warfen ein bleiches, rosafarbenes Licht über die Szene. Aber wo war Arles jetzt? Er war nirgends zu sehen.

Glawen sprang auf und starrte zum Strand hinunter. Arles konnte noch nicht weit sein. Der Strand war leer. Wo mochte Arles dann sein?

Glawen bewegte sich langsam vorwärts. Vielleicht war Arles den Pfad zum Stromblick-Haus hinuntergegangen. Oder er war am Ufer der Lagune entlanggegangen, wo er im Schatten der Trauerweiden ungesehen warten und das Haus beobachten konnte.

Glawen lauschte. Aus der Richtung der Lagune kam das Platschen nächtlicher Wassertiere: Otterlinge – oder Wasserkatzen – scheue, schreckhafte Geschöpfe, die beim geringsten Alarmzeichen sofort untertauchten und sich versteckten.

Die Geräusche verstummten – was viel oder gar nichts bedeuten konnte.

Glawen rannte geduckt den Pfad zum Ufer der Lagune hinunter. Zu seiner Linken sah er ein Bootshaus und einen Anlegesteg. Er stutzte, blieb stehen. Das Wasser bewegte sich. Da schwamm jemand! Hier war also die Quelle der platschenden Geräusche, und zweifellos war Arles irgendwo ganz in der Nähe.

Schritt für Schritt schob sich Glawen am Ufer entlang, jedesmal, wenn er den Fuß aufsetzte, den Atem anhaltend, aus Angst, auf einen trockenen Zweig zu treten und Arles so auf sich aufmerksam zu machen.

Seine Vorsicht war wahrscheinlich übertrieben. Arles war so versunken in den Anblick, der sich ihm bot, daß er seine Umgebung überhaupt nicht wahrnahm. Was konnte ihm auch passieren? Er fühlte sich erhaben in seiner Macht. Er hatte an alles gedacht, nichts war dem Zufall überlassen; er hatte nichts zu befürchten. Wenn irgend jemand fragen sollte, würde der Lakai bezeugen, daß er Haus Clattuc nicht verlassen hatte, und wer würde oder konnte seine Aussage in Zweifel ziehen? Verkleidet in Maske und Mantel, war Arles durch die Nacht marschiert wie ein unerkannter Gott: ein geheimnisvolles, mächtiges Wesen, eine Kreatur aus einer Fabelwelt. Und er war klug gerüstet, bewaffnet mit sinnvollen Gerätschaften, auf die er bei Bedarf zurückgreifen konnte, auch wenn er heute nacht ohne festen Plan ausgezogen war – ›auf die Pirsch‹, wie er es nannte. Und heute nacht war seine Pirsch überaus erfolgreich. Er beugte sich vor und starrte mit gierigem, hungrigem Blick auf das, was von dem nackten Körper, der da bleich vor ihm durch das dunkle Wasser glitt, zu erkennen war.

Die Gestalt im Wasser war Wayness. Sie verharrte jetzt auf der Stelle, nur den Kopf über der Wasseroberfläche, mit sparsamen, geschickten Armbewegungen ihre Position haltend. Sie bewegte die Beine, brachte sie an die Oberfläche und betrachtete, sich träge auf dem Rücken dahintreiben lassend, den Sternenhimmel. Arles' Atem wurde heftiger.

Wayness strampelte jetzt mit den Füßen, so daß das Wasser aufspritzte, und trieb sich mit kräftigem Beinschlag zurück zum Steg, wo sie ihren Bademantel, ihre Sandalen und ihr Handtuch deponiert hatte. Arles huschte am Ufer entlang, jede ihrer Bewegungen mit lüsternem Blick verfolgend. Gleich würde sie aus dem Wasser steigen und ihm direkt in die Arme laufen. Besser konnte es gar nicht kommen. Ha! Konnte man sich so eine Gelegenheit entgehen lassen? Ein Mann, der solch verführerischen Reizen ausgesetzt, ja ausgeliefert war, konnte man von dem ernstlich verlangen, daß er sich bezähmte?

Wayness stieg die Leiter zum Steg hinauf, stand einen Moment still da und schaute über die Lagune, während das Wasser von ihr abperlte. Das Licht von Lorca und Sing überzog ihre Haut mit einem wunderschönen rötlichen Schimmer.

Schließlich hob sie das Handtuch auf, trocknete sich das Haar und das Gesicht ab, die Arme und den Oberkörper, wischte sich mit dem Handtuch flüchtig über Po, Rücken und Beine, warf sich den Bademantel über die Schultern, schlüpfte in die Sandalen und verließ den Steg.

Eine Gestalt kam von hinten herangehuscht und versuchte, ihr einen Sack über den Kopf zu werfen. Wayness stieß einen erschreckten Schrei aus, warf die Arme hoch und riß sich den Sack vom Kopf. Sie fuhr herum. Vor ihr stand eine dunkle Gestalt in einem schwarzen Mantel, das Gesicht hinter einer Maske verborgen. Sie bekam einen solchen Schreck, daß ihre Knie nachgaben und sie gegen den Steg zurücktaumelte.

Die dunkle Gestalt beugte sich über sie und sagte in heiserem Flüsterton: »Tut mir leid, daß ich dich erschreckt habe, aber es gab keine andere Möglichkeit.«

Wayness versuchte, ihrer Stimme einen festen Klang zu geben. »Keine andere Möglichkeit wofür?«

»Kannst du dir das nicht denken? Natürlich kannst du das. Das, wofür Mädchen da sind.«

Wayness konnte nicht verhindern, daß ihre Stimme zitterte. »Sei nicht albern. Das bist doch du, Arles, nicht wahr? Du siehst absolut grotesk aus in deinem Aufzug.«

»Ist doch ganz gleich, wer ich bin oder wie ich aussehe!« Das heisere Flüstern klang jetzt gereizt. »Das hat doch nichts damit zu tun.«

»Nun, was auch immer du vorhast, ich bin absolut nicht in Stimmung dafür. Ehrlich gesagt, ich finde die Show, die du hier abziehst, ziemlich mies. Also, gute Nacht, und erschreck mich bitte nicht noch mal so.« Sie wandte sich zum Gehen, aber Arles hielt sie am Arm fest.

»Nicht so hastig. Wir haben doch noch nicht einmal angefangen. Laß uns dort rüber gehen, zu dem Gras dort, damit du dir deinen hübschen kleinen Hintern dabei nicht zerkratzt.«

Wayness fuhr zurück. »Arles, bist du verrückt? Du glaubst doch nicht im Ernst, daß du das ungestraft mit mir machen kannst!«

»Man muß nur wissen, wie«, sagte Arles. »Vielleicht gefällt's dir ja so gut, daß du gar nicht mehr genug von mir kriegen kannst und jetzt jede Nacht hierherkommst.«

Wayness sagte nichts. Arles faßte mit der freien

Hand nach ihr und zog ihr den Bademantel mit einem Ruck von den Schultern. »Ich hatte recht. Du hast eine tolle Figur.« Er lachte leise. »Oder was man so Figur nennen kann.« Er strich über ihre Brüste. »Eigentlich mag ich sie ja lieber ein bißchen größer, aber sie gehen gerade noch. Komm jetzt, da rüber, und komm ja nicht auf die Idee, zu schreien; ich weiß, wie man so was unterbinden kann. Soll ich's dir zeigen?«

»Nein.«

Arles hob trotzdem die Hände in einer prahlerischen Drohgebärde und drückte ihr die Daumen auf zwei empfindliche Stellen unterhalb der Kinnlade. Wayness zuckte zurück und schaffte es, sich loszureißen. Sie wollte wegrennen, aber Arles war sofort über ihr und riß sie zu Boden. »Bleib liegen! Und rühr dich nicht von der Stelle!« Er breitete den Bademantel auf der Erde aus und rollte sie herum. »Na? Ist das nicht schön? Wie gefällt dir das?«

»Bitte, laß mich nach Hause gehen!«

»Willst du das wirklich?« Arles' Stimme klang halb spöttisch, halb drohend. »Mädchen wie du wollen Aufmerksamkeit; warum solltest du sonst nachts nackt herumlaufen?« Er beugte sich über sie und begann ihren Körper zu streicheln. Wayness starrte wie betäubt zum Himmel und fragte sich, wie Arles es wagen konnte, eine solche Ungeheuerlichkeit zu begehen. Er mußte doch wissen, was ihn erwartete. Es sei denn … Ihr Geist sträubte sich, den Gedanken zu Ende zu denken.

Arles öffnete seinen Mantel, ließ die Hosen herunter und kniete sich mit einem gierigen Hecheln über Wayness. Aus den Schatten trat blitzschnell eine dunkle Gestalt. Etwas sauste pfeifend durch die Luft, ein dumpfer Schlag ertönte, und Arles sackte bewußtlos vornüber.

Glawen beugte sich herunter und zog Wayness hoch. »Du brauchst keine Angst mehr zu haben. Ich bin's, Glawen.«

»O Glawen…« Sie drückte sich an ihn und begann zu schluchzen. Er streichelte ihr den Kopf und versuchte sie zu trösten. »Wayness, arme Wayness! Weine nicht, alles ist gut.«

»Ich kann nichts dafür. Ich glaube, er wollte mich töten.«

»Darauf wäre es wohl hinausgelaufen. Aber jetzt brauchst du keine Angst mehr zu haben; er kann dir nichts mehr tun.« Glawen hob ihren Bademantel auf. »Zieh dich an, und dann geh zu deinem Vater. Schaffst du das?«

»Mir wäre lieber, du würdest mitkommen.«

Glawen blickte hinunter auf den reglos daliegenden Arles. Ein Messer hing an seinem Gürtel. Arles nahm es, schnitt ein paar Streifen aus Arles' Mantel und fesselte ihn an Händen und Füßen. »So! Das wird ihn für eine Weile ruhig halten.« Er schaute Wayness an. »Fühlst du dich besser?«

»Es geht.«

»Dann komm.« Glawen nahm ihre Hand, und sie gingen den Pfad zum Stromblick-Haus hinauf.

Fünf Minuten später gingen Egon Tamm und Milo mit einer Taschenlampe bewaffnet zum Steg hinunter und fanden Arles vor, der sich am Boden wälzte und an seinen Fesseln zerrte.

Als er die beiden Männer sah, hielt er inne und schaute blinzelnd in die Lampe. »Wer seid ihr?« knurrte er. »Macht das verdammte Licht aus und schneidet mich los. Es ist eine unglaubliche Schweinerei passiert! Jemand hat mich überfallen und verletzt!«

»Das ist ja wirklich ein Ding!« sagte Milo.

»Schneid ihn los«, sagte Egon Tamm grimmig und hielt die Taschenlampe, während Milo die Fesseln aufschnitt.

Arles stand mit wackligen Beinen auf. »Wir müssen schnellstens was unternehmen; als ich Wayness zu Hilfe kam, wurde ich plötzlich von hinten niedergeschlagen. Ich schlage vor, wir suchen den Strand ab. Der Kerl kann noch nicht weit sein.«

»Ich möchte einen Blick in deinen Beutel werfen. Gib ihn mir.«

Arles begann zu protestieren. »He, Moment mal! Mit welchem Recht...«

Egon Tamm schwenkte den Strahl der Taschenlampe auf Milo. »Nimm ihm den Beutel ab.«

»Na schön, bitte«, brummte Arles. »Hier! Ich habe bloß ein paar persönliche Dinge bei mir...« Seine Stimme erstarb.

»Du kannst nach Hause gehen«, sagte Egon Tamm. »Versuche aber nicht, Station Araminta zu verlassen. Ich werde mich mit dir befassen, sobald ich wieder ruhiger bin.«

Arles drehte sich um und taumelte davon in die Nacht. Egon Tamm und Milo kehrten ins Haus zurück. Wayness und Glawen saßen auf der Couch und tranken Tee, den Cora Tamm rasch für sie gekocht hatte.

Egon ließ sich ebenfalls eine Tasse Tee einschenken. Er nahm einen Schluck, setzte die Tasse ab und schaute Glawen mit düsterem Blick an. »Ich danke dir für deine rechtzeitige Hilfe. Was mich nur überrascht, ist, daß du genau im rechten Moment zur Stelle warst.«

»Mit anderen Worten«, sagte Glawen, »Sie wollen wissen, wieso ich mich an der Lagune herumgetrieben habe, während Ihre Tochter nackt da draußen herumschwamm.«

Egon Tamm lächelte kalt. »Du hast eine nette Art, dich auszudrücken.«

»Sie haben ein Recht darauf, mir diese Frage zu stellen. Wie Sie sich erinnern werden, wurde Sessily Veder ermordet.«

»Daran erinnere ich mich sehr gut.«

»Arles war der Hauptverdächtige in dem Fall, aber es konnte ihm nichts definitiv nachgewiesen werden. Als Wayness im Unterricht erwähnte, daß sie oft nachts allein spazieren geht, zeigte Arles plötzlich auffälliges Interesse. Daraufhin nahm ich mir vor, ihn heute abend zu beschatten. Er ging hinauf in sein Schlafzimmer und verließ es über einen geheimen Weg über das Dach. Ich folgte ihm zum Strand und den Pfad zum See hinunter. Ich hätte ihn schon früher abgefangen, aber ich mußte warten, bis sich mir eine sichere Chance bot, mich von hinten an ihn heranzuschleichen und ihn entscheidend außer Gefecht zu setzen. Es tut mir leid, daß Wayness durch mein Zögern zusätzliche Ängste ausstehen mußte. So, nun wissen Sie, warum ich zur Stelle war.«

Wayness nahm Glawens Arm und drückte ihn. »Ich bin Glawen jedenfalls sehr dankbar.«

»Meine Liebe, ich bin ihm auch dankbar. Aber eines ist mir immer noch unklar: wenn du den Verdacht hattest, daß Arles so etwas im Schilde führte, wieso hast du dann nicht einfach angerufen und die Sache mir überlassen?«

Glawen gab ein trauriges Lachen von sich. »Wenn ich Ihre Frage beantwortete, würden Sie mich vielleicht für unverschämt halten. Sie müssen versuchen, selbst auf die Antwort zu kommen.«

»Ich finde, du drückst dich unnötig rätselhaft aus«, sagte Egon Tamm. »Cora, verstehst du seine Andeutungen?«

»Nicht im geringsten. Dein Hinweis schien mir durchaus vernünftig.«

Wayness lachte. »Aber nicht aus Glawens Sicht. Willst du wissen, warum?«

»Natürlich!« sagte Cora Tamm. »Aus welchem Grund sonst sollte die Frage gestellt werden?«

»Dann will ich's euch sagen. Glawen hat dieses Gespräch schon kommen sehen. Jetzt stell dir einmal vor, Mutter, du wärst ans Telefon gegangen. Glawen versucht, dir irgendwie beizubringen, daß er glaubt, daß jemand möglicherweise die Absicht hat, mich zu überfallen. Du sagst: ›Aber das ist doch Unsinn! Siehst du da nicht Gespenster hinter den Büschen?‹

Und Glawen antwortet: ›Das glaube ich nicht, Madame. Ich bin mir ziemlich sicher.‹

So, und nachdem du dann Glawen den Kopf gewaschen hast und ihm gesagt hast, er solle nicht so viele Schundromane lesen, kommst du mit besorgter Miene zu mir und sagst, ich solle doch lieber nicht schwimmen gehen, und Vater geht raus, um nachzuschauen, ob sich da nicht vielleicht doch jemand rumtreibt. Er leuchtet mit seiner Taschenlampe rum; Arles sieht ihn und geht wieder nach Hause. Vater findet natürlich nichts und kommt verärgert zurück. Er wirft Glawen vor, mit seiner albernen Warnung alle nur unnötig verrückt gemacht zu haben, und immer wenn von nun an Glawens Name fällt, sagt sofort irgendeiner: ›Ach ja, dieser hysterische junge Bengel vom Clattuc-Haus.‹ Jetzt wißt ihr die Antwort, und es ist zweifellos besser, daß ich sie euch gegeben habe und nicht Glawen.«

Egon Tamm sah Glawen streng an. »Stimmt das so, wie sie es sagt?«

»Ich fürchte, ja, Herr Tamm.«

Egon Tamm lachte, und seine Miene hellte sich schlagartig auf. »Wenn das so ist, dann müssen wir uns wohl bessern. Ich sehe jetzt ein, daß du dich vollkommen richtig verhalten hast, und ich bin dir wirklich von ganzem Herzen dankbar.«

»Schon gut, Herr Tamm. So, und jetzt gehe ich nach Hause. Noch eines: es wäre mir lieb, wenn mein Name in dem Zusammenhang nicht erwähnt würde, schon um des Familienfriedens willen.«

»Ich werde deinen Namen nicht erwähnen.«

Wayness brachte Glawen zur Tür. Sie legte die Arme um ihn und drückte ihn. »Ich will gar nicht erst versuchen, dir zu danken.«

»Natürlich nicht! Stell dir vor, wie schlimm ich mich fühlen würde, wenn dir etwas zustoßen würde!«

»Ich würde mich noch schlimmer fühlen.« Einem spontanen Impuls folgend, hob sie den Kopf und küßte ihn auf den Mund.

»War das jetzt bloß aus Dankbarkeit?« fragte Glawen.

»Nicht nur.«

»Dann machen wir's noch mal, und du sagst mir, welcher Teil was ist.«

»Mutter kommt. Sie will das auch wissen. Gute Nacht, Glawen.«

IX

Es war eine Stunde vor Mitternacht, als Arles nach Hause kam. Seine Mutter Spanchetta erwartete ihn. Arles, dessen Aufmerksamkeit zersplittert war, hatte noch nicht entschieden, was für eine Version von den Vorfällen der Nacht er zum besten geben sollte, und so sah er sich gezwungen, sich rasch irgendeine Geschichte aus den Fingern zu saugen und sie unter Spanchettas unbarmherzigem Blick vorzutragen.

Spanchetta machte kein Geheimnis aus ihrer Skepsis. »Bitte, Arles, es ist schlimm und beleidigend, angelogen zu werden; noch beleidigender ist es, für dumm verkauft zu werden. Ich finde deine Geschichte äußerst verworren. Wenn ich dich recht verstanden habe, hattest du dich also mit einem Mädchen am Strand verabredet, um ihm bei seinen Schulaufgaben zu helfen. Übrigens, wer war das Mädchen überhaupt? Doch nicht etwa die grauenhafte Drusilla?«

»Sie ist erstens nicht grauenhaft, und zweitens geht sie überhaupt nicht zur Schule«, murmelte Arles. »Sie ist draußen und macht Reklame für die Mimentruppe.«

»Na schön: wer war es dann?«

Arles hatte irgendwo einmal gehört, daß die geschicktesten Lügner sich immer so nahe wie möglich an die Wahrheit hielten. »Wenn du es unbedingt wissen mußt, es war Wayness Tamm vom Stromblick-Haus. Die hat's nämlich faustdick hinter den Ohren, wenn du die Wahrheit wissen willst – aber sie kann es sich bei ihrem Aussehen natürlich leisten, sehr wählerisch zu sein.«

»Hm«, sagte Spanchetta. »So wählerisch, daß sie dich verprügelt und dir ein blaues Auge gehauen hat, als du dich an sie heranmachen wolltest?«

»Natürlich nicht! Als ich an den Strand kam, sah ich, daß sie von zwei betrunkenen Touristen belästigt wurde. Ich ging sofort dazwischen und brachte sie zur Raison, und dabei habe ich selbst ein paar Hiebe abgekriegt. Ich glaube, ich bleibe besser zu Hause, bis das Auge wieder besser ist und mein Gesicht nicht mehr so geschwollen ist.«

»Auf keinen Fall!« sagte Spanchetta mit Entschiedenheit. »Du kannst es dir nicht leisten, auch nur eine Unterrichtsstunde zu versäumen!«

»Guck doch mal, wie ich aussehe! So kann ich mich doch unmöglich in die Schule trauen! Was soll ich den Leuten denn sagen, wenn sie mir Fragen stellen?«

Spanchetta zuckte die Achseln. »Offenbar hast du ja sowieso nicht vor, irgend jemandem die Wahrheit zu sagen. Sag ihnen einfach, du wärst aus dem Bett gefallen.«

So kam es, daß Arles am darauffolgenden Morgen mit einem mehr als mulmigen Gefühl im Bauch zur Schule latschte, wo, wie er befürchtet hatte, sein Erscheinen großes Aufsehen erregte. Gefragt, ob ihn ein Lastwagen geküßt habe, folgte er Spanchettas Rat und sagte: »Ich bin aus dem Bett gefallen.«

Wayness und Milo kamen wie gewohnt zum Unterricht, schenkten aber Arles keine Beachtung. Nach der Sozialanthropologiestunde paßte Arles Wayness auf dem Flur ab. Als sie Anstalten machte, wortlos an ihm vorbeizugehen, rief er: »Wayness, ich möchte dir etwas sagen.«

»Meinetwegen; aber mach es kurz.«

»Du hast das doch nicht etwa ernst genommen gestern abend, oder?«

Wayness preßte die Lippen zusammen und wandte das Gesicht ab. Dann sagte sie leise: »Wenn ich du wäre, ich würde mich schämen, das Thema überhaupt anzusprechen.«

»Das tue ich auch in gewisser Weise. Ich muß wohl ein wenig überreizt gewesen sein, sozusagen.« Arles versuchte ein lahmes Grinsen. »Du weißt, wie das manchmal so gehen kann.«

»Ich glaube, daß du vorhattest, mich zu töten.«

»Unsinn!« rief Arles und schüttelte grinsend den Kopf. »Was für eine phantastische Idee!«

»Das ist sie wirklich«, sagte Wayness mit einem Schaudern. »Es reicht jetzt wirklich.« Sie wandte sich zum Gehen.

»Noch eine Frage! Gestern abend hat mich jemand niedergeschlagen. Wer war das?«

»Warum willst du das wissen?«

»Hah! Das fragst du mich noch? Es war ein feiger, hinterhältiger Überfall! Sieh nur, wie ich aussehe, mit meinem blauen Auge!«

»Du kannst dir deine Entrüstung für meinen Vater aufsparen. Du wirst ihn in Kürze sehen.«

»Ich will deinen Vater nicht sehen«, knurrte Arles. »So weit es mich betrifft, ist die Sache erledigt.«

Wayness zuckte die Achseln und ging weiter.

Zwei Tage später, als Arles während der Mittagspause aus der Cafeteria kam, traten ihm vier Naturalisten in Uniform entgegen. Arles wurde blaß und schaute von einem zum andern. »Was wollen Sie?«

»Sind Sie Arles Clattuc?«

»Na und?«

»Kommen Sie mit!«

Arles wich einen Schritt zurück. »Einen Moment! Wohin? Und warum?«

»Sie kommen mit zum Stromblick-Haus, wo Sie dem Gesetz entsprechend vernommen werden.«

Arles trat noch einen Schritt zurück und versuchte es auf die freche Tour. »Wir sind hier in Station Araminta!« rief er großmäulig. »Ihr Gesetz ist hier einen Dreck wert!«

»Das Gesetz der Gesellschaft gilt in ganz Cadwal. Kommen Sie.«

Ungeachtet seiner wütenden Proteste und Drohungen wurde Arles mit kräftigem Griff gepackt, in einen Wagen verfrachtet und nach Haus Stromblick gebracht. Als Spanchetta wenig später von dem Vorfall unterrichtet wurde, rief sie zuerst Hausvorsteher Fratano an, dann Bodwyn Wook, doch nur, um zu erfahren, daß beide zum Stromblick-Haus gerufen worden waren.

Die zwei Araminta-Würdenträger kamen am späten Nachmittag zurück. Beide sprachen mit Spanchetta und sagten ihr, daß Arles von Glück reden könne; er sei um Haaresbreite davor bewahrt worden, ein Kapitalverbrechen zu begehen.

Eine Stunde danach wurde Arles nach Station Araminta zurückgebracht und auf dem Geviert abgeladen. Er sah blaß und niedergeschlagen aus und roch nach antiseptischen Salben. Wie es der Zufall wollte, kam just in dem Moment, als Arles aus dem Auto gestoßen wurde, eine Riege Kühner Löwen des Weges.

Cloyd Diffin rief: »Wo bist du denn gewesen, und was haben sie mit dir angestellt?«

Kiper bemerkte kritisch: »Mein lieber Scholli, du siehst ja ganz schön verhauen aus!«

Shugart blökte: »Und alles, nur weil du zwei besoffene Touristen vermischt hast? Das nenne ich harte Linie.«

»Die Sache ist ein bißchen komplizierter«, murmelte Arles. »Ich will jetzt nicht darüber reden … Es war sowieso alles nur Bluff, da bin ich ganz sicher. Sie würden nie und nimmer wagen, das wirklich zu machen.«

Uther Offaw sagte: »Du quasselst dir da ein Zeug zusammen, als wärst du besoffen, weißt du das? Kannst du dich nicht mal klarer ausdrücken und uns sagen, was nun eigentlich passiert ist?«

»Nichts. Alles bloß ein Mißverständnis. Die bluffen doch bloß.«

»Du riechst nach Krankenhaus«, sagte Kirdy Wook. »Waren da Ärzte bei? Diese besoffenen Touristen, die du aufgemengt hast: waren das zufällig Ärzte?«

»Ich muß jetzt nach Hause«, sagte Arles. »Wir reden später darüber.«

KAPITEL VIER

I Auf einen Anruf von Bodwyn Wook hin fand sich Glawen im Außenbüro vom Amt B ein und wurde zu einer Tür am Ende eines kurzen Gangs geführt. Eine ältliche Sekretärin ließ ihn in ein Vorzimmer ein und gewährte ihm nach ein paar Fragen Einlaß in Bodwyn Wooks Privatbüro: ein hoher Raum von unregelmäßigem Schnitt, brusthoch getäfelt mit grünen Fries-Rechtecken, die von dunklen Zierleisten umrandet waren, und an der Decke mit dunklem Holz getäfelt. Von der rückwärtigen Wand des Raumes starrten eine Reihe ausgestopfter Tierköpfe auf den Betrachter herunter; eine andere Wand war mit Dutzenden von alten Photographien verziert.

Bodwyn Wook wandte sich vom Fenster ab und schritt zu seinem Sessel. Er bedeutete Glawen, Platz zu nehmen, dann lehnte er sich zurück, verschränkte die Hände über seiner schimmernden Glatze und musterte Glawen aus halb geschlossenen Lidern. »Nun, Sergeant Clattuc! Was hast du mir zu berichten?«

Eine seltsame Frage, dachte Glawen, und eine, die vielleicht nach einer wohldurchdachten Antwort verlangte. Er sagte: »Ich habe keinen Bericht irgendwelcher Art vorbereitet, Sir.«

»Tatsächlich? Ich dachte, du hättest regen Umgang mit den Kühnen Löwen.«

»O ja, Sir, das habe ich auch. Ich habe sie sorgfältig observiert und ihren Gesprächen gelauscht. Sie ergehen sich ständig in großspurigem Gerede, das niemand ernstnehmen kann; ehrlich gesagt, ich habe nichts erfahren, das irgendwie von Belang ist.«

»Kein unflätiger Klatsch? Keine verleumderischen Anekdoten? Mein Interesse ist allumfassend.«

»Nichts, das einen Bericht rechtfertigen würde, Sir.«

»Ich ziehe meine Erkundigungen nicht bloß aus Frivolität ein«, sagte Bodwyn Wook. »Ich hoffe immer, vielleicht mal irgendeine unbedachte Äußerung aufzufangen, oder einen Satz oder auch bloß ein Wort, das vielleicht ein verblüffendes Rätsel entschlüsseln könnte. Ich kenne dieses Wort oder diesen Satz nicht, aber ich werde es sofort erkennen, wenn ich es höre, und es ist dieses Wort oder dieser Satz, wonach du die Ohren aufhalten mußt.«

»Ich werde die Ohren aufhalten, Sir.«

»Gut. Um noch einmal auf die Sache neulich mit Arles zurückzukommen: was genau ist in jener Nacht passiert?«

Glawen schaute überrascht auf. »Hat der Konservator die Sache nicht schon eingehend mit ihnen diskutiert?«

Bodwyn Wook warf einen gelb lodernden Blick über den Schreibtisch, aber Glawen hatte schon selbst gemerkt, daß er sich im Ton vergriffen hatte und hatte hastig den Kopf eingezogen: offenbar auffällig genug, um Bodwyn Wook ein Schmunzeln zu entlocken und ihn so milde zu stimmen, daß er ihm die Frage in höflichem Ton beantwortete. »Er hat in groben Zügen berichtet, was vorgefallen ist. Da seine Tochter betroffen war, habe ich nicht auf nähere Einzelheiten gedrängt. Wie ist denn nun der genaue und ausführliche Sachverhalt?«

»Es fing in einem Kurs im Lyzeum an«, berichtete Glawen. »Arles hörte, wie Wayness sagte, daß sie manchmal abends allein rausgeht, um am Strand entlangzuspazieren oder sogar um zu schwimmen. Das erweckte schlagartig Arles' Interesse. Noch am selben Abend zog er sich einen Umhang und eine Maske an und schlich sich über den Strandweg zum Stromblick-Haus. Er entdeckte Wayness, die in der Lagune schwamm und überfiel sie. Es scheint ein Hobby von ihm zu sein. Wie auch immer; jemand, der lieber ungenannt bleiben möchte, folgte ihm zum Stromblick-Haus und machte ihn unschädlich, bevor er mehr tun konnte, als Wayness zu Tode zu erschrecken.«

»Und wie vollbrachte die Person, die lieber ungenannt bleiben möchte, eine solche Heldentat?«

»Sie gab Arles eins über den Schädel – mit einer Keule.«

»Ha-hah! Das heißt also, daß Arles sich noch immer den Kopf darüber zerbricht, wer ihm da wohl die Tour vermasselt hat?«

»Wahrscheinlich verdächtigt er Milo, was mir nur sehr recht ist.«

Bodwyn Wook nickte. »Offenbar – das ist jedenfalls die Meinung des Konservators – war er nicht von vornherein darauf aus, das Mädchen zu töten. Er verkleidete sich; er hatte einen Sack dabei, den er ihr über den Kopf stülpte, und sogar eine Dose K.O.-Gas. Diese Gegenstände haben ihm das Leben gerettet, so der Konservator.«

»Vielleicht. Aber als sie ihn erst einmal erkannt hatte, war er bestimmt entschlossen, sie zu töten, da bin ich ganz sicher. Vergessen Sie nicht: Sessily Veder ist tot.«

»Nicht so hastig! In diesem Fall ist Arles nachweislich schuldig. Im Fall Sessily Veder ist er lediglich ein Hauptverdächtiger.«

»Jetzt noch mehr denn je, würde ich meinen.«

»Ich würde dir da nicht widersprechen.«

Glawen fragte: »Und was geschieht jetzt mit Arles? Gibt es da einen offiziellen Amt-B-Standpunkt?«

»Der Fall ist abgeschlossen«, sagte Bodwyn Wook. »Er ist – laut Auskunft des Konservators – gebührend bestraft worden, und alles, was darüber hinausginge, wäre gleichsam eine doppelte Bestrafung.«

»Können wir ihn denn nicht wenigstens aus Haus Clattuc relegieren?«

»Aufgrund welcher Beschuldigung? Und wer bringt

sie vor? Und – das wichtigste – wer setzt sich mit Spanchetta auseinander?«

»Inzwischen stolziert er schon wieder herum, als ob nichts geschehen wäre«, sagte Glawen mit angewidertem Gesichtsausdruck. »Ich kriege zu viel, wenn ich ihn nur ansehe.«

»Du mußt deine Emotionen im Zaum halten. Das ist ein gutes Training für dich. Wann machen die Kühnen Löwen ihren Ausflug nach Yipton?«

»In den Trimesterferien. Aber ich fahre nicht mit.«

Bodwyn Wook hob den Zeigefinger. »Da irrst du dich! Das ist der Hauptgrund, warum du ein Kühner Löwe geworden bist.« Er griff in eine Schublade und zog ein zusammengefaltetes Blatt Papier hervor, das er entfaltete und auf seinem Schreibtisch ausbreitete. »Dies ist eine Karte von Yipton; sie ist so detailliert, wie es nach unserem Wissensstand möglich ist. Hier ist das Dock, und hier ist der Arkady-Gasthof. Die blauen Linien hier sind Kanäle. Sie münden in den Ozean, wie du bemerken wirst, und zwar an den Durchfahrten zwischen den einzelnen Randinseln. Die rosa eingefärbte Fläche ist der Caglioro, oder Tiegel. Alle diese Durchfahrten und Kanäle haben Namen, aber jeder Yip erzählt uns was anderes, aus welchem Grund auch immer.

Nun denn« – Bodwyn Wook tippte mit dem Finger auf einen anderen Ausschnitt der Karte –, »hier ist der Pussycat-Palast. Beachte dieses graue Areal neben dem Dock. Es befindet sich auch direkt hinter dem Hotel, was reiner Zufall sein dürfte. Die Yips antworten ausweichend, wenn man sie nach diesem Gebiet fragt, und wir wollen wissen, was dort vor sich geht. Als Kühner Löwe erregst du nicht weiter Verdacht, wenn du dich undiszipliniert und unberechenbar aufführst und hast somit größere Bewegungsfreiheit als der normale Besucher: möglicherweise genug, um ein paar Dinge für uns in Erfahrung zu bringen. Es wird nicht leicht sein; im Gegenteil, es kann ziemlich gefährlich werden, aber es ist ein Job, der getan werden muß. Was meinst du?«

»Ich werde tun, was ich kann.«

»Mehr erwarte ich nicht. Selbstverständlich wirst du niemandem gegenüber etwas von dieser Mission erwähnen, ausgenommen natürlich Scharde gegenüber, deinem Vater.«

»Jawohl, Sir.«

II Das Trimester schritt voran. Arles wohnte dem Unterricht in mürrischem Schweigen bei und schaffte es mit knapper Not, der drohenden Exmittierung zu entgehen.

Wayness und Milo verhielten sich normal wie immer, so als wäre nichts geschehen, Arles' Gegenwart weitestgehend ignorierend. Eine Zeitlang war Wayness Gegenstand von allerlei Getuschel und versteckten Blicken, stimuliert von Arles' haarsträubenden Erklärungen bezüglich seines blauen Auges, aber das Gerücht erstickte schließlich an seiner eigenen Unwahrscheinlichkeit.

Gegenüber Glawen verfolgte Wayness nach wie vor eine ausweichende Taktik, so schien es ihm. So sehr er auch grübelte, er fand keine plausible Erklärung für ihr distanziertes Verhalten. Eines Tages, als Milo in der Schule fehlte, brachte Glawen Wayness nach dem Unterricht nach Hause. Eine Weile hielt sie ihn mit schnippischen Bemerkungen und Kommentaren über die Schulaufgaben auf Distanz, doch schließlich wurde es Glawen zu bunt. Er faßte sie bei der Hand und schwenkte sie schwungvoll herum, so daß sie ihm von Angesicht zu Angesicht gegenüberstand. Sie schrie auf und rief, halb lachend: »Glawen! Um ein Haar hätte ich einen Purzelbaum geschlagen! Willst du mit mir im Zirkus auftreten?«

»Ich will wissen, warum du dich so merkwürdig verhältst.«

Wayness setzte eine kecke Miene auf. »Bitte, Glawen, sei mir nicht böse. Ich hab's im Moment wirklich nicht leicht mit mir.«

»Da würde man nicht drauf kommen. Du läßt es dir nicht anmerken.«

Wayness lächelte. »Es mangelt mir ja auch nicht an Hilfe. Mutter trainiert mich auf ein Leben in Würde und Wohlanständigkeit. Du willst aus mir eine fertige Clattuc machen, zu allem bereit, über jeden Klatsch und Skandal erhaben.«

»Ja; das gibt einem ein feines Gefühl von Freiheit!«

»Aber da ist noch jemand, der noch mehr Einfluß auf mich hat. Diese Person drängt mich in eine ganz andere Richtung, mit Ratschlägen, die ich nicht ignorieren kann.«

»Oh! Und wer ist dieses kluge Individuum, wenn ich fragen darf?«

»Ich.«

»Und welchen Rat gibst du dir?«

Wayness wandte sich ab; die beiden gingen einen Moment schweigend nebeneinander her. »Es hat mit etwas zu tun, das ich dir gegenüber noch nie erwähnt habe, und ich möchte jetzt lieber nicht darüber reden.«

»Warum nicht? Ist es ein Geheimnis?«

»Es ist etwas, das ich erfahren habe, als Milo und ich zuletzt auf der Erde waren, und es hat sich zu einer richtigen fixen Idee bei mir entwickelt. Ich habe vor, wieder zur Erde zu gehen, sobald ich mit der Schule fertig bin. Zusammen mit Milo, wenn er Lust hat, mitzukommen.«

Das Licht von Syrene schien mit einem Schlag seinen Glanz und seine Wärme zu verlieren. »Wirst du es mir irgendwann sagen?«

»Das hatte ich eigentlich nicht vor.«

»Und deshalb willst du unsere Beziehung abbrechen?«

Wayness brach in lautes Lachen aus. »Das ist aber eine seltsame Logik! Habe ich irgend etwas dergleichen gesagt? Abgesehen davon ist das auch nicht der Grund. Ehrlich gesagt gibt es überhaupt keinen Grund, außer dem, daß ich mich kenne und Angst habe.«

»Angst wovor?«

Wayness gab eine indirekte Antwort. »In Stroma sind unsere Liebesaffairen sehr, sagen wir, zurückhaltend. Mit jemandem zusammen in einer Ecke zu sitzen, Tee zu trinken und Plätzchen zu essen, gilt schon als prickelndes Abenteuer.«

Glawen gab einen mürrischen Laut von sich. »So weit sind wir ja noch nicht mal gekommen.«

»Da hast du auch wirklich nichts verpaßt; so was zieht sich endlos hin und ist ganz schön nervtötend, besonders, wenn Mutter dabei ständig um einen herumschleicht.«

»Und was wäre die nächste Stufe?«

»Das ist die, vor der ich Angst habe. Ich will nicht etwas anfangen, das mich ablenkt von – wichtigeren Dingen.«

»Ich darf annehmen, daß du damit deine Reise zur Erde meinst?«

Wayness nickte. »Vielleicht hätte ich das Thema besser gar nicht angesprochen, aber früher oder später hätte ich es dir sowieso sagen müssen, und da ist es nur fair, wenn ich es dir früher sage, damit du weißt, wo du dran bist und mir aus dem Weg gehen kannst, wenn du das möchtest.«

»Und das ist der Grund, weshalb du dich vor mir versteckt hast?«

Wayness gab erneut eine ausweichende Antwort. »Ich habe beschlossen, mich nicht mehr vor dir zu verstecken.«

»Das ist eine gute Nachricht.«

Sie waren an dem Pfad angelangt, der zwischen den Bäumen hindurch zum Stromblick-Haus führte. Wayness zögerte, wandte sich erst in die eine Richtung, dann in die andere, bis Glawen sie schließlich beherzt in den Arm nahm und küßte; einmal, zweimal. »Die Antwort ist also ›ja‹?«

»Ja? Wozu?«

»Zu unserer sogenannten Beziehung.«

Wayness zog die Schultern hoch, blinzelte, wand sich, legte den Kopf schief, zuckte mit der Nase, machte eine fahrige Handbewegung.

Glawen fragte erstaunt: »Und was bedeutet das?«

»Eine komplizierte Art, nicht ›nein‹ zu sagen.« Sie wandte sich zum Gehen.

»Warte!« rief Glawen. »Mir ist da immer noch einiges unklar!«

»Es war auch nicht meine Absicht, Klarheit zu schaffen.« Wayness trat zu ihm und küßte ihn. »Danke, daß du mich nach Hause gebracht hast. Du bist ein netter, freundlicher junger Gentleman, sogar auf eine herbe Weise hübsch, und ich mag dich.«

Glawen versuchte, sie festzuhalten, aber da war sie schon auf und davon gehuscht. Kurz bevor sie seinen Blicken entschwand, drehte sie sich noch einmal um, winkte und verschwand hinter den Bäumen.

III

Jede Woche am Verdabend versammelten sich die Kühnen Löwen in einer Ecke der Alten Laube, um zu palavern, Wein zu trinken und über die neuesten Trends und Moden zu diskutieren. Eine eigenartige Stimmung charakterisierte diese Clubtreffen, basierend auf der Prämisse, daß jeder Kühne Löwe von Natur aus edel und in allen seinen Entwicklungsstufen dem Durchschnitt der Menschheit überlegen sei. Ein goldener Dunst hing über dem Tisch; kühne Pläne wurden zur Debatte gestellt und analysiert; jede der ewigen Wahrheiten kam der Reihe nach auf den Prüfstand und wurde von Zeit zu Zeit verbessert oder verändert.

Jeder Kühne Löwe hatte seinen festen Stammplatz am Tisch.* Am Kopfende, mit dem Rücken zur Arkade gewandt, saß Arles, flankiert von Kirdy Wook zu seiner Rechten und Uther Offaw zu seiner Linken. Ihm gegenüber an der Stirnseite des Tisches saß Jardine Laverty, während die übrigen an den beiden Seiten ihre angestammten Plätze innehielten. Glawen, der zu spät kam, nahm seinen Platz zwischen Cloyd Diffin und Jardine Laverty ein. Mehrere Krüge Wein waren bereits geleert worden, und die Unterhaltung nahm zügig ihren Gang. Jardine Laverty, zuvorkommend, wohlgestalt und sorgfältig gekleidet, stellte gerade fest: »... schimmligen alten Gesetze völlig überholt. Es ist ein Unding, daß sie nach wie vor in Kraft sind und wir darunter leiden müssen.«

Die ›schimmligen alten Gesetze‹, die Jardine hier so leidenschaftlich geißelte, waren jene, die das Ausgraben kostbarer Edelsteine unter Strafe stellten: ein wunder Punkt bei den Kühnen Löwen, da ein oder zwei Monate wackeren Schürfens in den mineralhaltigen Gelegen des Magic Mountain genügt hätten, um sie allesamt zu Millionären zu machen.

Kiper Offaw, der bereits ein beachtliches Quantum Wein intus hatte, trompetete kraftvoll: »Schschtimmem wir ab! Alle dafür? Alle dagegen?«

Kiper wurde allgemein als ein wenig vorlaut empfunden, und keiner schenkte ihm Beachtung. Und so begnügte er sich denn damit, den Refrain eines alten Liedes zu singen:

---

* Die Sitzordnung der Goldenen Löwen

	Arles Clattuc	
Kirdy Wook		Uther Offaw
Cloyd Diffin		Shugart Veder
Glawen Clattuc		Kiper Offaw
	Jardine Laverty	

»Oh sell no more drink to my father!
It makes him so strange and so wild!«

Shugart Veder, der den konservativen Standpunkt vertrat, gab zu bedenken: »Sicher müßten diese alten Vorschriften überdacht und in Einklang mit neuen Konzepten gebracht werden, aber das würde bedeuten, die Charta neu zu fassen, und das wäre nur im Rahmen eines Großen Konklave der Naturforschergesellschaft möglich.«

»Pah!« knurrte Arles. »Da könntest du aber lange warten. Die sind mit den Jahren verkalkt und verknöchert und quasi so was wie eine Sub-Rasse geworden, so wie die Yips. Die wollen keine Veränderung! Gib ihnen einen Fisch und ein Pfund Seetang, und sie machen sich eine Suppe und sind glücklich und zufrieden und würden nie auf die Idee kommen, was Besseres zu wollen.«

Kirdy runzelte die Stirn. »Laßt uns vernünftig sein. Wir sind kleine Beamte im Dienst der Naturalisten und müssen uns an die Vorschriften halten, ob's uns paßt oder nicht.«

Arles stülpte den Rest seines Bechers hinunter. »Mir gefällt das nicht.«

»Nun, du mußt dich halt damit abfinden, oder du mußt die Konsequenzen ziehen und weggehen. Das sind nun mal die kalten Fakten.«

Arles gab ein kehliges Hohnlachen von sich. »Du bist ein Wook, und das ist typische Wook-Denke. Ich bin ein Clattuc und habe andere Vorstellungen.«

Shugart Veder fragte mürrisch: »Kann mir irgendeiner von euch sagen, wo die Charta sich eigentlich befindet? In Haus Stromblick ist sie jedenfalls nicht, und in Stroma auch nicht. Wenn einer den Text überprüfen wollte, wo würde er überhaupt nachschauen?«

»Ha, ha!« blökte Kiper. »Das ist alles nur eine große Verarschung! Es gibt überhaupt keine Charta, hat nie eine gegeben! Wir haben die ganze Zeit nach der Musik von Geistern getanzt!«

Jardine zog seine eleganten Augenbrauen hoch. »Kiper, bitte! Entweder, du redest vernünftig, oder du gibst den Wein aus!«

»Oder beides«, schlug Uther vor.

»Genau«, sagte Kirdy. »Aber jetzt wollen wir die Sache ein für allemal klarstellen, ehe hier noch mehr dummes Zeug gequatscht wird. Die Charta befindet sich im Archiv der Gesellschaft auf der Erde, und wenn irgendeine unwissende Seele den Text nicht kennt – es gibt massenhaft Kopien.«

»Darum geht es nicht!« wandte Jardine ein. »War die Charta dazu gedacht, die Bewohner von Station Araminta in Armut zu halten? Es fällt schwer zu glauben, daß irgend jemand so knickerig sein würde!«

»Falsch, wie gewöhnlich«, sagte Uther Offaw. »Die Charta wurde von Naturalisten verfaßt, und denen ging's um Bewahrung der Natur.«

»Und zwar ausschließlich um die Bewahrung der Natur«, ergänzte Kirdy Wook.

Arles brummte: »Die liegen alle längst friedlich in ihrer Kiste, und wir müssen noch immer ihre Fehler ausbaden.«

Kirdy lachte höhnisch auf. »Fehler? Quatsch! Sie wollten Arbeiter in Araminta haben, keine Millionäre.«

»Wirklich ein seltsames Völkchen, diese Naturalisten«, seufzte Jardine. »Damals wie heute.«

»Hochtrabende alte Tittenzeisige in engen schwarzen Hosen!« krähte Kiper. »Wen interessiert schon, was die wollten? Ich weiß, was ich will, und das zählt!«

»Bravo!« rief Cloyd. »Endlich mal ein fundierter Beitrag von Kiper!«

Shugart setzte ein schmieriges Grinsen auf. »Er muß sich noch ein bißchen gedulden, bis wir im Pussycat-Palast sind; dann kann er so viele bumsen, wie er will.«

»Jedenfalls so viele, wie er sich leisten kann«, sagte Uther. »Kreditkarten werden nicht angenommen.«

Cloyd Diffin schlug mit schelmischem Grinsen vor: »Da Arles mit dabei ist, können wir ja vielleicht Mengenrabatt aushandeln.«

Arles senkte seine düsteren Brauen und blickte grimmig in die Runde. »Ich habe jetzt genug von diesem Gequatsche! Es geht mir auf den Geist!«

Shugart Veder schwallte fröhlich: »Kommt schon, Löwenbrüder! Reden wir über die Sachen, die wirklich wichtig sind! Gestern habe ich einen Werbespot für die neue Black Andromeda gesehen! Da läuft einem echt das Wasser im Mund zusammen! Supergeiles Gerät, sag ich euch!«

»Bah! Viel zu klein!« rief Kiper. »Da hol ich mir lieber die Pentar Conquestor, und zwar die Ausführung mit den verkleideten Triebwerken; die sieht unheimlich stark aus!«

Jardine stieß ein verächtliches Schnauben aus. »Du hast vielleicht einen kaputten Geschmack! Hol dir doch lieber die Dancred MK 20. Die sieht wirklich heiß aus! Kostet natürlich eine Kleinigkeit, aber was ist schon Geld?«

»Nichts Wichtiges«, sagte Cloyd. »Bloß das Elixier des Lebens.«

»Ein herrliches Wort«, seufzte Uther. »Da denkt man sofort an Poesie und saftige Früchte und das Klickediklick von schönen Mädchen!«

»Klickediklick?« frug Kiper. »Was ist ›Klickediklick‹? Ich bin jetzt alt genug, um es zu wissen.«

»Nimm's dir und bezahl dafür und stell keine Fragen«, sagte Uther. »Das ist das Beste, was ich dir raten kann.«

»Geld war schon immer unser großes Problem«, sagte Shugart, »obwohl die Grundphilosophie simpel ist.«

»Ich wünschte, das fände ich auch so«, sagte Kiper wehmütig.

»Ist doch ganz einfach«, sagte Shugart. »Erstens: Such dir jemanden mit Geld. Zweitens: Finde heraus, was er haben will. Drittens: Besorg es ihm. Es klappt immer.«

»Wieso bist du dann nicht schon längst reich?« fragte Kiper.

»Du hast jetzt genug gehört«, sagte Shugart würdevoll. »Ich schlage vor, du lehnst dich jetzt in deinen Stuhl zurück, trinkst Wein und träumst von Klickediklick, und läßt die Erwachsenen über ernsthafte Dinge diskutieren.«

»Da ist Namour! Er weiß alles über solche Dinge ...«, sagte Jardine. »He, Namour! Komm mal rüber! Setz dich doch mal zur Abwechslung zu den Kühnen Löwen!«

Namour drehte sich um und ließ seinen Blick über den Tisch schweifen. In seinem silbernen Haar prangte, kunstvoll über die rechte Schläfe drapiert, ein kleines, aber elegantes Gesteck aus schwarzem Eisen und poliertem Gagat mit Cabochonschliff, das Ganze verziert mit einem einzelnen Karfunkel, der mit dem schwülen Feuer eines roten Sterns glühte: vermutlich ein Geschenk von einer Verehrerin. Mit lässigem Schritt kam er zu ihnen herübergeschlendert. »Na, mal wieder schwer bei der Arbeit, wie ich sehe?«

Cloyd zwinkerte. »Und wie. Aber wir wälzen auch einige Probleme. Hol dir doch einen Stuhl und setz dich zu uns! Jardine, schenk Namour doch mal einen Becher von dem guten Sancerre ein! Komm, Namour, trink einen mit!«

»Danke.« Namour setzte sich. Seine schwarze Köperjacke und sein schwarzes Hemd im aktuellen Stehbördchenlook unterstrichen seine adlerartigen Züge perfekt. Er nippte an dem Wein, verzog das Gesicht zu einer Grimasse und schaute mit skeptischer Miene in den Becher. »Sancerre, habt ihr gesagt? Guter Sancerre? Was tischen die euch da für eine Plörre auf? Kellner! Was ist diese dunkle Brühe hier? Wie ich höre, soll es Sancerre sein, aber das ist schwer zu glauben.«

»Er ist aus dem Faß, das wir *Réserve des Lions* nennen.«

»Verstehe schon. Bringen Sie mir was von einem Faß, dessen Entstehungsgeschichte etwas weniger im dunkeln liegt: ein Laverty Delasso wäre nicht übel.«

Uther Offaw schaute mit kläglicher Miene in seinen Becher. »Na ja, wenigstens ist er billig.«

»Ist doch auch nicht so wichtig, der Wein«, sagte Shugart. »Unser Problem ist, daß wir eine Raumyacht kaufen wollen.«

»Das ist ein weit verbreiteter Wunsch«, sagte Namour. »Ich liebäugele selbst damit.«

»Echt? Und was schwebt dir vor?«

»Ich weiß noch nicht. Vielleicht eine Merlin oder eine Interstar Majestic GTI.«

Kiper fragte unschuldig: »Und wie willst du die bezahlen?«

Namour lachte und schüttelte den Kopf. »Jetzt bohrst du aber wirklich zu tief!«

Shugart wandte sich an die anderen Kühnen Löwen. »Vielleicht sollten wir Namour in unser Syndikat aufnehmen! Das könnte vieles für uns erheblich leichter machen!«

Arles blickte auf Namour. »Was hältst du davon?«

Namour schürzte nachdenklich die Lippen. »Mein Lieblingsphilosoph sagt: ›Wer allein reist, reist nicht nur am schnellsten: er reist doppelt so schnell wie zwei, dreimal so schnell wie drei und viermal so schnell wie vier.‹«

»Ha-hah!« schrie Uther Offaw. »Und wie heißt dieser misanthropische Philosoph?«

»Das ist Ronsel de Roust, vom Galcidin. Trotzdem; ich bin immer für was Neues aufgeschlossen, wenn es mir Vorteile bringt, und wenn es Hand und Fuß hat! Ich kann meine kostbare Zeit nicht für pubertäre Phantastereien verschwenden.«

»Natürlich nicht«, sagte Shugart. »Uns ist das verdammt ernst, und wir haben nicht vor, uns das vermasseln zu lassen!«

»Um was geht es denn bei eurem ›Syndikat‹?«

»Nun – wir haben da ein paar Ideen, unter anderem eine neue große Ferienanlage am Sunrise-Strand. Wir sind zwar knapp an Kapital, aber wenn du uns billige Arbeitskräfte für das Projekt garantieren kannst, kriegen wir vielleicht ein Bankdarlehen. Uns schwebt eine First-Class-Anlage vor, mit allem Drum und Dran, mit Spielcasino, einem Restaurant mit interplanetarischer Küche, und natürlich mit einer Brigade erstklassiger Yip-Weiber zum Verwöhnen der Gäste.«

Cloyd fragte begeistert: »Was hältst du davon? Ließe sich das arrangieren?«

»Das würdet ihr nie und nimmer beim Konservator durchkriegen.«

Jardine hieb auf den Tisch. »Wir leiden unter chronischen Finanzproblemen, und das ist die Super-Lösung! Er muß das schnallen!«

Namour nippte bedächtig an seinem Laverty Delasso. »Und was, wenn er das nicht tut? Wollt ihr ihn dann etwa unter Druck setzen? Und wenn ja: wie?«

»Nun ja, wir müssen ihn halt irgendwie von unserem Projekt überzeugen. Was sollten die Naturalisten denn eigentlich dagegen haben?«

»Und überhaupt; was könnten sie denn schon groß machen, wenn wir die Sache einfach entschlossen durchziehen?« rief Cloyd. »Ich kann mir kaum vorstellen, daß sie versuchen würden, uns mit Gewalt daran zu hindern.«

»Hmm.« Namour sann einen Moment lang nach. »Sie sind nicht gerade viele, und die Hälfte von ihnen sind soziale Idealisten, die sich LFFler schimpfen.«

Uther Offaw, der mittlerweile ordentlich einen sitzen hatte, sagte: »Trotzdem, sie behaupten, der Planet würde ihnen gehören, und sie können das anhand der Charta beweisen; da steht das schwarz auf weiß drin.«

»Das wird uns jedenfalls weisgemacht«, sagte Namour.

Wieder haute Shugart auf den Tisch, daß der Wein aus den Bechern zu schwappen drohte. »Hol sie der Teufel – LFFler, Schwarzhosen und dieses ganze Pack! Die Kühnen Löwen pochen auf ihr Recht, jawoll!«

Kiper krähte mit rotem Gesicht: »Drei große Knurrer auf Shugart und sein Manifest für Gerechtigkeit!«

»Schnauze, Kiper!« zischte Kirdy. »Willst du, daß wir rausfliegen? Namour, du wolltest was sagen?«

Kiper war in seinem Elan nicht zu bremsen. »Ich bin ein Kühner Löwe!« trompetete er. »Tapfer und frei! Ich will Knete, Knete, Knete!«

»Kiper, bitte, halt jetzt endlich mal die Klappe! Namour hat Erfahrung in diesen Dingen! Laß ihn sprechen!«

»Mit Vergnügen, Namour!« blökte Kiper. »Sprich, Namour, frank und frei und nach Herzenslust!«

»Nur dies eine«, sagte Namour. »Vielleicht macht ihr die falsche Art von Plänen. Cadwal ist reif für einen Wandel: jeder weiß das. Die, die daran profitieren, sind die, die die Zeichen der Zeit rechtzeitig erkennen und die Veränderungen kontrollieren, nicht die, die nach den guten alten Zeiten jammern.«

Kirdys rosiges Gesicht verzog sich zu einem Ausdruck von begriffsstutziger Verblüffung. »Ich kann dir nicht ganz folgen. Sicher müssen wir ...«

Namour machte eine nonchalante Geste. »Ich biete kein Programm an! Ich weise lediglich darauf hin, daß es besser ist, durch entschlossenes Handeln zu gewinnen, wenn nötig auch mit Gewalt, als durch Händeringen und unentschlossenes Abseitsstehen zu verlieren.«

Arles geriet in Fahrt. »Wie sonst ist das Reich geschmiedet und immer weiter in die Galaxis ausgedehnt worden? Mit Sandkastenspielchen und Seilchenspringen bestimmt nicht!«

»Eins ist sicher«, sagte Namour. »Die Veränderungen haben schon begonnen. Wir können die Yips nicht auf ewig von der Tiefebene von Marmion fernhalten, und das wird noch längst nicht alles sein, wenn die Zeit gekommen ist. Und am Ende werden einige überleben und andere nicht. Ich möchte jedenfalls zu den ersteren gehören.«

»Die Kühnen Löwen auch!« schrie Cloyd.

»Das scheint mir eine vernünftige Wahl«, sagte Namour mit freundlichem Schmunzeln.

Jardine hieb auf den Tisch. »Namour, es kann gut sein, daß du der klügste Mann von Araminta bist, und das, obwohl du ein Clattuc bist.«

»Nett von dir, daß du das sagst.« Namour erhob sich von seinem Stuhl. »So, ich mach mich mal wieder auf die Socken und laß euch Kühne Löwen in Frieden brüllen. Nacht zusammen.«

IV

Am nächsten Morgen beim Frühstück fiel Scharde Glawens Geistesabwesenheit auf. »Du bist so still. Wie war das Treffen?«

Glawen sammelte seine Gedanken ein, die in entlegenen Regionen schweiften. »Eigentlich so wie immer. Haufenweise hochfliegende Pläne und großspuriges Gequatsche, wenn dir das irgendeinen Anhaltspunkt gibt.«

Scharde lachte. »Kurz gesagt, eine lebhafte Angelegenheit also.«

»Ein bißchen zu lebhaft für meinen Geschmack. Keiner scheint zu merken, wo der gesunde Verstand aufhört und der Schwachsinn anfängt. Manchmal kam ich mir vor wie in einem Kindergarten.«

Scharde lehnte sich in seinem Stuhl zurück. »Kirdy

berichtet Bodwyn Wook aus einer etwas anderen Perspektive.«

»Das wundert mich nicht. Kirdy ist fast der Schlimmste von dem ganzen Haufen. Der fühlt sich da so richtig in seinem Element.«

»Kirdy durchlebt eine späte und ziemlich massive Heranwachsendenphase«, sagte Scharde. »Was du als Schwachsinn empfindest, das betrachtet er als Frohsinn und Schauspielerei.«

Glawen gab ein verächtliches Knurren von sich. »Die Theorie mag ja für Kirdy zutreffend sein, und für Arles, die beide Mimen sind, aber wie erklärst du Namour, der sogar auf Kipers verdrehte Ideen ernsthaft eingeht? Ist Namour bloß höflich? Spielt er auch eine Rolle? Oder hat er etwas anderes im Sinn? Ich weiß nicht, was ich von ihm halten soll.«

»Da bist du nicht der einzige. Namour spielt jede Rolle, von der er sich unmittelbaren Vorteil verspricht, und manchmal einfach nur, um sich in Übung zu halten. Ich könnte den ganzen Tag über Namour reden und wäre heute abend noch immer nicht fertig.«

Glawen ging ans Fenster und schaute hinaus. Er knurrte: »Ich kann nicht behaupten, daß mir dieser Undercover-Job gefällt. Es ist absolut peinlich, mit diesen Schwachköpfen da herumzusitzen und auf Kommando mitzubrüllen und mitzuknurren.«

»Der Job ist ja nicht für ewig. Ich darf nebenbei erwähnen, daß du bei Bodwyn Wook bereits einen Stein im Brett hast, und wenn du deine Sache als Kühner Löwe gut machst, ist dir deine Karriere sicher – egal, was für einen Statusindex du hast.«

»Noch so ein deprimierender Gedanke«, sagte Glawen. »Es sind nur noch zwei Jahre bis zum Stichtag.«

»Du machst dir zu viele Gedanken! Irgendwie werden wir es schon hinkriegen, und wenn ich vorzeitig in den Ruhestand trete. Und wenn alle Stricke reißen, kannst du immer noch ins Haus einheiraten.«

»Ich weiß nicht so recht. Namour schien diese Lösung nie besonders zu mögen.«

»Namour hätte ein Dutzendmal heiraten können. Wenngleich Spanchetta nicht wollte, daß er ihre Schwester Smonny heiratet, so geht jedenfalls das Gerücht.«

»Was für eine Vorstellung! Wenn ich jemals heiraten sollte, was ich bezweifle, dann habe ich da schon jemand anderes im Sinn.«

»Auf jeden Fall ist es viel zu früh, um sich über solche Sachen den Kopf zu zerbrechen.«

»Ich habe es bestimmt nicht eilig damit.«

Scharde verließ gleich darauf die Wohnung, um seiner Arbeit nachzugehen. Glawen blieb noch eine Weile am Fenster stehen und schaute hinaus in die Landschaft.

Es war ein herrlicher Morgen. Syrene schien hell von einem wolkenlosen Himmel herab. Die Clattucschen Gärten standen in voller Blüte, und Glawens bedrückte Stimmung begann sich aufzuhellen.

Ein angenehmer Gedanke kam ihm. Er ging zum Telefon und rief in Haus Stromblick an.

Zu seiner Erleichterung war Wayness am Apparat. Als sie Glawens Gesicht gewahrte, schaltete sie ihren eigenen Video-Transmitter zu. Ihre Stimme klang herzlich, wenngleich für Glawens Geschmack eine Spur zu förmlich. »Guten Morgen, Glawen.«

»Das ist eine Untertreibung. Der Morgen ist wunderschön!«

Wayness klatschte in die Hände. »Wie nett, daß du mich schon so früh am Tag davon in Kenntnis gesetzt hast!«

Glawen sagte bescheiden: »Ich hätte auch schon früher angerufen, aber ich wollte mich erst vergewissern, wie es draußen aussieht.«

»Oh, vielen Dank, Glawen! Ich weiß solche Umsicht zu schätzen. Wenn du im Morgengrauen mit deiner freudigen Nachricht anrufen würdest, und wir würden uns aus dem Bett quälen, um festzustellen, daß es draußen in Strömen regnet, wären alle ein wenig verblüfft.«

»Genau.« Glawen bemerkte Wayness' dunkelgrüne Bluse mit weißen Manschetten und einem weißen Spitzenkragen. »Warum hast du dich so in Schale geschmissen? Willst du irgendwo hin?«

Wayness schüttelte lächelnd den Kopf. »Das ist unsere Naturalisten-Eitelkeit. Wir können nicht zulassen, daß irgend jemand glaubt, er könnte uns im Morgenmantel überraschen, indem er uns einfach im Morgengrauen anruft.«

»Komm, komm! So früh ist es nun auch wieder nicht! Du willst bestimmt irgendwo hin.«

»Wenn du's genau wissen willst: wir erwarten heute Gäste aus Stroma, und da achte ich sehr auf mein Benehmen. Dazu gehört selbstverständlich auch, daß ich mich fein mache, damit die Gäste mich nicht für einen verlotterten kleinen Wildfang halten.«

»Wenn du deine feinen Sachen anbehieltest und garantieren würdest, daß du dich gut benimmst, würdest du dann eine oder zwei Stunden rausdürfen zum Segeln?«

»Heute? Wo der bedeutende junge Philosoph Julian Bohost seine Aufwartung bei uns macht?«

»Das war wohl ein deutliches ›nein‹.«

»Natürlich! Was glaubst du wohl, wie Julian gucken würde, wenn ich mit dir zum Segeln rausfahre und ihn allein am Strand zurücklasse? Ein kühler Empfang und hochmütige Blicke wären uns bei unserer Rückkehr gewiß.«

»Da müßte er als echter Philosoph doch drüberstehen können.«

»Ehrlich gesagt, das hat der arme Julian nicht verdient, daß wir so über ihn reden. Er ist eigentlich ein ziemlich netter Bursche, auch wenn er manchmal zu unbedachten politischen Reden neigt.«

»Hm. Irgendwann würde ich diesen famosen Wunderknaben mal gerne kennenlernen!«

»Nichts leichter als das. Julian ist ganz zugänglich und aufgeschlossen, sogar leutselig, wenn man ihn nicht ärgert.« Wayness schien zu überlegen. »Es gibt eigentlich keinen Grund, warum du nicht heute vorbeikommen solltest, wenn du dazu Lust hast.«

»Warum nicht?« sagte Glawen.

»Bravo! So spricht ein echter Clattuc! Ja, warum eigentlich nicht? Aber du mußt so auftreten, als ob du uns einen förmlichen Besuch abstatten würdest, sonst würde Mutter dich höflich bitten, ein andermal wiederzukommen, damit Julian freie Bahn bei mir hat.«

»Ein förmlicher Besuch?«

»Das ist so Sitte in Stroma und wird als Kompliment für die Gastgeberin aufgefaßt.«

»Und ich brauche dazu keine Einladung?«

»Nicht für einen förmlichen Besuch. Sie ist zumindest verpflichtet, liebenswürdig zu sein.« Wayness warf einen raschen Blick über die Schulter. »Aber du mußt dich an die Etikette halten.«

»Das versteht sich von selbst. Ich bin zwar ein Clattuc, aber das bedeutet nicht, daß ich beim Essen in der Nase bohre.«

Wayness machte eine ungeduldige Handbewegung. »Hör mir jetzt genau zu! Du mußt einen Hut tragen, egal, was für einen, und wenn es deine Segelmütze ist.«

»Ich verstehe. Red weiter.«

»Pflücke einen hübschen Blumenstrauß, und komm damit zum Vordereingang vom Stromblick-Haus.«

»Und dann?«

»Du mußt mir jetzt genau zuhören! Jedes Detail ist wichtig! Drück auf die Klingel und warte vor der Tür. Wenn Mutter erscheint, mußt du bis zur Schwelle vorgehen, ihr den Blumenstrauß hinhalten und sagen: ›Dame Cora, von meinem Hause zu Ihrem kommt dieser Blumengruß.‹ Sag nicht mehr und nicht weniger. Die Etikette verlangt, daß Mutter die Blumen entgegennimmt und sich förmlich bedankt. Egal was sie sagt, geh nicht darauf ein, selbst wenn es so was in der Art ist wie: ›Vielen Dank, Glawen; aber wir sind heute alle unpäßlich.‹ Tu einfach so, als hättest du es nicht gehört. Tritt vor und reich ihr deine Mütze. Dann muß sie sagen: ›Was für eine angenehme Überraschung! Für wie lange dürfen wir uns Ihrer Gesellschaft erfreuen?‹ Darauf antwortest du: ›Nur für heute!‹ Und das ist schon alles. Du hast dich korrekt an die Form gehalten und bist somit ein willkommener Gast, auf einer Stufe mit Julian.«

»Und was mach ich, wenn jemand anders an die Tür kommt?«

»Dann mußt du vortreten bis zur Schwelle – aber nicht ins Haus: gerade so weit, daß die Tür nicht geschlossen werden kann – und sagen: ›Ich bringe ein Zeichen der Anerkennung für Dame Cora Tamm.‹ Dann wartest du, bis Mutter erscheint, und sagst dein Sprüchlein auf. Kannst du das alles behalten?«

»Ich fürchte, ich werde mir ziemlich blöde vorkommen.«

»Julian Bohost würde das Ritual mit größter Selbstsicherheit vollführen und damit Mutters Bewunderung erwecken.«

»Ich denke, ich werd's überstehen«, sagte Glawen. »Ich komme so schnell wie möglich. Bin schon unterwegs.«

»Das wird heute bestimmt ein interessanter Tag«, sagte Wayness.

Glawen wechselte in passende Kleidung, setzte sich eine Mütze auf, die er keck in die Stirn zog, und verließ die Wohnung. Vom Hausgärtner ließ er sich einen Strauß schöner rosafarbener Jonquillen schneiden, und dann trabte er los zum Stromblick-Haus.

Als er vor der schweren Eingangstür stand, merkte

er, daß sein Herz heftiger als gewöhnlich klopfte. Er murmelte leise: »Bin ich denn wirklich ein solcher Hasenfuß? Dame Cora ist eine freundliche Dame! Ich brauche wirklich keine Angst zu haben.«

Er richtete sein Jackett, zupfte noch einmal den Blumenstrauß zurecht, trat entschlossen vor und klingelte.

Endlose Sekunden vergingen. Die Tür ging auf, und im Rahmen stand Dame Cora höchstselbst, stattlich anzuschauen in einem Gewand aus weichem, dunkelblauem Stoff, dessen feierliche Strenge durch rosarote Streifen gemildert wurde. Sie sah Glawen mit einem Ausdruck milder Überraschung an, welche sich in Bestürzung verwandelte, als er durch die Tür marschierte und ihr in grimmiger Entschlossenheit den Strauß entgegenstieß. »Dame Cora, von meinem Hause zu Ihrem kommt dieser Blumengruß!«

Dame Cora fand nach dem ersten Schreck ihre Sprache wieder. »Die Blumen sind wunderschön, Glawen, und es freut mich sehr, daß du mit den alten Courteoisien vertraut bist, auch wenn du vielleicht nicht alle ihre Implikationen kennst.« Ziemlich lahm fuhr sie fort: »Ich fürchte nur, daß sowohl Milo als auch Wayness heute keine Zeit haben. Aber du siehst sie ja bald wieder in der Schule. Ich werde ihnen ausrichten, daß du hier warst.«

Glawen trat entschlossen vor, so daß Dame Cora sich gezwungen sah, ihm den Weg freizugeben. Er nahm seine Mütze ab und drückte sie ihr in die kraftlos resignierende Hand. »Fürwahr, Glawen, dies ist wirklich eine große Überraschung und eine große Freude. Für wie lange werden wir uns deiner Gesellschaft erfreuen dürfen?«

»Nur für heute, zu meinem Bedauern.«

Dame Cora schloß die Tür mit einem Hauch von unnötigem Nachdruck.

Glawen benutzte die Gelegenheit, um sich umzusehen. Der Raum atmete eine behagliche, altehrwürdiggediegene Atmosphäre. Vom Alter dunkel gewordene Holztäfelung bedeckte die Wände; den Fußboden zierte ein schwerer Teppich, dessen Muster interessante Farbkombinationen aus Schwarz, Schwarz-Rot, Gelbgrün und Blaugrün, belebt mit einigen Tupfern von Dunkelorange, Weiß und Rot, in sich vereinten. An der Rückwand des Raumes stellten eine Reihe von Vitrinenschränken allerlei Nippsachen und Kuriositäten, gesammelt über Äonen von Zeit und Lichtjahre von Raum hinweg, wirkungsvoll zur Schau.

Dame Cora wandte sich von der Tür ab und stand für einen Moment unschlüssig da, auf einem unsichtbaren Stück Zwirn kauend. Dann sagte sie mit wiedergewonnenem Elan in der Stimme: »Natürlich bist du immer ein gerngesehener Gast bei uns, Glawen, aber …«

Glawen verneigte sich. »Sie brauchen nichts weiter zu sagen, Dame Cora. Ich freue mich, bei Ihnen zu sein.«

Wayness kam ins Zimmer. »Wer ist es denn, Mutter?« Sie hatte ihre dunkelgrüne Bluse gegen ein schwärzlich-fahles Kleid eingetauscht, das fast die gleiche Farbe wie ihre Haut hatte; in der Dunkelheit des Raumes erschienen ihre Augen groß und leuchtend. »Glawen, du? Das ist aber eine freudige Überraschung!«

Dame Cora sagte: »Glawen ist als Gast hier, trotz der Unbequemlichkeiten, die die Anwesenheit unserer anderen Gäste für ihn mit sich bringen könnte.«

Wayness kam nach vorn. »Wegen Glawen brauchst du dir keine Gedanken zu machen; er ist flexibel und ganz und gar nicht schüchtern. In jedem Fall werden entweder Milo oder ich für sein Wohlbefinden sorgen.«

»Das ist es ja«, sagte Dame Cora. »Ihr werdet euch beidesamt um Julian kümmern müssen. Ich fürchte, daß Glawen sich ein wenig zurückgesetzt fühlen wird.«

»Unsinn, Mutter! Glawen wird sich prima einfügen. Wenn nicht, kann Milo ja einen langen Spaziergang mit Julian machen, und Glawen und ich unterhalten uns.«

Glawen sagte großzügig: »Das wäre mir schon recht. Sie brauchen meinetwegen wirklich keine Umstände zu machen, Dame Cora!«

Dame Cora verbeugte sich. »Dann überlasse ich dich jetzt Waynessens Obhut, Glawen. Und denk bitte daran, meine Liebe, du darfst nicht ständig nur mit deinem Schulkameraden plaudern, so daß du den armen Julian darüber ganz vernachlässigst.« Sie wandte sich wieder Glawen zu. »Julian ist einer unserer angesehensten jungen Denker. Er ist künstlerisch äußerst beschlagen und sehr progressiv! Ich bin sicher, er wird dir ungeheuer gefallen; im Vertrauen gesagt, er und Wayness tragen sich mit ernsthaften Plänen für die Zukunft.«

»Das ist wahrhaftig eine aufregende Neuigkeit!« sagte Glawen. »Da darf man den jungen Herrn wohl beglückwünschen!«

Wayness lachte. »Das wäre denn wohl doch ein bißchen arg verfrüht. Julian würde ja denken, ich wäre hinter ihm her, was absolut nicht der Fall ist; tatsächlich erstrecken sich unsere ›ernsthaften Pläne‹ lediglich auf einen Ausflug zur Mad Mountain-Hütte später in diesem Jahr.«

Dame Cora sagte kühl: »Wayness, du bist wirklich zu frivol; was soll Glawen von dir denken!« Sie nickte Glawen zu und verließ den Raum, eine düstere Stille zurücklassend.

Glawen wandte sich Wayness zu. Er beugte sich vor, um sie zu küssen, aber sie fuhr zurück. »Glawen! Hast du den Verstand verloren? Mutter kann jeden Moment zurückkommen! Was glaubst du, was du dann zu hören bekommen würdest! Laß uns in den Salon gehen! Da ist's viel gemütlicher und nicht so düster.« Sie wandte sich um und ging voraus durch einen Gang, der in einen großen, luftigen Salon führte. Die hohen Fenster boten eine herrliche Aussicht auf die Lagune. Drei grüne Läufer lagen auf dem hellen Parkettboden; Couches und Sessel waren mit grünen und blauen Stoffen bezogen.

Wayness führte Glawen zu einer Couch; er setzte sich auf das eine Ende, und Wayness ließ sich auf dem anderen nieder. Glawen betrachtete sie von der Seite und fragte sich, ob er wohl jemals begreifen würde, was in diesem hübschen Kopf vorging. »Wo sind denn eure Gäste?« fragte er.

Wayness legte den Kopf schief und horchte. »Julian und Milo sind in der Bibliothek und studieren Karten vom Mad Mountain-Distrikt. Sunje lümmelt sich mit einer Hinterbacke auf der Tischkante und hofft, daß irgend jemand ihren Intellekt bemerkt. Die beiden Hüter neigen Vater über die Kohlen. Das ist ein alljährliches Ritual, das der Konservator mit guter Miene über sich ergehen lassen muß. Hüter Algin Ballinder ist Sunjes Vater; Hüterin Clytie Vergence ist Julians Tante. Dame Etrune Ballinder, die Mutter von Sunje, sitzt mit Mutter oben im Wohnzimmer und tratscht. Sie erzählen sich abwechselnd schlimme kleine Geschichten von der Lasterhaftigkeit und Narretei ihrer Töchter, und immer wenn die eine erzählt, macht die andere entsetzte Geräusche und schlägt erschrocken die Hände über dem Kopf zusammen. Die beiden brauchen das offenbar; es hat eine kathartische Wirkung, und mir kann's nur recht sein; Mutter wird in den nächsten drei oder vier Tagen sehr nett zu mir sein. Und schließlich, im Salon, in vollendeter Förmlichkeit auf der Couchecke sitzend und sich zumindest im Moment anständig benehmend, wäre da noch der mutige und unerschrockene Glawen Clattuc vom Hause Clattuc.«

»Der sich freut, hier zu sein, obwohl er den Grund für seine Anwesenheit nicht so ganz zu erkennen vermag.«

Wayness ließ eine Spur von Gereiztheit erkennen.

»Muß denn alles immer einen Grund haben – wie ein Etikett, das man draufpappt?«

»In diesem Fall sind die Möglichkeiten so quälend, daß ich einfach nicht anders kann, als zu spekulieren.«

Wayness wandte den Blick ab und schaute nachdenklich zur Wand. Mit leiser Stimme rezitierte sie einen Vers aus einem alten Gedicht: »›Stelle dem feuchten dunklen Meer niemals Fragen; du könntest vom Untergang deiner liebsten Schiffe erfahren.‹ So sang der verrückte Poet Navarth.«

Die Worte hingen in der Luft. Schließlich sagte Glawen: »Erzähl mir etwas von deinen Gästen.«

»Sie sind ein kunterbunt gemischter Haufen. Julian und Hüterin Vergence sind flagrante LFFler. Hüter Ballinder ist ein glühender Chartist. Dame Ballinder ist alles egal, solange nur alle höflich sind. Sunje nennt sich Neu-Humanistin; was das bedeutet, weiß keiner so genau, eingeschlossen sie selbst. Das wären dann auch schon alle.«

»Ich bin ganz heiß darauf, sie kennenzulernen, besonders Julian. Deine Mutter ist überzeugt, daß wir uns ungeheuer mögen werden.«

Wayness grinste. »Mutters Traumwelten sind bevölkert mit reizenden Leuten, die sich immer nett benehmen. Ich soll heiraten, zwei süße, artige Kinder aufziehen und vor Stolz erglühen, wann immer Julian ein Manifest herausgibt. Milo ist dazu ausersehen, ein edler Streiter für das Gute zu werden. Er wird sauber, ehrlich, aufrecht und tugendhaft sein: er wird niemals grob zu den Yips sein, geschweige denn sie bekämpfen. Der Konservatsgedanke ist ein hehres Ideal, auch wenn Mutter sich vor häßlichen Kreaturen fürchtet, die knurren und üble Gerüche absondern. Vielleicht sollten sie in Gehegen gehalten werden.«

»Und wie steht dein Vater zu diesen verschiedenen Anschauungen?«

»Oh, Vater beherrscht in Vollendung die Kunst der

liebenswürdigen Verschwommenheit. Er sagt vielleicht: ›Das ist eine interessante Meinung, mein Lieber. Wir müssen sehen, wie weit sie mit der Charta in Einklang steht.‹ Und damit ist die Sache dann auch schon abgehakt.« Sie hob den Kopf und horchte. »Da kommen unsere Gäste aus der Bibliothek.«

Eine hochaufgeschossene junge Frau kam schwungvoll-elegant in den Raum geschlendert. Sie trug eine hautenge pflaumenfarbene Hose und eine schwarze Jacke; ihr schmales, blasses Gesicht wurde von einer Kappe glatten schwarzen Haares umschlossen. Funkelnde schwarze Augen, geschwungene Brauen und ein breiter, spöttischer Mund erweckten den Anschein von Wissenheit, Schalkhaftigkeit und Eingeweihtheit in alle Arten von exotischen Geheimnissen. Ein großer hagerer junger Mann, offenbar Julian Bohost, schlenderte hinter ihr her, in ein Gespräch mit Milo vertieft. Er wirkte ein wenig schlaksig, hatte runde blaue Augen und eine feingeschnittene gerade Nase. Eine Aureole aus hellbraunen Locken umgab sein frisches, hellhäutiges Gesicht; sein wohlklingender, volltönender Tenor durchdrang mit spielerischer Leichtigkeit den Raum: »... wenn man die Lage der Dinge betrachtet, vervielfachen sich die Geheimnisse ... Hallo! Wen haben wir denn da?«

Milo, der die Nachhut der Dreierriege bildete, blieb ebenfalls abrupt stehen, als er Glawen gewahrte. »Sieh an, sieh an! Das Haus quillt heute von Berühmtheiten ja geradezu über! Soll ich die Herrschaften miteinander bekanntmachen, Wayness, oder möchtest du das übernehmen?«

»Mach du das bitte«, sagte Wayness. »Aber versuche, es kurz zu machen; deine Vorstellungen sind oft wie Lobeshymnen bei einem Begräbnis.«

»Ich werde mein Bestes tun«, sagte Milo. »Die Dame hier mit den purpurfarbenen Hosen ist Sunje Ballinder. Der junge Herr neben ihr, nicht ganz so ins Auge fallend, aber gleichermaßen einflußreich, ist Julian Bohost. Beide sind nicht vorbestraft, und beide sind Zierden der feinen Gesellschaft von Stroma. Und hier haben wir den berühmten Glawen Clattuc aus dem gleichnamigen Hause, trotz seiner Jugend schon ein hochrangiger Bediensteter von Amt B.«

»Es ist mir eine Ehre, Sie beide kennenzulernen«, sagte Glawen.

»Mir nicht minder«, sagte Julian.

Sunje musterte Glawen neugierig von der Seite. »Amt B? Was für ein faszinierendes Arbeitsgebiet! Soviel ich weiß, bewachen Sie die Küsten und schützen das Konservat vor Angriffen?«

»So könnte man es sagen«, sagte Glawen. »Aber wir haben natürlich auch noch andere Aufgaben.«

»Würden Sie mich für unverschämt halten, wenn ich Sie fragen würde, ob ich Ihre Waffe mal sehen dürfte?«

Glawen lächelte höflich. »Da muß ich Sie leider enttäuschen. Wir tragen unsere Waffe nur bei uns, wenn wir auf Streife sind.«

»Oh, wie schade! Ich wollte schon immer wissen, ob es wirklich stimmt, daß die Streifenmänner sich für jeden Yip, den sie erlegt haben, eine Kerbe in ihre Waffe feilen.«

Wieder lächelte Glawen. »Dann müßte ich jede Minute meiner freien Zeit mit Feilen verbringen! Mein Job ist es, Yips zu töten, und nicht, Buch zu führen, was sowieso niemals ganz exakt möglich wäre. Wenn ich ein vollbeladenes Boot in Brand schieße, kann ich die Anzahl der Toten nur schätzen. Außerdem wäre eine solche Statistik ohnehin sinnlos, da für jeden Yip, den ich töte, sofort zwei oder drei neue in die Bresche springen. Der Sport hat seinen Kitzel verloren.«

»Könntest du Sunje nicht mal auf eine Streife mitnehmen und sie selbst ein paar Yips schießen lassen?« fragte Milo.

»Ich wüßte nicht, warum das nicht gehen sollte.« Glawen wandte sich Sunje zu. »Aber ich muß Ihre

Hoffnungen gleich dämpfen: eine Abschußgarantie kann ich Ihnen nicht geben. Es vergehen manchmal Tage oder Wochen, ohne daß man auch nur einen Yip vor die Flinte bekommt.«

Julian sah Sunje an. »Was meinst du? Hier ist deine Chance; du mußt sie nur beim Schopf packen.«

Sunje stolzierte quer durch den Raum und warf sich in einen Sessel. »Ich finde, ihr seid alle ziemlich fade und geistlos.«

Milo wandte sich an Glawen: »Vielleicht sollte ich darauf hinweisen, daß Sunje das Programm der Neu-Humanisten unterstützt, die wiederum die Schneide der FFler sind.«

»LFFler, bitteschön.«

»Das sind Begriffe und Phrasen aus der Nomenklatur der Naturalistenpolitik«, erklärte Milo Glawen. »L, F und F stehen für ›Leben‹, ›Frieden‹ und ›Freiheit‹. Julian ist ein glühender Anhänger der Gruppe.«

»Bei so einem Slogan«, sagte Glawen, »wie kann es da überhaupt noch jemand wagen, seine Gegenstimme zu erheben?«

»Es herrscht allgemeine Übereinstimmung darüber, daß der Slogan das Beste am ganzen Programm ist«, sagte Milo.

Julian ignorierte Milos Bemerkung. »So unglaublich es auch klingen mag: die Gegner der großen LFF-Bewegung existieren nicht nur, sie gedeihen sogar wie Unkraut.«

»Das können offenbar nur die ›TKSler‹ sein: die Advokaten von ›Tod‹, ›Krieg‹ und ›Sklaverei‹. Hab ich recht?« sagte Glawen.

»Sie sind schlau und verschlagen!« sagte Julian. »Sie würden ihre wahren Farben niemals so offen und schamlos zur Schau tragen. Sie nennen sich statt dessen lieber Chartisten und glauben, sie könnten sich behaupten, indem sie uns mit drolligen alten Dokumenten vor der Nase herumwedeln.«

»Diese Dokumente sind bekannt als die Artikel der Naturforschergesellschaft, bisweilen auch ›die Charta‹ genannt«, sagte Milo. »Julian, wie wär's, wenn du sie bei Gelegenheit mal durchlesen würdest?«

Julian machte eine abwechselnde Geste. »Aus der Ignoranz heraus läßt sich viel leichter argumentieren.«

»Was ich hier so höre, erschreckt mich doch ziemlich, muß ich gestehen«, sagte Glawen. »Hier in Araminta betrachten wir die Charta als das Oberste Gesetz des Universums. Jeder, der etwas anderes denkt, muß entweder ein Yip sein oder ein Verrückter oder der Teufel persönlich.«

»Und welcher dieser drei Kategorien würdest du dich zuordnen, Julian?« fragte Wayness.

Julian überlegte. »Man hat mich schon als einen aufgeblasenen jungen Zeck bezeichnet, als Pappnase und als Knalltüte, und vorhin fiel auch mal, wenn ich mich recht erinnere, der Begriff ›geistlos‹, aber ich bin weder ein Yip, noch ein Verrückter, noch bin ich der Teufel! Alles in allem bin ich nicht mehr als ein ernster junger Bursche, nicht viel anders als Milo.«

»Halt, halt! Moment!« rief Milo. »Ich bin nicht so sicher, ob Julian das als Kompliment meint!«

»Es muß ein Kompliment sein!« sagte Wayness. »Julian würde sich nie mit etwas auf eine Stufe stellen, das nicht das Feinste und Beste ist, oder zumindest das Modischste!«

»Nun gut«, sagte Milo widerstrebend, »ich gebe zu, daß es gewisse Ähnlichkeiten zwischen uns gibt. Wir tragen beide unsere Schuhe so, daß die Absätze hinten sind. Wir essen beide mit Messer und Gabel, allein schon, um uns nicht auf die Finger zu beißen. Aber ich bestehe darauf, daß es Unterschiede zwischen uns gibt. Ich bin ruhig und methodisch, während Julian mit schlauen Gedanken nur so um sich wirft, wie ein Hund, der sich Fliegen aus dem Fell schüttelt. Wo er sie immer herholt, weiß der Geier.«

»Ich kann dafür eine ziemlich läppische Erklärung anbieten«, sagte Julian. »Als ich klein war, habe ich Unmengen gelesen, Tag und Nacht, und dabei die Gedanken von fünfhundert Gelehrten aufgesogen. Beim Versuch, diesen gewaltigen Wissensklumpen zu verdauen, habe ich intellektuelle Darmkrämpfe gekriegt, die ...«

Wayness hob die Hand. »Ich darf vielleicht daran erinnern, daß es gleich Mittagessen gibt, und wenn du deine Metapher bis zur detaillierten Schilderung des Dünnpfiffs weiterzuspinnen gedenkst, entferne ich mich lieber, bevor mir der Appetit vergeht. Die arme Sunje ist jetzt schon ganz grün im Gesicht.«

Julian verbeugte sich. »Dein Hinweis ist absolut zutreffend. Ich werde meine Sprache mäßigen. Also, kurz gesagt: wenn mir ein Gedanke in den Kopf kommt, egal ob klug oder sonstwas, fange ich mich sofort an zu fragen, woher er stammen könnte. Ist dieser Gedanke wirklich von mir, oder stoße ich bloß das auf, was ein anderer vor mir schon einmal gedacht hat? Deshalb zögere ich oft, eine wunderbare neue Idee als von mir stammend auf den Markt zu werfen, aus Angst, daß irgendein anderer, der klüger und gelehrter ist als ich, sie wiedererkennen und mich des Plagiats zeihen könnte.«

»Eine interessante Idee!« sagte Milo.

Glawen nickte. »Das fand ich auch, als ich vor ein paar Tagen zum erstenmal darauf stieß.«

»He?« sagte Julian. »Wie meinen Sie das?«

»Ich bin zufällig in der Lage, Ihre These zu bestätigen, wenngleich ich natürlich mit Entschiedenheit darauf hinweisen muß, daß mein Fundus an Gelehrsamkeit dem Ihren nicht annähernd vergleichbar ist.«

»Was genau willst du uns denn sagen?« fragte Milos.

»Vor ein paar Tagen warf ich aus einem bestimmten Anlaß einen Blick in die Werke des Philosophen Ronsel de Roust, die in Bjärnstras Standardwerk Einführung in die Werke von Fünfhundert Herausragenden Denkern mit Ausführlichen Anmerkungen und Kommentaren auszugsweise abgedruckt sind. Im Vorwort beschreibt Bjärnstra Schwierigkeiten von der Art, wie Sie sie eben vorgetragen haben, und zwar unter Verwendung ähnlicher, wenn nicht sogar identischer Termini. Reiner Zufall natürlich, aber dennoch sehr aufschlußreich.«

»Ich glaube, wir haben ein Exemplar des Bjärnstra da drüben im Regal«, sagte Milo.

Sunje, die quer über dem Sessel hin lag wie eine große Stoffpuppe, gab ein rauhes Lachen von sich. »Ich muß unbedingt ein Exemplar von diesem nützlichen Buch haben!«

»Kein Problem«, sagte Wayness. »Das kriegst du überall.«

»Ein Rätsel bleibt noch offen«, sagte Milo. »Warum, Glawen, warst du an Ronsel de Roust interessiert?«

»Das ist ganz einfach zu erklären. Namour erzählte, sein Lieblingsphilosoph sei de Roust; also hab ich ihn aus purer Neugier im Bjärnstra nachgeschlagen. Ansonsten ist da nichts Geheimnisvolles dran, außer vielleicht Namours Interesse für de Roust.«

»Und wer ist dieser gelehrte Namour?« fragte Julian.

»Er ist der Arbeitskräftekoordinator für die Station; ein Clattuc-Collateraler.«

Wayness sagte: »Wann immer irgend etwas Außergewöhnliches geschieht, kann man sicher sein, daß ein Clattuc mit im Spiel ist.«

Eine Folge von leisen, wohlklingenden Tönen hallte durch das Haus. Wayness sprang auf. »Das Essen ist fertig. Bitte seid ordentlich und benehmt euch.«

Das Mittagessen wurde auf einer Veranda serviert, im Schatten von vier prächtigen Marquisadebäumen, direkt am Ufer der Lagune. Dame Cora nahm die Sitzeinteilung vor. »Egon, du sitzt natürlich an deinem gewohnten Platz. Dann – wie machen wir das am besten? – Sunje, du setzt dich dorthin, daneben Milo, dann Clytie, wenn du so nett bist, und Glawen. Wayness, du sitzt rechts neben deinem Vater. Dann Julian – ich bin sicher, ihr zwei werdet einiges zu besprechen haben –, dann Etrune bitte. Algin, du sitzt hier, neben mir. Nun … ah … ich würde vorschlagen, daß wir im Interesse des Friedens und der Harmonie die Politik während des Essens aus dem Spiel lassen. Meint ihr nicht auch?«

»Ich stimme aus humanitären Gründen dagegen«, sagte Milo. »Das können wir dem armen Julian doch nicht antun.«

Dame Cora sagte mit tadelnder Stimme: »Also Milo, bitte, mäßige dich! Julian versteht vielleicht nicht, daß du es nicht böse gemeint hast.«

»Ganz recht! Julian, ganz gleich, was ich sage, bitte nimm es nicht krumm.«

»Das würde ich nicht im Traum tun«, sagte Julian träge. »Ehrlich, ich habe nichts weiter vor, als brav und bescheiden hier zu sitzen und das Essen und die gute Luft zu genießen.«

»Recht gesprochen, Julian!« sagte seine Tante Clytie Vergence, eine hübsche, wenngleich recht strenge Frau in mittlerem Alter mit kastanienbraunem Kraushaar, stechenden grauen Augen, energischen Zügen und eindrucksvoll üppigen Formen. »Dies ist in der Tat ein freudiges Ereignis. Die Waldluft ist herrlich erfrischend.«

Und so war das Mahl: als Vorspeise gab es eine helle Suppe von Meeresfrüchten, eigenhändig von der Hausherrin am Strand gesammelt; dazu wurde grüner Salat und gegrilltes Haushuhn gereicht. Die Hauptspeise bestand aus einem Eintopf aus Bohnen, Würstchen, Kräutern und Morcheln, im Römertopf geschmort. Den krönenden Abschluß bildete ein Dessert von geeister Melone.

Nach dem ersten Krug Wein lockerte sich die Stimmung; Konversation plätscherte und perlte ringsum und über den Tisch hin und her, begleitet von gelegentlichen schicklichen kleinen Lachern, hier und da untermalt von Julians volltönenden Perorationen und Aperçus – letztere manchmal witzig, manchmal klug, jedoch stets von exquisiter Spitzfindigkeit. Glawen hingegen, eingekeilt zwischen Dame Cora zu seiner Linken und Hüterin Clytie Vergence zu seiner Rechten, vermochte nur wenige Themen von allgemeinem Interesse zu finden und saß den größten Teil der Zeit still da.

Die Gruppe beendete das Dessert und nippte grünen Tee. Dame Cora lenkte das Gespräch auf Julians geplanten Ausflug zur Mad Mountain-Hütte. »Haben die Karten dir irgendwie weiterhelfen können?«

»Oh, unbedingt! Aber ich werde mir erst eine Meinung bilden, wenn ich das Gebiet persönlich in Augenschein genommen habe.«

Hüter Ballinder wandte sich abrupt um. »Dürfte ich vielleicht erfahren, worum es hier geht?«

Hüterin Vergence sagte: »Ich bin schon seit langem der Ansicht, daß wir an der Situation im Mad Mountain etwas ändern sollten. Ich möchte, daß Julian sich die Sache einmal anschaut, bevor ich meine Empfehlungen abgebe.«

»Was für Empfehlungen?« Hüter Ballinder, massig wie ein Bulle, mit lodernden schwarzen Augen, dichtem schwarzen Haar und einem breiten, vorspringenden Kinn, das von einem struppigen schwarzen Bart eingerahmt war, starrte seine Kollegin argwöhnisch an. Sie erwiderte in kühlem Ton, so als belehre sie ein bockiges Kind: »Die Touristen strömen in hellen Scharen zur Mad Mountain-Hütte, und es bestehen Pläne, die Hütte durch einen Anbau zu erweitern. Ich bezweifle, ob dieser Ausbau wünschenswert ist. Die Touristen kommen dorthin, um sich das Gemetzel unten in der Ebene anzuschauen. Indem wir verstärkt Bettenkapazitäten zur Verfügung stellen, bringen wir uns in die moralisch unhaltbare Situation, daß wir dem absto-ßendsten aller menschlichen Charakterzüge Vorschub leisten.«

»Das ist leider nicht zu bestreiten«, sagte Hüter Ballinder. »Aber das Spektakel findet auch so statt, ob wir nun davon profitieren oder nicht, und wenn wir auf das Geld der Touristen verzichten, dann geben sie es halt anderswo aus.«

»Richtig«, sagte Hüterin Vergence. »Aber vielleicht können wir diese abscheulichen Kampfhandlungen überhaupt stoppen, was eine höchst konstruktive und heilsame Errungenschaft darstellen würde.«

Die Miene von Hüter Ballinder versteinerte sich. »Ich glaube, den satten, reifen Geruch der LFF-Ideologie aus deinen Worten herauszuriechen.«

Dame Clytie warf ihm ein geringschätziges Grinsen zu. »Na und? Irgendeiner muß ja einen moralischen Druck auf diese mittelalterliche Gesellschaft ausüben. Daran hat es ihr bislang bitter gemangelt!«

Hüter Ballinder verdrehte die Augen, blies die Luft aus den Backen und erklärte: »Suhlt euch meinetwegen in eurer Moral, ergötzt euch an ihr, hätschelt sie und betet sie an! Pappt sie euch auf die Brust und hängt sie euch um den Hals! Aber verschont das Konservat mit ihr!«

»Komm, komm, Algin! Jetzt sei doch bitte nicht so schrecklich bombastisch und denk einmal in deinem Leben über deinen bornierten Horizont hinaus, statt einfach den Kopf zurückzuwerfen und draufloszupoltern! Moralische Prinzipien sind sinnlos, wenn sie nicht angewendet werden. In ganz Cadwal herrscht ein himmelschreiender Bedarf nach einer neuen moralischen Sichtweise, und Mad Mountain ist ein einschlägiges Beispiel dafür.«

»Da liegst du um hundertachtzig Grad falsch. Dieser Lebenskampf findet schon seit Millionen von Jahren statt; er erfüllt offensichtlich einen fundamentalen ökologischen Zweck, und ich für mein Teil habe keine Lust, daran herumzupfuschen. Dies ist das grundlegende Gebot, das uns von der Charta auferlegt ist.«

Hüterin Clytie Vergence schnaubte auf. »Ich bin an einem Stadium in meinem Leben angelangt, wo ich mich nicht mehr dadurch einschüchtern lasse, daß du mir ein antikes Dokument um die Ohren schlägst!«

»Hier hören wir die Stimme des progressiven Realismus erschallen – laut, kühn und klar!« rief Julian. »Die Zeit ist gekommen! Auch ich habe die feuchtkalte, tote Hand des ›Damals‹ auf meinem Arm gespürt und habe sie abgeschüttelt! Vorwärts mit der LFF!«

Milo klatschte in die Hände. »Großartig, Julian! Das nenne ich Stil! Hast du dir schon mal überlegt, Karriere in der Politik zu machen?«

Sunje sagte mit matter Belustigung: »Milo, was bist du dumm! Er ist doch schon in der Politik!«

»Und ein sehr mutiger Verfechter seiner Sache!« rief Dame Cora. »Wayness, findest du nicht auch?«

»Natürlich! Julian versteht es meisterhaft, sich verständlich zu machen! Glawen, mir ist aufgefallen, daß du dich nervös auf deinem Stuhl gewunden hast, während Hüterin Vergence sprach. Wolltest du ihre Ausführungen bekräftigen?«

Alle Augen wandten sich auf Glawen, der nach einem nachdenklichen Seitenblick auf Hüterin Vergence sagte: »Unserer Gastgeberin ist es lieber, wenn wir das Thema Politik vermeiden, daher möchte ich meine Ansichten für mich behalten.«

Dame Cora lächelte und tätschelte Glawen die Schulter. »Wie aufmerksam von dir! Wenn Milo doch nur deinem Beispiel folgen könnte!«

»Eben darum bin ich gespannt darauf, Glawens Standpunkt zu erfahren!« entgegnete Milo. »Seine Bescheidenheit und Zurückhaltung lassen vermuten, daß er die LFFler unterstützt. Ist das wahr, Glawen? Beantworte uns wenigstens diese eine Frage!«

»Ein andermal«, sagte Glawen.

Hüterin Vergence fragte ihn: »Ich höre, Sie sind bei Amt B beschäftigt?«

»Ganz recht.«

»Und welche Art von Dienst müssen Sie da verrichten?«

»Ich bin noch in der Ausbildung. Nebenbei verrichte ich den einen oder anderen Job für den Leiter: kleinere Aufgaben, die unter der Würde der höheren Offiziere sind. Und dann mache ich natürlich Patrouillenflüge über allen Abschnitten von Deucas.«

Julian sagte mit spöttischem Schmunzeln: »Den meisten Spaß, darf ich annehmen, machen natürlich die Flüge über dem Küstengebiet von Marmion.«

Glawen schüttelte den Kopf. »Entgegen Julians obsessiver Überzeugung dienen unsere Patrouillenflüge sehr ernsten Zwecken. Kurz gesagt, wir bewachen das Territorium des Konservats, und wir überfliegen jede Provinz mehrmals pro Jahr.«

»Wenn ich jetzt so spontan überlege«, sagte Dame Clytie, »kann ich mir gar nicht vorstellen, nach was Sie da eigentlich suchen.«

»Wir liefern den Wissenschaftlern Informationen; wir unterstützen ihre Expeditionen und retten sie manchmal. Wir beobachten und melden Vorfälle aller Art: Naturkatastrophen, abnorme Herdenbewegungen, saisonal atypische Stammeswanderungen. Manchmal entdecken wir menschliche Eindringlinge, von Außenwelten oder anderswo, und nehmen sie in Gewahrsam, gewöhnlich ohne Ergebnis. Im Grunde genommen wissen wir eigentlich nie, was uns erwartet, wenn wir auf Patrouille gehen. Wir können zum Beispiel einen Krabenklotter finden, der im Sumpf feststeckt, was eine Menge schmutziger Arbeit bedeutet und eine Herausforderung an unser berufliches Können darstellt.«

»Was macht ihr denn in so einem Fall?« fragte Wayness.

»Wir landen, montieren das passende Hebezeug, schleppen das Biest frei, und dann geben wir Fersengeld, um unsere Haut vor dem undankbaren Geschöpf zu retten.«

»Und so was macht ihr ganz allein?«

»Was bleibt uns anderes übrig, wenn wir nicht genügend Personal haben? Aber wir versuchen halt das Beste draus zu machen, und in der Regel kriegen wir so einen Job auch hin, und sei es aus reiner Eitelkeit. Die Ausbildung von Amt B zielt darauf ab, daß wir in jeder Situation und unter allen Umständen kompetent handeln.«

»Und so siehst du dich selbst auch?« fragte Sunje.

Glawen grinste. »Da muß ich wohl noch einiges lernen. Ich wäre gern so geschickt und tüchtig wie mein Vater.«

Julian fragte mit höflichem Lächeln: »Und was geschieht, wenn Sie menschliche Eindringlinge finden?«

»Das sind meistens kleine Banditen, die die Edelsteinlager plündern wollen.«

»Ich könnte mir vorstellen, daß das gefährliche Burschen sind, die schnell mit der Waffe bei der Hand sind.«

»Manchmal sind sie das, aber wir haben Methoden, um mit ihnen fertigzuwerden. Wir haben Sensoren, die uns ihre Anwesenheit melden. Unser erster Schritt ist es dann, ihr Fahrzeug zu finden und es unbrauchbar zu machen, um ihre Flucht zu verhindern. Wenn das geschehen ist, fordern wir sie über Lautsprecher auf, ihre Waffen fallenzulassen und aus ihrem Versteck herauszukommen. Im Normalfall ist die Sache damit auch schon erledigt.«

»Und was passiert dann?«

»Wenn sie sich sofort ergeben, kommen sie mit zwei oder drei Jahren Zwangsarbeit an der Cape Journal-Trasse davon. Wenn sie bewaffneten Widerstand leisten, werden sie an Ort und Stelle getötet.«

Sunje schüttelte sich mit übertriebener Heftigkeit. »Das Personal von Amt B scheint ja sehr flott mit dem Exekutieren bei der Hand zu sein. Ihr gesteht euren Gefangenen keine Anhörung, kein Gerichtsverfahren, kein Berufungsrecht zu?«

»Unsere Bestimmungen sind allgemein bekannt. Die Gerichtsverfahren, von denen du sprichst, werden automatisch erhoben, verhandelt und abgewiesen, in einem einzigen knappen Urteilsspruch. Es ist in etwa vergleichbar mit einer Hotelrechnung, in der alles schon inbegriffen ist. Die einzelnen Punkte noch einmal aufzuführen, wäre zuviel des Guten. Wenn die Banditen unsere Bestimmungen unannehmbar finden, können sie ja woandershin gehen.«

Sunje fragte mit metallisch klingender Stimme: »Hast du selbst schon einmal solche Banditen getötet – obwohl du wußtest, daß sie eure Bestimmungen vielleicht gar nicht kannten?«

Glawen verzog den Mund zu einem schiefen Lächeln. »Wenn ein Bandit versucht, dich zu töten, dann bleibt dir keine Zeit für Mitleid. Dann stellst du dir die Frage erst gar nicht, ob sie die Bestimmungen vielleicht nicht kennen.«

Dame Clytie sagte kühl: »Darf ich Ihnen eine Frage stellen, da das Thema ja nun einmal zur Sprache gekommen ist: was geschieht mit den Yips, die Sie an der Küste aufgreifen? Töten Sie die mit derselben unbekümmerten Gleichgültigkeit?«

Glawen zeigte ein mildes Lächeln. »Ich kann Ihre Frage nicht direkt beantworten, da die Yips sich fast immer widerstandslos ergeben.«

»Nun denn: was passiert mit ihnen?«

»Das hat sich im Laufe der Jahre geändert. Anfangs wurden sie lediglich tätowiert, zwecks Kennzeichnung, und auf die Lutwen-Inseln zurückgeschickt. Da diese Politik keinerlei abschreckende Wirkung hatte, ging man dazu über, sie nach Cape Journal zur Zwangsarbeit an der Trasse zu schicken. Das ging so lange gut, bis wir keine weiteren Arbeitskräfte mehr aufnehmen konnten. Jetzt verwenden wir eine neue Methode, die sehr gut zu funktionieren scheint!«

»Und wie sieht diese neue Methode aus?«

»Die Yips dienen ihre Zeit nicht mehr am Cape Journal ab; statt dessen werden sie auf Außenwelten geschickt, nach Soumjiana oder nach Moultons Welt, wo sie Arbeitskontrakte mit zwei- oder dreijähriger Laufzeit ableisten müssen. Mit den Erlösen können wir alle unsere Ausgaben decken; sobald der Kontrakt erfüllt ist, werden die Yips ins Angestelltenverhältnis übernommen und können tun und lassen, was sie wollen – außer, nach Cadwal zurückkehren. Sie gelten dann de facto als Emigranten, was wir damit ja auch letztendlich bezwecken. Jeder ist glücklich mit dieser Lösung, außer natürlich – begreiflicherweise – der Oomphaw, der lieber seine eigenen Arbeitskontrakte aushandeln möchte.«

Egon Tamm blickte durch die Runde. »Gibt es noch weitere Fragen? Oder haben wir die Arbeit von Amt B jetzt ausführlich genug kennengelernt?«

Dame Clytie sagte grimmig: »Ich habe sogar mehr erfahren, als ich eigentlich wissen wollte.«

Dame Cora blickte zum Himmel. »Ich glaube, es ist eine leichte Brise aufgekommen, und es wird ein bißchen ungemütlich. Sollen wir nicht ins Haus gehen?«

Die Gesellschaft begab sich in den Salon. Dame Cora bat um Gehör. »Jeder mag es sich jetzt nach Lust und Laune bequem machen. Etrune und ich wollen uns ein paar meiner Blätter-Drucke anschauen. Sie sind wirklich exquisit, und wie die Lehrbücher versichern, scheinen sie ›von der Essenz des Pflanzlichen durchdrungen‹ zu sein. Clytie, hättest du nicht Lust, dich uns anzuschließen? Und du, Sunje?«

Sunje schüttelte lächelnd den Kopf. Dame Clytie

sagte: »Vielen Dank, Cora, aber ich bin im Moment ganz und gar nicht in vegetativer Stimmung.«

»Wie du wünschst. Milo, du könntest doch Sunje und Glawen den geheimen Felsentümpel zeigen, den du neulich entdeckt hast.«

»Dann wäre er ja nicht mehr geheim«, sagte Milo. »Sie können ihn selbst suchen gehen, wenn sie wollen. Ich zeige inzwischen Julian unsere neue Enzyklopädie der Kampfgeräte.«

»Im Namen der edlen Gaea selbst«, stieß Dame Clytie ächzend hervor, »wozu denn das?«

Milo zuckte die Achseln. »Manchmal ist es bequemer, Konkurrenten zu töten, als sich mit ihnen zu streiten, besonders, wenn man zufällig zu spät zu einer Verabredung kommt.«

Dame Cora preßte die Lippen zusammen. »Milo, dein Humor grenzt ans Bizarre und könnte sogar als geschmacklos empfunden werden.«

Milo verbeugte sich. »Ich akzeptiere dein Urteil und nehme alles zurück! Komm, Julian, ich zeige dir den Felsentümpel.«

»Nicht so direkt nach dem Essen«, sagte Julian. »Ich bin noch ein bißchen schlaff.«

»Du mußt das tun, was du möchtest«, sagte Dame Cora wohlwollend. »Etrune, sollen wir uns jetzt die Drucke anschauen?«

Die beiden Damen gingen hinaus. Die anderen Gäste verteilten sich im Raum. Glawen überlegte, ob dies nicht ein guter Moment sei, um die Party zu verlassen. Wayness spürte seinen schon halb gefaßten Entschluß; mit einem verdeckten Fingerzeig und einem angedeuteten Kopfschütteln gab sie ihm zu verstehen, daß sie nicht wollte, daß er schon ginge.

Glawen setzte sich auf die Kante der Couch, wie schon vorher. Dame Clytie kam durch den Raum geschlendert und setzte sich Julian gegenüber.

Milo und Wayness machten sich am Sideboard zu

schaffen und servierten gleich darauf Gläser mit gesüßtem Branntwein und Sticks aus hartem dunklen Gebäck. Wayness sagte zu Glawen: »Damit vertreiben wir uns die langen dunklen Winterabende in Stroma. Du mußt das Ende der Stange in den Branntwein tunken, bis es weich ist, und es dann abbeißen. Das Ganze kommt einem zuerst ein bißchen albern vor, aber nach einer Weile wirst du feststellen, daß du gar nicht mehr aufhören möchtest.«

Dame Clytie winkte dankend ab. »Ich habe nicht die Geduld für so eine Mümmelei.«

»Dann trinken Sie den Branntwein doch einfach so«, schlug Milo vor.

»Nein danke. Ich bin ein bißchen aufgewühlt, und wenn ich jetzt Branntwein trinken würde, bekäme ich sofort einen Schwips.«

Milo fragte besorgt: »Möchten Sie sich vielleicht ein wenig hinlegen und ausruhen?«

»Nein danke, ganz bestimmt nicht!« fuhr Dame Clytie ihn bissig an. »Meine Erregung ist rein geistiger Natur. Wenn du's genau wissen willst, ich bin schockiert und entsetzt über das, was ich beim Lunch gehört habe.«

Hüter Ballinder lächelte kühl. »Wenn ich die Zeichen nicht mißdeute, scheint es so, daß wir den Grund für Dame Clyties Entsetzen gleich erfahren und vielleicht an ihrem Kummer teilhaben können.«

»Ich kann nicht verstehen, wieso du nicht auch berührt und betroffen bist«, sagte Dame Clytie und warf ihm einen vorwurfsvollen Blick zu. »Du hast gehört, wie dieser junge Herr, ein Streifenbeamter von Amt B, seine Arbeit beschrieben hat. Dabei wird dir doch gewiß sein bestürzender Mangel an Betroffenheit – oder sollte ich es besser moralische Leere nennen – aufgefallen sein? Ich finde das, gelinde gesagt, erschütternd bei einem so jungen Menschen.«

Glawen versuchte, ein Wort des Einspruchs zu erheben, aber seine Stimme wurde übertönt vom Organ der Hüterin, die sich, einmal in Fahrt gekommen, nicht mehr bremsen ließ. »Und was erfahren wir über Amt B?« rief sie mit vor Entrüstung bebender Stimme. »Wir entdecken Gleichgültigkeit gegenüber der menschlichen Würde und schamlose Mißachtung grundlegender Menschenrechte! Wir erfahren von abscheulichen Schandtaten, begangen mit kühler Zweckbestimmtheit! Wir entdecken eine arrogante, prahlerische Selbstherrlichkeit und Selbstgerechtigkeit, die der Konservator offenbar nicht in die Schranken zu weisen wagt! Er hat sich eindeutig aus seiner Verantwortung gestohlen, während Agenten von Amt B nach Gutdünken auf dem Kontinent schalten und walten, Menschen gefangennehmen, töten, deportieren und wer weiß was sonst noch. Mit einem Wort, ich bin entsetzt!«

Hüter Ballinder wandte sich zu Egon Tamm um. »Hören Sie sich das an, Konservator! Was sagen Sie zu diesen massiven Anschuldigungen?«

Egon Tamm schüttelte ernst den Kopf. »Die Hüterin Vergence spricht im Übereifer! Wenn Ihre Beschuldigungen berechtigt wären, würden sie eine schwere Anklage gegen mich und meine Arbeit darstellen. Zum Glück jedoch sind sie vollkommen aus der Luft gegriffen. Die Hüterin Vergence ist eine schätzenswerte Person, aber sie hat eine selektive Art der Wahrnehmung, die nur das durchläßt, was zu ihrer vorgefaßten Meinung paßt.

Entgegen ihren Befürchtungen überwache ich die Arbeit von Amt B mit großer Sorgfalt. Ich kann nur feststellen, daß das Personal von Amt B sich in seiner Arbeit gewissenhaft an die gesetzlichen Bestimmungen des Konservats hält, wie sie in der Charta festgelegt sind. So einfach ist das.«

Julian Bohost richtete sich in seinem Sessel auf. »Aber letztendlich ist es eben doch nicht so einfach. Das Gesetz, von dem Sie hier sprechen, ist ganz eindeutig überholt und weit davon entfernt, unfehlbar zu sein.«

Hüter Ballinder fragte in scharfem Ton: »Du spielst auf die Charta an?«

Julian lächelte. »Bitte! Wir sollten doch alle jede Gehässigkeit oder Irrationalität oder Hysterie aus dem Spiel lassen! Die Charta ist schließlich keine göttliche Offenbarung. Sie war zu dem Zweck verfaßt worden, ein bestimmtes Gefüge von Bedingungen zu kontrollieren und zu regeln. Die Bedingungen haben sich verändert; die Charta ist geblieben: ein zerbröckelnder Megalith, der finster über vergangene Zeiten brütet.«

Dame Clytie kicherte. »Julians Metaphern sind vielleicht ein wenig übertrieben, aber er trifft den Kern der Sache. Die Charta ist in keiner Weise mehr zeitgemäß, und sie muß zuallermindest überarbeitet und mit dem heutigen Denken in Einklang gebracht werden.«

Wieder versuchte Glawen, einen Einwand zu machen, aber Dame Clytie fuhr schwungvoll fort: »Wir müssen zu einer Verständigung mit den Yips kommen; das ist unser vorrangigstes Problem. Wir können dieses willfährige Volk nicht weiter so schmählich mißhandeln. Wir müssen damit aufhören, es abzuschlachten und aus seiner angestammten Heimat zu verschleppen. Ich sehe nichts Gefährliches darin, wenn wir ihnen gestatten, sich im Küstengebiet von Marmion anzusiedeln; auch dann bleibt immer noch genügend Platz für die Tierwelt.«

Milo rief erstaunt: »Meine liebe Dame Clytie! Sie scheinen eines zu vergessen: im Nutzungsvertrag der Naturforschergesellschaft ist eindeutig festgelegt, daß Cadwal für alle Zeiten als Naturschutzgebiet zu erhalten ist und jegliche menschliche Besiedlung strikt verboten ist, mit Ausnahme jener, die durch die Charta ausdrücklich geregelt ist. Das ist die Sachlage: daran gibt es nichts zu rütteln.«

»O doch! Als Hüterin und Mitglied der LFF-Partei

kann und werde ich dagegen angehen; der bisherige Kurs bedeutet Krieg und Blutvergießen.«

Sie hätte weitergeredet, wenn nicht Wayness sie unterbrochen hätte. »Glawen, möchtest du etwas dazu sagen? Wie ist deine Meinung zu dieser Sache?«

Glawen warf ihr einen Blick zu; sie lächelte ihm ganz unverhohlen zu. Etwas Kaltes umklammerte sein Hirn. Hatte sie ihn bloß hierhergeholt, damit er die Party mit einem amüsanten Auftritt unterhielt? Hatte sie die Absicht, ihn bloßzustellen? Er sagte steif: »Ich bin in gewisser Hinsicht ein Außenstehender; es wäre anmaßend von mir, mich in die Diskussion einzumischen.«

Egon Tamm blickte von Glawen zu Wayness, dann wieder zu Glawen. »Ich für mein Teil betrachte dich nicht als Außenstehenden, und ich würde gern deine Meinung hören.«

»Ja, sprich, Glawen!« rief Hüter Ballinder. »Alle haben ihren Senf dazugetan; jetzt wollen wir deinen Beitrag hören!«

Sunje sagte mit liebenswürdigem Lächeln: »Wenn du Angst hast, du könntest von einem wütenden Mob aus dem Haus gejagt werden, warum machst du dann nicht gleich deinen Abgang, bevor du mit deiner Rede überhaupt erst anfängst?«

Glawen schenkte ihr keine Beachtung. »Ich bin verblüfft über eine bemerkenswerte Unklarheit, die Sie alle offenbar zu ignorieren scheinen. Möglicherweise bin ich aber auch schlicht uninformiert über irgendeine spezielle Abmachung oder Übereinkunft, die alle anderen als selbstverständlich voraussetzen.«

»Nun red endlich, Glawen!« rief Milo. »Deine Befürchtungen interessieren nicht; du spannst uns auf die Folter! Brich endlich die Spannung!«

Glawen sagte würdevoll: »Ich habe lediglich versucht, ein heikles Thema mit einem gewissen Maß an Takt anzuschneiden.«

»Scher dich nicht um den Takt; komm zur Sache! Oder willst du erst eine schriftliche Einladung?«

»Wir sind auf das Schlimmste gefaßt«, erklärte Egon Tamm. »Ich bitte dich lediglich darum, die Keuschheit meiner Frau nicht in Frage zu stellen, die nicht zugegen ist und sich nicht verteidigen kann.«

»Ich kann sie ja holen«, sagte Wayness, »wenn es das ist, was Glawen beabsichtigt.«

»Das brauchst du nicht«, sagte Glawen. »Meine Bemerkungen betreffen Dame Clytie. Ich stelle fest, daß sie ein Amt bekleidet, das sich direkt aus der Charta herleitet, das mit Pflichten und Aufgaben verbunden ist, die durch die Charta festgelegt sind und die die unbedingte und uneingeschränkte Verteidigung des Konservats gegen alle Feinde und Eindringlinge einschließen. Wenn Dame Clytie die Charta in Frage stellt oder herabwürdigt oder auf irgendeine andere Weise auszuhöhlen trachtet oder versucht, das Konservat zu unterminieren, so hat sie in dem Moment ihr Amt verwirkt. Sie kann nicht beides haben. Entweder sie verteidigt die Charta ohne jeden Vorbehalt, oder sie muß unverzüglich von ihrem Amt zurücktreten. Falls ich sie nicht falsch verstanden habe, hat sie ihre Wahl bereits getroffen und ist somit von nun an ebenso wenig mehr Hüterin, wie ich es bin.«

Totenstille herrschte im Raum. Julians Kinnlade war heruntergeklappt und gab den Blick auf ein rosafarbenes Loch frei. Wayness' Grinsen hatte sich zu einem Schatten verflüchtigt. Egon Tamm tunkte nachdenklich eine Gebäckstange in seinen Branntwein. Hüter Ballinder starrte Glawen unter gesenkten Augenbrauen an. Sunje sagte mit heiserem Flüstern: »Wenn du flüchten willst – die Bahn ist frei.«

Glawen sagte: »Bin ich zu weit gegangen? Mir schien, daß diese Frage einer Klarstellung bedurfte. Wenn ich mich dabei im Ton vergriffen haben sollte, so bitte ich um Entschuldigung.«

Hüter Ballinder sagte trocken: »Ihre Äußerungen waren höflich genug. Gleichwohl, Sie haben Dame Clytie etwas ins Gesicht gesagt, das ihr bisher noch nie jemand dargelegt hat, und schon gar nicht in dieser Deutlichkeit und Direktheit. Meinen Respekt, junger Mann!«

Julian sagte behutsam: »Wie Sie selbst vorhin zu bedenken gegeben haben, gibt es in diesem Fall Verflechtungen und Feinheiten, in die Sie als Außenstehender schlechterdings keinen Einblick haben können. Das Paradoxon, das Sie anführen, ist nur offensichtlich; Dame Clytie wurde ordnungsgemäß zur Hüterin gewählt, und sie ist so sicher im Amt wie jeder andere, trotz ihrer progressiven Philosophie.«

Dame Clytie holte tief Luft und sagte zu Glawen: »Sie stellen mein Recht auf das Amt in Frage. Aber ich leite mein Privileg nicht von der Charta ab, sondern vom Votum meiner Wählerschaft. Was sagen Sie dazu?«

»Gestatte mir, daß ich diese Frage beantworte«, sagte Egon Tamm. »Cadwal ist ein Konservat, das vom Konservator über Station Araminta verwaltet wird. Es ist keineswegs eine Demokratie. Die Regierungsgewalt leitet sich von der ursprünglichen Nutzungsgarantie an die Naturforschergesellschaft her. Diese Macht fließt zum Konservator mittels gesetzmäßiger Hüter und darf nur im Interesse des Konservats benutzt werden. Das ist meine Deutung der Sachlage. Kurz gesagt, die Charta kann nicht außer Kraft gesetzt werden durch das Votum von ein paar unzufriedenen Bewohnern.«

»Nennst du hunderttausend Yips ›ein paar‹?« schnappte Dame Clytie.

»Ich nenne die Yips ein sehr schwerwiegendes Problem, das wir bestimmt nicht hier und jetzt lösen können.«

Glawen stand auf. »Ich glaube, ich muß mich jetzt verabschieden. Es war mir ein Vergnügen, Sie alle kennenzulernen.« Und zu Egon Tamm gewandt: »Bitte richten Sie Dame Cora meinen Dank aus.« Und zu Wayness gewandt: »Bemühe dich nicht; ich finde schon allein hinaus.«

Wayness begleitete ihn trotzdem zur Tür. »Vielen Dank für die Einladung«, sagte Glawen. »Es hat mich gefreut, deine Freunde kennenzulernen, und es tut mir leid, wenn meinetwegen Mißstimmung aufgekommen ist.«

Er verbeugte sich, drehte sich um und ging den Pfad hinunter. Er spürte den Druck von Wayness' Blick auf seinem Rücken, aber sie rief ihm nicht hinterher, und er schaute nicht zurück.

V Syrene war hinter den Hügeln verschwunden; Nacht war über Station Araminta gekommen; Sterne funkelten am Himmel. Am offenen Fenster sitzend, konnte Glawen fast senkrecht über sich jenes seltsam regelmäßige Sternbild sehen, das Pentagramm genannt wurde, und weiter nach Süden hin die langgezogene, geschlängelte Linie des Großen Aals.

Er hatte jetzt einen gewissen Abstand zu den Ereignissen des Tages gewonnen; er fühlte sich leer und auf eine stille, fast wohltuende Weise deprimiert. Alles war vorbei und geschehen; jetzt ließ sich nichts mehr ändern. Wahrscheinlich war es das Beste, daß es so gekommen war, wie es gekommen war – doch um wieviel besser wäre es gewesen, wenn er an dem Tag erst gar nicht nach Haus Stromblick gegangen wäre! Oder vielleicht überhaupt niemals.

Jetzt darüber nachzugrübeln, war sinnlos. Das, was heute vorgefallen war – oder etwas Gleichartiges –, war von Anfang an unausweichlich gewesen. Wayness hatte das gewußt, oder zumindest geahnt. Mehr oder weniger taktvoll hatte sie versucht, es ihm klarzumachen, aber dickschädelig und stolz, wie es sich halt für einen echten Clattuc gehörte, hatte er nicht hinhören wollen.

In Hinblick auf die Ereignisse des vergangenen Tages blieb jedoch eines rätselhaft. Warum hatte Wayness ihn zum Stromblick-Haus bestellt, obwohl sie sich darüber im klaren gewesen sein mußte, daß er auf die eine oder andere Weise unangenehm auffallen würde? Er würde die Antwort vielleicht nie erfahren, und – wer weiß – vielleicht würde er auch irgendwann gar kein Interesse mehr daran haben, sie zu erfahren.

Das Telefon klingelte. Er hob ab, und die letzte Person, die er jetzt zu sehen erwartet hätte, blickte ihm vom Bildschirm entgegen. »Glawen? Was machst du gerade?«

»Nichts Besonderes. Und du?«

»Ich habe beschlossen, daß ich für heute genug Gesellschaft gehabt habe, und gesagt, daß ich Kopfschmerzen habe und ins Bett möchte.«

»Das tut mir leid für dich.«

»Ich habe doch nicht wirklich Kopfschmerzen; ich wollte bloß allein sein.«

»In dem Fall brauchst du meine Beileidsbezeigungen nicht weiter zu beachten.«

»Ich werde sie in feines Leinen wickeln und sie bei Bedarf hervorholen. Warum bist du vor mir weggerannt, als hätte ich eine ansteckende Krankheit?«

Die Frage überraschte Glawen. Er stammelte: »Es schien mir der richtige Moment für meinen Abgang zu sein.«

Wayness schüttelte den Kopf. »Nicht ganz. Du bist abgehauen, weil du wütend auf mich warst. Warum? Ich zerbreche mir schon die ganze Zeit den Kopf darüber, und ich bin es leid, mich foppen zu lassen.«

Glawen suchte krampfhaft nach einer Antwort, die ihm wenigstens einen Funken Würde lassen würde. Er murmelte: »Ich war mehr auf mich wütend als auf irgend jemand anderen.«

»Das begreife ich nicht«, sagte Wayness. »Warum hättest du auf irgendeinen von uns wütend sein sollen?«

»Weil ich das getan habe, was ich nicht tun wollte! Ich hatte mir fest vorgenommen, nett und zuvorkommend zu sein, jeden mit meinem Takt und meiner Höflichkeit zu entzücken und jeder Kontroverse aus dem Weg zu gehen. Statt dessen habe ich lauthals meine Meinung hinausposaunt, einen großen Wirbel verursacht und die schlimmsten Vorahnungen deiner Mutter bestätigt.«

»Komm schon«, sagte Wayness. »So schlimm war es nun auch wieder nicht; eigentlich war es überhaupt nicht schlimm. Es hätte weit schlimmer kommen können.«

»Zweifellos, wenn ich es wirklich drauf angelegt hätte. Ich hätte mich besaufen und Julians eins auf die Nase hauen können, und Dame Etrune hätte ich eine alberne Kuh nennen können, und beim Rausgehen hätte ich in eine der Topfpflanzen pinkeln können.«

»Das hätte wahrscheinlich jeder ganz einfach unter der Rubrik ›Clattuc'scher Übermut‹ abgebucht. Aber die Hauptfrage steht noch immer, und du hast bisher noch keinen Versuch unternommen, sie mir zu beantworten: warum warst du, beziehungsweise, bist du, wütend auf mich? Sag mir, was ich gemacht habe, dann werd ich's auch nicht wieder tun.«

»Ich möchte nicht darüber sprechen. Wir wissen beide, daß es auch nichts mehr ändert.«

»Ach? Und wieso nicht?«

»Du hast mir klar zu verstehen gegeben, wie unmöglich eine engere Beziehung zwischen uns beiden ist. Ich habe versucht, es nicht zu glauben, aber jetzt weiß ich, daß du recht hast.«

»Und das ist dir recht so?«

»Seit wann kümmert dich denn das? Meine Wünsche und Vorstellungen waren doch zu keiner Zeit in irgendeiner Weise von Belang. Wieso fragst du mich jetzt auf einmal danach, was ich will?«

Wayness lachte. »Ich habe aus einem Versehen heraus versäumt, dir mitzuteilen, daß ich die Situation noch einmal überdacht habe.«

Ein höhnisches Lachen stieg in Glawens Kehle hoch, das er aber zurückhielt. »Und wann werden wir die Ergebnisse deines Überdenkungsprozesses erfahren?«

»Ein paar davon liegen bereits vor.«

»Hättest du Lust, dich mit mir unten am Strand zu treffen und sie mir mitzuteilen?«

»Ich trau mich nicht.« Wayness warf einen Blick über ihre Schulter. »Wahrscheinlich würden genau in dem Moment, wo ich aus dem Fenster klettere, Mutter und Sunje und Dame Clytie den Kopf zur Tür hereinstecken, um zu sehen, ob ich auch friedlich schlummere.«

»Meine besten Ideen stellen sich immer als undurchführbar heraus.«

»Los, komm: jetzt erzähl mir schon, was ich verbrochen habe, daß du so sauer auf mich bist.«

»Sauer ist eigentlich nicht das richtige Wort. Es ist nur, daß ich nicht so ganz einsehen kann, warum du mich eigentlich zu euch nach Hause eingeladen hast.«

»Puuh! Könnte es vielleicht sein, daß ich mit dir vor Sunje und Julian protzen wollte?«

»Wirklich?«

»Wirklich. Ist das alles?«

»Nun ... ah ... nein. Ich kann nicht verstehen, warum du so ein geheimnisvolles Getue um deine Reise zur Erde machst.«

»Das ist einfach zu erklären. Ich kann nicht sicher sein, daß du es nicht weitererzählst.«

»Hmm«, sagte Glawen. »Das ist nicht gerade ein Kompliment für mich.«

»Du hast mich gefragt, und ich hab dir geantwortet.«

»Ich habe nicht mit einer gar so ehrlichen Antwort gerechnet.«

»Es hat eher was mit Realismus zu tun. Jetzt denk doch mal nach. Angenommen, du würdest mir dein heiliges Ehrenwort geben, daß du nichts weitersagst, und ich würde dir daraufhin erzählen, was ich weiß und was ich machen will. Nachdem du darüber nachgedacht hast, würdest du vielleicht zu dem Schluß kommen, daß deine Pflicht es von dir verlangt, mein Vertrauen zu brechen und deinen Vater zu informieren. Aus den gleichen höheren Motiven würde dein Vater dann vielleicht Bodwyn Wook informieren, und wer weiß, wer dann sonst noch alles davon erfahren würde? Wenn es an die falschen Ohren käme, könnte das sehr ernste Folgen haben. Diese Sorge erspare ich mir halt, indem ich niemandem was erzähle. Ich hoffe, du verstehst jetzt und bist nicht mehr böse auf mich, zumindest nicht wegen dieser Sache.«

Glawen überlegte einen Moment lang, dann sagte er: »Wenn ich dich richtig verstehe, hängst du in einer wichtigen Sache mit drin, oder hast es vor.«

»Das ist richtig.«

»Bist du sicher, daß du mit dieser Sache alleine klarkommst?«

»Ich bin mir über gar nichts sicher, außer, daß ich das, was getan werden muß, tun muß, ohne Aufsehen zu erregen. Es ist ein echtes Dilemma für mich; ich will Hilfe und werde wahrscheinlich auch Hilfe brauchen, aber nur zu meinen eigenen Bedingungen. Milo ist der beste Kompromiß, und er kommt mit, wofür ich ihm dankbar bin. So. Ist damit jetzt alles geklärt?«

»Ich verstehe, was du mir gesagt hast, ja. Aber angenommen, Milo und du, ihr kommt dabei ums Leben: was wird dann aus euren Informationen?«

»Was das betrifft, habe ich bereits Vorkehrungen getroffen.«

»Ich meine, du solltest deinen Vater um Rat fragen.«

Wayness schüttelte den Kopf. »Er würde erklären, daß ich zu jung und zu unerfahren für so eine Sache bin, und mich nicht mehr aus dem Haus lassen.«

»Könnte es sein, daß er damit vielleicht recht hat?«

»Das glaube ich nicht. Ich glaube, daß ich genau das Richtige tue ... Nun, wie auch immer, das ist jedenfalls die Situation, und ich hoffe, daß du dich jetzt besser fühlst.«

»Ich fühle mich überhaupt nicht, aber das ist ja auch schon was.«

»Gute Nacht, Glawen.«

Am nächsten Morgen rief Wayness Glawen erneut an. »Nur, damit du auf dem laufenden bist: Hüter Ballinder und Dame Clytie haben sich heute morgen gestritten – mit dem Ergebnis, daß Dame Clytie vorzeitig nach Stroma zurückreist, mit Julian im Schlepptau.«

»Sieh an! Und was ist mit Julians Erkundungsfahrt zum Mad Mountain?«

»Das Thema kam gar nicht mehr zur Sprache. Es ist entweder aufgeschoben oder vergessen.«

VI

Von Bodwyn Wook gefragt, wie es denn so liefe bei den Kühnen Löwen, antwortete Glawen: »Ich fühle mich überhaupt nicht wohl in meiner Rolle. Ich komme mir vor wie ein Spitzel und Schnüffler.«

»Wie solltest du dir denn auch sonst vorkommen?« fuhr Bodwyn Wook ihn an. »Das ist schließlich deine Funktion. Ein Amt-B-Agent läßt sich niemals durch Worte irremachen. Vergiß die Terminologie; tu einfach deine Arbeit.«

»Sie haben gut reden. Sie brauchen sich das dumme Geschwätz ja auch nicht ständig anzuhören. Die gehen mir von Mal zu Mal mehr auf die Nerven.«

»Gilt das auch für Kirdy?«

»Bei Kirdy schwankt das je nach Situation. Er kann sehr amüsant sein, auf eine sarkastische Art. Aber trinkt er nur einen Becher Réserve des Lions zuviel, dann redet er genauso unreif daher wie Cloyd oder Kiper. Manchmal sogar noch schlimmer!«

»Seltsam! Die Wooks sind eigentlich selten unreif. Laß mich dir einen guten Rat geben: unterschätze Kirdy niemals! Er legt bisweilen eine geradezu macchiavellistische Klarsicht an den Tag! So fühlte er sich zum Beispiel genau wie du unwohl dabei, mir wöchentliche Berichte über Agitationen und kriminelle Verschwörungen zu liefern. Aus dem Grund empfahl er mir, dich mit dieser Aufgabe zu betrauen. Mit solcherlei Schikanen mußt du bei ihm überall und jederzeit rechnen.«

Glawen lächelte freudlos. »Ich werde mir Ihre Worte bestimmt merken.«

Bodwyn Wook lehnte sich in seinen Sessel zurück. »Kirdy versteht das nicht, aber die Kühnen Löwen sind eine Art Tarnung. Es gibt da eine bestimmte Person, für die ich mich interessiere. Sie scheint in einer ziemlich engen Verbindung mit Titus Pompo zu stehen, obwohl sie dieses Faktum nicht an die große Glocke hängt. Ich meine damit Namour.«

Glawen äußerte sich nicht. Bodwyn Wook fuhr fort: »Namour ist gewandt und freundlich: so sehr, daß wir ihn verdächtigen, ohne genau zu wissen, warum. Behalte Namour sorgfältig im Auge und achte auf jedes Wort, das er sagt, natürlich unauffällig. Wann treffen sich die Kühnen Löwen das nächste Mal?«

»Mildennachmittag fahren sie rauf zur Sarmenter-Bucht, zum Muschelnbraten. Namour kommt nicht mit. Ich hoffe ebenfalls, mich drücken zu können.«

»Wieso? Das kann doch eine lustige Geschichte werden!«

Glawen schüttelte den Kopf. »Bis auf mich werden

am Ende alle sturzbesoffen sein. Und dann geht es mit diesen ganzen albernen Geheimritualen los, mit diversen Sprungvarianten, Knurrern, Brüllern und Jaulern und dem ganzen Quatsch, und wenn einer einen Fehler dabei macht, kriegt er eine Strafe aufgebrummt. Und zu vorgerückter Stunde werden Kiper und Arles dann ihre neu komponierten Gesänge vorstellen, die jeder auswendig lernen und mitschmettern muß. Kiper und Jardine werden kotzen. Arles wird Arles sein. Kirdy wird sich autoritär gebärden, und Uther wird ihn ärgern, indem er ihn auslacht und auf die Schippe nimmt. Mich zieht dort wirklich nicht sehr viel hin.«

»Sind denn keine Mädchen dabei?«

»Welches Mädchen würde wohl mit den Kühnen Löwen freiwillig irgendwo hingehen?«

»Trotzdem, du mußt da mit hin. Halt die Augen offen und bilde dir eine Meinung.«

»Wie Sie wünschen, Sir.«

»Noch eins. Ich habe heute mit dem Konservator gesprochen. Er erwähnte, daß du jüngst in Haus Stromblick zu Gast warst.«

»Ja, das stimmt. Ich fürchte, ich habe zu viel geredet.«

»Nicht nach Egon Tamms Auskunft. Er sagte mir, als du aufgefordert worden seist, deine Meinung zu äußern, hättest du sie klar und nachdrücklich, aber in aller gebotenen Höflichkeit dargelegt. Deine Ausführungen, so sagt er, seien absolut sachlich und zutreffend gewesen und hätten genau dem entsprochen, was er selbst habe sagen wollen. Kurz, du hast einen guten Eindruck bei ihm hinterlassen.« Er gab Glawen einen Wink. »Das wäre alles für heute.«

Glawen erhob sich, verbeugte sich steif und verließ das Büro.

Am Mildennachmittag beförderten drei Wagen, gelenkt von Kirdy, Uther und Glawen, den Bund der

Kühnen Löwen mit Ausnahme von Jardine Laverty auf dem Strandweg nach Norden zur Sarmenter-Bucht. Jardine würde kurze Zeit nach ihnen mit einem Faß Wein eintreffen, das er auf rechtswidrige Weise aus dem Lavertyschen Lagerhaus organisieren zu können hoffte.

Doch Jardine ließ auf sich warten. Die anderen sammelten Brennmaterial für ein Feuer und begannen dann, im Sand nach den muschelartigen Mollusken zu graben, die am Strand der Sarmenter-Bucht heimisch waren.

Die Mollusken waren ausgegraben und lagen bereit, das Feuer brannte, und da endlich traf Jardine ein – in einer Verfassung, die nur als freudlos bezeichnet werden konnte.

Die Geschichte, die er zu erzählen hatte, war wenig erfreulich. Anstelle des Fäßchens feinen Yermolinos, welches er zu liefern in Aussicht gestellt hatte, hatte er bloß ein paar Krüge ordinären weißen Tissops mitgebracht. »Ich bin in eine Falle gelaufen«, wehklagte Jardine bitter. »Der alte Volmer hatte sich auf die Lauer gelegt und ertappte mich auf frischer Tat. Ich bin sicher, daß ihm jemand einen Tip gegeben hat; eine andere Erklärung gibt es nicht! Jetzt hab ich Trouble ohne Ende am Hals; ich hab eh schon einiges beim Hausvorsteher im Salz liegen. Das kann noch heiter für mich werden! Und als ich dann endlich weg konnte, hab ich schnell noch ein paar Krüge Tissop in der Laube geholt, aber die gehen natürlich auf unsere Rechnung.«

»So ein Mist!« rief Shugart. »Hat Volmer dir gesagt, wer dich verpfiffen hat?«

»Der doch nicht! Aus dem kriegst du nichts raus!«

»Das hört sich verdächtig danach an, als ob irgendwo ein Denunziant sitzen würde«, sagte Arles. Sein Blick blieb einen Moment lang auf Glawen haften.

Uther Offaw sagte: »Wir überlegen morgen, was wir machen sollen, aber jetzt haben wir Muscheln auf dem Feuer und Wein im Krug! Genießen wir den Tag,

Freunde. Trübsal können wir später noch genügend blasen!«

»Du hast gut reden«, brummte Jardine. »Ich weiß nicht, was sie gegen mich vorbringen werden. Sie nehmen die Sache jedenfalls nicht auf die leichte Schulter. Ich kann von Glück reden, daß ich nicht im Karzer sitze.«

Cloyd Diffin sagte: »Es ist eine beschissene Situation, da beißt die Maus keinen Faden ab.«

Jardine nickte grimmig. »Wenn ich den Scheißkerl in die Finger kriege, der mich verpetzt hat, dem werd ich die Flötentöne beibringen, das sag ich euch!«

»Ich beschuldige nicht gerne Leute«, sagte Arles mit wichtigtuerischer Miene, »aber Logik ist Logik und Tatsachen sind Tatsachen. Darf ich darauf hinweisen, daß Glawen ein echter Borkenkratzer in Amt B ist?«

»Unsinn«, sagte Kirdy. »Ich bin auch in Amt B. Ich trenne den Job ganz klar vom Privatleben, und ich bin sicher, daß das bei Glawen nicht anders ist.«

»Das ist nicht mehr als eine fromme Hoffnung«, sagte Arles. »Erinnere dich, ich war von Anfang an dagegen, ihn aufzunehmen, und kaum ist er drin, schon fängt der Ärger an.«

Jardine sagte mit besorgt klingender Stimme. »Glawen würde mich doch nicht wegen eines Faß Weins in die Pfanne hauen! Jedenfalls kann ich mir das nicht vorstellen!«

»Frag ihn doch«, sagte Arles.

Jardine wandte sich Glawen zu. »Also: würdest du das tun? Oder direkter gefragt: hast du es getan?«

»Es ist unter meiner Würde, dir darauf eine Antwort zu geben«, erwiderte Glawen. »Denk, was du willst.«

»He, komm!« schrie Arles. »Das reicht nicht! Wir wollen eine klare Antwort! Ich weiß nämlich genau, daß du dem alten Bodwyn Wook alles erzählst, was wir machen!«

Glawen zuckte die Achseln und wandte sich ab.

Arles packte ihn bei der Schulter und wirbelte ihn herum. »Antworte gefälligst! Wir wollen wissen, ob du ein Spitzel bist oder nicht!«

»Ich bin Offizier in Amt B«, sagte Glawen. »Was ich meinen Vorgesetzten berichte, wenn überhaupt, sind dienstliche Sachen, über die zu diskutieren ich nicht befugt bin.«

Arles schüttelte Glawens Schulter. »Das habe ich dich nicht gefragt!«

Glawen stieß Arles' Hand weg. »Du wirst langsam lästig, Arles.«

Kirdy schaltete sich ein. »Jetzt hört auf! Laßt uns nicht streiten und uns den ganzen Tag versauen!«

»Pah!« schrie Jardine. »Der Tag ist sowieso versaut!«

»Und ich sage, daß Glawen dafür verantwortlich ist!« schrie Arles wütend. »Antworte mir, Glawen! Bespitzelst du uns oder nicht? Gib endlich eine klare Antwort! Oder betrachte dich als ausgestoßen aus den Kühnen Löwen!«

»Ausgestoßen? Pah! Ich trete freiwillig aus eurem versoffenen Verein aus!«

»Das freut mich zu hören, aber es ist immer noch keine klare Antwort.« Er versuchte, Glawen erneut bei der Schulter zu packen. Glawen stieß den Arm weg. Arles stieß die andere Faust aus und schlug Glawen gegen den Hals. Glawen versetzte Arles einen Schlag in die Magengrube, riß die Faust blitzschnell hoch und hieb sie ihm unter das Kinn, so hart, daß ihm die Knöchel weh taten. Arles schnaubte wutentbrannt auf und stürzte sich mit wild schwingenden Fäusten auf Glawen. Glawen wich zurück. Kiper, der auf dem Sand kauerte, streckte das Bein aus; Glawen stolperte und fiel hin. Arles stürmte vor und trat Glawen in die Rippen, doch als er erneut zutreten wollte, ging Kirdy dazwischen und stieß ihn weg.

»Schluß jetzt!« rief Kirdy streng. »Das ist unfair! Kiper, das war ein gemeiner Streich von dir!«

»Nicht, wenn er ein Spitzel ist!«

»Sehr richtig!« keuchte Arles. »Dieser miese kleine Schnüffler hat es nicht anders verdient! Laß mich ihm noch einen ordentlichen Tritt dahin geben, wo's am längsten Spaß macht!«

»Nichts da!« rief Kirdy. »Zurück jetzt mit dir, oder du kriegst es mit mir zu tun! Was die Sache mit dem Wein betrifft, so kann Glawen gar nichts damit zu tun haben. Außer Jardine und mir hat keiner was davon gewußt.«

»Wahrscheinlich hat er euch belauscht.«

Glawen rappelte sich auf, einen stechenden Schmerz in der Seite spürend. Er musterte Arles, der zehn Fuß von ihm entfernt stand und ihn mit einem fiesen Grinsen anstarrte. Glawen drehte sich um und humpelte den Strand hinauf, wo der Wagen der Clattucs geparkt stand. Er stieg ein und fuhr zurück nach Station Araminta.

Zu Hause angekommen rief er Bodwyn Wook an. »Ich bin kein Kühner Löwe mehr.«

»Wieso?«

»Jardine Laverty hat versucht, ein Faß Wein zu stehlen und wurde dabei erwischt. Arles beschuldigte mich daraufhin, ich hätte Jardine verpetzt. Ein Wort gab das andere, und ich wurde aus dem Club ausgestoßen, mit einem Tritt in die Rippen von Arles als Dreingabe.«

»Verflixt und zugenäht!« knurrte Bodwyn Wook. »Aus ist's mit meinem schönen Plan!«

Glawen hielt es für klüger, den Mund zu halten. Bodwyn Wook pfiff nachdenklich durch die Zähne. »Ich nehme an, du hast keine Lust, wieder einzutreten?«

»Das ist richtig.«

Bodwyn Wook schlug sachte mit der Hand auf seinen Schreibtisch. »Du wirst trotzdem mit nach Yipton fahren, und zwar zusammen mit den Kühnen Löwen. Kirdy wird dich dazu einladen. Es muß halt so gehen.«

»Wie Sie wollen.«

VII Zwei Fähren verkehrten auf der Route zwischen Station Araminta und Yipton: die alte Spharagma, die jetzt nur noch der Beförderung von Fracht und einigen Yip-Arbeitskräften diente; und die neue *Faraz:* ein hochmoderner Katamaran, der hundertfünfzig Passagieren komfortablen Platz bot. Mit einer Geschwindigkeit von vierzig bis sechzig Meilen pro Stunde glitt die *Faraz* über den blauen Ozean und schaffte damit die Überfahrt nach Yipton in nicht mehr als sechs bis acht Stunden.

Ein paar Tage vor Beginn der Trimesterferien trat Jardine Laverty verlegen an Glawen heran. »Diese Geschichte mit dem lächerlichen Weinfaß ist mir sehr peinlich. Wie sich herausstellte, war Volmer rein zufällig im Lager; er hatte eigentlich frei an dem Tag. Du bist zu Unrecht beschuldigt worden, und ich möchte mich hiermit in aller Form bei dir entschuldigen. Mir ist klar, daß es mit Worten allein nicht getan ist, aber mehr habe ich im Moment nicht anzubieten.«

Glawen sagte reserviert: »Ich kann nicht gerade behaupten, gute Erinnerungen an den Vorfall zu haben.«

»Natürlich nicht! Es ist schade, daß du dich genötigt fühltest, aus den Kühnen Löwen auszutreten.« Jardine zögerte, dann fügte er ein wenig lahm hinzu: »Ich denke, daß du wieder aufgenommen werden könntest, wenn du das möchtest – obwohl, Arles könnte vielleicht ein paar Schwierigkeiten machen.«

»Nein danke«, erwiderte Glawen. »Meine Karriere als Kühner Löwe ist beendet. Die Fahrt nach Yipton nächste Woche möchte ich aber trotzdem noch mitmachen, wenn ihr keine Einwände dagegen habt.«

»Du wirst herzlich willkommen sein, da bin ich ganz sicher!« Jardine überlegte. »Heute abend ist Versammlung. Ich werde die Sache mit Volmer erklären und erwähnen, daß du bei der Fahrt nach Yipton mit von der Partie sein wirst.«

Das Trimester ging zu Ende; die Ferien begannen. Zu früher Stunde am Mildenmorgen fanden sich die Kühnen Löwen, Glawen und etwa achtzig Touristen am Fährhafen ein, tauschten am Geldwechselschalter Sol gegen Interimsscheine ein und begaben sich an Bord der *Faraz*.

Die Kühnen Löwen waren zu acht: Uther und Kiper Offaw, Jardine Laverty, Shugart Veder, Arles Clattuc, Cloyd Diffin, Kirdy Wook und – als neues Mitglied – Dauncy Diffin. Alle bis auf Arles begrüßten Glawen freundlich und versicherten ihm, daß sie niemals wirklich geglaubt hätten, daß an den Verdächtigungen gegen ihn irgend etwas dran gewesen sei. »Ich fand die Idee von Anfang an albern«, beteuerte Uther Offaw.

Arles bedachte ihn lediglich mit einem mürrischen Grunzen. Er trug zu dem Anlaß einen feinen neuen schwarzen Mantel mit einem silbern bestickten Gürtel. Mit einem düsteren Seitenblick auf Glawen verkündete er brummig: »Er ist trotzdem ein Amt-B-Schnüffler, und ich sage euch, daß er nach Yipton mitkommt, da steckt mit Sicherheit wieder irgendwas Krummes hinter. Merkt euch meine Worte!«

Kirdy trat vor, einen gereizten Ausdruck auf seinem großen rosigen Gesicht. »Jetzt laß es gut sein, Arles! Willst du uns schon vor der Reise den Spaß verderben?« Kirdy trug die Kluft eines Ranchers aus dem Hinterland von Soum: ein hellbraunes Köperhemd, blau und weiß gestreifte Kniebundhosen und einen breitkrempigen braunen Buschrangerhut.

»Ich wollte ihm nur noch mal klarmachen, daß er hier lediglich geduldet wird«, murmelte Arles.

Glawen lachte nur und wandte sich ab.

Beim Einsteigen erhielt jeder Passagier ein Faltblatt mit der Überschrift ›Informationen für Besucher der Lutwen-Inseln‹. Während Glawen auf die Abfahrt wartete, stellte er sich an die Reling und las die Flugschrift:

Der Besucher der Lutwen-Inseln – besser bekannt als ›Yipton‹ – wird seinen Aufenthalt voll und ganz genießen und eine verblüffende Vielfalt an Unterhaltung und Vergnügungsmöglichkeiten entdecken, solange er höflich auftritt und sich strikt an die Bestimmungen und Vorschriften der Yips hält.

ZUR BEACHTUNG: Yipton ist kein bloßer malerischer Vorort von Station Araminta, sondern von seinem Status her eher vergleichbar mit einer unabhängigen Siedlung auf einer fernen Welt. Die Yip-Gesellschaft ist einzigartig im Gaeanischen Reich.

VERSUCHEN SIE NICHT, die Yip-Gesellschaft zu begreifen oder sie an normalen Kriterien zu messen; Sie werden sich damit nur selbst in Schwierigkeiten bringen. Merken Sie sich die folgenden Regeln und befolgen Sie sie.

WICHTIG! Der Yip hat keine Achtung vor dem, was gemeinhin ›Menschenrechte‹ genannt wird. Der Yip fristet eine harte und ganz an der praktischen Daseinsbewältigung orientierte Existenz und kann sich in aller Regel den Luxus einer wohlanständigen und legalen Lebensführung nicht leisten. Es ist leichter, ein Problem zu beseitigen, als es zu lösen; der Yip ist daher nicht abgeneigt, den Gordischen Knoten zu durchschlagen. Schützen Sie sich durch zurückhaltendes und vorsichtiges Auftreten – BEGEBEN SIE SICH NICHT IN GEFAHR! HALTEN SIE SICH VON HEIKLEN SITUATIONEN FERN!

NICHTS IST UMSONST außer der Luft, die Sie atmen. Selbst für die Benutzung der Hoteltoilette wird Ihnen eine Gebühr abverlangt. Wenn Sie sich nach dem Weg erkundigen, zahlen Sie Ihrem Informanten fünf Dinket. Der Yip ist weder raffgierig noch geizig; er ist lediglich genau, praktisch veranlagt und penibel. Alles kostet Geld; wenn Sie eine Dienstleistung in Anspruch nehmen, müssen Sie dafür zahlen.

VERSUCHEN SIE NIEMALS, EINEN YIP BEIM BEZAHLEN ODER BEIM GELDUMTAUSCH ZU BETRÜGEN, auch nicht zum Scherz. Es könnte Sie teuer zu stehen kommen. ZAHLEN. Dieses kleine Wort hat schon unzähligen Menschen Schwierigkeiten erspart. Wenn Sie das Gefühl haben, von einem Yip übervorteilt oder ausgenommen zu werden, bewahren Sie kühlen Kopf und revanchieren Sie sich auf folgende Weise: warten Sie, bis der Yip Sie in Ihrer Gemeinde besucht und übervorteilen Sie ihn dann Ihrerseits. Das ist ein klassisches, seit Urzeiten bekanntes und bewährtes Behelfsmittel.

DIE SEXUALMORAL DES YIP UNTERSCHEIDET SICH VON DER IHREN. Dies läßt sich ohne Übertreibung sagen, ganz gleich, wie ausgefallen Ihre eigenen Praktiken oder Präferenzen auch sein mögen. Unzucht gilt als ein alltäglicher, völlig zwangloser Vorgang ohne jede emotionale Beteiligung. Was Sie vielleicht als Gefühllosigkeit empfinden mögen, ist gewöhnlich schlichtes Desinteresse oder gar Langeweile. Wie jede andere Dienstleistung errechnet sich die Gebühr für das Verrichten respektive Verrichtenlassen sexueller Handlungen nach einer exakten Preisliste. Diese Preislisten gelten im übrigen als beliebte Mitbringsel; sie werden zu einem Preis von drei Sol* pro Exemplar zum Verkauf angeboten. Dieser Preis mag Ihnen stark überhöht erscheinen, aber der gerissene alte Titus Pompo nimmt, was der Markt hergibt.

Frage: Ist Yipton für den Touristen gefährlich?
Antwort: Überhaupt nicht – wenn er sich an die Regeln hält.
Frage: Gibt es noch andere Regeln außer den bereits erwähnten?
Antwort:

REGEL 1: Marschieren Sie nicht aufs Geratewohl los, wenn Sie einen Spaziergang unternehmen wollen. Sie werden sich mit allergrößter Wahrscheinlichkeit verlaufen. Im schlimmsten Fall werden Sie auf Nimmerwiedersehen verschwinden – obwohl dies, wie bereits gesagt, der Extremfall ist. Bleiben Sie unbedingt auf den Straßen und Kanälen, die auf der beiliegenden Karte markiert sind. Noch besser: mieten Sie sich einen Fremdenführer.

REGEL 2: Nehmen Sie nichts an, weder Waren noch Dienstleistungen, bevor Sie sich nicht genau nach dem Preis erkundigt haben. Nochmals: nichts ist gratis. Stellen Sie erst den Preis fest!

REGEL 3: Versuchen Sie nicht, sich einem Yip, egal ob männlich oder weiblich, freundschaftlich zu nähern. Ihre Be-

* Der Wert eines Sol entspricht dem Wert von einer Arbeitsstunde einer ungelernten Arbeitskraft, abgeleistet unter Standardbedingungen.

mühungen werden vergeblich sein. Der Yip toleriert Außenstehende allein aus dem Grund, weil sie Geld bringen. Sein natürliches Empfinden Ihnen gegenüber ist ein milder, aber unverrückbarer Abscheu. Lassen Sie sich durch seine Höflichkeit nicht täuschen; sie ist ein soziales Schmiermittel. Sie können seine Höflichkeit gern erwidern, aber er nimmt es Ihnen auch nicht übel, wenn Sie schroff oder kurzangebunden sind. Beschwerden sind absolut fruchtlos. Wenn Sie wirklich verärgert über irgend etwas sind, schreiben Sie einen Brief an den Oomphaw.

REGEL 4: Setzen Sie niemals, unter keinen Umständen, einen Fuß in den Caglioro (Tiegel). Sie werden mit tödlicher Sicherheit Ihre sämtliche Habe verlieren, einschließlich Ihrer Kleider. Wenn Sie sich widersetzen, müssen Sie mit schweren Verletzungen rechnen.

REGEL 5: Beschränken Sie den Verzehr von Alkohol auf den Bereich Ihres Hotels. Außerdem empfiehlt es sich aus einer Reihe von Gründen, nur die Speisen zu verzehren, die Ihnen in Ihrem Hotel serviert werden.

REGEL 6: Mischen Sie sich unter keinen Umständen in interne Angelegenheiten der Yips ein. Die Yips leben nach ihren eigenen Regeln und scheinen damit recht gut zu fahren.

REGEL 7: Unterlassen Sie es unter allen Umständen, einen Yip auf zwanglose oder beiläufige Weise zu berühren, zu streicheln oder zu liebkosen. Der Yip – egal ob männlich oder weiblich – hat entschieden etwas gegen solche Art von körperlicher Berührung. HÜTEN SIE SICH UNTER ALLEN UMSTÄNDEN DAVOR, EINEN YIP ZU SCHLAGEN. Niemand wird sie vor seiner Reaktion schützen. Dies gilt gleichermaßen für Männer wie für Frauen; der Yip kennt weder Ritterlichkeit noch besondere Zuvorkommenheit gegenüber weiblichen Personen – im Gegenteil.

REGEL 8: Sollten Sie die Absicht haben, das unter dem Namen Pussycat-Palast bekannte Etablissement aufzusuchen, so empfiehlt es sich, dies in Begleitung eines eigens zu diesem Zweck von Ihrem Hotel zur Verfügung gestellten

Führers zu tun. Er wird dafür bezahlt, dafür Sorge zu tragen, daß Sie nicht zu Schaden kommen. Erfahrene Personen können den Pussycat-Palast jedoch auch problemlos allein aufsuchen.

In kurzen Worten: Seien Sie vorsichtig! Lassen Sie sich nicht zu unbesonnenen Einzelunternehmungen hinreißen.

Frage: Haben die Yips Sinn für Humor?

Antwort: Nein – jedenfalls nicht in einer Weise, die Sie verstehen würden.

Frage: Sind die Yips menschlicher Natur?

Antwort: Darüber sind sich die Gelehrten nach wie vor uneinig. Die Antwort könnte vielleicht lauten: sie sind keine echten Gaeaner. Es ist wahrscheinlich, daß die Yips eine neue und höhere Gattung des Homo sapiens terrestrialis verkörpern.

Der grosse Mief: Jede Beschreibung von Yipton bliebe unvollständig ohne einen Hinweis auf den Großen Mief. Bei der ersten Berührung werden Sie verblüfft und entsetzt sein. Dieser anfängliche Schock läßt allmählich nach. Der allgegenwärtige Geruch dringt in Ihre Kleidung ein und bleibt dort haften; er verflüchtigt sich schließlich zu einem fast als angenehm empfundenen moschusartigen Duft. Sie können ihn als ein weiteres Souvenir aus Yipton betrachten. Im Gegensatz zu fast allem anderen ist er gratis.

Wir hoffen, daß Ihnen diese Hinweise helfen werden, Ihren Aufenthalt in Yipton unbeschwert zu genießen!

Als Glawen von dem Faltblatt aufblickte, sah er, daß die *Faraz* bereits abgelegt hatte. Die Kühnen Löwen saßen an einem Tisch im Hauptsalon, jeder mit einer Flasche Wein vor sich; Kiper ließ bereits die ersten Anzeichen von Fröhlichkeit erkennen. Kirdy, der den Ozean haßte und eine geradezu phobische Angst vor tiefem Wasser empfand, saß in einer Ecke, so, daß er nicht gezwungen war, auf das Wasser hinaus zu blicken.

Glawen verweilte an der Reling und schaute zu, wie die vertrauten Konturen von Station Araminta allmählich zurückwichen. Auf ihren messerscharfen Kielen glitt die *Faraz* in schneller Fahrt nach Nordosten, schmale schaumglitzernde Furchen in die Oberfläche des durchsichtigen dunkelblauen Meeres schneidend.

Glawen ging in den vorderen Aussichtsraum, setzte sich hin und dachte über seine Mission nach. Die Kühnen Löwen hatten sich, was die Dauer ihres Ausflugs betraf, nicht exakt festgelegt. Die meisten redeten etwas von drei Tagen, wobei allgemein bezweifelt wurde, ob diese Frist ausreichen würde, um das vielfältige Angebot des Pussycat-Palasts auch nur annähernd auszuschöpfen. Wenn alles gut ging, würden drei Tage vielleicht genügen, um das zu erfahren, was sie wissen wollten. Ruhig, geschmeidig und ungezwungen lautete die Devise, und er mußte sicherstellen, daß Kirdy sich voll an diese Doktrin hielt.

Fast so, als hätte er Glawens Gedanken gelesen, ließ Kirdy sich in diesem Moment in den Sitz neben ihm fallen, mit dem Rücken zum Aussichtsfenster, so daß er nicht nach draußen schauen mußte. »Hier steckst du also! Ich hatte schon befürchtet, du seist über Bord gegangen.« Er schnitt eine Grimasse und riskierte einen hastigen Blick über die Schulter. »Scheußlicher Gedanke!«

»Wie du siehst, bin ich noch an Bord.«

»Du solltest besser bei den anderen im Salon sein«, sagte Kirdy in dem tadelnden Ton, den er Glawen gegenüber gern anschlug. »Es ist kein Wunder, daß du unbeliebt bist. Du verhältst dich so, als würdest du dich als was Besseres fühlen.«

Von Zeit zu Zeit hatte Glawen den Verdacht, daß Kirdy ihn nicht sehr mochte. Er zuckte unverbindlich die Achseln. »Ich würde eher sagen, ich verhalte mich so, als ob ich es vorziehen würde, mir Arles' Beleidigungen nicht ständig anhören zu müssen.«

»Trotzdem; es wäre vernünftiger, diplomatisch zu sein.«

»Das würde auch nichts Entscheidendes ändern.«

»Falsch!« erklärte Kirdy. »Die Kühnen Löwen sind dein Deckmantel.«

»Es ist aber viel angenehmer und gemütlicher hier. Kiper bechert fröhlich vor sich hin, und das bedeutet jede Menge Knurrer und Brüller. Das ist mir einfach zu blöd.«

Kirdy schüttelte streng den Kopf. »Er wollte drei große Brüller auf den Pussycat-Palast loslassen, aber der Steward sagte ihm, er solle leiser sein, und seitdem ist er unpäßlich.«

»Na gut, meinetwegen«, sagte Glawen. »Es ist wahrscheinlich wirklich taktisch klüger, wenn ich mich dazusetze.«

»Einen Moment noch«, sagte Kirdy. »Wir müssen da noch was besprechen.« Er zog die Stirn kraus und schaute zur Decke. »Ich habe gestern wegen dieser Mission ein Gespräch mit dem Leiter gehabt. Er hat noch mal betont, daß wir als Team zusammenarbeiten müssen.«

Glawen stieß einen Seufzer aus. Kirdy konnte mitunter sehr lästig sein. Er überlegte, wie er es am besten anstellen sollte, ihn möglichst auf Distanz zu halten. Er sagte: »Ich habe selbst ziemlich feste Instruktionen erhalten, und ...«

»Diese Instruktionen sind aufgehoben worden.« Kirdy schaute Glawen mit seinen hellen blauen Augen an. »Es ist entschieden worden, daß ich als der Ranghöhere und Erfahrenere von uns beiden das Kommando über die Mission übernehme.«

Glawen saß einen Moment lang regungslos da. »Davon ist mir nichts gesagt worden.«

»Ich sage es dir ja jetzt«, sagte Kirdy bissig. »Das dürfte genügen. Glaubst du mir oder nicht? Wir sollten uns besser hier und jetzt einig werden.«

»Oh, ich glaube dir das schon«, sagte Glawen. »Nur ...«

»Nur was?«

»Ich meine, Bodwyn Wook hätte mich eigentlich persönlich davon in Kenntnis setzen müssen.«

»Nun, er hat's mir gesagt, und das sollte eigentlich genügen. Wenn es dir nicht paßt, kannst du dich ja bei ihm beschweren, wenn wir wieder zurück sind. Wenn du die Wahrheit wissen willst, Glawen, das ist genau das, wo dein Problem liegt, in beruflicher Hinsicht jedenfalls. Du denkst zu viel. Ich will dir mal ein Beispiel geben: nehmen wir mal an, auf dem Gehweg liegt ein Haufen Scheiße, und du hast den Auftrag bekommen, ihn zu beseitigen. Wie ich dich kenne, würdest du wahrscheinlich erst mal darin herumstochern und daran rumschnüffeln und überlegen, ob du besser eine Schaufel oder ein Stück Pappkarton nehmen sollst, und in der Zwischenzeit kommt eine alte Oma des Weges und tritt voll in den Haufen rein. Ich möchte dir wirklich nicht zu nahe treten, aber das ist genau das, was wir vermeiden müssen, und deshalb ist es besser, wenn die Kompetenzen klar geregelt sind und einer das Sagen hat. Ich habe Bodwyn Wook auf dieses Problem hingewiesen, und er hat mir voll und ganz zugestimmt. So, jetzt weißt du, was Sache ist. Vielleicht hätte ich dir das ein bißchen schonender beibringen sollen, aber bei einer Operation wie dieser kann man sich keine Schnitzer erlauben.«

»Ich verstehe. Und wie lauten nun deine genauen Instruktionen?«

Kirdy sagte in maßvollem Ton: »Mir wurde gesagt, daß du alles an Information hast, was wir brauchen würden. Du könntest mich also am besten jetzt gleich in Kenntnis setzen.«

»Hast du den Stadtplan von Yipton im Kopf?«

»Was für einen Stadtplan?«

»Den hier.«

Kirdy nahm den Stadtplan und betrachtete ihn. Er verzog angewidert den Mund. »Was für ein Durcheinander. Ich guck ihn mir später genauer an.«

»Wir sollen ihn vernichten, bevor wir an Land gehen. Siehst du diesen grau eingefärbten Bereich hier?«

»Und? Was ist damit?«

»Das ist das Gebiet, das wir untersuchen sollen.«

»Und was bedeuten diese anderen Markierungen hier?«

»Das hier ist das Dock, und das hier ist das Hotel.«

Kirdy studierte die Karte. »Die graue Fläche scheint der Bereich unterhalb des Docks zu sein, vom Hotel aus gesehen.«

»Korrekt.«

»Und nach was genau sollen wir suchen?«

»Ich denke mir, das werden wir dann wissen, wenn wir es sehen.«

»Hm. Eine etwas unkonventionelle Methode, eine Operation von dieser Art durchzuführen, scheint mir.«

»Ich habe es so verstanden, daß wir unser Bestes tun sollen, ohne irgendein Risiko einzugehen.«

»Das ist auch meine Einschätzung der Situation. Ich sehe keine große taktische Herausforderung. Dieser Weg führt direkt an dem Gebäude vorbei, und wir finden bestimmt an allen Ecken Hinweise.«

»Wenn du das sagst.«

»Natürlich sage ich das. Laß uns jetzt zu den andern gehen.«

»Und was ist mit der Karte?«

»Die nehme ich einstweilen in meine Obhut. Hast du noch irgendwelche anderen Papiere, die ich haben sollte?«

»Nein.«

Am frühen Nachmittag tauchten die ersten Fischerboote auf: leichte Gefährte, kaum mehr als Bambusflöße, deren Stäbe so zusammengebunden waren, daß sie die Form eines Boots hatten; und größere Boote, deren Rümpfe aus schmalen, lamellenförmig aneinandergefügten Bambusstreifen bestanden. Zur selben Zeit erschien ein dunkler Fleck am nordöstlichen Horizont, der wenig später zu einer schwimmenden Kruste wurde, und dann zu einer Linie aus wackligen Gebäuden, unterbrochen von Bambusbüscheln und Kokospalmen. Etwa zu dieser Zeit erreichte auch der erste Vorbote des Großen Miefs die *Faraz*, und die Passagiere schauten sich gegenseitig mit beklommenem Gesichtsausdruck an.

Die *Faraz* näherte sich dem Atoll: einst der Krater und der Ring eines Vulkans, jetzt ein Kreis aus einem Dutzend sichelförmiger Inseln, die eine seichte Lagune umschlossen.

Die dem Meer zugewandte Seite Yiptons schob sich ins Blickfeld der Passagiere, und erste Details waren auszumachen. Die Gebäude schwankende Gebilde von zwei, drei, vier, zum Teil sogar fünf Stockwerken, die auf spindeldürren, zerbrechlich anmutenden Pfählen ruhten standen haltsuchend aneinander gelehnt, umringt von schwindelerregenden freitragenden Balkonen. Gedämpfte Farben herrschten vor: schwarz, rostfarben, das Graugrün von altem Bambus, hundert Schattierungen und Nuancen von Braun. Mit der Brise kam eine neue Duftwolke des Großen Miefs herangeweht und löste ein neuerliches unruhiges Raunen und Scharren unter den Passagieren aus.

Die Fähre verlangsamte ihre Fahrt, senkte sich mit schaumpflügenden Kielen ins Wasser, umkurvte mit elegant auslaufendem Schwung eine Buhne aus zusammengebundenen Bambuspfählen, driftete durch das Hafenbecken und glitt längsseits an den Steg. Der Große Mief, nicht länger verdünnt durch die Brise, erreichte seine volle Stärke.

Auf einem ausgesuchten Areal hinter dem Dock erhob sich der Arkady-Gasthof, ein riesiges, unregelmäßig verschachteltes Gebäude von fünf Stockwerken mit Blick auf den Hafen, die Buhne und das Meer. Das Erdgeschoß mündete in eine Terrasse mit rosafarbenen und hellgrünen Sonnenschirmen. An den Tischen saßen Hotelgäste beim Mittagessen und betrachteten das Treiben im Hafen, offenbar unbeeindruckt vom Großen Mief, und die ankommenden Touristen begannen wieder ein wenig Hoffnung zu schöpfen, daß die in dem Faltblatt in Aussicht gestellte Gewöhnung an den atemberaubenden Gestank vielleicht doch kein leerer Trost sei. Die Leute auf der Terrasse wirkten gutgelaunt und entspannt. Wenn der äußere Anschein nicht trog, konnten die Warnungen und Ermahnungen aus dem Faltblatt wohl doch keinen so nachhaltigen Eindruck hinterlassen haben, als daß sie Angst und Schrecken erzeugt hätten. Oder – wie ein dürrer Gentleman mit einem byronesken Kissenhut nervös zu erwägen gab – es handelte sich bei diesen fröhlichen Gästen schlicht um solche, die sich dumm und dämlich bezahlt hatten und demzufolge keine Angst verspürten.

Reger Verkehr herrschte im Hafen; Boote kamen aus den Kanälen und verschwanden in ihnen; fuhren hinaus aufs Meer oder kehrten zurück; oder trieben einfach auf dem Wasser, während die Besatzung Fisch ausnahm, Muscheln entschalte oder Zeug flickte. Entlang des Ufers sprossen Bambuspflanzen von sechzig Fuß Höhe zwischen den Häusern empor, grünen Stichflammen gleich, und Kokospalmen neigten sich, in winzigen Erdflecken wurzelnd, über die Kanäle. In Blumenkästen auf den Balkonen wuchsen Topfpflanzen und Kräuter; aus großen irdenen Jardinieren quollen blaue Farnwedel und rosafarbene Tockbeerensträucher.

Die Fahrgäste der *Faraz* gingen im Gänsemarsch über einen Laufsteg aus knarrenden Bambuspfählen auf das Dock, durch ein Tor und passierten sodann einen

Schalter, der mit zwei Oomps* bemannt war. Ein Oomp stand breitbeinig da und musterte die Gesichter der Ankömmlinge mit würdevoller Aufmerksamkeit; der andere kassierte eine Landegebühr von drei Sol von jedem Passagier. Mit mildem Lächeln ignorierten beide das Murren und Klagen der so Geschröpften.

Die Kühnen Löwen entrichteten ihre Landegebühr mit weltmännisch-herablassendem Protzgehabe, eine Manier, die nachzuahmen Glawen kein Bedürfnis hatte. Sodann stiegen alle die breite Freitreppe zum Hotel hinauf.

An der Rezeption trat Arles nach vorn. »Wir sind die Kühnen Löwen! Wir haben acht Zimmer reserviert.«

»Sehr wohl, mein Herr. Eine feine Suite im vierten Stock. Wie lange haben Sie vor zu bleiben?«

»Das steht noch nicht fest. Wir werden sehen, wie es läuft.«

Glawen trat vor. »Ich gehöre mit zu der Gruppe, habe aber keine Reservierung. Ich bräuchte ein Zimmer.«

»Selbstverständlich, mein Herr. Sie können ein hübsches Zimmer im gleichen Stock wie die anderen Herren haben, wenn Sie möchten.«

»Das wäre mir sehr gelegen.«

---

* Oomp (Abkürzung von Oomphaw-Polizei): Mitglied einer Elite-Miliz, die allein dem Oomphaw verantwortlich ist. Die Oomps zeichneten sich durch einen außergewöhnlichen Körperbau aus. Sie hatten kahlgeschorene Schädel, spitz zugeschnittene Ohren und schwarz tätowierte Lippen. Ihre Uniform bestand aus lohfarbenen Jacken, weißen knielangen Wämsern und flachen Stiefeln aus einer harten schwarzen metallartigen Substanz, die aus den Absonderung einer Meeresschnecke gewonnen wurde. Um die Stirn trugen sie ein Band aus demselben schwarzglänzenden Material; an diesem Band waren Pickel befestigt, die die Funktion von Rangabzeichen hatten. Das Faszinierendste von allem war das Emblem oder Ideogramm, das auf den Rücken jeder Jacke in Schwarz und Rot aufgestickt war; ein Symbol von unbekannter Bedeutung.

Im vierten Stock angekommen, fand Glawen sein Zimmer am Ende des Flures liegend: ein freundlicher, quadratisch geschnittener Raum mit einem kleinen Kanal direkt unter dem Fenster, dahinter eine zerklüftete Wüste von Dächern. Der Fußboden war mit Matten ausgelegt; die Wände bestanden aus gespleißten, in mehreren Schichten übereinanderliegenden Bambus; von der Decke hing ein kugelförmiger Leuchtkörper in einem Korb aus schwarzem Weidengeflecht. Das Meublement bestand aus einer Schlafmatte, die jetzt zusammengerollt an der Wand lag, einem Tisch, einem Stuhl und einem Kleiderschrank. Das Bad und der Abort befanden sich auf dem Flur, bewacht von einer alten Frau, die für die Reinhaltung und das Kassieren der auf der Preistafel exakt spezifizierten Gebühren zuständig war.

Glawen studierte das an der Wand befestigte Plakat, auf welchem die dem Gast zur Verfügung stehenden Dienstleistungen nebst den jeweiligen Gebühren aufgelistet waren. Der Tag war warm und feucht; Glawen wechselte in leichte Kleidung und ging hinunter ins Foyer. Dieses war eine Halle von enormen Ausmaßen, deren honigbraun lackierte Decke und Wände ebenfalls aus dem allgegenwärtigen Bambus bestanden. An der hinteren Wand hingen Dutzende grotesker Masken, geschnitzt aus schwarzem Johoholz – unwiderstehliche Souvenirs für den Touristen. Auf dem Fußboden lagen faszinierende Webteppiche mit verblüffenden Mustern und Farbkombinationen, die der Atmosphäre des Raumes etwas anziehend Lebendiges verliehen. Eine Reihe von Türen führten hinaus auf die Terrasse, auf der Hotelgäste gemütlich über ihrem Lunch saßen.

Glawen setzte sich auf ein Korbsofa am Rande der Halle, wider seinen Willen fasziniert vom Ambiente des Arkady-Gasthofs. Gruppen von Touristen saßen müßig im Foyer herum und ergötzten frisch eingetroffene Kontingente mit Schilderungen ihrer bemerkenswerten Erlebnisse und Abenteuer in den Seitengassen und Kanälen von Yipton. Ein Dutzend barfüßiger Barjungen, lediglich mit weißen Wämsern bekleidet, huschten lautlos hin und her und servierten Rumpunsch, Ling-lang-Eisbrecher, Smiler-Juice (aus geheimen Ingredienzen gemixt) und Grünes Elixier (›wohltuend, anregend, verführerisch‹).

Ein Zug Kühner Löwen kam die Treppe herunter: Arles, Cloyd, Dauncy und Kiper. Arles bemerkte Glawen aus dem Augenwinkel, wandte sich aber ostentativ ab und führte die Schar zu einem Tisch auf der anderen Seite des Foyers.

Glawen zog die Karte hervor, die der Informationsbroschüre beigefügt war. Das Areal, dem Bodwyn Wooks Interesse galt, das Gebiet nördlich und östlich des Hotels, war mit der Anmerkung versehen: ›Industrie- und Lagerhallengebiet: kein Zutritt für Touristen.‹

Glawen lehnte sich zurück und überlegte, welche Strategie er Kirdy gegenüber verfolgen sollte, der, wie Glawen ihn kannte, das Maß an Autorität, das Bodwyn Wook ihm gewährt hatte, mit ziemlich hoher Wahrscheinlichkeit falsch dargestellt hatte.

Glawen wägte seine Möglichkeiten ab und entschied schließlich, daß die am wenigsten attraktive Option, nämlich schlichte Unterordnung unter Kirdys Befehle, aller Wahrscheinlichkeit nach die praktischste war. Er mußte halt seine Würde, seinen Ärger und ein halbes Dutzend anderer Gefühle hinunterschlucken und sich in seine neue Rolle als Kirdys Assistent fügen.

Just als Glawen sich entschloß, diese bittere Pille zu schlucken, kam Kirdy die Treppe herunter. Er ließ seinen Blick durch das Foyer schweifen, entdeckte Glawen und setzte sich zu ihm. »Kommst du nicht mit auf die Tour?«

Glawen schaute ihn verständnislos an. »Was für eine Tour?«

»Das, was die Yips ihre Orientierungstour nennen. Der Preis beträgt vier Sol, inklusive Führer. Wir werden zum Abendessen wieder zurück sein; und dann geht's ab in den Pussycat-Palast.«

»Mich hat keiner gefragt, ob ich die Tour mitmache«, sagte Glawen. »Und was den Pussycat-Palast betrifft, da kann ich gern drauf verzichten.«

Kirdy starrte Glawen verwundert an. »Wieso das denn?«

Glawen seufzte; Kirdy fing schon jetzt an, ihm auf die Nerven zu gehen. »Ich kann da nichts mit anfangen. Die Mädchen sind völlig teilnahmslos, und da komm ich mir blöde bei vor. Außerdem würde ich mich ständig fragen, der wievielte ich an diesem Tag wohl schon sein mag.«

»So ein absoluter Blödsinn!« höhnte Kirdy. »Ich bin ein alter Hase in dem Geschäft und ich komme mir nie blöd dabei vor. Es ist ein echter Hochgenuß für sie; ansonsten würden sie ja Böden schrubben oder Meersalat ziehen. Sie machen alles, was du willst, wenn du bloß leise andeutest, daß du unzufrieden bist; manchmal machen sie die Nummer sogar noch mal von vorn, bevor sie es auf eine Meldung ankommen lassen, die mit einer Tracht Prügel für sie verbunden ist.«

»Das ist wirklich eine wertvolle Information, und ich werde sie mir merken«, sagte Glawen. »Es steht außer Frage, daß du weißt, wie man mit Frauen umgeht. Aber auf mich übt der Vorgang trotzdem keinen Reiz aus.«

Kirdys Gesichtsausdruck wurde hart. »Leute in unserer Branche können sich solche Skrupel und Ticks nicht leisten; du bist viel zu zimperlich. Ich will, daß du dich in jeder Situation unter die Kühnen Löwen mischst; sonst lenkst du die Aufmerksamkeit auf dich und machst dich verdächtig, und das können wir nicht brauchen.«

Glawen schaute mürrisch durch das Foyer. Uther

und Shugart waren soeben die Treppe heruntergekommen und steuerten auf den Tisch mit den anderen zu. Arles stand, einen Fuß in angeberischer Pose auf ein kleines Tischchen gestützt; sein schwarzer Umhang kam dadurch eindrucksvoll zur Geltung. Als er merkte, daß Glawen herüberschaute, wandte er sich demonstrativ ab. Glawen sagte: »Wie du siehst, ziehen gewisse Mitglieder der Gruppe es vor, keinen Umgang mit mir zu pflegen.«

Kirdy lachte leise in sich hinein. »Wirklich zu schade, daß deine Gefühle so verletzlich sind. Geh nur nicht Bodwyn Wook dein Leid klagen; er wird dich höchstens auslachen.«

Glawen sagte freundlich: »Du mißverstehst meine Bemerkungen völlig.«

»Sei's drum. Ich lade dich jedenfalls hiermit zu der Tour ein, und mehr braucht dazu nicht gesagt zu werden. Was den Pussycat-Palast angeht, so wäre mir morgen lieber gewesen, aber ich wurde überstimmt. Cloyd, Dauncy, Kiper, Jardine – die sind schon mächtig in Wallung.«

Ein Gedanke ging Glawen plötzlich durch den Kopf. »Bestimmt scharrt Arles auch schon nervös mit den Hufen?«

»Arles ist eigentlich eher fast ein bißchen abgeschlafft«, sagte Kirdy. »Wir hatten gestern abend eine Party, und wahrscheinlich leidet er immer noch ein bißchen unter den Nachwehen.« Er stand auf. »Wir sollten jetzt besser zu den andern gehen. Ich kriege vier Sol von dir; das ist das Fahrgeld für die Tour.«

Glawen gab ihm das Geld; die zwei durchquerten die Halle. Die Kühnen Löwen waren jetzt vollzählig beisammen: ein Haufen frecher, anmaßender, laut herumposaunender Halbstarker. Kirdy frug: »Wer verwaltet das Geld für die Tour?«

»Ich«, sagte Shugart. »Hast du Angst, daß ich damit durchbrenne?«

»Nicht, solange ich dich im Blickfeld habe. Hier sind noch vier Sol. Glawen kommt auch mit.«

Shugart nahm das Geld entgegen und warf einen unsicheren Blick hinüber zu Arles, der zur Wand gegangen war und sich die Masken anschaute. »Ich denke, es gibt keinen Grund, der dagegen spräche«, sagte Shugart.

»Nicht den geringsten«, sagte Kirdy.

Arles kam zurückgeschlendert. Er sah Glawen und blieb stehen. Er wandte sich an Shugart: »Dies ist eine interne Clubsache, nur für Mitglieder! Ich dachte, das wäre geklärt!«

Shugart sagte in beschwichtigendem Ton: »Glawen ist ein Ex-Mitglied, was so gut wie dasselbe ist. Er hat seine vier Sol bezahlt; es gibt keinen Grund, warum er nicht mitkommen sollte.«

»Ich würde meinen, er müßte es eigentlich selbst merken, daß er nicht erwünscht ist. Er weiß doch, was hier jeder von ihm hält!«

Glawen ignorierte die Bemerkungen. Kirdy sagte in scharfem Ton zu Arles: »Ich habe ihn eingeladen! Er ist mein Gast, und ich wäre dir sehr dankbar, wenn du dich zusammenreißen und dich wenigstens normal höflich ihm gegenüber verhalten würdest, wenn schon sonst nichts.«

Arles fiel nichts ein, was er darauf hätte erwidern können, und er wandte sich ab. Inzwischen war ihr Führer ins Foyer gekommen: ein junger Mann, vielleicht drei oder vier Jahre älter als Kirdy oder Shugart, mit den klugen, lebhaften Gesichtszügen eines Fauns, einer herrlichen Figur und einem dichten Schopf von bronzefarbenen Locken. Er trug ein kurzes weißes Wams und eine hellblaue Weste, die kaum seine Schultern bedeckte. Sein Auftreten war höflich, und er sprach ruhig und bedächtig, so als hätte er eine Klasse junger Schulkinder vor sich. »Ich bin Ihr Führer. Mein Name ist Fader Campasarus Uiskil. Wir werden viel

Spaß miteinander haben, aber merken Sie sich eines! Sie müssen immer bei der Gruppe bleiben! Bleiben Sie nicht zurück; entfernen Sie sich niemals von der Gruppe! Wenn Sie auf eigene Faust losmarschieren, können Sie große Unannehmlichkeiten bekommen! Ist das allen klar? Halten Sie sich bei der Gruppe, dort sind Sie sicher.« Er hielt inne und musterte Arles von Kopf bis Fuß. »Mein Herr, ich würde Ihnen dringend empfehlen, Ihren Mantel hierzulassen; er ist für eine solche Unternehmung nicht geeignet, außerdem könnte er schmutzig werden. Geben Sie ihn dem Zimmerjungen; er wird ihn auf Ihr Zimmer bringen.«

Arles folgte dem Vorschlag widerwillig.

Fader fuhr mit seiner Vorrede fort: »Dies ist eine Einführungstour. Sie umfaßt eine Bootsfahrt durch die Kanäle, einen Abstecher zum Caglioro, zum Basar und zu anderen Zielen, wie in der Broschüre beschrieben. Weitere mögliche Besuchsziele werden unterwegs erläutert, können aber auch, wenn Sie wünschen, Thema eines neuerlichen Ausflugs am morgigen Tag sein. Wer von Ihnen ist der Führer der Gruppe?«

Arles räusperte sich, aber ehe er den Mund aufmachen konnte, sagte Kirdy rasch: »Das dürfte Shugart sein; schließlich verwaltet er ja auch unser ganzes Geld. Tritt vor, Shugart! Walte deines löwenmäßigen Amtes!«

»Na schön«, sagte der behäbige Shugart. »Wenn ich diese wilde Schar denn führen muß, dann sei es halt. Sie sprachen von weiteren Möglichkeiten; sollten wir darüber nicht besser gleich hier und jetzt diskutieren?«

»Sie werden Ihnen unterwegs erklärt, da wir bereits ein paar Minuten hinter unserem Zeitplan sind. Kommen Sie; folgen Sie mir bitte. Wir fahren zuerst mit dem Boot, den Hybel-Kanal hinauf.«

Sie gingen eine Rampe zum Untergeschoß des Hotel hinunter, wo ein Landesteg parallel an einem schmalen Kanal entlanglief. Hier wartete ein kanuartiges Gefährt mit hochgezogenem Heck und Bug, das mit einer Besatzung von vier Paddlern bemannt war. Die Kühnen Löwen klommen an Bord und nahmen auf den gepolsterten Sitzbänken Platz. Fader ging nach achtern und stellte sich ans Steuerrad.

Sobald alle Platz genommen hatten, glitt das Boot vom Landesteg weg, durch eine Öffnung und hinaus ins Tageslicht und den eigentlichen Kanal.

Sie durchquerten das Hafenbecken. Unmittelbar hinter der Hotelterrasse, die über ihnen zu sehen war, bog das Boot in den Hybel-Kanal ein.

Eine halbe Stunde lang folgte das Boot den Kurven und Biegungen des Kanals, durch dunkles und öliges Wasser dahingleitend. Links und rechts ragten wacklige Gebäude mit vier und fünf Stockwerken auf, jedes seinen absackenden Nachbarn stützend. Der visuelle Eindruck war der eines verworrenen und verschachtelten Mikrokosmos aus Fenstern, Balkonen, die mit Tuchfetzen behangen waren, grünem Laubwerk, das aus ziegelroten Töpfen hing, spähenden Gesichtern, Kohlenpfannen, aus denen kleine Rauchfahnen stiegen. In unregelmäßigen Abständen fanden Bambusbüschel ein paar Quadratfuß Erde, in denen sie ihre Wurzeln verankern konnten. Der Große Mief hing allenthalben über ihnen.

Das Kanu bewegte sich sehr gemächlich vorwärts, und die Paddler machten nicht den Eindruck, als überanstrengten sie sich, eher den, als genössen auch sie die Fahrt. Glawen sagte zu Kirdy: »Siehst du das Boot da drüben mit dem roten Lappen am Heck? Das habe ich jetzt mindestens schon zweimal gesehen. Diese Halunken fahren uns im Kreis herum und lachen sich hinter unserem Rücken eins ins Fäustchen.«

»Bei Balthasars Ziege! Ich glaube, du hast recht!« Kirdy drehte sich um und rief Fader entrüstet zu: »Was für ein Spiel treiben Sie hier mit uns? Sie haben uns so oft im Kreis herumgefahren, daß uns schon ganz schwindlig geworden ist! Können Sie uns nicht mal woandershin fahren?«

Jardine schloß sich der Beschwerde an. »Sie halten uns wohl für Einfaltspinsel! Das soll eine Besichtigungstour sein? Immer im Kreis herum, durch Hitze und Gestank?«

Fader erwiderte in fröhlicher Offenheit: »Die Kanalszenerie ist überall die gleiche; wir wollten lediglich Ihnen und uns unnütze Herumfahrerei ersparen.«

Shugart rief empört: »Davon stand aber nichts in dem Prospekt! Da war von ›malerischen Winkeln‹ die Rede, von ›Einblicken in das unbekannte Yipton‹ und von ›nackten Mädchen beim Baden‹.«

»Genau!« rief Cloyd. »Wo sind die nackten Mädchen? Ich habe bis jetzt bloß alte Weiber gesehen, die auf Fischköpfen herumkauten.«

Fader antwortete in glattem, geschäftsmäßigem Ton, ganz offensichtlich einen Spruch heruntersagend, den er schon Dutzende von Malen in gleicher oder ähnlicher Situation aufgesagt hatte. »Es gibt für alles einen Grund. Unsere Gesellschaft ist eine sehr aufs Praktische ausgerichtete, eine Gesellschaft mit vielen Schichten und Ebenen, die wir verstehen, aber die zu erklären ich nicht einmal versuchen würde. Wir verschwenden nichts; alles ist geplant. Die Tour, die Sie gewählt haben, Nummer 111, bietet Ihnen eine anregende Studie reifen, durchdachten Lebensstils. Sie dokumentiert den Sieg der Geduld und des Verzichts: Werte, die in der modernen Welt von elementarer Bedeutung sind. Die Botschaft der Tour ist wahrhaft inspirierend! Wenn Sie an anderen Entwicklungsstufen Yiptons interessiert sind, empfehle ich ihnen Tour 109, die eine Besichtigung der Kinderbewahranstalten umfaßt, wo Sie die Kinder von Yipton in aller Muße studieren können. Tour 154 demonstriert Ihnen die Techniken des Fischausnehmens und Entschuppens und die effektive Verwendung von Fischnebenprodukten. Tour 105 führt Sie zuerst durch das Siechenhaus, dann zu einer Besichtigung des Todesfloßes, wo Sie bei Sonnenuntergang den traditionellen Gesängen lauschen können, welche von anerkanntermaßen hoher Qualität sind; und gegen die Entrichtung einer kleinen Gebühr können Sie sich Ihre Lieblingsweise vortragen lassen. Wenn Sie wünschen, können Sie auch jetzt gleich das Mädchenareal besuchen; das kostet freilich eine Extragebühr von fünf Sol für die Gruppe.«

Shugart starrte ihn verblüfft an. Er sagte mit ernster Stimme: »Das klingt verdächtig danach, als müßten wir uns hier auf eine schleichende Enteignung gefaßt machen. Bitte gehen Sie davon aus, Fader, daß Ihr Trinkgeld dazu beitragen wird, die Kosten aller Extras zu tragen, und außerdem, wenn ich mich recht entsinne, ist laut Broschüre ein Besuch des Mädchenviertels bereits in dieser Tour inbegriffen.«

»Die Tour, von der Sie sprechen, ist die Grundtour 112. Dies hier ist aber die Grundtour 111.«

»Na und? Der Preis ist für beide Touren derselbe. Tour 111 ist laut Broschüre für Leute gedacht – und jetzt zitiere ich wortwörtlich –, ›deren Religion den Anblick nackter Frauen oder Angehöriger des weiblichen Geschlechts verbietet‹. Wir sind da ganz bestimmt nicht so empfindlich. Sie haben voreilige Schlüsse gezogen, mein Herr.«

»Aber nein. Der Fahrkartenverkäufer im Hotel hat Sie offenbar mißverstanden. Die Touren können nicht beliebig zusammengestellt werden, nach dem Motto: ein bißchen hiervon, ein bißchen davon. Sie müssen sich an den Fahrkartenverkäufer wenden, wenn Sie Ihre Kosten zurückerstattet bekommen wollen.«

Shugart stieß ein verächtliches Schnauben aus. »Halten Sie uns wirklich für so blöde? Das hier war von Anfang an Tour 112, und damit basta! Hören Sie auf, uns für dumm zu verkaufen.«

Fader zog ein Blatt Papier hervor. »Das kann gar nicht sein, mein Herr! Tour 112 ist, wie Sie bemerken werden, auf eine Höchstzahl von acht Personen begrenzt. An Bord befinden sich aber neun Personen.«

»Was soll das heißen?« schnaubte Arles.

Kirdy machte eine gereizte Geste. »Arles, sei bitte so gut und reiß dich am Riemen! Du führst dich auf wie ein Verrückter!«

»Lassen Sie mich den Prospekt sehen!« forderte Shugart.

»Das kann ich nicht, mein Herr. Dies ist meine einzige Kopie.«

»Dann halten Sie sie so, daß ich sie lesen kann.«

Widerwillig gab Fader dem Begehren nach. Shugart las laut vor: »›Die Touren 111, 112 und 113 sind ähnlich: Tour 111 ist für Leute bestimmt, die an Nacktheit Anstoß nehmen; Tour 112 führt durch die weiblichen Wohngebiete; Tour 113, die etwas länger ist, umgeht die weiblichen Wohngebiete und besucht die Sanitär-Rotunden. Der Fahrpreis für alle Touren beträgt zweiunddreißig Sol für eine Gesamtbeförderungszahl von bis zu acht Fahrgästen. Zusätzliche Fahrgäste können nach Rücksprache mit dem Tourleiter mitgenommen werden; diese müssen jedoch eine Gebühr von jeweils vier Sol entrichten. Ein Trinkgeld von zehn Prozent gilt als angemessen.‹ Na bitte! Wir haben sechsunddreißig Sol bezahlt, und bittesehr, hier ist die Quittung!«

Fader sagte in gleichmütigem Ton: »Sie hätten das von vornherein sagen müssen; das hätte uns einiges an Ärger erspart. Nun, wie auch immer, meiner Meinung nach ist das Boot für Tour 112 mit neun Personen überladen.«

Shugart sagte in scharfem Ton: »Genug jetzt mit Ihren Ausflüchten und Winkelzügen! Machen Sie jetzt entweder Tour 112 mit uns oder bringen Sie uns sofort zum Hotel zurück, wo Sie mit einer geharnischten Beschwerde rechnen können!«

Fader zuckte müde die Achseln. »Jeder will was umsonst, und wir müssen uns um des lieben Friedens willen beugen. Also denn, meinetwegen! Geben Sie uns jetzt unser Trinkgeld, und wir werden einmal mehr den Rücken krumm machen.«

»Auf keinen, aber auch gar keinen Fall! Sie können nach Ihrem Trinkgeld jammern, bis Sie schwarz werden, wenn Sie jetzt nicht sofort Ihre Pflicht tun!«

»Ach, ihr reichen Araminteser könnt einem das Leben schon schwer machen! Tour 112 dann eben, wenn ihr unbedingt wollt.« Er rief den Paddlern zu: »Wir haben Glück! Sie wollen lieber die Abkürzung durch die Schlafquartiere nehmen als die Tour durch die Bade-Rotunden.«

Jardine rief: »Bade-Rotunden! In der Broschüre steht was von sanitären Einrichtungen!«

»Das ist alles eins«, sagte Fader. »Die Würfel sind gefallen.«

Die Kühnen Löwen verfielen in mißmutiges Schweigen. Das Boot schlängelte sich durch eine Reihe von Kanälen, unter überbauten Sektionen hindurch und an einem Streifen Land entlang, der dicht bepflanzt war mit Bambus und Salpiceta und, so schien es, bestellt wurde von fast so vielen Arbeitern, wie Pflanzen vorhanden waren. Dahinter machte der Kanal eine scharfe Biegung zum Meer hin und führte zwischen zwei hohen Gebäuden hindurch. Sieben Reihen von Balkonen gingen auf beiden Seiten zum Kanal hinaus; dahinter waren mit Perlenschnüren verhangene Türen zu erkennen, hinter denen kleine Schlafräume lagen. Als die Kühnen Löwen mit neugierigen Blicken zu den Balkonen hinaufspähten, sahen sie hier und da ein Yip-Mädchen herauskommen, um ein Stück Wäsche aufzuhängen oder die Topfpflanzen zu gießen, aber es waren nur ein paar vereinzelte; die Wohnquartiere schienen fast wie ausgestorben.

Kipers Enttäuschung war groß. Bestürzt sagte er zu Fader: »Hier ist ja gar nichts los! Wo sind denn die ganzen Mädchen?«

»Viele sind beim Baden in den Rotunden«, sagte Fader. »Andere sind draußen auf dem Wasser und arbeiten in den Muschelkulturen und den Meersalatbeeten. Das hier jedoch sind ihre Wohnquartiere. Die Mädchen von der Frühschicht schlafen noch. Um Mitternacht gehen sie wieder ihren Pflichten nach, und die Mädchen von der Abendschicht gehen schlafen. Auf diese Weise kann jedes Kubikel gleichzeitig zwei Mädchen als Unterkunft dienen. Irgendwann werden wir aufs Festland gehen, und dort wird Platz genug für alle sein. Jedenfalls haben Sie jetzt die Wohnquartiere gesehen. Manche finden es amüsanter, die Mädchen beim Baden zu beobachten; ich selbst tue das auch lieber.«

»Ja, ja, Fader«, murmelte Shugart. »Du bist ein ganz Schlauer, ohne Zweifel, und dein Trinkgeld kannst du dir von der Backe putzen.«

»Wie bitte?« fragte Fader. »Haben Sie mit mir gesprochen?«

»Schon gut. Jetzt lassen Sie uns mit der Tour weitermachen.«

»Sehr wohl. Wir legen an dem Steg dort an und gehen an Land.«

Das Boot glitt an den Steg, und die Kühnen Löwen stiegen aus. Fader half ihnen dabei, damit sie nicht fielen. Als Shugart aus dem Boot stieg, wurde Fader für einen Moment von irgend etwas abgelenkt; just in dem Moment, als er wegschaute, machte das Boot eine plötzliche ruckartige Bewegung, und Shugart fiel mit einem lauten Platscher in den Kanal.

Fader und andere halfen Shugart auf den Steg. »Sie hätten vorsichtiger sein müssen«, sagte Fader.

»Ich verstehe«, sagte Shugart bedröppelt und schüttelte sich das Wasser aus den Haaren. »Ich habe ein bißchen zu laut gemotzt.«

»Aus Fehlern wird man klug. Nun, Sie werden sicher rasch wieder trocken sein. Wir können keine Zeit mit

Jammern vergeuden. Hier entlang bitte, meine Herren. Bleiben Sie beisammen und verlaufen Sie sich nicht; für das Wiederauffinden vermißter Personen wird eine beträchtliche Extragebühr erhoben.«

Die Kühnen Löwen gingen ein Gerüst entlang, erklommen eine Treppe, gingen durch einen schmalen Eingang und kamen in einen Korridor, der nach etwa zehn Yard auf einen Balkon mündete. Unter ihnen dehnte sich ein riesiges dunkles Loch, das von einer Vielfalt von Geräuschen erfüllt war, offenbar eine Art Hof. Das einzige Licht spendeten ein Dutzend trübe Dachfenster. Als ihre Augen sich an die Dunkelheit gewöhnt hatten, konnten die Kühnen Löwen unten eine riesige Ansammlung von Yips ausmachen. Sie standen in kleinen Gruppen zusammen oder hockten um winzige Kohlenbecken, auf denen sie auf Holzstäbchen aufgespießte Fischstücke rösteten. Manche saßen mit gekreuzten Beinen im Kreis und spielten Karten oder würfelten; andere schnitten sich gegenseitig die Haare oder die Zehennägel; wieder andere spielten leise Musik auf Bambusflöten, offenbar zu ihrem Privatvergnügen, da niemand sich die Mühe machte, ihnen zuzuhören. Wieder andere standen allein, in ihre Gedanken versunken, oder lagen, alle viere von sich gestreckt, auf dem Boden und starrten ins Leere. Die Geräusche, die von dieser riesigen Menschenmenge ausgingen, muteten von der Höhe des Balkons aus an wie ein allgegenwärtiges leises Flüstern, das scheinbar von nirgendwo herkam.

Glawen studierte unauffällig die Gesichter der Kühnen Löwen. Jedes von ihnen hatte, wie nicht anders zu erwarten, einen anderen Ausdruck. Der vorlaute, kecke Kiper hätte witzige Bemerkungen vom Stapel gelassen, wenn er sich getraut hätte. Arles Miene drückte herablassende Teilnahmslosigkeit aus, während Kirdy einen betroffenen und nachdenklichen Eindruck machte. Shugart, immer noch feucht von seinem unfreiwilligen Bad, fand die Verhältnisse eindeutig bejammernswert. Später beschrieb er den Caglioro seinen Freunden so: »... zehn Milliarden bleiche Aale! Der Alptraum eines kranken Geistes! Ein menschliches Miasma!«

In ähnlicher Weise würde Uther Offaw den Caglioro später als ›seelische Suppe‹ beschreiben.

Fader wandte sich der Gruppe zu und sagte ohne vernehmbare Modulation in der Stimme: »Hierhin kommen die Männer, um zu ruhen, um ihre eigenen Gedanken und die Gedanken von anderen zu denken. Die Frauen haben natürlich ähnliche Versammlungsorte.«

Dauncy fragte Fader: »Wie viele Leute sind da draußen?«

»Das ist schwierig zu sagen. Es herrscht ein ständiges Kommen und Gehen. Schauen Sie einmal dort drüben, unter dem Balkon: eine Gruppe von Touristen macht sich einen Spaß daraus, Münzen hinunterzuwerfen! Wie Sie sehen, verursacht das einigen Aufruhr. Manchmal werfen die Touristen große Summen Geldes hinunter, und dann gibt es jedesmal Schwerverletzte.«

Jardine fragte argwöhnisch: »Ist das Hinunterwerfen von Münzen gebührenfrei, oder muß man dafür etwa auch löhnen?«

»Nein; in diesem Fall drücken wir ein Auge zu. Tun Sie sich keinen Zwang an. Wenn Sie kein Kleingeld haben, können Sie dort drüben an dem Schalter jederzeit wechseln.«

Kiper rief aufgeregt: »Mir sind die Münzen ausgegangen! Wer leiht mir ein paar Dinket?«

»Werde mal endlich ein bißchen erwachsen, Kiper!« sagte Kiper ernst. »Es ist eine törichte und sinnlose Verschwendung, Geld wegzuwerfen!« Er sah Fader an. »Nicht alle von uns sind rücksichtslose Stoffel, auch wenn Sie das glauben.«

Fader lächelte und schüttelte den Kopf. »Ich habe

mit vielen Arten von Leuten zu tun, aber ich fälle keine Urteile.«

Cloyd Diffin meldete sich zu Wort. »Sie sagten, die Frauen hätten separate Versammlungsorte. Kann man die besichtigen?«

»Sie können zwischen den Touren 128, 129 oder 130 wählen, wie in der Broschüre beschrieben. Sie ähneln sich bis auf ein paar kleine Unterschiede.«

»Wo treffen sich Männer und Frauen? Wie heiraten sie und gründen Familien?«

»Unser soziales System ist sehr komplex«, sagte Fader. »Ich kann nicht einmal allgemeine Aussagen im Rahmen von Tour 112 machen. Gegen Entrichtung einer Studiengebühr können Sie sich jedoch Wissen bis zu jeder gewünschten Stufe vermitteln lassen, wobei die Gebühr je nach Wissensstufe gestaffelt ist. Wenn Sie einen solchen Studiengang zu belegen wünschen, wenden Sie sich bitte für nähere Informationen heute abend an den Toursekretär.«

Der unbezähmbare Kiper krähte: »Heute abend macht Kiper schon seinen privaten Lehrgang! Er beabsichtigt, sich sein Wissen direkt an der Quelle zu erwerben!«

Cloyd fand das gar nicht lustig. »Es reicht jetzt langsam, Kiper!«

Arles deutete über den Caglioro hinweg, dorthin, wo die andere Touristengruppe stand. Sie starrten alle zur Decke empor. »Was ist da drüben los?«

Fader folgte seinem Blick. »Sie bezahlen für ein Schauspiel. Sie brauchen es nicht anzuschauen; so lautet die Regel. Wenn Sie an der Besichtigung teilnehmen, müssen Sie eine sogenannte Nebengebühr entrichten.«

»Das ist totaler Quatsch!« erklärte Arles. »Ich habe bezahlt, um mir den Caglioro anzusehen. Wenn Ihr ›Schauspiel‹ meinen Sehgenuß beeinträchtigt, nehme ich mir die Freiheit heraus, eine teilweise Rückerstattung meiner Kosten zu verlangen!«

Fader schüttelte emphatisch den Kopf. »Wenn Sie sich gestört fühlen, drehen Sie sich einfach um und schauen nicht hin.«

Kirdy schaltete sich ein. »Seien Sie doch vernünftig, Fader. Wir haben durch die Entrichtung unseres Fahrgelds die Berechtigung erworben, den Caglioro zu besichtigen, zusammen mit – ich zitiere die Broschüre – ›all den pittoresken Nebenhandlungen und kuriosen Ereignissen, für die dieser verblüffende Ort berühmt ist‹. Jedes Spektakel, das während der Dauer unseres Besuchs stattfindet, ist demnach implizite mit einbegriffen.«

»Sehr richtig«, sagte Fader. »Doch betrachten Sie einmal sehr sorgfältig die genaue Stoßrichtung dieses Satzes. Der Caglioro ist nicht berühmt für dieses eine, spezielle Spektakel, noch für irgendein anderes einzelnes und spezifisches Spektakel. Daraus folgt, daß wenn Sie eines dieser Ereignisse anschauen wollen, eine Nebengebühr erhoben werden muß.«

»In dem Fall werden wir eben auf den Caglioro hinunterschauen, wie es unser Recht ist, dabei aber jedes etwaig stattfindende Spektakel ignorieren. Habt ihr gehört, Mit-Löwen? Schaut nach Herzenslust hinunter auf den Caglioro, aber wenn ein Spektakel eure Sicht beeinträchtigt, so beachtet es nicht. Nehmt seine Existenz einfach nicht zur Kenntnis; sonst müssen wir uns Faders abenteuerliche Paragraphenreitereien anhören. Ist das klar? Schaut also nach Belieben! Aber achtet auf keinen Fall auf irgendein Spektakel, sollte ein solches zufällig gerade stattfinden!«

Hierauf wußte Fader nichts zu erwidern. Unterdessen waren auf einem Laufsteg hoch oben unter dem Dach zwei alte Männer aufgetaucht, die sich jetzt mit schlurfenden Schritten auf eine kreisförmige Plattform von Zehn Fuß Durchmesser begaben. Sie waren lediglich mit kurzen weiten Hosen bekleidet: der eine mit einer schwarzen, der andere mit einer weißen. Der alte

Mann mit der weißen Hose zeigte deutlich erkennbare Abneigung und spähte mit hochgezogenen Brauen und herunterhängender Kinnlade nach unten in die Tiefe. Er drehte sich um und wollte zum Laufsteg zurückrennen, aber ein Tor versperrte ihm den Weg. Der alte Mann in Schwarz humpelte vorwärts und packte ihn; die zwei rangen und balgten miteinander, bis der Mann in Weiß stolperte und hinfiel, woraufhin sein Kontrahent sich auf ihn stürzte und den heftig sich Wehrenden an den Haaren und an der Hose zum Rand der Plattform zerrte und über den Rand stieß. Wild rudernd und zappelnd fiel der alte Mann in Weiß in die Tiefe und landete auf einer Zielscheibe, die mit scharfen Stäben gespickt war, welche seinen Körper durchbohrten und zerfetzten. Die Yips, die sich unten auf dem Boden des Caglioro befanden, widmeten dem Geschehen nicht mehr als einen desinteressierten Seitenblick. Oben auf der Plattform humpelte der alte Mann in Schwarz müde davon und verlor sich in der Dunkelheit.

Kirdy wandte sich um und sagte zu den Kühnen Löwen: »Ich habe nichts Ungewöhnliches gesehen, in der Art eines Spektakels oder dergleichen. Ihr?«

»Ich auch nicht.« »Ich auch nicht.« »Ich auch nicht.« »Nichts als zehntausend Yips, die ganz in ihre Machenschaften vertieft sind.«

Uther Offaw wandte sich zu Fader um. »Mir ist soeben eine Plattform aufgefallen – dort oben, sehen Sie? Können Sie mir sagen, welchem Zweck diese Plattform dient, oder muß ich dafür eine Informationsgebühr bezahlen?«

Fader gestattete sich den Anflug eines ironischen Lächelns. »Sie dient gewissen Darbietungen, die wir zahlungswilligen Touristen präsentieren. Bedürftige alte Leute, die dem Tode nahe sind, bekommen, wenn sie möchten, eine Luxuszulage zu ihren Rationen. Als Gegenleistung müssen sie auf der Plattform gegeneinander ringen, bis einer von ihnen in den Tod stürzt. Dieses Verfahren ist in jeder Hinsicht nützlich und sinnvoll. Alte Menschen kommen dadurch in den Genuß einer guten Kost in ihren unproduktiven Jahren und machen durch ihr Ableben Ressourcen frei, die ansonsten verschwendet wären.«

»Interessant! Sowohl Männer als auch Frauen kommen in den Genuß dieser Errungenschaft?«

»Natürlich!«

»Das scheint mir eine ziemlich zynische Ausbeutung dieser alten Leute zu sein«, sagte Uther Offaw.

»Keineswegs!« widersprach ihm Fader heftig. »Ich will nicht mit Ihnen diskutieren, aber ich möchte doch darauf hinweisen, daß wir aufgrund von Einschränkungen, die uns von außen auferlegt sind, gezwungen sind, jede Möglichkeit zum Überleben zu nutzen.«

»Hm. Könnte ein solches Spektakel, von dem Sie sprechen, auch mit Kindern anstelle von alten Leuten als Teilnehmern arrangiert werden?«

»Das wäre gewiß möglich. Der Toursekretär wird Ihnen die genauen Kosten angeben können.«

»Es scheint, daß sich gegen eine Gebühr fast alles arrangieren läßt.«

Fader streckte die Hände aus. »Ist das nicht überall so? Ich muß Sie darauf hinweisen, daß wir ein wenig im Zeitplan nachhinken. Haben Sie jetzt genug vom Caglioro gesehen?«

Shugart sah die andern an. »Von uns aus kann's weitergehen. Was kommt denn als nächstes?«

»Wir kommen jetzt durch die Galerie der Alten Gladiatoren. Hätten Sie vorhin aufmerksam zugeschaut, dann hätten Sie vielleicht ein Paar dieser wackeren Recken auf der Plattform ringen sehen können. Doch da Sie es nicht bemerkt haben, kann ich keine Gebühr erheben.«

»Müssen wir für die Durchquerung der Galerie eine Extragebühr bezahlen?«

Fader machte eine beruhigende Geste. »Es liegt auf dem Weg zum Basar. Kommen Sie.«

Fader führte die Gruppe in einen langen Gang, an dessen Seiten quadratische Kammern lagen. In jeder davon saß ein alter Mann mit gekreuzten Beinen auf einem schmutzigen Kissen. Einige von ihnen beschäftigten sich mit kleinen Handarbeiten. Einer stickte; ein anderer arbeitete frivol an sich selbst; ein dritter wob bunte Faserstränge in kleine Stofftiere. Andere saßen nur da und starrten teilnahmslos ins Leere.

Auf ihrem Gang durch die Galerie schlossen die Kühnen Löwen zu der Touristengruppe auf, die zuvor das Spektakel im Caglioro bestellt hatte. Es waren etwa zwanzig Personen. Glawen schätzte sie als Laddakeer von der Welt Gaude Phodelius IV ein, aufgrund ihrer gedrungenen Statur, ihrer frischen Gesichtsfarbe, ihrer runden Gesichter und ihrer charakteristischen breitkrempigen Hüte mit den herunterhängenden schwarzen Bändern. Der Anführer der Gruppe verhandelte offenbar wegen der Aufführung eines weiteren Spektakels, eines sogenannten ›Pumpduells‹, mit dem Tourleiter, sah sich dann gleichwohl durch den ›exorbitanten Wucherpreis‹, wie er den geforderten Unkostenbeitrag entrüstet charakterisierte, von seinem Vorhaben abgeschreckt. Andere aus der Gruppe drängten sich derweil um eine der Zellen und unterhielten sich angeregt mit dem Insassen, einem hinfälligen Greis. Die Kühnen Löwen blieben stehen und lauschten.

Einer der Touristen hatte dem alten Mann eine Frage gestellt; er antwortete: »Was für eine Wahl habe ich denn noch? Arbeiten kann ich nicht mehr; soll ich mich in ein dunkles Loch setzen und verhungern?«

»Aber Sie scheinen sich mit dieser Art von Tod abgefunden zu haben!«

»Was soll ich mir denn noch groß den Kopf zerbrechen? Dieser Tod ist ein passendes Ende für mein Leben. Ich habe nichts erreicht, nichts entdeckt; ich habe den Kosmos nicht ein winziges Stückchen verändert. Bald werde ich verschwunden sein, und niemandem wird es auffallen.«

»Dies scheint mir eine sehr negative Philosophie zu sein«, sagte der Laddakeer. »Gibt es denn nichts, was Sie in Ihrem Leben getan haben, worauf Sie stolz sind?«

»Ich habe mein ganzes Leben lang Gras geharkt. Ein Halm ist wie jeder andere. Doch vor langer Zeit kam einmal eine seltsame Laune über mich, und ich schnitzte einen Fisch aus einem Stück Holz, ganz fein, so, daß man jede einzelne Schuppe genau erkennen konnte. Die Leute, die ihn gesehen haben, fanden ihn sehr gelungen.«

»Und wo ist dieser Fisch jetzt?«

»Er fiel in den Kanal und wurde von der Ebbe fortgetragen. Vor einiger Zeit habe ich noch einmal so einen Fisch angefangen – hier ist er –, aber ich verlor die Lust und habe ihn nie vollendet.«

»Dann sind Sie also jetzt bereit zum Sterben.«

»Niemand ist je ganz bereit.«

Einer der Laddakeer drängte sich nach vorn. »Ehrlich gesagt, ich finde das beschämend! Statt den Tod dieses Herrn zu kaufen, sollten wir lieber eine Sammlung durchführen, um sein Überleben zu sichern. Wäre das nicht der Humanität und unserer Religion wahrhaft würdiger?«

Ein Murmeln ging durch die Gruppe. Einige schienen zuzustimmen; andere waren unschlüssig. Ein sehr beleibter Mann sagte in klagendem Ton: »Das ist alles schön und gut, aber wir haben schon für das Schauspiel bezahlt; das Geld wäre zum Fenster hinausgeworfen!«

»Betrachten wir es einmal aus dieser Sicht«, sagte ein anderer. »Es gibt Tausende von ähnlich liegenden Fällen! Wenn wir dieses alte Väterchen und seinen Fisch retten, dann rückt sofort ein anderer nach und nimmt seinen Platz ein; müßten wir dann diesen anderen, der vielleicht einen Vogel geschnitzt hat, billigerweise nicht auch retten? Der Prozeß setzt sich endlos fort!«

»Wie ihr alle wißt, bin ich ein barmherziger Mann und ein Kirchenältester«, sagte der Anführer, »aber ich muß in diesem Fall praktisch denken. So wie ich es verstehe, dient dieses Spektakel nicht perverser Ergötzung oder morbider Sensationsgier, sondern einer gesunden Katharsis. Bruder Jankoops Plan ehrt ihn, aber ich wäre ihm sehr dankbar, wenn er, sobald wir wieder daheim sind, seinen Nachbarn gegenüber ein ähnliches Mitgefühl walten ließe und seine Ziegen fürderhin zum Grasen auf die Weide führte.«

Dankbares Gelächter begrüßte die geistreiche Replik. Der Anführer wandte sich an Fader. »Vielleicht hätte Ihre Gruppe ja Lust, sich der unsrigen anzuschließen. Der Eintrittspreis, solchermaßen anteilmäßig auf die zwei Gruppen umgelegt, wäre dann nicht mehr gar so abschreckend.«

»Wie hoch ist denn der Eintrittspreis?« frug Arles.

Fader rechnete. »Das Eintrittsgeld käme auf fünf Sol pro Individuum. Das ist ein sehr günstiger Tarif.« Er hob die Hand, um den einstimmigen Chor des Protests, der ihm entgegenschallte, zum Verstummen zu bringen. »Eine anteilmäßige Umlage ist nicht möglich; die Preise sind von oben festgelegt.«

Arles sagte mit einem unsicheren Lachen: »Nach so einem finanziellen Schock brauche ich wahrhaftig ein bißchen Katharsis. Ich mache mit, trotz der hohen Kosten.«

»Ich auch«, sagte Cloyd. »Was ist mit dir, Dauncy?«

»Ich will mir nicht vorwerfen müssen, was verpaßt zu haben. Ich komm auch mit.«

»Ich auch«, erklärte Kiper.

»Ich finde so was abstoßend«, sagte Uther Offaw. »Ich will damit nichts zu schaffen haben.«

»Ich auch nicht«, sagte Glawen.

Auch Shugart schloß sich von der Teilnahme an dem Spektakel aus; Jardine hingegen entschied sich nach einigem Hin und Her, teilzunehmen, »aus reiner Neugier«, wie er betonte. Kirdy zauderte; sein großes, rosiges Gesicht arbeitete angestrengt. Schließlich, unter dem Eindruck von Glawens Blick, verkündete er ziemlich mißmutig: »Das ist nichts für mich.«

Während Fader das Eintrittsgeld einsammelte, fiel Glawens Blick durch Zufall auf den halbfertigen Fisch. »Darf ich den mal sehen?« frug er den Alten.

Der alte Mann reichte ihm den Gegenstand: ein Stück Holz, etwa acht Zoll lang, aus dem der Kopf und die Hälfte des Rumpfes herausgeschnitzt war, jede einzelne Schuppe fein und detailliert herausgearbeitet. Einem spontanen Impuls folgend, fragte Glawen: »Würden Sie mir den verkaufen?«

»Der ist doch nichts: er ist nicht einmal fertig. Wenn ich tot bin, wird er weggeworfen. Sie können ihn umsonst haben.«

»Danke«, sagte Glawen. Aus dem Augenwinkel nahm er Faders stirnrunzelnden Blick wahr. Er sagte zu dem alten Mann: »In Yipton ist nichts umsonst. Ich gebe Ihnen diese Münze für die bereits geleistete Schnitzarbeit. Ist Ihnen das recht?«

»Ja, ja, ganz wie Sie wollen.«

Glawen gab ihm die Münze und nahm den unvollendeten Holzfisch an sich. Er bemerkte, daß Fader sich wieder abgewandt hatte.

Der Tourleiter der Laddakeer rief: »Es ist Zeit für das Spektakel! Hopp, hopp, alter Mann, auf die Beine! Du mußt pumpen und tüchtig schnaufen, wenn du noch in den Genuß deines Abendessen kommen möchtest.«

Fader wartete mit Kirdy, Uther Shugart und Glawen in der Galerie. Die anderen gingen in einen Raum, in dem eine seltsame Vorrichtung aufgebaut war: zwei Glaszylinder von drei Fuß Durchmesser und sieben Fuß Höhe standen Seite an Seite, miteinander durch

Röhren verbunden. In jeden der Zylinder wurde ein alter Gladiator hinuntergelassen, bis er auf dem Boden des Zylinders zu stehen kam; sodann wurden die Zylinder mit Deckeln verschlossen.

Nun begann in jeden der Zylinder Wasser hineinzuströmen und immer höher zu steigen. Vermittelst eines Pumpenschwengels konnte jeder der beiden Alten Wasser von seinem Zylinder in den seines Widersachers hinüberpumpen. Zu Anfang schienen beide Männer lustlos und gleichgültig, doch sowie das Wasser ihre Hüften umspielte, begann jeder, zunächst zaghaft, gleichsam probierend, schließlich mit voller Kraft, den Pumpenschwengel zu betätigen. Der alte Gladiator in dem einen Kolben legte mehr Zähigkeit und Vitalität an den Tag; er schaffte es schließlich, den Wasserspiegel in dem anderen Kolben so weit hochzupumpen, daß das Wasser den Scheitel des alten Mannes, der den Fisch geschnitzt hatte, überstieg, woraufhin dieser seine Bemühungen jäh einstellte, noch einen Moment lang krabbelnd und zappelnd versuchte, dem Zylinder zu entsteigen, und dann ertrank. Das Spektakel war zu Ende.

Die Kühnen Löwen, die ihm beigewohnt hatten, kehrten in die Galerie zurück. Kirdy sagte: »Nun?«

Jardine sagte mit hohler Stimme: »Wenn das Katharsis ist, dann habe ich für die nächste Zeit erstmal von Katharsis genug.«

Fader sagte: »Kommen Sie, meine Herrschaften; die Zeit drängt. Wir kommen jetzt zum Basar. Die Preise dort sind übrigens fest; feilschen Sie also nicht. Und bitte bleiben Sie zusammen; man verliert sich dort leicht.«

Über Gerüste, Galerien, Gänge und Brücken, hier und da einen Blick erhaschend auf Werktätige, die Seegras harkten, Muscheln entschalten, Bambus verarbeiteten, Matten und Wandverkleidungen woben und flochten, gelangten die Kühnen Löwen schließlich zum Basar: ein von einer tiefen Decke geschütztes Areal mit unzähligen kleinen Buden und Ständen, in denen Yips beiderlei Geschlechts und aller Altersstufen Gegenstände aus Holz, Metall, Muschelschalen, Glas, Ton und geknüpften Seilen anfertigten und feilboten. Andere Buden stellten Teppiche, Tuche, Puppen und Absurditäten in hundertfachen Varianten zur Schau.

Die Kühnen Löwen hatten keine Lust, irgend etwas zu erwerben. Fader, der ihr Desinteresse spürte, sagte: »Wir besuchen jetzt die Halle der Musik, wo Sie, so Sie dies wünschen, gebühren- und kostenfrei Geld verschenken dürfen.«

In der Halle der Musik spielten ältliche Männer und Frauen, die in Buden saßen, Instrumente und sangen dazu melancholische Weisen; jeder von ihnen hatte einen kleinen Bambustiegel vor sich stehen, gefüllt mit Münzen, die vermutlich von Leuten gespendet worden waren, welche von ihrer Musik angerührt worden waren. Shugart Veder wechselte einen Sol in kleine Münzen um und verteilte diese gleichmäßig auf die Tiegel, ungeachtet der Güte der jeweiligen musikalischen Darbietung. Kirdy fragte einen der Musikanten: »Wie geben Sie all das Geld aus, das Sie sammeln?«

»Viel bleibt davon zum Ausgeben nicht übrig: mehr als die Hälfte wird von der Steuer aufgezehrt; der Rest geht für Haferschleim weg. Ich habe seit fünf Jahren keinen Fisch mehr geschmeckt.«

»Das ist schade.«

»Ja. Über kurz oder lang komme ich in die Galerie der Alten Gladiatoren. Dann ist's vorbei mit dem Musizieren.«

»Kommen Sie«, drängte Fader. »Die Zeit ist um; es sei denn, Sie wollen eine Überstundengebühr bezahlen.«

»Nein danke.«

Zurück im Hotel angekommen, sagte Fader: »Nun, was mein Trinkgeld anbelangt, so gelten zehn Prozent als dürftig und knickerig.«

Darauf sagte Shugart: »Und als was gilt gar nichts, nachdem Sie sich ja geweigert haben, uns zu den Baderotunden zu führen und mich zudem in den Kanal geschmissen haben?«

»Gar nichts gilt als unbedacht und zieht nach sich, daß Sie sich bei Ihren Mahlzeiten verwundert, wenn nicht gar besorgt, die Frage stellen, was Sie da wohl gerade verzehren mögen.«

»Das klingt recht überzeugend. Je nun. Sie sollen Ihre zehn Prozent kriegen und über uns denken, was Sie wollen. Offen gestanden kümmert mich Ihre Meinung von mir ebensowenig, wie Sie meine von Ihnen kümmert.«

Fader entschlug sich eines Kommentars. Das Trinkgeld wechselte den Besitzer; Fader nahm es mit einem kühlen Nicken entgegen. »Sie wollen in den Pussycat-Palast?«

»Ja; heute abend.«

»Sie werden einen Führer brauchen.«

»Wieso? Der Weg ist klar gekennzeichnet.«

»Ich muß Sie warnen; Wegelagerer lauern allenthalben! Sie springen aus dunklen Ecken hervor und fallen Sie an; Sie werden zu Boden geschleudert, und ehe Sie sich's versehen, ist Ihr Geld weg! Sie kriegen obendrein noch einen Tritt oder zwei ins Gesicht, und fort sind sie, alles binnen ein paar Sekunden. Aber sie wagen es nicht, Sie anzugreifen, wenn Sie von einem Führer beschützt werden. Meine Gebühren sind gering, und Sie kommen unbeschadet und in Würde zum Pussycat-Palast.«

»Wie hoch sind denn die Gebühren?«

»Neun Personen: neun Sol.«

»Ich werde mich mit meinen Kameraden beim Abendessen beraten.«

Als Syrene sich zum Horizont neigte, fanden sich die Kühnen Löwen auf der Terrasse ein und wählten einen Tisch, von welchem aus sie einen guten Blick über den

Hafen hatten, direkt über der *Faraz*, die längsseits am Landesteg lag.

Eine Weile erfrischten sich die Kühnen Löwen mit Rumpunsch und Ling-lang-Eisbrechern und schwärmten sich selbstzufrieden einander vor, wie gut sie's doch getroffen hätten.

»Den Großen Mief lassen wir natürlich raus, wenn wir uns über die hiesigen Genüsse unterhalten«, sagte Dauncy Diffin launig.

Kiper rief kühn: »Der Große Mief, pah! Den hab ich schon fast vergessen. Was macht schon ein bißchen Gestank?«

»Sprich für dich selbst«, sagte Uther. »Ich bin nicht so tolerant.«

Kiper belehrte ihn: »Es findet alles in deinem Kopf statt! Man muß in seinem Hirn erst alle Arten von Scheußlichkeiten auf Lager haben, ehe man einen üblen Geruch als solchen identifizieren kann. Mein Geist ist edel und rein; also bin ich nicht betroffen.«

»Von Kiper können wir viel lernen«, sagte Shugart. »Als ich in diesen stinkenden Kanal geplumpst bin, hat er mir geraten, die Situation nüchtern und cool zu sehen und zu versuchen, ihr das Beste abzugewinnen.«

Jardine grinste. »Soweit ich mich erinnere, war das auch Faders Meinung.«

»Ich kann von Glück reden, daß er mir nicht auch noch Badegebühren abgeknöpft hat«, knurrte Shugart. »Sonst hat er doch keine Gelegenheit verstreichen lassen, uns zu schröpfen, und jetzt will er noch mal neun Sol dafür kassieren, daß er uns zum Pussycat-Palast bringt. Er behauptet, das sei der einzige Weg, Überfälle von Wegelagerern zu vermeiden – die er wahrscheinlich noch selbst angeheuert hat.«

Uther, der normalerweise ziemlich gelassen war, ereiferte sich jetzt. »Das ist schlichte Beutelschneiderei! Ich hätte nicht übel Lust, ihn bei den Oomps anzuzeigen!«

Kiper sagte mit einem verschmitzten Grinsen: »Dann hättest du jetzt Gelegenheit dazu: da vorne stehen zwei von ihnen.«

Uther sprang auf und marschierte zu den beiden Oomps. Sie hörten höflich zu, während er seine Beschwerde vortrug, und antworteten ihm dem Anschein nach durchaus wohlwollend. Uther machte auf dem Absatz kehrt und kam zum Tisch zurück.

»Und?« fragte Kiper.

»Sie wollten wissen, wieviel Fader verlangt hat. Ich sagte es ihnen, und sie meinten beide, es bewege sich im normalen Rahmen. Ich fragte sie, warum sie die Wegelagerer nicht einfach festnähmen; sie sagten, sobald sie Streifengänge durch die Gänge und Gassen machten, würden die Wegelagerer blitzschnell verschwinden, und die Oomps würden für nichts und wieder nichts hin und her marschieren. Ich wies darauf hin, daß in der blauen Broschüre stehe, erfahrene Personen könnten den Pussycat-Palast gefahrlos aufsuchen. Sie sagten, die Broschüre wäre in dem Punkt ein bißchen überholt; diese sogenannten ›erfahrenen Besucher‹ würden dem Toursekretär immer ein Trinkgeld von fünf oder zehn Sol geben, was den Mißstand irgendwie zu lindern schiene.«

»Ach ja«, sagte Jardine. »Die neun Sol werden uns nicht ins Armenhaus bringen. Wir können später ja noch mal darüber sprechen. Jetzt laßt uns erstmal zu Abend essen.«

Syrene war hinter dem Horizont versunken; nur ein paar lange, scharlachrot leuchtende Wolkenfetzen dicht über dem Ozean markierten noch die Stelle, wo sie untergegangen war. Barfüßige Barjungen mit nacktem Oberkörper stellten hohe Lampen an die Tische, und die Kühnen Löwen speisten bei Lampenschein, während sich die Dämmerung über Yipton legte.

Die Speisen waren gefällig fürs Auge zurechtgemacht, doch fehlte es ihnen ein wenig an Pfiff und

Würze, ganz nach dem gängigen Muster kosmopolitischer Küche, wo das Hauptaugenmerk nicht so sehr darauf lag, dem verwöhnten Gaumen des Gourmets zu schmeicheln, sondern darauf, den Geschmack des Durchschnittsverbrauchers zu treffen. Die Portionen waren sorgfältig bemessen und nicht gerade üppig. Die Kühnen Löwen waren von der Mahlzeit nicht sonderlich angetan, fanden aber auch nichts Spezielles, das ihren Umnut erregt hätte. Als Vorspeise bekamen sie eine undefinierbare, etwas fade schmeckende Brühe, dann gab es Mollusken, in einem leichten Eierteig gebraten, mit grünem Salat, Salpicetastrünken, die ein wenig holzig schmeckten, und Meersalat. Danach wurde gedünsteter Aal auf gebratenem Reis serviert, und zum Dessert gab es Kokosmeringe in geschlagener, etwas klumpig geratener Kokossahne, zusammen mit Tee und Pflaumenwein.

Cloyd lehnte sich in seinem Stuhl zurück. »Ich habe gerade die Rationen eines Alten Gladiators verspeist.«

»Das könnte ich für mich auch sagen«, sagte Jardine. »Und jetzt bin ich bereit, es mit Fader und seinen Wegelagererern aufzunehmen.«

Uther ließ seinen Blick über das Hafenpanorama schweifen. »Wir wollen gerecht sein. Wenn wir den Großen Mief mal beiseite lassen, ist Yipton schon ein faszinierender Ort; geheimnisvoll, an manchen Stellen bezaubernd, aber immer aufregend und in jeder Weise einzigartig; wir sind fünftausend Lichtjahre von Araminta nach hierher gereist – aber ich glaube, ich habe jetzt genug gesehen. Ich fahre morgen wieder nach Hause, und ich halte es für ziemlich unwahrscheinlich, daß ich noch einmal wiederkomme!«

»Was!« schrie Kiper. »Höre ich richtig? Wo wir doch noch nicht mal den Pussycat-Palast besucht haben!«

Uther sagte ein wenig affektiert: »Ich bin sicher, daß ein einmaliger Besuch ausreichen wird.«

»Pff!« machte Kiper hochnäsig. »Du glaubst doch

wohl nicht, du könntest ein echter Bumsexperte werden, indem du einmal kurz die Nase zur Tür reinsteckst und gleich wieder abhaust, so nach dem Motto: ›Rein in die Kartoffeln, raus aus den Kartoffeln‹. Nimm dir ein Beispiel an Cloyd oder Arles. Machen sie jemals halbe Sachen oder kneifen vor einem Job? Niemals! ›Nur zuviel ist genug!‹ Das ist der Wahlspruch, unter dem sie marschieren.«

»Sie können marschieren, soviel sie wollen, und sämtliche Touren von 100 bis 200 inklusive mitmachen und sich von mir aus im Keller vom Pussycat-Palast einquartieren, wo die Mädchen ihre Strümpfe waschen. Mir reicht jedenfalls, was ich gesehen habe.«

Shugart war wie immer nüchtern und abwägend. »Ich neige halb dazu, ihm zuzustimmen – aber nur halb. Laßt uns doch einfach abwarten, wie wir uns morgen fühlen. Dann können wir uns noch immer entscheiden.«

»Ganz ehrlich gesagt«, sagte Arles, »ich bin auch zu fünfzig Prozent dafür, abzuhauen. Sogar noch etwas mehr: sagen wir, zu fünfundsiebzig Prozent. Der Mief ist ganz und gar nicht nach meinem Geschmack.«

Cloyd schüttelte verwundert den Kopf. »Das hört sich ganz so an, als wäre die Luft schon raus. Dauncy, wie steht's mit dir?«

»Ich meine das gleiche wie Shugart. Laßt uns abwarten, wie wir uns morgen fühlen. Aber ich habe so ein Gefühl, als ob alles, was jetzt noch kommen könnte, gegen heute nur noch abstinken kann.«

»Kirdy, wie denkst du darüber?«

Kirdy warf einen unsicheren Seitenblick auf Glawen. »Ich meine, wir könnten schon noch einen oder zwei Tage bleiben; nur so, zum Entspannen – ein bißchen auf der Terrasse rumhängen, den einen oder anderen Rumpunsch reinziehen...«

Jardine sagte: »Laßt uns das Thema jetzt erstmal auf

Eis legen. Wer weiß, vielleicht denken wir morgen alle schon wieder ganz anders darüber.«

»Okay, Löwen!« krähte Kiper. »Jetzt machen wir erstmal heute abend unseren großen Zug durch den Pussycat-Palast!«

Kirdy setzte seine Teetasse ab und lehnte sich in seinem Stuhl zurück. »Ohne mich. Es ist einfach zu viel auf einmal für einen Tag. Ich bleib lieber hier.«

Shugart musterte ihn erstaunt. »Ich habe schon hundert irre Sachen in Yipton gesehen, aber der Pussycat-Palast ist das Irreste von allem. Da muß man einfach hin!«

»Bitte! Dann geh hin und hab deinen Spaß«, sagte Kirdy mit einem humorlosen Grinsen.

»Aber warum willst du nicht mitkommen? Kannst du mir das sagen?«

»Da ist wirklich nichts Geheimnisvolles dran; ich bin einfach nicht in der Stimmung.«

Kiper sagte bekümmert, fast beleidigt: »Ich dachte, gerade deswegen hätten wir die Fahrt überhaupt gemacht!«

»Vielleicht komm ich morgen mit.«

»Aber morgen reisen wir vielleicht schon wieder ab!«

»Dann eben morgen früh. Heute abend möchte ich mich jedenfalls ausruhen und meine Gedanken ein bißchen sammeln.«

Arles sagte nachdenklich: »Ich weiß genau, wie du dich fühlst. Ich glaube, ich bleibe auch lieber hier.«

Shugart fuhr hoch wie vom Donner gerührt. »Das kann doch wohl nicht wahr sein! Jetzt hört Euch diese Schlaffsäcke an! Entspannen! Gedanken sammeln! Ich glaub, ich spinne! Sind das die wilden, heißen, brüllenden, blutgierigen Kühnen Löwen von einst? Sie hören sich eher wie kastrierte Hauskater an!«

Arles lachte matt. »Ich fühl mich einfach ein bißchen kaputt. Laßt euch davon nicht stören.«

Shugart warf die Arme in die Luft. »Wie du willst. Ich sag dazu nichts mehr.«

Jardine sagte: »Ich hab mich ein bißchen im Foyer umgehört. Es heißt, daß sie versuchen, einem zehn Sol abzuknöpfen, sich am Ende aber auch mit fünf zufriedengeben. Verzichtet auf alle Extras; sie sind nicht mehr als eine kleine nette Zutat, das Sahnehäubchen auf der Suppe sozusagen, aber nicht unbedingt erforderlich. Trinkgelder könnt ihr euch auch verkneifen; sie fließen ausschließlich in Titus Pompos Tasche, der nicht einen Finger krumm macht, um sie sich zu verdienen.«

Die Gruppe begab sich ins Foyer. Kirdy nahm Glawen beiseite. »Es sieht so aus, als ob die Fahrt frühzeitig zu Ende ginge.«

Glawen nickte. »Ja, sieht ganz so aus.«

»Wenn die Gruppe abhaut, ist unsere Tarnung futsch.« Kirdy sprach mit gepreßter, militärisch abgehackter Stimme, so als verdächtige er Glawen unbotmäßiger Neigungen. »Dann sitzen wir auf dem Präsentierteller: zwei offensichtliche Amt-B-Typen. Das bedeutet, wir müssen unser Programm beschleunigen und das, was wir tun können, heute abend beziehungsweise heute nacht durchziehen.«

»So sieht's aus.«

Kirdy warf einen Blick durch das Foyer. »Offen gesagt, im Moment sehe ich nicht viel, was wir ohne Risiko erreichen könnten.«

Glawen schaute skeptisch zur Seite. Was versuchte Kirdy ihm da um drei Ecken herum zu sagen, ohne die eigentlichen Worte deutlich auszusprechen? Glawen sagte vorsichtig: »Das werden wir nach sorgfältiger Erkundung entscheiden müssen.«

Kirdy räusperte sich. »Wir dürfen nichts überstürzen; unser oberstes Gebot muß Sicherheit sein. Stimmst du mir da zu?«

»Mehr oder weniger. Aber ...«

»Kein aber. Mein Plan sieht folgendermaßen aus:

während der Rest von euch im Pussycat-Palast ist, sehe ich mich unauffällig um und erkunde das Terrain. Wenn ihr dann zurückkommt, werden wir weitersehen und das, was möglich und machbar ist, durchziehen.«

Glawen sagte nichts.

»Und?« fragte Kirdy.

»Ich will trotzdem nicht mit in den Pussycat-Palast.«

»Du gehst aber!« fauchte Kirdy. »Niemand darf den Verdacht bekommen, daß wir außer als Kühne Löwen irgendeine Verbindung miteinander haben. Wahrscheinlich ist es sogar schon verdächtig, daß wir jetzt hier zusammenhocken. Du solltest jetzt besser zu den anderen gehen.«

Kirdy stand auf und schlenderte zu den Masken. Glawen seufzte und setzte sich zu den Kühnen Löwen.

Einige Minuten später erschien Fader. »Sind alle da?«

Shugart sagte: »Zwei aus der Gruppe kommen nicht mit. Wir sind nur zu siebt.«

»Ich muß trotzdem neun Sol berechnen, da das der ursprünglich veranschlagte Preis war, und ich habe eigens wegen Ihnen einen anderen Job abgesagt.«

»Sieben Personen: sieben Sol, Trinkgeld eingeschlossen. Mehr kriegen Sie nicht von uns«, sagte Shugart. »Nehmen Sie an oder lassen Sie's bleiben.«

Fader schüttelte gequält seine bronzefarbenen Locken. »Ihr Araminteser seid sowohl harte als auch krumme Hunde; ich bedaure die armen Mädchen im Palast, wenn eure Erektionen von ähnlicher Qualität sind. Na schön, ich beuge mich eurer Knauserigkeit. Geben Sie mir die sieben Sol.«

»Ha, ha, ha«, lachte Shugart. »Sie kriegen Ihr Geld, wenn wir wieder zurück sind. Sind Sie bereit?«

»Ja; machen wir uns auf den Weg.«

»Die Kühnen Löwen gehen auf die Pirsch!« blökte Kiper. »Mädchen, seid auf der Hut!«

»Kiper! Bitte!« sagte Jardine. »Wir brauchen unsere

Absichten nicht in alle Welt hinauszuposaunen! Dies ist traditionsgemäß eine verstohlen und diskret ausgeübte Aktivität! Der Kavalier genießt und schweigt.«

»Ganz recht«, sagte Uther. »Wenn du schon darauf bestehst, Slogans zu brüllen, dann ruf wenigstens solche, daß die Leute uns für die Theosophische Gesellschaft oder für die Temperenzbewegung halten.«

Arles regte sich plötzlich. »Ich fühl mich zwar nicht besonders wohl, aber ich glaub, ich geh doch mit, bloß so, zur Gesellschaft.«

Fader sagte: »Dann müssen Sie aber die erforderliche Gebühr von einem Sol bezahlen.«

»Ja, ja, zum Henker noch mal! Jetzt laßt uns endlich gehen!«

»Dann folgen Sie mir! Und bleiben Sie beisammen!«

Fader führte die Gruppe durch die Gänge und Gassen von Yipton, bis sie schließlich vor einer bogenförmig gewölbten Säulenhalle angelangten, die mit lavendelfarbenen Kacheln verblendet war. Am Eingang stand in großen blauen Lettern:

PALAST DES FRÖHLICHEN SPIELS

Fader bugsierte die Kühnen Löwen durch den Torbogen und in einen mit gepolsterten Sitzbänken ausgestatteten Empfangsraum.

»Ich werde hier auf Sie warten«, verkündete Fader. »Das Procedere ist ganz einfach. Holen Sie sich dort drüben an dem Schalter eine Eintrittskarte zum Preis von zehn Sol. Mit dieser Karte erwerben Sie das ›Reise-um-die-Welt‹-Luxuspaket, in welchem diverse amüsante Extras enthalten sind.

»Extras sind nicht vonnöten!« sagte Uther. »Wir nehmen das Fünf-Sol-Ticket.«

»Dafür bekommen Sie das Basispaket ›Küstentrip‹«, erklärte Fader. »Zusätzlich bietet der Palast für Interessenten noch eine Reihe von Ausstellungen, Pantomimen, Farcen und Sketchen in verschiedenen Preisstufen. Näheres dazu können Sie am Kartenschalter erfahren.«

»Das klingt interessant!« erklärte Arles. »Genau das könnte ich jetzt brauchen; vielleicht bin ich dann morgen früh schon wieder ganz der Alte.«

Die Kühnen Löwen stellten sich am Schalter an, kauften ihre Billets und traten sodann durch einen Vorhang aus Glasperlenschnüren in einen langen Flur, der von Türen gesäumt war. Vor den Türen standen Mädchen und musterten die vorbeischlendernden Kunden. Sie waren allesamt jung und wohlgeformt; alle trugen schlichte knielange weiße Kittel.

Glawen wählte sich eines der Mädchen aus und ging mit ihm in seine Kammer. Sie zog die Tür hinter sich zu, nahm das Billet entgegen und streifte ihren Kittel ab. Dann stand sie schweigend da und wartete, während Glawen verlegen an den Knöpfen seiner Jacke herumnestelte. Als er sie endlich ausgezogen hatte, hielt er inne, schaute dem Mädchen ins Gesicht, und wandte sich ab. Er zögerte einen Moment, seufzte, dann zog er seine Jacke wieder an.

Mit besorgt klingender Stimme fragte das Mädchen: »Ist irgend etwas nicht nach Ihren Wünschen? Habe ich vielleicht irgend etwas falsch gemacht?«

»Nein, ganz bestimmt nicht«, beruhigte Glawen sie. »Ich glaube, ich bin einfach nicht in Stimmung für diese Art Hoppla-hopp-Nummern.«

Das Mädchen zuckte die Achseln und schlüpfte wieder in seinen Kittel. Dann sagte es: »Ich kann Ihnen Tee und Gebäck servieren. Die Zusatzgebühr beträgt einen Sol.«

»Na schön, meinetwegen«, sagte Glawen. »Aber nur, wenn Sie auch davon nehmen.«

Kommentarlos brachte das Mädchen eine Kanne Tee und eine Schale mit kleinen Plätzchen. Sie schenkte eine Tasse voll. Glawen sagte: »Bitte gießen Sie sich auch eine ein.«

»Wie Sie wünschen.« Sie schenkte eine zweite Tasse voll, setzte sich, und sah Glawen mit teilnahmslosem Blick an, eine Situation, die ihm schließlich so peinlich wurde, daß er sie in Ermangelung einer besseren Idee fragte: »Wie heißen Sie?«

»Sujulor Yerlsvan Alasia. Es ist die Bezeichnung eines Nordwinds.«

»Mein Name ist Glawen Clattuc vom Hause Clattuc.«

»Das ist aber ein komischer Name.«

»Mir kommt er ganz normal vor. Interessiert es Sie, woher ich komme? Oder möchten Sie vielleicht irgend etwas anderes über mich wissen?«

»Eigentlich nicht. Ich muß die Dinge nehmen, wie Sie kommen.«

»Dann bin ich also ein ›Ding‹ für Sie.«

»Ja; so ist es.«

»Kommen alle Mädchen in Yipton hierher zum Arbeiten? Oder nur die hübschesten?«

»Fast alle arbeiten hier eine Zeitlang.«

»Gefällt Ihnen diese Arbeit?«

»Sie ist leicht. Manche der Männer gefallen mir nicht, und ich bin froh, wenn ich mit ihnen fertig bin.«

»Haben Sie einen Geliebten?«

»Ich weiß nicht, was Sie meinen.«

»Irgendeinen jungen Mann, der Sie liebt und den Sie lieben?«

»Nein; nichts dergleichen. Was für eine merkwürdige Idee!«

»Würden Sie gern reisen und andere Welten kennenlernen?«

»Darüber habe ich noch nicht viel nachgedacht. Es erstaunt mich, daß mir fast jeder diese Frage stellt.«

»Es tut mir leid, wenn ich Sie langweile«, sagte Glawen.

Das Mädchen ignorierte seine Bemerkung. »Es ist Zeit, daß Sie gehen, oder Sie müssen einen Aufpreis zahlen. Ihr Trinkgeld können Sie auf den Tisch legen.«

»Das werde ich nicht, da es ohnehin alles dem Oomphaw zufließt.«

»Wie Sie wünschen.«

Glawen ging zurück in den Empfangsraum. Wenig später waren alle Kühnen Löwen wieder versammelt. Kiper kam als letzter, und es stellte sich heraus, daß er als einziger der Kühnen Löwen eine ›Reise um die Welt‹ gebucht hatte.

Fader erkundigte sich, ob einer von ihnen vielleicht Lust hätte, eine der Sonderveranstaltungen zu besuchen; er bekam eine abschlägige Antwort von Shugart und brachte die Gruppe zurück ins Hotel. »Werden Sie morgen meine Dienste benötigen?« wollte er wissen.

»Höchstwahrscheinlich nicht«, antwortete Shugart. »Sie haben ohne jeden Zweifel den heutigen Tag zu einem erinnerungswerten Erlebnis gemacht, und ich für mein Teil werde Sie niemals vergessen.«

»Das freut mich zu hören«, sagte Fader. »Ihr Lob versüßt mir einen ansonsten doch recht mißlichen und beschwerlichen Tag.« Er verbeugte sich und entschwand.

Shugart wandte sich den anderen Kühnen Löwen zu. »Was machen wir jetzt? Der Abend ist noch jung!«

»Ich glaube, ich mach's mir gemütlich und zieh mir noch einen von diesen ausgezeichneten Rumpunschen rein«, sagte Kiper.

Cloyd verkündete: »Das ist der erste vernünftige Vorschlag, den ich seit langem von Kiper gehört habe. Während wir trinken, kann er uns ja all die Abenteuer schildern, die er auf seinem Trip um die Welt erlebt hat.«

Glawen fand unterdessen Kirdy in einer ruhigen Ecke der Halle sitzend, wo er in einer alten Illustrierten blätterte. Glawen setzte sich zu ihm.

Kirdy legte die Zeitschrift beiseite. »Nun, wie war's im Pussycat-Palast?«

»Ungefähr so, wie ich es mir vorgestellt hatte.«

»Du scheinst nicht allzu begeistert.«

»Es ist auch keine Umgebung, in der Begeisterung aufkommen kann. Die Mädchen sind höflich – ›dienstbeflissen‹ wäre wohl das passendere Wort –, aber am Ende habe ich dann doch bloß Tee getrunken.«

»Äußerst wählerisch, der Herr.«

Nicht zum erstenmal kam Glawen der Gedanke, daß Kirdy ihn nicht besonders mochte. »Das hat damit überhaupt nichts zu tun.«

»Roch das Mädel schlecht?«

Glawen schüttelte den Kopf. »Was ich jetzt sage, mag vielleicht seltsam klingen, aber erinnerst du dich an den alten Mann, der mir den Fisch gegeben hat?«

»Ja, natürlich.«

»Ich ging mit dem Mädchen in ihr Zimmer. Sie zog sich aus und stand da und wartete. Ihr Gesichtsausdruck war wie der von dem alten Mann. Ich brachte es nicht über mich, sie zu berühren.«

»Das ist schon ein bißchen verrückt, findest du nicht?«

»Ich trank eine Tasse Tee, und sie nannte mir ihren Namen, den ich schon wieder vergessen habe, und dann war die Zeit auch schon wieder um.«

»Teurer Tee«, brummte Kirdy. Er wandte sich ab und nahm seine Zeitschrift wieder vom Tisch.

Glawen fragte: »Wie ist es bei dir gelaufen?«

Kirdy lehnte sich zurück. »Nicht schlecht. Aber, nun ja, eigentlich auch nicht gut. Unsere Pläne, wenn man von Plänen überhaupt sprechen kann, bedürfen sorgfältiger Überlegung.«

»Was ist passiert?«

»Ich war draußen und hab mich umgesehen. Das Gebiet, dem unser Interesse gilt, liegt direkt hinter dem Hafen. Ich bin runter zum Dock gegangen und den Hafenweg runtergeschlendert bis zum Wellenbrecher, wie ein ganz gewöhnlicher Tourist, der die Umgebung von Yipton erkundet.

Gleich hinter dem Hotel zieht sich ein Zaun aus Bambuspfählen am Weg entlang, von etwa fünfzig Yard Länge. In dem Zaun ist eine Tür. Sie schien fest verschlossen zu sein; aber um ganz sicher zu gehen, versuchte ich, sie aufzumachen. Die Tür war, wie erwartet, fest verschlossen, also ging ich weiter den Weg hinunter bis zum Ende des Zaunes an der östlichen Seepromenade. Ich reckte den Kopf um den Zaun herum und konnte ein Dock erkennen. Als ich mich wieder umdrehte, stand ein Oomp direkt hinter mir: ein großer Bursche mit einer weißen Mütze. Er fragte mich: ›Wonach suchen Sie?‹

Ich sagte: ›Och, nach nichts Bestimmtem. Ich wollte bloß mal so gucken.‹

Er lächelte mich ganz komisch an, dann sagte er: ›Sie haben versucht, die Tür da hinten im Zaun aufzumachen. Weshalb?‹

Ich sagte: ›Nur so, aus reiner Neugier. Ich habe mich gefragt, was auf der anderen Seite wohl sein könnte. Jemand hat mir gesagt, dahinter wäre eine Glasbläserei.‹

Er sagte: ›Das stimmt nicht. Auf dem gesamten Gelände sind ausnahmslos Lagerhallen. Wollen Sie immer noch einen Blick hineinwerfen?‹

Ich versuchte, einen auf treuherzig und naiv zu machen. Ich sagte: ›Wenn Sie meinen, daß da irgendwas ist, das mich interessieren könnte – warum nicht?‹

Er setzte einen ziemlich finsteren Blick auf und fragte: ›An was sind Sie denn interessiert?‹

›Ich bin Anthropologe von Beruf‹, sagte ich ihm. ›Ich bin fasziniert von dem Erfindungsreichtum, mit dem die Yips hier mitten im Ozean ein Wohngebiet quasi aus dem Wasser gestampft haben, wenn ich das mal so sagen darf! Besonders interessant finde ich die Glasbläserarbeiten und die Keramiken.‹

›So etwas gibt es hier nicht zu sehen‹, sagte er mir. ›Die Touristenattraktionen befinden sich woanders.‹ Also bin ich zum Hotel zurückgegangen.«

»Hat er dich nach deinem Namen gefragt?«

»Das Thema kam nicht auf.«

Glawen überlegte. »Es ist seltsam, daß er es versäumt hat, dich nach deinem Namen zu fragen.«

»Es ist schon ein bißchen ungewöhnlich, aber darüber brauchen wir uns jetzt nicht den Kopf zu zerbrechen. Ich weiß nicht, wie wir ungesehen auf das fragliche Gelände kommen sollen; es bleibt uns wohl nicht anderes übrig, als die Sache abzublasen.«

»Und die Möglichkeit, übers Dach ranzukommen, scheidet völlig aus?«

»Natürlich! Das Dach ist aus Palmwedeln. Man braucht nur den Fuß draufzusetzen, schon bricht man durch.«

»Nicht, wenn man auf den Dachsparren bleibt. Ich kann das Dach vom Fenster meines Zimmers aus überblicken, aber leider führt direkt unter meinem Fenster ein Kanal vorbei. Was ist mit deinem Zimmer?«

»Von da aus kommt man auch nicht runter. Das Dach liegt mindestens fünfzehn Fuß unter dem Fenster. Die einzige Möglichkeit, runterzukommen, wäre über eine Leiter, aber wir haben keine.«

»Mit einem Seil ginge es.«

»Das haben wir nicht.«

»Ich weiß. Vielleicht können wir was improvisieren.«

Die Muskeln in Kirdys Gesicht zogen sich zusammen. »Ich gehe nicht runter auf das Dach! Mir wird schon bei der bloßen Vorstellung schwindelig!«

»Laß uns die Sache zumindest mal anschauen«, sagte Glawen. »Wenn es irgendwie machbar scheint, werd ich's versuchen. Deshalb sind wir doch überhaupt erst hierhergekommen, und wir wollen uns nicht vorwerfen müssen, daß wir nicht alles versucht haben.«

»Na schön«, sagte Kirdy widerstrebend. »Aber damit eins klar ist: ich gehe nicht auf das Dach runter.«

Die anderen Kühnen Löwen saßen an einem Tisch an der Seite der Terrasse und tranken Rumpunsch beim Schein von Lorca, Sing und einer Anzahl flackernder Lampen. Ihre Stimmen hallten gut hörbar über die abendliche Terrasse, damit auch den anderen Touristen nur ja nicht entginge, was für tolle Kerle sie waren.

Kirdy und Glawen gingen unbemerkt nach oben in den vierten Stock. Glawen frug: »Weißt du, welches Zimmer Arles hat?«

»Das zweite auf dem Flur. Warum fragst du?«

»Laß uns erstmal einen Blick aus deinem Fenster werfen.«

Kirdys Zimmer war dunkel bis auf den schwachen Lichtschimmer, der von der kleinen abgedunkelten Nachtlampe ausging. Die beiden gingen zum Fenster und schauten hinaus über das Dach: ein Gewirr von Walmen, Giebeln, Graten und Firsten, schwarz und rosafarben im unheimlichen Licht von Lorca und Sing.

Kirdy machte eine schweifende Handbewegung. »Das da müßte das Gelände sein: direkt da drüben. Aber du siehst ja selbst, es ist total unzugänglich, und so müssen wir es Bodwyn Wook gegenüber auch darstellen, ohne Widersprüche zwischen unseren Berichten.«

»Aber ich bin nicht einer Meinung mit dir. Ich meine, wir sollten es auf einen Versuch ankommen lassen.«

»Wie willst du denn runter auf das Dach gelangen? Das sind mindestens fünfzehn Fuß, wenn nicht mehr.«

»So weit ich mich erinnere, trug Arles auf der Fahrt einen feinen Mantel aus kräftigem Material.«

»Stimmt. Eine Nummer zu fein für den Anlaß, wenn du mich fragst.«

»Der Diebstahl des Mantels aus seinem Zimmer wird Bestürzung auslösen, aber keine Überraschung, und

Arles wird daraus lernen, daß er sich in Zukunft etwas schlichter und bescheidener kleidet.«

Kirdy gab ein trockenes Lachen von sich. »Arles würde uns den Mantel vielleicht sogar freiwillig überlassen, wenn wir ihn fragen würden.«

»Möglich, aber wenn man jemanden um Erlaubnis fragt, muß man immer damit rechnen, daß er nein sagt. Anders herum hat er es uns jedoch nicht ausdrücklich verboten, ihn zu nehmen, und er ist genau das, was ich brauche.«

»Seine Tür ist aber bestimmt verschlossen.«

Glawen untersuchte Kirdys Tür. »Wie du bemerken wirst, sind die Pfosten aus gespaltenem Bambus und alles andere als steif. Hast du zufällig dein großes Klappmesser bei dir?«

Kirdy zog wortlos das Messer aus der Tasche hervor. Glawen nahm es und ging zur Tür von Arles' Zimmer. Während Kirdy Schmiere stand, schob Glawen die schwere Klinge zwischen Tür und Rahmen und drückte sie vorsichtig seitwärts. Der Rahmen gab ein Stück nach, weit genug, daß der Schnäpper aus der Halterung glitt und die Tür aufsprang. Glawen ging ins Zimmer, nahm den Mantel, schloß die Tür vorsichtig wieder, auf die gleiche Weise, wie er sie geöffnet hatte, und die zwei kehrten in Kirdys Zimmer zurück.

Glawen trennte den Gürtel aus Silberlitze ab. Kirdy rollte ihn zu einem festen Bündel zusammen und steckte ihn weg. Sodann zerschnitt Glawen den Mantel in lange Streifen, die Kirdy zusammenknotete, bis ein Seil von etwa zwanzig Fuß Länge entstanden war. Glawen knotete das Ende am Fensterrahmen fest und ließ das Seil auf das Dach hinunter. »So, auf geht's, ehe mich der Mut wieder verläßt und ich es mir anders überlege!«

»Mut?« grunzte Kirdy. »Ich nenne das selbstmörderischen Leichtsinn. Aber das liegt den Clattucs ja im Blut.«

»Noch eine letzte Vorsichtsmaßnahme. Ich könnte da draußen die Orientierung verlieren. Nimm das Nachtlicht und halte es ans Fenster. Wenn du mich pfeifen hörst, schwenke das Licht im Kreis.«

»In Ordnung. Daß du vorsichtig sein sollst, brauche ich ja wohl nicht zu sagen.«

»Dann sag es auch nicht. Also dann, jetzt gilt's.«

Glawen warf noch rasch einen Blick nach links und nach rechts, um sich zu vergewissern, daß ihn keiner beobachtete, dann ließ er sich langsam an dem behelfsmäßigen Seil herunter. Vorsichtig tastete er mit der Fußspitze über das trügerische Flechtwerk, und erst als er festen Untergrund unter seiner Sohle spürte, ließ er sein ganzes Gewicht nachkommen.

Jetzt galt es, einen Dachsparren unter den Deckpaneelen aus geflochtenen Palmwedeln zu finden und peinlich darauf zu achten, daß er auf keinen Fall von ihm abwich. Die einfachste und direkteste Route würde ihn hinauf zum First führen und dann in östlicher Richtung entlang dem First bis zu dem Bereich, dem Bodwyn Wooks Interesse galt..

Er fand einen geeigneten Sparren. Mit äußerster Behutsamkeit, bemüht, jegliches Knarren oder Knistern zu vermeiden, das unten Aufmerksamkeit hätte erregen können, bewegte er sich langsam den Sparren hinauf. Von Zeit zu Zeit warf er einen Blick über die Schulter, um den Sichtkontakt mit dem Nachtlicht aufrechtzuerhalten, das ihm zur Orientierung diente. Er kam an einen Ecksparren, der ihm einen etwas sichereren Halt bot, und klomm rasch auf Händen und Knien weiter.

Er erreichte den First, setzte sich rittlings auf ihn und blickte zurück. Das Hotel war als schemenhafter Umriß auszumachen, dazwischen lag ein Schlund aus tiefer Schwärze. So weit, so gut. Einen Moment lang saß er da und ruhte sich aus, umgeben von einer Landschaft aus irrationalen Formen in Schwarz und Blaßrosa.

Die Zeit drängte. Er stand auf und hastete geduckt

den First entlang, vorwärtstrippelnd wie eine große Ratte. Seine Angst war verflogen; er empfand fast eine Art Hochgefühl.

Schließlich blieb er stehen, und nach einem prüfenden Blick auf die Geometrie des Dachs entschied er, daß er weit genug gekommen war. Unter ihm mußte sich jetzt das Zielgebiet befinden. Was würde mit ihm geschehen, wenn er erwischt wurde? Er beschloß, sich das lieber nicht auszumalen.

Er fand einen Sparren und ließ sich vorsichtig ein Stück hinunterrutschen. Dann holte er sein Messer hervor, um ein Loch in das Deckgeflecht zu schneiden.

Das Messer stieß ins Leere. Glawen weitete das Loch noch ein wenig, dann beugte er sich vor und spähte mit einem Auge hindurch. Auf dem Boden unten sah er, beleuchtet von einem Dutzend Lampen, den schimmernden Rumpf einer Flugmaschine von mittlerer Größe. An einer Seite des Raumes zog sich eine Werkbank entlang, bestückt mit verschiedenen Werkzeugmaschinen. Ein Dutzend Männer arbeiteten träge an dem einen oder anderen Werkstück; Glawen schien es so, als seien nicht alle von ihnen Yips, aber sicher war er sich dessen nicht.

Um die Szenerie aus einem anderen Blickwinkel sehen zu können, veränderte er seine Lage und spürte im selben Moment, wie das Dachgeflecht unter seinem Gewicht bedrohlich knisterte; jeden Augenblick würde er das Gleichgewicht verlieren und hinunterfallen. Mit einer verzweifelten Reflexbewegung stieß er sein Knie vor und versuchte, sich zurück auf den Sparren zu ziehen. Sein Knie brach durch das Dach; für den Bruchteil einer Sekunde sah er die Gesichter von Männern, die verblüfft zu ihm aufblicken; dann hatte er das Gleichgewicht wiedergewonnen.

Vor Wut und Angst innerlich brodelnd, kroch Glawen zum First hoch und hastete auf demselben Weg, auf dem er gekommen war, wieder zurück. Er durfte keine Zeit verlieren; binnen weniger Minuten würden Oomps auf dem Dach auftauchen, und der Gedanke, was sie mit ihm machen würden, wenn sie ihn erwischten, jagte ihm eine Gänsehaut über den Rücken.

Der dunkle Schemen des Hotels tauchte vor ihm auf. Dort, im Fenster, war das Nachtlicht! Er ließ sich mit verwegenem Schwung den Ecksparren hinunterrutschen, gewann den Dachbalken und kroch rückwärts hinunter bis zur Hotelwand.

Wo war das Seil? Glawen spähte verzweifelt durch die Dunkelheit. Das Seil war nirgends zu sehen, und als er den Blick nach oben wandte, war auch das Nachtlicht aus seinem Gesichtsfeld verschwunden.

Offenbar war er in seiner Hast und Aufregung den Ecksparren nicht weit genug hinuntergerutscht und hatte den falschen Dachbalken erwischt. Das Seil mußte ein paar Fuß weiter rechts hängen, und er mußte versuchen, es im Dunkeln zu ertasten.

Er schob sich vorsichtig an der Wand entlang, zehn Fuß, zwanzig Fuß, dreißig Fuß. Nichts. Kein Seil. Er machte kehrt, um es in der anderen Richtung zu versuchen, doch im selben Moment glaubte er aufgeregte Stimmen von der anderen Seite des Dachs zu vernehmen; jetzt war es zu spät, um noch einmal umzukehren; er konnte nur hoffen, daß Kirdy die Stimmen ebenfalls gehört und das Nachtlicht sofort gelöscht hatte.

Direkt vor ihm war die Ecke des Hotels. Er schlich geduckt vorwärts und spähte nach unten und sah den kleinen Kanal, der hinter dem Hotel vorbeiführte. Ein paar Yard weiter lag ein Boot am Hoteldock vertäut: offenbar ein Abfallprahm.

Der Müllabholer war nirgends zu sehen; wahrscheinlich war er gerade im Innern des Hotels beschäftigt. Er hatte den Müllhaufen im Bug des Prahms mit einer Matte abgedeckt. Der Kanal war an dieser Stelle etwa zwölf Fuß breit. Glawen ging an der Wand entlang, bis er genau gegenüber von dem Kahn war. Er ging in die Hocke, stieß sich ab und sprang. Er hatte das Gefühl, eine Ewigkeit durch die Luft zu fliegen, als ihn sein Schwung in hohem Bogen über den Kanal trug. Er landete in der Hocke, genau in der Mitte der Matte; der Aufprall war relativ sanft, da der weiche Küchenmüll den größten Teil der Wucht absorbierte. Er krabbelte über die Matte, sprang auf das Dock und sah sich hastig nach allen Seiten um.

Schritte nahten.

Glawen drückte sich an die Außenmauer des Hotels. Gleich darauf tauchte der Müllmann auf dem Anlegesteg auf, einen riesigen Müllsack über der Schulter. Sobald er sich umdrehte, um den Sack abzusetzen, würde er Glawen unweigerlich sehen.

Glawen trat die Flucht nach vorn an. Er rannte auf leisen Sohlen auf den Steg, packte den Müllmann bei der Schulter und beim Sack, und stieß ihn mit einem kräftigen Ruck in den Kanal. Dann rannte er zur Küchentür und spähte hinein. Gleich hinter der Tür befand sich eine kleine Nische, offenbar eine Speisekammer; Glawen huschte durch die Tür, schlüpfte in die Speisekammer und duckte sich in den Schatten.

Angelockt durch das Platschen und die Rufe, kamen der diensthabende Koch und ein paar Küchengehilfen hinaus auf das Dock gelaufen. Glawen tauchte aus seiner Nische hervor, rannte durch die Küche, dann durch einen kurzen Flur und auf die Terrasse.

Er blieb einen Moment lang stehen, um sich zu sammeln. Die Kühnen Löwen saßen noch genauso da wie vorher. Unauffällig setzte sich Glawen zwischen Shugart und Dauncy, die sein Auftauchen gar nicht bemerkten, da sie gerade gebannt Arles' Schilderung seiner erstaunlichen Erlebnisse bei der Darbietung, der er beigewohnt hatte, lauschten.

Glawen stieß Shugart mit dem Ellbogen an. »Entschuldigt mich mal für einen Moment; ich muß mal eben für kleine Jungen. Wenn der Barjunge vorbeikommt, bestell mir noch so einen Rumpunsch.«

»Wird gemacht.«

Glawen verließ die Terrasse, durchquerte das Foyer, rannte die Treppe hinauf und klopfte an Kirdys Zimmertür. »Ich bin's, Glawen! Mach auf!«

Die Tür öffnete sich einen Spaltbreit; Kirdy steckte den Kopf heraus. »Da bist du ja endlich! Ich hab mir schon echt Sorgen gemacht! Als ich die Yips auf dem Dach sah, mußte ich das Licht löschen und das Seil hochziehen, damit sie uns nicht erwischen.«

»Deshalb also konnte ich das Seil nicht finden«, sagte Glawen. »Wahrscheinlich war es das Beste so.«

»Ich hab mir die Augen nach dir ausgeguckt, aber ich hab dich nirgends gesehen«, erklärte Kirdy. »Und ich war sicher, daß du schon irgendeinen anderen Weg zurück ins Hotel finden würdest.«

»Wir unterhalten uns später darüber; jetzt haben wir keine Zeit. Wo ist das Seil?«

»Hier. Ich hab es aufgerollt.«

»Gut. Geh du jetzt runter und setz dich zu den Kühnen Löwen. Ich laß inzwischen das Seil verschwinden.«

Kirdy ging hinaus. Glawen steckte sich das Bündel unter die Achsel und folgte ihm. Er durchquerte das Foyer und ging hinunter zum Dock. Im Schutz des Schattens suchte er einen passenden Stein, stopfte ihn in das Bündel, knotete die Enden fest zusammen und warf das Bündel ins Hafenbecken, wo es sofort unterging. Dann kehrte er auf die Terrasse zurück und gesellte sich wieder zu den Kühnen Löwen, in deren Mitte inzwischen auch Kirdy wieder Platz genommen hatte.

Fünf Minuten vergingen. Zwei Oomps erschienen im Foyer. Sie blieben stehen, schauten suchend umher, entdeckten die Kühnen Löwen auf der Terrasse und kamen zielstrebig auf sie zugesteuert. Einer von ihnen sagte mit leiser, höflicher Stimme: »Guten Abend, meine Herren.«

»Guten Abend«, sagte Shugart. »Ich hoffe, Sie kommen nicht, um uns die Nachricht zu überbringen, daß wir noch irgendeine Zusatzgebühr oder Kurtaxe oder dergleichen zu entrichten haben. Ich kann Ihnen versichern, wir sind heute schon mehr als genug geschröpft worden.«

»Zweifellos, zweifellos. Was haben Sie heute abend gemacht?«

Shugart blickte erstaunt auf. »Schauen Sie sich diese Gläser an: einige leer, andere halbvoll oder voll mit Rumpunsch! Ich bin kein Detektiv, aber ich würde wahrscheinlich daraus schließen, daß die Kühnen Löwen standesgemäß einen gebechert haben.«

»Und was haben die Kühnen Löwen sonst noch so an Streichen und Heldentaten vollbracht?«

»Mein lieber Freund, unser Soll an Streichen und Heldentaten haben wir heute abend im Pussycat-Palast zur Genüge erfüllt; das reicht uns erst einmal, wenigstens für den Moment.«

»Das ist eine klare Aussage. Wer hat Sie dorthin begleitet?«

»Ein gewisser Fader.«

»Einen angenehmen Abend dann noch, meine Herren.«

Die Oomps wandten sich um und gingen wieder. Uther schaute ihnen nach. »Was, zum Donner, sollte das, diese Anspielungen von wegen Streichen und Heldentaten? Kiper, hast du wieder irgendwas Verrücktes ausgefressen? Vergiß nicht, wir sind hier in Yipton, und Titus Pompo kann ganz schön allergisch reagieren, wenn hier einer was anstellt.«

»Ich hab nichts gemacht – Ehrenwort!«

Die Kühnen Löwen blieben noch eine Stunde auf der Terrasse sitzen, dann gingen sie hinauf auf ihre Zimmer. Sie hatten noch nicht ganz die Türen hinter sich zugemacht, als sie ein wütendes Geheul aus Arles' Kubikel erschreckt herumfahren ließ.

Die Kühnen Löwen und andere Touristen schauten mit besorgtem Blick hinaus auf den Flur. Arles kam aus seinem Zimmer gestürmt, das Gesicht gerötet und wutverzerrt. »Die haben mir meinen Mantel geklaut!«

»Arles, nimm dich zusammen!« zischte Jardine. »Vielleicht drückst du dich mal etwas deutlicher aus! Wer hat deinen Mantel geklaut?«

»Diebe, wer sonst? Das waren bestimmt welche von den Yips! Mein bester Mantel: er ist weg!«

»Bist du sicher? Hast du überall nachgeguckt?«

»Ja sicher! Sogar unterm Bett! Er ist weg!«

»Das ist wirklich eine ernste Sache«, sagte einer der Touristen. »Sie müssen sich sofort morgen früh bei der Direktion beschweren. So, und jetzt legen wir uns alle erstmal wieder schlafen.«

»Morgen früh ist es zu spät!« heulte Arles trotzig.

»Jetzt ist es auch zu spät, um noch was zu machen«, sagte der Tourist. »Und wenn Sie das ganze Hotel zusammenbrüllen, davon kriegen Sie Ihren Mantel auch nicht wieder.«

»Da haben Sie recht«, sagte Shugart. »Wir kümmern uns gleich morgen früh darum, Arles.«

Kirdy meldete sich zu Wort. »Das wird auch nichts bringen. Der Mantel ist weg; warum noch einen großen Aufstand machen?«

»Sehr vernünftig«, sagte der Tourist. »Gute Nacht, alle miteinander. Ich hoffe, jetzt kehrt endlich wieder Ruhe ein.«

»So eine verdammte Schweinerei!« zischte Arles mit zusammengebissenen Zähnen. »Ich hab schon fast Angst, mich auszuziehen, damit sie mir nicht auch noch meine Hose und meine Schuhe klauen!«

Uther sagte trocken: »Dann behalt deine Klamotten doch einfach an. Ich bin jedenfalls jetzt müde und hau mich aufs Ohr.«

»Du hast gut reden!« schnarrte Arles. »Dir haben sie auch keinen Mantel geklaut.«

»Dann kann ich ja um so fester schlafen. Nacht.«

Arles zog sich in sein Zimmer zurück, und die andern taten es ihm gleich.

Am Morgen sagte Glawen zu Kirdy: »Die *Faraz* fährt zwei Stunden vor Mittag ab. Wir sollten zusehen, daß wir so früh wie möglich an Bord sind; wenn wir erst einmal auf dem Schiff sind, können Sie uns nichts mehr wollen. Außerdem wäre es das Beste, wenn die Kühnen Löwen alle zur gleichen Zeit verschwinden würden.«

»Gute Idee«, sagte Kirdy. »Ich sag's den anderen weiter.«

Kirdy machte die Runde und stellte fest, daß fast alle dazu neigten, Yipton mit der Frühfähre zu verlassen. Nur Kiper und Cloyd protestierten, jedoch ohne rechtes Feuer, und nach kurzem Hin und Her willigten auch sie ein, mit den anderen an Bord der *Faraz* zu gehen.

Die Kühnen Löwen nahmen ihr Frühstück ein, beglichen an der Rezeption ihre Rechnung und begaben sich zum Dock hinunter.

Am Kontrollhäuschen standen vier Oomps: streng dreinblickende muskulöse Männer mit schwarzen Lippen und kahlrasierten Schädeln. Sie schienen nach außen hin lässig und locker, aber Glawen entging nicht, daß sie jeden einzelnen, der am Schalter vorbeidefilierte, um seine Ausreisetaxe zu entrichten, sorgfältig taxierten. Kirdy flüsterte Glawen zu: »Der ganz links außen: das ist der, der mich an dem Zaun gesehen hat. Die suchen bestimmt nach mir, das bin ich ganz sicher.«

»Am besten, du ignorierst sie einfach. Du hast nichts gemacht, wovon sie etwas wüßten.«

»Das hoffe ich.«

Glawen zahlte die Ausreisegebühr, passierte unbehelligt das Schalterhäuschen und überquerte mit einem Gefühl tiefer Erleichterung den Laufsteg zum Deck der *Faraz*, das für die Oomps tabu war.

Als Kirdy sich anschickte, seine Gebühr zu bezahlen, machte der links außen stehende Oomp ein Zeichen, und die anderen traten vor. »Ihr Name?«

»Ich bin Kirdy Wook. Was gibt's denn?«

»Wir müssen Sie bitten, mitzukommen.«

»Wieso das denn? Ich habe vor, mit dieser Fähre zu fahren, und ich habe keine Lust, sie wegen irgendwelcher Lappalien zu verpassen.«

»Es handelt sich keinesfalls um eine Lappalie, Herr Wook. Es geht um eine Straftat, und wir müssen aufklären, wer sie begangen hat.«

Kirdy schaute von einem zum anderen. »Was habe ich denn damit zu tun? Und von was für einer Straftat reden Sie überhaupt?«

»Ein gewisser Arles Clattuc hat Anzeige wegen eines gestohlenen Mantels erstattet. Wir haben in Ihrem Zimmer eine zusammengerollte Schnur aus silbernem Stoff gefunden, die besagter Arles Clattuc als den Gürtel seines gestohlenen Mantels identifiziert hat. Bei einer daraufhin sofort eingeleiteten gründlichen Durchsuchung Ihres Zimmers entdeckten wir schwarze Fasern, die nach Arles Clattucs Aussage identisch mit den Fasern sind, aus welchen der Stoff seines Mantels gewebt war. Daher müssen wir Sie vorläufig hierbehalten, bis der Sachverhalt aufgeklärt ist.«

Glawen wandte sich an Arles. »Unternimm was, schnell! Sag Ihnen, du hättest ganz vergessen, daß du den Mantel im besoffenen Kopf bei einer Wette an Kirdy verloren hättest. Sie dürfen ihn auf keinen Fall in Arrest nehmen!«

Arles knurrte: »Wenn er meinen besten Mantel gestohlen und in Fetzen gerissen hat, dann geschieht ihm das ganz recht!«

Uther fauchte: »Es war doch bloß ein Scherz! Wir regeln das später! Jetzt sag ihnen schon, es wäre ein Irrtum gewesen!«

»Seid ihr jetzt alle gegen mich?« schrie Arles. »Jetzt

soll ich also auf einmal der liebe, freundliche, großmütige Arles sein, ausgerechnet jetzt, wo ich stinkesauer bin!«

»Er ist ein Kühner Löwe! Zählt das etwa nichts?«

Mißmutig und widerwillig rief Arles den Oomps zu: »Jetzt fällt es mir ein; ich habe Kirdy den Mantel geschenkt. Er hat ihn mir also doch nicht gestohlen. Ich ziehe die Anzeige zurück.«

»Sehr gut. Wenn Sie dann bitte noch einmal zum Schalter zurückkommen würden – vollkommen gratis diesmal; keine Gebühren –, dann können wir hinüber zur Wache gehen und die Anzeige förmlich für nichtig erklären. Kommen Sie, Herr Clattuc?«

Arles fragte unsicher: »Wie lange wird das dauern?«

»Nicht lange; es ist bloß eine Formsache.«

»Warum können Sie meine Aussage dann nicht einfach von hier aus aufnehmen? Das ist doch viel bequemer.«

»Das ist nicht die Art, wie wir hier bei uns in behördlichen Angelegenheiten verfahren. Sie müssen sich schon zur Wache bemühen.«

Arles wich rückwärts zur Tür des Salons zurück. »Ich komme nicht an Land. Ich habe Ihnen gesagt, daß es ein Irrtum war, und das muß genügen!« Er wandte sich um und ging in den Salon.

Die Oomps wandten sich wieder Kirdy zu. »Wenn Sie uns dann bitte zur Wache folgen wollen, Herr Clattuc – es gibt da noch einige Punkte, die wir klären wollen.«

Kirdy warf einen sehnsüchtigen Blick zur *Faraz* hinüber, dann wandte er sich ab und ging, von zwei Oomps eingerahmt, mit hängenden Schultern davon.

KAPITEL FÜNF

I

Glawen rannte auf die Brücke der *Faraz* und stellte Funkkontakt mit Amt B in Station Araminta her. »Glawen Clattuc hier. Stellen Sie mich bitte sofort zum Chef durch; es ist dringend.«

Ein paar Sekunden später kam eine schnarrende Stimme aus dem Lautsprecher. »Bodwyn Wook hier.«

Glawen wählte seine Worte vorsichtig; mit ziemlicher Sicherheit wurde das Gespräch abgehört. »Hier ist eine lächerliche Geschichte im Gange, aus der jedoch durchaus eine ernste Sache werden könnte. Kirdy ist festgenommen worden. Die Oomps behaupten, er habe Arles' Mantel gestohlen.«

»Das klingt nicht allzu schwerwiegend. Was ist denn tatsächlich passiert?«

»Es ist möglich, daß einer der Kühnen Löwen Arles einen Streich gespielt hat, und daß Kirdy die Schuld in die Schuhe geschoben wurde. Ich kann mir nicht erklären, welche Motive die Yips dafür haben könnten – es sei denn, es handelt sich nur um einen vorgeschobenen Grund und sie glauben in Wirklichkeit, daß Kirdy sich eines schwereren Vergehens schuldig gemacht hat. Natürlich ist er genauso wenig schuldig wie ich, und seine Festnahme ist ein Unding.«

»In der Tat, das kann man wohl sagen!« sagte Bodwyn Wook mit seiner schrillsten Stimme. »Ich werde mich sofort mit Titus Pompo in Verbindung setzen. Bleib in der Nähe des Funkgeräts, falls ich noch einmal zurückrufe.«

»Was machen wir mit der Fähre?«

»Die muß planmäßig ablegen; da ist nichts zu machen, die Passagiere haben ihre Anschlüsse. Ich kläre die Angelegenheit sofort mit Titus Pompo.«

Eine halbe Stunde später legte die Fähre ab, ohne daß Bodwyn Wook sich noch einmal gemeldet hatte.

In Station Araminta angekommen, begab sich Glawen geradewegs zu Amt B, wo er sofort ins Büro des Leiters geschickt wurde.

Bodwyn Wook deutete auf einen Stuhl. Glawen sah Bodwyn Wook hoffnungsvoll an. »Und? Hat sich die Sache aufgeklärt? Und haben Sie was von Kirdys Verbleib erfahren?«

»Nein. Ich dringe nicht zu Titus Pompo durch. Und von den anderen will keiner was sagen. Was ist da draußen vorgefallen?«

Glawen schilderte ihm in knappen Worten, was passiert war. Bodwyn Wook schien nicht sehr überrascht, als er von dem Flugzeug erfuhr. »Ich hatte mit etwas in der Art gerechnet. Konntest du erkennen, um welchen Typ es sich handelte?«

»Ich glaube, es war eine Pegasus der Baureihe D, wie unsere, nur leicht modifiziert.«

Bodwyn Wook grunzte. »Kein Wunder, daß sie wie eine von unseren aussah. Es war nämlich eine von unseren, zusammenmontiert aus gestohlenen Teilen. Fahr fort.«

»Im gleichen Moment, als ich die Maschine sah, brach ich mit dem Knie durch das Dach. Ich mußte zusehen, daß ich so schnell wie möglich Land gewann. Ich schaffte es schließlich, zurück, ins Hotel zu kommen, wenn auch auf einigen Umwegen; offenbar waren Yips auf dem Dach aufgetaucht, und Kirdy hatte das Seil eingeholt.«

»Da hast du wohl ein paar bange Momente zu überstehen gehabt, was?«

»Nun ja. Aber ich hatte einigermaßen Glück und schaffte es, unbemerkt ins Hotel zurückzukommen. Ich ging sofort hoch aufs Zimmer. Kirdy hatte das Seil schon zusammengerollt. Ich schmuggelte es hinaus und warf es ins Hafenbecken, und es schien ganz so, als hätten wir die Sache gut überstanden, wenngleich Arles einen ganz schönen Aufstand wegen seines Mantels machte und das halbe Hotel wachbrüllte.

Am Morgen stellten die Kühnen Löwen fest, daß sie genug von Yipton hatten und waren bereit, wieder nach Hause zu fahren. Kirdy und ich wollten auch zurück. Aber als wir dann runter zur Fähre kamen, standen schon vier Oomps parat, die uns erwarteten. Mich und die andern ließen sie anstandslos passieren, aber Kirdy hielten sie vor der Gangway an und nahmen ihn mit.«

Bodwyn Wook beugte sich verblüfft vor. »Wieso Kirdy? Wie können sie gerade auf ihn gekommen sein?«

Glawen machte ein finsteres Gesicht, dann sagte er mit betont emotionsloser Stimme: »Kirdy schickte mich zum Pussycat-Palast, damit er in Ruhe das fragliche Gebiet auskundschaften konnte. Ich wollte nicht gehen, aber er bestand darauf. Als ich zurückkam …«

»Einen Moment! Hab ich richtig verstanden? Er hat dich zum Pussycat-Palast geschickt? Er ›bestand‹ darauf, daß du hingehst?«

»Nun, ja. Sobald die Fähre in Araminta abgelegt hatte, übernahm Kirdy das Kommando. Er behauptete, Sie hätten ihn aufgrund seines höheren Dienstgrades und seiner Erfahrung mit der Führung der Mission betraut.«

Bodwyn Wook fuhr ruckartig in seinem Sessel zurück. »Da hat er dir die Unwahrheit gesagt.«

»Das dachte ich mir schon, aber Kirdy ist sehr empfindlich, und ich wollte sein Wort nicht offen in Zweifel ziehen. Ich beschloß daher, das Beste aus der Situation zu machen und lieber mit den Umständen zu arbeiten als gegen sie. Wie sich jetzt zeigt, war das wohl die falsche Entscheidung.«

Bodwyn Wook sagte mit trockener Stimme: »Kann sein, daß es gar nicht so schlimm ist, wie es sich anhört.

Titus Pompo wird Fragen stellen. Kirdy wird ohne Zweifel zu dem Schluß kommen – und zu Recht –, daß er nichts gewinnen kann, indem er den Mund hält, da du ja mit der Information entkommen bist. Ich bin sicher, daß er sich jede größere Mißhelligkeit ersparen wird, indem er sich so kooperativ zeigt, wie es von ihm verlangt wird. Kurz, er wird alles sagen, was er weiß, und das ist nicht sehr viel. Was danach kommt, darüber können wir nur Mutmaßungen anstellen.

Wir verfügen über keine gesicherten Erkenntnisse hinsichtlich Titus Pompos Charakter. Er ist schwer einzuschätzen. Es kann sein, daß er sich von Wut und Gehässigkeit leiten läßt und die Gelegenheit dazu benutzt, ein abschreckendes Exempel zu statuieren. Wahrscheinlicher jedoch ist, daß er versucht, Zeit zu gewinnen und uns einen Handel vorzuschlagen. Unsere beste Option ist in jedem Fall, unverzüglich und entschlossen zu handeln, und ich habe bereits die notwendigen Maßnahmen in die Wege geleitet. Wir werden gleich morgen früh aktiv werden. Geh du jetzt erstmal nach Hause und ruh dich ein wenig aus. Komm morgen früh wieder hierher; es kann sein, daß ich weitere Informationen benötige.«

Glawen stand auf und wandte sich zum Gehen. Kurz vor der Tür blieb er stehen und drehte sich um. »Was ist mit dem Konservator?«

»Er wird es vorziehen, über eine Sache, die scheinbar eine Routineangelegenheit ist, nichts zu wissen. Wenn er unterrichtet wird, könnte er sich genötigt fühlen, LFF-Musik zu singen und uns eine förmliche Handlungsbeschränkung aufzuerlegen.«

»Was haben Sie vor zu tun?«

»Das Nötige. Du kannst jetzt gehen und dich ein bißchen ausruhen.«

Glawen verließ das Büro und schlenderte lustlos nach Hause. Sein Vater war nicht in der Wohnung; er kam erst sehr spät nach Hause zurück.

Am Morgen standen die beiden früh auf, frühstückten auf die Schnelle und begaben sich zu Amt B, wo Bodwyn Wook bereits mit den Hauptmännern Ysel Laverty und Rune Offaw konferierte. Bislang war noch immer kein Anruf aus Yipton gekommen, und Glawen wurde bedeutet, auf einer Couch im Hintergrund des Raumes Platz zu nehmen und zu warten. Er hatte schlecht geschlafen und hatte Mühe, die Augen aufzuhalten. Er gab sich einen Ruck und versuchte, die Unterhaltung der anderen mitzubekommen.

Im Moment sprach Ysel Laverty, dick, kompakt, mit kurzem grauen Haar und einem Ruf für erbarmungslose Hartnäckigkeit. »... beschweren, daß unsere Reaktion übertrieben sei, besonders, wenn es Tote unter den Yips gibt.«

»Und wenn schon«, sagte Bodwyn Wook. »Die Macht fließt zu dem, der das Heft in die Hand nimmt. Wir handeln erst und diskutieren später, wenn überhaupt. Wenn wir jetzt nicht zeigen, daß wir gewillt sind zu handeln, verlieren wir jede Glaubwürdigkeit. Und nebenbei auch noch das Konservat. Scharde, wie weit sind Ihre Vorbereitungen gediehen?«

»Wir sind bereit. Wenn wir uns jetzt nicht verteidigen, dann haben wir es nicht anders verdient.«

»Dann machen Sie sich auf die Socken. Wahrscheinlich ist es sowieso schon zu spät.«

Scharde stand auf und verließ den Raum; beim Hinausgehen warf er einen kurzen Blick auf Glawen und winkte ihm zu.

Bodwyn Wook drückte auf eine Taste und sprach in das Mikrofon seines Telefons. »Namour co-Clattuc soll sofort hierher kommen. Keine Ausflüchte. Sofort!«

»Wofür brauchen Sie denn Namour?« fragte Rune Offaw.

Bodwyn Wook schlug auf die Armlehnen seines Sessels. »Namour ist ein Tollkopf und schwadronierender Wagehals nach bester – oder schlechtester – Clattuc-

Tradition. Ich traue ihm nur so lange, wie ich ihn sehen kann. Wenn er in meinem Büro ist, kann ich ihn sehen.«

Ein Summton ertönte, und eine Stimme kam aus dem Lautsprecher. »Ein Gespräch aus Yipton: Titus Pompo will mit Ihnen sprechen.«

»Das wird aber auch Zeit! Bodwyn Wook hier.«

Nach einer unheilverkündenden Fünf-Sekunden-Pause kam die Antwort, dröhnend und volltönend: »Hier spricht Titus Pompo! Sprechen Sie!«

Bodwyn Wook schaltete den Bildschirm an. Er war leer. »Mein Bildschirm ist leer. Sehen Sie mich? Ich bin Bodwyn Wook, Leiter von Amt B. Zeigen Sie sich, damit ich sehen kann, mit wem ich spreche.«

»Mein Gesicht gehört mir. Sie müssen Ihre Neugier schon auf andere Weise befriedigen. Warum haben Sie mich angerufen?«

»Verbergen Sie Ihr Gesicht, wenn Sie wollen; das ist Ihre Sache. Aber wenn Sie die Hand auf meinen Neffen legen, dann geht mich das sehr wohl was an. Ich wünsche ihn auf der Stelle zu sprechen, um mich zu vergewissern, daß er nicht belästigt worden ist.«

»Ihr Neffe steht unter schwerem Verdacht, einen Einbruchsdiebstahl begangen zu haben. Er bleibt in Gewahrsam, bis wir die Sache aufgeklärt haben.«

»Er ist Sergeant von Amt B. Er ist kein Dieb.«

»Warum hat er dann den Mantel von Arles Clattuc gestohlen?«

»Das werde ich von Kirdy selbst erfahren. Wenn sich der Verdacht als gerechtfertigt erweist, werden wir ihn gemäß den gesetzlichen Bestimmungen zur Verantwortung ziehen. Unter keinen Umständen sind Sie dazu berechtigt, einen Beamten von Amt B und Mitglied der GKIPA festzuhalten. Bringen Sie ihn unverzüglich an den Apparat, damit ich mit ihm sprechen kann.«

»Sein Verhalten ist verdächtig; es ist nicht auszuschließen, daß er sich über den Einbruchsdiebstahl hinaus auch der Spionage schuldig gemacht hat. Wir werden den Fall sorgfältig untersuchen und entsprechend dem Ergebnis dieser Untersuchung handeln.«

»Titus Pompo, ich warne Sie ein einziges und letztes Mal. Sie reden gefährlichen Unsinn. Ganz Cadwal unterliegt der Polizeihoheit von Amt B. Es steht uns frei, jeden Quadratzoll dieser Welt zu inspizieren, wann immer wir wollen.«

Aus dem Lautsprecher kam ein seltsam melodisches Lachen, aus dem ein empfindliches Ohr gleichwohl eine winzige Spur von Unsicherheit heraushören konnte. »Die Entwicklung der Dinge ist an Ihnen vorübergegangen. Auf den Lutwen-Inseln haben wir längst unsere Unabhängigkeit durchgesetzt, sowohl von Ihnen als auch von der Charta. Und wir sind in dieser Hinsicht nicht ohne Unterstützung. Die fortschrittlichen Kräfte in Stroma befürworten unsere Haltung, die inzwischen als endgültig und unwiderruflich betrachtet werden muß.«

Bodwyn Wook lachte: ein kurzes, scharfes Bellen. »Das werden wir ja sehen. Also denn, Pompo, Oomphaw, oder wie immer Sie sich nennen: holen Sie Kirdy Wook an den Apparat, oder wir werden ihn als tot betrachten und Sie mit größter Härte bestrafen.«

Titus Pompo sagte leise: »Haben Sie keine Angst, dann Ihrerseits bestraft zu werden?«

»Zum letztenmal: Wollen Sie Kirdy Wook jetzt mit mir sprechen lassen oder nicht?«

Ein mürrischer Unterton kam in die Stimme. »Als ein Zeichen des Entgegenkommens gegenüber Amt B und Station Araminta können Sie ihn in einem Monat zurückbekommen, wenn er seine Strafe abgesessen hat.«

»Ich schicke jetzt sofort einen Flieger nach Yipton. Innerhalb einer Stunde wird er in Yipton landen. Halten Sie Kirdy Wook bereit.«

Bodwyn Wook brach die Verbindung ab.

Fünf Minuten vergingen. Schardes Stimme kam aus dem Lautsprecher. »Wir sind startklar.«

»Gut. Ich habe Titus Pompo mitgeteilt, daß wir Kirdy an der Landebahn abholen. Sobald er an Bord ist, verfahren Sie wie abgesprochen.«

»Verstanden. Wir sind weg.«

Kurze Zeit später betrat Namour das Büro. Seine Miene drückte unverhohlene Verwunderung aus. Er begrüßte Bodwyn Wook mit einem höflichen, Ysel Laverty und Rune Offaw mit einem eher beiläufigen Nicken. Glawen bedachte er lediglich mit einem kurzen Seitenblick. Dann wandte er sich Bodwyn Wook zu. »Hat sich irgendeine schlimme Tragödie ereignet? Die Luft ist schwanger mit Unheil und Verzweiflung; wohin ich blicke, sehe ich traurige Gesichter. Was ist passiert?«

Bodwyn Wook begrüßte ihn herzlich und erwiderte aufgeräumt: »Sie mißdeuten unsere Stimmung! Glawen hat uns gerade vom Pussycat-Palast erzählt, und wir sind nicht niedergeschlagen, sondern stehen noch ganz unter dem Eindruck seiner atemberaubenden Erlebnisse. Es freut mich, daß Sie es einrichten konnten, herzukommen. Es ist stets ein Vergnügen, ein Gesicht wie das Ihre zu sehen: unbekümmert, bar jeden Zweifels und jeder Furcht, aufrichtig und ohne Falsch.«

»Danke«, murmelte Namour. »Ich bin nicht minder entzückt, hier zu sein, in diesem heiligmäßigen Hort der Tugend und der hehren Prinzipien.«

»Wir tun unser Bestes«, sagte Bodwyn Wook. »Solch freundliches Lob bekommen wir freilich selten zu hören. Nur Verbrecher scheinen unsere vorzügliche Arbeit angemessen zu würdigen zu wissen.«

»Und, so hoffe ich doch, noch ein paar andere redliche Menschen wie ich.«

»Von Zeit zu Zeit.« Bodwyn Wook deutete auf einen Stuhl. »Aber nehmen Sie doch bitte Platz. Ysel und Rune sind gerade im Aufbruch begriffen – die Pflicht ruft; es tun sich bedeutende Dinge, Angelegenheiten von höchster Dringlichkeit!«

»Ach, was Sie nicht sagen!« sagte Namour und blickte den scheidenden Hauptmännern neugierig hinterher. »Soll ich jetzt fragen, was los ist, oder ist es Ihnen lieber, wenn ich Desinteresse mime?«

»Es ist kein Geheimnis. Der Oomphaw hat sich ein neues Ding geleistet. Er hat meinen Neffen Kirdy unter einem fadenscheinigen Vorwand festgenommen: ein Akt dreister Unverschämtheit, den ich nicht auf die leichte Schulter zu nehmen gedenke.«

Namour schürzte die Lippen. »Der Ausflug der Kühnen Löwen scheint ja überhaupt ein Fiasko gewesen zu sein. Ich hab mich kurz mit Arles unterhalten, und er sagt, daß Kirdy ihm seinen Mantel gestohlen und in Fetzen gerissen hat. Er kann diesen Akt nicht mit dem Verhaltenscodex der Kühnen Löwen in Einklang bringen und steht vor einem totalen Rätsel.«

»Ich gebe zu, daß das in der Tat ein sehr ungewöhnliches Verhalten ist, besonders in Verbindung mit einem Wook. Ich bin sicher, daß Kirdy eine vernünftige Erklärung dafür hat. Ich darf in dem Zusammenhang erwähnen, daß er und Glawen im Rahmen einer offiziellen Operation von Amt B mit in Yipton waren. Der gestohlene Mantel war nur ein Vorwand, um Kirdy festzuhalten.«

»Ah! Das erklärt den Aufruhr! Und Sie wollen jetzt, daß ich meine guten Beziehungen spielen lasse und mich als Vermittler einschalte?«

»Ganz und gar nicht! Titus Pompo hat ganz nebenbei seine Unabhängigkeit verkündet: eine dummdreiste Provokation das, die freche Anmaßung eines Rotzlöffels, die wir im Keim ersticken werden, und in der Tat habe ich bereits eine Streitmacht losgeschickt, die Kirdy rausholen soll und darüber hinaus noch ein paar Routineinspektionen durchführen wird. All das wird Titus Pompo aus der Fassung bringen, und unsere Beziehung wird einen neuen Kurs nehmen. Und während ich hier auf Nachrichten warte, wollte ich diese neuen Bedingungen schon einmal mit Ihnen erörtern.«

Namour rieb sich nachdenklich das Kinn. »Ich stehe zu Ihren Diensten. Aber bevor ich präzise Vorschläge mache, würde ich die Sache gern noch einmal überschlafen. Also, wenn Sie mich dann jetzt entschuldigen wollen…« Namour schickte sich an, aufzustehen, aber Bodwyn Wook bedeutete ihm, Platz zu behalten. »Überlegen und erwägen Sie nach Herzenslust, aber lassen Sie mich zuerst einige Themen vorschlagen. Wenn Sie sich vielleicht ein paar Notizen machen wollen…«

»Ja, ja, natürlich«, murmelte Namour. »Was immer Sie wünschen.« Er besorgte sich einen Block und einen Stift.

Bodwyn Wook lehnte sich in seinem Sessel zurück, verschränkte die Hände über seinem Bäuchlein und schaute zur Decke. »Unser Ziel ist eine Welt ohne Yips. Die Lutwen-Inseln sollen zum Haupt-Touristenzentrum werden, zu einem Basispunkt, von dem aus sie die Schönheiten des Konservats besuchen können. Mein Zeitplan sieht dafür zehn Jahre vor.«

Namour schaute mit hochgezogenen Brauen auf. »Ist das Ihr Ernst?«

»Sie haben das richtige Wort im richtigen Zusammenhang benutzt«, sagte Bodwyn Wook. »Ich bin ein ernsthafter Mensch; ich schlage eine ernsthafte Lösung für ein Problem vor, das nicht nur ernst ist, sondern kritisch! Unsere Vorfahren haben in einer goldenen Traumwelt gelebt, in einem idealistischen Wolkenkukkucksheim. Sie sahen zwar die Wolke am Horizont, aber sie steckten den Kopf in den Sand und warteten darauf, daß irgendwann Männer wie Sie und ich und Glawen, der gerade da drüben auf der Couch vor sich hindöst, die Sache schon irgendwie hinbiegen würden. Zehn Jahre sind keine unrealistische Zeitspanne. Habe ich recht, Glawen?«

»Häh? – Äh, ja, Sir! Zehn Jahre, jawohl!«

Namour sagte mit wehmütigem Gesichtsausdruck: »Es scheint, als müßte ich mein Lebenstempo ändern.«

»Und einiges andere auch noch«, sagte Bodwyn Wook. »Es ist kein Geheimnis, daß zu Ihren Nebeneinkünften unter anderem die Dienste von sieben oder acht Yip-Mädchen gehören.«

»Es sind bloß sechs«, sagte Namour.

»Nun gut, dann eben sechs. Ihre Dienste sind zweifelsohne notwendig und mannigfaltig, aber es ist jetzt der Zeitpunkt gekommen, wo der Abbau von Yip-Arbeitskräften beschleunigt werden muß, und Sie müssen mit gutem Beispiel vorangehen. Haben Sie das notiert?«

»Ja. ›Yip-Abbau – beschleunigen. Beispiel – vorangehen.‹«

»Gleichwohl – und das wird der Gegenstand von Punkt zwo sein – kann in bestimmten Fällen eine Ausnahmeregelung für langgediente Yip-Haushaltskräfte gestattet werden. Die Regel wird jedoch eine allmähliche Ausdünnung durch Ersetzung durch Nicht-Yip-Personal sein, sowohl in der Station als draußen auch in den Ferienunterkünften. Erstellen Sie ein Diagramm, das die Ausdünnungsraten anzeigt, sowie eine Liste der, nennen wir sie: Sonderkategorie-Yips.«

»Sehr wohl, Sir. Diagramm und Liste. Da sehe ich ja einiges an Arbeit auf mich zukommen. Ich fang gleich …«

»Moment! Das ist noch nicht alles! Punkt drei: neue landwirtschaftliche Arbeitskräfte sind künftig aus Regionen mit landwirtschaftlicher Tradition zu rekrutieren, und technisches Hilfspersonal aus technischen Bereichen – und nicht umgekehrt.«

Namour machte sich Notizen. »Das leuchtet ein.«

»Den höhnischen Ton können Sie sich sparen«, sagte Bodwyn Wook. »Besser ein Hinweis jetzt als ein Anschiß später, nachdem Sie den Bock geschossen haben, wie seinerzeit in dem Fall mit den massenhaften Diebstählen. Die haben uns das Kissen unterm Hintern weggeklaut, während Sie Blindekuh und Bäumchenwechsel-dich mit Ihren acht Mädels gespielt haben.«

Namour lächelte kläglich. »Da haben Sie eine empfindliche Stelle bei mir berührt. Die waren flink wie die Teufel und haben mein Vertrauen mißbraucht.«

»Punkt vier«, sagte Bodwyn Wook. »Stellen Sie eine Liste von Orten auf nahegelegenen Welten auf, die dringend Arbeitskräfte suchen, besonders von solchen, die den Transport übernehmen und vielleicht noch weitere Anreize bieten. So weit ich weiß, sind Sie in diesen Dingen schon recht geübt.«

Namour schüttelte mißbilligend den Kopf. »Wenn schon sonst nichts, so sind mir inzwischen zumindest die Probleme vertraut, die mit solch einer Aktion verbunden sind.«

»Probleme, Unannehmlichkeiten – mit so etwas muß man rechnen, wenn eine große Menge von Personen den Wohnsitz wechselt«, sagte Bodwyn Wook. »Zum Glück müssen weder Sie noch ich diesen Umzug auf sich nehmen.«

»Es versteht sich von selbst, daß der Oomphaw andere Pläne hat, die, so vermute ich mal, mit dem Marmion zusammenhängen dürften.«

»Diese Pläne wird er sich aus dem Kopf schlagen müssen. Das ist der Kern der Botschaft, die er in Kürze empfangen wird.«

Namour zuckte die Achseln. »Ich fürchte, Sie werden ihn damit nur noch mehr reizen.«

Bodwyn Wook starrte Namour aus bösartig funkelnden gelben Augenschlitzen an. »Treffender wäre wohl, er sollte besser zusehen, daß er mich nicht noch mehr reizt. Ich werde ihm seinen Hafen dichtmachen, und er wird keinen Fisch mehr zu essen kriegen. Und ohne Bambus gibt es keine Matten mehr für sein Dach, und der Regen wird ihm ins Gesicht fallen. In der Nacht wird er durch die Dunkelheit tappen, weil er keinen Strom mehr hat. Die Yips werden froh sein, wenn sie aus dem Pestloch wegkommen. Und am Abfertigungsschalter werden wir jeden einzelnen in der Schlange fragen: ›Bist du Titus Pompo, der Omphaw?‹ Und wenn alle ›nein‹ sagen, werden wir wissen, daß der letzte, der Yipton verläßt, Titus Pompo sein muß.«

»Das mag wohl der richtige Weg sein«, sagte Namour. »Als ersten Schritt, vermute ich, werden Sie ihn wohl vom Touristenstrom abschneiden?«

»Im Gegenteil! Wir werden Yipton geradezu überschwemmen mit Touristen, ganze Schiffsladungen voll! Der Arkady-Gasthof wird aus den Nähten platzen, die Kellner werden im Sprinttempo zwischen der Küche und den Tischen hin und her wetzen, die Tabletts vollgepackt mit Köstlichkeiten! Die Touristen werden mit Gutscheinen bezahlen, die nur in Station Araminta eingelöst werden können, und zwar ausschließlich gegen Kontrazeptiva, Kopien der Cadwal-Charta und Einfachtickets nach anderen Welten.«

Namour lachte mit echtem Vergnügen. »Bodwyn Wook, ich ziehe den Hut vor Ihnen! Trotzdem ist es irgendwie ungerecht, daß die Yips, die ja nicht an der Verfassung der Charta beteiligt waren, jetzt am meisten unter ihren Auswirkungen zu leiden haben.«

»Es ist aber noch trauriger, daß sie anderer Leute Eigentum begehren, aber das ist halt nun einmal die Perversität der menschlichen, oder quasi-menschlichen, Natur.« Bodwyn Wook schaute auf die Uhr. »Ich habe alarmierende Meldungen erhalten – und das ist jetzt eine vertrauliche Information –, daß die Yips aus den gestohlenen Flugzeugteilen mindestens eine Pegasus Modell D zusammengebaut haben, die nur als Angriffswaffe gedacht sein kann. Wir werden diesen Flieger beschlagnahmen oder zerstören, wenn wir ihn finden.«

»Das ist wirklich eine interessante Neuigkeit!« sagte

Namour. »Sie haben mir eine Menge zum Nachdenken mitgegeben.« Er stand abrupt auf. »Aber jetzt muß ich gehen; auf uns beide warten noch viele andere Pflichten.«

»Sie brauchen noch nicht zu gehen. Ich habe diese Zeit eigens für unsere Unterredung eingeplant, und Sie haben ein Recht darauf, sie bis zur letzten Sekunde auszuschöpfen. Da ist noch eine andere Sache.« Bodwyn Wook breitete eine Karte auf dem Tisch aus. »Das ist Yipton, wie Sie sehen können. Hier ist der Arkady-Gasthof; hier ist der Hafen, hier ist das Flugfeld.« Bodwyn Wook tippte mit seinem langen weißen Zeigefinger auf die Karte. »Hier etwa liegt der Caglioro, und hier, in dieser Gegend, befinden sich die Frauenunterkünfte.« Bodwyn Wook schaute Namour an. »Wo ist der Palast des Oomphaw? Zeigen Sie ihn mir bitte.«

Namour schüttelte den Kopf. »Ich weiß auch nicht mehr als Sie.«

»Sie waren niemals mit ihm in seinen Privaträumen?«

»Wir pflegen unsere Geschäfte, wenn man sie so nennen kann, in einem Raum neben dem Hotelfoyer zu besprechen. Ich spreche mit ihm durch eine Bambuswand. Ob das seine Privaträume sind, kann ich nicht sagen. Ich vermute, daß er an einer Stelle sitzt, von der aus er die Hotelhalle überblicken kann. Warum sind Sie daran interessiert?«

»Ich könnte ein Dutzend Gründe aufzählen«, sagte Bodwyn Wook lächelnd. »Um nur einen zu nennen: schiere Neugier.« Er schaute erneut auf die Uhr. »Wir können jetzt jeden Moment mit einer Nachricht rechnen.«

Die Minuten verstrichen; Bodwyn Wook diskutierte ein Thema mit Namour, dann noch eines. Dann, endlich, kam eine Stimme aus dem Lautsprecher: »Scharde Clattuc hier. Wir haben Kirdy aufgelesen. Er lebt, ist aber in einem sehr schlimmen Zustand.«

Bodwyn Wooks Stimme bekam einen harten, metallischen Klang. »Wieso? Was ist passiert?«

»Er befindet sich in einem Schockzustand. Seine Augen sind geöffnet, und er scheint bei Bewußtsein zu sein, aber er erkennt mich nicht und reagiert nicht auf meine Stimme. Sein Körper ist übersät von Fleischwunden. Die Oomps, die ihn uns übergeben haben, behaupten, er sei gestern abend ausgebrochen und habe versucht zu fliehen. Sie sagen, er sei in einen Kanal gesprungen und habe Zuflucht unter einem Gebäude gesucht, das verseucht gewesen sei mit ›Yoots‹, wie sie sie nennen.* Als sie ihn schließlich gefunden hätten, habe er im Schlick gelegen, und die Yoots hätten an ihm gekaut. Das ist ihre Geschichte.«

»Glauben Sie ihnen?«

»Mehr oder weniger. Sie betrachten ihn geradezu mit Ehrfurcht und können nicht begreifen, wie er das überlebt haben kann. Was sie mit ihm gemacht haben, bevor er ausgebrochen ist, darüber kann man natürlich im Moment nur spekulieren.«

»Wie schlimm steht es um ihn? Wird er überleben?«

»Es sieht nicht gut aus. Er ist vollkommen apathisch.«

»Gut. Fahren Sie fort mit dem Rest des Programms, wie abgesprochen.«

»Wir sind schon dabei. Bis jetzt ist noch keine Reaktion von unten gekommen.«

»Halten Sie mich auf dem laufenden.«

Bodwyn Wook drehte sich in seinem Sessel herum und starrte aus dem Fenster. Namour saß still da; er hatte es auf einmal gar nicht mehr eilig, wegzukommen.

---

* Yoot: ein zweibeiniger Hybride aus Mandoril und Ratte, der bis zu vier Fuß hoch wird und über eine rudimentäre Intelligenz verfügt. Die Kreaturen kommen ausschließlich auf den Lutwen-Inseln vor und sind äußerst bösartig.

Zehn Minuten vergingen, dann kam Schardes Stimme erneut aus dem Lautsprecher. »Wir verlassen jetzt die Lutwen-Inseln und nehmen Kurs auf Araminta.«

Bodwyn Wook fragte ungeduldig: »Was ist passiert?«

»Während zwei Maschinen den Luftraum abschirmten, sind die dritte und die vierte Maschine runtergegangen und haben das Dach mit Enterhaken abgedeckt, so daß der Boden der Halle freilag. Es war weder ein Flieger zu sehen, noch irgendeine Spur von metallbearbeitenden Maschinen. Kurz, es schien so, als gäbe es nichts zum Zerstören. Aber wir bemerkten sofort, daß der Fußboden aus neuem Bambus war, eine Art Zwischenboden zur Tarnung des eigentlichen Bodens. Wir brachen daraufhin diesen Boden auf und entdeckten den Flieger, zusammen mit einer Anzahl von Werkbänken und Maschinen. Wir ließen eine Sprengvorrichtung herunter, die den Flieger und alles andere, was sich in der Halle befand, zerstörte. Dann drehten wir ab und befinden uns jetzt auf dem Heimweg.«

»Gut gemacht«, sagte Bodwyn Wook. »Sie haben alles getan, was im Moment möglich ist.«

II Die Operation gegen Titus Pompos Maschinenwerkstatt wurde offiziell als Routinemission ausgegeben, die durchgeführt worden sei, um Kirdy Wook, nachdem dieser plötzlich erkrankt sei, auf dem schnellsten Wege nach Station Araminta zurückzuholen. Das eine oder andere Gerücht sickerte zwar von Amt B durch, möglicherweise auch von Namour, aber das Ausmaß der Aktion und ihre vermutlich verheerenden Auswirkungen auf die militärische Kapazität des Oomphaw wurden niemals öffentlich bekanntgemacht.

Kirdy verbrachte zwei Wochen im Lazarett, bis er so weit wiederhergestellt war, daß seine äußeren Wunden verheilt waren (jede von ihnen ließ eine häßliche kleine Narbe zurück), dann wurde er zur Weiterbehandlung ins Krankenhaus verlegt. Er befand sich nach wie vor in einem Zustand tiefer Apathie; er konnte zwar seine Umgebung wahrnehmen, ohne fremde Hilfe essen und Anweisungen befolgen, aber er sprach nicht und nahm keine Notiz von Besuchern. Bisweilen ließ er Anzeichen von innerem Leiden erkennen; er verzog dann jedesmal sein großes rosiges Gesicht zu einer Grimasse, die der eines quengelnden Säuglings ähnelte. Tränen liefen ihm über die Wangen, und er gab wimmernde Laute von sich, äußerte aber keine Worte. Diese Anfälle wurden mit der Zeit seltener; gleichzeitig begann er, wieder ein wenig mehr Interesse an seiner Umgebung zu zeigen: er blickte auf, wenn jemand kam oder ging und schaute sich Bilder in Illustrierten an. Nach wie vor aber schwieg er und ignorierte Besucher.

Das Schuljahr ging zu Ende. Mit Ach und Krach und geballtem Einsatz von Nachilfelehrern schaffte Arles seine Prüfungen und erhielt sein Abschlußzeugnis. Glawen bestand, wie im übrigen auch Wayness, Milo und noch ein paar andere, die Abschlußprüfung mit Auszeichnung.

Einmal in jedem Jahr wurden die Gelehrten, die zur Zeit im Vagabond-House wohnten, mit einem festlichen Bankett geehrt, zu dem auch die Abschlußklasse des Lyzeums, der Konservator und seine Familie, die Amtsleiter und ihre Stellvertreter, die sechs Hausvorsteher sowie der Lehrkörper des Lyzeums und fünf vom Lehrerrat des Lyzeums ausgewählte Besondere Würdenträger eingeladen wurden.

Dies war das exklusivste und pompöseste Ereignis des Jahres, zu welchem die Herren der einzelnen Häuser Galauniform trugen, und die Damen in den prachtvollsten Kreationen erschienen, die ihre Schneiderinnen zu ersinnen vermochten. Diejenigen, die nicht eingeladen waren, trösteten sich mit gegenseitigen Versicherungen, daß die Angelegenheit sowohl ermüdend als auch stinklangweilig sei und daß sie persönlich ohnehin nie und nimmer ihre kostbare Zeit damit verschwendet hätten, daran teilzunehmen, selbst wenn sie eingeladen worden wären. Dessenungeachtet gab es stets ein heftiges Gerangel um eine der fünf ›besonderen‹ Einladungen.

Zum Ende des Banketts, bevor die Reden begannen, fischte Glawen sich Wayness aus der Gästeschar heraus und ging mit ihr hinauf auf den Balkon, wo sie eng beieinander sitzend auf die Bankettgäste hinunterschauten.

Wayness trug einen langen, an den Hüften eng anliegenden Glockenrock mit schwarzen, grünen und weinroten Streifen, eine schwarze Jacke aus einem schweren, matten Stoff und ein schwarzes Haarband. Glawens ständige halbverstohlene Blicke, mit denen er sie begutachtete, machten sie gereizt, so daß sie schließlich genervt ausrief: »Glawen, jetzt laß das! Ich sitze hier und winde mich vor Nervosität, als hätte ich einen Buckel oder als säße mir ein dicker Käfer im Haar.«

»Ich habe dich noch nie so elegant gesehen.«

»Oh. Ist das alles? Und? Findest du es gut?«

»Aber sicher. Obwohl du mir schon ein wenig ungewöhnlich und unvertraut vorkommst.«

Wayness erwiderte keck: »Ich war noch irgendwas anderes als ungewöhnlich! Und was die Vertrautheit betrifft, so traue ich mich nicht, wenn Mutter so dicht in meiner Nähe ist.«

Glawen lächelte traurig, und Wayness schaute ihn verhohlen von der Seite an. »Warum bist du so trübsinnig?«

»Das weißt du doch.«

»Ich möchte aber heute abend nicht darüber nachdenken.«

»Ich kann nichts dagegen machen. Ich frage mich, ob du wohl jemals zurückkommen wirst.«

»Natürlich werde ich zurückkommen! Und wenn nicht...«

»Wenn nicht?«

»Dann kannst du ja kommen und mich suchen.«

»Das sagst du so in deinem jugendlichen Leichtsinn. Unter all den Tausenden von Welten und all den Milliarden und Billionen von Menschen, da wäre es ja noch leichter, eine Stecknadel im Heuhaufen zu finden.«

»Das ist aber doch in gewisser Weise auch ermutigend. Wenn du mich nicht findest, dann findest du bestimmt irgendeine andere, die genauso ist wie ich oder – sollte es das geben? – sogar noch netter als ich.«

»Es gibt keine einzige im ganzen Gaeanischen Reich, die genauso ist wie du, mit genau demselben hübschen Mund, genau demselben schön geschwungenen Kinn oder genau diesen feinen Löckchen, oder die genau so duftet wie du.«

»Ich hoffe, es ist ein angenehmer Duft.«

»Natürlich. Ich muß dabei immer an Wind denken, der über das Moor weht.«

»Das ist bloß die Seife, die ich benutze. Glawen, jetzt werde bitte nicht sentimental, weil ich weggehe. Sonst werd ich rührselig und fang gleich an zu heulen.«

»Ganz wie du möchtest. Küß mich.«

»Wo alle hier hochgucken? Nein danke.«

»Im Moment guckt keiner rauf.«

»Glawen, hör auf damit! Es reicht jetzt. Ich bin viel zu anfällig für diese Sache... Schau! Wie ich's dir gesagt habe! Mutter schimpft mich aus.«

»Ich glaube nicht, daß sie uns gesehen hat; im Moment guckt sie jedenfalls nicht zu uns hoch.«

»Vielleicht nicht.« Wayness zeigte nach unten. »Guck mal! Da ist Arles; er sitzt ganz bescheiden in der Ecke.«

»Ja, ich finde es erstaunlich. Spanchetta ist wütend, weil sie keine Einladung gekriegt hat. Und daß mein Vater hier ist, macht die Sache noch schlimmer.«

»Wer ist das Mädchen, das da bei Arles sitzt? Ich

kann mich nicht erinnern, sie schon einmal gesehen zu haben ... Die beiden scheinen ja sehr dicke miteinander zu sein.«

Glawen betrachtete Arles' Begleiterin: eine ziemlich herausgeputzte junge Frau mit wallendem pink-orangenen Haar, heller Haut und üppigen Formen. »Das ist Drusilla co-Laverty, eine von Florestes Mimen. Sie steht auch auf recht vertraulichem Fuß mit Namour, wenn die Gerüchte stimmen. Aber das geht mich nichts an.«

»Mich auch nicht. Obwohl, es ist schon irgendwie merkwürdig.«

»Inwiefern?«

»Ach, nur so. Habe ich dir schon erzählt, daß Julian Bohost von Stroma zurück ist? Er will mich noch immer heiraten; außerdem plant er, die Massaker im Mad Mountain zu studieren – wenn auch nicht unbedingt in dieser Reihenfolge.«

»Zu schade, daß er heute abend nicht hier sein und eine Rede halten konnte.«

»Wenn du's wissen willst, genau das hatte er vor, aber Vater hat ihm gesagt, daß es keine Einladungskarten mehr gebe. Wie geht's eigentlich Kirdy Wook?«

»Keine Ahnung. Der Doktor scheint zu glauben, daß er, wenn er es wollte, sofort gesund sein könnte. Kirdy will nicht sprechen, aber er liest und sieht fern und haut mit dem Besteck auf sein Eßgeschirr, wenn ihm das Essen nicht schmeckt. Der Doktor sagt, daß das Gehirn – Kirdys Gehirn, dein Gehirn, meins – von einer Art Komitee geleitet wird. Kirdys mentales Komitee hält den Moment noch nicht für gekommen, seinem Geist wieder seine volle Kraft anzuvertrauen, und wartet noch ein bißchen ab. Der Doktor sagt, es sei bloß eine Frage der Zeit.«

»Armer Kirdy.«

Glawen dachte an den verhängnisvollen Abend in Yipton zurück. Er sagte: »Alles in allem genommen geb ich dir recht. Er ist wirklich arm dran.«

Wayness blickte ihn neugierig an. »So wie du es sagst, klingt es fast ein bißchen höhnisch.«

»Schon möglich. Ich habe dir nie alles erzählt, was in jener Nacht vorgefallen ist.«

»Willst du das jetzt nachholen? Inklusive deiner atemberaubenden Abenteuer im Pussycat-Palast?«

»Die sind in drei Sätzen abgehandelt. Interessiert's dich?«

»Und ob.«

»Ich wollte eigentlich nicht hingehen, aber Kirdy bestand darauf, also ging ich, um als echter brüllender vollwertiger Kühner Löwe zu erscheinen, furchtlos und vor nichts zurückschreckend. Ich trank Tee mit dem Mädchen und fragte sie, wie es ihrer Familie ginge. Der Gesichtsausdruck, mit dem sie mich während unseres ›Gesprächs‹ ansah, war ungefähr so interessiert und einfühlsam wie der eines toten Fischs. Das war's auch schon.«

Wayness drückte seinen Arm. »Laß uns nicht mehr über solche Sachen reden. Da kommt Milo. Er schaut verdächtig munter drein. Bin gespannt, was passiert ist.«

Milo ließ sich auf einen Stuhl plumpsen. »Ich habe Neuigkeiten über unseren Freund Julian Bohost«, berichtete er Glawen. »Wayness hat dir bestimmt schon erzählt, daß er im Stromblick-Haus ist. Er will noch immer rauf zur Mad Mountain-Hütte und auf eigene Faust die Banjee-Kriege unterbinden.«

»Dabei kann er sich aber ein paar böse blaue Flecken holen, oder ein Loch im Kopf, von einer Streitaxt.«

»Er hofft, Gewalt aus dem Weg gehen zu können. Wenn sie nicht in die LFF eintreten oder auf die Stimme der Vernunft hören wollen, will er sie aus sicherer Entfernung studieren und einen Bericht schreiben.«

»Da hab ich nichts gegen, besonders, wenn er für seine Kosten selbst aufkommt.«

Milo starrte Glawen ungläubig an. »Das kannst du doch wohl nicht ernst gemeint haben! Julian ist Politiker! Hast du schon mal einen Politiker gesehen, der für seine Kosten selbst aufkommt?«

»Julian hat kein Geld«, sagte Wayness. »Jedenfalls kein nennenswertes.«

»Er findet, daß ihm als Bevollmächtigtem von Dame Clytie eine normale Beförderung im Touristenflieger nicht zugemutet werden kann und besteht darauf, daß die Sache als offizielle Dienstreise behandelt wird und ihm somit mindestens ein Stationsflieger mit Pilot gestellt wird. Vater hat bloß einen tiefen Seufzer ausgestoßen und seinen Segen dazu gegeben. Der Pilot sollst übrigens du sein, falls die Idee dir zusagt.«

»Das tut sie – aber nur, wenn du und Wayness mitkommt. Sonst nicht.«

»Wir kommen mit, um ihm bei den Studien zu assistieren. Dagegen kann er nichts einwenden.«

»Ich glaube nicht, daß Julian sehr erbaut von der Idee sein wird.«

»Das macht nichts«, sagte Wayness. »Julian muß lernen, daß im Leben nicht immer alles so läuft, wie man sich das wünscht. Es dürfte ein denkwürdiges Ereignis werden.«

III

Die Gruppe vom Stromblick-Haus war spät dran. Glawen und Chilke hatten die Maschine mit besonderer Sorgfalt durchgecheckt. »Wir können nicht verantworten, daß Julian irgendwas passiert«, sagte Glawen zu Chilke. »Er ist ein bedeutender Politiker und könnte durchaus eines Tages der erste Oomphaw von Throy werden.«

»Das ist nicht der schlechteste Beruf«, sagte Chilke. »Besonders, wenn man sonst nichts kann. Was für eine Art von Typ ist denn dieser Julian?«

»Das kannst du gleich selbst beurteilen; da kommt er nämlich.«

Der Wagen hielt neben dem Flugzeug. Julian sprang schneidig heraus, schmuck anzuschauen in seinem Anzug aus blau-weiß gestreiftem Segeltuch und seinem breitkrempigen weißen Hut. Milo und Wayness stiegen hinter ihm aus und trugen ihre Reisetaschen zum Gepäckabteil des Fliegers.

Julian trat zu Chilke. »Sind wir startbereit? Wo ist unser Flieger?«

»Das ist das schwarzgelbe Gerät, das direkt hinter Ihnen steht«, sagte Chilke.

Julian musterte den Flieger mit ungläubigem Blick. Dann wandte er sich wieder Chilke zu. »Das Ding, das da steht, ist absolut ungeeignet. Haben Sie nichts Bequemeres zu bieten, etwas mit ein bißchen mehr Komfort?«

Chilke rieb sich das Kinn. »Da fiele mir jetzt höchstens der Touristenluftbus ein; aber da müßten Sie sich schon noch ein paar Tage gedulden. Da hätten Sie jede Menge Platz und nette Leute zum Unterhalten.«

»Ich führe eine offizielle, dienstliche Untersuchung durch«, sagte Julian kühl. »Da kann ich sowohl Komfort als auch Flexibilität erwarten.«

Chilke gab ein gutgelauntes Lachen von sich. »Denken Sie doch mal ein bißchen nach. Dieser Flieger ist hier, und er ist startklar; bequemer geht's doch wohl nicht. Er bringt sie dorthin, wo immer Sie ihn hindirigieren, sogar nach unten und nach oben. Das nenne ich Flexibilität. Wieviel bezahlen Sie?«

»Was denken Sie? Natürlich nichts!«

»Da steht Ihr Flieger. Für den Preis kriegen Sie nirgendwo was Besseres.«

Julian erkannte, daß kein noch so arrogantes Auftreten den gutmütigen Chilke einschüchtern würde, und mäßigte seinen Ton. »Nun, dann werd ich das Ding da wohl nehmen müssen.« Er bemerkte Glawen. »Ho! Sieh da! Der ernste junge Amt-B-Agent! Sind Sie gekommen, um uns auf Wiedersehen zu sagen?«

»Eigentlich nicht.«

»Dann sind Sie also in dienstlicher Eigenschaft hier? Um den Flieger zu bewachen? Oder um herumlungernde Yips festzunehmen?«

»Wen meinen Sie damit?« fragte Chilke. »Den Burschen da drüben am Hangar? Das ist kein herumlungernder Yip; das ist mein Gehilfe. Ich stimme Ihnen zu, daß er eigentlich verhaftet werden sollte, aber dazu wird Glawen heute wohl keine Zeit haben. Er ist nämlich Ihr Pilot.«

Julian trat überrascht und sichtlich mißvergnügt einen Schritt zurück. Er starrte Glawen an. »Können Sie das denn?«

»Sagen wir es einmal so«, sagte Glawen. »Mein Gepäck ist an Bord des Fliegers. Ihres wird gerade wieder weggefahren.«

Julian fuhr herum und schwenkte aufgeregt seinen Hut. »He! Fahrer! Kommen Sie zurück!« Er drehte sich wütend zu Glawen um. »So stehen Sie doch nicht bloß da rum! Unternehmen Sie was!«

Glawen zuckte die Achseln. »Wenn sowieso einer von uns hinter dem Laster herrennen muß, dann können Sie das genauso gut wie ich.«

Chilke steckte zwei Finger in den Mund und stieß einen schrillen Pfiff aus. Der Wagen hielt an und kehrte auf Chilkes Winken hin zurück. Mit starrem Gesichtsausdruck lud Julian sein Gepäck in den Flieger um. Als er fertig war, wandte er sich erneut Glawen zu. »Ich bestehe auf einem tüchtigen und erfahrenen Piloten. Besitzen Sie diese Qualifikationen?«

Glawen reichte ihm ein kleines Faltblatt. »Hier sind meine Prüfungsbescheinigungen und meine Fluglizenz.«

Julian inspizierte die Dokumente mit skeptischem

Blick. »Hm. Scheint ja soweit alles in Ordnung zu sein. Nun denn. Unser Reiseziel ist die Mad Mountain-Hütte.«

»Unsere Flugzeit wird etwa vier Stunden betragen. Diese spezielle Maschine ist nicht schnell, aber recht gut geeignet für Flüge dieser Art.«

Julian sagte nichts mehr. Er stieg in den Flieger und setzte sich zu Wayness und Milo, die bereits ihre Plätze eingenommen hatten. Glawen verharrte noch einen Moment, um ein letztes Wort mit Chilke zu wechseln. »Nun, wie lautet dein Urteil?«

»Ein bißchen hochnäsig, würde ich sagen.«

»Das ist auch mein Eindruck. Okay, wir sind weg.« Glawen stieg an Bord und setzte sich in den Pilotensitz. Er drückte auf Knöpfe, betätigte den Startschalter. Der Flieger stieg in die Luft. Glawen schaltete den Autopiloten ein, und der Flieger nahm Kurs auf Südwest.

Die wellenförmig auf und ab steigenden Muldoon-Berge glitten unter ihnen vorüber; die Obstgärten und Weinberge der Araminta-Enklave machten unberührter Wildnis Platz: anfangs ein angenehmes, fast liebliches Land aus weiten grünen Wiesen und dunkelblauen Allombrosawäldern. Bald darauf überflogen sie den Twan Tivol-Fluß, der, in einem weiten Bogen von Norden kommend, im Dumpfsuhlenmoor endete, in welchem sowohl der Wan als auch der Leur entsprangen: ein riesiges Gebiet aus Teichen, Pfühlen, Sümpfen und Morästen, überwuchert von purpur-grünen Sumpfgrasflecken, Balwoonbüschen und Büscheln von Sägegras. Hier und da reckte ein hagerer Skelettbaum seine dürren Äste himmelwärts.

Syrene schien aus einem wolkenlosen tiefblauen Himmel. »Falls es einen von euch interessiert«, sagte Glawen, »wir werden während des ganzen Fluges gutes Wetter haben. Und wenn man den Meteorologen glaubt, herrschen auch am Mad Mountain beste Bedingungen; Banjees werden zur Zeit in der Umgebung keine gemeldet.«*

Julian versuchte sich mit einer witzigen Bemerkung: »Wenn das so ist, und kein Blutvergießen in Aussicht ist, werden die Touristen doch bestimmt ihr Geld zurückerstattet bekommen.«

---

* Banjee: eine der zahlreichen Mandoril-Spielarten, die in Cadwal heimisch sind. Der gewöhnliche Banjee ist eine große und massige zweibeinige Kreatur, die von ihrer Gestalt her auf eine gewisse, wenn auch groteske Weise eine Ähnlichkeit mit dem Menschen aufweist. Der Banjee ist mit einem Chitinpanzer bedeckt, der beim ausgewachsenen Männchen, das voll aufgerichtet eine Scheitelhöhe von neun Fuß erreichen kann, von glänzendem Schwarz ist. Der Kopf ist mit Ausnahme der ›Gesichtspartie‹, die aus nackten Knochen besteht, von stachligem schwarzen Haar bedeckt.

Die Banjees sind in vieler Hinsicht bemerkenswerte Kreaturen. Sie kommen als Neutren auf die Welt, werden im Alter von sechs Jahren weiblich, durchlaufen im Alter von sechzehn eine Metamorphose, in deren Verlauf sie zum Männchen werden, und nehmen von da an Jahr für Jahr an Größe, Körpermasse und Wildheit zu, bis sie irgendwann im Kampf getötet werden.

Die Banjees verständigen sich untereinander in einer Sprache, die sich auch den fortschrittlichsten und ausgefeiltesten Entschlüsselungsmethoden der gaeanischen Linguisten nach wie vor verschließt. Die Banjees konstruieren Werkzeuge und Waffen und verfügen allem Anschein nach sogar über eine Art rudimentären ästhetischen Empfindens, welches sich gleichwohl, wie auch die Sprache, dem Begriffsvermögen des menschlichen Geistes vollkommen entzieht.

Banjees sind unlenksam und eigensinnig, jedoch bei aller Wildheit unter normalen Umständen nicht von sich aus aggressiv. Sie nehmen die Touristen, die sich auf der Terrasse der Mad Mountain-Hütte drängen, um sie vorüberziehen zu sehen, sehr wohl wahr, schenken ihnen aber keinerlei Beachtung. Manchmal pirschen sich besonders Leichtsinnige nahe an die marschierenden Horden oder sogar an das Schlachtgetümmel heran, um möglichst spannende Photos zu schießen. Ermutigt durch die offensichtliche Gleichgültigkeit der Banjees wagen sie sich keck immer weiter vor, noch einen Schritt, dann noch einen Schritt, und noch einen – und dieser letzte Schritt führt sie dann über irgendeine unsichtbare Grenzlinie in die ›Reaktionszone‹ der Banjees, und sie werden auf der Stelle getötet.

Glawen erwiderte höflich: »Das glaube ich nicht.«

Milo fügte die Bemerkung hinzu: »Und deshalb heißt der Ort ja auch Mad Mountain.«

»Bist du sicher?« frug Wayness. »Ich habe mich schon oft gefragt, woher der Name kommt.«

»Der Name rührt offenbar von den Banjee-Schlachten her«, sagte Julian in ziemlich belehrendem Ton. »Daß diese Metzeleien sinnlos sind – oder verrückt, wenn man so will –, wird schon seit langem eingesehen, zumindest von der LFF. Wenn mein Plan durchführbar ist und in die Tat umgesetzt wird, werden wir den Ort in Peace Mountain umbenennen.«

Wayness fragte: »Und wenn es nicht klappt, was dann?«

»Dann kann ›Mad Julian Mountain‹ vielleicht wenigstens ein paar Wählerstimmen mehr absahnen«, sagte Milo.

Julian schüttelte bekümmert den Kopf. »Macht ihr nur eure Witze. Am Ende werdet ihr schon sehen, daß ihr weder den Fortschritt noch die LFF weglachen könnt.«

Wayness verzog gequält das Gesicht. »Jetzt laßt uns nicht schon wieder mit dieser leidigen Politik anfangen, jedenfalls nicht schon so früh am Tage. Glawen, du weißt doch immer alles; warum heißt die Gegend denn nun Mad Mountain?«

»In diesem Fall weiß ich es zufällig tatsächlich«, antwortete Glawen. »Auf alten Landkarten findet ihr noch die Bezeichnung ›Mount Stephen Tose‹. Vor ungefähr zweihundert Jahren kreierte ein Tourist in seiner Erregung den neuen Namen, der sich rasch einbürgerte, so daß es heute allgemein Mad Mountain heißt.«

»Worüber war denn dieser Tourist so erregt?«

»Das zeige ich euch, sobald wir da sind.«

»Hat es was mit irgendeinem Skandal zu tun, so daß es dir vielleicht peinlich ist, darüber zu reden?« fragte Wayness. »Oder ist es eine freudige Überraschung?«

»Oder beides?« fragte Milo.

Wayness sagte zu Milo: »Du bist doch unser großer Schnelldenker mit der blühenden Phantasie. Fällt dir vielleicht was ein, das sowohl peinlich als auch angenehm zugleich ist? Mir fällt nichts ein.«

»Wir werden halt warten müssen. Wenn Glawen es so spannend macht, ist es bestimmt eine Überraschung.«

»Da bin ich ganz sicher. Glawen ist sehr raffiniert. Findest du nicht auch, Julian?«

»Mein liebes Kind, darüber habe ich mir noch keine Gedanken gemacht.«

Wayness wandte sich wieder Glawen zu. »Erzähl uns von den Schlachten. Hast du schon mal eine gesehen?«

»Schon zweimal. Wenn du oben auf der Hütte bist, sind sie schwer zu übersehen.«

»Was passiert denn da so? Sind sie so schlimm, wie Julian befürchtet?«

»Sie sind jedenfalls sehr spektakulär, und in mancherlei Hinsicht ziemlich grausam.«

Julian stieß ein ironisches Schnauben aus. »Klären Sie mich doch bitte mal auf, in welcher Hinsicht sie *nicht* grausam sind.«

»Das Grausame spielt sich in erster Linie in den Köpfen der Betrachter ab. Für die Banjees scheint es hingegen die normalste Sache von der Welt zu sein.«

»Das ist schwer zu glauben.«

»Sie könnten den Schlachten ohne weiteres aus dem Weg gehen, wenn sie es wollten.«

Julian zog eine Broschüre aus seiner Tasche. »Dann hören Sie sich mal diesen Artikel an: ›Die Schlachten der Banjees sind äußerst dramatische und pittoreske Ereignisse; erfreulicherweise konnten jetzt die Voraussetzungen dafür geschaffen werden, daß der interessierte Tourist dieses Spektakel mit ungetrübtem Genuß verfolgen kann.

Empfindliche Gemüter seien jedoch gewarnt: diese

Schlachten sind grauenerregend in ihrer Wildheit und Unerbittlichkeit. Die Stätte der Schlacht ist erfüllt von den ohrenbetäubenden Schreien der Kämpfenden und der Sterbenden; das gellende Triumphgeheul der Sieger vermengt sich mit dem schaurigen Stöhnen und Todesröcheln der Besiegten. Ohne Unterlaß und ohne Mitleid schwingen die Krieger ihre mächtigen Instrumente des Todes. Sie schlagen und stoßen, hauen und stechen, unerbittlich und gnadenlos; Schonung wird weder gewährt noch erwartet.

Für den gaeanischen Betrachter sind diese Schlachten erschütternde Erlebnisse, erfüllt von archetypischer Symbolik. Es werden Emotionen erweckt, für die dem modernen, zivilisierten Geist schlicht die Begriffe fehlen. Ohne Frage sind diese Spektakel von unübertroffenem Unterhaltungswert und hohem Sinnenreiz; allein die einzigartigen Farben bieten dem Zuschauer einen faszinierenden Eindruck: erregende, unheilverkündende Rottöne, das tiefe, metallisch glänzende Schwarz der Panzer und Helme; die alkalischen Blau- und Grüntöne der Brustpolster …

Die Luft am Mad Mountain ist schwanger von der Ahnung erhabener Kraft und tragischer Schicksalhaftigkeit‹ – und in dem Tenor geht das so weiter.«

»Es ist eine lebendige Schilderung«, sagte Glawen. »Der offizielle Reiseführer verblaßt dagegen, und er erwähnt in der Tat kaum etwas von den Schlachten.«

»Aber stimmen die Fakten denn nicht?«

»Nicht ganz. Es sind gar nicht so viele Schreie und Stöhnen zu hören, sondern eher Grunzen und Flüche und ersticktes Gurgeln. Die Weibchen und die Jungen stehen teilnahmslos dabei und werden nicht behelligt. Dennoch läßt sich nicht abstreiten, daß die Krieger dazu neigen, sich gegenseitig in Stücke zu hacken.«

Wayness fragte: »Verzeih mir meine krankhafte Neugier – aber was genau passiert eigentlich?«

»Die Schlachten erscheinen für den Außenstehenden

als absolut sinnlos, und sie ließen sich ohne weiteres vermeiden. Die Wanderungsrouten verlaufen von Westen nach Osten und von Norden nach Süden und kreuzen sich genau unterhalb der Mad Mountain-Hütte. Wenn eine Horde sich der Kreuzung nähert, ist das erste Signal ein leises Geräusch: ein ominöses Murmeln. Dann taucht die Horde in der Ferne auf. Ein paar Minuten später kommt der erste Angriffstrupp den Weg heraufgestürmt – hundert Elitekrieger, bewaffnet mit dreißig Fuß langen Lanzen, Äxten und sechs Fuß langen Bolzen. Sie sichern die Kreuzung und halten Wacht, während die Horde vorbeizieht. Wenn nun eine andere Horde zum gleichen Zeitpunkt die Kreuzung überquert, dann wartet die herannahende Horde nicht, wie es die Logik gebieten würde, bis die andere Horde vorbeigezogen ist, sondern wird ungehalten und greift an.

Die Krieger senken ihre Lanzen und stürmen vorwärts, mit dem Ziel, ihrer eigenen Horde eine Gasse für den ungehinderten Durchzug zu bahnen. Die Schlacht dauert so lange, bis eine der beiden Horden die Kreuzung überquert hat. Es gilt als eine große Schande, als letzter gehen zu müssen, und die besiegte Horde stimmt ein großes Geheul und Wehklagen an.

Das ist der Moment, in dem die Souvenirjäger aus der Hütte heruntergelaufen kommen, in der Hoffnung, vielleicht einen unbeschädigten Helm oder dergleichen zu ergattern. Sie stöbern wie die Aasgeier zwischen den Leichen herum und nehmen alles mit, was nicht niet- und nagelfest ist. Manchmal passiert es, daß sie dabei an einen Banjee geraten, der noch am Leben ist und sie bei dem Versuch, ihn zu filzen, tötet.

Der tote Tourist wird indes von der Hoteldirektion nicht ignoriert. Sein Bild wird in der Galerie aufgehängt, als Mahnung für andere. Es hängen dort Hunderte solcher Bilder von Leuten von fast ebenso vielen Welten, und sie sind für jeden eine Quelle der Faszination.«

»Ich finde die ganze Sache widerwärtig und abstoßend«, sagte Julian.

»Ich persönlich finde sie selbst geschmacklos«, sagte Glawen. »Aber die Banjees hören nun einmal nicht auf mit ihrem Gemetzel, und die Touristen hören nicht auf zu kommen – also bleibt die Mad Mountain-Hütte weiter geöffnet.«

»Das ist aber eine zynische Haltung«, sagte Julian.

»Ich empfinde mich nicht als zynisch«, sagte Glawen. »Ich sehe die Dinge halt realistisch.«

»Ich bin sicher, daß ich Sie nicht verstehe«, sagte Julian steif.

Milo fragte: »Wie sähe denn dann dein Plan für die Banjees aus – vorausgesetzt, man ließe dir freie Hand?«

»Zuerst habe ich daran gedacht, ein System von Barrikaden zu errichten, das die eine Horde davon abhält, über die andere herzufallen, solange sie nicht vollständig durchgezogen ist, aber Barrieren oder Zäune sind leicht niederzureißen oder zu umgehen. Im Moment schwebt mir so etwas wie ein Tunnel oder eine Überführung vor, so daß die Banjeehorden die Kreuzung gleichzeitig überqueren können, ohne sich gegenseitig ins Gehege zu kommen.«

»Sei realistisch, Julian. Du mußt dir doch darüber im klaren sein, daß ein solches Projekt keine Aussicht darauf hat, genehmigt zu werden. Hast du noch nie was von der Charta gehört?«

»Die Charta liegt genauso in den letzten Zügen wie die Naturforschergesellschaft. Ich möchte wohl behaupten, daß die LFF dabei ist, ihre Optionen auszuloten.«

»Lote aus, so viel du willst. Plane Tunnel und Rampen und Brücken und Überführungen, so viel du willst, aber dann bezeichne das nicht als offizielle Dienstsache. Was du hier treibst, sind die Geschäfte der LFF und Julians Privatgeschäfte, auf Kosten des Konservats. Das bezeichne *ich* als Zynismus.«

Julian wandte langsam den Kopf und musterte Milo aus verengten Augenschlitzen, und für einen Moment war der Schleier aus gezierter Artigkeit und höflicher Vornehmtuerei zerrissen.

Milo sprach mit einer ungewohnten Schärfe in der Stimme. »Mehr als um alles andere geht es dir doch darum, einen Präzedenzfall für einen erfolgreichen Eingriff der LFF in die Umwelt zu schaffen. Der nächste Schritt wäre dann, die Yips dazu aufzufordern, Anspruch auf das Land geltend zu machen. Die LFFler würden sich große Landsitze in den schönsten Gegenden von Deucas errichten und alle wilden Tiere in abgezäunte Gehege verbannen. Ich versichere dir, Julian, das wird nicht klappen.«

Julian zuckte gleichgültig die Achseln. »Du redest daher wie ein Wildgewordener. Ich schlage vor, daß du dich erst mal beruhigst. Das hier ist eine Inspektionsreise. Ich werde Empfehlungen aussprechen, sonst nichts. Sie werden entweder ins Gewicht fallen oder nicht. Ansonsten gibt es zu dem Thema eigentlich nichts mehr zu sagen.« Er wandte sich ostentativ von Milo ab und fragte Glawen: »Was treibt man am Mad Mountain, wenn die Banjees gerade mal nicht dabei sind, sich niederzumetzeln?«

»Man erholt sich, man entspannt sich, man trinkt San-sue-Stinger und Sundowner, man unterhält sich mit den anderen Touristen über Gott und die Welt. Wer gerne wandert und sich für die Schönheiten der Natur interessiert oder auch einfach nur etwas für seine Gesundheit tun möchte, kann auf den Mad Mountain steigen. Der Pfad ist gut ausgebaut und relativ sicher, und unterwegs gibt es interessante Dinge zu sehen. Wer auf Souvenirs aus ist, kann im Flußbett nach Chalzedonen suchen oder hinaus zum Schlachtfeld gehen – natürlich nur dann, wenn keiner kämpft – und nach Überbleibseln von der letzten Schlacht suchen. Wer was richtig Abenteuerliches unternehmen will, kann auf einem

Bunter hinaus zum Banjee-Camp am Dimplesee reiten – natürlich auch nur dann, wenn keine Banjees dort sind. Wenn man Glück hat, kann man dort vielleicht einen magischen Stein finden.«

»Was ist ein magischer Stein?« fragte Wayness. »Und was ist ein Bunter?«

»Die Banjeeweibchen schleifen Brocken von Nephriten, Lapis, Malachiten und anderen bunten Steinen zu Kugeln oder Täfelchen und tragen sie in einem Beutel um den Hals. Wenn sie ihre Verwandlung durchlaufen, etwa im Alter von sechzehn Jahren, und zu Männchen werden, werfen sie die magischen Steine in die Büsche oder in den See. Wenn du also die Büsche durchstöberst oder im See herumwatest, kannst du mit ein bißchen Glück einen solchen Stein finden.«

»Klingt interessant«, sagte Julian. »Vielleicht versuch ich's auch mal. Was ist ein Bunter?«

»Das ist ein häßliches, bösartiges Tier, auf dem man reiten kann, wenn es entsprechend abgerichtet ist. Man muß es füttern und ihm gut zureden und es bei Laune halten, sonst kann es ziemlich unangenehm werden.«

»Hm«, sagte Julian mit skeptischer Miene. »Und wie richtet man so ein Biest ab?«

»Die Yip-Stallknechte sind recht geschickt in dem Metier; so eine Abrichtung ist eine ziemlich komplizierte Sache und erfordert eine Menge Fingerspitzengefühl.«

»Hah-hah!« sagte Julian. »Die Yips machen also nach wie vor die Drecksarbeit.«

»Es gibt hier und da immer mal wieder welche, die nach Ablauf ihrer Arbeitsgenehmigung nicht abgelöst worden sind.«

»Und wieso nicht?«

»Ganz einfach: weil kein anderer den Job haben will.«

Julian gab ein höhnisches Lachen von sich. »Die

Herrschaften reiten die Bunter, und die Yips machen die Ställe sauber.«

»Ha, ha!« sagte Milo. »Die ›Herrschaften‹ müssen für das Reiten der Bunter bezahlen. Die Yips kriegen hübsche Gehälter. Die ›Herrschaften‹ kehren wieder nach Hause zurück und arbeiten. Die Yips werfen ihr Geld Titus Pompo in den Rachen. Wir, nebenbei erwähnt, kommen für unsere Reisekosten selbst auf. Du bist die einzige ›Herrschaft‹ hier in dieser Gruppe.«

»Ich bin der Bevollmächtigte von Hüterin Vergence, die von Amts wegen Anspruch auf volle Aufwandsentschädigung hat.«

Wayness, der dieses Thema allmählich zu den Ohren herauskam, deutete auf die Savanne, die sich unter ihnen erstreckte. »Schaut doch mal, diese langgestreckten dürren weißen Tiere dort unten! Das müssen ja Tausende sein!«

Glawen schaute aus dem Fenster nach unten. »Das sind Monohorn-Springböcke; sie sind auf dem Weg zu den Zusamilla-Feuchtgebieten, wo ihre Brutstätten sind.« Er schaltete auf Handsteuerung um und drückte ein paar Knöpfe; der Flieger sackte ab wie ein Fahrstuhl, daß den Passagieren der Magen in den Hals stieg, fing sich fünfhundert Fuß über der Erde wieder und schwebte langsam weiter über die Savanne, wo die Springböcke in dichter, sauber gestaffelter und exakt ausgerichteter Formation dahinjagten – eine gewaltige Herde, gespickt mit Tausenden von sechs Fuß langen spiralförmigen Hörnern, die aus der Höhe anmuteten wie die Dornen eines riesigen lebenden Nagelbretts.

»Monohorn-Springböcke haben keine Augen«, erklärte Glawen. »Keiner weiß, wie sie sehen, oder ob überhaupt. Trotzdem finden sie ihren Weg von der Großen Roten Böschung zum Zusamilla-Feuchtgebiet und zurück, ohne sich je zu verlaufen. Wenn sich ein Feind der Herde nähert, bricht einer von ihnen aus der Formation aus, spießt ihn mit seinem Horn auf, dann jagt er der Herde hinterher und reiht sich wieder an seinem Platz ein.«

Julian warf einen Blick hinunter auf die dahinstiebende weiße Kolonne, dann begann er ostentativ in seinem Reiseführer zu lesen.

Wayness fragte: »Warum rennen sie in Kurven und Schlangenlinien, und nicht einfach geradeaus? Ist das bloßer Übermut oder Sorglosigkeit?«

»Ganz im Gegenteil«, sagte Glawen. »Siehst du die kleinen Hügel dort? Die Springböcke weichen ihnen in gebührendem Abstand aus, selbst wenn sie dabei einen großen Umweg in Kauf nehmen müssen. Warum? Auf jedem dieser kleinen Hügel lebt eine Sippe von Fells. Sie sind schwer auszumachen, weil sie die gleiche Farbe wie der Erdboden haben. Sie lauern darauf, daß irgendein unachtsames Tier in ihre Nähe kommt, und dann packen sie blitzschnell zu. Auf diese Weise ersparen sie sich die Mühe einer anstrengenden und meist auch aussichtslosen Jagd.«

Milo suchte die Landschaft mit einem Fernglas ab. Er deutete mit dem Finger in die Ferne: »Da hinten, beim Fluß, in dem hohen blauen Gras, sehe ich ein paar unheimlich häßliche Tiere. Sie sind schwer auszumachen, weil sie fast genau das gleiche Blau haben wie das Gras.«

»Das sind Waran-Saurier«, sagte Glawen. »Sie passen sich der Farbe ihrer Umgebung an. Sie treten immer in Neunerhorden auf; kein Mensch weiß, warum.«

»Vielleicht können sie nicht weiter als bis neun zählen«, schlug Milo vor.

»Könnte schon sein«, sagte Glawen. »Mit ihrer sechs Zoll dicken Haut sind sie gegen die meisten Raubtiere gefeit; die beißen und kauen sich irgendwann ganz einfach müde und geben's auf.«

Milo fragte: »Was geht denn da drüben vor, unter dem Vamola-Baum?«

Glawen schaute durch das Fernglas. »Das ist ein Bardikantbulle, und zwar ein ziemlich großer. Er ist entweder krank, oder er verendet, oder er ruht sich bloß aus. Die Fells haben ihn entdeckt, können sich aber nicht entscheiden, was sie tun sollen. Sie halten Rat, und jetzt versuchen sie, eines der Jungen dazu zu bewegen, auf den Bardikant zu klettern. Das Junge ist schlau und macht sich aus dem Staub. Jetzt probiert es ein anderer. Aha! Der Bardikant spießt ihn blitzschnell mit dem Schwanz auf, und schwupp, schon hat er ihn vertilgt. Die anderen Fells suchen hastig das Weite.«

»Entschuldigen Sie«, sagte Julian. »Das ist ja alles ungeheuer unterhaltsam und spricht für die Qualität Ihrer Ausbildung, zumindest auf dem Gebiet der Tierkunde. Aber ich würde doch gern bald in der Mad Mountain-Hütte sein, damit ich mit meiner Untersuchung anfangen kann; es gibt da nämlich vorab noch einiges zu klären und zu organisieren.«

»Ganz wie Sie wünschen«, sagte Glawen.

Der Flieger gewann wieder an Höhe und glitt weiter: über Berge und Wälder, Seen und breite Ströme. Majestätische Aussichten taten sich ihnen auf, eine grandioser als die andere. Zum Mittag hin stieg das Land zu einer weiten Hochebene an, die von kleinen Seen überzogen war. Weit im Westen zog sich eine Gebirgskette aus zwanzig hohen Gipfeln parallel zu ihrer Flugroute, sanft nach Norden und Süden hin abfallend.

Glawen deutete nach unten, wo dünne Rauchfahnen dicht bei einem Waldrand aufstiegen. »Da unten haben wir so ein Banjee-Camp. Die Feuer sind übrigens weder zum Kochen noch zum Wärmen da, sondern zum Aufkochen des Leims, den sie zum Herstellen ihrer Helme und Panzer benötigen.«

»Wie weit ist es noch bis zum Mad Mountain?«

»Ihr könnt ihn bereits sehen; dort vorn, der ausgebrannte Vulkan mit dem zertrümmerten Gipfel. Wir fliegen gerade über die Seufzerebene. Rechts unten der See, das ist der Dimplesee.«

Fünf Minuten später setzte der Flieger auf der Landerampe an der Seite der Hütte auf. Die vier stiegen aus und erklommen die kurze Treppe zur Terrasse an der Frontseite der Hütte.

Die vier betraten das Foyer: ein hoher Saal, dessen steinerner Fußboden mit roten, weißen und schwarzen Läufern ausgelegt war. Allenthalben waren Banjee-Artefakte zu sehen: Streitäxte, die in einem Halbkreis an der Kaminwand aufgehängt waren; ein Dutzend Helme von eigenartiger, faszinierender Schönheit auf einem Regal; Kugeln und Täfelchen aus poliertem Malachit, Zinnober, Nephrit und durchsichtigem Alabaster, jede von ungefähr drei Zoll Durchmesser, in einem Schaukasten an der Rezeption. Der Angestellte hinter dem Schalter bemerkte Wayness' Interesse. »Das sind magische Steine der Banjees. Fragen Sie mich nicht, wozu sie gut sind; ich weiß es nicht.«

»Kann man sie kaufen?«

»Aber ja; die Preise beginnen bei hundert Sol für den Zinnober und enden bei tausend Sol für den Alabaster. Der Nephrit liegt etwa in der Mitte; er käme auf fünfhundert Sol.«

Die vier bekamen ihre Zimmer zugeteilt, gleichzeitig wurde jeder von ihnen fotografiert.

Der Empfangssekretär erklärte: »Der breite Gang dort drüben führt zum Speisesaal; er dient gleichzeitig als Ausstellungsraum für die Bilder von Gästen, die von den Banjees getötet wurden. Falls auch Sie dieses Mißgeschick treffen sollte, möchten wir lieber das ›Vorher‹-Photo als das ›Nachher‹-Photo aufhängen – zumal die Galerie auf dem Weg zum Speisesaal liegt.«

»Lächerlich!« sagte Julian. »Wollen wir nicht jetzt essen gehen? Was meint ihr?«

»Ich will mich nur vorher rasch noch ein wenig frisch machen«, sagte Wayness.

Die vier trafen sich auf der Terrasse und gingen zur

Balustrade, von wo aus sich ein weiter Blick über die Seufzerebene bot. Milo frug: »Wo ist denn nun das berüchtigte Schlachtfeld?«

»Direkt dort vorn, fast genau unter uns«, sagte Glawen. »Siehst du die beiden Halden dort, die sich parallel über die Ebene ziehen? Das sind die Abfälle, die die vorüberziehenden Horden in Tausenden und Abertausenden von Jahren am Rand ihrer Route zurückgelassen haben. Sie markieren die Wanderrouten. Eine Route verläuft von Westen nach Osten, die andere von Norden nach Süden, und sie kreuzen sich direkt unterhalb der Hütte. Wenn die Horden aufeinanderstoßen, verhalten sie sich nicht wie Gentlemen, sondern gehen mit ihren Äxten aufeinander los.«

»Es scheint in der Tat ein ziemlich sinnloses Gemetzel zu sein«, sagte Wayness.

»Es ist absurd und schimpflich, und es sollte möglichst rasch gestoppt werden«, sagte Julian.

»Eine Überführung dürfte das Problem schnell und elegant lösen«, sagte Milo. »Obwohl, ich muß sagen, die Pfade sind ganz schön breit.«

»Locker über hundert Fuß«, sagte Glawen.

Julian schaute mit gerunzelter Stirn hinunter auf das Schlachtfeld. Wayness fragte leise: »Wußtest du, daß die Routen so breit sein würden?«

Julian schüttelte mürrisch den Kopf. »Ich bin zum erstenmal hier am Mad Mountain, wie du eigentlich wissen müßtest. Laß uns jetzt essen gehen.«

Die vier wurden plaziert, und das Lunch wurde aufgetragen. »Vielleicht können wir Julian bei seinen Berechnungen behilflich sein«, sagte Milo. »Der Überweg müßte mindestens hundert Fuß breit sein; auf keinen Fall darf er schmaler als der Weg sein, sonst hat die ganze Sache keinen Zweck. Die Spannweite müßte ebenfalls mindestens hundert Fuß betragen, mit einer lichten Höhe von – wieviel lichte Höhe planst du ein, Julian?«

»Ehrlich gesagt habe ich mir darüber noch keine ernsthaften Gedanken gemacht.«

»Eine lichte Höhe von vierzig Fuß müßte ausreichend sein, daß die Banjees drunterher marschieren können, ohne ihre Lanzen senken zu müssen. Wenn Julian für die Rampen einen Steigungsgrad von sechs Prozent veranschlagt, wird jede der beiden Auffahrten ungefähr siebenhundert Fuß lang. Julian, was meinst du, wieviel Kubikyard Material wirst du für deine Rampen benötigen?«

»So weit bin ich noch längst nicht mit meinen Planungen. Es ist doch noch gar nicht gesagt, ob ein Überweg überhaupt die günstigste Lösung ist. Ich bin hier, um überhaupt erstmal herauszufinden, ob es eine praktikable Lösung gibt.«

Wayness sagte in besänftigendem Ton: »Laß dich nicht von Milos Spinnereien verrückt machen. Führ du in aller Ruhe deine Untersuchungen und Planungen und Gedankenspiele durch und laß dich dabei von uns nicht stören. Wir werden uns die Zeit schon anderweitig vertreiben. Glawen, was schlägst du für heute nachmittag vor?«

»Wir können hinauf zum Mad Mountain gehen. Es gibt da einige interessante Ruinen am Weg zu sehen: eine Steinplattform und etwas, das früher wohl mal ein Turm gewesen ist. Die Archäologen glauben, daß sie von einem untergegangenen Banjee-Stamm erbaut wurden. Außerdem werdet ihr ein paar blaue Spritzer sehen. Sie tun so, als wären sie Blumen, um so Insekten anzulocken. Touristen, die versuchen, sie zu pflücken, erleben eine böse Überraschung. Zuerst spuckt der blaue Spritzer sie an, dann stößt er einen schrillen Schrei aus, wirft seinen Zierrat ab, läßt seinen Schwanz hervorschnellen und sticht zu.«

»Interessant. Was gibt's sonst noch zu sehen?«

»Wahrscheinlich werdet ihr auch Felsenorchideen mit Glasblumen und kriechendem Arbutus sehen, der sich, wie der Name schon andeutet, umherbewegt und seine eigenen Samen einpflanzt. Oben auf dem Berg leben Farynxe. Sie jagen ihre Beute auf eine höchst originelle Weise. Der eine versteckt sich im Gebüsch; der andere legt sich auf den Rücken und sondert den Geruch von Aas ab, der nach kurzer Zeit einen aasfressenden Vogel anlockt. Während der Vogel sich über das vermeintliche Festmahl hermacht, springt der andere Farynx mit einem hurtigen Satz aus dem Gebüsch, und beide verspeisen den Vogel.«

»Du hast uns immer noch nicht gesagt, wieso der Berg denn nun Mad Mountain genannt wird.«

»Die Geschichte ist im Grunde ziemlich belanglos. Ein schrulliger alter Herr kam einmal den Pfad heruntergetorkelt und schrie: ›Der Berg ist verrückt!‹ Offenbar war er hinaufgestiegen, um sich die Ruinen anzuschauen. Auf dem Weg pflückte er einen blauen Spritzer, der ihm erst in den Bart spuckte, dann in die Hand stach und dann kreischend wegrannte. Als nächstes setzte er sich auf einen kriechenden Arbatus, der sich unter ihm wegwand. Dann stieß er auf einen ›kranken‹ Farynx, über den sich gerade ein fetter schwarzer Aasvogel hermachen wollte. Von Mitleid ergriffen, scheuchte der alte Mann den Vogel fort, woraufhin beide Farynxe ihn ansprangen und ihm ins Bein bissen. Er humpelte weiter zu den Ruinen hinauf und fand dort eine Truppe von Poeten vor, die Ausdruckstänze aufführten. An dem Punkt verlor er den Bezug zur Realität. Er torkelte den Pfad hinunter, und der Mount Stephen Tose heißt seither ›Mad Mountain‹.«

Milo sah Wayness an. »Glaubst du ihm?«

»Es bleibt mir nichts anderes übrig. Aber ich würde diese wundersamen Tiere und Pflanzen zu gern einmal selbst sehen.«

»Von mir aus können wir sofort los; ich bin mit meinem Essen fertig«, sagte Milo.

»Ich bin auch fertig«, sagte Wayness. »Brechen wir

auf. Julian, wir werden bald wieder zurück sein. Spätestens zum Abendessen.«

»Augenblick«, sagte Julian. »Glawen wurde mir als Assistent zugeteilt. Es könnte sein, daß ich ihn brauche.«

Glawen starrte ihn verdutzt an. »Wie bitte? Hab ich richtig gehört?«

»Du hast richtig gehört«, sagte Milo. »Julian braucht jemanden, der ihm das Maßband hält.«

Glawen schüttelte den Kopf. »Ich fliege die Maschine und identifiziere Tiere. Ich werde sogar versuchen, Julian das Leben zu retten, falls er was Dummes anstellt. Aber weiter gehen meine Pflichten keinesfalls.«

Julian wandte sich ruckartig ab, mit einem verkniffenen Ausdruck im Gesicht. Er ging zur Balustrade, schaute einen Moment über die Ebene, dann wandte er sich wieder den anderen zu. »Ich habe alles gesehen, was ich sehen muß, zumindest für den Moment.«

»Dann komm doch mit auf den Berg«, schlug Wayness vor.

»Das ist eine gute Idee«, sagte Julian. »Ich zieh mir nur schnell meine Wandersachen an; bis gleich.«

So verging der Nachmittag. Syrene stand tief am Himmel, als die vier von ihrem Ausflug zurückkamen. Sie setzten sich auf die Terrasse, tranken Sundowner und schauten zu, wie Syrene hinter den fernen Bergen versank.

Wayness deutete hinaus auf die Ebene. »Was ist das da hinten, das da so glitzert? Ist das der Dimplesee?«

»Ganz recht«, sagte Glawen. »Wenn Syrene ganz tief steht, kannst du sehen, wie sie sich im See spiegelt. Da draußen gibt's aber nicht viel zu sehen außer dem Banjee-Lager, aber ein Besuch dort lohnt sich nur, wenn man einen magischen Stein findet.«

»Wie hoch sind die Chancen, daß man einen findet?«

»Ziemlich hoch, außer, wenn die Banjees sich im Lager aufhalten. Dann sind die Chancen gleich Null.«

»Kommt man nur mit Buntern dorthin?«

»Zu Fuß wär's ein bißchen arg weit.«

»Warum können wir nicht den Flieger nehmen?« fragte Julian.

»Eine verlockende Idee, aber es ist gegen die Bestimmungen, weil es zu Problemen mit den anderen Gästen führen würde.«

Julian schüttelte mißbilligend den Kopf. »Nun, da kann man nichts machen. Aber was soll's. Laut dem Reiseführer sind die Bunter zwar leicht reizbar, aber ziemlich problemlos und sicher zu reiten, wenn man nur die richtige Reitkleidung trägt. Das verwundert mich. Sind die Bunter so sehr auf Äußerlichkeiten fixiert, oder wie ist das zu erklären?«

»Sie sind von Natur aus bösartig und würden uns mit Wonne umbringen, wenn wir ihnen die Chance geben würden. Deshalb müssen die Stallknechte sie erst vorbereiten und in gute Stimmung bringen, bevor man sie reiten kann.«

»Und offenbar muß der Reiter so angezogen sein, daß er der Vorstellung des Bunters von angemessener Reitkleidung entspricht.«

»Der Reitdress erfüllt durchaus einen praktischen Zweck. Die Prozedur, mit der der Bunter besänftigt wird, ist ziemlich kurios. Die Yip-Stallknechte füttern ihn erst einmal gut, und dann reizen sie ihn mit Stöcken, bis er rasend vor Wut ist. Wenn sie ihn so weit haben, werfen sie ihm eine Strohpuppe mit einem schwarzen Hut, einem weißen Mantel, schwarzen Reithosen und einer roten Schärpe vor – der Reitdress. Der Bunter verwüstet diese Puppe regelrecht; er stampft auf ihr herum, schleudert sie in die Luft, und am Ende, wenn sie völlig demoliert ist, deponiert er sie auf seinem Rücken, um sie später zu fressen – denn in dem Moment hat er ja noch keinen Hunger, deshalb die Fütterung vorher.

Der Bunter hat seine Wut nun abreagiert und ist relativ zahm. Die Yips legen ihm Scheuklappen über die Augen; der Reiter nimmt den Platz der Strohpuppe ein, zieht die Scheuklappen hoch und kann nun in aller Ruhe und Bequemlichkeit losreiten.

Wenn er absitzen will, muß er die Scheuklappen wieder herunterlassen; sonst glaubt der Bunter, sein Opfer wolle entwischen, und tötet es erneut. Merkt euch also eins, wenn ihr einen Bunter reitet: niemals und um keinen Preis absitzen, ohne vorher die Scheuklappen herunterzulassen!«

»Ich glaube, jetzt hab ich's begriffen«, sagte Milo. »Wenn ich einen magischen Stein im Wert von tausend Sol finden will, reite ich auf einem Bunter zum Dimplesee und suche solange, bis ich einen gefunden habe.«

»Das ist mehr oder weniger korrekt.«

»Und wie stehen meine Chancen, heil zurückzukommen?«

»Gut bis ausgezeichnet, vorausgesetzt, daß erstens der Bunter ordentlich gefüttert und getriezt worden ist; zweitens, daß du nicht vergißt, die Scheuklappen herunterzulassen, bevor du absitzt; drittens: daß die Banjees dich nicht dabei erwischen, wie du in ihrem Lager herumstöberst; viertens: daß du nicht von anderen wilden Tieren wie Thuripids oder Hochlandfells angegriffen wirst.«

»Wie findet man Steine wieder, die in den See geschmissen worden sind?«

»Du kannst hinauswaten und die Steine mit den Zehen unter dem Bodenschlamm ertasten. Mechanische Geräte darfst du freilich nicht benutzen; das gilt als ›gewerbsmäßige Ausbeutung‹. Es ist ohnehin ein Grenzfall, aber die Behörden handhaben die Bestimmungen in diesem Fall großzügig und klassifizieren die Steine als ›Souvenirs‹ und nicht als ›kostbare Mineralien‹.«

»Ich bin jedenfalls bereit, es zu versuchen«, sagte Milo.

»Ich auch«, sagte Wayness. »Obwohl mir die Sache mit dem Bunter nicht gerade geheuer ist. Was mach ich, wenn das Viech unterwegs plötzlich Hunger kriegt und beschließt, sein Lunchpaket zu vertilgen?«

»Dann mußt du ihm den Kopf wegballern. Jeder Reiter bekommt eine Waffe ausgehändigt.«

»Wenn ich doch bloß nicht so ein Feigling wäre«, sagte Wayness. »Aber es wird schon klappen. Ich werde ganz lieb zu meinem Bunter sein; vielleicht ist er dann ja auch lieb zu mir.«

»Bunter müßte man halt sein«, sagte Glawen mit einem wehmütigen Schmunzeln. »Wenn ich einer wär und dich als Reiterin hätte, würde ich wahrscheinlich mit dir durchbrennen und dich als Haustier halten.«

Julian runzelte mißbilligend die Stirn; man sah ihm deutlich an, daß er die Bemerkung ungehörig, wenn nicht sogar anmaßend fand. Er musterte Glawen aus verengten Augen. »Da kämen Sie nicht weit. Ich würde Sie einholen, noch ehe Sie eine halbe Meile weg wären.« Er sprach mit einem dünnen Lächeln im Gesicht, aber in seiner Stimme schwang nicht die Spur von Humor mit. »Ihre Eskapade würde ihnen keinen Beifall einbringen; im Gegenteil.«

Glawen, ein wenig verblüfft, erwiderte mit wehmütiger Stimme: »Selbst wenn ich kein Bunter wäre, hätte ich sie gerne als Kuscheltier.«

Julian sagte zu Wayness: »Bitte hör nicht auf meinen übergalanten Assistenten; seine Witze sind ein bißchen zu vertraulich unter den gegebenen Umständen.«

»Was sind denn die gegebenen Umstände?« fragte Glawen.

»Es geht Sie eigentlich nichts an, aber ich darf Sie vielleicht davon in Kenntnis setzen, daß Wayness und ich seit langem eine feste Vereinbarung haben.«

Wayness lachte unbehaglich. »Na ja, Julian, wir wollen doch nicht übertreiben! Das Leben ist ein stetiger Fluß; alles verändert sich, alles ist in Bewegung; das müßtest du als Philosoph doch eigentlich wissen. Und was Glawen betrifft, so verbirgt sich hinter seiner äußeren Schale des nüchternen, harten Praktikers in Wahrheit eine Dichterseele, und du mußt seine Phantasiehöhenflüge schon tolerieren.«

»Ich bin schließlich ein Clattuc«, sagte Glawen. »Wir sind berühmt für unsere romantischen Ausschweifungen.«

»Ich kann dafür ein typisches Beispiel anführen«, sagte Milo. »Ich verweise auf den legendären Reynold Clattuc. Er setzte sein Leben aufs Spiel, um eine schöne Jungfrau vor einem Blizzard draußen in der Kaskovy-Wüste zu retten. Er trug sie durch den Sturm zu einer Hütte; er zündete ein Feuer an, um sie zu wärmen, rubbelte ihr die abgestorbenen Hände und Füße, flößte ihr geduldig heiße Suppe ein und fütterte sie mit kleinen Stückchen Toast mit Butter. Nachdem sie soviel gegessen hatte, wie sie herunterbekam, lehnte sie sich in ihrem Stuhl zurück und rülpste, was Reynard Clattuc so sehr in seinem Feingefühl beleidigte, daß er sie wieder hinaus in den Schneesturm setzte.«

»Milo, diese Geschichte klingt aber nicht sehr glaubwürdig«, sagte Wayness.

»Sie muß noch irgendwas anderes gemacht haben«, sagte Glawen. »Ich glaube nicht, daß ich sie wegen eines so geringfügigen Vergehens vor die Tür gesetzt hätte.«

»Was glaubst du, was das gewesen sein könnte?« fragte Milo.

»Schwer zu sagen. Vielleicht hat sie gemeckert, weil der Toast verbrannt war.«

»Auf jeden Fall lebt die Tradition eindeutig fort«, sagte Milo. »Man tut gut daran, auf seine Manieren zu achten, wenn man mit einem Clattuc speist!«

»Ich werde aufpassen«, sagte Wayness. »Ich würde nicht wollen, daß Glawen mich für vulgär hält.«

Glawen erhob sich. »Ich werde jetzt besser die Bunter für morgen bestellen. Julian, werden Sie das Schlachtfeld inspizieren, oder ist Ihnen eher danach, am Dimplesee Ihr Glück zu versuchen?«

Julian rang einen Moment lang mit sich, dann sagte er mit gedämpfter Stimme: »Ich denke, ich habe hier erstmal genug gesehen. Ich komme mit zum Dimplesee.«

Glawen und Milo gingen zu den Ställen. Julian schaute ihnen hinterher und schüttelte verächtlich den Kopf. Er wandte sich Wayness zu. »Romantiker hin, Romantiker her, ich finde diesen Clattuc-Burschen unangenehm. Ich habe entschieden was gegen die Art und Weise, wie er dich ansieht. Er scheint zu vergessen, daß du eine Naturalistin bist und damit ein gutes Stück über Stationsleuten stehst, ganz gleich, wie vornehm sie tun. Ich bin der Meinung, du solltest ihn zurechtweisen, und zwar deutlich und in aller Schärfe.«

»Julian, du überraschst mich! Ich dachte, die LFFler seien die Vorkämpfer der klassenlosen Gesellschaft, in der alle Arm in Arm in eine neue, strahlende Zukunft marschieren!«

»Bis zu einem gewissen Punkt. In meinem persönlichen Leben ziehe ich sehr klare Trennlinien, was ich als mein Privileg betrachte. Ich repräsentiere die höchste Stufe der gaeanischen Rasse, und ich lehne es ab, mich mit irgend etwas anderem als dem Allerbesten zu umgeben – wozu ich auch dich zähle.«

»Auch ich habe eine hohe Meinung von mir«, sagte Wayness. »Auch ich habe keine Lust, mich mit Leuten von niedrigerem Niveau zu umgeben, womit ich Dummköpfe und Heuchler meine.«

»Genau!« rief Julian. »Wir haben die gleiche Ansicht!«

»Da wäre nur ein kleiner Unterschied«, sagte Wayness. »Unsere Kategorien schließen nicht die gleichen Leute ein.«

Julian zog die Stirn kraus. »Nun – vielleicht nicht.

Schließlich hat jeder von uns beiden seinen eigenen Bekanntenkreis.«

»Das könnte man so sagen.«

Mit sorgfältig modulierter Stimme fragte Julian: »Hast du noch immer die Absicht, zur Erde zu gehen?«

»Ja. Ich möchte dort bestimmte Forschungen betreiben, die ich von hier aus nicht durchführen kann.«

»Über welchen Gegenstand? Du drückst dich immer so vage aus.«

»Es geht im Wesentlichen um eine kleine volkskundliche Sache, der ich nachspüren will.«

»Und kommt Milo mit dir?«

»So ist's geplant.«

Julians Stimme wurde spröde. »Und was ist mit mir?«

»Ich bin nicht ganz sicher, was du damit meinst – obwohl ich einen Verdacht habe.«

»Ich dachte, wir hätten eine Abmachung. Ich möchte nicht ewig hingehalten werden.«

Wayness lachte kurz auf. »Diese sogenannte Abmachung war Mutters Idee, nicht meine. Sie ist doch überhaupt nicht praktikabel. Es fängt doch schon damit an, daß ich deinen politischen Anschauungen ablehnend gegenüberstehe.«

»Das war doch aber früher nicht so. Jemand hat dich beeinflußt. Vielleicht Milo?«

»Milo und ich unterhalten uns so gut wie nie über Politik.«

»Glawen Clattuc kann's wohl kaum gewesen sein. Der ist ja noch naiver als Milo.«

Wayness wurde ärgerlich. »Wäre es nicht möglicherweise denkbar, daß ich mir meine eigenen Gedanken mache? Abgesehen davon solltest du Glawen keinesfalls unterschätzen; er ist ruhig, bescheiden und hochintelligent. Außerdem ist er sehr tüchtig, eine Eigenschaft, die ich sehr schätze und bewundere.«

»Du verteidigst ihn ja richtig glühend.«

Wayness sagte müde: »Bitte, Julian, schlag dir mich aus dem Kopf. Ich habe im Moment genug mit meinen eigenen Problemen zu tun, und ich habe keine Lust, mich auch noch mit deinen zu befassen. Meine Entscheidung ist absolut endgültig. Respektiere das bitte.«

Julian zuckte kühl die Achseln und lehnte sich in seinen Stuhl zurück. Die zwei saßen schweigend da und schauten zu, wie Syrene langsam hinter den Bergen verschwand.

Glawen und Milo kamen zurück. »Die Bunter werden gleich nach dem Frühstück bereitstehen, wohlgemästet und lammfromm.«

»Auf jeden Fall in einer weit freundlicheren Stimmung als eben«, sagte Milo. »Hoffe ich wenigstens. Glawen hat wirklich nicht übertrieben; die Bunter sind absolut bösartige Viecher. Ich beneide die Stallknechte wirklich nicht um ihren Job.«

»Ich hoffe nur, sie verstehen ihr Metier«, sagte Wayness.

»Das müßten sie wohl mittlerweile«, erwiderte Glawen. »Sie sind immerhin schon seit Jahren hier – zumindest seit meinem letzten Besuch.«

Julian machte Anstalten, eine Bemerkung loszulassen, vermutlich hinsichtlich der Yips, aber Wayness kam ihm zuvor. »Die Sonne ist fast untergegangen; es ist Zeit, daß wir uns zum Abendessen umziehen.«

Die vier gingen auf ihre Zimmer. Glawen nahm ein Bad und zog sich Kleidung an, die er für ein ungezwungenes Abendessen in einer Ferienhütte für angemessen hielt: eine dunkelgrüne Hose mit schwarzen und roten Biesen an den Seiten, ein weißes Hemd und ein schmuckes dunkelgraues Jackett. Als er auf die Terrasse zurückkam, lehnte Milo bereits an der Balustrade. Abenddämmerung hatte sich über die Ebene der Seufzer gelegt; der Horizont verschwamm, und mattorangenes Abendrot rahmte den Himmel ein.

»Ich lausche den Geräuschen«, sagte Milo. »Ich habe

schon mehrere unterschiedliche Arten von Heulen gehört, ein tiefes Brüllen oder Bellen und ein melancholisches Jaulen.«

»Ich stehe gerne hier oben an der Balustrade und lausche den Geräuschen der Nacht«, sagte Glawen.

»Wenn die Alternative ist, unten auf der Ebene zu lauschen, dann stehe ich auch lieber hier. Hör mal! Was ist das?«

»Keine Ahnung. Klingt wie ein Trauergesang.«

Wayness erschien. Sie trug einen weißen Rock und eine blaßbraune Jacke, die perfekt zu ihrer Hautfarbe paßte. »Was treibt ihr zwei denn da?«

»Wir lauschen Geräuschen und Klängen«, sagte Glawen. »Komm rüber und hilf mit.«

»Zum Beispiel das da!« sagte Milo. »Hör dir das an!«

»Ich höre es. Kein Wunder, daß dies die Ebene der Seufzer ist.« Wayness ließ den Blick über die Terrasse schweifen; die Hälfte der Tische war bereits mit Gästen besetzt. »Essen wir draußen?«

»Wenn du möchtest.«

»Gern. Es ist ein angenehmer Abend.«

Die drei suchten sich einen freien Tisch und nahmen Platz. Die Zeit verging: zehn Minuten, zwanzig Minuten, und Julian war noch immer nicht aufgetaucht. Milo wurde ungeduldig. Er schaute über die Schulter zum Foyer. »Ob er vielleicht eingeschlafen ist? Ich geh ihn wohl besser mal holen, sonst warten wir hier noch, bis wir schwarz werden.«

Milo stand auf und ging ins Haus. Gleich darauf kam er wieder. »Seltsam! Er ist weder auf seinem Zimmer, noch im Foyer, noch in der Bibliothek. Wo könnte er denn sonst noch stecken?«

»Was ist mit der Galerie? Vielleicht schaut er sich die Bilder an.«

»Da habe ich schon geguckt.«

»Einen Spaziergang macht er bestimmt nicht – es sei denn, er ist erheblich mutiger als ich«, sagte Wayness.

»Da kommt er ja«, sagte Milo.

»Julian, wo warst du denn?« fragte Wayness.

»Hier und da«, sagte Julian munter. Er trug einen weißen Anzug mit einem rot-blauen Wappen am Revers und einer roten Leibbinde.

»Ich habe überall nach dir gesucht«, sagte Milo. »Vielleicht verrätst du uns mal dein Versteck?«

»Nichts Besonderes, nichts, worüber man sich Gedanken machen müßte«, sagte Julian.

»Ist es ein Geheimnis?« fragte Wayness.

»Natürlich nicht«, sagte Julian kurzangebunden. »Wenn ihr es unbedingt wissen müßt, ich war bei den Ställen, um mir selbst ein Bild von der Situation zu machen.«

»Um diese Tageszeit kann man da aber nicht viel sehen«, sagte Glawen. »Die Bunter sind schon in ihren Boxen.«

»Ich habe mich ein bißchen mit den Yips unterhalten. Ich war neugierig darauf, zu erfahren, was sie wirklich von ihrem Job halten.«

»Und? Haben sie es Ihnen gesagt?«

»Wir hatten ein interessantes Gespräch«, sagte Julian würdevoll. »Als sie hörten, daß ich LFFler bin, tauten sie sofort auf. Der Oberstallknecht heißt Orreduc Manilaw Rodenart oder so ähnlich. Er ist eine Person mit rascher Auffassungsgabe, und er ist erstaunlich fröhlich. Das gleiche gilt für die gesamte Mannschaft. Ich habe nicht ein einziges böses Wort gehört. Ich finde ihren Gleichmut bemerkenswert.«

»Sie werden ganz gut bezahlt«, sagte Glawen. »Obwohl ich vermute, daß der Oomphaw ihr ganzes Geld bekommt.«

»Spätestens da würdest du aber von mir böse Worte zu hören bekommen«, sagte Milo.

Julian überging die Bemerkungen. »Sie hoffen – wie auch ich – auf bessere Zeiten. Ich glaube fest daran, daß, guter Wille auf allen Seiten vorausgesetzt, irgendeine Verständigung möglich ist. Die LFF ist bereit, hierbei mit gutem Beispiel voranzugehen. Ich bin überzeugt, daß wir diese Welt zum Nutzen und Vorteil aller Beteiligten neu ordnen könnten.«

»Unter der Führung der LFF? Können wir uns schon auf die Salbung Julian Bohosts zum Groß-Oomphaw von Cadwal freuen?«

Julian ignorierte die Bemerkung. »Überraschenderweise wußte Orreduc so gut wie nichts von der LFF. Ich erläuterte ihm unsere Ziele und klärte ihn über meinen eigenen Platz in der Organisation auf, und er war zutiefst beeindruckt. Es war richtig herzerwärmend.«

Wayness, die diese Unterhaltung langweilte, war froh, einen Anlaß zu finden, um von dem Thema abzulenken. Sie deutete zum Himmel, an dem noch immer das letzte Grau der Abenddämmerung hing. »Was in aller Welt ist das da?«

Glawen folgte ihrem Blick. »Das ist eine Mad Mountain-Nachtflocke. Sie ist auf dem Weg zu dem Cardamombaum, den du dort hinten siehst.«

»Sie sieht aus wie eine dicke Kugel aus schwarzem Flaum. Hat sie keine Flügel?«

»Sie besteht hauptsächlich aus Luft, einem Mund, einem Verdauungskanal und schwarzen Federn. Ihren Auftrieb erzeugt sie dadurch, daß sie unzählige winzige Fibrillen in Schwingungen versetzt. Sie wird sich jetzt gleich in dem Baum niederlassen und Insekten fangen.«

Die Nachtflocke schwebte auf den Cardamombaum zu und ließ sich sanft auf dem obersten Ast nieder. Wayness zeigte. »Schaut doch, man kann ihre Augen erkennen; sie leuchten wie kleine rote Glühwürmchen! Ein faszinierendes Geschöpf!«

»Sie standen kurz vor dem Aussterben, und die Biologen fragten sich, warum. Dann fand jemand heraus, daß die Yips sich von der Arbeit frei nahmen, um zu den Nestern hinaufzuklettern, die Vögel zu töten und die Federn als Souvenirs an die Touristen zu verkaufen. Daraufhin machte Amt B sofort Statut 11 der Charta geltend, das die mutwillige Vernichtung einheimischer Tier- und Pflanzenarten aus Gewinnstreben verbietet. Unter Berufung auf dieses Gesetz wurde das Töten von Nachtflocken unter Todesstrafe gestellt, und das Wildern hörte schlagartig auf.«

»Todesstrafe?« rief Julian bestürzt aus. »Für das Jagen eines Vogels? Ist das nicht ein bißchen extrem?«

»Das finde ich nicht«, sagte Glawen. »Wer sich an das Gesetz hält, hat nicht das geringste zu befürchten. Es zwingt ihn doch keiner dazu, Nachtflocken zu jagen. Klarer und einfacher geht's doch wohl nicht mehr.«

»Ich verstehe!« sagte Milo. »Ich werde es Julian erklären. Wenn ich von einer Felsenklippe springe, sterbe ich. Wenn ich eine Nachtflocke töte, sterbe ich. Beide Handlungen sind willkürlich, beide sind Selbstmord, und jedem steht es frei, sie zu begehen.«

Wayness sagte mit tugendhafter Miene: »Ich habe keine Angst vor dem Gesetz. Aber ich habe auch nicht die Absicht, Nachtflocken zu töten und ihre Federn zu verkaufen.«

Julian sagte mit einem höhnischen Lächeln: »Natürlich hast du keine Angst, denn ganz gleich, was du machen würdest, auf dich würde dieses Gesetz ja auch nie und nimmer angewendet werden. Nur auf irgendeinen armseligen Yip.«

Milo fragte Wayness: »Was meinst du? Hat Julian recht? Würde Vater dich wegen Wilderns zum Tode verurteilen?«

»Wahrscheinlich nicht«, sagte Wayness. »Ich würde vermutlich Stubenarrest kriegen.«

Ein Kellner erschien am Tisch. Er breitete ein rot, weiß und schwarz kariertes Tischtuch aus, stellte Kerzenleuchter auf, zündete die Kerzen an und servierte nach gehöriger Frist das Abendessen.

Die vier sprachen wenig; jeder hing seinen eigenen Gedanken nach. Die Kerzen flackerten im milden Abendhauch, und von der Ebene kamen Geräusche: klagend, schwermütig, unheilvoll.

Nach dem Essen saßen sie noch lange am Tisch und tranken grünen Tee. Julian schien in nachdenklicher Stimmung zu sein und hatte wenig zu sagen. Schließlich stieß er einen tiefen Seufzer aus und schien sich aus seiner trübsinnigen Versonnenheit aufzuraffen. »Manchmal bin ich echt frustriert. Hier sitzen wir, vier Menschen, die gemeinsamen Moralvorstellungen anhängen, und die trotzdem in fundamentalen Fragen uneins sind.«

Milo nickte zustimmend. »Es ist in der Tat eine außergewöhnliche Situation. In einigen von unseren Köpfen greifen die Zahnräder nicht ineinander.«

Julian machte eine weitschweifende Handbewegung über den Himmel, wie als wolle er das ganze Universum einschließen. »Ich könnte eine Lösung für unsere Probleme vorschlagen. Unserer gemeinsamen Moral wird Genüge getan, und jeder vernünftige Mensch wird die notwendigen Anpassungen ohne Groll vornehmen.«

»Das klingt ganz so, als wäre es der Plan, auf den wir alle gewartet haben!« rief Milo. »Ich bin immer für Moral. Ich glaube, Wayness ist auch moralisch; zumindest hat sie bis jetzt noch keinen Skandal verursacht. Glawen ist zwar ein Clattuc, aber deshalb nicht notwendigerweise unmoralisch. Also heraus mit deinem Plan! Wir sind ganz Ohr!«

»Mein Plan ist, grob gesagt, sehr simpel. Das ›Jenseits‹ liegt dort hinten, hinter Circes Bett. Tausende von Welten warten darauf, entdeckt zu werden, viele von ihnen ebenso schön wie Cadwal. Ich schlage vor, daß eine wiederbelebte und dynamische Naturforschergesellschaft Landfinder aussendet, um eine dieser Welten zu entdecken und dort ein neues Konservat zu errichten, während Cadwal sich den unausweichlichen Realitäten beugt!«

»Ist das der Plan?« fragte Milo.

»Das ist er in der Tat.«

Glawen fragte verblüfft: »Und wo fügt sich nun die Moral in Ihren Plan? Es könnte sein, daß die Divergenz, von der Sie sprechen, genau hierin besteht. Wir sind nicht der gleichen Meinung hinsichtlich der Bedeutung des Begriffes ›Moral‹.«

Milo sagte nüchtern: »Der Bequemlichkeit halber können wir sie ja wie folgt definieren: ›Kosmos, Raum, Zeit und das Konservat geordnet nach dem Geschmack von Julian Bohost‹.«

»Komm, Milo, sei mal ernst!« sagte Julian. »Mußt du immer den Clown spielen? Moral hat nichts mit mir zu tun. Moral regelt die Bedürfnisse der Menschen und garantiert vermittels eines Prozesses demokratischer Willensbildung die Rechte aller, nicht bloß die Kaprizen einiger weniger Privilegierter.«

»Oberflächlich betrachtet hört sich das gut an«, sagte Glawen. »Aber es dürfte so etwas wie ein Sonderfall sein. Es eignet sich nicht für die Situation hier auf Cadwal, wo eine Kolonie von illegalen Vagabunden, die eigentlich erst gar nicht hier sein dürften, die hart arbeitende Bevölkerung von Araminta zahlenmäßig bei weitem übertrifft. Wenn Sie ihnen das Stimmrecht gäben, würden sie uns hinwegfegen.«

Julian lachte. »Dann werde ich es allgemeiner ausdrücken, um meinen Standpunkt besser zu verdeutlichen. In der umfassendsten Ethik oder Moral ist das erste Axiom das der Gleichheit; das bedeutet gleiche Rechte, gleiche Behandlung vor dem Gesetz und gleichen Anteil an der Entscheidungsgewalt für jedes einzelne Mitglied jeder zivilisierten Rasse; kurz: eine wahrhaft universelle Demokratie. Und das verstehe ich unter einer wahrhaft universellen Moral.«

Milo protestierte: »Julian, bitte! Kannst du deinen Kopf nicht einmal aus den Wolken herausziehen? Was du hier verfichtst, das hat nichts mit Moral zu tun; das ist LFF-Egalitarismus in seiner übersteigertsten Form. Zu welchem Zweck tischst du uns diese windigen Platitüden auf, obwohl du ganz genau weißt, daß sie zumindest impraktikabel sind?«

»Ist Demokratie also impraktikabel? Willst du das damit sagen?«

Glawen schaltete sich ein. »Wenn ich mich recht erinnere, hat Baron Bodissey einiges zu diesem Thema zu sagen.«

»Ach? War er dafür oder dagegen?«

»Weder noch. Er wies darauf hin, daß Demokratie nur in einer vergleichsweise homogenen Gesellschaft gleichwertiger und gleichartiger Individuen funktionieren kann. Er beschrieb ein Land, das sich der Demokratie verschrieben hatte, in dem die Bürgerschaft aus zweihundert Wölfen und neunhundert Eichhörnchen bestand. Als Zonenaufteilungsverordnungen und Gesetze zur Erhaltung der Volksgesundheit in Kraft gesetzt wurden, waren die Wölfe gezwungen, auf Bäumen zu leben und sich von Nüssen zu ernähren.«

»Pah«, sagte Julian. »Baron Bodissey war ein Mann des Eozäns.«

»Und ich bin ein Mann, der müde ist und jetzt ins Bett geht«, sagte Milo. »Heute war ein langer und ereignisreicher Tag, gekrönt von zwei herausragenden Leistungen. Zum ersten haben wir Julians Übergang architektonisch so gut wie antizipiert, und zum zweiten haben wir den Begriff der Moral letzt- und endgültig definiert. Der morgige Tag wird bestimmt nicht minder produktiv werden. Gute Nacht allerseits.«

Milo verschwand. Die drei saßen eine Zeitlang schweigend da; Glawen hoffte, daß Julian sich auch zu Bett trollen würde. Aber der zeigte nicht die geringste Neigung dazu, und Glawen wurde plötzlich klar, daß

Julian seinerseits entschlossen war, zu warten, bis er, Glawen, sich endlich verkrümeln würde. Glawen stand unverzüglich auf; die Eitelkeit der Clattucs verbot es ihm, sich auf einen derart unwürdigen Wettstreit einzulassen. Er sagte Wayness und Julian gute Nacht und begab sich auf sein Zimmer.

Wayness machte Anstalten, sich ebenfalls zu erheben. »Ich glaube, ich geh auch ins Bett.«

Julian sagte in sanftem Ton: »Der Abend ist noch jung! Bleib doch noch ein Weilchen mit mir hier sitzen! Ich möchte mit dir reden.«

Wayness ließ sich widerstrebend in ihren Stuhl zurücksinken. »Worüber möchtest du mit mir sprechen?«

»Ich kann einfach nicht glauben, daß du das, was du heute vor dem Abendessen gesagt hast, ernst gemeint hast. Sag, daß ich recht habe.«

Wayness erhob sich. »Du hast leider unrecht. Unsere Lebenswege führen in unterschiedliche Richtungen, und meiner führt mich jetzt ins Bett. Und bitte sitz jetzt hier nicht die halbe Nacht herum und grüble.«

Eine Weile lag Wayness noch wach, zu aufgewühlt, um sich zu entspannen; sie lauschte den Geräuschen der Nacht, die leise zu ihrem Fenster hereindrangen. Doch schließlich übermannte sie die Müdigkeit, und sie schlief ein.

Am Morgen zogen sich die vier die Reitkleider an, die ihnen von der Direktion der Hütte gestellt wurden. Nach dem Frühstück begaben sie sich gemeinsam zu den Stallungen. Glawen brachte die Kiste mit den Pistolen mit, die jeder von ihnen als Vorsichtsmaßnahme in seinem Sattelhalfter mit sich führen würde.

Vor den Ställen standen schon vier Bunter für sie bereit, allesamt mit Scheuklappen über den Sehstielen versehen. Die Bunter waren bereits fertig zum Reiten präpariert: jeder von ihnen trug einen Sattel, der in der eigens dafür vorgesehenen Kerbe im Rückgrat festgeklemmt war. Jeder Sattel war in einer anderen Farbe gestrichen: blau, grau, orange und grün. Auf diese Weise konnten die ansonsten völlig identisch aussehenden Bunter voneinander unterschieden werden.

Wayness musterte die Bunter mit mulmigem Gesichtsausdruck. Sie hatte sich innerlich auf störrische, häßliche und übelriechende Tiere eingestellt, aber diese vier ungeschlachten Wuchtbrocken stellten ihre lebhaftesten und schlimmsten Vorstellungen weit in den Schatten.

Wayness versuchte sich Mut zu machen. »Es ist reine Projektion der Empfindungen, die ich hätte, wenn man von mir verlangen würde, Touristen auf meinem Rücken zu tragen.«

Nachdem Wayness sich vom ersten Schreck erholt hatte, studierte sie die Bunter etwas eingehender. Ihre gewaltige Körpermasse war in sich schon beeindruckend. Jeder von ihnen war sechs Fuß hoch, von den Füßen – sechs an der Zahl – bis zur gezackten oberen Kante des Rückgrats gemessen, und gut zwölf Fuß lang, den Schwanz nicht mitgerechnet. Letzterer bestand aus knochenartigen Knötchen und maß sieben Fuß. Das Rückgrat endete vorn in einem Kopf aus nackten Knochensegmenten, aus dem ein biegsamer Rüssel von unangenehm hellblauer Farbe hing. Aus Büscheln schwarzen Fells an der Vorderseite des Kopfes sprossen zwei Sehstiele hervor; diese waren jetzt verhüllt mit schalenförmigen Scheuklappen aus Leder. Die Haut, rostrot, grau und purpurn gesprenkelt, hing in schlaffen Falten an den Seiten herunter und sonderte einen unangenehmen modrigen Geruch ab. Unmittelbar vor einem Höcker an der Wurzel des Schwanzes waren die Sättel befestigt. Zwei am Geschirr befestigte Ketten schnürten den Rüssel ein, und eine mit Klebeband am Schwanz befestigte Stange schützte den Reiter davor, von dem Schwanz geschlagen oder gar aus dem Sattel gefegt zu werden.

Wayness fragte Glawen: »Bist du ganz sicher, daß wir auch wirklich alle auf diesen alptraumhaften Kreaturen reiten wollen?«

»Wenn du möchtest, bleib hier in der Hütte«, sagte Glawen. »Im Grunde gibt's am Dimplesee nicht viel zu sehen, und das einzige, was man dort unternehmen kann, ist, nach magischen Steinen suchen.«

»Ich galt schon immer als mindestens so tollkühn wie Milo. Wenn er mitkommt, komme ich auch mit. Trotzdem würde ich es vorziehen, auf einem etwas weniger furchterregenden Transportmittel dort hinzugelangen.«

»Für den normalen Touristen sind die Bunter genau das Richtige«, sagte Glawen. »Im Grunde kann nicht viel passieren.«

»Noch eine letzte, und, wie ich glaube, nicht unwichtige Sache«, sagte Wayness. »Wenn ich das Biest bestiegen habe und es losrennt, wie kontrolliere ich es dann?«

»Nichts einfacher als das«, sagte Glawen. »Vor jedem Sattel befindet sich ein Steuerpult. Es hat drei Hebel, die über Kabel und elektrische Kontakte den Bunter steuern. Wenn du vorwärts geradeaus reiten willst, schiebst du den linken Hebel kurz nach vorn und ziehst ihn dann wieder zurück in die mittlere Stellung. Willst du das Tempo beschleunigen, schiebst du den linken Hebel wieder nach vorn, so oft, wie du es für nötig hältst, und bringst ihn dann wieder in die mittlere Stellung. Normalerweise reicht ein einziges Mal; die Bunter sprechen in der Regel willig auf den Impuls an und beschleunigen ihre Gangart. Willst du die Geschwindigkeit senken, mußt du denselben Hebel nach hinten ziehen und danach wieder in die Mittelstellung bringen. Zum Anhalten mußt du den Hebel nach hinten ziehen und festhalten. Wenn du abrupt zum Stehen kommen willst, mußt du den Hebel festhalten und die Scheuklappen senken. Willst du nach links abbiegen, mußt du den mittleren Hebel nach links schieben. Willst du nach rechts abbiegen, schiebst du den mittleren Hebel nach rechts. Der dritte Hebel, der auf der rechten Seite, steuert die Scheuklappen. Ein Warnlämpchen zeigt an, daß die Scheuklappen hochgezogen sind. Du darfst auf keinen Fall absitzen, ohne zuvor den rechten Hebel nach vorn geschoben zu haben. Sobald du ihn nach vorn schiebst, legen sich die Scheuklappen über die Sehstiele, und das Warnlämpchen erlischt. Der Bunter wird sofort passiv und bleibt regungslos stehen. Es ist nicht einmal erforderlich, ihn dann anzubinden. Ganz außen rechts findest du eine Box; darin ist das Notfunkgerät untergebracht, das wir hoffentlich nicht brauchen werden. Und ein letzter Hinweis noch: geh nicht zu nah von vorn an deinen Bunter heran. Der Rüssel ist zwar festgebunden, aber manchmal schafft es das Mistvieh trotzdem, einen anzuspucken.«

»Das klingt ja wirklich alles sehr einfach«, sagte Wayness. »Also: linker Hebel nach vorn – vorwärts; linker Hebel nach hinten – Bunter bleibt stehen; mittlerer Hebel – nach links und nach rechts lenken; Scheuklappen vor dem Absitzen unbedingt senken; nicht anspucken lassen. Ich denke mir, man sollte auch aufpassen, daß man nicht unter dem Schwanz her läuft. Julian, alle Anweisungen Glawens gut verstanden?«

»Ja. Sehr gut verstanden.«

»Der äußere Schein trügt ja manchmal«, sagte Milo. »Trotzdem finde ich, daß diese Viecher weder besonders sanftmütig noch besonders satt wirken. Julians Bunter stampft zum Beispiel dauernd mit den Hufen auf und hat Schaum vor dem Maul.« Er zeigte auf den Bunter, der den orangefarbenen Sattel trug. »Ich würde das eher zickiges Benehmen nennen.«

Orreduc, der Oberstallknecht, lächelte beschwichtigend. »Sie warten voller Ungeduld darauf, daß sie endlich ihren Auslauf kriegen. Sie haben sich alle sattgefressen und eine stattliche Puppe zertrampelt; sie werden Sie mit dem größten Vergnügen zum Dimplesee tragen.«

Julian marschierte nach vorn, geflissentlich einen Bogen um den unruhigen Bunter mit dem orangefarbenen Sattel machend. »Laßt uns losreiten!« Er steuerte auf den Bunter mit dem grünen Sattel zu. »Der hier sagt mir zu! Ich werde ihn ›Albers‹ nennen und ihn stolz erhobenen Hauptes reiten, und alle werden staunen, wenn sie mich in vollem Galopp über die Ebene sprengen sehen! Orreduc, hilf mir beim Aufsitzen!«

»Einen Augenblick«, sagte Glawen. Er öffnete die Kiste und steckte eine Pistole in das Halfter neben jedem Steuerpult. Dann checkte er die Bunter der Reihe nach durch, kontrollierte die Sättel, die Sattelklammern, die Steuerhebel, die Stromkabel, die Kontakte, die Scheuklappen, die Notrufgeräte, die Schwanzsteifhalteschienen und die Rüsselketten. Nachdem er alles sorgfältig geprüft hatte, sagte er: »Ich kann keinen Fehler entdecken.«

Orreduc trat vor. »Sind Sie bereit? Die Dame nimmt am besten dieses Reittier hier, das mit dem blauen Sattel; darin kann sie bequem sitzen. Der Bunter ist in gutem Zustand; sie wird den Ritt bestimmt genießen. Er ist das, was wir einen ›sanften‹ Bunter nennen. Warten Sie; ich werde Ihnen in den Sattel helfen.«

»Ich bin die liebe nette kleine Wayness«, murmelte sie. »Ich kann einfach nicht glauben, daß das wahr ist.« Vorsichtig erklomm sie den Bunter. »So weit, so gut.«

Orreduc wandte sich an Milo. »Hier ist der richtige Bunter für Sie! Der graue Sattel bringt Glück. Soll ich Ihnen beim Aufsitzen helfen?«

»Danke, ich komme schon zurecht.«

»Ausgezeichnet! Gut gemacht, Herr!« Er wandte sich Julian zu. »Sie, Herr, haben also Gefallen an Ihrem Albers gefunden – eine gute Wahl! Und was Sie betrifft, Herr« – er wandte sich Glawen zu –, »so werden Sie sicher und bequem im orangefarbenen Sattel reiten. Dieser prächtige Bursche ist genau das richtige Reittier für Sie! Er ist ein bißchen ungeduldig, und der Schaum bedeutet nichts weiter, als daß er glücklich ist und darauf brennt, die Hufe fliegen zu lassen. Lassen Sie sich von dem bißchen Schaum nicht stören.«

Die Stallknechte zogen sich in die Ställe zurück. Glawen warf einen Blick auf seine Gefährten. »Seid ihr bereit? Zieht die Scheuklappen hoch. Und jetzt schiebt den linken Hebel nach vorn und bringt ihn sofort wieder in die Mittelstellung.«

Die Bunter setzten sich in Bewegung, erst langsam, doch schon bald fielen sie in einen scharfen Galopp. Die Ebene der Seufzer dehnte sich vor ihnen, eine schwarzbraune Einöde. Zur Linken säumten die Mandala-Berge den Horizont, im Norden und im Süden im Dunst verschwindend.

Die Bunter rannten ohne jede Anstrengung. Glawens Reittier schien besonders feurig, und er war gezwungen, ihn immer wieder leicht abzubremsen, um den anderen nicht zu enteilen. Überhaupt schienen alle Bunter mit ungewöhnlichem Schwung dahinzustürmen; Glawen schloß daraus, daß sie während der vergangenen Monate nicht genügend Auslauf bekommen hatten.

Ein einstündiger Ritt brachte sie zum Dimplesee, einem flachen, graubraunen Gewässer von fünf Meilen Länge und zwei Meilen Breite. Die Ufer waren flach, schlammig und plattgetrampelt von unzähligen Tieren, die dort ihren Durst stillten. Hier und da reckten ein einsamer Rauchbaum oder eine Skeletteiche ihre kahlen Äste in die Höhe; an den seichten Stellen wuchs Röhricht, senfgelb mit schwarzen Quasten. Aus irgendeinem grotesken Grund stand etwa fünfzig Yard vom Ufer entfernt ein einzelner hoher Dendron. Seitlich des Dendrons markierte ein plattgetretenes und mit den grauen Aschenresten von unzähligen Feuern gesprenkeltes Areal den Standort des Banjee-Camps.

Glawen führte die anderen zu einer Stelle in der Nähe des Dendrons. »Da ist das Lager, und wie ihr seht, sind die Banjees ausgeflogen und irgendwo auf Wanderschaft. Die magischen Steine findet ihr entweder dort drüben in dem Heckenrosengestrüpp oder auf dem Grunde des Sees, ziemlich nah am Ufer. Aber steigt nicht ab, ohne die Scheuklappen herunterzulassen.«

Wayness warf einen skeptischen Blick auf den See. »Ich ekle mich ein bißchen bei dem Gedanken, im Matsch herumzuwaten.«

»Dann such am besten im Gestrüpp; aber paß auf, daß du dich nicht an den Dornen stichst. Nimm in jede Hand einen Stock und schieb damit die Zweige beiseite. Der Matsch ist zwar ekliger, aber dafür kann man sich an ihm nicht weh tun.«

»Vielleicht schau ich auch erstmal ein Weilchen zu.«

»Kontrolliert jetzt bitte alle eure Scheuklappen. Der rechte Hebel muß in der vorderen Stellung sein, und die Klappen müssen einwandfrei über den Sehstielen liegen. Milo?«

»Scheuklappen sind gesenkt.«

»Julian?«

»Scheuklappen sind unten; das versteht sich doch wohl von selbst.«

»Wayness?«

»Sind unten.«

»Und meine sind auch unten.«

Ohne noch ein weiteres Wort zu verlieren, sprang Julian zu Boden, gefolgt von Milo. Glawen blieb noch im Sattel; zu seiner Verblüffung hatte sich sein Bunter noch immer nicht beruhigt.

Julian ging vorn um seinen Bunter herum. Offenbar kam er ihm dabei zu nahe, denn Albers ließ sofort einen markerschütternden Schrei los, sprang vorwärts und versetzte Julian einen Tritt. Glawen griff nach seiner Waffe; im selben Moment stieß sein eigener Bunter einen so schrillen und durchdringenden Schrei aus, daß er glaubte, seine Trommelfelle würden platzen. Er stieg auf den Hinterläufen hoch und warf Glawen ab. Ehe Glawen reagieren konnte, stürzte sich die wildgewordene Bestie mit wütendem Schnauben auf Milo, dicke Schaumblasen aus dem Rüssel stoßend, mit allen sechsen wild um sich tretend, keilend und stampfend. Sie packte Milo und schleuderte ihn hoch in die Luft.

Glawen, benommen vom Sturz, wälzte sich herum und pustete Albers den Kopf weg. Sein eigener Bunter ließ von Milo ab, stieg erneut auf den Hinterläufen hoch und spähte auf Glawen hinunter, wobei er seine anderen vier Beine wie Dreschflegel wirbeln ließ, in einem grotesken Tanz des Triumphs und des Hasses. Kniend, krank vor Grauen und Entsetzen, feuerte Glawen die Waffe ab, wieder und wieder. Die Sprenggeschosse zerfetzten die Eingeweide der Bestie und rissen ihr den Kopf ab; eine Sekunde lang verharrte sie noch auf den Hinterbeinen, dann kippte sie hintüber und fiel mit einem dumpfen, harten Schlag auf die Erde.

Wayness, die laut schluchzte und weinte, versuchte aus dem Sattel zu springen, um Milo zu Hilfe zu eilen. Glawen schrie ihr zu: »Nicht bewegen! Bleib, wo du bist! Du kannst ihm nicht mehr helfen.«

Er bewegte sich vorsichtig auf die zwei verbliebenen Bunter zu, die von Milo und Wayness. Die Scheuklappen lagen einwandfrei über ihren Sehstielen; sie bebten vor unterdrückter Wut, konnten sich aber, blind, wie sie waren, nicht von der Stelle rühren.

Glawen sagte zu Wayness: »Halte deine Waffe bereit, aber bleib im Sattel und rühr dich nicht vom Fleck.«

Julian lag stöhnend am Boden, das Gesicht kreideweiß, beide Beine grotesk vom Becken abgewinkelt. Er starrte zu Glawen herauf. »Das hab ich dir zu verdanken! Du hast das alles arrangiert!«

Glawen erwiderte: »Versuchen Sie sich zu entspannen. Ich hole Hilfe, so schnell ich kann.« Er ging zu Milo. Ein kurzer Blick genügte, um zu sehen, daß ihm nicht mehr zu helfen war. Dann taumelte er zu Wayness' Bunter und rief über das Notfunkgerät die Hütte an.

IV

In seinem ersten kurzen Anruf bei Bodwyn Wook hatte Glawen lediglich in knapper Form die wesentlichen Fakten mitgeteilt. Bodwyn Wook schickte sofort Ysel Laverty mit einem Untersuchungsteam zur Mad Mountain-Hütte, dann rief er Glawen zurück, der ihm die Umstände des tragischen Unglücks ausführlich schilderte.

»Ich habe ein Dutzend Verdachte«, sagte Glawen. »Aber in der Hand habe ich im Moment noch absolut nichts. Insbesondere Julians Verhalten ist sehr zweideutig. Er ist am Abend vorher bei den Ställen gewesen und hat mit Orreduc und seinen Gehilfen über Politik geredet. Er gab zu, daß er die LFF und seine Person in höchsten Tönen gepriesen hat, und es liegt auf der Hand, daß er dabei den Rest von uns als glühende Chartisten und Aristokraten hingestellt hat, die nichts anderes im Sinn haben, als die Yips zu tyrannisieren und sie zum Großen Spiralnebel zu jagen. Mir ist freilich unklar, wie er den Angriff der Bunter hätte arrangieren sollen, zumal er als erster aus dem Sattel war und als erster angegriffen wurde.«

»Sein Plan könnte schiefgegangen sein. Aber was für ein Motiv sollte er gehabt haben?«

»Auf jeden Fall keines, das man als zwingend bezeichnen könnte. Sicher, er konnte Milo und mich nicht ausstehen; seine Abneigung gegen uns ging bis zum Abscheu. Seit gestern abend zählte er wahrscheinlich auch Wayness zum Kreis seiner Feinde; sie hatte kurz zuvor mit ihm gebrochen, was ihn schwer getroffen haben muß, da er in ihr bereits fest seine künftige Ehefrau sah. Julian war zweifellos in trüber Stimmung. Aber daß er gleich an Mord gedacht haben soll? Unwahrscheinlich. Fest steht für mich freilich, daß es zu dem Vorfall nicht gekommen wäre, wenn Julian die Yips nicht aufgestachelt und damit die Sache überhaupt erst ins Rollen gebracht hätte.«

»Du bist also geneigt, Julian zu entlasten?«

»Im Moment weiß ich überhaupt nicht, wozu ich neigen soll. Ich fühle mich hin und her gerissen. Der Gedanke, daß Julian mit Orreduc ein Komplott geschmiedet haben sollte, erscheint mir einfach absurd. Andererseits, als wir zu den Ställen gingen, machte Julian geradezu eine Staatsaktion daraus, daß er den Bunter mit dem grünen Sattel kriegte, den er dann auch noch Albers nannte. Natürlich war ich stutzig und fragte mich, was das Getue sollte. Nun, wie auch immer, Albers entpuppte sich jedenfalls als höchst treulos und griff Julian ohne die geringste Hemmung an.

Es wäre denkbar, daß Julian von Albers herunterspringen sollte, um dann sofort wieder aufzusitzen und sich aus dem Staub zu machen, während wir anderen zu Tode getrampelt würden, und tatsächlich lenkte er Albers auch ein Stück von uns weg, bevor er aus dem Sattel stieg. Wenn das der Plan gewesen sein sollte, dann hat Orreduc Julian reingelegt. Aber warum? Ich bezweifle, ob Orreduc uns das sagen wird. Vielleicht, um einen möglichen Zeugen auszuschalten, falls der Plan schiefgehen würde. Wahrscheinlicher ist, daß er sich nicht die Bohne um die LFF scherte und nur die verlockende Chance vor Augen sah, vier von diesen verhaßten Schikaneuren auf einen Schlag ins Jenseits zu schicken, einschließlich diesen einen, der große Sprüche klopfte und einen weißen Hut aufhatte. Nebenbei bemerkt hat Julian mich beschuldigt, den Unfall arrangiert zu haben – eine etwas merkwürdige Reaktion, würde ich sagen, es sei denn, er hatte sich das schon vorher zurechtgelegt für den Fall, daß die Sache aus irgendeinem Grund schiefgehen würde.«

»Interessant, aber ohne Beweiskraft«, sagte Bodwyn Wook. »Was wolltest du mir in Zusammenhang mit den Scheuklappen berichten?«

»Sie beweisen eindeutig und unwiderlegbar, daß Orreduc uns vorsätzlich umbringen wollte. Die Scheuklappen waren aufgeschnitten und an den Nähten teilweise aufgetrennt. Bevor wir losritten, waren sie sorgfältig über die Sehstiele geklemmt worden, so daß der Eindruck entstand, als wären sie in einwandfreiem Zustand. Aber einmal angehoben, mußten sie unweigerlich aufklappen, selbst wenn man sie sofort wieder senken würde, und der Bunter würde freie Sicht nach vorn haben. Wenn wir alle gleichzeitig abgestiegen wären und alle Scheuklappen versagt hätten, dann wären wir alle getötet worden. Die Bunter wären weggerannt, und der Vorfall wäre unter der Rubrik ›Unglücksfall‹ verbucht worden.

Zwei der Scheuklappen, die von den Buntern, die von Milo und Wayness geritten wurden, gingen aus irgendeinem Grund nicht auf. Es gelang mir, die anderen zwei Bunter zu erschießen, und bis auf Milo sind wir mit dem Leben davongekommen.

Außerdem – und das macht das ganze Komplott noch hinterhältiger – bin ich sicher, daß die Bunter nicht vorschriftsmäßig für den Ritt präpariert wurden – was natürlich auch die Gehilfen schwer belastet. Ich vermute, daß die Bunter gereizt und in Wut gebracht wurden, dann sofort die Scheuklappen angelegt bekamen und im Zustand äußerster Erregung nach draußen gebracht wurden.«

»Ich habe zwei Biologen mit rausgeschickt«, sagte Bodwyn Wook. »Sie werden uns eine endgültige Antwort auf diese Frage geben können. Wo ist dieser Orreduc jetzt?«

»Er sitzt im Büro des Hotelmanagers und brütet

dumpf vor sich hin. Nachdem ich Sie angerufen hatte, bin ich gleich raus zu den Ställen gegangen und habe Orreduc gesagt, daß es einen schweren Unfall gegeben hat. Ich nahm ihn gleich mit zur Hütte, damit er und seine Gehilfen erst gar keine Gelegenheit haben würden, ihre Aussagen abzustimmen – falls sie das nicht eh schon längst gemacht haben. Ich fragte Orreduc, ob er eine Waffe besitzt, und er sagte nein. Aber als ich ihn durchsuchte, fand ich eine Handfeuerwaffe bei ihm. Ich fragte ihn, wieso er mich falsch informiert habe; er sagte, die Waffe gehöre dem Stall und sei nicht sein persönliches Eigentum. Der Manager behält ihn jetzt im Auge.«

»Vielleicht wird Orreduc ja auspacken, welche Rolle, wenn überhaupt, Julian in der Sache gespielt hat. Wenn nicht, werden wir ihm eine Verschwörung nicht nachweisen können. Nun denn: ich habe mich mit dem Konservator und Dame Cora in Verbindung gesetzt. Das Mädchen hatte sie bereits von der Hütte aus informiert. Wie nimmt sie die Sache auf?«

»Sie sitzt stumm da und starrt vor sich hin. Ich denke mir, sie fühlt sich so, als wäre sie in einem schlimmen Traum, aus dem sie so schnell wie möglich wieder aufwachen möchte.«

»Das Team muß jeden Moment bei euch eintreffen, zusammen mit einem Transportflugzeug für Julian und Milos Leiche. Ich vermute, das Mädchen wird auch mit zurückfliegen wollen. Hauptmann Laverty wird die Untersuchung führen; gib ihm alle Informationen, die er benötigt, und komm dann auch zurück.«

Glawen ging zu Wayness' Zimmer und klopfte. »Ich bin's, Glawen.«

»Komm rein.«

Wayness saß auf der Couch und schaute zum Fenster hinaus. Glawen ging zu ihr und setzte sich neben sie. Er legte den Arm um sie und drückte sie fest. Sie fing an zu weinen. Nachdem sie eine Weile so dagesessen hatten, sagte Glawen: »Es war kein Unfall. Orreduc hatte die Scheuklappen präpariert, so daß sie irgendwann aufklappen mußten. Er wollte uns alle töten.«

»Warum sollte er so etwas tun wollen? Ich kann das nicht begreifen.«

»Er wird einem Verhör unterzogen werden. Vielleicht wird er es erklären. Es ist möglich, daß Julian ihm den Floh ins Ohr gesetzt hat, wir wollten ihn und seine Gehilfen aus dem Job werfen. Julian hat uns bestimmt als glühende Chartisten hingestellt.«

Wayness schmiegte sich fest an ihn. »Was für ein schrecklicher Ort das ist!«

»Du brauchst jetzt keine Angst mehr zu haben; niemand wird dir etwas tun.«

Wayness richtete sich auf und kämmte sich das Haar mit den Fingern. »Es ist dumm und sinnlos, sich im Nachhinein Vorwürfe zu machen, und trotzdem ...« Sie begann erneut zu weinen. »Das Leben wird so völlig anders sein ohne Milo. Wenn es wirklich wahr sein sollte, daß Julian schuld an seinem Tod wäre, dann – dann weiß ich nicht, was ich machen würde.«

Glawen sagte nichts. Einen Moment darauf fragte Wayness: »Was wird mit Orreduc geschehen?«

»Er wird seine gerechte Strafe bekommen.«

»Und Julian?«

»Man kann ihm nichts beweisen, selbst wenn er wirklich schuldig wäre, was er aller Wahrscheinlichkeit nach aber nicht ist.«

»Hoffentlich sehe ich ihn nie wieder.«

Die Flieger von Station Araminta kamen an. Glawen besprach sich mit Hauptmann Ysel Laverty, dann flog er die Biologen zum Dimplesee, wo sie das Blut der toten Bunter untersuchten. »Kein Vertun! Ihr Blut ist voll von ›Ariactin‹. Sie müssen außer sich vor Erregung gewesen sein.«

Glawen und die Biologen kehrten zur Hütte zurück. Julian und Milos Leiche befanden sich bereits auf dem

Rückflug nach Station Araminta. Wayness war mitgeflogen.

Während Ysel Laverty die Stallknechte vernahm, wartete Orreduc im Büro des Managers. Er ließ zunehmend Anzeichen von Nervosität erkennen. Die Stallknechte machten voneinander abweichende Aussagen. Alle behaupteten jedoch übereinstimmend, daß die Bunter bis aufs Blut gereizt und aufgestachelt worden seien.

»Und was geschah dann? Wer warf ihnen die Puppen vor?«

An diesem Punkt hörte die Übereinstimmung auf. Jeder der Stallknechte wies die Verantwortung für diesen speziellen Teil der Präparierung der Bunter von sich; jeder erklärte, zu just diesem Zeitpunkt hätten wichtige andere Pflichten seiner geharrt. »Äußerst merkwürdig«, sagte Ysel Laverty zum letzten der drei. »Ihr habt also alle miteinander die vier Bunter gereizt, und dann seid ihr alle gleichzeitig weggegangen, und keiner von euch kann sich erinnern, wer ihnen denn nun die Puppen vorgeworfen hat.«

»Irgendeiner wird es bestimmt gewesen sein! Das ist doch ein Teil der Präparierung! Wir sind alle äußerst sorgfältig in unserer Arbeit!«

»Ich kann aber keine zertrampelten Puppen im Abfallcontainer finden. Er ist völlig leer.«

»Das ist in der Tat erstaunlich! Wer könnte sie denn herausgenommen haben?«

»Da bin ich überfragt«, sagte Ysel Laverty und ging in das Büro des Managers, um Orreduc zu verhören. Er setzte sich an den Schreibtisch und gab einem seiner Sergeanten ein Zeichen, worauf dieser hinausging und die manipulierten Scheuklappen hereinbrachte.

Ysel Laverty legte die Scheuklappen vorsichtig auf den Tisch, die eine so, daß die ledernen Laschen sich überlappten, die andere aufgeklappt.

Orreduc sah in fasziniertem Schweigen zu.

Ysel Laverty lehnte sich zurück und musterte Orreduc mit einem langen, prüfenden Blick. Schließlich fragte Orreduc mit einem unsicheren Halblächeln: »Warum starren Sie mich mit einem so bohrenden Blick an? Es ist ungewöhnlich, wenn eine Person eine andere so lange anschaut, und die zweite Person wird irgendwann anfangen, sich zu wundern und sich zu fragen, warum sie wohl so angestarrt wird.«

»Ich warte darauf, was du zu sagen hast«, erwiderte Ysel Laverty.

»Kommen Sie, Herr! Ich werde nicht dafür bezahlt, daß ich mit anderen Leuten plaudere. Der Manager wird wütend werden, wenn ich meiner Arbeit fernbleibe. Meine Arbeit ist wichtig; es gibt immer Gäste, die einen Ausritt machen wollen.«

»Der Manager hat Anweisung gegeben, daß du meine Fragen beantwortest. Das ist im Moment deine einzige Pflicht. Was hältst du von diesen Scheuklappen?«

»Aha, mein lieber Freund! Schauen Sie hier und schauen Sie hier; Sie werden sehen, daß die Scheuklappen kaputt sind! Das ist meine Meinung! Diese Scheuklappen müssen geflickt werden – gut geflickt werden. Ich nehme sie gleich mit zum Reparieren.«

»Komm, Orreduc, Schluß jetzt mit den Witzen. Du bist ein Mörder. Wirst du meine Fragen jetzt ernsthaft beantworten?«

Orreducs Gesicht wurde lang. »Fragen Sie, was Sie wollen. Ihre Seele ist wie Stein, und ich sehe bereits eine schwere Strafe auf mich zukommen.«

»Wer hat dich zu dieser Tat angestiftet?«

Orreduc schüttelte den Kopf und wandte lächelnd den Blick ab. »Ich verstehe nicht, was Sie meinen.«

»Was hat Julian Bohost gestern abend zu dir gesagt?«

»Ich kann mich nur schwer erinnern. Ihre Drohungen machen mir Angst. Wenn Sie nett zu mir wären und sagen würden: ›Ach, Orreduc, du bist ein guter

Kerl. Es ist ein Fehler passiert; wußtest du das?‹ Dann würde ich sagen: ›Nein, natürlich nicht. Wie schlimm!‹ Und dann würden Sie sagen: ›Sei bitte das nächste Mal etwas vorsichtiger, wenn diese jungen Leute ausreiten!‹ Und ich würde sagen: ›Natürlich! Und jetzt erinnere ich mich auch wieder an alles, da meine Seele frei von Furcht ist und ich wieder glücklich bin.‹«

Ysel Laverty warf dem Sergeanten einen Blick zu. »Ist Ihre Waffe geladen? Sie werden jetzt Orreduc hinausführen und erschießen.«

»Waffe ist geladen, Sir.«

Ysel Laverty wandte sich wieder Orreduc zu. »Was hat Julian zu dir gesagt?«

Orreduc war jetzt verstockt. »Er hat vieles gesagt. Ich habe kaum hingehört.«

»Warum hattest du den Entschluß gefaßt, diese vier jungen Menschen zu töten?«

»Warum scheint die Sonne? Warum weht der Wind? Ich gebe nichts zu. Auf den Lutwen-Inseln leben hunderttausend Leute. In Stroma leben ein paar hundert; in Araminta ein paar hundert mehr. Wenn jeder Lutwenier, der noch in Deucas ist, es schaffen würde, vier von euch zu töten, dann bliebe keiner mehr übrig.«

»Ganz recht. Klar und einsichtig ausgedrückt.« Ysel Laverty lächelte grimmig. »Wir hatten gehofft, Jobs wie den deinen auf natürlichem Wege allmählich auslaufen lassen zu können. Wir haben dir vertraut, und du hättest hier bleiben können, solange du gewollt hättest. Diese Politik scheint falsch gewesen zu sein. Wegen deiner Tat wird jeder Yip in Deucas nach Hause geschickt werden, oder vielleicht sogar auf andere Welten.«

»Sie können mich nach Hause oder auch auf eine fremde Welt schicken«, sagte Orreduc treuherzig. »Es läuft auf das gleiche hinaus.«

»Hat Julian dich zu diesem sogenannten Unfall angeregt?«

Orreduc lächelte wehmütig. »Was würde geschehen, wenn ich Ihnen die Wahrheit sagen würde?«

»Du wirst sterben, so oder so. Wenn du die Wahrheit sagst, rettest du deinen Gehilfen das Leben.«

»Dann töten Sie mich. Ich hoffe nur, daß sowohl die Ungewißheit als auch juckende Hämorrhoiden Sie für den Rest Ihres Lebens quälen werden.«

Ysel Laverty gab seinem Sergeanten ein Zeichen. »Legen Sie ihm Handschellen an; bringen Sie ihn zum Flugzeug und verfrachten Sie ihn in den Heckraum. Das gleiche machen Sie auch mit den andern. Aber seien Sie vorsichtig; es könnte sein, daß sie bewaffnet sind.«

V

Gleich nach seiner Rückkehr nach Station Araminta begab sich Glawen nach Amt B und besprach sich dort mit Bodwyn Wook. Er erfuhr, daß Julian mit einem komplizierten Beckenbruch und zerquetschten Beinen im Krankenhaus lag. »Er kann von Glück reden, daß er noch am Leben ist«, sagte Bodwyn Wook. »Wenn er die Sache wirklich geplant hat, dann hat er sie jedenfalls gehörig verpfuscht.«

Glawen schüttelte den Kopf. »Trotz allem, was vorgefallen ist, ich traue Julian einfach keinen Mord zu.«

»Das ist auch meine Meinung. Die Situation ist unklar, aber wir können nichts weiter machen.«

»Er hat wahrscheinlich blauäugig und leichtfertig eine Menge verrücktes und überspanntes Zeug erzählt, und wahrscheinlich hat er sie auch kräftig agitiert, aber das dürfte sich wohl kaum beweisen lassen.«

»In diese Richtung äußern sich auch die Stallknechte, aber ihre Aussagen sind zu vage, als daß wir damit etwas anfangen könnten.«

»Was ist mit ihnen geschehen?«

»Orreduc ist erschossen worden. Die Gehilfen sind auf dem Weg nach Cape Journal, wo sie einen Weg durch die Felsen zum Crazy Katy-See und zu den Mile-High-Fällen brechen werden.«

»Da sind sie ja glimpflich davongekommen.«

Bodwyn Wook faltete die Hände und schaute zur Decke. »Ihre Schuld ist schwer zu ermessen. Sie wußten, was lief, taten aber nichts, um es zu verhindern. Nach unserer Rechtsauffassung sind sie genauso schuldig wie Orreduc. Aber die Yips haben da eine vollkommen andere Sehweise. Selbst jetzt können sie noch immer nicht begreifen, warum sie bestraft werden. Orreduc gab die Befehle, und sie haben sie lediglich befolgt; wieso müssen sie dann dieses grausame Schicksal erleiden?

Aber ich kann kein großes Mitleid für sie empfinden. Die Regel ist simpel: ›Wenn du nach fernen Ländern reist, dann halte dich an die Gesetze, die dort herrschen.‹ Die Yips haben diese Regel mißachtet, und jetzt sind sie auf dem Weg nach Cape Journal.«

Gleich nach seiner Rückkehr ins Clattuc-Haus rief Glawen Wayness an. Sie sah blaß und niedergeschlagen aus und blieb sehr einsilbig.

Am Morgen des darauffolgenden Tages läutete bei Glawen das Telefon. Es war Wayness. »Bist du beschäftigt?«

»Nicht besonders.«

»Ich möchte mit dir reden. Können wir uns irgendwo treffen?«

»Sicher. Soll ich zum Stromblick-Haus kommen?«

»Wenn du möchtest. Ich warte vor dem Haus auf dich.«

Glawen fuhr mit dem Wagen der Clattucs nach Süden über den Strandweg. Ein böiger Wind vom Meer schüttelte die Palmen am Wegesrand und ließ die Wedel laut rascheln. Die Brandungswellen donnerten krachend auf den Strand und fluteten als zischende

Gischtlaken zurück. Als Glawen am Stromblick-Haus ankam, wartete Wayness bereits am Wegrand auf ihn. Ihr dunkelgrüner Mantel flatterte im Wind.

Wayness stieg auf den Beifahrersitz. Glawen fuhr noch eine Meile weiter nach Süden, dann bog er vom Weg ab und hielt den Wagen an einer Stelle an, von der aus sie auf die aufgewühlte See blicken konnten. Nach einem Moment des Schweigens fragte er vorsichtig: »Wie geht es deinen Eltern?«

»Den Umständen entsprechend. Mutters Schwester ist zu Besuch.«

»Was ist mit deinen Plänen? Hast du noch immer fest vor, zur Erde zu reisen?«

»Darüber wollte ich mit dir sprechen.« Sie saß einen Moment lang still da und schaute hinaus auf das Meer. »Ich habe sehr wenig darüber gesagt, was ich mir von dieser Reise erhoffe.«

»Sehr wenig ist gut. Du hast überhaupt nichts gesagt.«

»Nur zu Milo, der mit mir kommen wollte. Jetzt ist er tot. Heute nacht kam mir plötzlich der Gedanke, wenn ich auch plötzlich sterben würde oder umgebracht würde oder den Verstand verlöre, dann würde niemand wissen, was ich weiß. Das heißt, ich glaube zumindest, daß niemand weiß, was ich weiß. Ich hoffe es jedenfalls.«

»Warum hast du es deinem Vater nicht gesagt?«

Wayness lächelte traurig. »Er wäre verblüfft und würde sich große Sorgen machen. Er würde mir nicht erlauben, zur Erde zu reisen. Er würde sagen, ich sei zu jung und zu unerfahren, um eine so große Verantwortung auf mich zu nehmen.«

»Vielleicht hätte er damit gar nicht so unrecht.«

»Das glaube ich nicht. Aber ich muß es irgend jemandem sagen, für den Fall, daß mir etwas zustößt.«

»Das klingt so, als handele es sich wirklich um eine sehr dramatische Information.«

»Das wirst du gleich selbst beurteilen können.«

»Du hast vor, es mir zu sagen?«

»Ja. Aber du mußt mir versprechen, es niemandem weiterzusagen, es sei denn, ich komme auf irgendeine Weise ums Leben und du mußt um dein eigenes Leben fürchten oder etwas Ähnliches.«

»Was du da sagst, gefällt mir ganz und gar nicht, aber gut: ich verspreche es dir.«

»Danke, Glawen. Zunächst einmal mußt du wissen, daß ich absolut sicher gar nichts weiß, und daß es möglich ist, daß ich da bloß einem Phantom hinterherjage. Aber habe mir fest vorgenommen, die Wahrheit herauszufinden.«

»Sehr gut. Fahr fort.«

»Als ich seinerzeit die Erde besuchte, war ich noch ein Schulmädchen. Ich wohnte beim Vetter meines Vaters an einem Ort namens Tierens, nicht weit von Shillawy entfernt. Sein Name ist Pirie Tamm; er lebt in einem riesigen alten Haus mit seiner Frau und seinen Töchtern, die alle älter sind als ich. Pirie Tamm ist ein hochkomplizierter Mensch, ein Liebhaber von einem Dutzend Künsten und Handwerken und geheimnisvollen Fertigkeiten. Er ist einer der wenigen übriggebliebenen Naturalisten auf der Erde – oder, genauer gesagt, im ganzen Gaeanischen Reich – aufgrund seines Interesses für Entwicklungsbiologie. Er hat Dutzende interessante Freunde; Milo und ich genossen jede Minute unseres Aufenthalts dort.

Eines Tages kam ein alter Mann namens Kelvin Kilduc auf Besuch. Wir erfuhren, daß er der Sekretär, und wahrscheinlich der letzte Sekretär, der Naturforschergesellschaft war, die inzwischen kurz vor dem endgültigen Ableben steht, da die Mitgliedschaft schon zu dem Zeitpunkt nur mehr aus Kelvin Kilduc, Pirie Tamm, ein paar Antiquaren und zwei oder drei Dilettanten bestand. Die Gesellschaft war einmal recht wohlhabend gewesen, aber die Zeiten waren lange vorbei, und zwar hauptsächlich dank der Unterschlagungen und Betrügereien eines Sekretärs namens Frons Nisfit, der das Amt sechzig Jahre zuvor bekleidet hatte. Nisfit plünderte die Konten, verscherbelte sämtliche Besitzungen und machte sich mit dem Gewinn aus dem Staub. Nisfit konnte nicht aufgespürt werden, und der Gesellschaft blieb nichts als ein paar geringfügige Einkünfte aus Anlagen, die Nisfit nicht hatte liquidieren können – gerade genug, um davon die Ausgaben fürs Briefpapier und die jährliche Registrierungsgebühr zu bestreiten. Und dann besaß die Gesellschaft natürlich noch den Rechtstitel auf Cadwal, verbrieft durch die Originalübertragungsurkunde auf Ewigkeit, die integraler Bestandteil der Originalcharta war.

Kelvin Kilduc wurde also zu gegebener Zeit Sekretär – ein ehrenamtlicher Posten, der ihm den Status eines Unikums auf Dinnerparties verlieh; er war ein wandelndes Genrebild. Ich glaube nicht, daß er seinen Posten ernst nahm.

Ich näherte mich ihm auf die denkbar zurückhaltendste und höflichste Weise und fragte ihn, ob ich einmal das Originalexemplar der Charta sehen dürfe, da ich selbst eine Naturalistin aus Throy sei. Er wollte damit nicht behelligt werden und meinte, das sei sehr schwierig: die Charta sei in einer Stahlkammer tief unter der Bank of Margravia in Shillawy eingeschlossen. Ich bohrte nicht weiter nach, obwohl ich fand, daß er sich reichlich pingelig anstellte und sich ziemlich wichtig vorkam.

Nun, der arme Kelvin Kilduc starb zwei Wochen später in seinem Bett, und in Ermangelung eines anderen in Frage kommenden Kandidaten übernahm Pirie Tamm den Posten eines Sekretärs der de facto nicht mehr existenten Naturforschergesellschaft.«

»Moment«, sagte Glawen. »Und was ist mit den Throyern?«

»Die kannst du nicht ohne weiteres mitzählen. Sie

sind zwar auch Naturalisten, aber nicht automatisch auch Mitglieder der Gesellschaft, es sei denn, sie zahlen Mitgliedsbeiträge und erfüllen die sonstigen Pflichten, die mit der Mitgliedschaft verbunden sind, und das tut schon seit Jahrhunderten keiner mehr von ihnen. Nun, Pirie Tamm wurde jedenfalls Sekretär und fühlte sich verpflichtet, der Bank in Shillawy einen Besuch abzustatten, um ein Inventar der Besitztümer der Gesellschaft zu erstellen – eine Aufgabe, vor der sich Kelvin Kilduc während seiner gesamten Amtszeit erfolgreich gedrückt hatte.

Um es kurz zu machen: als wir die Stahlkammer durchforsteten, fanden wir eine große Anzahl von alten Dokumenten und Urkunden, die paar läppischen Schuldverschreibungen, die noch ein paar Einkünfte abwarfen, aber keine Charta und, was noch schlimmer ist, keine Übertragungsurkunde auf Ewigkeit.

Pirie Tamm war wie vor den Kopf geschlagen. Bevor er nachdachte, platzte er sofort damit heraus, daß die Übertragungsurkunde übertragbar sei und für einen Besitzerwechsel lediglich ein Kaufvertrag und eine Neuregistrierung erforderlich seien.

Mit anderen Worten, wer immer die Originalcharta und die beigefügte Übertragungsurkunde in Händen hielt, besaß ganz Cadwal: Ecce, Deucas und Throy.

Pirie vermutete, daß die Charta und die Übertragungsurkunde unter dem Kleinkram gewesen waren, den Frons Nisfit verhökert hatte. Daraufhin schlug ich vor, daß wir die Akten durchforsteten, um zu sehen, ob ein neuer Besitzer eingetragen worden war. Da begann Pirie zu begreifen, daß wir eine höchst heikle Sache aufgedeckt hatten, und er wußte nicht, was er tun sollte, außer, die ganze Angelegenheit zu ignorieren und zu hoffen, daß schon niemand dahinterkommen würde. Er bereute offensichtlich, daß ich von der Sache wußte, und nahm mir das Versprechen ab, niemandem gegenüber davon auch nur ein Sterbenswörtchen zu erwähnen – zumindest solange nicht, bis er die Angelegenheit irgendwie in Ordnung gebracht hätte.

Ich weiß nicht, was er unternommen hat – ich vermute, gar nichts; aber er brachte immerhin heraus, daß offenbar kein neuer Besitzer eingetragen worden war.

Es gab ein paar vage Hinweise, denen Pirie ziemlich halbherzig nachzugehen versuchte, freilich ohne irgendeinen zählbaren Erfolg. Im Moment will er die schlafenden Hunde lieber schlafen lassen, aber er ist alt und hinfällig, und wenn er stirbt, wird der neue Sekretär nach der Charta suchen – wenn es überhaupt einen Nachfolger geben wird.

So, jetzt weißt du über alles Bescheid. Ich hatte vor, mit Milo zur Erde zu fliegen und zu versuchen, die Charta zu finden, bevor irgend etwas Schreckliches passiert. Ich bin erleichtert, daß ich dich eingeweiht habe, denn wenn mir irgend etwas zustoßen würde, dann wüßte es niemand außer Pirie Tamm, und der ist, wie gesagt, ein schwankendes Schilfrohr im Wind.«

»Was willst du nun unternehmen, wenn du auf der Erde bist?« fragte Glawen.

»Ich werde wieder bei Pirie Tamm wohnen. Dann werde ich in die Naturforschergesellschaft eintreten und Sekretärin werden. Auf diese Weise verhindere ich, daß irgendein anderer Sekretär wird und womöglich auf die Idee kommt, nach der Charta zu suchen – um dann festzustellen, daß es keine gibt. Vielleicht spielt Pirie sogar mit und tritt zu meinen Gunsten von seinem Posten zurück. Ich kann mir nicht vorstellen, daß irgendein anderer den Posten haben will.«

Glawen dachte einen Moment lang nach. »Ich weiß nicht, was ich dir sagen soll. Irgendwas klingelt da ganz leise in meinem Hinterkopf, aber es fällt mir nicht ein, was es ist. Ich wünschte, ich könnte mitkommen.«

Wayness sagte mit wehmütigem Gesichtsausdruck: »Das wünschte ich mir auch. Aber egal. Ich werde jedenfalls zur Erde fliegen und sehen, was sich machen läßt, und vielleicht findet sich ja irgendeine ganz einfache Lösung für das Problem.«

»Ich hoffe, sie ist nicht nur einfach, sondern auch ungefährlich.«

»Wieso sollte sie gefährlich sein?«

»Vielleicht sucht jemand anderes nach derselben Sache.«

»Daran habe ich noch gar nicht gedacht.« Wayness überlegte. »Wer sollte das sein?«

»Das weiß ich nicht. Und du weißt es auch nicht. Deshalb könnte es gefährlich sein.«

»Ich werde schon aufpassen.«

»Und jetzt ...« Glawen legte die Arme um sie und küßte sie lange und innig, bis sie sich schließlich von ihm freimachte und sagte: »Ich gehe jetzt besser nach Hause. Mutter und Vater werden sich schon fragen, wo ich stecke.«

»Ich werde über das, was du mir erzählt hast, nachdenken. Wie gesagt, da ist irgendwas in meinem Hinterkopf, das ich dir sagen will, aber ich komm einfach nicht drauf.«

»Es wird dir dann einfallen, wenn du es am wenigsten erwartest.« Sie küßte ihn auf die Wange. »So, und jetzt bring mich zurück zum Stromblick-Haus, ehe meine Eltern anfangen, sich ernsthaft Sorgen zu machen.«

KAPITEL SECHS

I

Wayness hatte Station Araminta an Bord des Postfrachters *Faerlith Winterflower* der Perseian Lines verlassen, der sie Mirceas Strähne hinunter nach Andromeda 6011 IV bringen würde, einer Knotenpunkt-Welt, wo sie auf einen Raumkreuzer der Glistmar Explorer Route umsteigen konnte, der sie im Direktflug zur Erde bringen würde.

Wayness' Abreise hinterließ eine traurige Lücke in Glawens Leben. Über Nacht wurde sein Dasein grau und eintönig. Warum hatte er zugelassen, daß sie so schrecklich weit weg reiste, zu einer Welt, die fast schon jenseits des menschlichen Vorstellungsvermögens lag? Er hatte sich diese Frage oft gestellt, und die Antwort kam immer im Verein mit einem traurigen Lächeln: er hatte kein Mitspracherecht in dieser Sache von ihr bekommen. Wayness hatte ihre Entscheidung ganz allein getroffen, auf der Grundlage ihres eigenen besten Ermessens. Das war ein Vorgang, an dem es von Rechts wegen nichts auszusetzen gab, so versicherte sich Glawen immer wieder, ohne jedoch voll davon überzeugt zu sein.

In mancherlei Hinsicht mußte Wayness mit einer Naturkraft verglichen werden: manchmal warm und wohltätig (und in den letzten Wochen vor ihrer Abreise geradezu atemberaubend zärtlich und herzlich), bisweilen mysteriös und verblüffend, jedoch niemals menschlicher Kontrolle zugänglich.

Glawen grübelte viel über dieses einzigartige Individuum namens Wayness Tamm nach. Angenommen, er würde durch irgendwelche außergewöhnlichen Umstände göttliche Kräfte verliehen bekommen und mit der reizenden Pflicht betraut werden, eine neue Wayness zu entwerfen, dann würde er ganz sicher den Anteil an trotziger Sturheit und eigensinniger, flatterhafter, widerspenstiger Unabhängigkeit um eine kleine Nuance verringern – nicht um so viel, daß er die Würze der Mischung beeinträchtigte, sondern gerade um so viel, daß sie ein kleines bißchen mehr ... mehr ... Hier stockte Glawen, nach dem passenden Wort suchend. Formbar? Berechenbar? Unterwürfig? Nein, nein, das ganz bestimmt nicht. Er seufzte. Es sah ganz so aus, als hätte das göttliche Wesen, das die ursprüngliche Wayness geschaffen hatte, seinen Job mit solch vollendetem Geschick erledigt, daß es beim besten Willen nichts mehr zu verbessern gab.

Um seine Energien in sinnvolle Bahnen zu lenken, belegte Glawen mehrere Lehrgänge, deren erfolgreiche Absolvierung ihn zur Teilnahme an der GKIPA-A-Schein-Prüfung berechtigen würde. Bestand er diese Prüfung und konnte er gleichzeitig den Leistungsnachweis in den Fächern Waffenkunde, angewandte Waffentechnik, Flugzeugtechnik, Beherrschung von Notsituationen und Nahkampftechnik erbringen, erlangte er die Qualifikation eines GKIPA-Agenten der Stufe A, die ihn zur Ausübung polizeilicher Gewalt im gesamten Bereich des Gaeanischen Reichs berechtigte. Mehrere andere Beamte von Amt B hatten schon einen solchen Status erlangt. So hatte Scharde zusätzlich zum A-Schein auch die Prüfung zum GKIPA-Agenten der Stufe B abgelegt, wodurch Amt B automatisch den Status einer GKIPA-Zweigstelle erhalten hatte.

Kirdy Wook äußerte die Absicht, ebenfalls die A-Schein-Prüfung ablegen zu wollen, schien es aber mit dem Belegen der Lehrgänge nicht sonderlich eilig zu haben. Er hatte sich von den Folgen seiner Torturen in Yipton offenbar wieder recht gut erholt, abgesehen von einer deutlichen Neigung zu Zerstreutheit und zu schroffen, bisweilen jähzornigen Reaktionen, welche, wie jedermann erwartete, sich im Zuge seiner völligen

Wiederherstellung legen würden. Kirdy weigerte sich noch immer, oder war vielleicht auch noch nicht in der Lage, über seine Erlebnisse zu reden. Gleich nach seiner Entlassung aus dem Krankenhaus war er bei den Kühnen Löwen ausgetreten und pflegte seither auch keinerlei Umgang mit irgendeinem aus der Gruppe.

Eine Zeitlang bemühte sich Glawen, mit Kirdy ins Gespräch zu kommen, in der Hoffnung, ihn so vielleicht in eine positivere Gemütsverfassung zu bringen, aber genauso gut hätte er versuchen können, Quecksilber mit den Händen zu greifen. Die meiste Zeit hörte Kirdy in mürrischem Schweigen zu, im Gesicht ein eigenartiges, verschleiertes Halblächeln, in dem Glawen Anflüge von Feindseligkeit und Verachtung zu erkennen glaubte. Kirdy selbst steuerte nichts zum Gespräch bei, so daß sie schweigend dagesessen hätten, wenn Glawen nicht immer wieder einen neuen Anlauf unternommen hätte, das Gespräch in Gang zu halten. Auf gezielte Fragen antwortete Kirdy entweder gar nicht oder aber mit langatmigen Ausführungen, die in keinerlei Beziehung zu den Fragen standen.

Hatte Kirdy schon früher nicht gerade als ein Ausbund an Fröhlichkeit gegolten, so schien er jetzt auch die letzten Relikte von Verständnis für Heiterkeit und Lockerheit eingebüßt zu haben. Wann immer Glawen einen kleinen Scherz oder eine witzige Bemerkung versuchte, warf ihm Kirdy einen dermaßen kühlen und grimmigen Blick zu, daß ihm die Bemerkung im Halse steckenblieb.

Eines Tages bemerkte Glawen, daß Kirdy bewußt zur Seite schaute, als sie sich zufällig auf der Straße begegneten; von dem Augenblick an hatte er die Nase endgültig voll und stellte seine Bemühungen ein.

Glawen sprach mit Scharde über Kirdy und sein seltsames Verhalten. »Wenn die Sache nicht so traurig wäre, könnte man fast darüber lachen. Kirdy weiß, wenn ich die GKIPA-Prüfung bestehe, überspringe ich gleich zwei Dienstgrade und stehe rangmäßig über ihm. Um das zu verhindern, bleibt ihm keine andere Wahl, als die Prüfung ebenfalls zu machen. Das bedeutet nicht nur hartes Büffeln, sondern auch das schreckliche Risiko des Durchfallens – das in Kirdys Fall durchaus real ist, da er schwach in Mathe und auch in allen praktischen Fächern ist.«

»Den Psychometrietest würde er bestimmt nicht schaffen.«

»Das ist Kirdys Dilemma. Ich habe keine Ahnung, was er machen wird, um damit fertigzuwerden – außer, zu beten, daß ich mich bei der Prüfung so jämmerlich blamiere, daß ich bei Amt B aufhöre und zusammen mit Arles in die Önologie gehe.«

»Der arme Kirdy. Er hat eine Menge durchgemacht.«

»Ich stimme dir zu: er ist wirklich arm dran. Aber das macht das Zusammenarbeiten mit ihm auch nicht leichter.«

Aus Watertown auf Andromeda 6011 IV kam ein Brief von Wayness, den sie geschrieben hatte, während sie auf ihren Weiterflug mit einem der Glistmar-Raumkreuzer wartete. Er lautete: *Ich habe schon jetzt Heimweh, und ich vermisse dich ganz schrecklich. Es ist schon erstaunlich, wie man einen Menschen so unwahrscheinlich lieben und vertrauen lernen kann und einem erst so richtig bewußt wird, was da mit einem geschieht, wenn dieser Mensch auf einmal nicht mehr da ist. Jetzt weiß ich erst so richtig, wie viel du mir bedeutest.* Und sie schloß mit den Worten: *Ich schreibe dir das nächste Mal, sobald ich in Tierens bin, mit einem ausführlichen Bericht über den neuesten Stand der Dinge. Ich hoffe, daß alles sich auf irgendeine wundersame Weise so fügt, daß es eine gute Nachricht werden wird, aber allzu groß ist meine Hoffnung ehrlich gesagt nicht. Aber in einer Weise freue ich mich darauf, meine Zähne in das Problem zu hauen, und sei es nur, um mich von meinem Kummer abzulenken.*

Der Sommer verging; Glawens zwanzigster Geburtstag kam und ging: der letzte vor seinem einundzwanzigsten: Tag des Selbstmordes, wie er manchmal genannt wurde. Glawen schwankte zwischen Hoffen und Bangen. Sein Statusindex lag immer noch bei 22 – was nicht schlecht war, aber auch nicht gerade berauschend.

Am darauffolgenden Smollen brachte Arles Drusilla co-Laverty als seinen Gast zum Clattucschen Haus-Souper mit, zu Spanchettas offensichtlicher Überraschung und ebenso offensichtlicher Mißbilligung.

Arles tat so, als bemerke er ihren Unmut nicht. Drusilla war in überschwenglicher Laune und ignorierte Spanchetta vollkommen, was diese dazu veranlaßte, nur noch finsterer dreinzuschauen.

Während des Essens saß, oder besser: thronte Arles mit gebieterischer Würde auf seinem Stuhl, unterhielt sich kaum einmal mit jemandem, außer mit Drusilla, und dann auch nur in vertraulichem Flüsterton. Er hatte viel Mühe auf seine Garderobe verwendet; er trug einen schwarzen Rock, rostbraune Hosen, ein weißes Hemd und eine blaue Schärpe. Drusillas Aufzug war weniger konservativ, ja sogar geradezu gewagt. Ihr Kleid, eine luftige Kreation aus schwarz, pink und orange gestreiftem Satin, war vorne atemberaubend tief ausgeschnitten. Ein schwarzer Turban mit einem hohen schwarzen Federbusch krönte ihre pinkfarben getönten blonden Ringellöckchen; schwarze Elfenspitzen verlängerten ihre Ohren um mehr als zwei Zoll. In seiner schrillen Grellheit stach das Ensemble sogar Spanchettas purpurnes und rotes Balzkostüm aus, und Spanchettas Miene – wenn sie sich einmal dazu herbeiließ, zu Drusilla zu blicken – drückte totalen Abscheu, ja geradezu Ekel aus.

Drusilla ließ sich dadurch nicht im geringsten stören. Sie lachte oft, lauthals und fröhlich, manchmal ohne ersichtlichen Grund. Sie steuerte ihren Senf zu Gesprächen rings um den Tisch bei, sie plapperte, schwadronierte und kokettierte hemmungslos und becircte ihre neuen Bekannten mit allerlei neckischen Gebärden wie Augenzwinkern, Kußhändchen und Schmollmündchen.

Nachdem Scharde ihre Darbietung eine Weile verstohlen beobachtet hatte, sagte er zu Glawen: »Ich muß gestehen, ich bin ein wenig verwirrt. Ist sie nicht eine von Namours ganz speziellen Busenfreundinnen?«

»Ich glaube, zwischen den beiden ist es aus. Vielleicht ist es auch nur eine Saisonaffaire, da Drusilla noch immer mit den Mimen reist.«

»Ist sie aus dem Alter nicht schon ein bißchen heraus? Floreste hat doch immer gern junges Blut in seiner Truppe.«

»Sie ist Florestes Assistentin; sie tritt selbst nicht mehr auf.«

»Arles sieht aus wie ein Kater, der gerade eine sehr große Maus gefangen hat. Das macht meine Verwirrung noch größer. Ich dachte, Arles macht sich nichts mehr aus Mädchen.«

»Das dachte ich auch. Es sieht ganz so aus, als hätten wir uns da getäuscht. Drusilla gehört ohne Zweifel dem weiblichen Geschlecht an.«

»Ohne Zweifel.« Scharde wandte den Blick ab. »Nun, es geht mich zum Glück nichts an.«

»Guck mal! Ich glaube, Arles will eine Rede halten.«

Arles hatte sich von seinem Stuhl erhoben und schaute lächelnd in die Runde, darauf wartend, daß Ruhe am Tisch einkehrte. Schließlich schlug er mit dem Messer gegen sein Weinglas. »Verehrte Anwesende! Ich darf Sie bitten, mir für einen Moment Gehör zu schenken! Ich möchte eine Ankündigung machen! Neben mir sitzt, wie Sie sicher bemerkt haben – und wie könnten Sie sie übersehen haben? –, eine bezaubernde und prächtige junge Dame, in der viele von Ihnen die ehrenwerte und allseits geschätzte Drusilla co-Laverty erkennen werden. Sie ist ebenso begabt, wie sie charmant ist, und seit einigen Jahren schon steht sie Floreste bei der Inszenierung und Aufführung seiner wunderschönen und allseits beliebten kleinen Wunderwerke der Bühnenkunst tatkräftig zur Seite. Aber alles geht einmal zu Ende! Auf mein beharrliches Werben hin hat Drusilla sich entschieden, eine Clattuc zu werden!«

Arles ließ seinen Blick stolz über den Tisch schweifen, während die versammelte Runde höflich applaudierte.

»Meine Damen und Herren, verehrte Anwesende!« fuhr Arles schwungvoll fort. »Ich darf Ihnen indes noch weitere Geheimnisse enthüllen. Wir haben bereits heute den Ehevertrag unterzeichnet, und der Standesbeamte hat die Verbindung offiziell besiegelt und beurkundet. Wir sind Mann und Frau!«

Arles verbeugte sich, während die Anwesenden dem Paar ihre Glückwünsche zuriefen. Drusilla reckte den Arm hoch, legte neckisch den Kopf schief und winkte mit den Fingern.

Scharde murmelte Glawen zu: »Schau mal zu Spanchetta. Sie kann sich nicht entscheiden, ob sie einen Herzanfall kriegen oder in Ohnmacht fallen soll.«

Arles fuhr fort. »Ich brauche wohl nicht hervorzuheben, daß ich ebenso erstaunt über mein Glück bin, wie Sie es wohl alle jetzt sein müssen. Schon morgen werden wir zu einer romantischen Reise aufbrechen, die uns weit fortführen wird, nach sagenhaften und geheimnisumwitterten Stätten! Aber wir werden zurückkommen, das verspreche ich Ihnen! Es gibt im ganzen riesigen Gaeanischen Reich keinen Ort, der Station Araminta gleichkommt!«

Arles setzte sich und war mehrere Minuten lang damit beschäftigt, Toasts und Fragen zu erwidern und Glückwünsche entgegenzunehmen.

»Da reisen sie also zu sagenhaften und geheimnisumwitterten Stätten«, sagte Scharde sinnend. »Ich frage mich, wo Arles das Geld her hat. Von Spanchetta bestimmt nicht.«

»Vielleicht ist Drusilla zu Reichtum gekommen.«

»Bestimmt nicht von dem, was Floreste ihr zahlt. Die Einkünfte der Mimentruppe fließen in den Fonds für das Orpheum. Drusilla kann froh sein, wenn sie ihre Reise- und Hotelkosten wieder rauskriegt.«

»Vielleicht hat sie noch irgendein Nebengeschäft laufen.«

»Dann wollen wir hoffen, daß es sich um ein Geschäft handelt, bei dem Arles ihr eine praktische Hilfe sein kann.«

Tags darauf brachen Arles und Drusilla an Bord des Luxuskreuzers *Mirceas Lyra* der Perseian Lines zu ihrer ›romantischen Reise nach sagenhaften und geheimnisumwitterten Stätten‹ auf. Später am Tag teilte Scharde Glawen mit: »Das Rätsel ist gelöst. Ich habe mich mit Floreste unterhalten, und das Geheimnis von Arles' plötzlichem Reichtum hat sich aufgeklärt. Er besitzt keinerlei finanzielle Mittel, und Drusilla hat kaum mehr. Wie, wirst du dich jetzt fragen, können sie sich also eine solch teure Kreuzfahrt leisten? Ganz einfach. Drusilla macht einen Trip, auf dem sie Auftritte der Mimentruppe festmacht: eine Routine-Buchungstour, die sie regelmäßig einmal im Jahr macht. Floreste hat mit den Perseian Lines ein Abkommen getroffen, daß Mitglieder der Mimentruppe in den Genuß von Billigtickets kommen; sowohl Arles als auch Drusilla fallen unter dieses Abkommen. Ihre Ausgaben sind daher minimal, und was die sagenhaften und geheimnisumwitterten Stätten betrifft, so ist es damit auch nicht so sehr weit her: sie fahren zu solchen Welten wie Soum und Natrice und Lilianderheim und Tassadero: allesamt Welten, die zu Florestes Standardtourneeplan gehören, und größtenteils ziemlich langweilige dazu.«

»Ich frage mich, wo sie wohl zu wohnen gedenken, wenn sie wieder zurück sind«, sagte Glawen. »Es ist doch wohl nicht damit zu rechnen, daß Spanchetta sie mit offenen Armen aufnehmen wird.«

»Das ist jedenfalls sehr unwahrscheinlich.«

Glawen ging ans Fenster und schaute hinaus. »Ich würde auch gern auf Reisen gehen. Am liebsten zur Erde.«

»Warte damit bis nach deinem nächsten Geburtstag.«

Glawen nickte mißmutig. »Als Collateraler kann ich reisen, wohin auch immer ich Lust habe – erst recht, wenn ich nicht zurückkomme.«

»Sei nicht so negativ. Noch bist du kein Aussätziger. Ich bin zuversichtlich, daß ich den alten Dorny noch dazu kriegen kann, daß er sich zu Tode säuft. Mit Descant ist das eine andere Sache. Er wird nicht freiwillig in Ruhestand gehen, und er wird sich auch nicht ernsthaft bemühen, das Zeitliche zu segnen.«

»Ich kann mir über solche Dinge nicht den Kopf zerbrechen«, brummte Glawen. »Wenn ich aus Haus Clattuc rausgeschmissen werde, dann hat es halt so sein sollen. Da ich nicht wie Arles nach sagenhaften und geheimnisumwitterten Welten reisen kann, von der Erde ganz zu schweigen, werde ich mich halt damit bescheiden, eine kleine Segeltour zu machen. Vielleicht zur Insel Thurben. Hättest du nicht Lust, mitzukommen? Wir könnten ein paar Tage am Strand kampieren.«

»Nein, vielen Dank. Thurben ist nichts für mich. Wenn du dorthin fährst, nimm jedenfalls reichlich Wasser mit; auf Thurben wirst du nämlich nicht einen Tropfen finden. Und geh nicht in der Lagune schwimmen.«

»Ich glaube, das mach ich«, sagte Glawen. »Ich könnte einen kleinen Tapetenwechsel vertragen.«

II Glawen packte Proviant in die Schaluppe, füllte die Wassertanks auf, lud die Batterien auf, löste die Haltetaue und legte ohne Umstände und ohne irgendeine Abschiedszeremonie vom Steg der Clattucs ab.

Mit Motorkraft fuhr er den Wan-Fluß hinunter bis zur Mündung, dann über die hereinkommenden Tidenwellen, wo sie die Barre überquerten, und schließlich hinaus auf den offenen Ozean. Eine Viertelmeile vor der Küste hißte er die Segel und segelte mit Backbordhalsen genau nach Osten: ein Kurs, der ihn schließlich zum dunstigen Osten von Ecce bringen würde.

Glawen schaltete den Autopiloten ein, lehnte sich zurück und genoß das Gurgeln des Kielwassers, den weiten blauen Himmel und das sanfte Schaukeln des Bootes auf der langen, flachen Dünung.

Das Ufer von Araminta schrumpfte zu einem purpur-grauen Fleck am Horizont und verschwand schließlich. Der Wind drehte; Glawen änderte den Kurs nach Ost-Nordost – so hart am Wind, wie es eben möglich war.

Der Tag verging; das einzige, was er sah, war träger blauer Ozean, Himmel und hier und da ein vorüberfliegender Seevogel.

Am späten Nachmittag flaute der Wind ab, und kurz vor Sonnenuntergang trat völlige Windstille ein. Glawen holte die Segel ein, und das Boot bewegte sich nur noch im trägen Auf und Ab der Dünung. Glawen ging nach unten, bereitete sich ein Eintopfgericht, das er mit nach oben in die Plicht nahm und daselbst im verblassenden Schein der Dämmerung zusammen mit einem Kanten Brot und einer Flasche Clattuc-Rotweins verzehrte.

Das Abendrot verschwand, und die Sterne erschienen. Glawen lehnte sich zurück und studierte die Sternbilder. Der Schweif von Mirceas Strähne, zusammen mit Lorca und Sing, war unterhalb des Horizonts. Am Zenith funkelte jenes Sternenensemble, das unter dem Namen *Perseus, das Haupt der Medusa haltend* bekannt war, mit den zwei leuchtend roten Sternen Cairre und Aquin als Verkörperung von Medusas Augen. Am südlichen Firmament entdeckte er nach kurzer Suche das Sternbild Nautilus, welches aus einem Reif aus fünf weißen Sternen bestand. Im Zentrum des Reifs befand sich ein gelber Stern der zehnten Größenklasse, der viel zu matt war, als daß man ihn mit bloßem Auge hätte sehen können. Das war Sol, die gute alte Sonne. Irgendwo dort draußen durchquerte jetzt Wayness an Bord eines großen Glistmar-Raumkreuzers das All. Wie groß würde sie jetzt erscheinen, auf diese gewaltige Entfernung? So groß wie ein Atom? Oder noch kleiner? Die Frage begann Glawen zu reizen. Er ging nach unten und rechnete nach. Angenommen, Wayness stünde in einer Entfernung von hundert Lichtjahren, dann würde sie so groß erscheinen wie ein Neutron, aus einer Distanz von zwölfhundertfünfzig Yard gesehen.

»Nun denn«, sagte Glawen. »Jetzt kann ich's mir wenigstens vorstellen.«

Er kehrte zurück in die Plicht. Er ließ den Blick über den Himmel schweifen, vergewisserte sich, daß alles gesichert war, dann ging er nach unten und überließ die Schaluppe sich selbst und dem sanften Spiel der Dünung.

Der nächste Morgen brachte eine günstige Brise von Süden. Glawen setzte die Segel, und die Schaluppe glitt mit guter Fahrt Richtung Nordosten.

Am Mittag des darauffolgenden Tages sichtete er die Insel Thurben: ein ungefähr kreisförmiger Berg aus Sand und vulkanischem Geröll von zwei Meilen Durchmesser, spärlich bewachsen mit grau-grünem Dornengestrüpp, ein paar versprengten Thymianbäumen und ebenso vielen dürren Telegraphdendren. Im

Zentrum ragte eine Spitze aus bröckligem Vulkanbasalt auf. Ein Korallenriff umgab die Insel, eine Lagune von zweihundert Yard Breite schaffend. Das Riff war unterbrochen von zwei Kanälen, einem im Norden, einem im Süden, die den Zugang zur Lagune ermöglichten. Glawen reffte kurz vor der Küste die Segel und steuerte die Schaluppe mit Motorkraft durch die südliche Durchfahrt gegen die ausfließende Strömung. Zweihundert Fuß vor dem Strand warf er den Anker; das Wasser war an dieser Stelle so klar, daß die Details auf dem Grund wie durch ein Vergößerungsglas zu sehen waren: Korallen, Seeanemonen, gepanzerte Mollusken. Koboldfische und Falorien kamen herbeigeschwommen und inspizierten neugierig Boot, Anker und Ankerkette, dann entfernten sie sich wieder und harrten der Dinge, die da kommen würden: Abfall, ein Schwimmer, oder vielleicht jemand, der über Bord fiel.

Mit Hilfe der Spiere hievte Glawen die Jolle aus ihrer Stütze und ließ sie zu Wasser. Dann stieg er vorsichtig hinein, bewaffnet mit einer Rolle Tau, deren eines Ende er zuvor bereits am Stevenlauf der Schaluppe befestigt hatte. Er startete den Impeller der Jolle und steuerte sie auf den Strand zu, das Tau langsam hinter sich ausfierend.

Die Jolle lief mit einem Knirschen auf den Strand. Glawen sprang heraus und zog die Jolle so weit herauf, daß sie ganz auf dem Trockenen lag. Das Tau vom Boot band er an dem knorrigen Stamm eines Hagedornbuschs fest, so die Schaluppe doppelt gegen die Wirkung einer möglichen plötzlich aufkommenden Böe sichernd.

Glawen hatte jetzt alle Muße der Welt. Er hatte nichts zu tun: keine Pflichten, die ihn drängten, keine Routineaufgaben, die es zu erledigen galt, nichts, das in irgendeiner Form Ansprüche an ihn stellte – genau das, was er sich ersehnt hatte und weswegen er hergekommen war.

Er nahm seine Umgebung in Augenschein. Hinter ihm waren Dornbüsche, ein paar Thymianbäume, einige Scheinbalsamsträucher, hier und da ein vereinzelter dürrer schwarzer Galgenbaum, und ein Buckel aus verrottendem Basalt im Zentrum der Insel. Vor ihm lag, scheinbar unschuldig und friedvoll, die Lagune, auf der die Schaluppe sanft vor sich hin dümpelte. Links und rechts dehnten sich identische Streifen weißen Sandes, gesäumt von graugrünen Dornbüschen und Thymianbäumen, deren lange, schmale Blätter auf der Unterseite silbern waren und auf der Oberseite scharlachrot leuchteten. Eine sanfte Kühle kräuselte die Oberfläche der Lagune und ließ sie im Sonnenlicht glitzern; silbern und scharlachrot schimmerten die Thymianbäume.

Glawen ließ sich im Sand nieder. Er lauschte.

Vollkommene Stille umgab ihn; das einzige Geräusch war das leise Flüstern der Wellen, die träge über den Strand leckten.

Er legte sich hin, schloß die Augen und döste in der Sonne.

Die Zeit verstrich. Ein Landkrebs zwickte ihm in den Knöchel. Er fuhr zusammen, trat nach dem Krebs und setzte sich auf. Der Krebs huschte panikartig davon.

Glawen stand auf. Die Schaluppe lag friedlich vor Anker. Syrene war ein Stück weiter am Himmel entlanggewandert; sonst hatte sich nichts verändert. Wirklich, dachte Glawen, es gab auf Thurben wirklich nicht viel, was man unternehmen konnte, außer zu schlafen, aufs Meer zu blicken oder in einem Anfall von Bewegungsdrang den Strand auf und ab zu schlendern.

Er schaute nach links, dann nach rechts. Da es im Grunde gleich war, welche Richtung er einschlug, ging er aufs Geratewohl Richtung Norden. Landkrebse ergriffen die Flucht, sobald sie seine nahenden Schritte wahrnahmen, huschten den Strand hinunter bis zur Wasserlinie und warteten dort, bis er vorübergegangen war. Blaue Eidechsen sprangen auf ihren Hinterbeinen auf und brachten sich mit mächtigen Sprüngen und Sätzen in Sicherheit; sobald sie sich sicher im Schutz des Dornengestrüpps wähnten, wurden sie kühn und schnatterten wütend auf ihn ein.

Das Ufer verlief in einem weiten Bogen nach Osten, um das nördliche Ende der Insel herum. Glawen kam an den Punkt, der der nördlichen Schneise durch das Korallenriff gegenüberlag: ein natürlicher Kanal, ähnlich dem auf der Südseite, der die Durchfahrt zur Lagune ermöglichte. Glawen blieb abrupt stehen; was er in diesem Moment gewahrte, jagte ihm einen gehörigen Schock ein.

Es hatte sich einiges verändert, seit er das letzte Mal hier gewesen war. Ein primitiver Steg führte hinaus in die Lagune. Nahe dem oberen Ende des Stegs stand eine strohgedeckte Bambushütte, errichtet in der Bauweise der Yips.

Mehrere Minuten lang stand Glawen da wie angewurzelt und studierte das Gelände. Er konnte keine frischen Fußspuren im Sand entdecken; die Gegend schien verlassen.

Die Starre, die ihn erfaßt hatte, löste sich ein wenig, aber er war nach wie vor wachsam und aufs Äußerste gespannt, als er begann, sich der Hütte zu nähern. Büschel braunen Strohs raschelten in der Brise; das Innere der Hütte war trocken, staubig und bar jeder Spur von Bewohntheit. Gleichwohl wünschte sich Glawen, er hätte eine Waffe mitgenommen; in Situationen dieser Art konnte ihr kühler, glatter Stahl äußerst beruhigend wirken.

Glawen wandte sich wieder von der Hütte ab. Er ließ den Blick verwirrt über den Steg schweifen. Welchem Zweck konnte eine solche Anlage dienen? War es ein Lager für weit hinausfahrende Yip-Fischer? Erst jetzt fiel Glawen eine seltsame Vorrichtung am Ende des Stegs ins Auge, dreißig oder vierzig Fuß vom Ufer entfernt: ein Ladekran mit einem schwenkbaren Baum, ähnlich einem Galgen, offenbar dazu gedacht, Gegenstände aus einem Boot zu hieven und hinüber zum Dock zu schwenken – oder umgekehrt.

Glawen ging hinunter zum Ende des Stegs, der sich knarrend unter seinem Gewicht bog. Er schaute hinaus durch die Bresche im Riff und sah nichts als blauen Ozean. Links und rechts: die stille Lagune; hinter ihm: das weiße, sanft gekrümmte Band des Strandes. Unter ihm: die Bambuspfähle, auf denen der Steg ruhte; sie schienen etwa fünfzehn Fuß in die Tiefe zu gehen. Winzige Schatten kräuselten sich wie Schleier über den sandigen Grund, wo sich das Sonnenlicht in den winzigen Wellen an der Oberfläche brach. Glawen starrte hinunter in das Wasser. Was er sah, jagte ihm eine Gänsehaut über den Rücken. Im ersten Moment wollte er seinen eigenen Augen nicht trauen.

Aber ein Irrtum war ausgeschlossen: am Grunde der Lagune, nahe beim Ende des Stegs, lag eine groteske Ansammlung menschlicher Knochen! Einige waren zur Hälfte mit Sand bedeckt; andere waren von Wasserpflanzen überwuchert; wieder andere lagen unbedeckt da, wie nackt, verhüllt nur von den wandernden Schatten.

Glawen zwang sich, die Knochen zu studieren. Es war schwierig, die Anzahl der Individuen zu schätzen, von denen sie stammten. Der Lupeneffekt des Wassers verzerrte die Wahrnehmung; die Knochen schienen gleichwohl klein und zierlich zu sein.

Glawen hatte plötzlich das Gefühl, als werde er beobachtet. Er fuhr herum und suchte mit den Augen den Strand ab. Alles schien so zu sein wie vorher. Kein Lebewesen war weit und breit zu sehen. Doch konnte es nicht sein, daß ihn in diesem Moment ein Dutzend unsichtbare Augen aus dem Schutz des Dornendickichts beobachteten?

Seine Nerven spielten ihm einen Streich, versuchte er sich zu beruhigen.

Er kehrte auf den Strand zurück. Er verharrte einen Moment und studierte abermals Dock, Ladebaum und Hütte. Ein neuer beunruhigender Gedanke kam ihm in den Sinn: was, wenn jemand seine Ankunft beobachtet hatte und dieser Jemand seine Abwesenheit benutzt hatte, um sein Boot zu stehlen und wegzufahren? Bei dem Gedanken tat sein Herz einen heftigen Sprung; Thurben war nicht die Art von Insel, auf der zu stranden er besonderes Verlangen gehabt hätte; es gab dort nichts zu essen außer Landkrebsen, die unverdaulich waren, und zu trinken gab es nur Meerwasser.

Glawen kehrte im Trab zu seiner Landestelle zurück, alle paar Yard einen Blick über die Schulter werfend.

Die Schaluppe lag friedlich an ihrem Ankerplatz, exakt so, wie er sie zurückgelassen hatte. Er atmete erleichtert auf, und sein wild klopfendes Herz beruhigte sich. Er war allein auf der Insel. Doch mit seiner Ruhe und Gelassenheit war es vorbei; er konnte diesen Strand nicht länger als den ersehnten friedvoll-beschaulichen Ort betrachten, an dem er in traumverlorener Muße ein paar Tage vertrödeln konnte.

Es war jetzt später Nachmittag. Die Brise war vollkommen abgeflaut; Ozean und Lagune lagen ruhig und glatt wie ein Spiegel. Glawen beschloß, mit der Morgenbrise in See zu stechen. Er zog seine Jolle ins Wasser und kehrte zur Schaluppe zurück.

Syrene ging unter; Dunkelheit senkte sich über die Insel Thurben. Glawen bereitete und verzehrte sein Abendessen, dann setzte er sich in die Plicht und verbrachte zwei Stunden damit, den leisen, unidentifizierbaren Geräuschen zu lauschen, die vom Ufer zu ihm herüberdrangen. Über ihm am Firmament leuchteten die Sterne, aber in dieser Nacht nahm Glawen keine Notiz von ihnen; sein Kopf war voll von düsteren Spekulationen.

Schließlich stieg Glawen hinunter in seine Koje. Er lag noch lange wach und starrte ins Dunkel, außerstande, die düsteren Gedanken zu verscheuchen, die ihm immer wieder durch den Kopf geisterten. Irgendwann fiel er in einen ruhelosen Schlaf, aus dem er mehrmals hochfuhr, aufgeschreckt von den vermeintlichen Geräuschen eines Eindringlings.

Doch irgendwie verging schließlich auch diese Nacht. Lorca und Sing gingen hinter der Insel auf und klommen dem Zenith entgegen. Und endlich schlief Glawen ein, so tief und fest, daß der Anbruch des Tages ihn nicht zu wecken vermochte. Erst als Syrene schon fast drei Stunden am Himmel stand, erwachte er, hohläugig, unausgeschlafen und wie gerädert.

Glawen verzehrte ein Frühstück aus Tee und Haferbrei in der Plicht. Eine frische Brise wehte von Norden her, genau der rechte Wind, den er für die Heimfahrt brauchen konnte. Das tiefe Blau des Ozeans wurde noch hervorgehoben von strahlend weißen Kumuluswolken, die am Horizont aufstiegen und nach Süden trieben. Die Welt erschien unschuldig und rein; seine schaurige Entdeckung am Nordende der Insel paßte so wenig zu diesem sonnigen Paradies aus Weiß und Blau, daß sie ihm jetzt nachgerade irreal erschien.

Glawen beschloß, den Steg und die Hütte doch noch einmal in Augenschein zu nehmen, bevor er abfuhr; vielleicht entdeckte er irgend etwas, das ihm bei seiner ersten Inspektion entgangen war. Er stieg in seine Jolle und fuhr mit voller Kraft die Lagune hinauf nach Norden, verfolgt und begleitet von Wolken silberglänzender Falorien, die pfeilgleich unter dem Rumpf des Bootes hin und her schnellten.

Wenig später erreichte er die Höhe der nördlichen Zufahrt. Hütte und Steg waren noch immer exakt so, wie er sie tags zuvor vorgefunden hatte. Er steuerte die Jolle auf den Strand, sprang heraus und belegte das Ende der Fangleine an einem der Bambuspfähle.

Er blieb einen Moment lang ruhig stehen und zog das Gelände in Betracht. Wie schon bei seinem ersten

Besuch, entdeckte er nur Stille und Ödnis. Er schritt den Steg hinunter. Die Oberfläche der Lagune war aufgerauht von der Brise, so daß der Grund nur schwer zu erkennen war; aber die Knochen waren noch immer deutlich genug zu sehen.

Glawen kehrte an den Strand zurück und untersuchte die Hütte. Hinter einer überdachten Freifläche an der Vorderfront befanden sich acht zellenähnliche Kammern, deren einziges Mobiliar aus Fußbodenmatten bestand. Es gab weder Kochstellen noch sanitäre Anlagen außer solchen von primitiverer Art, die sich in einem Anbau an der Rückseite der Hütte befanden.

Glawen entschied, daß er genug gesehen hatte; er war bei seinem ersten Besuch also doch keinem Trugbild aufgesessen. Er stieg wieder in seine Jolle und stieß sich vom Ufer ab. Als das Boot von dem Steg wegglitt, schaute er hinüber zur Durchfahrt und sah, etwa zwei Meilen entfernt, zwei Lateinsegel, die sich im Winde blähten.

Der Kurs, auf dem das Fahrzeug – ein Katamaran, wie er jetzt erkannte – lag, würde es, so sein Blick ihn nicht trog, geradewegs zum nördlichen Kanal bringen.

Glawen brauste mit voller Kraft zu seiner Schaluppe zurück. Unter den gegebenen Umständen und unbewaffnet, wie er war, konnte er keine Konfrontation riskieren, sondern mußte, wenn nötig, sofort die Flucht ergreifen. Wenn er erst die offene See gewonnen hatte, würde er in Sicherheit sein. Auf Vorwindkurs oder bei rauhem Wind würde der Katamaran ihn spielend einholen, aber bei Flaute oder Gegenwind würde sein Triebwerk ihn rasch auf Distanz zu dem unmotorisierten Katamaran bringen.

An Bord der Schaluppe angekommen, hängte Glawen sich das Fernglas um und stieg auf den Mast. Er spähte durch das Glas. Das Boot, das sich jetzt rasch der Insel näherte, war ein Zweimast-Katamaran von sechzig oder fünfundsechzig Fuß Länge – ziemlich groß für ein Yip-Fischerboot –, und zu seiner großen Erleichterung sah er, daß es tatsächlich auf die nördliche Durchfahrt zuhielt. Das Risiko, daß er entdeckt würde, sank damit auf ein Minimum: vor dem Hintergrund aus Hagedorngestrüpp und Telegraphendendren würde der schlanke graue Mast der Schaluppe kaum auszumachen sein.

Glawen beobachtete den Katamaran, bis er hinter der Krümmung der Insel verschwunden war, dann ließ er sich wieder aufs Deck hinunter. Er stand einen Moment lang da und schaute unschlüssig über die Lagune. Die Vorsicht gebot, daß er die Insel Thurben unverzüglich verließ. Andererseits, wenn er vorsichtig den Strand hinauf pirschte und sich stets in Deckung des Hagedorngestrüpps hielt, konnte er vielleicht die Identität der Insassen des Katamarans herausbringen. Wenn er entdeckt wurde, konnte er immer noch zurückrennen, sich an Bord der Schaluppe begeben und davonsegeln. Wofür also sollte er sich entscheiden? Für den klugen Rückzug oder den bei aller Vorsicht nicht ganz ungefährlichen Erkundungsgang zu der Hütte? Hätte er eine Feuerwaffe bei sich geführt, wäre die Entscheidung leicht gewesen. Aber da er keinerlei Waffe besaß, abgesehen von einem Tranchiermesser aus der Kombüse, bedurfte die Entscheidung sorgfältiger Überlegung. Es dauerte ganze zehn Sekunden, bis er sie gefällt hatte. »Ich bin ein Clattuc«, sagte er sich. »Mein Erbe, mein Wesen, die Tradition: sie alle weisen mir den Weg, den ich gehen muß.«

Ohne weiteres Aufhebens steckte er sich das Tranchiermesser mit seiner sechs Zoll langen Klinge in den Gürtel, fuhr mit der Jolle zum Ufer und trabte den Strand hinauf, geschickt die Deckung nutzend, die die überhängenden Zweige des Hagedorngestrüpps ihm boten.

Während er sich vorwärtsbewegte, hielt er den Blick aufmerksam nach vorn gerichtet, für den Fall, daß jemand von Bord des Katamarans gleichfalls auf die Idee gekommen sein sollte, den Strand zu erkunden. Aber er sah niemanden, was ihn von der Notwendigkeit befreite, zwischen zwei gleichermaßen unerfreulichen Optionen zu wählen.

Die Masten des Katamarans wurden sichtbar; einige hundert Yard weiter kamen der Steg und das Boot selbst in Sicht. Glawen kroch den Hang auf der hinteren Seite des Strandes hinauf, zwängte sich durch eine Lücke zwischen den Dornbüschen und ging geduckt hinter dem Dickicht weiter, das ihm nun volle Deckung gewährte. Kurz darauf ließ er sich auf Hände und Knie herunter und kroch vorsichtig weiter, bis er nur mehr fünfzig Yard von der Hütte entfernt war. Hier legte er sich flach auf den Bauch und überblickte die Szene durch sein Fernglas.

Vier goldhäutige Yips pendelten zwischen Boot und Hütte hin und her. Sie hatten bereits Kissen, Matten und Korbstühle an Land geschafft und waren jetzt dabei, einen langen Tisch aufzustellen. Sie waren lediglich mit kurzen weißen Wämsern bekleidet und schienen noch sehr jung zu sein, wenngleich ihre Gesichter nicht zu erkennen waren, da sie mit schwarzen Kapuzen verhüllt waren.

Sechs weitere Männer, diese bereits deutlich reiferen Alters, saßen auf den Korbstühlen. Sie trugen weite hellgraue Umhänge und, wie die Yips, schwarze Kapuzen, die ihre Identität verbargen. Sie saßen ruhig und gelassen da: Männer von Rang und Stand, wenn nicht gar Bedeutung, ihrer Pose und der Art, wie sie den Kopf hielten, nach zu urteilen. Sie kommunizierten nicht untereinander, sondern schienen im Gegenteil fast demonstrativ Distanz zueinander zu halten. Glawen war außerstande, ihre Herkunft zu erraten. Sie waren keine Yips, soviel stand fest; sie waren auch keine Naturalisten aus Throy, und ganz bestimmt stammte auch keiner von ihnen aus Araminta.

Etwas Bedrohliches lag in der Luft, schien sie förmlich knistern zu machen. Die sechs Männer in grauer Robe saßen steif und still; ihre Kapuzen erzeugten eine Atmosphäre von grausiger Unwirklichkeit. Glawens Befürchtung, entdeckt zu werden, verflog; die vier Yips und die sechs vermummten Männer waren vollkommen mit sich selbst beschäftigt. Glawen verfolgte das merkwürdige Treiben mit gebannter Faszination.

Ein bizarres neues Element bereicherte jetzt das Geschehen. Aus dem Boot trat eine großgewachsene, grobknochige Frau mit breiten Schultern und massigen Gliedmaßen, von einer Gattung, die sich sowohl von der der Yips als auch von der der verhüllten Männer vollkommen unterschied. Anstelle einer Kapuze trug sie eine schwarze Maske, die ihre Nase und ihre Augen verdeckte, jedoch ihre kräftigen, flachen Wangen und ihr wuchtiges, an einen Amboß gemahnendes Kinn bloß ließ. Die Haut auf diesen Körperarealen und auf ihren nackten Armen war von einem leuchtenden Weiß; ein Kranz sandfarbenen Haares umringte ihren klobigen Schädel. Die einzigen Indizien von Weiblichkeit waren zwei lappige Brüste und schwere, von kurzen weiten Hosen umhüllte Hüften.

Die Frau schritt zum Ende des Stegs und ließ ihren Blick über die Szene schweifen. Sie sprach ein paar Worte zu den Yips; zwei von ihnen rannten zum Boot und kehrten zurück mit hölzernen Kisten, die sie auf den Tisch stellten. Sie öffneten die Deckel und nahmen Flaschen mit Wein und Pokale heraus, die sie füllten und den sechs vermummten Männern darreichten. Die anderen zwei brachen Zweige aus dem Hagedorngestrüpp und entfachten ein Feuer.

Die Frau kehrte zum Boot zurück. Sie sprang an Bord und verschwand in der Kajüte. Einen Moment später kam eine Gruppe von Yip-Mädchen aus der Kajüte, gefolgt von der Frau. Die Mädchen gingen unsicher den Steg hinauf, unschlüssige Blicke nach links und rechts werfend, und über die Schulter auf die grimme Gestalt der Frau hinter ihnen. Sie waren sechs an der Zahl, allesamt in der Blüte ihrer Jugend, mit großen Topasaugen, fein geschnittenen Zügen und weichem, honigfarbenem Haar, und jetzt begriff Glawen schlagartig, woher die Gebeine am Grunde der Lagune stammten, und er glaubte erraten zu können, was jetzt geschehen würde.

Die sechs vermummten Männer schauten stumm und regungslos zu. Die sechs Mädchen blickten sich um. Kindliche Arglosigkeit spiegelte sich in ihren Gesichtern, gepaart mit allmählich wachsendem Unbehagen. Auf ein knappes Kommando von der Frau hin setzten sie sich in den Sand.

Das Wesen der Veranstaltung war Glawen jetzt klar. Während er schaute, wie erstarrt hinter dem Dornengestrüpp kauernd, nahmen die Geschehnisse des Nachmittags mit unerbittlicher Leichtigkeit und Finesse ihren Lauf.

Schließlich hielt Glawen es nicht mehr aus. In trübster Stimmung, zutiefst bedrückt und entsetzt, von Übelkeit geschüttelt, ging er den Weg zurück, den er gekommen war und begab sich wieder an Bord seiner Schaluppe, nicht ohne zuvor das Haltetau von dem Stamm des Hagedornbuschs zu lösen.

Syrene sank im Westen, und Glawen dachte nach über das, was er gesehen hatte und überlegte, was er tun sollte. Hätte er eine Waffe bei sich gehabt, wäre das Planen leichter gewesen.

Die Sonne ging unter; Zwielicht legte sich über die Insel Thurben, und bald darauf Dunkelheit. Glawen lichtete den Anker und lenkte die Schaluppe in langsamster Fahrt nach Norden die Lagune hinauf; zur Orientierung diente ihm der weiße Strand, der bleich im Sternenlicht schimmerte. Unter ihm wirbelte eine Wolke phosphoreszierender Falorien, jede einem Stück dicken Silberdrahtes von vier Zoll Länge gleich.

Voraus, am Ufer, sah er jetzt das Flackern des Feuers. Glawen ließ den Anker herunter, ganz langsam und mit äußerster Behutsamkeit, damit die Kette keine Geräusche machte. Er studierte den Strand durch sein Fernglas. Er gewahrte noch immer träge Aktivität. Glawen ließ eine Stunde verstreichen, dann kletterte er in seine Jolle; er stellte den Impeller auf Viertelkraft ein und glitt langsam zu dem Steg, wobei er darauf achtete, stets gebührenden Abstand zum Ufer zu halten. Unter ihm wimmelten tausend Falorien; von oben muteten sie an wie eine bewegliche Blase aus grüngelbem Licht.

Das Feuer war heruntergebrannt. Glawen steuerte die Jolle uferwärts auf den Steg zu. Langsam bewegte sich die Jolle über die dunkle Lagune, und schließlich glitt sie an den Katamaran heran. Mit einem leisen, kaum hörbaren Ruck legte Glawen seitlich an einem der Rümpfe des Bootes an. Glawen hielt sich am Schandeckel des Katamarans fest und lauschte. Kein Laut war zu hören. Er machte die Jolle an einer Want fest und stieg lautlos an Bord des Katamarans. Einen Moment lang verharrte er reglos, den Körper leicht vorgebeugt, bereit, im Falle eines plötzlichen Angriffs sofort in die Jolle zurückzuspringen. Aber noch immer herrschte völlige Stille. Er ging zum Heck, fand die Halteleine, durchschnitt sie mit seinem Messer und warf sie beiseite. Dann schlich er tief geduckt zum Bug des Katamarans und kappte die vordere Halteleine. Es gab keine Springleinen; der Katamaran trieb jetzt frei. Ein Gefühl heiteren Triumphs stieg schäumend in Glawens Kehle hoch; er rannte geduckt zurück zu seiner Jolle.

Ein dumpfes Dröhnen, ein Schaben, eine massige Erscheinung. Auf dem abseitigen Rumpf des Katamarans war gleichsam aus dem Nichts die Frau aufgetaucht, die irgendwie entdeckt hatte, daß nicht alles so war, wie es sein sollte. Im Sternenlicht gewahrte sie Glawen und bemerkte die wachsende Kluft zwischen Katamaran und Steg. Mit einem kehligen Wutschrei sprang sie quer über das Kajütendach und stürzte sich, die Arme weit ausgestreckt, die Finger zu Haken gekrümmt, auf Glawen. Glawen versuchte auszuweichen, aber er verfing sich zwischen den Wanten, und die Frau war über ihm. Sie stieß einen unartikulierten Triumphschrei aus und schlang die Klauen um seinen Hals.

Glawens Knie knickten ein, und er sackte zusammen; sein Gesicht grub sich in ihren Bauch; der Gestank ihres Körpers stach ihm in die Nase. Verzweifelt dachte er: »Das darf nicht sein! Dies kann nicht mein Schicksal sein!« Er drückte die Knie durch und rammte den Schädel gegen ihr Kinn. Sie grunzte; ihre Arme erschlafften. Glawen schlug wild aus und bekam ihre Maske zu fassen. Er zog sie herunter, so daß sie ihre Augen verdeckte. Sie riß die Arme hoch und zerrte sie zur Seite. Glawen nutzte die Gunst des Augenblicks, stieß mit seinem Messer nach ihr und versenkte die Klinge in ihrem Unterleib. Sie schrie entsetzt auf und versuchte, das Messer herauszureißen. Glawen stemmte sich mit einem Bein gegen das Kajütendach und stieß mit beiden Händen zu. Die Frau taumelte zurück, stolperte über den Schandeckel und fiel rücklings über Bord und ins Wasser. Glawen beugte sich schweratmend vor und schaute hinunter. Der phosphoreszierende Schein der Falorien umhüllte ihr Gesicht, einem Bart aus zuckenden Silberstoppeln gleich. Sekundenlang blickte Glawen ihr in die Augen, die weit aufgerissen durch das Wasser nach oben starrten, erfüllt von Grauen und Entsetzen. Glawen sah ihre Stirn; sie war tätowiert mit einem eigenartigen schwarzen Symbol: eine zweizackige Forke mit einem kurzen Stiel; die Zinken waren an den Spitzen nach innen gewölbt.

Das Gift der Falorien lähmte die Frau; silberne Drähte sprossen aus ihrem Körper. Luft entwich mit einem blubbernden Geräusch aus ihren Lungen; sie sank langsam zum Grund.

Glawen blickte zum Ufer. Die Geräusche, gedämpft durch das Glucksen und Rauschen des Wassers zwischen den Bambuspfählen des Stegs, hatten niemanden aufgeschreckt.

Immer noch zitternd und ein wenig benommen, ließ Glawen sich vorsichtig in die Jolle hinunter. Er schlang ein Tau um den Stevenlauf des Katamarans, knotete es fest und band das andere Ende an der Hecköse der Jolle fest. Er aktivierte den Impeller und schleppte den Katamaran zu seiner Schaluppe.

Er löste das Schlepptau von der Jolle, befestigte es an einem der Vertäuungsklampen der Schaluppe, dann hievte er die Jolle an Bord und nahm Kurs nach Süden, den Katamaran im Schlepptau.

Hinten in der Hütte hatte jetzt endlich jemand das Fehlen des Katamarans bemerkt. Glawen hörte aus der Ferne laute Schreckensrufe und lächelte zufrieden in sich hinein.

Aufmerksam auf die schimmernde Gischt zu seiner Rechten achtend, die die Linie markierte, an der die Ozeanwellen sich an dem Riff brachen, fuhr Glawen langsam nach Süden. An der Stelle, wo die Gischtlinie endete, fand Glawen die Passage durch das Korallenriff. Er steuerte die Schaluppe durch den Kanal und gewann die Freiheit der offenen See: für immer fort von der verfluchten Insel Thurben.

Glawen schleppte den Katamaran noch zwei Stunden mit Motorkraft, dann hißte er das Segel und ließ sich vom Wind nach Süden treiben.

Um den Gestank der Frau aus der Nase zu kriegen, entledigte sich Glawen seiner Kleider und schrubbte sich ausgiebig ab. Sodann zog er frische Kleidung an, aß Brot und Käse und trank eine halbe Flasche Wein. Eine sehr eigenartige Stimmung bemächtigte sich seiner. Er ging hinauf auf Deck und setzte sich in die Plicht.

Nachdem er eine Stunde dort verbracht hatte, erhob er sich, reffte das Segel, überprüfte das Schlepptau, machte alles fest, ging hinunter in seine Koje und schlief sofort fest ein.

Gleich am nächsten Morgen stieg Glawen auf den Katamaran. Er fand nichts, was auf die Identität der Insassen hingewiesen hätte, weder auf die der Frau noch auf die der sechs vermummten Männer.

Glawen brachte sämtliche Navigationsinstrumente des Katamarans auf die Schaluppe; zweifelsohne stammten sie von Station Araminta und waren irgendwann entwendet worden.

Glawen setzte den Katamaran in Brand und kehrte auf die Schaluppe zurück. Mit einer frischen Brise im Rücken nahm er Kurs nach Südwesten. Vom Heck der Schaluppe aus schaute er zu, wie der Katamaran in Flammen aufging. Eine Säule dicken schwarzen Rauchs entquoll der Kajüte und stieg zum Himmel. Je weiter er sich entfernte, desto kleiner wurden die Flammen, bis sie schließlich aus seinem Gesichtsfeld verschwanden, und bald sah er nur noch eine winzige schwarze Rauchfahne, die sich schräg über den Horizont neigte.

III

Nachdem er einen Tag und eine Nacht vor wechselnden Winden gesegelt war, sichtete Glawen die Küste des Festlands. Eine Stunde nachdem Syrene den Zenith überquert hatte, ritt er auf den Wogen des Ozeans über die Barre der Wanmündung. Eine Stunde später saß er in Bodwyn Wooks Büro in Amt B und schilderte seine Abenteuer dem gesamten Führungsstab, auch genannt der Zoo: Scharde Clattuc, der hagere graue Wolf; Ysel Laverty, der Keiler; Rune Offaw, das schlanke, unbarmherzige Hermelin und, fast verschwindend in seinem klotzigen Ledersessel, der kleine glatzköpfige Orang-Utan Bodwyn Wook.

Glawen beendete seinen Bericht. »Ich ließ sie also gestrandet und sehr unglücklich zurück: vier Yips und sechs andere von unbekannter Herkunft. Sie sind wahrscheinlich im Hotel registriert: zumindest ist das meine Vermutung.«

»Absolut erstaunlich«, sagte Bodwyn Wook. »Und selbstverständlich absolut unerträglich.« Er blickte zur Decke und sprach in dem belehrendsten Ton, über den er gebot: »Eine ganze Reihe von Fragen kommen mir hierzu in den Sinn. Wer hat diese Lustbarkeiten organisiert? Es muß nicht notwendigerweise Titus Pompo sein, wiewohl er offensichtlich seine Hand mit im Spiel hat. Wie lange geht das schon so? Bisher hat es mindestens ein- oder zweimal stattgefunden, den Gebeinen nach zu schließen. Wer sind die sechs vermummten Personen? Woher stammen sie? Wie wurde an sie herangetreten und von wem? Wer ist, oder besser gesagt, war die Frau mit der tätowierten Stirn? Zweifelsohne werden wir bald Antworten auf einige dieser Fragen haben, aber ich für mein Teil werde mich erst zufriedengeben, wenn jede Einzelheit dieses abscheulichen Skandals voll aufgedeckt ist. Und schließlich: welches wäre unsere beste und wirksamste Sofortreaktion?« Bodwyn Wook lehnte sich zurück. »Meine Herren, ich warte auf Ihre Vorschläge.«

Nach einer kurzen Denkpause meldete sich Rune Offaw zu Wort. »Es wird über kurz oder lang in Yipton auffallen, daß ein Katamaran überfällig ist. Ich könnte mir denken, daß Titus Pompo ein Interesse daran hat, Nachforschungen über den Verbleib dieses Katamarans anstellen zu lassen. Er wird zu diesem Zweck entweder ein zweites Boot ausschicken oder möglicherweise sogar riskieren, seinen anderen Flieger – vorausgesetzt, ein solcher existiert tatsächlich – nach Thurben zu entsenden. Wir sollten darauf vorbereitet sein, diese Möglichkeit auszunutzen – die, zugegebenermaßen, nicht sehr groß ist.«

»Wie lautet also Ihr Vorschlag?«

»Ich meine, wir sollten unverzüglich ein Transportflugzeug für die Leute auf der Insel in Marsch setzen und außerdem mit zwei oder drei gut bewaffneten Maschinen einen Hinterhalt legen. Wenn Titus Pompo seinen mutmaßlichen Flieger losschickt, zwingen wir ihn entweder zur Landung oder schießen ihn ab oder eskortieren ihn hierher, nach Araminta. Und falls, was wahrscheinlicher ist, ein Boot auftaucht, können wir die Yips gefangennehmen und das Boot versenken.«

Bodwyn Wook schaute von einem zum andern. »Ich wüßte keinen besseren Plan. Wenn keiner von Ihnen irgendwelche Einwände dagegen hat, sollten wir ihn unverzüglich in Angriff nehmen.«

IV Scharde flog den großen Agentur-Touristentransporter zur Insel Thurben, begleitet von vier Agenten von Amt B. Kurz vor der Insel verringerte Scharde die Geschwindigkeit und ging auf eine Höhe von tausend Fuß herunter, dann schwenkte er nach Norden über die Lagune und ließ die Maschine über dem Steg und der Hütte in der Luft verharren. Zwei andere Flieger und eine zweite Transportmaschine, letztere beladen mit Proviant und Wasser für drei Tage, waren bereits auf dem zentralen Gipfel gelandet, von dem aus sie das Meer und den Himmel mit Radar überwachen würden.

Schardes eigenes Radar zeigte eine blanke See und einen leeren Himmel. Mit dem Fernglas inspizierte er das unter ihm liegende Gelände und entdeckte die vier Yips, die trostlos im Sand nahe beim Fuß des Stegs kauerten. Die anderen sechs Männer waren nicht zu sehen.

Scharde landete den Transporter in der Nähe der Hütte. Zusammen mit seinen drei Begleitern sprang er hinunter in den Sand. Die Yips wandten sich um und sahen die vier mit apathischem Blick an. Scharde winkte ihnen zu. »Steigt in den Transporter.«

Sie rappelten sich mühsam auf. Einer von ihnen murmelte in heiserem Flüsterton: »Geben Sie uns Wasser.«

Scharde sagte zu seinen Männern: »Gebt ihnen zu trinken.«

Aus der Hütte kamen die sechs Männer geschlurft, abgehärmt und mit verstörtem Blick. Sie hatten ihre schwarzen Kapuzen abgelegt und entpuppten sich als Männer mittleren Alters von normalem Aussehen, offensichtlich den höheren Schichten der Gesellschaft angehörend. Sie stolperten auf Scharde zu, mit krächzenden Stimmen nach Wasser röchelnd.

Scharde zeigte auf den Transporter. »Steigt ein, und ihr werdet zu trinken bekommen.«

Die sechs Männer kletterten in die Passagierabteilung, wo sie mit Wasser versorgt wurden. Scharde ließ den Transporter aufsteigen und flog zurück nach Station Araminta.

Fünfzehn Minuten vergingen. Die einstmaligen Gestrandeten hatten sich sattgetrunken und peilten jetzt vorsichtig die Lage. Einer rief zu Scharde hinüber: »Sagen Sie mal, Pilot! Wo bringen Sie uns hin?«

»Nach Station Araminta.«

»Gut. Dann kriege ich ja vielleicht doch noch meinen Anschluß.«

»Ich fürchte, daraus wird nichts«, sagte Scharde. »Sie stehen alle unter Arrest. Sie werden nirgends hinfliegen.«

»Was! Das meinen Sie doch wohl nicht im Ernst! Nach all den Entbehrungen und Qualen, die wir erduldet haben?«

»Sie haben keine rechtliche Grundlage für einen solchen Akt der Freiheitsberaubung!« erklärte ein anderer. »Ich bin ein Rechtskundler von beträchtlichem Rang, und ich versichere Ihnen, daß Sie absolut im Unrecht sind. Ich für mein Teil beabsichtige, eine beträchtliche Rückzahlung zu fordern und gegebenenfalls auch Schadenersatz.«

»Von wem? Von Station Araminta?«

»Von der Firma Ogmo, von wem sonst? Die Einrichtungen waren nicht wie geschildert.«

Ein anderer aus der Gruppe bekräftigte die Bemerkungen. »Das ist richtig und zutreffend. Ich bin zutiefst entrüstet, und ich lasse mich nicht ausnehmen!«

Scharde frug: »Sind Sie auch Rechtskundler?«

»Leider kann ich diesen Ehrentitel nicht für mich in Anspruch nehmen, aber ich habe mehrere Rechtskundler bei mir angestellt. Ich leite eine Anzahl von Finanzgesellschaften, darunter auch eine große Bank. Ich bin Nachlässigkeit und schlechte Behandlung nicht gewohnt.«

Ein anderes Mitglied der Gruppe rief empört: »Die Entbehrungen, denen ich unterworfen war, sind unentschuldbar! Meine Rechte sind auf das schwerste verletzt worden, und die Behörden von Araminta tragen dafür die volle Verantwortung!«

»Ich vermag Ihrer Argumentation nicht zu folgen«, sagte Scharde.

»Das ist doch ganz einfach. Ich ließ mich von einem Angebot freundlicher Aufnahme und angenehmer Unterhaltung auf diese Welt Cadwal locken; statt dessen erfuhr ich nur Not, Entbehrung, Durst, Angst und Unbill. Irgend jemand muß dafür Strafe zahlen.«

Scharde sagte lachend: »Ich befürchte, daß die Strafen, die zu zahlen sind, von Ihnen bezahlt werden müssen.«

Ein anderer ereiferte sich: »Ich bin Acolyt Dritten Grades am Bogdar Kadesh; Ihre Anschuldigungen sind skandalös! Unsere Aufgabe ist es, das Recht zu promulgieren, nicht, in jedem läppischen Detail unseres Lebens als Beispiel für es zu dienen. Ich weise Ihre schelmischen Anspielungen energisch zurück, und ich muß mit allem Nachdruck darauf pochen, daß Sie mir den Respekt zollen, der meinem geistlichen Stand gebührt!«

»Ganz recht«, sagte Scharde.

In Station Araminta angekommen, wurden die Ausgesetzten ungeachtet ihres lautstarken Protests in ein altes steinernes Lagerhaus gesperrt und sodann der Reihe nach Bodwyn Wook zum Verhör vorgeführt. Bei der Untersuchung zugegen waren außerdem Scharde, Egon Tamm, der Konservator, und Glawen.

Die vier Yips wurden als erste vernommen; getrennt, einer nach dem andern, wurden sie in Bodwyn Wooks Büro geführt. Jeder von ihnen erzählte die gleiche Geschichte. Sie waren allesamt Oomp-Kadetten, speziell dazu auserwählt, bei den Ausflügen zur Insel Thurben zu assistieren. Dieser letzte Ausflug war der dritte in einer Reihe gewesen, die ungefähr einen Monat zuvor begonnen hatte. Die tote Frau kannten sie nur als ›Sibil‹. Sie hatte an der zweiten Exkursion teilgenommen, jedoch nicht an der ersten. Die vier Yips haßten und fürchteten Sibil: sie stellte sehr hohe Anforderungen und war absolut unduldsam gegenüber der trägen Nachlässigkeit, mit der sie üblicherweise ihrem Tagwerk nachgingen. Tüchtigkeit, Schneid und peinliche Genauigkeit waren Sibils stetiges Trachten: so berichteten die Yips, und jeder von ihnen hatte so seine eigene kleine Leidensgeschichte von Hieben und Knüffen zu erzählen.

Der letzte Yip, der einvernommen wurde, war Saffin Dolderman Nivels: so identifizierte er sich, und er beantwortete die Fragen so, als nähme er an einer freundlichen und beiläufigen Konversation teil. »Ich bin wirklich froh zu hören, daß Sibil tot ist«, sagte Saffin. »Sie machte jeden mürbe und trug wahrlich nicht dazu bei, die Ausflüge zu einem fröhlichen Erlebnis zu machen.«

»Nicht einmal die Mädchen hatten ihren Spaß«, erwog Scharde.

»Nun ja, das wurde auch nicht gerade von ihnen erwartet«, sagte Saffin. »Gleichwohl, alles in allem werden die Ausflüge besser sein mit Sibil unter dem Steg statt am Strand. Es wird lehrreich sein, auf ihre Knochen hinunterzuschauen.«

Bodwyn Wook lächelte dürr. »Saffin, du lebst in einer seltsamen und wundervollen Welt.«

Saffin nickte höflich. »So scheint es mir auch. Ich kenne natürlich auch keine andere, was schade ist. Ich bin der Typ von Mann, der seinen Fisch nicht nur mit Drachenfeuersauce anmacht, sondern auch mit süßem Dattelpflaumenchutney.«

»Die Ausflüge fanden in Abständen von zwei Wochen statt«, sagte Egon Tamm. »War dies der beabsichtigte Zeitplan für die Zukunft?«

»Das weiß ich nicht, Herr. Niemand hat sich die Mühe gemacht, mich zu unterrichten.« Saffin schaute von einem zum andern, ein vages Lächeln auf dem Gesicht. Er stand zögernd auf. »Nun, meine Herren, wenn Sie keine weiteren Fragen mehr haben, dann werden ich und meine Kameraden jetzt unserer Wege gehen. Es ist nett, sich mit Ihnen zu unterhalten, aber die Pflicht ruft mit eherner Stimme, und wir dürfen uns vor ihrem Ruf nicht drücken.«

Bodwyn Wook schmunzelte. »Und der Soziologe Porlock behauptet, den Yips fehle jeglicher Sinn für Humor. Er hätte einmal deine ätzenden Späße hören müssen. Du bist ein Mörder und noch Schlimmeres. Du wirst nirgends hingehen, außer zurück in dein Gefängnis.«

Saffins Miene trübte sich. »Mein Herr, ich hatte befürchtet, daß Sie diesen Standpunkt einnehmen würden! Aber Sie beurteilen uns falsch! Solche Pflichten, wie Sie sie erwähnen, sind nicht nach unserem Geschmack; aber was können wir machen? Für einen guten Kadetten ist Gehorsam das oberste Gebot!«

Bodwyn Wook nickte weise. »Du willst also sagen,

ihr hattet keine andere Wahl, als diese scheußlichen Verbrechen zu begehen?«

»Nicht die geringste! Dafür verbürge ich mich!«

Scharde schlug vor: »Ihr hättet ja den Dienst bei den Oomps quittieren können.«

Saffin schüttelte den Kopf. »Das wäre kein guter Plan gewesen.«

»Nicht doch«, entgegnete Bodwyn Wook. »Du wirst am Ende finden, daß es im Gegenteil ein sehr guter Plan gewesen wäre: bestimmt der klügste in deinem ganzen Leben.«

Saffin sagte mißmutig: »Bei allem, was recht ist; Sie sollten unsere Not bedenken. Wenn die reichen Wosker mit schimmernden Zähnen kommen, sollen wir da ihr Geld verschmähen?«

Bodwyn Wook überging die Frage. »Gaben die reichen Wosker ihr Geld Sibil?«

»Niemals Sibil, niemals mir! Nicht einmal einen Dinket hatten Sie für mich übrig!«

»Hat Sibil mit den Woskern gesprochen? Vielleicht, daß sie sie auf ihre Tätowierung angesprochen haben? Oder hat sie vielleicht dir gegenüber irgend etwas erwähnt?«

Saffin machte eine verächtliche Handbewegung. »Mir gegenüber hat Sibil nur Befehle geäußert, die ich umgehend befolgen mußte. Die zweite Gruppe waren ihre Freunde, und mit ihnen hat sie gesprochen, aber nur hinsichtlich ihres Verhaltens.«

»Wie meinst du das?«

»Es waren merkwürdige Leute in vielerlei Hinsicht, und sie wollten die Mädchen nicht anfassen, aber Sibil drohte ihnen und bestand darauf, daß sie mit den Mädchen Unzucht trieben, und sie taten ihr Bestes, um dieser Forderung Genüge zu tun, aus Furcht, daß Sibil ihre Drohung womöglich in die Tat umsetzen würde.«

»Und worin bestand diese Drohung?«

»Sie sagte, sie müßten entweder mit den Mädchen

Unzucht treiben oder mit ihr selbst; sie hätten die Wahl. Worauf alle sich hastig für die Mädchen entschieden.«

»Was zweifelsohne die bessere Alternative war«, sagte Bodwyn Wook. »Ich hätte gewiß die gleiche Wahl getroffen. In welcher Hinsicht waren diese Leute sonst noch merkwürdig?«

Saffin konnte nur vage Eindrücke mitteilen. »Sie waren ganz komisch, aber das war Sibil egal, und jetzt, wo ich darüber nachdenke, fällt mir ein, daß da noch die Rede von einer anderen Exkursion war: eine Gruppe von vier Damen und vier Männern. Ich fragte mich, was für eine Art von Aktivitäten Sibil da wohl im Sinn hatte.«

»Vielleicht hatte sie vor, deine eigenen fachmännischen Dienste zu verwenden.«

Saffin blinzelte. »Das wird nicht als mein Arbeitsgebiet betrachtet.«

»Man kann nie wissen, und Spekulation ist bar jeden Nutzens. Was kannst du uns sonst noch berichten?«

»Überhaupt nichts! Gewiß sind Sie jetzt von meiner Unschuld überzeugt. Darf ich jetzt gehen?«

Bodwyn Wook stieß ein ungläubiges Schnauben aus. »Bist du dir überhaupt nicht bewußt, was für grausige Taten du begangen hast? Empfindest du keine Schuld? Keine Scham? Keine Reue?«

Saffin sagte ernst: »Herr, Sie sind alt und weise, aber Sie können nicht jedes einzelne kleine Detail des Kosmos erfassen.«

»Einverstanden! Und? Was willst du damit sagen?«

»Vielleicht gibt es irgendein winziges Detail, das mir bekannt ist, aber völlig außerhalb Ihres Erfahrungsbereiches liegt.«

»Auch da stimme ich dir voll und ganz zu! Bestimmte Einzelheiten deiner Arbeit mit den Mädchen übersteigen alles, was ich jemals zu erreichen hätte hoffen können.«

»Da dies so ist, würden Sie es als respektlos empfinden, wenn ich Ihnen die Regeln erläutern würde, nach denen Sie und ich und wir alle unser Verhalten lenken müssen, wenn wir uns das Leben erleichtern wollen?«

»Sprich!« sagte Bodwyn Wook. »Ich bin stets bereit zu lernen.«

»›Jetzt‹ ist ›jetzt‹! Das ist der befreiende Wahlspruch! Sie müssen ihn sich wieder und immer wieder vorsagen! ›Vergangenheit‹ und ›frühere Zeiten‹ – das sind leblose gedankliche Konstrukte, sonst nichts! Was geschehen ist, ist geschehen! Es ist aus und vorbei! Es ist verschwunden! Es ist zur Abstraktion des Nichts geworden! Die sogenannten ›Ereignisse der Vergangenheit‹ könnten genauso gut niemals stattgefunden haben, und es ist ratsam – und macht uns allen das Leben leichter –, sie in diesem Licht zu sehen! Glauben Sie mir, Herr, nicht bloß dieses eine Mal, sondern tausendmal hintereinander! Geben Sie niemals schlechten Gewohnheiten nach! Alten Erinnerungen nachzuhängen, sich wehmütig nach alten, imaginären Blütezeiten zurückzusehnen: all dies sind sichere Zeichen von beginnender Senilität. Der richtige Weg ist, das Leben so zu nehmen, wie es kommt; man darf sich niemals dazu verleiten lassen, Halt zu suchen an den trügerischen Rauchfahnen des bereits Geschehenen, Vergangenen. ›Jetzt‹ ist ›jetzt‹! Alles andere ist albern, nichtig und sinnlos. Praktisch ausgedrückt, ›jetzt‹ ist der Moment, da ich wünsche, dieses trostlose Gebäude, das nach Generationen und Abergenerationen von Woskern riecht, zu verlassen und mich wieder am Sonnenschein und an der würzigen Luft des freien Himmels zu erlaben.«

»Das soll dir vergönnt sein«, sagte Bodwyn Wook. »Ich bin zutiefst bewegt von deiner Beredsamkeit! Du hast dir fürwahr einen Hinrichtungsaufschub verdient, wenn meine Kollegen dem nur zustimmen wollen!« Er wandte sich den andern zu. »Saffin hat einige tiefe

Wahrheiten geäußert! Ich empfehle daher jetzt, daß wir, statt diese Halunken an einem Baum aufzuknüpfen oder sie für immer in ein dunkles Verlies zu sperren, ihnen eine freundliche und nützliche Zukunft gewähren. Als erstes sollen sie auf die Insel Thurben gehen und dort, während sie sich am Sonnenschein und an der würzigen Luft des freien Himmels erlaben, den Steg und die Hütte abreißen und das Terrain wieder in seinen ursprünglichen, natürlichen Zustand bringen. Danach heißt es: auf nach Cape Journal, dessen unendliche Weiten und tosende Winde selbst Saffins ungezähmten Geist befriedigen werden! Das Vergnügen und die tiefe Genugtuung, sein Leben sinnvoller Arbeit widmen zu dürfen, ist ein zusätzliches Bonbon – das Sahnehäubchen auf dem Kuchen, wenn man so will.«

»Auch ich war beeindruckt von Saffins Philosophie«, sagte Egon Tamm. »Ihr Programm ist wahrlich optimal, wie Saffin sicherlich auch finden wird.«

»Ganz recht«, sagte Bodwyn Wook. »Saffin, du bist ein Glückspilz. Doch bis es so weit ist, mußt du erst einmal ins Gefängnis zurück.«

Saffin wurde abgeführt, ungeachtet seines heftigen Protests. Bodwyn Wook lehnte sich in seinen Sessel zurück. »Es fällt schwer, jemanden mit einem so klaren Blick und einem so natürlichen, ungekünstelten Lächeln zu verurteilen … Je nun, Saffin selbst wäre der erste, der Sentimentalität verdammen würde. Was haben wir bisher in Erfahrung gebracht?«

»Wir haben einige interessante Mosaiksteinchen«, sagte Scharde. »Sie werfen freilich mehr Fragen auf, als sie beantworten.«

»Mir ist diese Sibil ein Rätsel«, sagte Egon Tamm. »Wenn ich derartige Exkursionen durchführte, würde ich eine Hostess einstellen, die charmant und graziös ist – aber bestimmt nicht so ein Monstrum wie Sibil.«

»Der Fall ist in der Tat voller Rätsel«, sagte Bodwyn

Wook. »Aber wir müssen weitermachen. Scharde, ich hörte, Sie haben ein paar Worte mit unseren Hauptschuldigen gewechselt?«

»Viel habe ich dabei nicht erfahren. Das einzige, was ich an Information liefern kann, ist, daß sie allesamt mittleren Alters und aus besseren Kreisen sind. Alle bezeichnen sich als Männer von Rang und Einfluß. Alle sind entrüstet über ihre Inhaftierung, und einige von ihnen haben Drohungen geäußert. Alle fühlen sich gekränkt und halten sich für Opfer eines Schwindels.«

Bodwyn Wook stieß einen Seufzer aus. »Ich denke, wir müssen uns ihre Beschwerden anhören. Vielleicht bringt uns das ein Stückchen weiter.«

Die sechs Teilnehmer des Inselausflugs wurden einer nach dem andern in das Zimmer geführt und verhört. Wie schon die Yips vor ihnen, erzählten auch sie alle die gleiche Geschichte. Sie hatten von dem Ausflug aus einer Broschüre der Firma Ogmo erfahren, die sie in ihrem Reisebüro erhalten hatten. Jeder von ihnen charakterisierte sein Interesse als nicht mehr denn oberflächliche Neugier, obwohl keiner von ihnen gezögert hatte, dem Reiseagenten tausend Sol und darüber hinaus den Fahrpreis für ein Ticket nach Station Araminta zu zahlen. Keiner von ihnen hatte bis zur Ankunft in Yipton irgendeinen Repräsentanten der Firma Ogmo zu Gesicht bekommen. Dort, in Yipton, hatte Sibil sie unter ihre Fittiche genommen. Alle bekräftigten nochmals, daß sie Personen von Rang und Ansehen seien; keiner betrachtete sich als sexuell abartig – sie seien, so beteuerten sie übereinstimmend, nichts anderes als ›ganz normale Bürger‹, die ›mal ein bißchen Spaß‹ haben, respektive ›einen drauf machen – Sie verstehen schon‹ wollten. Einer empörte sich: »Ich? Ein Perverser? Sie müssen verrückt sein!«

Jeder der sechs versuchte, seine Identität durch Angabe eines falschen Namens zu verschleiern, um einem etwaigen Skandal oder üblen Gerüchten vorzubeugen.

»Es wäre niemandem dienlich, einen großen Wirbel um die Sache zu machen, um es kurz zu sagen!« führte einer an, der sich als Rancher bezeichnete. »Meine Gattin würde sich übermäßig und unnötig aufregen.«

»Sie braucht es ja nicht zu erfahren«, sagte Bodwyn Wook. »Es sei denn, Sie legen Wert darauf, daß sie Ihrer Hinrichtung beiwohnt. Uns ist es gleich, ob wir sie unter Ihrem richtigen Namen oder unter einem Pseudonym hängen.«

»Häh? Was sagen Sie da? Das können Sie doch wohl nicht ernst gemeint haben!«

»Ich bin kein Mann, der leichtfertig Scherze macht. Sehe ich so aus, als würde ich spaßen?«

»Nein.«

»Das wäre einstweilen alles, mein Herr.«

Der Rancher verließ den Raum mit zögernden Schritten, sich mehrmals umdrehend in der Hoffnung auf irgendein beruhigendes Signal, das jedoch nicht kam.

Ein anderer aus der Gruppe, ein selbsternannter ›Finanzmann und Bankier‹, der seinen Namen mit Alvary Irling angab, beklagte sich noch bitterer als sein Vorgänger und drohte mit rechtlichen Schritten, falls seine Forderung nach sofortiger Freilassung nicht erfüllt werde. Bodwyn Wook fragte: »Wie können Sie solche Schritte einleiten, wenn Sie tot sind?«

»Tot? Wieso sollte ich tot sein?«

»Hinrichtung wegen Mordes gilt im Normalfall als durchaus plausible Todesursache.«

»Das ist ja völliger Unsinn!« erklärte Alvary Irling mit verächtlich schnarrender Stimme.

»Unsinn, sagen Sie?« donnerte Bodwyn Wook. »Sehen Sie den Shardashbaum dort drüben? Vielleicht werden Sie, noch ehe der Tag um ist, an jenem langen Ast dort baumeln!«

Alvary Irling sagte kühl: »Ich will sofort meinen Anwalt sprechen.«

»Diese Bitte wird abgeschlagen! Er könnte die Sache

nur unnötig komplizieren, und wir müßten ihn am Ende womöglich gleich mit aufhängen, wegen Anstiftung zur Behinderung der Justiz.«

»Ihr Humor ist grotesk! Ich bin ein bedeutender Geschäftsmann, und diese Haft bereitet mir große Unannehmlichkeiten.«

Seinem wütenden Gezeter zum Trotz wurde auch Alvary Irling wieder in das provisorische Gefängnis verbracht.

Bodwyn Wook schüttelte verärgert und genervt den Kopf. »Ich sehe keinen Grund, noch mehr Zeit auf diese widerliche Angelegenheit zu verschwenden. Das letzte Wort in dieserlei Dingen hat natürlich der Konservator.«

»Es kann nur ein Urteil geben«, sagte Egon Tamm. »Erstens: Hinrichtung dieser sechs, zweitens: Identifizierung und Dingfestmachung der Organisatoren und ähnliche Behandlung für sie, egal, wer sie sind und wo sie zu finden sind.«

»Sie werden von mir keinen Widerspruch hören«, sagte Bodwyn Wook. Er gewahrte Schardes skeptischen Blick. »Habe ich unrecht, oder haben Sie eine andere Idee?«

»Gestatten Sie mir, ein paar Fakten miteinander zu verketten«, sagte Scharde. »Erstens: wir wissen, daß die Yips früher oder später versuchen werden, massenhaft in die Provinz Marmion einzuschwärmen; wenn sie das schaffen, ist es aus und vorbei mit dem Konservat. So, wie die Dinge zur Zeit stehen, ist es ungewiß, ob wir sie zur Umkehr zwingen könnten; mit Sicherheit ist unsere Ausrüstung unzureichend, und das, was wir bräuchten, können wir nicht beschaffen, weil uns das nötige Geld fehlt. Denken Sie einen Moment nach. Wir haben sechs reiche Verbrecher in Gewahrsam. Wenn wir sie töten, haben wir sechs Leichen. Wenn aber jeder von ihnen eine gepfefferte Kaution zahlt – sagen wir, eine Million Sol pro Nase –, dann haben wir sechs Millionen Sol:

genug, um uns zwei Kampfmaschinen zu kaufen und einen permanenten Geschützposten über der Meerenge von Marmion zu unterhalten.«

Bodwyn Wook sagte in mürrischem Ton: »Das ist weder sauber noch korrekt noch gefällig.«

»Aber sehr praktisch«, sagte Egon Tamm. »Zudem brauche ich dann keine Rücksicht auf die verdammten LFFler zu nehmen. Sie werden keine sechs Millionen Sol auf irgendeine andere Weise bekommen – jedenfalls nicht von Throy.«

»Nun gut; so ist es denn so entschieden«, sagte Bodwyn Wook. »Ich schlage vor, wir stocken den Betrag noch um eine Zuschlaggebühr von tausend Sol auf, zur Finanzierung unserer Ermittlungen in der Ogmo-Sache.« Er beugte sich über sein Sprechgerät. »Bringen Sie die sechs Gefangenen herein, alle auf einmal.«

Die sechs Soumjianer, die immer noch die grauen Roben trugen, die sie anläßlich ihrer Exkursion zur Insel Thurben angelegt hatten, traten mit grämlichen Gesichtern in den Raum und mußten sich nebeneinander an der Wand aufstellen. Getrieben von einer boshaften Laune, rief Bodwyn Wook seinen Gerichtsvollstrecker. »Da stehen sie: sechs Schurken in einer Reihe. Machen Sie ein gutes Photo für die Akten und notieren Sie sorgfältig die Namen.« Er wandte sich an die Gefangenen. »Geben Sie dem Gerichtsvollstrecker nur ja Ihren richtigen Namen an; wenn Sie versuchen, uns hinters Licht zu führen, werden wir die Wahrheit prompt herausfinden, und dann wird alles nur noch schlimmer für Sie.«

»Kommen Sie!« schnarrte der Mann, der sich Alvary Irling nannte. »Was tut es zur Sache, welchen Namen wir angeben?«

Bodwyn Wook ignorierte die Frage. »Ihre Verbrechen sind abscheulich. Man sollte eigentlich erwarten, daß Sie ein gewisses Maß an Scham an den Tag legen, aber so etwas wie Reue oder Zerknirschung scheint bei

Ihnen eindeutig zuviel verlangt. Deshalb will ich gar nicht erst versuchen, Ihnen eine Moralpredigt zu halten; sie würde Sie nur langweilen. Es wird Sie sicher mehr interessieren, zu erfahren, daß wir ein Urteil gefällt und über Ihre Strafe entschieden haben. Halt! Keine Bemerkungen! Sie werden mir jetzt zuhören! Jeder einzelne von Ihnen hätte die sofortige Ausmerzung verdient, die man einem schädlichen Insekt angedeihen läßt. Ich für mein Teil würde großes Vergnügen dabei empfinden, Sie alle zusammen an dem langen Ast des Shardashbaums zappeln zu sehen, vielleicht zu den Klängen eines Streichquartetts, und vielleicht komme ich ja auch noch zu diesem Genuß.

Nun denn: trotz des Ekelgefühls, das Ihre schiere Anwesenheit in diesem Raum in uns hervorruft, sind wir zu der Überzeugung gelangt, daß wir Geld nötiger brauchen als Leichen. Um es kurz zu fassen: Sie können der Hinrichtung entgehen, indem Sie jeder eine Geldbuße von einer Million Sol plus tausend Sol Bearbeitungsgebühr entrichten.«

Einen Moment lang standen die sechs wie vom Blitz getroffen, starr, mit weit aufgerissenen Augen und Mündern, und es dauerte eine Weile, bis sie das volle Ausmaß dieses neuerlichen Unheils zu erfassen begannen. Dann, allmählich, kehrte Leben in die Gruppe zurück: zunächst starrten die sechs einander ungläubig an, dann regte sich ein Murmeln, und schließlich verlieh einer nach dem andern seinem Entsetzen vollen stimmlichen Ausdruck. »Eine Million Sol? Da könnten Sie ebenso gut die Monde von Geidion verlangen!« »Eine Million? Das wäre mein Ruin!« Und: »Selbst wenn ich alles verkaufen würde, könnte ich kaum eine Million Sol erlösen!«

Bodwyn Wook riß der Geduldsfaden. »Na schön. Diejenigen, die zahlen wollen, begeben sich bitte auf die Seite des Raumes. Scharde, Sie sind bitte so freundlich und hängen die anderen.«

Einer der Männer schrie entsetzt: »Ich würde ja zahlen, aber ich kann eine solche Summe nicht so kurzfristig aufbringen!« »Ich auch nicht!« schrie ein anderer. »Eine Million Sol, das trägt man schließlich nicht im Portemonnaie mit sich herum! Können Sie die Summe nicht auf, sagen wir, zehntausend herabsetzen, oder vielleicht sogar neuntausend?«

»Aha!« sagte Bodwyn Wook. »Sie glauben, Sie könnten mit mir feilschen? Sie werden die geforderte Summe bezahlen und nicht einen Dinket weniger!«

Scharde sagte leise zu seinen Kollegen: »Mir fällt auf, daß Alvary Irling, der Bankier, ganz ruhig und gelassen geblieben ist. Ich schließe daraus, daß er die Strafe zu zahlen gewillt ist. Mir kommt da der Gedanke, daß er seinen Gefährten die Summe vielleicht in Form von Darlehen vorschießen und uns den Gesamtbetrag von sechs Millionen sechstausend Sol auszahlen könnte. Sobald er nach Soumjiana zurückgekehrt ist, könnte er die Schulden dann auf dem üblichen Weg eintreiben.«

»Das Konzept ermangelt jeder Substanz«, erklärte Alvary Irling. »Es ist nicht meine Aufgabe, Ihre Lösegelder für Sie einzutreiben.«

»Im Gegenteil!« sagte Bodwyn Wook. »Es ist eine vortreffliche und ausgezeichnete Idee, und sie erleichtert die ganze Transaktion ungemein.«

»Vielleicht von Ihrem Standpunkt aus betrachtet. Ich bin ein Bankier, kein Altruist.«

»Das war schon immer so«, rief Bodwyn Wook, »daß diese beiden Begriffe sich gegenseitig ausschließen.«

»Ich weiß nichts von diesen Leuten; sie können mir keinerlei Sicherheiten vorweisen, und ich habe keine Garantie, daß ich mein Geld je zurückbekomme.«

»Setzen Sie sich dort an den Tisch und fertigen Sie Schuldscheine aus. Für Sie müßte das doch eine ganz normale Routineangelegenheit sein, die Ihnen angesichts des möglichen Profits um so leichter von der Hand gehen sollte.«

»Dies ist regelwidriges, unübliches und unsolides Geschäftsgebaren«, murrte Alvary Irling. »Tausend Schwierigkeiten und Unwägbarkeiten lauern voraus.«

»Überhaupt nicht«, sagte Bodwyn Wook. »Schreiben Sie einen Wechsel auf Ihre Bank über die Summe von sechs Millionen sechstausend Sol aus, und wir werden ihn über die normalen Kanäle weiterleiten. Sobald das Geld in unseren Händen ist, werden sich die Gefängnistore für Sie öffnen.«

Scharde fragte: »Wie lautet der Name Ihrer Bank?«

»Ich bin die Bank von Mircea.«

»Ein solides Institut!« sagte Bodwyn Wook. »Unter erfreulicheren Umständen wäre es ein Vergnügen, Geschäfte mit Ihnen zu machen. Bevor Sie uns verlassen, werde ich mir vielleicht noch ein paar Ratschläge bezüglich meiner Kapitalanlagen von Ihnen einholen.«

V

Glawen stand am Anmeldeschalter des Hotels Araminta und musterte die Personen, die sich in der Halle aufhielten. Ein großes Kontingent war soeben an Bord des Postschiffs *Sublume Overdyne* der Perseian Lines eingetroffen; war es möglich, daß einige dieser augenscheinlich höflichen und wohlerzogenen Leute Gutscheine bei sich trugen, die sie zur Teilnahme an einer ›Vergnügen in Vollendung‹-Tour auf die Insel Thurben berechtigten?

Er studierte erst eine Gruppe, dann eine andere. Sie mußten nicht ausschließlich aus Personen männlichen Geschlechts bestehen; Saffins Aussage zufolge hatte Sibil geplant, eine Gruppe von vier Männern und vier Frauen zu betreuen. Es war also im Grunde jeder verdächtig, der nach Yipton fuhr.

Diesen Personenkreis zu isolieren, durfte eigentlich nicht schwer fallen, da ohnehin jeder, der nach Yipton reiste, daraufhin überprüft wurde, ob er auch keine harte Währung bei sich führte; diese Überprüfung würde sich leicht auf ›Vergnügen in Vollendung‹-Gutscheine ausdehnen lassen.

Und dann? Glawen wandte sich ab. Diese Entscheidungen hatte zum Glück nicht er zu treffen.

Glawen begab sich ins Büro des Hotelmanagers und studierte sorgfältig das Fremdenbuch; wo immer er es für erforderlich hielt, machte er sich Notizen.

Die Arbeit nahm zwei Stunden in Anspruch. Als er schließlich fertig war, verließ er das Hotel und machte sich auf den Weg zur Alten Laube. Dort würde er seinen Vater antreffen, der in der Zwischenzeit ähnliche Nachforschungen am Raumhafen angestellt haben würde.

Als Glawen am Hangar vorbeikam, sah ihn Chilke und rief ihm zu: »Na? Wo geht's denn hin?«

»Zur Alten Laube.«

»Ich komme mit dir, wenn du nichts dagegen hast.«

»Nicht das geringste.«

Die zwei gingen den Strandweg entlang und bogen schließlich auf den Wansey-Weg ein. »Ich wollte da was mit dir besprechen«, sagte Chilke. »Etwas, das mir schon die ganze Zeit im Kopf herumgeht.«

»Wenn es irgendwas Schlimmes ist – ich war's nicht.«

»Es ist was Schlimmes, wenn man so will, aber es hat nichts mit dir zu tun, sondern mit mir. Dein Vater hat mir gegenüber ein paar Worte über die Sache auf der Insel Thurben fallenlassen, und er erwähnte in dem Zusammenhang eine große, nicht gerade sehr sympathische Dame, die Sibil geheißen haben soll.«

»Ich kann mich sehr gut an sie erinnern.«

»Laut Scharde, der die Information wiederum von dir bekommen hat, hatte diese Sibil eine schwarze Tätowierung auf der Stirn: eine zweizackige Forke mit nach innen gebogenen Zinken.«

»So hab ich es gesehen. Zwar nur einmal, und auch nur ganz kurz, aber es ist bei mir haften geblieben.«

»Das ist alles sehr merkwürdig«, sagte Chilke. »Ich kriege nur irgendwie nicht auf die Reihe, wie es zusammenhängen könnte.«

»Wie meinst du das?«

Nach einem Moment des Schweigens sagte Chilke: »Ich meine mich erinnern zu können, daß ich dir vor ein paar Jahren mal erzählt habe, wie es mich hier nach Station Araminta verschlagen hat.«

»Richtig, das hast du, aber ich muß zu meiner Schande gestehen, daß ich mich an keine Einzelheiten mehr erinnern kann. Ich erinnere mich nur, daß Namour irgendwas damit zu tun hatte. Du hattest, glaube ich, auf irgendeiner Ranch gearbeitet, und die Besitzerin wollte dich unbedingt heiraten. War's nicht so?«

»Das kommt der Sache ziemlich nahe. Kannst du dich noch erinnern, wie ich dir die Dame beschrieben habe?«

»So genau nicht mehr. Ich meine, du hättest gesagt, sie wäre groß und kräftig und ein wenig beleibt gewesen.«

»Das kommt ungefähr hin. Außerdem hatte sie auffallend weiße Haut und eine Tätowierung auf der Stirn: eine zweizackige Forke, deren Zinken mit der Spitze nach innen gebogen waren.«

»Und du hast den Verdacht, sie könnte diese Sibil sein?«

»Da ich Sibil nicht gesehen habe, kann ich natürlich nicht sicher sein. Aber eins weiß ich sicher: es war kein bloßer Zufall, daß ich hier in Station Araminta gelandet bin. Aber wenn es kein Zufall war, was war es dann, und warum? Und wieso gerade ich, Eustace Chilke? Wenn ich Namour fragen würde, würde er mich auslachen.«

»Da hast du zweifellos recht. Mir wird ganz schwindlig, wenn ich mir vorstelle, was Namour alles weiß und für sich behält.«

Chilke lachte. »Namour ist schon ein erstaunlicher

Mensch. Aber mich interessiert, wie diese Sibil ausgesehen hat, abgesehen davon, daß sie groß, fies und tätowiert war.«

»Die wichtigsten Punkte hast du damit schon genannt. Sie hatte Schultern wie ein Kerl, breite, schwere Hüften und einen dicken, aber muskulösen Bauch, aber keine Brust, die diese Bezeichnung verdient hätte: lediglich zwei verschrumpelte Säckchen, die sie zu ignorieren versuchte. Sie hatte ein klobiges, breites Kinn, eingefallene Wangen und eine lange, platte Nase, die so aussah, als wäre sie schon einmal gebrochen gewesen. Ihre Haut war weiß wie Kreide, und ihr Mund war nicht mehr als eine graue Kerbe. Ihr Haar? Es war sandfarben und struppig, wie eine Scheuerbürste. Alles in allem würde ich sie als ziemlich häßlich bezeichnen, und gestunken hat sie auch.«

»Das hört sich ganz und gar nicht nach Madame Zigonie an, bis auf die Tätowierung und den dicken Arsch. Sie hatte ein rundes Gesicht mit runden Wangen und eine sehr schöne Brust, und ihre Haare waren schwarz mit einem roten Schimmer und außerdem gelockt.«

»Das Haar könnte eine Perücke gewesen sein.«

»Das glaube ich nicht. Ich bin jedenfalls froh, daß Sibil offensichtlich jemand anderes war. Du solltest versuchen, herauszukriegen, wo Damen diese Art von Tätowierung tragen.«

»Das ist eine gute Idee. Wir werden bei der GKIPA-Auskunftsstelle nachfragen; wir sind dort Mitglied, wie du sicher weißt.«

»Dann bist du also jetzt ein richtiger, vollgültiger GKIPA-Agent. Dieser Rang wird im ganzen Reich von den Leuten ernstgenommen.« Chilke blieb stehen. »Ich habe erfahren, was ich wissen wollte; ich geh jetzt wieder zurück an meine Arbeit.«

Glawen ging zur Alten Laube weiter. Scharde war noch nicht da. Glawen setzte sich an einen Tisch an der

Seite, in den gefleckten Schatten des Laubwerks. Er bestellte sich eine Portion gesalzenen Fisch und eine Flasche *Mildes Grünes Elixier* aus der Kellerei der Diffins und wartete.

Die Zeit verging. Glawen bestellte eine weitere Flasche Wein, schenkte seinen Pokal voll und schwenkte ihn müßig in der Hand hin und her, das faszinierende Spiel der hellgrünen Flüssigkeit an der Innenseite des Glases beobachtend.

Eine Fläche rostbraunen Satins schob sich in sein Gesichtsfeld. Langsam hob er den Blick, sehr wohl wissend, was ihn erwartete: ein schwarzes Jäckchen, bestickt mit purpurfarbenen Vögeln in grünen Weinranken, ein kräftiger weißer Hals, ein breites Gesicht, aus dem schwarze Augen wie Feueropale funkelten, und, all dies überragend, ein mächtiger Wust aus schwarzen Locken, auf geheimnisvolle Weise zusammengehalten und gebändigt zu einer quasi-zylindrischen Form, wenngleich Spanchetta seit kurzem dazu übergegangen war, ein kleines, scharf abgezirkeltes Segment über beiden Ohren von der Raffung auszunehmen und statt dessen in Form von neckischen Löckchen über die Ohren fallen zu lassen.

Spanchetta musterte Glawen mit düsterem Amüsement, ihre Mißbilligung und ihre Abneigung nur teilweise maskierend. Glawen starrte zurück wie ein Vogel, der von einer Schlange hypnotisiert wird.

Spanchetta fragte: »Auf diese Art und Weise bringen die Typen von Amt B also den Tag herum? Ich glaube, ich arbeite im falschen Amt. Ich sitze auch lieber in der Sonne und faulenze.«

»Du irrst dich«, sagte Glawen höflich. »Ich bin hier auf Anweisung meiner Vorgesetzten. Der äußere Schein trügt: ich bin bei der Arbeit.«

Spanchetta nickte knapp. »Da du ja anscheinend im Moment nichts Besseres zu tun hast, kannst du mir vielleicht ein paar Informationen geben.«

»Ich will tun, was ich kann. Möchtest du dich nicht setzen?«

Spanchetta nahm auf einem Stuhl ihm gegenüber Platz. »Erkläre mir doch bitte mal den Grund für diese Verschwiegenheit, die neuerdings in Amt B herrscht. Jeder weiß, daß irgendwas in der Luft liegt, aber keiner macht sich die Mühe, mal ein paar klärende Worte dazu zu sagen. Was steckt hinter all dieser verstohlenen Geschäftigkeit? Würdest du mir das bitte mal erklären?«

Glawen schüttelte lächelnd den Kopf. »Du bringst mich in eine Klemme. Ich kann dir darauf nicht angemessen antworten.«

»Natürlich kannst du das! Hast du meine Frage nicht verstanden? Oder hat es dir die Sprache verschlagen?«

»Nimm einmal an«, sagte Glawen, »diese Geheimnisse existierten. Nimm ferner an, sie wären mir aus irgendeinem Grund anvertraut worden. In solch einem Fall wäre ich nicht befugt, mein Wissen jedem zu enthüllen, der mir beiläufig eine Frage stellt. Dies ist natürlich ein hypothetischer Fall; gleichwohl, wenn dir soviel daran gelegen ist, Genaueres zu erfahren, warum fragst du dann nicht Bodwyn Wook?«

Spanchetta gab ein verächtliches Grunzen von sich. »Du bist sehr geschwätzig – untypisch geschwätzig, muß ich sagen. Das ist schon mehr als auffällig. Wieviel Wein hast du schon zu dir genommen, während du hier sitzt und – arbeitest?«

»Nicht viel. Darf ich eine Flasche für dich bestellen?«

»Nein danke. Ich muß in Kürze an meine Arbeit zurück, und ich könnte mir schwerlich erlauben, singend und tanzend in mein Büro getorkelt zu kommen, wie es in Amt B ja wohl gang und gäbe zu sein scheint.«

Um das Thema in andere Bahnen zu lenken, und in Ermangelung eines besseren Einfalls, fragte Glawen: »Wie steht's denn so mit Arles? Hast du irgendwelche

Neuigkeiten von ihm? Oder fallen seine Aktivitäten auch unter die Kategorie ›geheim‹?«

Bevor Spanchetta etwas erwidern konnte, war Scharde zu ihnen an den Tisch getreten. Er setzte sich und sah Spanchetta mit spöttischem Blick an. »Kommst du gerade, oder bist du gerade im Aufbruch begriffen? Oder hättest du Lust, ein Glas oder zwei mit uns zu trinken?«

Spanchetta zierte sich erst, dann nahm sie die Einladung mit würdevoller Herablassung an. »Ich habe soeben versucht, die tiefere Bedeutung des gedämpften Getuschels und der verstohlenen Zeichen zu erfahren, die neuerdings immer dann zu bemerken sind, wenn sich zwei oder mehr Leute von Amt B zusammenfinden. Glawen hat eine clevere Methode gefunden, Fragen auszuweichen; er kommt mit allen möglichen Hypothesen und Vexierfragen, und während ich mir den Kopf über die Antworten zerbreche, wechselt er schnell das Thema. Vielleicht kannst du mir etwas präzisere Auskünfte geben.«

»Das hoffe ich. Tatsächlich ist es so, daß es zur Zeit einiges gibt, das uns voll und ganz in Anspruch nimmt; ich brauche nur die Stichworte Stroma und Titus Pompo zu nennen, der zu einem immer größeren Ärgernis für uns wird. Wir sind kurz davor, endgültig die Geduld mit ihm zu verlieren.«

Glawen sagte in einschmeichelndem Ton: »Gerade als du kamst, war Spanchetta im Begriff, die jüngsten Neuigkeiten von Arles zu berichten.«

»Das stimmt nicht ganz«, sagte Spanchetta mit einem Naserümpfen. »Ich habe keine Nachrichten von Arles bekommen.«

»Nun, Arles ist wahrscheinlich im Moment genug mit sich selbst beschäftigt«, sagte Scharde und schenkte Spanchetta ein Glas Wein ein. »Ich wundere mich noch immer, daß du ihn dazu ermuntert hast, eine Collaterale zu heiraten, noch dazu eine Laverty.«

Spanchetta antwortete mit laut tönender Stimme: »Ich habe ihn keineswegs dazu ermuntert. Im Gegenteil, ich war erstaunt und verblüfft, daß Arles sich zu einem solchen Schritt entschlossen hatte, ohne mich um Rat zu fragen oder wenigstens in Kenntnis zu setzen. Er hatte sich vermutlich schon gedacht, daß Drusilla mit ihrem zweideutigen Vorleben wohl kaum meine erste Wahl gewesen wäre.«

»Jetzt ist das Kind im Brunnen.«

»So ist es.« Spanchetta leerte den halben Pokal in einem mächtigen, glucksenden Schluck und stellte ihn mit einem Knall auf den Tisch zurück. »Aber gerade du hättest allen Grund, dich mit Kritik zurückzuhalten; wenn ich nur daran denke, wie du die arme Smonny getriezt und zum Wahnsinn getrieben hast.«

»Das war ein tragischer Fall«, sagte Scharde. »Trotzdem bin ich ziemlich sicher, daß sie ihren Weg gemacht hat. Sie war eine Frau von großer Zähigkeit und Beharrlichkeit. Es ist schon merkwürdig, daß du nie wieder was von ihr gehört hast.«

»Nicht unbedingt. Simonetta war ein sensibles und wirklich reizendes Mädel.«

»Eine ziemliche Rotzgöre, wie ich mich erinnere. Spanny und Smonny: ihr zwei wart schon ein treffliches Pärchen.«

Spanchetta entschlug sich eines Kommentars. Sie trank den Rest ihres Glases aus und erhob sich. »Da ich nicht in Amt B beschäftigt bin, muß ich jetzt zur Arbeit – und, wie nicht anders zu erwarten, um keinen Deut klüger als wie zuvor.«

Spanchetta marschierte davon und verließ die Alte Laube. Scharde holte ein Notizbuch hervor. »Ich war noch am Fährhafen; deshalb bin ich etwas später gekommen. Aber egal; ich habe eine äußerst informative Liste zusammengestellt. Es sind zwar lediglich Namen, aber wenn wir sie mit der Raumhafenliste und der

Hotelliste vergleichen, können wir die Heimatwelten feststellen.«

»Mir kam da so eine Idee, als ich im Hotel war. Heute morgen ist eine neue Schiffsladung Touristen eingetroffen. Einige von ihnen könnten vielleicht Gutscheine der Firma Ogmo für diese ›Vergnügen in Vollendung‹-Tour bei sich haben.«

»Stimmt«, sagte Scharde. »Ich werde Bodwyn Wook darauf ansprechen; vielleicht läßt er die Möglichkeit überprüfen. Aber jetzt laß uns erst mal unsere Listen vergleichen.«

VI Gleich nachdem er die Alte Laube verlassen hatte, ging Glawen zum Amt-B-Gebäude, wo er von Hilda abgefangen wurde, der dürren und gestrengen Sekretärin. Hilda mißtraute allen Clattucs wegen ihrer ›spöttischen und anmaßenden Art‹; Glawen betrachtete sie mit besonderem Argwohn, da sich bei ihm zu den ›typischen‹ Clattuc-Eigenschaften noch eine listige, ja geradezu bösartige Höflichkeit gesellte, die nur aufgesetzt sein konnte. Daran bestand kein Zweifel! Glawen war ein Meister der Intrige; wie sonst konnte er so weit und so rasch im Ansehen des Chefs gestiegen sein? Deshalb beschied Hilda ihm auf sein Ersuchen, sofort zu Bodwyn Wook vorgelassen zu werden, der Chef wünsche nicht gestört zu werden und hätte sie entsprechend instruiert – was in gewisser Weise sogar zutraf.

Nachdem Glawen eine Stunde lang ausgeharrt hatte, schaute Bodwyn Wook ins Vorzimmer seines Büros und sah Glawen dort auf einem Stuhl sitzen.

Bodwyn Wook fuhr mit einem Ruck hoch. »Glawen! Wieso sitzt du da so still und brav? Hast du nichts Besseres zu tun?«

»Das hab ich schon, Sir, aber Ihre Sekretärin zieht es vor, mich hier sitzen zu lassen.«

Bodwyn Wook bedachte Hilda mit einem eisigen Blick. »Was für ein Unfug ist das nun wieder? Sie wissen doch, daß Glawen sofort hereinkommen soll, sobald er auftaucht.«

»Ihre Anweisungen waren klar und eindeutig.«

»Schnickschnack! Legen Sie meine Anweisungen in Zukunft mit etwas flexiblerer Intelligenz aus! Sie haben uns allen mit Ihrem Verhalten Zeit gestohlen! Komm herein, Glawen.«

Bodwyn Wook ging voraus in sein Büro und ließ sich in seinen großen schwarzen Sessel fallen. »Was hast du herausgebracht?«

Glawen legte drei Bogen Papier auf den Schreibtisch. »Mein Vater und ich sind die Listen vom Raumhafen, vom Hotel und vom Fährhafen durchgegangen. Dies sind die Namen der Personen, die an den drei Exkursionen teilgenommen haben.«

Bodwyn Wook studierte die Listen. »Die erste Gruppe wäre die Gruppe hier von Natrice: Sir Mathor Borph und Sir Lonas Medlyn aus Halcyon City; des weiteren SS. Guntil, SS. Foum, SS. Nobile, SS. Koldach, SS. Rolp und SS. Buler aus Lanklands. SS? Diese Titel sagen mir nichts. Wofür steht ›SS‹?«

»Ich weiß es nicht.«

Bodwyn Wook legte das Natrice-Blatt beiseite. »Die zweite Gruppe: sechs Personen von Tassadero, das, wenn ich mich nicht irre, ein Planet von Zonks Stern ist. Zonk, das war, wie du vielleicht weißt, Zonk, der Pirat, berühmt und berüchtigt in der ganzen Strähne. Hmm. Ich sehe keinen Zusammenhang mit Sibil.«

»Wir meinen, sie könnte sich vielleicht hinter dieser ›S. Devella aus Pogan's Point‹ verbergen.«

»Diese anderen Männer stammen aus Lutwiler. Was bedeutet dieser Zusatz in Klammern: ›Zubeniten‹?«

»Ich habe in der Enzyklopädie unter ›Tassadero‹ nachgeschlagen. Fexelburg ist der Raumhafen: eine ›moderne, fortschrittliche Stadt‹, so steht es in der Enzyklopädie. Lutwiler liegt weit draußen in der Oststeppe und ist bewohnt von Angehörigen der Zubeniten-Sekte.«

Bodwyn Wook schaute auf die dritte Liste. »Dies hier sind die Herrschaften von Soum, die wir in Gewahrsam haben. Hier scheint es keine Überraschungen zu geben.« Bodwyn Wook schob die Listen zur Seite und lehnte sich in seinen Sessel zurück. »Wir scheinen ein kleines Stückchen weitergekommen zu sein. Laß mich dir erklären, wie ich die Sache sehe. Die Exkursionen sind abhängig von drei Elementen: von Titus Pompo, von den Kunden und vom Organisator, der hier einige Male unter dem Namen Ogmo in Erscheinung getreten ist. Er ist das einzige unbekannte Element in dem Fall, aber wir können es dabei nicht bewenden lassen. Er ist möglicherweise der übelste Schuft von dem ganzen Haufen; und es kann durchaus sein, daß es sich bei ihm um jemanden handelt, der uns bereits bekannt ist. Ich werde mich hüten, zu diesem Zeitpunkt irgendwelche Vermutungen zu äußern oder Namen in den Raum zu stellen, nicht einmal spekulativ. Es genügt, wenn ich sage, er muß aufgespürt, identifiziert und festgenommen werden. Was sagst du dazu?«

»Nichts, Sir. Ich bin der gleichen Meinung.«

»Sehr gut.« Bodwyn Wook wandte den Blick zur Decke. »Ich darf daran erinnern, daß man zur Durchführung einer Fahndung Fahnder benötigt. Dein Name ist in diesem Zusammenhang genannt worden. Du müßtest zu diesem Zweck in die Außenwelt reisen, nach Natrice, Tassadero und Soum, und auf jeder dieser Welten die erforderlichen Nachforschungen anstellen. Wärest du an dieser Sache interessiert?«

»Ja, Sir.«

»Diese Person – in Ermangelung eines besseren Namens will ich sie Ogmo nennen – hat mit Sicherheit irgendwelche Spuren hinterlassen. Er hat mit Reisebüros verhandelt und eine Broschüre herausgegeben. Die

Reisebüros müssen Geld empfangen und es an Ogmo weiterüberwiesen haben. Diese Transaktionen müssen weitere Spuren hinterlassen haben: alle diese Spuren müßten, wenn man ihnen sorgfältig nachgeht, zu Ogmo führen. Habe ich mich klar ausgedrückt?«

»Ja, Sir.«

»Gut. Abgesehen von diesen allgemeinen Hinweisen kann ich keine weiteren Richtlinien anbieten. Du und dein Kollege müßt euren bemerkenswerten Scharfsinn benutzen und eure eigenen Fahndungsmethoden entwickeln. Nun denn: hast du noch Fragen?«

»Ja, Sir, natürlich habe ich Fragen. Sie haben das Wort ›Kollege‹ genannt. Ich habe bereits eine schlimme Erfahrung bei der Zusammenarbeit mit einem Kollegen namens Kirdy gemacht, und ich bin nicht erpicht darauf, diesen Fehler noch einmal zu machen. Alles in allem bin ich sicher, daß ich alleine effektiver arbeiten kann.«

Bodwyn Wook runzelte die Stirn und räusperte sich. »Ich fürchte, in diesem Fall müssen wir deine persönlichen Präferenzen leider unberücksichtigt lassen. Aus verschiedenen Gründen, die allesamt von beträchtlichem Gewicht sind, halte ich es für das beste, wenn du mit einem Kollegen zusammenarbeitest.«

Glawen suchte nach Worten, formulierte und verwarf im Geiste eine Anzahl von Erwiderungen, während Bodwyn Wook ihn mit eulengleicher Gelassenheit musterte. Schließlich fragte Glawen: »Und an wen haben Sie dabei gedacht?«

»Mit einem Kollegen zusammenzuarbeiten ist kein Weltuntergang«, sagte Bodwyn Wook gutmütig. »Vielleicht war deine seinerzeitige Zusammenarbeit mit Kirdy nicht sonderlich erfolgreich, aber wir müssen aus unseren Fehlern lernen. Diesmal wirst du ausdrücklich die Führung übernehmen, und ich bin sicher, daß zwei zusätzliche Augen, zwei zusätzliche Hände und die zusätzliche Kraft eines scharfen Wook'schen Verstandes sich als wertvoll erweisen werden. Und – wie ich bereits andeutete – es gibt noch andere Gründe, warum ich dieses Arrangement für wichtig halte.«

»Sie meinen, ich muß wieder mit Kirdy zusammenarbeiten?«

»Verantwortungsvolle und sinnvolle Arbeit ist von essentieller Bedeutung für Kirdys Genesungsprozeß. Er muß seine Gedanken aus den Wolken herunterholen und sie auf die Realität richten.« Bodwyn Wook beugte sich über sein Sprechgerät. »Ist Kirdy da?«

Einen Moment später kam Kirdy herein. Sein Blick fiel auf Glawen, und sofort schienen seine Augen rund und glasig zu werden.

»So, ihr zwei: ihr werdet euch jetzt wieder schön zusammentun!« rief Bodwyn Wook übertrieben feurig. »Nach dieser Sache in Yipton war Kirdy ein bißchen aus dem Tritt, aber jetzt ist er wieder ganz der Alte und gerüstet zu neuen Taten. Was er braucht, ist Anregung und gute harte Arbeit, um die Talente zu üben, die er als waschechter Wook von Geburt aus mitbringt. Diese Untersuchung ist genau das richtige Rezept und überdies eine Gelegenheit, die wir nicht vernachlässigen können! Besonders, als ihr zwei ja schon Erfahrung im Zusammenarbeiten habt.«

Kirdy lächelte: ein kühles, spöttisches Verziehen des Mundes. »Die haben wir.«

Glawen sagte erwartungsvoll: »Schon allein aus diesem Grund würde sich Kirdy wahrscheinlich gar nicht so wohl in seiner Position als mein Untergebener fühlen. Deshalb wäre es vielleicht doch besser, wenn ...«

»Unsinn!« schnitt Bodwyn Wook ihm das Wort ab. »Ihr müßtet inzwischen eure jeweiligen Schwächen und Vorlieben bestens kennen und daher in der Lage sein, in voller Harmonie zu kooperieren.«

Kirdy nickte gewichtig. »Ich halte dies wirklich für eine wunderbare Gelegenheit.«

»Dann ist es also abgemacht«, sagte Bodwyn Wook. Er beugte sich über sein Sprechgerät. »Hilda, wenn Sie bitte kommen würden!«

Hilda betrat das Büro. Bodwyn Wook sagte: »Stellen Sie Reisekreditive für Glawen und Kirdy aus. Ich erhebe die beiden mit sofortiger Wirkung in den Rang von Sergeanten; verwenden Sie diese Bezeichnungen.«

»Warten Sie!« rief Glawen. »Wenn ich mit Außenwelt-Polizeidienststellen verhandeln muß, würde ich einen höheren Rang vorziehen, und sei es nur für diese spezielle Mission. Ich schlage den Rang eines Hauptmanns vor – mindestens.«

»Das leuchtet ein! Hilda, schreiben Sie also ›Hauptmann‹!«

Hilda rümpfte die Nase und warf Glawen einen säuerlichen Blick zu. »Und was ist mit Kirdy? Soll er nur Sergeant sein? Er könnte es ja vielleicht auch mit Polizisten zu tun haben.«

Bodwyn Wook machte eine überschwengliche Geste. »Ganz recht! Beide sollen für die Dauer dieses Einsatzes Hauptmänner der Polizei von Cadwal sein! Wahrscheinlich sind sie damit die jüngsten Hauptmänner in der Geschichte von Amt B!«

»Glawen besitzt noch nicht einmal vollen Agenturstatus«, wandte Hilda ein, »und wie die Dinge stehen, wird er ihn auch niemals bekommen. Ist es da nicht ein wenig übertrieben, ihn gleich zum Hauptmann zu ernennen?«

»Überhaupt nicht«, erwiderte Bodwyn Wook. »Weder das Gesetz noch der gesunde Menschenverstand hindern einen Collateralen daran, den Rang zu erlangen, den er sich zu verdienen imstande ist.«

Wieder rümpfte Hilda die Nase. »Ich habe gehört, wie mal jemand gesagt hat, für drei Krankheiten – Stolz, Prunksucht und Clattuc'sches Blut – sei eine ordentliche Dosis Demütigung die beste Medizin.«

»Aha!« rief Bodwyn Wook. »Diese oberflächlichen

Volksweisheiten bergen oftmals ein Körnchen Wahrheit in sich! – Was sagst du da, Glawen?«

»Ich habe gerade eine andere Volksweisheit zitiert. Vielleicht ist es ganz gut, daß es keiner mitbekommen hat.«

Kirdy sagte platt: »Er sagte: ›Eine Kuh, die nie gedeckt worden ist, gibt nur sehr saure Milch, wenn überhaupt welche.‹«

Bodwyn Wook rieb sich das Kinn. »Drollig, ja; relevant, nein. Hilda, Sie gehen schon?«

»Ich habe zu arbeiten.«

»Rufen Sie das Reisebüro an und fragen Sie, wann das nächste Schiff nach Soumjiana auf Soum geht.«

»Das weiß ich auswendig«, sagte Glawen. »Die *Sagittarian Ray* fliegt morgen mittag um zwölf ab.«

»Sehr gut. Hauptmann Clattuc und Hauptmann Wook, ihr geht jetzt sofort zum Reisebüro und holt euch die Tickets, dann geht ihr nach Hause und packt eure Sachen. Ich empfehle euch dringend, pro Person nicht mehr als eine Reisetasche mitzunehmen. Morgen früh kommt ihr hierher und holt euch eure Kreditive, Geld und einige letzte Ratschläge ab.«

Glawen und Kirdy verließen das Büro. Schweigend gingen sie die Treppe hinunter. Unten angekommen, sagte Glawen: »Setzen wir uns noch einen Moment in die Rotunde.«

»Wozu?«

»Ich habe dir etwas zu sagen.«

Kirdy wandte sich ab und folgte Glawen zu einer Bank in der Nähe des Springbrunnens in der Mitte der Rotunde. Glawen setzte sich und bedeutete Kirdy, ebenfalls Platz zu nehmen.

Kirdy weigerte sich stur. »Ich bleibe stehen. Was willst du von mir?«

Glawen bemühte sich um einen sachlichen, neutralen Ton. »Wir müssen die Meinungsverschiedenheiten klären, die zwischen uns stehen, und zwar hier und jetzt. Das kann nicht länger warten.«

Kirdy lachte: ein heiseres, knarrendes Lachen. »Ich habe es nicht eilig damit. Ich kann warten – bis der richtige Zeitpunkt gekommen ist.«

»Jetzt ist der richtige Zeitpunkt.«

»Wirklich?« Kirdy kicherte in sich hinein. »Du meinst also, du bestimmst die Musik, und ich muß danach tanzen?«

»Ich bestimme gar nichts. Aber ich habe die Pflicht, dafür Sorge zu tragen, daß diese Mission glatt verläuft. Unter den gegenwärtigen Umständen ist das nicht möglich.«

»Das ist eine klare Aussage. Was meinst du denn, müssen wir klären?«

»Deine Feindseligkeit mir gegenüber. Sie ist ungerechtfertigt.«

Kirdy runzelte verblüfft die Stirn. »Du redest Unsinn. Schließlich ist es meine Feindseligkeit, nicht deine. Wie kannst du da wissen, worauf sie sich gründet?«

»Was du in Yipton durchgemacht hast, war verdammt hart. Mir ist das erspart geblieben, und das nimmst du mir übel. Habe ich recht?«

»In gewissem Grad.«

»Du hast dich durch deine eigenen Schnitzer und Fehleinschätzungen in diese Bredouille gebracht. Es ist weder fair noch rational, mich dafür verantwortlich zu machen. Du schiebst im Unterbewußtsein mir die Schuld in die Schuhe, weil du selbst dir nicht eingestehen kannst, einen Fehler begangen zu haben. Du mußt dich wieder unter Kontrolle bringen.«

Kirdy lachte erneut. »Verschone mich mit deinen Platitüden. Ich werde die geistigen Prozesse benutzen, die ich für angebracht halte.«

Glawen studierte Kirdys Gesicht. Die groben, derben Züge, früher einmal so natürlich, rosig und sanft, schienen jetzt wie aus starrem Knorpel geformt. Glawen fragte beunruhigt: »Warum benutzt du nicht deinen guten alten gesunden Verstand? Das schiene mir eine vernünftige Idee.«

»Ach, was weißt du denn schon! Der ist mir in kleine Stücke gehauen worden; sie sausen jetzt blind in meinem Kopf herum wie Fledermäuse in einem dunklen Raum. Ich empfinde sie als Plage, als lästige kleine Quälgeister, seit jetzt ein anderer Geist Chef in meinem Kopf ist, und die Plagegeister werden« – Kirdy zerquetschte ein imaginäres Insekt zwischen Daumen und Zeigefinger –, »das werden sie. Und auf diese Weise …« Kirdy verstummte abrupt.

»Und auf diese Weise was?«

»Nichts.«

»Willst du einen Rat?«

»Ich werde zuhören, ob ich ihn will oder nicht. Dadurch kann ich nur lernen!« Kirdy warf Glawen einen hämischen, wissenden Blick zu. »Nun rück schon heraus mit deinem Rat, Glawen! Ich brenne darauf zu erfahren, wie du mir in meiner Karriere behilflich sein würdest.«

»Erstens: warum hast du es so eilig damit, deinen alten Geist auszutilgen? Vielleicht fügen sich die Stücke ja wieder zusammen. Zweitens: …«

»Zweitens kenne ich schon. Bleib zu Hause; ruhe dich aus, genieße das Leben, lies ein paar lustige Romane. Und laß Glawen in Ruhe an seiner Karriere basteln.«

»Nenn es wie du willst, aber die Fakten sind nun einmal nicht vom Tisch zu wischen. Wir können nicht zusammenarbeiten, wenn ich jedesmal, wenn ich dir den Rücken zukehre, das Gefühl habe, daß du mit einer Axt hinter mir stehst. Das sind nicht die Bedingungen, unter denen sich eine gedeihliche Zusammenarbeit entwickeln kann.«

Kirdy dachte nach. »Aber nur von deinem Standpunkt aus gesehen.«

»Aber du begreifst einfach nicht den Kernpunkt, oder willst ihn nicht begreifen! Du hast keinen Grund für diese Haltung!«

Kirdy ließ seinen Blick durch die Rotunde schweifen und sagte in gelangweilt klingendem Ton: »Oh, ich habe schon Grund dazu! Verschiedene Gründe! Viele Gründe! Du wirst sie niemals erfahren! Vielleicht lassen sie sich gar nicht in Worte fassen! Vielleicht sind sie sogar irrational. Und wenn schon; was soll's? Ich empfinde sie jedenfalls.«

»Wenn du diese Gründe als irrational durchschaust, kannst du sie dann wenigstens beiseite schieben?«

»Wenn nötig, ja.«

»Siehst du denn ein, daß es nötig ist?«

»Ich werde darüber nachdenken... Wo willst du hin?«

»Zurück nach oben in Bodwyn Wooks Büro.«

»Ich komme mit.«

Hilda geleitete die zwei wortlos in das innere Büro. Bodwyn Wook blickte irritiert auf. »Was gibt's denn noch?«

»Die Situation ist unmöglich«, sagte Glawen. »Kirdy ist nicht in guter mentaler Verfassung! Er ist nicht einmal dazu bereit, mir zu versprechen, daß er mich nicht töten wird!«

»Natürlich ist er das nicht!« blaffte Bodwyn Wook. »Wie käme er auch dazu? Habe ich vielleicht versprochen, dich nicht zu töten? Oder Hilda? Oder sonst irgend jemand? Du stehst ja am Rande der Hysterie!«

Glawen bemühte sich, seine Stimme ruhig klingen zu lassen. »Lassen Sie es mich so ausdrücken. Ein Team kann nicht funktionieren, wenn seine Mitglieder kein Vertrauen zueinander haben. Kirdy ist nicht im Vollbesitz seiner geistigen Kräfte, und ich sehe nicht, wie ich unter diesen Umständen mit ihm zusammenarbeiten kann.«

Bodwyn Wook wandte sich an Kirdy. »Laß uns das

jetzt ein für allemal klären. Bist du bei gesundem Verstande oder nicht?«

»Ich betrachte mich als geistig gesund.«

»Kannst du mit Glawen zusammenarbeiten?«

»Die Frage müßte eigentlich lauten: ›Kann er mit mir zusammenarbeiten?‹«

Glawen schickte sich an, etwas zu erwidern, aber Bodwyn Wook warf die Arme hoch in die Luft. »Glawen, du kannst gehen! Ich werde mit Kirdy reden und diese Sache ins Lot bringen. Kein Wort mehr jetzt! Ich werde morgen früh mit dir sprechen.«

Glawen marschierte aus dem Raum, durch das Vorzimmer und die Treppe hinunter. In der Rotunde ging er erregt auf und ab, fieberhaft Pläne fassend und wieder verwerfend. Schließlich machte er sich leise fluchend auf den Weg zum Reisebüro und holte sich seine Tickets und Gutscheine für die Passage an Bord der *Sagittarian Ray* ab.

Während des ganzen Abends behielt er seine Probleme für sich, und Scharde stellte ihm auch keine Fragen. Am nächsten Morgen begab sich Glawen nach Amt B; unterwegs traf er Kirdy, angetan mit einer nagelneuen, rotbetreßten Amt-B-Hauptmannsuniform. Kirdy musterte Glawen mit einem mißbilligenden Blick. »Wieso bist du nicht in Uniform?«

»Weil ich nicht will und weil es für die Mission ganz und gar ungeeignet ist.«

»Das hast nicht du zu entscheiden, sondern ich.« Kirdy wandte sich ab und schlenderte weiter Richtung Amt B; Glawen folgte ihm mit Abstand.

In Amt B angekommen, meldete sich Glawen bei Hilda, die ihm eine Mappe mit seinen Dokumenten vorlegte. Glawen sah sie kurz durch; sie schienen alle in Ordnung zu sein. »Nun, und wo ist mein Geld?«

Mit Händen, die vor Widerstreben zitterten, reichte Hilda ihm einen Umschlag. »Zählen Sie nach. Es müssen tausend Sol sein. Das ist eine Menge Geld. Gehen

Sie sparsam damit um; mehr werden Sie nicht bekommen.«

Glawen zählte das Geld nach und steckte die Dokumente und den Umschlag in die Innentasche seiner Jacke. Hilda sah mit kühler Belustigung zu. »Wenn Sie Ihr Geld in der Jackentasche mit sich herumtragen, können Sie Gift darauf nehmen, daß es Ihnen bei der erstbesten Gelegenheit gestohlen wird. Lassen Sie sich von der Schneiderin Taschen in die Innenseiten Ihrer Hosenbeine nähen. Dort sollten Sie Ihre Geldmittel aufbewahren.«

»Solche Taschen habe ich bereits, aber ich hatte vor, das Geld erst später dort hineinzustecken«, erwiderte Glawen. »Ich fürchtete, Sie könnten vielleicht Anstoß nehmen, wenn ich meine Hosen in Ihrer Gegenwart herunterlasse.«

»Pff«, sagte Hilda mit einem spöttischen Naserümpfen. »Was sollte mich das schon jucken?« Sie wandte den Kopf ruckartig zur Tür von Bodwyn Wooks Büro. »Sie können jetzt hineingehen; der Chef erwartet Sie.«

Als Glawen hereinkam, stand Bodwyn Wook am Fenster und wandte ihm den Rücken zu. »Sir, ich bin es, Glawen.«

Bodwyn Wook drehte sich um und kam langsam zu seinem Schreibtisch. Er setzte sich und ließ sich schließlich dazu herab, Notiz von Glawen zu nehmen. »Du bist bereit zu fahren?«

Glawen sah ihn scharf an; täuschte er sich, oder stimmte sein Eindruck, daß Bodwyn Wooks Benehmen irgendwie befangen schien, oder verkrampft? Glawen sagte mit fester Stimme: »Nein, Sir. Ich bin nicht bereit. Ich kann nur wiederholen, daß Kirdy meines Erachtens nicht in der Lage ist, vernünftige Arbeit zu leisten. Ich bin ihm gerade auf der Straße begegnet; er trug eine brandneue Hauptmannsuniform, so als wolle er unbedingt, daß jeder im ganzen Reich nur ja sofort erkennt, daß er für Amt B arbeitet. Und dann hat er mich auch noch dafür gerügt, daß ich keine Uniform anhabe.«

»Ach ja! Der arme Kirdy ist vielleicht ein bißchen verwirrt. Ich vertraue darauf, daß du das mit deinem robusten, gesunden Verstand schon wettmachen wirst. Hast du deine Dokumente bekommen? Und dein Geld? Und auch deine Reisepillen?«

»Ich habe mir eine Reisekit in der Apotheke geholt.«

»Das Zeug, das Erythrist heißt, kannst du wegschmeißen; es ist nutzlos, besonders gegen die Soumianische Krätze. Du bekommst ein Spezialmittel am Raumhafen von Soum ausgehändigt; du kriegst es, wenn du den Schalter passierst. Also: dann wäre ja alles so weit geklärt.«

Glawen begann zu verzweifeln. »Sir, ich muß es noch einmal sagen: Ich kann unter diesen Umständen nicht mit Kirdy zusammenarbeiten.«

»Nun komm schon, Glawen! Wir müssen langfristig denken. Die Erfahrung wird nicht nur Kirdy bei seiner Genesung helfen, sondern auch deine eigenen Fähigkeiten erweitern.«

»Worin besteht denn nun eigentlich meine Mission? Soll ich den Thurben-Fall aufklären oder soll ich Kirdy therapieren?«

Bodwyn Wook Stimme wurde eine Spur schärfer. »Komm, Glawen! Deine Ängste werden langsam lästig. Muß ich dir diese Frage wirklich beantworten?«

»Es tut mir leid, wenn ich Ihnen auf die Nerven gehe, Sir, aber es geht wohl nicht anders. Hat Kirdy sein eigenes Geld bei sich?«

»Er hat eine beträchtliche Summe ausgehändigt bekommen.«

»Wieviel genau?«

»Zweitausend Sol, wenn du es unbedingt wissen mußt. Das ist eine ganze Menge Geld, aber es könnte erforderlich sein, hier und da jemanden zu schmieren.«

»Ich habe aber nur tausend Sol bekommen.«

»Das sollte langen.«

»Sie haben ausdrücklich klargestellt, daß diesmal ich die Führung innehabe?«

»Nun ja – ich denke, das war mehr oder weniger stillschweigend impliziert.«

Glawen stieß einen tiefen Seufzer aus. »Bitte seien Sie so gut und schreiben Sie mir eine Vollmacht aus, in der meine Befugnisse exakt definiert sind und aus der eindeutig und unmißverständlich hervorgeht, daß Kirdy meinen Anweisungen strikt Folge zu leisten hat.«

Bodwyn Wook vollführte eine kleine luftige Geste mit der Hand. »In diesem Geschäft müssen wir praktisch und zweckmäßig denken. Ich habe das Thema der Befehlsgewalt bewußt ein wenig vage gelassen. Wie du weißt, ist mir daran gelegen, Kirdys Selbstbewußtsein auf jede mögliche Weise zu stärken. Tatsächlich könnte es sogar sein, daß ich ihm gegenüber angedeutet habe, daß er die Operation leitet.«

Glawen warf die Dokumente und das Geld auf den Schreibtisch. »In dem Fall kann meine Gegenwart nur eine nachteilige Wirkung auf die Mission haben. Die Anstrengungen, die Kirdy in den Versuch legt, mich zu ermorden, und meine Anstrengungen, die ich in den Versuch lege, dem Tod zu entgehen, sind kontraproduktiv. Mit enormer Erleichterung trete ich hiermit definitiv von der Operation zurück.«

Bodwyn Wooks Augen loderten vor Zorn auf. »Du singst ein kesses Lied! Ich rate dir an, deinen Ton zu mäßigen!«

»Noch besser: ich singe mein Lied anderswo. Ich wünsche Ihnen einen guten Tag.« Glawen verbeugte sich und stapfte mit wütendem Schwung zur Tür. Mit verdrießlich klingender Stimme rief Bodwyn Wook: »Komm zurück! Verstehst du denn keinen Spaß? Du bist genauso humorlos wie Hilda! Du sollst dein Memorandum bekommen.«

»Ich will viel mehr als das. Sie müssen Kirdy klar und eindeutig sagen, daß ich die Operation leite, und Sie müssen ihn in den Rang eines Sergeanten zurückstufen.«

»Das kann ich nicht machen! Ich habe seine Ernennung zum Hauptmann bereits bestätigt.«

»Dann sagen Sie halt, Sie hätten einen Fehler gemacht. Des weiteren werde ich seine zweitausend Sol in Verwahrung nehmen. Er soll lediglich hundert Sol Taschengeld bei sich führen. Und dann weisen Sie ihn an, seine Uniform gegen weniger auffällige Kleidung zu tauschen.«

»All das ist unmöglich! Das Schiff geht in einer Stunde!«

»Das ist Zeit genug. Notfalls muß das Schiff eben warten. Ich werde auf keinen Fall an Bord gehen, solange nicht eindeutig klargestellt ist, daß ich von allen therapeutischen Diensten an Kirdy befreit bin. Mir wäre tausendmal lieber, ich könnte alleine fahren.«

Bodwyn Wook schüttelte den Kopf. »Du bist ein halsstarriger junger Teufel! Wenn Frechheit Ziegelsteine wäre und Unbotmäßigkeit Mörtel, könntest du einen großen Palast für dich bauen.«

»Mitnichten, Sir! Sie hätten niemals so schnell nachgegeben, wenn ich nicht recht hätte!«

Bodwyn Wook lachte. »Versuche nicht, deinen Chef zu psychoanalysieren; das ist der schamloseste Akt von allen! Hilda! Wo ist Kirdy?«

»Hier bei mir im Vorzimmer.«

»Schicken Sie ihn herein!«

Kirdy kam herein. Bodwyn Wook stand auf. »Ich habe versucht, diese Sache zu handhaben, indem ich sie falsch gehandhabt habe. Ich habe einen Fehler begangen, und jetzt muß ich die Dinge wieder geraderücken. Es liegt kein Groll in meinem Urteil; ich mag euch beide. Aber jede Operation kann nur einen Verantwortlichen haben, und das wird in diesem Fall Glawen sein. Kirdy, du wirst Glawens Befehlen gehorchen. Außerdem muß ich dich in den Rang eines Sergeanten zurückstufen – nur vorübergehend, wie ich hoffe –, und du mußt deine Uniform ablegen, da es sich hier im wesentlichen um eine geheime Fahndungsmaßnahme handelt. Wenn du Ressentiments gegen Glawen hegst, mußt du sie hier und jetzt beiseite tun – oder von der Mission zurücktreten. Wozu entscheidest du dich?«

Kirdy zuckte die Achseln. »Ganz wie Sie meinen.«

»Ich darf das als Ausdruck deiner Einwilligung verstehen. Gut. Und schließlich: ich werde das Geld in Verwahrung nehmen, das Hilda dir heute morgen ausgehändigt hat.«

Kirdy stand regungslos da, ganz weiß im Gesicht, nur die Augen ließen Leben erkennen. Langsam langte er in seine Tasche, zog den Umschlag mit dem Geld hervor und legte ihn auf den Tisch.

»Du darfst das nicht als eine Niederlage oder als einen Rückschlag betrachten«, sagte Bodwyn Wook. »Deine Karriere steht dir nach wie vor offen. Was hast du zu sagen?«

»Ich habe Ihre Befehle vernommen.«

»Wirst du versuchen, auf gütlicher Basis mit Glawen zusammenzuarbeiten?«

»Ich werde mit ihm zusammenarbeiten, zum Wohle von Station Araminta. Meine Gefühle gehören mir und sind meine Sache.«

»Du bist gewiß nicht der ideale Partner, aber es scheint, daß wir zusammenarbeiten müssen«, Glawen sagte. »Laß uns offen zueinander sein. Du bist eindeutig auf dem Wege der Besserung, aber du hast immer noch mit einer Behinderung zu kämpfen, die du mir gestern geschildert hast. Wird diese Behinderung dir eine vollwertige Zusammenarbeit nicht erschweren?«

Kirdy schwieg. Bodwyn Wook und Glawen starrten ihn an, wie auch Hilda von der Rückseite des Raumes, alle drei gefaßt auf die bestätigende oder zweideutige

Antwort, die Kirdy unwiderruflich von der Operation ausschließen würde.

Kirdy sagte tonlos: »Wir werden zusammenarbeiten.«

Glawen sagte kurz und knapp: »Dann zieh dir normale Kleidung an und begib dich direkt zum Raumhafen. Wir treffen uns an Bord des Schiffs.«

Kirdy ging hinaus. Glawen wartete zehn Sekunden, dann trat er nach vorn und nahm das Geld vom Tisch. »Wir werden unser Bestes tun.« Er verließ den Raum.

Bodwyn Wook seufzte. »Clattuc oder nicht, er hat einen kräftigen Schuß guten Wook-Bluts in sich. Ich bewundere diesen stolzen jungen Schelm aufrichtig. Er ist blitzgescheit und hart wie Stahl, aber dabei hat er eine Liebenswürdigkeit und Sanftheit an sich, der man sich einfach nicht entziehen kann. Ich wünschte mir, er wäre mein Sohn.«

Hilda gab ein leises Schnauben von sich. »Ich bin schon weit über das Alter hinaus, in dem man noch Wünsche hegt. Trotzdem habe ich hin und wieder auch noch so meine kleinen Wunschträume. Wenn es einen Glawen gegeben hätte, als ich noch jung war, wäre mein Leben vielleicht anders verlaufen.«

KAPITEL SIEBEN

I

Als Glawen in den Bauch der *Sagittarian Ray* trat, befiel ihn eine angenehme Erregung; noch nie zuvor hatte er eine Reise in die Außenwelt unternommen. Kirdy hingegen hatte schon weite Touren mit Florestes Mimen gemacht, bis in den hintersten Winkel von Mirceas Strähne. Die Welten, zu denen die jetzige Tour sie führen würde, Natrice, Soum und Tassadero, waren für Kirdy nichts Neues, und als er an Bord des Schiffes stieg, war seine Stimmung trübe. Mehrere Male blieb er stehen und blickte über die Schulter, so als wolle er es sich im letzten Moment doch noch einmal anders überlegen und seine Teilnahme an dem Unternehmen kurzerhand absagen.

Ein Steward geleitete die zwei zu ihren Kabinen. Glawen stellte dort nur rasch sein Gepäck ab und hängte seinen Mantel auf, dann begab er sich nach draußen auf das Promenadendeck, welches ihm einen Blick auf die Aussichtsplattform des Raumhafens gewährte. Dort standen sein Vater und Bodwyn Wook, die gekommen waren, um ihnen Lebewohl zu sagen und letzte Ratschläge mit auf den Weg zu geben. Bodwyn Wook hatte ihnen mehrere Punkte besonders nachdrücklich ans Herz gelegt: »Halte dein Clattucsches Temperament im Zaum! Dies ist ein delikater Fall, der Fingerspitzengefühl erfordert. Weder kecke Sprache noch Sarkasmus beschleunigen die Leistungsbereitschaft von Fremdwelt-Polizeidienststellen; sie haben nicht die gleichen Vorteile wie ihr genossen, also geht sanft und nachsichtig mit ihnen um. Haltet euch strikt an alle einheimischen Gesetze, ob sie euch einleuchten oder nicht! Ihr seid Amt-B-Agenten und Mitglieder der GKIPA, aber lokale Polizeibehörden nehmen es oft nicht so genau mit derlei Feinheiten.«

Scharde ergänzte Bodwyn Wooks Verhaltensmaßregeln. »Auf Tassadero werdet ihr aus Gründen der Schicklichkeit die Kleidung der Einheimischen tragen. Schon am Raumhafen werdet ihr von Straßenhändlern angesprochen werden, die euch drängen werden, Waren von ihren Karren zu kaufen. Widersteht jedoch ihrem Werben, Locken und Schimpfen und wartet, bis ihr in Fexelburg seid und geht dort in einen Laden mit festen Preisen. Anderswo werdet ihr unweigerlich übers Ohr gehauen. Der Geist von Zab Zonk, dem Piraten, lebt auf Tassadero in vielen Formen fort.«

Bodwyn Wook vervollkommnete Schardes Hinweise um eine weitere Warnung: »Haltet euch überall aus der Politik heraus! Auf Natrice, welches euer erster Aufenthaltsort sein wird, sind die politischen Auseinandersetzungen besonders heftig. Die Chance, daß ihr in ihre Streitereien hineingezogen werdet, ist zwar gering, aber haltet trotzdem mit eurer Meinung hinterm Berg!«

»Hoffentlich kann ich das alles auseinanderhalten«, sagte Glawen. »Also: auf Natrice aus der Politik heraushalten; auf Tassadero nach den einheimischen Gepflogenheiten kleiden und darauf achten, nicht beschwindelt zu werden. Gibt es auf Soum auch etwas, wovor wir uns hüten sollten?«

»Ja – Heirat«, sagte Scharde. »Wenn ihr mit einem Mädchen ins Bett geht, besteht darauf, daß sie zuvor eine Heiratsverzichtserklärung unterschreibt. Die entsprechenden Formulare erhaltet ihr an Kiosken und in Süßwarenläden.«

»Ich schlage vor, ihr geht jetzt an Bord«, sagte Bodwyn Wook. »Sonst fliegt das Schiff noch ohne euch ab.«

Von seinem Fenster auf dem Promenadendeck winkte Glawen Scharde und Bodwyn Wook jetzt ein letztes Mal zu, aber sie gewahrten ihn nicht. Glawen schluckte den Kloß in seinem Hals hinunter und redete sich ein, weder böse Vorahnungen noch Ängste zu empfinden.

Ein paar Spätankömmlinge kamen vom Terminal herübergerannt und stiegen mit erleichterten Mienen an Bord. Die Erwartung des Starts erfüllte die Luft mit einem elektrischen Prickeln. Ein Glockenton erklang. Glawen spürte den dumpfen Stoß zuschlagender Luken. Ein dünner pfeifender Ton von unlokalisierbarer Herkunft schwoll an Stärke und Höhe an und entschwand dem Wahrnehmungsvermögen des menschlichen Ohrs. Ohne spürbare Beschleunigung löste sich das Schiff vom Boden Cadwals und stieg in den Himmel.

Glawen blickte über das Promenadendeck. Kirdy war nirgends zu sehen. Glawen wandte den Blick wieder zum Fenster. Kirdy hatte schreckliche Dinge erlebt und verdiente alles Mitgefühl, das man ihm praktischerweise und schicklicherweise entgegenbringen konnte.

Cadwal wurde zu einem Ball, der hell im gelbweißen Schein Syrenes leuchtete. Tief im Süden war Throy als schwarzgrüner Keil zu erkennen. Glawen versuchte Stroma zu entdecken, aber ohne Erfolg. Wehmütige Gedanken an Wayness stiegen in ihm auf; wann würde er sie wiedersehen? Und was würde sie ihm zu erzählen haben?

Kirdy kam die Promenade entlanggeschlendert, mit düsterem Gesicht und geistesabwesendem Blick. Glawen sah, daß er wortlos an ihm vorbeigehen würde. Trotz seiner vorausgegangenen Aufwallung von Mitgefühl wurmte ihn Kirdys augenfälliges Desinteresse jetzt doch ein wenig. Er rief: »Kirdy! He! Schau hierher! Ich bin's, Glawen!«

Kirdy blieb stehen, überlegte einen Moment, dann trat er zu Glawen ans Fenster.

»Laß mich einen Syllogismus vortragen«, sagte Glawen. »›Die Welt ist real. Ich bin ein Teil der Welt. Folglich bin ich real.‹«

Kirdy sann nach. »Ich bin nicht sicher, ob die Logik darin völlig stringent ist. Du hättest die Grundprämisse folgendermaßen formulieren müssen: ›Die Welt besteht aus realen Teilen.‹ Oder: ›Jeder Bestandteil der Welt ist real.‹ Und weiter: ›Ich bin einer dieser Bestandteile.‹ Im letzteren Fall läßt du die Frage offen, ob eine Ansammlung von realen Teilen notwendigerweise auch ein reales Ganzes konstituiert.«

»Ich werde darüber nachdenken«, sagte Glawen. »Nun denn, jedenfalls sind du und ich jetzt an Bord des Schiffes. Wir können einander nicht aus dem Weg gehen – zumindest nicht völlig. So sind die Fakten.«

Kirdy zuckte bloß die Achseln und ließ seinen Blick über die Promenade abschweifen.

Mit großer Höflichkeit fragte Glawen: »Genießt du die Aussicht noch immer? Oder ist sie dir schon zur Gewohnheit geworden?«

Kirdy warf einen Blick durch das Fenster, so als werde er des Schauspiels draußen erst jetzt gewahr. »Wie du schon sagtest, ich habe das schon oft gesehen. Es ist fast immer das Gleiche. Manchmal hängen Lorca und Sing hier draußen wie ein Paar von Aasvögeln, manchmal nicht. Floreste mochte sie nie gern sehen; er glaubte, sie brächten Unglück. Er hatte Dutzende solcher Grillen und spinnerter Ideen, die wir auf eigenes Risiko ignorierten.«

Glawen frug: »Wie lange warst du eigentlich bei den Mimen?«

»Sieben Jahre. Ich fing an, als ich zehn war. Ich war einer von der Urtruppe.«

»Das muß ein großes Abenteuer gewesen sein.«

Kirdy grunzte. »Floreste hielt uns ganz schön auf Trab. Die Hälfte der Zeit wußten wir nie, wo wir gerade waren, obwohl wir gewöhnlich immer die gleiche Route abspielten: Natrice, Soum, manchmal auch Protagne oder Tassadero oder New Calvary oder sogar Mildreds Blaue Welt, dann wieder zurück zur Strähne und Alt-Lumas, und ein oder zweimal runter nach Caffins Welt. Viel weiter sind wir nie gekommen.«

»Wieso eigentlich nicht?«

»Wir reisten immer nur so weit, wie Floreste uns Billigtickets besorgen konnte; er ist ein alter Geizkragen, der jeden überschüssigen Sol sofort auf die hohe Kante legt – nicht für sich persönlich, muß ich gerechterweise hinzufügen, sondern für sein heißersehntes neues Orpheum.«

»Welche von all diesen Welten hat dir am besten gefallen?«

Kirdy antwortete in gleichmäßigem Monoton: »Das beste Essen kriegten wir auf Soum. Natrice war langweilig und sehr sittenstreng, besonders draußen in den Magerlanden, wo das Essen am miesesten war. Wir kriegten dort Plätzchen aus geschnitzelten Nesseln und eine saure schwarze Eidechsensuppe vorgesetzt. Die einzigen Süßigkeiten, die man dort bekam, waren schrumplige kleine rosinenartige Kügelchen, die, wie ich irgendwann erfuhr, getrocknete Insekten waren. Floreste ging immer nur dann in die Magerlande, wenn er unseren Tourneeplan nicht in Poinciana oder Halcyon oder Summer City vollkriegen konnte. Die Sanart-Szientisten haben ein Gesetz, das die Aufführung heterosexueller Schauspiele vor heterosexuellem Publikum untersagt. Floreste ignorierte dieses Gesetz, aber niemand machte ihm deswegen Schwierigkeiten, weil seine Shows so brav und naiv waren, besonders in den Augen der Sanart-Szientisten.«

»Sanart-Szientisten?« In Glawens Hinterkopf klingelte es. »Daher kommt also diese Abkürzung ›SS‹ vor den Namen.«

»Sie heißen alle irgendwas mit SS davor«, sagte Kirdy. »Es ist ein Kennzeichen ihrer Würde und ihrer Stellung.«

»Und wie ist das bei den Frauen? Werden sie auch mit so einem Ehrenzeichen gewürdigt?«

»Das würden sie bestimmt gern. Aber sie tragen alle ein ›V‹ vor dem Namen.«

»Und was bedeutet das?«

Kirdy zuckte die Achseln. »Floreste meinte, es bedeute ›Vettel‹, aber das war wahrscheinlich nur ein Scherz. Sie tragen lange schwarze Gewänder und lustige schwarze Hüte. Floreste meinte, das sei deshalb, weil Damen von Natur aus frivol seien. Die Szientistendamen sahen unheimlich vergrämt aus. So weit ich weiß, baden sie jeden Tag bei Morgengrauen in eiskaltem Wasser.«

»Dann sähe ich auch vergrämt aus«, sagte Glawen.

Kirdy nickte zerstreut. »Wir hörten seltsame Gesichten über die Sanart-Szientisten.«

»Die seltsamste von allen ist die, daß sechs Sanart-Szientisten eine Reise zur Insel Thurben machten, zusammen mit Sir Mathor Borph und Sir Lonas Medlyn aus Halcyon.«

»Die beiden letztgenannten sind Patrune, was soviel bedeutet wie ›Aristokraten‹. Gewöhnlich stehen sie nicht auf bestem Fuß mit den Sanart-Szientisten, aber ich denke, auf der Insel Thurben sind alle Katzen grau. Ach ja. Es geht uns schließlich nichts an.«

Glawen sah ihn verdutzt an. »Aber sicher geht uns das was an, wenn es uns hilft, Ogmo zu identifizieren.«

»Glaubst du nicht, daß das alles im Grunde bloß vergeudete Energie ist? Das ganze ist doch nur wieder eine von Bodwyn Wooks berühmten Räuberpistolen. Der alte Pavian hat Angst, daß man ihn ignoriert, wenn er nicht hin und wieder mal ein solches Ding losläßt. Mit den Thurben-Parties ist es aus und vorbei; was will er denn noch?«

»Er will die Ganoven festnehmen, die für die Sache verantwortlich sind, damit sie es nicht wieder tun. Ich finde, das ist eine gute Idee.«

»Ich bin da nicht so sicher«, sagte Kirdy. »Wenn du einen Schurken hochgehen läßt, springen sofort zwei neue für ihn in die Bresche. Diese Ogmo-Sache ist ein reines Windei, ein Kuddelmuddel aus Fehlstarts und Torheit. Und wer pirscht und lauert und tappt herum und reißt sich den Arsch auf? Vielleicht Bodwyn Wook? Geschissen! Die Drecksarbeit machen zwei junge Knappen, Glawen Clattuc und Kirdy Wook.«

Glawen sagte traurig: »Das ist nun einmal unser Los im Leben.«

»Pah!« knurrte Kirdy. »Warum sollten wir uns darüber aufregen? Die gleichen Sachen laufen tagtäglich in Yipton ab, wenn jemand bereit ist, dafür zu zahlen. Was glaubst du, wie viele Mädchen und kleine Kinder dort von Perversen aufgeschlitzt und umgebracht werden?«

»Da hast du wohl recht«, sagte Glawen. Eine wohlklingende Stimme aus den Lautsprechern kündigte an, daß das Lunch in Kürze serviert werde. »Wie auch immer, es ist unser Auftrag, und ich möchte ihn anständig ausführen. Wie steht's mit dir?«

Kirdy sandte Glawen lediglich einen starren Blick; Glawen tat so, als bemerke er ihn nicht.

Die zwei gingen nach achtern in den Speisesaal und setzten sich an einen Tisch. Auf einem Wandbildschirm erschien die Speisekarte; Kirdy warf einen kurzen Blick auf sie, dann schaute er weg.

Wieder zog Glawen die Brauen hoch. Kirdy war immer wieder für Überraschungen gut. Glawen fragte: »Worauf hast du denn Hunger?«

»Ist mir egal. Ich nehme das, was du nimmst.«

Glawen widerstrebte es, die Verantwortung für die Qualität von Kirdys Mahlzeiten zu übernehmen. »Du bestellst dir besser selbst was. Ich möchte nicht schuld sein, wenn dir nicht schmeckt, was du bekommst.«

»Ich nehme lediglich ein bißchen Eintopf mit Brot.«

»Das ist ziemlich anspruchslos, auch wenn sie's hier Ragout nennen.«

»Mir ist egal, wie sie's nennen.«

Glawen gab die Bestellung auf. Kirdy bekam das Ragout, fand es jedoch nicht nach seinem Geschmack. »Ich wollte einen simplen Eintopf. Das Zeug hier ist mit irgendeiner exotischen außergalaktischen Soße angemacht. Wieso hast du mir keinen normalen Eintopf bestellt, so wie ich's gesagt habe?«

»Ab jetzt bestellst du dir dein Essen gefälligst selbst. Wieso mußte ich das überhaupt für dich machen?«

Kirdy zuckte die Achseln, gab aber keine Antwort. Glawen musterte ihn verstohlen. Er fragte vorsichtig: »Diese Stückchen deines Bewußtseins, von denen du neulich gesprochen hast – kommen sie jetzt allmählich wieder zusammen?«

»Ich glaube nicht.«

»Zu schade. Bodwyn Wook hegt die Hoffnung, daß diese Reise, mit all den neuen Bildern und Erlebnissen, die sie mit sich bringt, dich wieder hinbiegen wird. Was meinst du dazu?«

»Er irrt sich, aber er ist der Boss, und ich muß machen, was er sagt.«

»So kann man es auch sehen«, sagte Glawen.

Kirdy fuhr mit freudloser Stimme fort: »Alles in allem betrachtet wäre ich ebenso gern zu Hause geblieben. Ich weiß überhaupt nichts über diese Ogmo-Geschichte. Vielleicht ist sie wahr; vielleicht ist sie falsch. Deine Gesellschaft ist mir aufgezwungen worden, gegen meinen Widerstand; jedesmal, wenn du etwas sagst, ballt sich meine Faust und würde dir am liebsten ins Gesicht schlagen. Es wäre vielleicht eine gute und richtige Tat; aber ich bin ein vorsichtiger Mensch und reiße mich zusammen, weil ich mir damit deine Unterstützung hier draußen unter all diesen fremden Leuten und seltsamen Geräuschen verscherzen würde. Ich wäre allein. Allein, allein, so als würde ich im Dunkeln herumtappen.«

Glawen brachte ein unsicheres Grinsen zustande. »Deine Prämissen sind schief, aber deine Analyse ist korrekt. Wenn du mir ins Gesicht schlagen würdest, würde ich nicht nur zurückschlagen, sondern auch nichts mehr mit dir zu schaffen haben wollen. Also reiße dich weiter zusammen.« Und er fügte hinzu: »Zumal, da ich offiziell dein Vorgesetzter bin und ich dir das befehle.«

Kirdy schürzte die Lippen. »Stimmt! Das ist ein gutes Argument!«

Je länger die Fahrt dauerte, desto mehr hing ihm Kirdy am Rockzipfel, eine Situation, die Glawen sowohl lästig als auch bizarr fand. Kirdys Lieblingsthema waren die alten Zeiten, als er und Glawen Kinder gewesen waren. Bis ins haarkleinste Detail kramte er Ereignisse hervor, die Glawen längst vergessen hatte, und leitete dann aus ihnen Zeichen und Schlüsse ab, die Glawen ebenso weithergeholt wie irrig fand.

Nach einigen solcher Episoden versuchte Glawen, den Brennpunkt von Kirdys Interesse allmählich auf weniger weit zurückliegende Zeiten zu lenken. Und schließlich, eines Morgens, als sie beim Frühstück saßen, sprach Kirdy über seine Erlebnisse in Yipton. »Sie hielten mich für einen willfährigen Tölpel, für eine Kreatur, die aus Brei und Kitt zusammengematscht ist und anstelle von Hirn Vogelscheiße im Kopf hat.«

Kirdy hielt inne, um zu überlegen, und warf ein paar Leuten am Nebentisch, die verdutzt aufgeschaut hatten, ein Lächeln voll bitterer Ironie zu. »Dann verpaßten sie mir die erste Dosis Stoff, und sagten mir sogar, was es war. ›Und jetzt eine kleine Kostprobe Nyene‹, sagte der Yip: eine skurrile kleine Kröte, die sehr wohl Titus Pompo persönlich gewesen sein kann. ›Das wird dich sehr nahe an ein paar grundlegende Wahrheiten bringen, und du wirst den Fluß des Seins sowohl von der Unterseite als auch aus der Vogelperspektive wahrnehmen, und zwar gleichzeitig; ein interessanter Anblick, wie mir berichtet wurde.‹

An dem Punkt lernten sie Kirdy kennen. Ich trat aus

und brach einem von ihnen den Unterkiefer. Einem andern knallte ich die Faust an den Kopf und zerschmetterte ihm die Schädelknochen, so daß er mit den Augen kullerte wie eine Spielzeugpuppe. Dann wandte ich mich Titus Pompo zu – ich nenne ihn mal so –, aber er duckte sich hinter den Tisch. Ich kippte den Tisch um, direkt auf ihn, und sprang auf ihm herum, um ihn zu zerquetschen; dann warf ich den Tisch beiseite, um ihn leichter auseinandernehmen zu können, aber in dem Moment kamen weitere Oomps hereingestürmt, also sprang ich aus dem Fenster in den Kanal.

Sie fanden mich nicht, weil ich durch den Schlamm in den Hohlraum unter den Pfählen tauchte, wo sich keiner hintraute.« Kirdy kicherte in sich hinein: ein leises gurgelndes Geräusch, bei dem Glawen sich der Magen zusammenkrampfte. »So war ich denn in Freiheit, im Reich der Yoots. Aha! Das waren Zeiten! Wie soll ich es beschreiben? Es ist ein Ort des Schleims und des Gestanks. Die Yoots – so nennen die Yips sie – benutzen diesen Ort als ihr Königreich. Wie wird man mit den Yoots fertig? Mit Freundlichkeit und Logik? Was zählen die in den stinkenden Kriechgründen unter Yipton? Unwirklich! Ich erschreckte sie mit meinen Taten, so daß sie flohen, wenn sie den Klang meiner sanft lockenden Stimme hörten. Ich aß ihre Jungen und nahm die Fische, die sie gefangen hatten, und aß sie ebenfalls, und hier lag das Geheimnis – das wahrhaft große Geheimnis! Die Fische ernähren sich im Überfluß von den Trapperfischen, die Nyene als ihr Gift absondern, welches wiederum unwirksam gemacht wird von dem Gegengift der Fische, das die Yoots Glemma nennen.

Sobald ich das Glemma in mir hatte, kam eine Veränderung über mich; ich war nicht länger das rasende wilde Tier, und die Yoots verloren ihre Furcht und begannen, sich an mich heranzuschleichen. Sie fürchten sich vor dem Anblick ihrer eigenen Gedärme, also weidete ich ein paar von ihnen aus, aber mir war kein Friede vergönnt. Da faßte ich den Plan, bei Nacht in den Kanal zurückzuschwimmen und mir ein Boot zu nehmen und Kurs auf den Marmion zu nehmen. Ich setzte diesen Plan auch in die Tat um, aber ich wurde erwischt und abermals vor Titus Pompo geführt – wenn er es denn tatsächlich war.

Diesmal waren sie gewarnt und fesselten mich, so daß ich mich nicht rühren konnte. ›Jetzt werden wir sehen!‹ sagte Titus Pompo. ›Wie wär's mit einer schönen Portion Nyene?‹

So kriegte ich denn wieder eine Ladung verpaßt, aber das Zeug wirkte nicht. Ich täuschte Wahnsinn vor, damit sie mich meinen eigenen Leuten übergeben würden, und so kehrte ich nach Station Araminta zurück. Und dann – mein Blick hatte sich verändert. Ich hatte neue Ziele entdeckt.« Kirdy hielt jäh inne.

»Und was sind diese neuen Ziele?« fragte Glawen.

Kirdy warf Glawen einen verschlagenen Seitenblick zu. »Ich kann niemandem trauen. Das weiß ich jetzt. Von allen Fakten ist dies der gewisseste: die reinste, köstlichste und einzige Wahrheit. Ich bin ich. Alles andere ist Gestank, Schlamm und Schleim.«

Glawen brauchte eine Weile, um das Gehörte zu verdauen. Schließlich sagte er: »Wenn deine Ziele ehrenwert sind, warum solltest du sie dann verheimlichen?«

»Egal. Ich will jetzt nicht darüber nachdenken. Eines Tages wirst du den Umfang meines Konzepts erfahren.«

Glawen sagte kalt: »Ich bezweifle, daß es mich interessieren wird.«

Kirdy sah ihn an; seine blauen Augen, einst so offen und sanft, waren kalt und undurchdringlich. »Du darfst keiner Sache je sicher sein. Veränderung ist überall. Ich stelle sogar in mir selbst Veränderungen fest. Einmal war ich hart und undurchdringlich. Ich sah mit totaler Schärfe, wie ich noch nie zuvor gesehen hatte.

Ich konnte die Falschheit hinter jeder Maske erkennen. Ich erkannte die Menschen in bitterer Wahrheit als Tiere, die einherstolzieren in lächerlichen Kleidern. Früher gelangten solche Botschaften in mein Unterbewußtsein, das sie gnädig vor meinem Bewußtsein abschirmte. Jetzt ist dieses Unterbewußtsein mein Bewußtsein, und die neugewonnene Klarheit meines Blickes ist ungetrübt. Alles ist klar und durchsichtig. Auch du, Glawen! Deine Posen können nichts vor mir verbergen.«

Glawen lachte kurz auf. »Wenn sie dich verletzen, schlage ich vor, daß du von Poinciana aus mit dem ersten Schiff nach Station Araminta zurückfliegst. Ich komme auch gut alleine zurecht. Ist diese ›Pose‹ deutlich genug, oder muß ich mich noch klarer ausdrücken?«

»Nicht nötig.«

»Nun – was willst du machen? Nach Cadwal zurückfliegen?«

»Ich werde darüber nachdenken.«

II

Die *Sagittarian Ray* tauchte aus dem Intersplit heraus, glitt an dem blauen Stern Blaise vorbei, dem ›Blauäugigen Teufel‹, wie er genannt wurde, und schwebte auf Natrice hinunter. Aus dem Fenster des Promenadendecks hinunterblickend, sah Glawen eine Welt von mäßiger Größe, die zur Hälfte in das grellblaue Licht Blaises getaucht war. Die Eiskappen der Pole waren als blendende weiße Flecken auszumachen; andere Aspekte der Topographie verschwammen hinter einer dichten Atmosphäre und Schleiern von Eiskristallen, die den Großteil von Blaises gefährlicher Strahlung reflektierten.

Im großen Saal der *Sagittarian Ray* hatten die Stewards einen großen Globus aufgestellt, der Natrice darstellte. Beim Betrachten des Globus hatte Glawen festgestellt, daß die Hemisphären in etwa symmetrisch waren. Ein schmales Äquatorialmeer, der Mirling, umgürtete die Kugel, flankiert von Küstenebenen. Nach Norden und Süden hin stieg das Land an und faltete sich, erst zu Mittel-, dann zu Hochgebirgen, um dann in Tundra überzugehen, die sich bis zu den Eiskappen der Pole hinzog. Auf der nördlichen Hemisphäre waren die Regionen, die sich an die Küstenebene anschlossen, die Magerlande; die ihnen entsprechenden Gegenden auf der Südhalbkugel waren die Wilden Lande. Die Bevölkerung von Natrice war, bedingt durch historische Umstände, recht klein. Ein paar kleine Städte lagen sich an den Ufern des Mirling gegenüber; die größte von ihnen war Poinciana, das auch den Raumhafen beheimatete. Ihm an Größe und Bedeutung kam am nächsten Halcyon, das auf fast gleicher Höhe auf der anderen Seite des Mirling lag.

Die ersten Siedler hatten sich bereits hier niedergelassen, als Natrice noch im ›Jenseits‹ lag – was soviel bedeutete wie außerhalb der anerkannten Grenzen des Gaeanischen Reichs. Es handelte sich bei diesen Siedlern um im Ruhestand befindliche Piraten, Sklavenhändler, Flüchtlinge und Desperados jeder erdenklichen Art, durchsetzt von gewöhnlichen Kriminellen. Sie waren vereint in dem Wunsch, ihren Reichtum in Frieden zu verzehren, unbehelligt von den Nachstellungen der GKIPA. Zu diesem Zweck errichteten sie behagliche Landsitze entlang den Gestaden des Mirling, unter Verwendung einer Architektur, die in vollkommener Harmonie zur Umgebung stand. Breite niedrige Kuppeln aus geschäumtem Beton schufen riesige Flächen kühlen, halbdunklen Raumes, reich an gedämpften Farben. Die Häuser waren umringt von schattigen Teichen und wunderschönen Gärten, in denen die faszinierende heimische Pflanzenwelt mit gleichermaßen bemerkenswerten Importgewächsen koexistierte. Es gab Palmen jedweder Art, gelbe Regenschirmbäume, schwarze Himmelsstacheln; Salmatica mit schlaff hängenden Zweigen und herzförmigen blaugrünen Blättern; Süßlimonetten mit dunkelgrünem Laubwerk, immerblühend und köstliche Früchte tragend; Jasmin, Hinano, Kahalaea; hoch ragende Ramifolien, die auf zehn krummen Beinen standen; Schmetterhirnbäume mit langen Ästen, die sich zu den Enden hin zu keulenartigen Knollen verdickten; Himmelsgras mit rosafarbenen, blauen, grünen und violetten Halmen – gern verwendet als Randbeete an Gartenwegen; Silberfarne und Schwarzfarne, die aufschrien, wenn sie miteinander in Berührung kamen; Gitterdendren, behangen mit Hunderten von karminroten Blumengongs; Kreuzungen aus Rosen und Glyzinien; Ballonreben und Flammenblumen aus Cadwal; rot, schwarz und weiß gestreifte Negerpuppentonnen.

In solchermaßen gestalteter Umgebung wurden die Halsabschneider, Grabräuber, Sklavenhändler und Schurken die Patrune von Natrice. Sie führten ein Leben in Anstand und Schicklichkeit, lehrten ihre Kinder Ehrgefühl, Pflichtbewußtsein und Tugendhaftigkeit und distanzierten sich von alten Kumpanen, die dazu neigten, sie um Geld anzugehen, Geschichten von gemeinsamen Heldentaten aus den guten alten Zeiten aufzuwärmen oder gar Rat und Beistand in kriminellen Angelegenheiten zu erheischen. Um sich gegen solcherlei unerwünschte Kontakte abzuschotten, machten die Patrune sich die Lebensart von Aristokraten zu eigen und erzogen ihren Kindern patrizische Zurückhaltung an, und so vergingen die Jahrhunderte. Die Patrune wurden zu wirklichen Aristokraten, und ihre fragwürdigen Ursprünge waren höchstens noch Gegenstand humorvoller Mutmaßungen oder gar wehmütigen Stolzes.

Als das Gaeanische Reich sich Mirceas Strähne einverleibte, strömte eine Welle von Einwanderern nach Natrice, nicht alle zum Wohlgefallen der Patrune. Die größte Gruppe von ihnen waren die Sanart-Szientisten: ein Orden naturopathischer Philosophen, die die Magerlande besiedelten. Sie strömten aus allen Winkeln des Gaeanischen Reiches in einer nicht nachlassenden Flut, bis es den Patrunen schließlich zu bunt wurde und sie den Raumhafen von Poinciana kurzerhand gegen jede weitere Immigration schlossen. Die Szientisten scherten sich nicht um das Verbot und eröffneten ihren eigenen Raumhafen auf einer Hochlandwiese; der Einwanderungsstrom hielt an, und die Patrune hatten keine Macht, etwas dagegen zu unternehmen. Schließlich ließ der Strom nach und versiegte, offenbar, weil alle Sanart-Szientisten des Gaeanischen Reichs sich mittlerweile auf Natrice befanden, mehr als eine Million an der Zahl. Sie bebauten gerade so viel Land, verhütteten gerade so viel Metall und schlugen gerade so viel Holz, wie sie für ihr eigenes Auskommen benötigten, und blieben im großen und ganzen unter sich und unternahmen keine Versuche, ihren Glauben zu verbreiten, den sie als eine selbstverständliche Wahrheit betrachteten.

Mit dieser Annahme lagen sie möglicherweise sogar richtig, war doch die Sanart-Philosophie von entwaffnender Schlichtheit. Der gaeanische Mensch, so behaupteten sie, sei ein natürliches Geschöpf, welches aus natürlichen Stoffen gebildet sei; seine Gesundheit, Güte, Kraft und Vernunft hingen ab von der vollen Übereinstimmung mit den ›langsamen lieblichen Harmonien der Natur‹, wie sie es ausdrückten. Diese wenigen Sätze machten die *Idee* aus, von der die Sanart-Szientisten andere mehr oder weniger elaborierte Folgesätze ableiteten. Sie erfreuten sich an elementaren Dingen wie Donner, Blitz, dem Fließen von Wasser, der Wärme des Sonnenlichts, der fetten, würzigen Schwere der Scholle, dem Kommen und Gehen der Jahreszeiten. Natürliche Vergnügen und natürliche Nahrung wurden als gut und genießenswert erachtet. Synthetische

Nahrungsmittel, künstliche Lustbarkeiten, unnatürliche Lebensweisen, abstrakter Ästhetizismus – all dies galt als schlecht und vermeidenswert oder sogar, in manchen Fällen, als vertilgenswert. Treue, Standhaftigkeit, Beharrlichkeit, Ausdauer, Schmucklosigkeit und Einfachheit: all dies war gut, all dies trug zur *Wahrheit* und zur *Idee* bei. Unmäßigkeit, Genußsucht, kritiklose Toleranz waren von Übel, ebenso wie Gefräßigkeit, Verschwendungssucht, Prunksucht und Lüsternheit.

Die *Idee* wurde niemals nachdrücklich betont, propagiert oder verfochten. Sie war ein Konzept von natürlicher Kraft, wenngleich immer noch ein menschlicher Gedanke auf einer menschlichen Werteskala. Mehr als alles andere verachteten die Szientisten jede Form von Mystizismus. Sie verabscheuten Priester und ihre Religionen, die sie als so verblödend, lächerlich und absurd empfanden, daß ihre Anhänger ihrer Meinung nach wegen Torheit bestraft gehörten.

Fast gleichermaßen zu mißbilligen waren der Hedonismus und der eitle Luxus der Patrune, die Schmarotzer an den Erträgen angelegten Reichtums waren. Die normale Reaktion eines Sanart-Szientisten auf den Anblick eines Patruns war ein mitleidig-herablassendes Achselzucken, vielleicht noch unterstrichen von einem grimmigen Lächeln. Sollten die Patrune sich doch in ihrer Verderbtheit und Entartetheit suhlen, wie es ihnen Spaß machte – wäre da nicht ein überaus störender Nebeneffekt gewesen: ihre Frivolitäten und lustvollen Gelage gaben ein schlechtes Vorbild für leicht zu beeindruckende junge Leute, wenn diese aus dem einen oder anderen Grund in die Stadt kamen. Kehrten sie dann in die Magerlande zurück, hatten sie den Kopf voll von albernen Flausen, die nicht in Einklang mit der *Idee* standen. Manche von ihnen ›wurden schlecht‹ und versuchten, ihre neugewonnenen Ideen in die Tat umzusetzen. Wenn man sie dann tadelte oder auf den rechten Pfad zurückzuführen versuchte, wurden manche dieser ›Schlechten‹ aufsässig und kehrten den Magerlanden gänzlich den Rücken. Und die Situation wurde nicht besser; im Gegenteil, die neuen Ideen infizierten immer mehr junge Menschen aus den Magerlanden wie eine bösartige Seuche.

Alle drei Jahre versammelten sich Delegierte aus den einzelnen Distrikten auf einer Weltsynode. Auf den letzten Synoden waren markige Worte in Zusammenhang mit den Patrunen gefallen, die als die Quelle des Übels identifiziert wurden. Die ›Falken‹ unter den Delegierten forderten ›unverzügliche Maßnahmen‹ zur ›Säuberung‹ Natrices von seinen ›verkommenen Elementen, die wie brandige Geschwäre unseren Planeten verseuchen‹.

Anträge dieser Art waren bei Abstimmungen bisher noch stets abgeschmettert worden, aber mit von Mal zu Mal geringeren Mehrheiten. Eine unbehagliche Spannung hatte sich in den Magerlanden aufgebaut.

Zusammen mit den Sanart-Szientisten war seinerzeit ein buntes Gemisch anderer Leute nach Natrice gekommen und hatte neue Ideen, neue Fähigkeiten und neue Talente mitgebracht. Mit wachsendem Wohlstand warfen sich diese Neuankömmlinge zum Widerwillen der Szientisten in die Brust und äfften den Lebensstil der Patrune nach, doch je mehr sie sich ins Zeug legten, desto beharrlicher wurden sie von den Patrunen geschnitten und über die Schulter angeguckt, bis sie sich schließlich zähneknirschend mit ihrem inferioren Status abfanden.

Die *Sagittarian Ray* landete auf dem Raumhafen von Poinciana. Glawen und Kirdy stiegen vom Schiff aus direkt in einen mit einem Baldachin überdachten Transporter, der sie über das im mittäglich-prallen Blaiselicht liegende Landefeld zum Terminal beförderte. An einem Informationsschalter für Touristen wurde ihnen das Hotel Rolinda empfohlen. »Ein Haus von nobelstem Stil«, rühmte der Touristenberater, ein modischer junger Herr, der seinen Körper sorgfältig in lockere weiße Kleider gehüllt hatte, ganz im sportlich-lässigen Patrune-Stil. »Das Rolinda ist absolut modern und entspricht höchstem kosmopolitischen Standard.«

Kirdy gab ein leises Seufzen melancholischer Erinnerung von sich. »Floreste favorisierte Haus Mirlblick für die Mimen.«

»Eindeutig und entschieden minderwertig«, erklärte der Berater. »Dort liegt der Schwerpunkt darauf, erträgliche Resultate mit minimalem Aufwand zu erzielen. Es ist die Herberge der Szientisten, wenn sie auf Besuch in die Stadt kommen. Muß ich noch mehr sagen?«

»Das Mirlblick war in der Tat ein wenig schlicht!« sagte Kirdy nachdenklich. »Trotzdem waren es wunderbare Zeiten! In jenen Tagen hatte ich noch so viel zu lernen und noch so viel zu erleben...« Seine Stimme schwand dahin.

»Ganz recht«, sagte der Berater. »Ich kann Ihnen das Mirlblick nicht guten Gewissens empfehlen. Persönlichkeiten mit Urteilskraft und Welterfahrung wählen unweigerlich das Rolinda. Gewiß, es ist nicht billig, aber na und? Wem es weh tut, einen oder zwei Dinket mehr zu bezahlen, der sollte am besten zu Hause bleiben, wo er mit seiner Genügsamkeit die Mitglieder des Gastronomiegewerbes nicht nervt. Stimmen Sie mir da nicht zu?«

»Natürlich«, sagte Glawen. »Ich bin ein Clattuc, und Kirdy ist ein Wook. Für uns ist das Beste gerade gut genug; wir haben beide gerne Schinken und Butter auf unseren Broten.«

»In der Tat.«

»Allerdings. Wie kommen wir zum Rolinda? Müssen wir zu Fuß durch die Hitze laufen?«

»Natürlich nicht. Das Hotel wird Ihnen ein Luxusfahrzeug mit Klimaanlage und einer Bordbar mit gekühlten Erfrischungsgetränken zur Verfügung stellen.«

»Als kostenlosen Extraservice für seine Gäste?«

Der Berater zog die Augenbrauen hoch. »Mein Herr, ich bitte Sie!«

»Es kostet also eine Gebühr.«

»Eine beträchtliche Gebühr, kann ich Ihnen versichern. Es gibt aber auch noch einen Omnibus. Er wird benutzt von den übertrieben Sparsamen, den Armen, den Knauserigen sowie von Sanart-Szientisten und Landstreichern. Er ist schnell, zweckdienlich und billig, bietet aber keine sonstigen Vorteile. Wenn Sie, wie ich, mit einem Hang zu launischer Sorglosigkeit geschlagen sind, dann können Sie den Omnibus ausprobieren, nur mal so zum Spaß. Er steht direkt vor dem Terminal bereit.«

»Er wird für unsere Zwecke genügen. Noch eine Frage: welches sind die führenden Reiseagenturen?«

»Da würde ich Ihnen ohne jedes Zögern die Agentur Phlodoric und Bucyrus Tours als die angesehensten Häuser am Platz empfehlen. Sie finden beide Agenturen an der Esplanade am Hotel Rolinda, bequem zu Fuß zu erreichen.«

»Und jemand, der in die Außenwelt verreisen möchte, würde normalerweise bei einer dieser Agenturen buchen?«

»Ganz recht, mein Herr.«

Glawen und Kirdy stiegen in den Omnibus und wurden zum Hotel Rolinda gebracht, einem Komplex aus vier kunstvoll ineinander verschachtelten flachen Kuppelgebilden, die dergestalt angeordnet waren, daß ein Innenhof von achtzig Yard Durchmesser ausgespart blieb. In diesem Hof war ein Garten angelegt, der durch eine hohe Kuppel aus Rauchglas gegen das gleißende Blaiselicht abgeschirmt war. Rechts und links erhoben sich zwei schlanke graue Glastürme, die die Gästezimmer beherbergten.

Der Omnibus fuhr vor dem Hotel vor und hielt unter einer Rauchglasportiere; Glawen und Kirdy stiegen aus und traten in den fächelnden Hauch gekühlter Luft. Sie schritten durch einen Vorhang aus parfümiertem Nebel in einen halbdunklen Raum von solch gewaltigen Ausmaßen, daß sie ihn auf den ersten Blick nicht zu erfassen vermochten. Eine weiße, an den Seitenwänden tief heruntergezogene Decke wölbte sich in sanftem Schwung zu einer Höhe von dreißig Fuß in der Mitte des Saals. Der Empfangsschalter nahm die gesamte Länge der Wand auf der einen Seite ein; auf der anderen Seite flankierte ein Speiseareal den Dschungelgarten des Innenhofs.

Glawen und Kirdy gingen quer durch den Saal zum Empfangsschalter, wo man ihnen Zimmer auf der neunzehnten Etage des Nordturms zuwies. Die Zimmer, so stellte sich heraus, waren komfortabel ausgestattet in einem Stil, der als unaufdringlich und neutral bezeichnet werden konnte, in jedem Fall aber völlig in den Hintergrund der Wahrnehmung gedrängt wurde durch den atemberaubenden Ausblick, der sich durch die Rauchglaswände auftat.

Glawen stand da und schaute fasziniert hinaus über die Landschaft, die so völlig anders war als jede andere, die er je gesehen hatte. Hunderte von flachen weißen Kuppeln lagen unregelmäßig und scheinbar zufällig bis an den Horizont über das Land verstreut, jede umwuchert von Massen dunklen Laubwerks. Nach Süden hin, dann nach rechts und links dem Blick entschwindend, dehnte sich glatt und ruhig der Mirling, seidig blau im Blaiselicht schimmernd. Ein bestrickendes und ungewöhnliches Panorama, dachte Glawen, wenngleich vielleicht eine Spur zu kahl, zu hell und zu intensiv in seinem Blau und Weiß.

Glawen wandte sich von dem Anblick ab. In einem Bad aus monolithischem grau-blauem Glas, illuminiert von irgendeiner geheimnisvollen, aus dem Innern seiner eigenen Substanz kommenden Lichtquelle, badete Glawen: erst in einem Schwall parfümierten Schaums, dann in einer Spülung aus zart duftendem Klarwasser. Als er in das Zimmer zurückkam, stellte er fest, daß weite weiße Kleider nach der Mode von Poinciana für ihn bereitgelegt worden waren. Er zog sich an, dann ging er hinaus auf den Gang und klopfte an Kirdys Zimmertür.

Es kam nicht sogleich eine Reaktion. Glawen war schon im Begriff, wieder zu gehen, als die Tür schließlich aufschwang. Kirdy guckte heraus, das sandfarbene Haar zerzaust, das große rote Gesicht zu einer mürrischen Miene verzogen. »Was willst du denn?« Er bemerkte Glawens Kleidung und starrte ihn argwöhnisch an. »Wo willst du hin?«

»Runter in die Halle. Ich will ein paar Fragen stellen. Komm runter, wenn du fertig bist, und dann essen wir zusammen zu Mittag.«

Kirdy zog ein verdrießliches Gesicht. »Du hättest mir vorher sagen können, daß du ausgehst. Ich hatte eigentlich vor, in meinem Zimmer zu essen.«

»Iß, wo du willst. Aber komm runter, sobald du fertig bist. Wenn du mich nicht sofort entdeckst, dann setz dich hin und warte; ich werde das Hotel nicht verlassen – glaube ich jedenfalls.«

»Ach, Teufel auch! Dann warte auf mich. Ich bin in einer Viertelstunde soweit. Wo hast du die Klamotten her?«

»Die hat mir jemand hingelegt, während ich im Bad war. Aber ich werde nicht warten. Ich habe Arbeit. Wenn du mich nicht siehst, setz dich irgendwo hin und schau dir die Damen an.«

Kirdy knurrte: »Immer machst du alles kompliziert! Warum kannst du nicht mal Verständnis für eine Veränderung zeigen? Du mußt lernen, auch Rücksicht auf mich und meine Anschauungen zu nehmen.«

»Das ist absurd«, sagte Glawen. »Du bist derjenige,

der Verständnis zeigen muß. Wir sind nicht zu unserem Vergnügen hier, sondern in einer ernsten dienstlichen Angelegenheit!«

Kirdys Hals begann plötzlich zu pochen und schien anzuschwellen. Er sprach mit einer dumpf dröhnenden Stimme, in der der Klang von Untergang und Verderben schwang. »Ich spüre einen Mangel an Respekt. Du hast keine Achtung vor meinen Gefühlen. In deinen Augen lese ich nur Hohn und Geringschätzung. Du ignorierst meine Worte, als hätte ich sie gar nicht gesprochen, und gibst zungenfertige Ausflüchte von dir. Du machst schnippische Bemerkungen über mich und meine großen Studien. Ich bin keine Person, die man auf die leichte Schulter nehmen darf, wie ich bei verschiedenen Anlässen bewiesen habe. Das wirst du vielleicht zu gegebener Zeit noch merken.«

Glawen starrte ihn fassungslos an; ihm fehlten die Worte. Er wurde wütend. Verrückt oder nicht, Kirdy mußte zur Raison gebracht werden. Einen Augenblick später überlegte er es sich wieder anders. Zorn würde Kirdy nur amüsieren und ihn in seiner gegenwärtigen Phase bestärken. Glawen sagte kalt: »Dein Benehmen ist nicht akzeptabel. Es steht fest, daß wir nicht zusammen arbeiten können. Es wäre für uns beide besser, wenn du wieder nach Cadwal zurückkehren würdest. Ich werde die Untersuchung allein durchführen.«

Kirdys Mund verzog sich zu einem falschen Lächeln. »Aha, Hauptmann Clattuc! Das wolltest du doch von Anfang an!«

»Glaub, was du willst. Bodwyn Wook bat mich, dich mitzunehmen; du bist hier, weil er hoffte, daß du dadurch wieder in Ordnung kommst.«

»Und du machst mich für meine Schwierigkeiten verantwortlich? Das ist wirklich edelmütig von dir.«

»Falsch. Ich bin Bodwyn Wook verpflichtet, und ich werde weiterhin versuchen, vernünftig mit dir auszukommen, aber nur, wenn du dich hier und jetzt dazu entschließt, dich am Riemen zu reißen. Das bedeutet, daß du dich wie ein normaler Mensch benehmen mußt. Ich weigere mich, deine Launen länger hinzunehmen.«

Kirdy stierte ihn mit wildem Blick an, die Hände abwechselnd öffnend und zu Fäusten ballend. Glawen beobachtete ihn scharf, auf alles mögliche gefaßt. »Entscheide dich«, sagte Glawen.

Kirdy zögerte. Schließlich sagte er in grollendem Ton: »Was du verlangst, ist leichter gesagt als getan.«

»Ich denke, es ist nicht so schwer, wie du es hinstellst. Sich anständig zu benehmen sollte einem Wook nicht allzu schwerfallen dürfen. Du weißt, wie man sich benimmt; warum tust du es nicht einfach?«

»Wie ich bereits sagte, es ist leichter gesagt als getan.«

»Schwer oder leicht, das ist mir gleich. Entweder du tust es, oder du fährst nach Hause.«

»Ich kann nicht mehr tun, als mein Bestes zu geben.«

»Das heißt mit anderen Worten, du wirst dich nur so gut benehmen, wie du willst. Das ist aber nicht gut genug. Entscheide dich: vernünftiges Benehmen, oder das erste Schiff zurück nach Hause.«

Kirdy knallte ihm die Tür vor der Nase zu. Glawen blieb noch einen Moment unschlüssig stehen, dann ging er hinunter in die Lobby. Im Moment war Kirdy wütend und erregt, aber – so glaubte Glawen jedenfalls – auf eine gesunde und normale Art. In ein paar Minuten würde er sich wieder abkühlen und zur Besinnung kommen. Glawen stellte sich vor, wie er jetzt vor der Rauchglaswand stand, das große breite Gesicht nachdenklich in Falten gelegt. Vielleicht würden die Bruchstücke seines alten Bewußtseins sich unter dem Druck der Notwendigkeit ja wieder zusammenfügen und ihre normale Herrschaft über das Unterbewußtsein wiederaufnehmen. Vielleicht würde aber auch das Unterbewußtsein in seiner Gerissenheit Normalität vortäuschen und versuchen, Glawen hinters Licht zu führen. Zu schade, dachte Glawen, daß Bodwyn Wook nicht selbst zugegen war, um sich mit dem Problem auseinanderzusetzen.

An der Rezeption erkundigte Glawen sich nach den Adressen der Agentur Phlodoric und der Firma Bucyrus Tours. Der Angestellte zeigte auf eine breite Ladenpassage, die um den Innenhofgarten herumführte. »Sie finden die genannten Firmen an der Esplanade. Beide genießen hohes Ansehen und zählen Persönlichkeiten aus den höchsten gesellschaftlichen Kreisen zu ihrem Kundenstamm. Sirrah Kyrbs leitet die Agentur Phlodoric; ähnlich tüchtige Arbeit leistet Sirrah Fedor bei Bucyrus Tours.«

Glawen suchte zuerst die Agentur Phlodoric auf. Er wies sich Sirrah Kyrbs gegenüber als Agent aus und wurde hastig in ein Hinterzimmer geführt, damit nur ja nicht irgendein zufällig hereinkommender hochgestellter Kunde seine Anwesenheit bemerke.

Sirrah Kyrbs, ein stattlicher Gentleman mittleren Alters, sorgfältig gekleidet, gesalbt, parfümiert, frisiert und beschuht, brachte Glawen eine förmliche, wenngleich ein wenig gezwungen wirkende Höflichkeit entgegen. »Mein Herr, ich bin natürlich sehr gespannt, den Grund Ihres Besuchs zu erfahren.«

»Ich werde es Ihnen sofort erklären, aber zuerst lassen Sie mich eine Frage stellen: pflegen Sie Geschäftsbeziehungen mit der Firma Ogmo?«

»Ogmo? Ich glaube nicht. Aber lassen Sie mich zuerst einen Blick in meine Dateien werfen.« Sirrah Kyrbs tippte ein paar Tasten auf der Tastatur seines Bürocomputers, entdeckte aber keine einschlägige Information. »Es tut mir leid, aber da kann ich Ihnen nicht dienen.«

»Wissen Sie dann vielleicht irgend etwas über eine sogenannte ›Vergnügen-in-Vollendung‹-Tour nach Cadwal?«

Sirrah Kyrbs schüttelte verwirrt den Kopf. »Auch das muß ich verneinen.«

»Ich danke Ihnen, Sir.« Glawen ging.

Sirrah Fedor von Bucyrus Tours konnte ihm ebenso wenig weiterhelfen, wie es zuvor Sirrah Kyrbs gekonnt hatte. Glawen kehrte ins Hotelfoyer zurück, wo er Kirdy vorfand, der frisch gekleidet und offenbar in voller Herrschaft über seine Sinne ruhig an der Seite des Raumes saß.

Glawen trat zu ihm. Kirdy sprang auf. »Wo bist du gewesen?« Seine Stimme, fand Glawen, war gefühlsmäßig neutral, wenngleich eine Spur gepreßt klingend. Die Frage? Man konnte sie entweder als mürrische Beschwerde oder als angemessene Neugier auffassen. Glawen entschied, den Grundsatz *in dubio pro reo* zu Kirdys Gunsten walten zu lassen.

»Ich habe bei den beiden Reiseagenturen vorbeigeschaut. Beide geben an, weder geschäftliche Beziehungen irgendeiner Form mit der Firma Ogmo zu unterhalten, noch, irgendwelche Buchungen für eine ›Vergnügen-in-Vollendung‹-Tour vorgenommen zu haben. Beide Geschäftsführer machten auf mich einen ehrlichen Eindruck.«

»Und was fangen wir nun an?«

»Laß uns das beim Mittagessen bereden.«

Das Restaurant grenzte an den Dschungelgarten, der unter der Rauchglaskuppel eine Fläche von gut über zweihundert Fuß im Durchmesser einnahm. Grünzeug tausendfacher Art wuchs hier hoch, flach und breit, Blätter jeder Form, Farbe und Größe treibend. In der Mitte ragte eine Klippe aus rohem schwarzen Basalt fünfzig Fuß über dem Dschungelboden auf. Ein Bach sprang aus einer Quelle nahe dem Gipfel der Klippe hervor und hüpfte angenehm plätschernd und murmelnd zu Tale. Vom Restaurant aus drangen Pfade in den Rand des Dschungelgartens, die zu hinter Laubwerk versteckten Tischen führten.

Glawen und Kirdy nahmen am Rande des Gartens Platz und bekamen eine Mahlzeit von erster Güte serviert. Als Kirdy die Preise auf der Speisekarte gewahrte, schüttelte er den Kopf in düsterer Erinnerung. »Von dem, was dieses Mittagessen uns kosten wird, würde Floreste die Mimen eine ganze Woche lang verköstigen. Damals kannten wir den Unterschied nicht – oder vielleicht war er uns auch einerlei. Wir waren schon eine verrückte Truppe; es war immer was los, bei uns herrschte stets fröhliche und ausgelassene Stimmung. Ich weiß nicht, ob ich noch einmal zu dieser Art von Leben zurückkehren könnte. Es hat natürlich durchaus seine Reize. Die Mädchen waren alle so hübsch und so nah, und doch so unerreichbar – dafür sorgte schon Floreste. Er war nicht im geringsten freizügig; wenn du liebtest, dann liebtest du vergebens – zumindest bis zum Ende der Tournee. Danach konntest du natürlich machen, was du wolltest – wenn es dann nicht schon zu spät war. Alles in allem war es schon eine schöne Zeit.«

»Sie ist lange vorbei«, sagte Glawen. »Laß uns jetzt unsere Situation diskutieren. Es ist klar, daß ...«

Kirdy unterbrach ihn. »Ich habe lange und gründlich darüber nachgedacht. Ich verstehe deinen Standpunkt. Wenn die Untersuchung vorankommen soll, müssen wir in Einklang zusammenarbeiten. Es ist dafür nicht erforderlich, daß ich dich mag oder daß du mich magst. Aber wir müssen uns auf ein System einigen, das uns erlaubt, zusammenzuarbeiten.«

»Ganz recht«, sagte Glawen. »Wir werden uns an das übliche und angestammte System halten. Ich bin derjenige, der das Sagen hat; du bist mein Assistent. In diesem System ist kein Platz für Temperamentsausbrüche und Launen. Es muß Schluß sein mit jedweden Gefühlsaufwallungen oder Drohungen; sie lenken mich von meiner Arbeit ab. So – jetzt weißt du Bescheid. Entweder das alterprobte System oder gar keines, welch letzteres bedeuten würde, daß ich meiner Wege gehe und du nach Cadwal zurückreist.«

»Ich habe kapiert und bin einverstanden.«

Glawen erinnerte sich seiner Befürchtungen vor dem listigen Unterbewußtsein und heuchelte Gelassenheit. Wie aus beiläufiger Neugier heraus frug er: »In diesem Moment scheinst du mir wieder ganz der Alte zu sein. Hast du die Bruchstücke deines alten Geistes wieder zusammengefügt, wenn ich es einmal so sagen darf? Oder hat dein zweiter, neuer Geist sich den realen Verhältnissen angepaßt?«

Kirdy zeigte ein dünnes, schmallippiges Lächeln. »Reale Verhältnisse? Das ist ein zweideutiger Begriff, der zumindest einen meiner Geister amüsiert. Um in aller Offenheit zu sprechen: ich habe eine Art Erleuchtung gehabt. Die ganze Zeit über habe ich der Theorie zugeneigt, daß mein Verhalten vor der Yipton-Affaire regiert und beherrscht wurde von einer Kraft, die ich einmal Geist A nennen möchte, und nach der Yipton-Affaire von Geist B. Mir ist jetzt klar geworden, daß das nicht ganz zutreffend war. In Wahrheit hat Geist B schon seit vielen Jahren die Vorherrschaft, und Geist A war und ist der Vermittler, der zuständig ist für das, was du als die ›realen Verhältnisse‹ bezeichnest. Ich glaube, das ist allgemein bei jedem so: bei dir, bei mir, bei Bodwyn Wook, bei Arles, bei Namour: bei jedem. Geist B ist die Zitadelle; Geist A ist der Herold, der hinausgeht, um Botschaften nach hier und dort zu bringen, und der hin und wieder Nachrichten aus der Außenwelt in die Festung zurückbringt.«

»Ich weiß nichts zu diesem Thema«, sagte Glawen. »Du magst durchaus recht haben. Im Moment jedenfalls will ich deine rückhaltlose Kooperation: keine Drohungen, keine Launen, keine grämlichen Klagen. Siehst du dich imstande, dich so weit unter Kontrolle zu halten?«

»Natürlich«, sagte Kirdy kalt. »Ich kann alles tun, was ich für richtig erachte.«

»Und wirst du es auch tun?«

Kirdys Miene straffte sich: ein Signal, das Glawen beunruhigend fand. »Ich werde mein Bestes tun«, sagte Kirdy kurzangebunden.

»Tut mir leid«, erwiderte Glawen. »Wie ich bereits sagte: das reicht mir nicht. Ich will entweder ein klares ›ja‹ oder ein klares ›nein‹, ein für allemal, ohne Vorbehalte oder Fluchtwege.«

»Also gut: ja.« Wieder klang Kirdys Stimme leblos und mechanisch. Glawen stieß einen tiefen Seufzer aus. Mehr konnte er nicht tun; er konnte jetzt nur noch hoffen, daß er die Untersuchung schnell zu Ende brachte und ebenso schnell wieder nach Araminta zurückkehren konnte.

Die zwei beendeten schweigend ihre Mahlzeit. Glawen erhob sich vom Tisch. »Ich muß noch einmal zu den Reiseagenturen; es gibt da noch ein paar Fragen, die ich ihnen gerne stellen möchte. Wenn du willst, kannst du mitkommen; ansonsten warte in der Halle auf mich.«

»Ich komme mit.«

Die zwei gingen die Esplanade hinunter zur Agentur Phlodoric. Sirrah Kyrbs, der an seinem Schreibtisch saß, blickte lustlos auf, als er die beiden gewahrte. Er stand auf und begrüßte sie mit einer steifen Verbeugung. »Kann ich Ihnen behilflich sein?«

»Das hoffe ich, Sir. Dies ist mein Kollege, Sergeant Kirdy Wook. Ich hätte da noch einige Fragen, wenn ich Ihre Geduld noch einmal beanspruchen darf.«

»Ich bin selbstverständlich bereit, Ihre Fragen zu beantworten, wie das Gesetz es verlangt – im Rahmen dessen, was die Diskretion gebietet, versteht sich.«

»Sie brauchen nichts zu befürchten. Ihre Informationen werden selbstverständlich streng vertraulich behandelt.«

»Fragen Sie.«

»Sagt Ihnen der Name ›Sir Mathor Borph‹ etwas?«

»Natürlich. Sir Mathor ist einer unserer hochgeachteten Kunden.«

»Und kennen Sie einen gewissen Sir Lonas Medlyn?«

»Der Name ist mir bekannt. Seine Familie ist vielleicht nicht ganz so hoch angesehen wie die von Sir Mathor.«

»Soweit ich unterrichtet bin, unternahmen sowohl Sir Mathor als auch Sir Lonas vor kurzem eine Außenwelt-Reise. Ich darf annehmen, daß Ihre Agentur die nötigen Arrangements für diese Reise getroffen hat?«

»Mein Herr, bei aller Verbindlichkeit, ich bin nicht befugt, über Privatangelegenheiten unserer Klienten Auskunft zu geben.«

»Ich fürchte, Sie werden Ihre Skrupel zu einem gewissen Grade beiseite schieben müssen«, sagte Glawen. »Dies ist eine offizielle polizeiliche Ermittlung. Es ist Ihre Pflicht – und liegt zudem im besten Interesse Ihrer Firma –, uns behilflich zu sein. Darüber hinaus werden, wie ich bereits sagte, Ihre Auskünfte streng vertraulich behandelt.«

»Hm. Wie kann ich den Interessen meiner Firma dienen, wenn ich mich zu unkluger Geschwätzigkeit hinreißen lasse?«

»Ich brauche Sie über die gesetzlichen Zwangsmittel der GKIPA wohl nicht aufzuklären. Aber Sie werden einsehen, daß die Agentur Phlodoric wohl kaum überleben könnte, wenn die Transportunternehmen sich weigerten, von ihr ausgestellte Billets anzunehmen.«

»Hm. Wenn Sie mir gestatten wollen, Ihre Ausweise einzusehen?«

»Aber sicher.« Glawen zog seine Dokumente hervor, und Kirdy tat es ihm gleich. »Sie werden bemerken, daß wir Vollmitglied der GKIPA sind.«

Sirrah Kyrbs zuckte die Achseln und reichte die Dokumente zurück. »Die GKIPA genießt kein sehr hohes Ansehen auf Natrice; zweifelsohne ein Relikt der Attitüde der Ursiedler. Tatsächlich haben wir bis heute kein festes GKIPA-Büro hier auf Natrice. Nun, wie auch immer. Ich werde versuchen, alle sachdienlichen Fragen zu beantworten.«

»Danke. Ich darf also davon ausgehen, daß Sie Tickets an Sir Mathor und Sir Lonas verkauft haben?«

»Das ist kein Geheimnis. Vor einigen Monaten buchten Sir Mathor und Sir Lonas eine Passage nach Cadwal an Bord der *Alphecca Swordstone,* einem Schiff der Perseian Lines.«

Glawen nickte. »So weit, so gut. Nun nahmen nach unseren Erkenntnissen auch sechs Sanart-Szientisten an dieser Reise teil; ihre Namen lauten …«

Sirrah Kyrbs hob die Hand. »Ich kenne die Gruppe, und ich bin überrascht, daß sie an einer solchen Tour teilnahmen, die allem Anschein nach wohl eher frivoler Natur war. Diese Leute halten, wie Sie vielleicht wissen, oft an starren Grundsätzen fest.«

»Und sie erwarben ihre Billets ebenfalls von Ihnen?«

»Nicht persönlich. Ich verkaufte sechs Billets en bloc, ausgestellt auf ihren Namen, an eine junge Dame, die sich als ihre Repräsentantin vorstellte.«

»Diese junge Dame: wie wies sie sich aus?«

»Sie machte sich nicht die Umstände, sich auszuweisen. Ich hielt sie für eine Außerweltlerin ohne große Beziehungen – definitiv keine Sanart-Szientistin.«

»War sie Gast hier im Hotel?«

»Ich glaube nicht. Sie wollte die Tickets sofort haben, damit sie nicht noch einmal eigens hierherzukommen bräuchte, um sie abzuholen.«

»Dann haben Sie also keine Ahnung, wer sie gewesen sein könnte?«

»Nicht die geringste. Sie bezahlte die gesamte Summe sofort in bar, und damit war die Sache für mich vergessen – mit Ausnahme eines kurzen Moments des Schmunzelns, als ich mir vorzustellen versuchte, wie das wohl sei, wenn die Szientisten und die Patrune zusammen mit dem gleichen Ziel reisten, und mich fragte, ob sie wohl miteinander sprechen würden.«

»In der Tat eine kuriose Situation«, bestätigte Glawen.

»Wir erleben viele solcher Situationen in unserem Metier, und es ist nicht unsere Aufgabe, darüber zu spekulieren, wer mit wem wohin reist, wenn Sie verstehen, was ich meine.«

»Oh, ganz gewiß.«

»Mehr kann ich Ihnen nicht sagen. Wenn Sie weitere Informationen brauchen, empfehle ich Ihnen, sich an die Beteiligten selbst zu wenden.«

»Das ist eine ausgezeichnete Idee«, sagte Glawen. »Darauf hätte ich eigentlich selbst kommen müssen. Wo finde ich Sir Mathor und Sir Lonas?«

Sirrah Kyrbs zog eine kleine Grimasse. »Ich hatte dabei eigentlich an die Szientisten gedacht. Die Patrune können keine Informationen beisteuern, die Sie irgendwie weiterbringen könnten; sie haben lediglich ihre eigenen Tickets gekauft.«

»Auch die scheinbar nebensächlichsten Informationen können einen manchmal entscheidend weiterbringen«, sagte Glawen. »Wir werden Sir Mathor ein paar beiläufige Fragen stellen, und vielleicht können wir die ganze Affaire sofort aufklären.«

Sirrah Kyrbs räusperte sich, ließ seinen Blick kurz durch den Raum schweifen, verschränkte die Hände hinter dem Rücken und beugte sich vor. »Ich kann eine gewisse Neugier nicht verhehlen. Welcher Natur ist diese sogenannte Affaire?«

»Es handelt sich im wesentlichen um ein kompliziertes Erpressungskomplott. Die Patrune wären womöglich Opfer dieses Komplotts geworden, hätten wir nicht sofort entscheidende Schritte unternommen.«

»Ich verstehe. Wenngleich gerade die Patrune meiner Meinung nach nur schwer zu erpressen sein dürften. Sie setzen sich über alle Gesetze und Konventionen hinweg – was einer der Gründe dafür ist, weshalb die GKIPA auf Natrice nicht vertreten ist. Die Patrune sprechen ihr eigenes Recht, ohne Rücksicht auf geltende Gesetze. Und da die Sanart-Szientisten das gleiche tun, können Sie verstehen, daß es oft zu Reibungen und Feindseligkeiten kommt.«

»Wo finden wir Sir Mathor und Sir Lonas?«

»Sir Mathor bewohnt natürlich das historische Borph-Anwesen außerhalb von Halcyon, auf der anderen Seite des Mirling. Sir Lonas ist, soviel ich weiß, sein Zechkumpan und Gehilfe und wohnt am selben Platze.«

»Und wie kommen wir zum Borph-Anwesen?«

»Das ist ganz einfach. Sie fliegen über den Mirling nach Halcyon, mieten dort eine Droschke und fahren etwa dreißig Meilen an der Küste entlang. Der Flieger geht jede halbe Stunde, so daß Sie, wenn sie sogleich Anschluß bekommen, etwa anderthalb Stunden, höchstens aber zwei Stunden brauchen. Es dürfte freilich schon zu spät sein, die Reise noch heute zu unternehmen.«

»Das ist auch meine Meinung«, sagte Glawen. »Noch eine Letztes: wir wollen verständlicherweise Sir Mathor bei sich zu Hause antreffen, wenn wir dort erscheinen; wenn er nun aber von unserem geplanten Besuch vorzeitig erführe, würde er sich womöglich verleugnen lassen. Sie haben doch nicht vor, Sir Mathor in Kenntnis zu setzen, etwa in der Absicht, ihm dadurch eine Gefälligkeit zu erweisen?«

Sirrah Kyrbs lächelte grimmig. »Ich habe die Absicht, mich so weit als irgend möglich aus dieser Angelegenheit herauszuhalten.«

»Das ist klug.«

»Ich gehe sogar so weit, Ihnen einen guten Rat zu geben. Sie werden einen Hut brauchen, zum einen gegen die Strahlen Blaises, zum andern, weil es die gehörige Bekleidung für draußen ist. Sie werden eine Auswahl von Hüten auf Ihrem Zimmer finden. Der breitkrempige weiße Strohhut ist die korrekte

Kopfbedeckung für Reisen während des hellichten Tages.«

»Vielen Dank für den Rat wie für die Informationen, Sir.«

III

Glawen und Kirdy verbrachten des Rest des Nachmittags mit müßigem Zeitvertreib. Sie bummelten durch die Geschäfte an der Esplanade, schauten dem Treiben am Hotel-Schwimmbecken zu, blätterten in den Zeitschriften im Lesezimmer und begaben sich am späten Nachmittag in die Gesellschaftslounge, um sich einen Cocktail zu genehmigen. Eine Stunde später gingen sie auf ihre Zimmer, um sich für das Diner umzuziehen: eine Konvention, die im Hotel Rolinda rigoros vorgeschrieben war.

Glawen fand angemessene Garderobe für sich bereitliegen: der Hoteldiener hatte sein Gepäck zwischenzeitlich durchforstet und nichts Passendes gefunden. Glawen inspizierte die Kleidungsstücke: Hosen aus schwarzglänzender Florettseide, eine Bluse von dunklem Safran, ein Mantel von tiefem Scharlachrot mit schwarzen Aufschlägen und Besätzen, vorne kurz, auf dem Rücken in einem langen Schwalbenschwanz endend; sowie eine zwei Zoll breite schwarze Kopfbinde mit zwei modischen, an Insektenfühler gemahnenden Ornamenten aus feinem Silberdraht.

Nachdem Glawen sich angekleidet hatte, verharrte er noch einen Moment lang unschlüssig, dann verließ er mit einem jähen Ruck das Zimmer und ging hinunter in die Lobby. Er wählte einen Platz, von welchem er das stets aufs neue faszinierende Treiben der anderen Gäste beobachten konnte, und schickte sich ins Warten.

Zwanzig Minuten verstrichen, ehe Kirdy erschien. Er wirkte ein wenig unbehaglich und linkisch in der förmlichen Kleidern, so als wären sie eine Nummer zu klein für ihn. Sein Mund war zusammengepreßt, vermutlich aus Ärger über Glawens Versäumnis, ihn, Kirdy, bezüglich seiner Schritte zu konsultieren.

Glawen machte keine Äußerung zu Kirdys Miene. Er erhob sich, und in gespanntem Schweigen durchquerten die beiden die riesige Weite der Halle und traten in das Gartenrestaurant.

An diesem Abend plazierte der Oberkellner sie an einen Tisch, der zehn Yard innerhalb des Laubwerks stand, in zwar trügerischer, aber überzeugender und überaus angenehmer Isolation. Ein blaugrüner Lichtschein, der offenbar in dem Blattwerk selbst seine Quelle hatte, erfüllte das Areal. Glawen mutmaßte, daß die Säfte und Seren der Pflanzen mit einer fluoreszierenden Substanz versetzt waren, die man sodann mittels Strahlung aus einer hohen Quelle zum Leuchten stimulierte.

Glawen und Kirdy saßen auf kunstvoll gemusterten braunen, schwarzen und weißen Kissen in Sesseln aus geflochtenem Rattan mit fächerförmigen Lehnen, und das Rattanflechtwerk quietschte und knarrte bei jeder ihrer Bewegungen. Ein schwarz, braun und weiß gemustertes Tuch bedeckte den Tisch; das Tischzubehör war aus Holz geschnitzt. Rote Orchideen hingen über ihren Köpfen; neben ihnen strahlte ein Büschel weißer Lobelien mit elfenbeinweißem Licht. Klänge von Zigeunermusik, kaum hörbar, schwollen sanft an und ab, wie von einer Brise von einem Ort ferner Lustbarkeit herübergeweht.

Kirdy fand das Restaurant und seine Ausstattung beeindruckend. »Hier waren fähige Köpfe am Werk! Sie haben ein romantisches und erregendes Ambiente geschaffen! Natürlich alles Flitter, Fälschung und Schwindel – aber gut gemacht!«

»Das scheint mir auch«, sagte Glawen, während er sich fragte, was dieser neue Aspekt von Kirdy wohl zu bedeuten haben mochte, so er überhaupt etwas zu bedeuten hatte. »Aber es ist echte Fälschung, keine Imitation.«

»Genau!« erklärte Kirdy mit klangvoller, satt tönender Stimme. »Durch menschliche Hingabe erfährt dieser Ort eine Transzendenz von einem Mischmasch zu einem Ding in sich! Ich gehe sogar so weit, ihn als ein wahres Kunstwerk zu bezeichnen, da er alle kritischen Fragen beantwortet. Er ist künstlich und benutzt natürliche Elemente, um die Natur zu transzendieren – was die letztendliche Definition von Kunst ist. Stimmst du mir zu?«

»Ich sehe keinen Grund, das nicht zu tun«, sagte Glawen. Diese spezielle Version von Kirdy erinnerte ihn stark an den großspurigen, philosophischen Kirdy von einst. »Natürlich habe ich schon andere Definitionen gehört. Anscheinend hat jeder eine oder zwei Definitionen in petto, auf die er bei solchen Gelegenheiten wie dieser zurückgreifen kann.«

»Ach! Und welches ist deine?«

»Ich komme im Moment nicht darauf. Baron Bodissey verwendet den Begriff ›Kunst‹ als ein Synonym für ›Effekthascherei‹ – aber es mag sein, daß ich ihn hier falsch zitiere. Wahrscheinlich würde er deiner Auffassung von diesem Restaurant als einer Kunstform beipflichten. Ich sehe eigentlich auch keinen Grund, warum sie nicht zutreffend sein sollte.«

Kirdy hatte das Interesse an dem Gedanken verloren. Er schüttelte den Kopf und setzte wieder jene Glawen nun schon vertraute Miene wehmütiger Erinnerung auf. »Als ich bei den Mimen war, hatte ich keine Ahnung, daß es solche Orte wie diesen hier überhaupt gibt. Floreste wußte es, aber er hielt uns Mimen im Unwissen.«

Ha, dachte Glawen. Kirdys analytische Phase war wieder von dem abgelöst worden, was Glawen insgeheim den ›Autobiographen‹ nannte.

»Wir wußten meistens ja kaum, auf welchem Planeten wir gerade waren«, sann Kirdy. »Die Hotels rochen immer ganz merkwürdig nach irgendwelchen Antiseptika und waren entweder zu heiß oder zu kalt. Das Essen war stets schlecht – obwohl, hier auf Natrice traten wir manchmal auf Gesellschaften in einem der Patrune-Häuser auf, und dort bekamen wir immer feine Leckerbissen zu essen. Ah! Das waren Festtage!« Kirdy grinste erinnerungstrunken. »An Orten wie dem Mirlblick-Haus sahen die Dinge freilich ganz anders aus. Da kriegten wir gebratenen Haferbrei mit gekochtem Grünzeug oder gedünsteten Dornhai mit dicker Milch oder gepökelte Kutteln. Zumindest kam bei dem Fraß keiner in Versuchung, sich zu überfressen – nicht einmal Arles, der sein ganzes Taschengeld für Süßigkeiten ausgab. Trotzdem war es eine schöne Zeit.« Kirdy sah Glawen nachdenklich an. »Du warst nie bei den Mimen: warum eigentlich nicht?«

»Ich besitze keine der dafür erforderlichen Fähigkeiten.«

»Die besaßen ich oder Arles ebenso wenig. Floreste ließ uns als Urwesen und Oger und Donnerdämonen agieren – Rollen, für die keine großen Talente erforderlich waren. O ja, das waren schöne Zeiten! Bestimmt ist es heute noch genauso. Andere Gesichter, andere Stimmen, aber die gleiche lustige Stimmung.« Kirdys Gesicht nahm einen weichen und entrückten Ausdruck an. »Natürlich könnte ich heute nicht mehr spielen.«

Kirdy fuhr mit seinen Erinnerungen fort, bis es Glawen langweilig wurde und er das Thema wechselte. »Morgen ist ein wichtiger Tag.«

»Hoffentlich erfahren wir mehr als heute.«

»Der heutige Tag war kein totaler Flop. Immerhin haben wir einen weiteren Akteur in dem Drama entdeckt.«

»So? Und wer soll das sein?«

»Eine junge Außerweltlerin, die Tickets nach Cadwal im Sechserblock kauft.«

»Dann solltest du sie ›Akteurin‹ nennen, und nicht ›Akteur‹.«

»Ich will ihren Namen wissen; ihr Geschlecht kann warten. Wer könnte sie sein? Vielleicht kann Sir Mathor uns weiterhelfen.«

Kirdy grunzte. »Ich wette, dieser Sir Mathor wird dir nicht einmal sagen, wie spät es ist. Die Patrune haben mit der GKIPA nichts am Hut; sie machen sich ihre eigenen Gesetze.«

»Wir werden sehen«, sagte Glawen.

Am Morgen kleidete Glawen sich sorgfältig an; er benutzte seine eigenen Kleider anstelle der lässigen einheimischen Garderobe, die vom Hotel gestellt wurde.

Kirdy klopfte an seine Tür; Glawen ließ ihn herein. Kirdy hatte die einheimische Kleidung angezogen und schaute Glawen verblüfft an. »Auf deinen Eigensinn kann ich mich immer verlassen! Würdest du mir freundlicherweise erklären, warum du dich so verhältst?«

»Spielst du auf meine Kleidung an? Das hat nichts mit Eigensinn zu tun.«

»Hast du vor, es mir zu erklären?«

»Aber gewiß. Die Patrune haben keine besonders hohe Meinung von den Einheimischen; man wird uns mehr Aufmerksamkeit und Respekt zollen, wenn wir vor Sir Mathor in unseren eigenen Kleidern auftreten.«

Kirdy blinzelte und überlegte. »Weißt du was? Ich glaube, du hast recht. Gib mir zwei Minuten zum Umziehen.«

»Na schön«, sagte Glawen. »Dieses eine Mal werde ich auf dich warten. Aber beeil dich.«

Sofort nach dem Frühstück fuhren Glawen und Kirdy mit dem Omnibus zum Flughafen. Sie bestiegen einen Flieger und landeten nach halbstündigem Flug in Halcyon.

Es war jetzt Mittvormittag. Eine milchige Wolkendecke überzog den Himmel; Blaise, eine große blaue Perle, schien in Schleiern prismatischen Lichts zu schwimmen: orchideenfarben, rosa, blaßgrün.

Am Ausgang des Flughafens von Halcyon fanden Glawen und Kirdy einen Droschkenstand, an welchem von internen Computersystemen gesteuerte Fahrzeuge für diejenigen bereitstanden, die Beförderung erheischten.

Ein Plakat lieferte Instruktionen:

1. Wählen Sie ein Fahrzeug. Besteigen Sie das Fahrzeug und nehmen Sie Platz.
2. Der Steuerungsmechanismus fordert Sie nun auf, Ihr Fahrtziel anzugeben. Machen Sie Ihre Angaben auf folgende Weise: ›Der Wohnsitz dieser oder jener Person‹ oder ›Das Büro dieses oder jenes Unternehmens.‹ Dies genügt im Normalfall.
3. Jetzt wird der Fahrpreis genannt; werfen Sie Münzen in die vorgesehenen Münzschlitze. Bezahlen Sie für etwaige Wartezeiten im voraus. Das Fahrzeug erstattet überschüssige Beträge zurück.
4. Sie haben die Möglichkeit, folgende Anweisungen zu geben: ›Schneller.‹ ›Langsamer.‹ ›Halt.‹ ›Änderung des Ziels.‹ (Im letzteren Fall geben Sie das neue Ziel in der gleichen Weise an wie unter 2. erklärt.) Andere Anweisungen sind nicht nötig. Das Fahrzeug rechnet sowohl die günstigste Geschwindigkeit als auch die günstigste Route selbsttätig aus. Treiben Sie bitte keinen Mißbrauch mit dem Fahrzeug.

»Das klingt ja recht einfach«, sagte Glawen. Er wählte einen tiefliegenden Zweisitzer mit einem kuppelförmigen Verdeck aus dunkelgrünem Glas als Schutz vor dem Blaiselicht. Kirdy verharrte jedoch und blickte stirnrunzelnd auf das Gefährt hinunter. »Das ist nicht klug.«

Glawen blickte ihn erstaunt an. »Wieso nicht?«

»Man kann diesen Fahrzeugen nicht trauen. Sie werden von Hirnen gesteuert, die Kadavern entnommen wurden. Das erfuhren wir aus zuverlässiger Quelle, als wir mit den Mimen hier waren. Außerdem waren die Hirne nicht unbedingt die frischesten.«

Glawen ließ ein ungläubiges Lachen ertönen. »Wo hast du denn das her?«

»Ich weiß es aus zuverlässiger Quelle, wie ich bereits sagte; von wem genau, kann ich nicht mehr sagen. Vielleicht von Arles, der sich selten zum besten halten läßt.«

»In dem Fall muß er *dich* zum besten gehalten haben. Diese Fahrzeuge werden ganz offensichtlich von simplen Computern gesteuert.«

»Bist du dir da so sicher?«

»Natürlich.«

Kirdy rührte sich noch immer nicht vom Fleck. Gereizt frug Glawen: »Wo liegt denn nun das Problem?«

»Zuerst einmal: dieses Fahrzeug ist zu klein. Die Sitze sind zu eng. Ich finde, wir sollten besser eine richtige Droschke mieten, mit einem richtigen Fahrer, der exakt das tut, was wir wollen. Diese Vehikel sind unzugänglich für menschliche Wünsche; sie tun das, was sie für richtig halten, selbst wenn das bedeutet, uns ins Meer zu kippen.«

»Da mache ich mir keine Sorgen«, sagte Glawen. »Wenn es anfängt, sich danebenzubenehmen, brauchen wir bloß zu sagen: ›Halt!‹ Hier ist ein Viersitzer; du kannst zwei Sitze für dich haben. Entweder du steigst jetzt ein, oder du wartest hier auf mich – ganz, wie du willst.«

Kirdy brummelte sich etwas in den Bart und stieg zimperlich in den Viersitzer. »Das ist ein absurdes System. Alles ist absurd. Das ganze Gaeanische Reich ist verrückt und durcheinander, eingeschlossen du mit deinen komischen Ideen und deinem Stockfischgrinsen.«

Glawens Lächeln, das er für freundlich und leutselig gehalten hatte, gefror auf seinem Gesicht. Er stieg in das Gefährt. Eine Stimme aus einem Lautsprecher im Armaturenbrett sprach: »Willkommen, meine Damen und Herren!«

»Da siehst du's!« rief Kirdy triumphierend. »Das Ding weiß nicht einmal, welche Art von Personen wir sind!«

Die Stimme sagte: »Zwei Personen sind an Bord. Kommen noch mehr?«

»Nein«, sagte Glawen.

»Bitte geben Sie jetzt Ihr Fahrtziel an.«

»Der Wohnsitz von Sir Mathor Borph, etwa dreißig Meilen östlich von hier an der Küstenstraße.«

»Die exakte Entfernung ist 29,68 Meilen«, sagte die Stimme. »Der Fahrpreis für eine einfache Fahrt beträgt drei Sol. Die Hin- und Rückfahrt kostet fünf Sol. Der Fahrpreis ist vor Antritt der Fahrt zu entrichten. Die Gebühr für Wartezeiten beträgt einen Sol pro Stunde. Sie können so viel Geld einwerfen, wie Sie wünschen. Überschüssige Beträge werden nach Ende der Fahrt zurückerstattet.«

Kirdy murmelte: »Gib dem Ding Anweisung, vorsichtig zu fahren.«

Das Gefährt frug: »Sind Sie bereit zum Abfahren? Wenn ja, sagen Sie: ›Los.‹«

»Los.«

Das Fahrzeug schwenkte auf die Fahrbahn ein und bog mehrere Male ab. »Es hat unsere Zielangabe nie und nimmer begriffen!« rief Kirdy aufgebracht. »Es ist eindeutig durcheinander.«

»Das glaube ich nicht«, sagte Glawen. »Es bringt uns auf der kürzesten Route zur Küstenschnellstraße.«

Einen Moment später schwenkte das Gefährt auf eine breite Allee ein, die parallel zur Küste verlief, und beschleunigte seine Fahrt auf eine Geschwindigkeit, die Kirdys Protest hervorrief.

Glawen schenkte ihm keine Beachtung, und Kirdy beruhigte sich allmählich, wenngleich es noch immer Aspekte an ihrer Mission gab, die er nicht gutheißen konnte. »Sir Mathor weiß nicht, daß wir kommen. Es gilt als ungehobelt, jemanden aufzusuchen, ohne sich vorher anzumelden.«

»Wir sind Amt-B-Agenten; wir brauchen nicht höflich zu sein.«

»Trotzdem hätten wir Sir Mathor unseren Besuch vorher ankündigen sollen; immerhin ist er ein Patrune. Wenn er uns nicht hätte empfangen wollen, hätte er uns ja absagen können.«

»Ich will ihn aufsuchen, unabhängig davon, ob er es will oder nicht. Eigens zu diesem Zweck bin ich nach Natrice gekommen.«

»Er wird möglicherweise kurzangebunden sein – vielleicht sogar grob.«

»Zu einem Clattuc und einem Wook? Unwahrscheinlich.«

»Er weiß vielleicht nicht um unsere Herkunft.«

»Falls nötig, kannst du ihn ja aufklären, aber auf höfliche Weise, damit seine Gefühle nicht verletzt werden.«

»Pah«, grollte Kirdy. »Ich weiß nie, was bei dir Spaß und was Ernst ist.«

»Das scheint mir ein Anzeichen für eine gute geistige Gesundheit zu sein. Vielleicht erweist sich diese Reise am Ende doch noch als eine gute Therapie.«

Kirdy hatte darauf nichts zu erwidern. Die zwei fuhren schweigend durch eine Landschaft, die gemischt war aus tropischer Vegetation, gepflegten Waldungen und Gebieten üppig wuchernden Dschungels mit bis zu dreihundert Fuß hohen Bäumen, welche letztere wiederum überschattet waren von gigantischen Dendren, die ihr rotbraunes Laubwerk wie riesige Sonnenschirme in fünfhundert Fuß Höhe über sie breiteten. Gelegentliche Lücken im Blattwerk erlaubten kurze Blicke auf den Mirling, der lavendelblau im diesigen Blaiselicht dalag. Ab und an zweigten Seitenstraßen zu den Anwesen einzelner Patrune ab, jedes von ihnen bewehrt mit einer hohen Mauer.

Irgendwann bog das Vehikel von der Küstenstraße in einen dieser Seitenwege ab und hielt unter einer Portiere an. »Dies ist das von Ihnen angegebene Fahrtziel. Wünschen Sie sofort zurückzukehren?«

»Nein. Warte hier.«

»Standzeiten werden mit einem Sol pro Stunde berechnet, zahlbar im voraus. Zuviel geleistete Zahlungen werden zurückerstattet.«

Glawen steckte fünf Sol in den dafür vorgesehenen Schlitz.

»Das Fahrzeug wird von jetzt an fünf Stunden zu Ihrer Verfügung stehen. Bitte geben Sie ein Stichwort zwecks Sicherstellung Ihres Vorzugsrechts zur Benutzung des Fahrzeugs an.«

»Spanchetta«, sagte Glawen.

»Das Fahrzeug ist für die nächsten fünf Stunden für die Benutzung von Spanchetta reserviert«, verkündete der Wagen.

Kirdy schaute Glawen mißfällig an. »Warum hast du diesen Namen angegeben?«

»Es war der erste Name, der mir einfiel.«

»Hmm«, schnaubte Kirdy. »Hoffentlich müssen wir uns bei der Rückkehr zum Wagen nicht ausweisen.«

»In dem Punkt bin ich unbesorgt. Und nun hör gut zu. Dies sind deine Instruktionen. Greife nicht in das Gespräch ein, ehe ich dich nicht ausdrücklich dazu auffordere. Wenn ich eine ungenaue oder falsche Angabe mache, korrigiere mich nicht, da ich damit womöglich einen bestimmten Zweck verfolge. Zeige weder Feindseligkeit noch Herzlichkeit; wahre stets angemessene Distanz, selbst wenn wir mit Beleidigungen und Schimpfworten überschüttet werden sollten. Zeige keine Bewunderung für etwaige anwesende Damen.

Kurz: benimm dich wie ein echter Wook aus dem Hause Wook!«

»Ich bin geneigt, diese Instruktionen als empörend zu empfinden«, murmelte Kirdy.

»Das stört mich nicht im geringsten. Empfinde sie als was du willst, solange du dich nur an sie hältst.«

»Ich weiß nicht, ob ich sie alle auf die Reihe kriege. Benehmen wie ein Wook, Beschimpfungen ausstoßen, die Damen bewundern …«

»Ich zähle sie dir noch einmal auf«, sagte Glawen. Er wiederholte seine Instruktionen. »Alles klar?«

»Natürlich«, sagte Kirdy. »Schließlich bin ich nicht umsonst Sergeant von Amt B.«

»Gut.« Glawen ging zum Portal und drückte auf den Klingelknopf. Eine Stimme sagte: »Meine Herren, geben Sie bitte Ihre Namen und den Zweck Ihres Besuchs an.«

»Wir sind Glawen Clattuc und Kirdy Wook von Amt B in Station Araminta auf Cadwal. Wir wünschen Sir Mathor Borph in einer wichtigen Angelegenheit zu sprechen.«

»Werden Sie erwartet?«

»Nein.«

»Einen Moment bitte. Ich werde die Herrschaften melden.«

Drei Minuten vergingen. Kirdy begann zu zappeln. »Bestimmt …«

Das Portal glitt zur Seite. Ein großgewachsener Mann mit beeindruckenden Muskeln, dunkelhäutig, mit weißem Haupthaar und hellgrauen Augen, stand in der Öffnung. Er begutachtete die beiden Besucher mit nüchterner Sorgfalt. »Sie sind Eingeborene von Cadwal?«

»Das ist korrekt, Sir.«

»Was ist der Zweck Ihres Erscheinens?«

»Sind Sie Sir Mathor?«

»Ich bin Sir Lonas Medlyn.«

»Wir möchten eigentlich mit Sir Mathor sprechen.«

»Sind Sie Handelsvertreter oder Anwälte oder religiöse Wanderprediger?«

»Wir sind keines von dem.«

»Kommen Sie bitte herein.«

Sir Lonas schritt voraus über einen Pfad, der mit Täfelchen aus weißem Muschelstein gepflastert war. Glawen und Kirdy folgten ihm. Der Pfad führte unter blühenden Bäumen hindurch, dann über eine flache Brücke, die einen Teich überspannte, und schließlich zu einer Ansammlung breiter, niedriger Kuppeln. Eine Tür glitt beiseite; Sir Lonas dirigierte die zwei in ein kreisförmiges Foyer und bedeutete ihnen, dort zu warten. Er verschwand durch ein Portal. Glawen und Kirdy ließen in ehrfürchtigem Staunen ihren Blick durch das Foyer schweifen. Ein Dutzend Nymphen, aus feinem Marmor gehauen, standen auf Sockeln entlang der Peripherie des Raumes; der alabasterne Fußboden war bar jeder Verzierung. Von der Decke hing an einem silbernen Draht eine kristallne, gut zwei Fuß dicke Kugel von nachgerade hypnotisch anmutender Klarheit.

Sir Lonas kam zurück. »Folgen Sie mir bitte.« Er führte die zwei in einen Raum, der so gewaltig war, daß seine Ausmaße auf den ersten Blick nur zu erahnen waren. Am hinteren Ende des Raumes gab eine Glaswand den Blick über eine Terrasse auf ein Schwimmbassin frei, welches von einem hohen, ungewölbten Schild aus grauem Glas Beschattung erfuhr. Das Blaiselicht, das durch dieses Glas schien, wurde rings um die meerblaue Scheibe im Zentrum gebrochen zu konzentrischen Farbringen: karmesin, giftgrün, violett, dunkelblau, herbblau, erdorange, rosa. Ein Dutzend Personen verschiedener Altersstufen planschten in dem Becken; ebenso viele saßen in Gruppen im Schatten von Sonnenschirmen.

Sir Lonas ging hinaus und sprach mit Sir Mathor,

einem Mann von vorgerückter Reife, hoch von Wuchs, mit kurzem graublonden Haar, ebenmäßigen Zügen und beachtlichem Körperbau, der sogleich aufsprang und in den großen Salon kam. Er blieb ein Dutzend Schritte vor Glawen und Kirdy stehen und unterzog beide einer maßvollen Musterung. Glawen glaubte eine Person vor sich zu sehen, die selbstsicher und unbefangen war, ein wenig genußsüchtig wohl, aber ohne augenfällige oder ostentative charakterliche Macken. In der Tat erschien Sir Mathor, sein blendendes Aussehen und seine gesellschaftliche Stellung beiseitegenommen, im großen und ganzen recht durchschnittlich und normal.

Sir Mathor seinerseits gab sich keine Mühe, seine Überraschung über die Eigenschaft und den Stil seiner Besucher zu verbergen. Er fragte: »Sie sind von Station Araminta auf Cadwal? Ein abgelegener Ort, weit hinter dem Ende des Jenseits. Was führt Sie hierher?«

»Ich erwähnte bereits gegenüber Sir Lonas, daß wir Beauftragte unseres Amtes B sind«, sagte Glawen. »Ich bin Hauptmann Glawen Clattuc; das ist Sergeant Kirdy Wook, mein Mitarbeiter. Hier sind unsere Ausweise.«

Sir Mathor machte eine abwinkende Geste. Sein Gesichtsausdruck zeigte noch immer Überraschung, die jedoch zunehmend Belustigung Platz machte. »Sie sind zweifellos ein aufrichtiger junger Mann; ich bezweifle nicht, daß Sie die exakte Wahrheit sagen. Ich frage mich bloß, was Sie von mir wollen.«

»Falls nicht jemand anderes Ihre Identität vorgeheuchelt hat, weilten Sie und Sir Lonas jüngst auf Besuch in Station Araminta. Wir wünschen nun die näheren Umstände dieses Besuchs zu erkunden. Dürfen wir uns setzen, oder ziehen Sie es vor, daß wir stehen?«

»Entschuldigen Sie vielmals, meine Herren! Ein schockierendes Versäumnis von mir! Bitte, nehmen Sie Platz!« Sir Mathor deutete auf ein Sofa; Glawen und Kirdy setzten sich, aber Sir Mathor schritt langsam vor ihnen auf und ab: jeweils drei Schritte in jede Richtung. Schließlich blieb er stehen. »Mein jüngster Besuch in Station Araminta, sagen Sie. Sind Sie sich Ihrer Fakten ganz sicher?«

»Sie können sich auf unseren Professionalität verlassen, Sir. Wir sind Mitglied der GKIPA. Sie stiegen im Hotel Araminta unter falschem Namen ab, aber das ist weder ungewöhnlich noch gerichtlich verfolgbar, und gewiß ist es nicht der Grund für unseren Besuch.«

»Höchst merkwürdig«, sagte Sir Mathor. »Ich bin total verblüfft.«

»Das ist ganz in Ordnung, Sir«, sagte Glawen. »Es ist nur notwendig, daß wir die Lage begreifen. Ich hoffe, Sie sind bereit, die Angelegenheit mit uns in aller Ausführlichkeit zu diskutieren.«

Sir Mathor warf sich in einen flachen, reich gepolsterten Sessel. Er lehnte sich zurück und streckte die Beine von sich. Er blickte zur Seite, wo Sir Lonas ruhig stand, die Hände hinter dem Rücken verschränkt. »Lonas, wärest du so freundlich und würdest uns Erfrischungen bringen: vielleicht etwas von dem ausgezeichneten Gelben Frost? Ich bekomme das gleiche.«

Sir Lonas nickte und entfernte sich. Sir Mathor wandte sich wieder Glawen und Kirdy zu. »Nun denn: wie wäre es, wenn Sie mir exakt sagten, hinter was für einer Art von Information Sie her sind?«

»Vor ungefähr zwei Monaten reisten Sie nach Yipton und unternahmen von dort aus einen Ausflug zur Insel Thurben. Dortselbst ließen Sie sich auf Aktivitäten ein, die ungesetzlich sind – nicht nur auf Cadwal, sondern im ganzen Gaeanischen Reich.«

Sir Mathor warf den Kopf zurück und lachte: ein melodisches, metallisches Lachen, das keine Spur von Humor enthielt. »Und Sie sind jetzt gekommen, um mich in Gewahrsam zu nehmen?«

Glawen schüttelte den Kopf. »Gar so naiv sind wir

nicht, Sir Mathor. Gleichwohl gibt es da wahrlich nichts zu lachen. Diese Verbrechen haben häßliche Namen.«

»Ja, ja. Gesunde Vorgänge haben oft häßliche Namen.« Sir Mathor hielt inne und schaute zu, wie Sir Lonas Pokale mit tiefgekühltem Punsch servierte. Dann sagte er wie beiläufig: »Sagen Sie: haben Sie über diese Angelegenheit schon mit anderen Teilnehmern der Exkursion gesprochen?«

Glawen antwortete höflich: »Die gehörige Vorgehensweise erfordert, daß ich meine Fragen in ordnungsgemäßer und methodischer Weise stelle. Gleichwohl möchte ich Sie fragen: was würde das ändern?«

Sir Mathors Fassade der Gelassenheit zeigte erste Risse. »Das würde sehr viel ändern! Wenn Sie Informationen wollen: ja, die werde ich Ihnen geben – solange Sie nicht an diese anderen Leute herantreten. Jedenfalls noch nicht sofort.«

»Ich schlage vor, daß Sie mir die Fakten sagen. Fangen Sie damit an, wie Sie von der Exkursion erfuhren.«

Sir Mathor stieß einen Seufzer aus. »Ich würde mich glücklicher fühlen, wenn ich Ihre Absichten kennte. Mir scheint – das ist jetzt lediglich eine Vermutung –, daß Sie, wenn Sie lediglich darauf aus wären, die Leute zu bestrafen, die an dem Ausflug teilgenommen haben, sofort Anzeige bei der GKIPA erstattet hätten. Nötigung? Erpressung? Das scheint nicht Ihr Spiel zu sein, abgesehen davon, daß es natürlich in jedem Fall reine Energieverschwendung wäre. Was ist es dann? Hinter wem sind Sie her?«

»Bitte suchen Sie nicht nach Geheimnissen, wo keine sind«, sagte Glawen. »Wir sind schockiert und empört über die Sache. Wir würden gerne alle bestrafen, die daran beteiligt waren. Offen gesagt, Sie scheinen mir nicht die Art von Person zu sein, die sich mit einer solch widerlichen Episode identifizieren würde wollen.«

»Mit dieser Einschätzung liegen Sie ganz richtig.

Mich beschäftigen weit dringendere Angelegenheiten.« Sir Mathor hielt inne und klopfte sich mit den Fingern gegen das Kinn. »Ich bin nicht ganz sicher, wie ich mit dieser Sache umgehen soll.« Er zog sich mit einem Ruck in seinem Sessel hoch. »Sie wissen vielleicht, daß wir hier auf Natrice einen stillen, aber verzweifelten Krieg gegen einen Feind ausfechten, der uns zahlenmäßig um das Zwanzigfache überlegen ist. Wenn es zu Gewalt kommen sollte, werden wir enormen Schaden erleiden. Es ist keine Übertreibung, wenn ich sage, daß unser nacktes Überleben auf dem Spiel steht – und wir werden jede Waffe benutzen, die uns in die Hand kommt.«

»Ah«, sagte Glawen. »Ich beginne zu verstehen. Sie spielen auf die Sanart-Szientisten an?«

»Ich spiele auf eine ihrer Gruppierungen an: die sogenannten Ideationisten. Diese Leute sind Fanatiker, die eine Tugend aus der Einfachheit und der Kargheit machen. In der Vergangenheit haben sie uns finanziell, philosophisch und verbal attackiert was uns nicht weiter beunruhigt oder stört. Doch in jüngster Zeit sind mehrfach Banden anonymer Räuber aus den Wilden Landen heruntergekommen und sind plündernd, sengend und mordend über uns hergefallen.

Da liegt unser Problem. Unser Feind wird getrieben von seiner ›Idee‹, die an sich nicht unedel ist. Ihre Tugenden sind offensichtlich; wo gibt es eine Kraft, die stärker ist als die, welche durch einem Übermaß an Tugend erzeugt wird? Wie bekämpft man Tugend? Mit Lasterhaftigkeit? Ist Lasterhaftigkeit am Ende besser als Tugend? Darüber ließe sich streiten. Zuallermindest aber läßt Lasterhaftigkeit dem, der sie praktiziert, eine Reihe von Optionen offen. Ich persönlich befürworte weder das eine noch das andere Extrem. Ich will lediglich mein Leben in ungestörter Bequemlichkeit verbringen. Doch statt dessen sitze ich nun hier und muß mich mit diesen Sanart-Eiferern herumschlagen. Sie wollen, daß ich ihre Idee annehme. Ich widersetze mich; ich werde in eine unbehagliche Situation der Selbstverteidigung und des Ärgers gedrängt. Die Süße meiner Seele ist bitter und gallig geworden; ich werde wider meinen Willen zum Haß genötigt.

Also: was macht man da? Man setzt sich in seinen Sessel und denkt nach – so wie ich es jetzt tue. Man animiert seinen Geist mit Gelbem Frost –, so wie ich es jetzt tue.« Sir Mathor nahm einen Schluck aus seinem Pokal. »Sagen Sie mal: Sie trinken ja gar nicht. Sind die Herren vielleicht Antialkoholiker?«

»Es ist weder schicklich noch klug, im Dienst zu trinken«, sagte Glawen. »Im besten Fall verleiht es der Untersuchung den falschen Anschein von Gemütlichkeit. Im schlimmsten Fall enthält der Trunk Drogen oder Gift. Dies ist nicht bloß eine neurotische Obsession; es würde mich interessieren zu sehen, was geschähe, wenn Sie oder Sir Lonas aus diesen Pokalen tränken.«

Sir Mathor lachte. »Wie auch immer, wir zerbrechen uns den Kopf, wie wir mit den Sanart-Szientisten umgehen sollen. Wir wollen sie nicht vernichten. Wir sind ja schon zufrieden, wenn sie ihren Eifer mäßigen und uns in Ruhe unser, eitles, hohles, verwerfliches, aber vollkommen erfreuliches und genußreiches Leben leben lassen.

Dies zu bewirken, haben wir zu einem Komplott gegriffen, um unsere Feinde zu verwirren und zu demoralisieren, auf daß am Ende auch sie einmal die bösen Reize der Frivolität und die sündigen Verlockungen des schlaffen Wohllebens kennenlernen. Wir hoffen, dieses Ziel zu erreichen, indem wir die Scheinheiligkeit und die heimliche Sittenlosigkeit der flagrantesten Ideationisten zutage legen.

Nun, da Sie dies wissen, müßte Ihnen eigentlich alles klar sein. Wir wählten die sechs glühendsten Szientisten aus: ich richtete es ein, daß sie Flugscheine nach Cadwal erhielten, zusammen mit dem Bescheid, daß der Konservator die Idee mit der Konservationistenideologie verschmelzen wolle; ob es den sechs herausragenden Szientisten wohl zusagen würde, an einem Kolloquium auf Cadwal teilzunehmen, selbstverständlich unter Übernahme aller Spesen durch den Veranstalter?

Natürlich nahmen die sechs Szientisten das Angebot an, und den Rest kennen Sie.«

»Und auf der Insel Thurben verhielten sich die Szientisten so, wie von Ihnen erhofft?«

»Sie waren superb. Wir gaben ihnen reichlich Enthemmungsmittel ein; alle Zurückhaltung ging verloren. Sie begingen spektakuläre Taten, die allesamt sorgfältig und lückenlos aufgezeichnet wurden.

Und so kehrten die Szientisten denn im Zustand höchster Verwirrung nach den Magerlanden zurück. Sie wußten sehr wohl, daß irgend etwas Widriges geschehen war, und keiner von ihnen konnte sich an die Einzelheiten des Kolloquiums erinnern, und alle waren überzeugt, daß die schweren Weine Cadwals sie betrunken gemacht hatten. Auf dem Rückflug konnten sie über nichts anderes sprechen als über die Gefahren, die in der Weinbeere schlummern, und jeder verlangte von allen anderen, daß sie sich entschuldigen. Was die Aufzeichnung anbelangt, so haben wir Vorkehrung getroffen, daß sie in der nächsten Woche auf der Synode zur Vorführung gelangt. Die Wirkung wird ungeheuer sein.«

»Die Delegierten werden die Wahrheit womöglich erahnen.«

»Die meisten werden es vorziehen, den Skandal zu glauben. Und selbst unter den Skeptikern werden die Bilder für immer haften bleiben und Millionen Moralpredigten in Abrede stellen.«

»Er hat recht«, erklärte Kirdy mit tiefer Stimme.

»Und den Patrunen wird es gestattet sein, solches Material auf einer Synode vorzuführen?« frug Glawen.

Sir Mathor lächelte abgründig in sich hinein. »Ich kann Ihnen dies eine sagen: es sind feste Vorkehrungen getroffen. Die Aufzeichnung wird vollauf publik gemacht werden. Die Sache ist bereits aus unseren Händen und nimmt ihren Lauf.« Sir Mathor ließ sich behaglich in seinen Sessel zurücksinken. »So, nun wissen Sie alles.«

»Noch nicht ganz. Zuallererst einmal: wie erfuhren Sie von den Exkursionen zur Insel Thurben?«

Sir Mathor runzelte nachdenklich die Stirn. »Das weiß ich nicht mehr genau. Geplauder auf einer Party, irgend etwas in der Art.«

»Ich kann mir nicht denken, wie das möglich sein sollte. Ihre Exkursion war die erste. Zwei weitere folgten.«

»Tatsächlich? Sie haben recht; da habe ich mich wohl geirrt. Aber was ändert das jetzt noch groß; es ist alles Vergangenheit.«

»Nicht ganz. Die Leute, die die Ausflüge organisiert haben, sind noch immer auf freiem Fuß.«

»Ich fürchte, daß ich Ihnen da nicht weiterhelfen kann.«

»Sie werden sich gewiß entsinnen, wer die Touren arrangiert hat?«

»Ich bezog die Tickets von der Agentur. Später sprach ich mit einer sehr ansehnlichen jungen Dame, und sie traf gewisse Vereinbarungen mit mir. Noch später rief dann ein Mann an und sagte, er habe die Einladungen und die Tickets überbracht, und die sechs Ideationisten hätten angenommen.«

»Wie lautete sein Name? Wie sah er aus?«

»Das kann ich nicht sagen; ich habe ihn nie zu Gesicht bekommen.«

Glawen stand auf; Kirdy folgte seinem Beispiel, eine Spur langsamer. Glawen sagte: »Das wäre fürs erste alles. Vielleicht werden sie nichts mehr von uns hören, aber das haben meine Vorgesetzten zu entscheiden.«

»Ihre Vorgesetzten wußten, daß Sie mich aufsuchen wollten?«

»Natürlich.«

»Wo befinden sie sich?«

»Sie sind in Station Araminta.«

»Oh! Nun denn: welches sind Ihre Pläne?«

»Wie ich bereits erklärt habe, geht es uns in erster Linie darum, die führenden Köpfe der Firma Ogmo zu identifizieren. Da Sie keine Bereitschaft erkennen lassen, uns dabei zu helfen, müssen wir unsere Ermittlungen andernorts fortsetzen.«

Sir Mathor zupfte sich nachdenklich am Kinn. »In der Tat. Und was meinen Sie mit ›andernorts‹?«

»Ich bin nicht befugt oder gewillt, Ihre Fragen zu beantworten.«

»Ich darf wohl annehmen, daß Sie die Absicht haben, sich bei den Ideationisten zu erkundigen, wer ihnen die Tickets überbracht hat.«

»Sicher. Warum sollten wir das nicht, wenn wir dadurch die Identität des Mannes erfahren?«

»Aus verschiedenen Gründen«, sagte Sir Mathor in einem Ton liebenswürdiger Bestimmtheit. »Zum ersten, weil ich nicht will, daß seine Identität bekannt wird; das würde mich in eine peinliche und mißliche Lage bringen. Zum zweiten, weil ich so kurz vor der Synode das Risiko einer Indiskretion nicht eingehen kann.« Er erhob sich aus seinem Sessel und wandte sich um. »Eh, Lonas? Habe ich nicht recht? Sie sollten das nicht tun, nicht wahr?«

»Ganz bestimmt sollten sie das nicht.«

Sir Mathor wandte sich wieder Glawen und Kirdy zu. »Meine Herren, ich habe von Anfang an befürchtet, daß es hierzu kommen würde. Glauben Sie mir, ich habe immer noch gehofft und nach Möglichkeiten gefahndet; ich habe dieses gegen jenes abgewägt, selbst jetzt noch, während wir dasaßen und uns unterhielten. Doch immer wieder fiel ich auf die bitteren Tatsachen zurück. Lonas, zu welchem Ergebnis hat dein Nachdenken dich geführt?«

»Die Tatsachen sind bitter.«

»Dann tue, was du tun mußt, und tu es rasch und leise, damit unsere Freunde nicht gestört werden. Meine Herren, in wenigen Augenblicken werden Sie in dem Land jenseits der Sterne weilen. Ach könnten Sie uns doch nur Kunde von jenen gesegneten Gefilden übersenden! Aber Sie werden zweifelsohne von ihrer Schönheit geblendet sein.« Sir Mathors Stimme klang sanft und beruhigend. Sir Lonas trat näher – einen Schritt, dann noch einen.

Kirdy stieß einen wilden, heiseren Schrei aus: einen Schrei erstickter, rasender Wut, die sich eruptiv Bahn brach. Während Sir Mathor noch dastand, starr vor Erschrecken, rammte Kirdy ihm seine klobige Faust mitten ins Gesicht; sie traf auf mit der Wucht einer Keule. Sir Mathors Züge entgleisten zu einer bizarren Fratze, und er verdrehte die Augen, bis nur noch das Weiße zu sehen war. Ein metallner Gegenstand entfiel seiner Hand: eine kleine Pistole. Während Glawen sich blitzschnell bückte und die Waffe erraffte, stürzte sich Kirdy schon auf den verblüfften Sir Lonas, der gut einen Fuß größer war als er und ihn an Masse gewiß um hundert Pfund ausstach. Kirdy packte Sir Lonas bei seinem schwarzen Haarschopf, riß den großen Kopf zur Seite und versetzte ihm einen Handkantenschlag gegen den Hals. Sir Lonas taumelte in einen Sessel und schlug schwer hintüber, wild mit den Beinen auskeilend, während Kirdy unter lautem Stöhnen und Ächzen versuchte, auf seinen Leib zu springen. Es gelang Sir Lonas, Kirdy in die Beinschere zu nehmen; Kirdy hämmerte mit den Fäusten auf das ernste, wohlgestalte Gesicht, aber nun zwang Sir Lonas Kirdy mit der schieren Kraft seiner Schenkel zu Boden und begann ihn zu würgen. Da trat Glawen vor und feuerte eine Kugel in Sir Lonas' Hinterkopf.

Kirdy sprang keuchend auf. Glawen warf einen Blick auf die Terrasse. Niemand hatte die Vorfälle im Salon bemerkt.

Kirdy spähte auf Sir Mathor hinunter. »Er ist tot«, sagte er erstaunt. »Ich habe ihm den Schädel zertrümmert. Meine Hand schmerzt.«

»Rasch«, drängte Glawen. »Wir müssen sie nach dort hinüberschaffen, in den Nebenraum.«

Um den massigen Körper Sir Lonas' über den Fußboden und in das Nebenzimmer zu schleifen, bedurfte es schon beider vereinter Körperkraft. Glawen zog den verrutschten Teppich glatt und hob einen umgestürzten Sessel auf. »Laß uns gehen.«

Die zwei rannten aus dem Hause und bestiegen das wartende Gefährt. Es sprach: »Nennen Sie den Namen, auf den dieses Fahrzeug reserviert ist.«

Kirdy schaute Glawen ängstlich an. »Erinnerst du dich? Ich hab ihn vergessen. Es war irgendwas Komisches.«

Einen schrecklichen Moment lang entzog sich der Name auch Glawen. Dann, plötzlich, schrie er erleichtert: »Spanchetta!«

Das Vehikel trug sie zurück zum Flughafen von Halcyon, wo sie zwanzig nervenaufreibende Minuten harren mußten, ehe der Flieger nach Poinciana startete.

Während sie über den Mirling flogen, rekonstruierte Glawen den Ablauf der Ereignisse. Weder er noch Kirdy hatten auf der Fahrt zum Borph-Anwesen Aufmerksamkeit erregt; niemand würde sie daher mit den zwei Toten in Verbindung bringen können. Im Gegenteil: die Patrune würden mit Sicherheit eine Bande von Sanart-Terroristen für die Bluttat verantwortlich machen. Andererseits hatten sie tags zuvor irgend jemandem gegenüber die Namen ›Sir Mathor Borph‹ und ›Sir Lonas Medlyn‹ erwähnt. Wer war dieser Jemand doch gleich gewesen? Der Geschäftsführer im Reisebüro Phlodoric. Sobald die Nachricht von Sir Mathors Ableben ihm zu Gehör kam, würde er unweigerlich zum Telephon greifen und die Polizei verständigen. »Ich habe einen Vorfall zu melden, der möglicherweise mit Ihrem Fall in Zusammenhang steht.« So würde das Gespräch beginnen, und binnen einer Stunde würde die Polizei Glawen Clattuc und Kirdy Wook von Station Araminta, Cadwal, in Haft nehmen. Auf Natrice bestimmten die Patrune das Gesetz und seine Anwendung. Über ihre GKIPA-Zugehörigkeit würde man sich dabei verächtlich hinwegsetzen.

Ein anderer Gedanke verstärkte Glawens Befürchtungen. Die Polizei würde aller Wahrscheinlichkeit nach Informationen von dem Mietvehikel einholen. Sie würde erfahren, daß zwei verdächtige Personen sich höchstwahrscheinlich auf dem Flug nach Poinciana befänden, und vielleicht wartete die Polizei von Poinciana bereits just in diesem Moment am Flughafen auf ihre Ankunft, um sie an Ort und Stelle festzunehmen.

Die Maschine landete; die zwei passierten unbehelligt den Terminal. Glawen sah keine Anzeichen von polizeilicher Aktivität.

Kirdys Gedanken schienen ähnlicher Art zu sein. Er stieß Glawen an und deutete mit dem Zeigefinger. »Schau mal, dort drüben.«

Glawen wandte sich um. Auf dem angrenzenden Raumhafen gewahrte er die *Sagittarian Ray*, der sie erst am Vortag entstiegen waren.

»Ja«, sagte Glawen. »Dein Instinkt und meine Logik führen zum gleichen Schluß.«

»Der Verbindungsgang dort vorn führt zum Raumterminal«, sagte Kirdy.

Ohne weitere Überlegung ließen die zwei sich von einem Laufband zum Raumterminal tragen und gingen geradewegs zum Ticketschalter. Glawen fragte die Angestellte: »Wann startet die *Sagittarian Ray?*«

»In genau einer Stunde.«

»Und was ist ihr nächster Anlaufhafen?«

»Soumjiana auf dem Planeten Soum.«

»Das trifft sich sehr gut. Sind noch Unterkünfte frei?«

»Ja – sowohl in der ersten als auch in der zweiten Klasse.«

»Wir hätten gern zwei Einzelkabinen zweiter Klasse.«

»Sehr wohl. Das macht dreihundert Sol. Wenn ich die Herren bitten dürfte, mir ihre Ausweise vorzulegen.«

Glawen bezahlte. Die zwei legten ihre Dokumente vor und erhielten ihre Flugscheine.

Sie entfernten sich von dem Schalter. Kirdy sagte in brummigem Ton: »Unser Gepäck ist noch im Hotel.«

»Willst du es holen?« fragte Glawen. »Es ist noch genug Zeit, und die Leichen sind wahrscheinlich noch nicht gefunden worden.«

»Was ist mit dir?«

»Ich denke, ich gehe an Bord.«

Kirdy zögerte einen Moment, wackelte nervös mit dem Kopf, dann sagte er: »Ich gehe auch an Bord.«

»Dann komm ... Gleichwohl ...« Glawen hielt inne.

»Was ist denn?«

»Wir hätten noch genug Zeit für einen Telephonanruf.«

»Was soll das nun wieder? Wen willst du denn anrufen?«

»Irgendeinen von den Ideationisten. Zum Beispiel SS. Foum. Ich würde gern wissen, wer ihm sein Ticket überbrachte.«

Kirdy grunzte. »Glaubst du vielleicht, das würde er dir am Telephon sagen? Er würde alle möglichen Fragen stellen, und am Ende wärst du genauso schlau wie vorher.«

»Ich könnte ihn auch vor dem Komplott warnen, das, wenn ich es recht überlege, alles in allem doch ein wenig unfair scheint.«

»Ich habe dieses Komplott eh nie ganz begriffen«,

sagte Kirdy. »Im großen und ganzen scheint diese Kontroverse eigentlich auch nicht unsere Angelegenheit zu sein, würde ich meinen.«

Glawen seufzte. »Da muß ich dir recht geben. Tatsächlich, je mehr ich darüber nachdenke, desto mehr gebe ich dir recht.«

»Dann laß uns an Bord gehen.«

IV

Die Sterne entlang Mirceas Strähne waren, bei all dem faszinierenden Spektakel, das ihre glitzernde Flut dem Auge des Betrachters aus der Ferne bot, als solche nur von eher durchschnittlicher Größe und Leuchtkraft. Vergaz, die rosa-weiße Sonne am Himmel von Soum, bildete da keine Ausnahme.

Die *Sagittarian Ray* schwenkte in einem langgezogenen Bogen auf Vergaz hinunter, ging wenig später in die Umlaufbahn um den Planeten Soum und landete schließlich auf dem Raumhafen von Soumjiana. Fracht und Passagiere, einschließlich Glawen und Kirdy, wurden entladen, und die *Sagittarian Ray* setzte ihren Flug entlang der Strähne zu ihrem Zielhafen auf Andromeda 6011 IV fort.

Im Raumhafen erkundigte sich Glawen nach Verbindungen nach Tassadero bei Zonks Stern, einem einsamen und isolierten System am Rande der Strähne. Er erfuhr, daß zwei kleine Postschiffe die Route bedienten: die *Camulke,* die in vier Tagen starten würde, und die *Kersnade,* deren Abflug für mehr als einen Monat später geplant war. Keiner der beiden Termine war sonderlich günstig, falls es nötig werden sollte, nach Tassadero zu fliegen – es sei denn, die Ermittlungen auf Soum würden innerhalb von vier Tagen abgeschlossen sein. Da letztere Möglichkeit nicht gar so fern lag, buchte Glawen Plätze auf der *Camulke* – zu Kirdys unverhohlenem Mißvergnügen. »Warum, in drei Teufels Namen, bestehst du auf dieser ungestümen Hast? Nimmst du denn niemals auf die Wünsche anderer Rücksicht? Ich meine, wir sollten mit Muße arbeiten und unseren Aufenthalt genießen! In Soumjiana gibt es hervorragende Würste.«

Glawen wies Kirdys Protest höflich zurück. »Es könnte durchaus sein, daß Zeit ein kritischer Faktor in dem Fall ist. Bodwyn Wook wäre gewiß nicht erfreut, wenn wir hier herumlungerten und Würste äßen, zumal auf Kosten des Amts.«

»Pah«, stieß Kirdy hervor. »Wenn Bodwyn Wook und ich zusammen weggehen, dann muß er halt lernen, sich meinem Schritt anzupassen.«

Glawen lachte. »Du verlangst doch wohl nicht, daß ich dich ernst nehme.«

Kirdy grunzte bloß und schaute aus dem Augenwinkel zu, wie Glawen sein Geschäft am Reservierungsschalter zum Abschluß brachte.

Während sie auf die Tickets warteten, frug Kirdy mit seidenweicher Stimme: »Und was machen wir, wenn wir die Ermittlungen nicht binnen vier Tagen abschließen können?«

»Darüber zerbrechen wir uns dann den Kopf, wenn es so weit ist.«

»Nur mal angenommen.«

»Es käme auf die Umstände an.«

»Ich verstehe.«

Es war früher Vormittag. Glawen und Kirdy fuhren mit der Hochbahn nach Soumjiana hinein. Der Weg dorthin führte durch einen Bezirk mit industriellen Einrichtungen und kleinen Werkstätten, einheitlich gebaut aus Schaumglas in den Farben Hellblau, Wäßriggrün, Rosa oder gelegentlich auch Blaßzitronengelb. Zur Linken und zur Rechten dehnte sich die Stadt über eine platte Ebene; die einzigen Hervorhebungen waren Reihen von schlanken schwarzen Bäumen, welche den Verlauf wichtiger Boulevards kennzeichneten.

Geologisch gesehen war Soum eine alte Welt. Die Berge waren schon lange zu sanften Hügeln abgetragen; unzählige kleine Flüsse schlängelten sich hierhin und dorthin über das Land; die sieben Meere kannten nur mäßige Winde.

Die Soumianer waren, ganz wie ihre Welt, von mildem und ausgeglichenem Temperament. Eine gewisse Schule von Soziologen, die sich Zirkumstantielle Deterministen nannten, behaupteten, daß die friedliche Umwelt Soums die Psyche der Soumianer geformt habe. Eine andere Gruppe, die sich schlicht als Soziologen bezeichneten, taten diese Theorie als ›abgefeimten Mystizismus und kompletten Unsinn‹ ab. Sie verwiesen darauf, daß über die Jahrhunderte Menschen verschiedenster rassischer Provenienz als Einwanderer nach Soum gekommen seien und daß jeder von ihnen sich notwendigerweise den Sitten und Gebräuchen aller anderen angepaßt und im Zuge dieses Adaptionsprozesses Toleranz und Kompromißbereitschaft erlernt habe: Charaktereigenschaften, die heute integraler Bestandteil der soumianischen Persönlichkeit waren. Männer und Frauen genossen den gleichen Status und neigten dazu, sich gleich zu kleiden; Sexualität war weder vom Schleier des Geheimnisvollen noch von Glamour umgeben. Da dies so war, kamen Sexualdelikte so gut wie nie vor, ebensowenig Eifersuchtsmorde, und leidenschaftliche Amouren und romantische Abenteuer waren kaum mehr denn Gegenstand wehmütiger Spekulation – es sei denn, man konnte sich solche Dienste leisten wie jene, die von der Firma Ogmo in den ›Vergnügen-in-Vollendung‹-Broschüren angepriesen wurden.

Im Zentrum Soumjianas angekommen, mieteten sich Glawen und Kirdy im Travellers Inn ein, mit Blick über den Oktakel, wie der große achteckige Hauptplatz genannt wurde.

Kirdy schien unruhig und ein wenig unpäßlich. Glawen erläuterte ihm ausführlich seine Pläne. »Wir haben eine Liste mit den Reisebüros, welche von den Soumianern benutzt wurden, die zur Insel Thurben gebracht wurden. Wir werden diese Büros aufsuchen und versuchen, das Bindeglied zur Firma Ogmo zu identifizieren. Vielleicht können wir eine Adresse oder ein Bankkonto ausfindig machen oder vielleicht sogar eine Person mit einem Namen und einem Gesicht.«

»Möglich.«

»Wenn wir uns sputen, müßten wir leicht innerhalb von vier Tagen fertig werden können – vorausgesetzt natürlich, daß wir es für nötig befinden, nach Tassadero weiterzureisen, was hoffentlich nicht der Fall sein wird.«

Kirdy mochte sich noch immer nicht so recht zufriedengeben. »Vier Tage sind vielleicht nicht ausreichend. Von allen Orten, an denen die Mimen auftraten, war dieser unser beliebtester. Jeder mochte die Würste von den kleinen Würstchenbuden. Du wirst sie überall in der Stadt sehen, besonders draußen auf dem Oktakel. In einer dieser Buden waren die Würste besonders lecker, und ich bin versessen darauf, sie wiederzufinden. Floreste gestattete uns nie mehr als zwei auf einmal, was alle extrem unfreundlich und geizig von ihm fanden. Zwei Würste waren gerade genug, um auf den Geschmack zu kommen. Ich bin entschlossen, meine Lieblingsbude wiederzufinden. Das könnte leicht länger als vier Tage dauern. Und wenn – na und? Was soll's! Dann kann ich mich wenigstens endlich mal an diesen köstlichen Würsten so richtig sattessen!«

Glawen öffnete den Mund, um etwas zu erwidern, und schloß ihn wieder. Was sollte er darauf sagen? Er fing noch einmal an. »Kirdy, hörst du mich?«

»Natürlich höre ich dich.«

»Wir sind nicht hier, um Würsten nachzuspüren, und wären sie Nektar und Ambrosia und Rosenöl, alles auf einmal. Wenn du nach Würstchen suchen mußt, dann kann ich dich nicht daran hindern, aber ich werde nicht mitkommen.«

Kirdys Augen leuchteten blau. »Das ist nicht vernünftig! Wir müssen zusammenbleiben!«

»Mir scheint es ganz vernünftig. Du spürst deinen wundervollen Würsten nach, ich spüre der Firma Ogmo nach, und wir sind beide glücklich.«

»Pah. Erst einmal sind vier Tage überhaupt nicht genug.«

»Für dich oder für mich?«

»Für mich. Ich habe keine Lust, mich hetzen zu lassen und von einer Bude zur nächsten zu rennen und Würste mit beiden Händen in mich hineinzustopfen.«

»In Ordnung; bleib, solange du willst.«

»Ach? Und was ist mit dir?«

»Sobald ich fertig bin, hau ich ab.«

Kirdys rosiges Gesicht nahm einen beleidigten Ausdruck an. »Das ist keine freundliche Haltung.«

Glawen wurde langsam sauer, obwohl er sich fest vorgenommen hatte, sich zusammenzunehmen. »Ha! Du mit deinen blöden Würsten! Ich kann das nicht ernst nehmen. Hast du vergessen, wozu wir hier sind?«

Kirdy lächelte säuerlich. »Das hab ich ganz bestimmt nicht vergessen. Aber es interessiert mich nicht mehr. Was bringt das jetzt noch groß? Es liegt alles in der Vergangenheit. Jetzt ist jetzt, und ich lebe jetzt.«

»Es ist absolut sinnlos, sich mit dir herumzustreiten«, sagte Glawen. »Komm, es ist Zeit zum Mittagessen. Iß Würste, wenn du magst; es scheint eine harmlose Sucht zu sein. Und wenn ich es mir recht überlege, mag ich Würste eigentlich auch gern.«

In bestimmten Abständen rings um den Oktakel standen kleine Würstchenbuden, die die Luft mit würzigem Duft erfüllten. Kirdy beharrte darauf, an jeder von vier verschiedenen Buden je zwei Würste zu kaufen und an Ort und Stelle zu vertilgen. Und jedesmal sagte er: »Ganz gut, aber nicht die Wurst, nach der ich suche.« Oder: »Ein bißchen zu scharf gewürzt, würde ich sagen.« Und: »Diese Würste haben Charakter, aber es fehlt ihnen das gewisse Etwas. Aber laß es uns mal an dem Stand dort drüben versuchen; es könnte genau der sein, nach dem ich suche.«

An jedem Stand verzehrte Kirdy die Würste mit großer Bedächtigkeit; er biß immer nur jeweils ein kleines Stück ab und kostete es ausgiebig, während Glawen ihm mit einer Mischung aus Ärger und Belustigung zusah. Kirdy legte es ganz offensichtlich darauf an, Glawens Pläne zu vereiteln, indem er soviel Zeit verschwendete, daß Glawen gezwungen sein würde, seine Abreise hinauszuschieben. Aber während Kirdy seine Würste verzehrte, nutzte Glawen die Zeit, um sich die Reisebüros, die er aufzusuchen beabsichtigte, aus einem Stadtplan herauszusuchen. Fast alle lagen direkt am Oktakel oder in seiner näheren Umgebung. Als Kirdy sich anschickte, die fünfte Würstchenbude anzusteuern, deutete Glawen auf eines der Reisebüros, das nur ein paar Schritte von ihnen entfernt lag. »Die Mittagspause ist um. Ich gehe jetzt dort hinein. Iß weiter Würste oder geh zurück ins Hotel, ganz wie du willst.«

Kirdy wurde wütend. »Ich habe mein Mittagessen noch nicht beendet.«

»Zu dumm. Aber die Arbeit ruft.«

Kirdy wandte sich von den Würstchenbuden ab und folgte Glawen in das Reisebüro.

Auf diese Weise vergingen der Nachmittag, der gesamte zweite Tag und der Morgen des dritten Tages: Kirdy trödelte nach Kräften, und Glawen fand ein grimmiges und – wie ihm sehr wohl bewußt war: unmäßiges Vergnügen darin, Kirdys Verzögerungstaktik zu durchkreuzen. Während dieser Zeit suchte Glawen alle Reisebüros auf, die auf seiner Liste standen – mit stets dem gleichen Resultat. Jedes von ihnen hatte sein Geschäft mit einer ansehnlichen, in Fremdwelt-Stil gekleideten jungen Frau abgewickelt. Ihr aus soumianischer Sicht auffälligstes Merkmal war ihre unverfroren zur Schau gestellte Weiblichkeit gewesen, an welche die befragten Männer sich mit einem leisen Schmunzeln und die befragten Frauen sich mit einem verächtlichen Naserümpfen erinnerten. Sie war den Beschreibungen nach von mittlerer Statur, zeichnete sich durch eine üppige Figur aus, und ihr Haar wurde abwechselnd als schwarz, braun, rotbraun, rot, blond und silber-weiß beschrieben: offenbar paßte sie die Farbe entweder ihrer Stimmung oder ihrer Kleidung an. Des weiteren wurde sie charakterisiert als ›fremdweltexotisch‹, ›schlemihlisch‹ (ein Adjektiv, das Glawens Wortschatz bis dato fehlte), ›hochnäsig‹, ›protzig: hauptsächlich Brust, Hintern und Wimpern – wenn Sie verstehen, was ich meine ...‹, ›ein wenig aufdringlich.‹ Und: »Geheimniskrämerisch! Ich frug sie nach ihrem Namen, und sie sagte, sie sei das ›O‹ in ›Ogmo‹. Ich frage Sie, ergibt das irgendeinen Sinn?« »Ich sah sie als das, was sie war: eindeutig eine Witzfigur.« Und: »Sie gebärdete sich wie eine Schauspielerin – nahm ständig irgendwelche Posen ein.« Und: »Als ich sie fragte, wo diese ›Vergnügen-in-Vollendung‹-Touren denn stattfänden, sagte sie: ›Auf Cadwal.‹ Worauf ich sie fragte, ob alle Mädchen auf Cadwal so hübsch seien wie sie. Da lächelte sie nur und sagte, das wäre nicht die Art von Land, die ihr zusage; es sei viel zu altmodisch.«

In jeder der Agenturen erkundigte sich Glawen nach den finanziellen Arrangements. »Als Sie die Gutscheine für diese ›Vergnügen-in-Vollendung‹-Touren verkauften, da erhielten Sie doch Geld. Was geschah mit diesem Geld? Holte die junge Dame es ab?«

Die Antwort war bei jedem Mal die gleiche. »Wir überwiesen das Geld auf das Konto der Firma Ogmo bei der Bank von Mircea. So lauteten unsere Instruktionen; wir befolgten sie peinlich.«

»Haben Sie die junge Dame bei irgendwelchen anderen Gelegenheiten gesehen?«

»Nein, mein Herr.«

»Wissen Sie, wo die Firma Ogmo ihren Sitz hat?«

»Nein, mein Herr.«

Glawen konnte sich eines Gefühls der Enttäuschung nicht erwehren. Die vielversprechendsten Spuren der Untersuchung hatten sich in Wohlgefallen aufgelöst. Er hatte lediglich von einer jungen Frau erfahren, die gekommen und gegangen war, ohne den geringsten Hinweis auf ihre Identität zu hinterlassen, wenngleich ihre Persönlichkeit und sogar ihre äußere Erscheinung eine nebelhafte Realität angenommen hatten.

Kirdy verzehrte sein übliches Wurst-Mittagsmahl und unternahm seinen üblichen Versuch, die Mittagspause zu verlängern, und das Scheitern dieses Unterfangens beschwor wie üblich eine Serie mürrischer Proteste herauf. Glawen scherte sich nicht um sein Gequengel und machte sich, einen nörgelnden Kirdy im Schlepptau, auf den Weg zur Bank von Mircea – bei der es sich zufällig um eben jene Bank handelte, die von Alvary Irling kontrolliert wurde, jenem Tourteilnehmer, der noch in Station Araminta in Gewahrsam gehalten wurde.

In der Bank von Mircea mußte Glawen sich erst unter Drohen und Argumentieren und unter dem wiederholten Schwenken seines Ausweises an einer Hierarchie von vier Kompetenzträgern emporarbeiten, ehe man ihm schließlich Zugang zu einem Beamten gewährte, der sowohl die Befugnis als auch den Willen hatte, Informationen zu erteilen. Kirdy wartete unterdessen im Vorraum, aufmerksam jede Bewegung Glawens beobachtend, offenbar auf irgendeiner der Ebenen seines Bewußtseins den Verdacht hegend, daß Glawen ihm zu entwischen trachte.

Der Bankbeamte lauschte aufmerksam Glawens Ersuchen, dann schüttelte er den Kopf. »Ich kann Ihnen nicht helfen. Das Konto der Firma Ogmo ist ein Nummernkonto. Dort kann von jedem Geld eingezahlt werden, und dann verschwindet es einfach, was uns betrifft. Abhebungen können nur unter Benutzung eines bestimmten Codes erfolgen. Das Konto ist geheim und anonym; es könnte nur noch anonymer sein, wenn es überhaupt nicht existierte.«

»Sie könnten das Konto nicht auffinden, wenn Ihnen dies in den Sinn käme?«

»Ein cybernetisches Genie könnte das Konto vielleicht aufspüren, indem es Geld zugunsten der Firma Ogmo deponierte und die Operationen des Computers nachvollzöge. Es könnte möglicherweise sogar den Code herausfinden – wobei ich mir da schon nicht mehr so sicher bin. Aber es könnte auf keinen Fall den Inhaber des Kontos identifizieren.«

»Und wenn dieses cybernetische Genie nun den Auftrag dazu bekäme – sagen wir, von Alvary Irling persönlich?«

Der Bankbeamte musterte Glawen mit einem Gesichtsausdruck, der zugleich Neugier und Berechnung in sich vereinte. Er sagte in unverbindlichem Ton: »Sie benutzen diesen Namen mit einer gewissen Geläufigkeit.«

»Warum nicht? Er ist zur Zeit unser Gast in Station Araminta. Sollte ich die Neigung verspüren, den Vorschlag zu machen, er würde Sie auf der Stelle entlassen.«

»Tatsächlich.« Der Beamte strich die Papiere auf seinem Schreibtisch glatt. »Sie üben großen Einfluß aus. Interessant. Bitten Sie ihn doch, er möge mich zum Ersten Geschäftsführenden Direktor befördern – mit dem entsprechenden Salär.«

»Das könnte ich durchaus machen, wenn Sie mir die Information liefern könnten, die ich brauche.«

Der Beamte schüttelte den Kopf mit einem Ausdruck des Bedauerns. »Das kann ich leider nicht. Es ist bloß eine Frage der Vorschriften. Der Code ist allein dem Deponenten bekannt. Sein Name erscheint nicht in den Bankunterlagen.«

Glawen verließ die Bank, gefolgt von Kirdy. Sie gingen zurück zum Travellers Inn; Glawen war in trüber Stimmung.

In der Hotelhalle angekommen, ließ sich Glawen in einen Sessel fallen. Kirdy schaute mit einem kryptischem Lächeln auf ihn herab. »Und jetzt?«

»Wenn ich das wüßte.«

»Willst du nicht weitere Nachforschungen anstellen?«

»Bei wem? Und was sollte ich fragen?«

Kirdy zuckte indifferent die Achseln. »Es gibt noch vieles zu erkunden. Soum ist eine große Welt.«

»Laß mich eine Weile darüber nachdenken.«

»Dann denk mal schön.« Kirdy schlenderte zum Anschlagbrett. Er stieß einen Schrei freudiger Überraschung aus und kam erregt zu Glawen zurückgestürmt. »Wir können Soum nicht verlassen! Unmöglich, daß wir jetzt abfliegen!«

»Wieso?«

»Schau dir das Plakat an!«

Ohne großes Interesse ging Glawen zum Anschlagbrett, wo er ein bunt bedrucktes Plakat entdeckte, auf dem stand:

Der berühmte Impresario
MEISTER FLORESTE
gastiert mit seiner talentierten Truppe
›Die Streuner der Strähne‹
wieder in Soumjiana!
Kartenvorbestellung wird empfohlen.

»Sie werden erst in einem Monat hier sein«, sagte Glawen. »Wir reisen morgen ab.«

»Morgen?« schrie Kirdy entsetzt. »Ich habe keine Lust, schon morgen abzureisen!«

»Bleib, solange du willst«, sagte Glawen. »Nur belästige mich nicht mehr mit deinem albernen Gejammere.«

Kirdy starrte Glawen an; seine Gesichtsmuskeln zuckten. »Ich rate dir, deine Worte sorgfältiger zu wählen! Du sprichst hier nicht mit einem Kind!«

Glawen seufzte. »Entschuldige; ich wollte dich nicht beleidigen.«

Kirdy nickte mit einem Ausdruck gemessener Würde. »Ich habe einen Vorschlag zu unterbreiten.«

»Solange er nichts mit Würstchen oder mit den Mimen zu tun hat, will ich ihn anhören.«

»Diese Untersuchung ist offenkundig ein unsinniges Unterfangen. Das hatte ich von Anfang an geahnt. Ich finde, wir sollten noch eine oder zwei Wochen hier auf Soum bleiben, das eine oder andere erledigen, und dann das erste Schiff zurück nach Cadwal nehmen.«

»Du kannst gehen, wenn du willst«, erwiderte Glawen. »Es ist meine Pflicht, die Untersuchung nach bestem Wissen durchzuführen und zum Abschluß zu bringen. Das bedeutet, daß ich morgen nach Tassadero fliege.«

Kirdy preßte die Lippen zusammen und ließ den Blick in die Halle abschweifen. »Pflichterfüllung ist schön und gut, wenn sie nötig ist. Aber das hier ist eine törichte Pflicht und eine sinnlose dazu.«

»Das hast nicht du zu entscheiden.«

»Natürlich hab ich das zu entscheiden! Wem sonst sollte ich in dieser Hinsicht vertrauen? Dir? Bodwyn Wook? Arles? Schätzenswerte Burschen allesamt, aber ich bin ich! Wenn ich eine bestimmte ›Pflicht‹ für sinnlos halte, dann weigere ich mich, mir dafür den Buckel krumm zu machen. Es ist unwürdig, ohne Sinn und Zweck herumzuhampeln. Es läßt sich mit meiner Würde nicht vereinbaren, daß ich mich zum Narren mache. So ist es immer gewesen, und so wird es immer sein.«

»Schön und gut«, sagte Glawen knapp. »Fälle deine Entscheidungen, wie es dir beliebt, aber behellige mich nicht mit ihnen. Morgen reise ich an Bord der Camulke ab. Du kannst mitkommen oder bleiben, ganz wie du möchtest.«

V

Zonks Stern, ein weißer Zwerg von kümmerlicher Luminosität, zog unauffällig allein seine Bahn durch einen schwarzen Schlund am Rande der Strähne, begleitet von einem einzelnen kleinen Planeten, welcher sich gleichsam schutzsuchend an ihn kauerte: Tassadero.

Drei Rassen bewohnten Tassadero: die Zubeniten vom Lande Lutwiler, die um die hunderttausend zählten; halb so viele Nomaden, die die Großen Steppen und die Fernen Regionen durchschweiften; und die drei Millionen Einwohner des Landes Fexel, zu welchem die Stadt Fexelburg gehört. Diese drei Völkerschaften bewahrten strikt ihre jeweilige Identität, eine Besonderheit, die sich in einer ungewöhnlich ausführlichen Beschreibung im Planetenverzeichnis niederschlug:

Die Völker von Tassadero sind in sozialer und psychologischer Hinsicht unvermischbar, und wahrscheinlich auch in genetischer. Jede Rasse empfindet die beiden anderen als körperlich abstoßend, und sie kreuzen sich etwa so häufig, wie es beispielsweise Kolibris, Plattfische und Kamele tun würden.

Die Fexel sind normalen gaeanischen Ursprungs; der Durchschnittstourist wird sie als die am wenigsten ungewöhnliche der drei Rassen empfinden. Sie pflegen einen hochkultivierten, verfeinerten Lebensstil, wobei sie vielleicht eine Spur zu viel Eifer an den Tag legen; manchen Beobachter mag ihre ständige Gier nach den neuesten Trends und Modetorheiten ein wenig überspannt anmuten.

In den Augen der Fexel sind die Zubeniten religiöse Fanatiker von ungewisser rassischer Abkunft und anstößigen Gepflogenheiten, während die Nomaden von ihnen schlicht als Barbaren abgetan werden. Letztere wiederum belächeln die ›geckenhaften Stutzer, Intellektuellen und Laffen‹, die die Fexel in ihren Augen sind. Die Nomaden behaupten, die Nachfahren der Piraten zu sein, die vor langer Zeit von Tassadero aus ihre Raubzüge unternahmen. Zab Zonk war der Piratenkönig: sein Grab, das angeblich einen riesigen Schatz beherbergt, wurde nie entdeckt. Jahr für Jahr kommen Tausende von ›Zonkern‹ aus den hintersten Winkeln des Reiches nach Tassadero gereist und verbringen Wochen und Monate damit, die Steppen und die Fernen Regionen nach dem geheimnisvollen Grab Zab Zonks zu durchstöbern. Die Zonker bringen, das sei hier angemerkt, ihren eigenen Schatz mit – in Form von Devisen.

Es gibt noch ein paar weitere bemerkenswerte Attraktionen, die den Touristen für seine vergebliche Suche nach dem sagenhaften Schatz Zab Zonks entschädigen mögen: die sogenannten ›Flüsse des purpurnen Gallerts‹ und die Wintersportmöglichkeiten am Mount Esperance, einem erloschenen Vulkan von zwanzigtausend Fuß Höhe, dessen Hänge Skipisten von zwanzig Meilen Länge bieten.

Glawen, der im Salon der *Camulke* saß, legte nach beendeter Lektüre des Artikels das Planetenverzeichnis beiseite. Kirdy stand am Aussichtsfenster und starrte mit düsterem Blick auf den funkelnden Schweif der Strähne.

Glawens letzter Versuch, ein Gespräch mit Kirdy anzufangen, hatte letzterem lediglich einen mürrisch herausgebrummten Einsilber zu entlocken vermocht, woraufhin Glawen beschloß, Kirdy nicht nach seiner Meinung über Fexelburg zu befragen, sondern sich statt dessen die amtliche Publikation des Fremdenverkehrsbüros von Fexel vorzunehmen, ein hübsch gestaltetes Buch mit dem Titel *Reiseführer für Tassadero.* Ein Artikel beschrieb Zonks Schatz in übertriebener Detailliertheit. Der Autor des Textes versicherte dem interessierten Schatzsucher: »Die Behörden gewährleisten überdies, daß der Finder dieses kostbaren Schatzes diesen voll und ganz für sich behalten darf; er braucht ihn weder zu versteuern, noch werden ihm irgendwelche anderen Abzüge auferlegt.«

Kirdy hatte sich vom Aussichtsfenster abgewandt. »Hör dir das an«, sagte Glawen. Er verlas den Abschnitt laut. Während er las, wandte sich Kirdy wieder zum Fenster. »Was hältst du davon?« fragte Glawen.

»Sehr großzügig und wirklich nett von den Behörden«, sagte Kirdy, ohne den Blick vom Fenster zu wenden.

»Und hier steht auch: ›Wir warnen Touristen vor dem Kauf von Karten, die vorgeben, die exakte Lage des Schatzes anzugeben. Es ist erstaunlich, wie viele dieser Karten verkauft werden! Wird Ihnen eine solche Karte angeboten, so sollten Sie den Verkäufer fragen: ‚Warum gehen Sie, statt mir diese Karte zu verkaufen, nicht selbst zu dem angeblichen Fundort und bergen den Schatz selbst?' Der Verkäufer wird natürlich auf diese Frage vorbereitet sein, doch egal wie überzeugend seine Erwiderung auch ausfallen mag, kaufen Sie die Karte auf keinen Fall – Sie werfen lediglich Ihr Geld zum Fenster hinaus.‹«

»Hah!« sagte Kirdy. »Arles hat eine solche Karte gekauft – von einem alten Mann, der behauptete, er werde nicht mehr lange leben und wolle, daß irgendein netter junger Bursche wie Arles in den Genuß des Schatzes käme. Das klang einleuchtend für Arles, aber Floreste wollte ihn nicht in die Nordsteppe ziehen lassen, um den Schatz dort zu bergen.«

»Das scheint mir ein wenig ungerecht. Arles hätte den Reichtum für einen guten Zweck verwenden können. Er hätte sogar eine Raumyacht für die Kühnen Löwen kaufen können.«

»Das war seine erklärte Absicht.«

Glawen wandte sich wieder dem Reiseführer zu. Er erfuhr, daß die ›Flüsse des purpurnen Gallerts‹ Kolonien von purpurfarbenen Quallen waren, die in riesigen Kolonnen von hundert Schritt Länge und dreißig Schritt Breite über die Steppe wanderten. Dem Reiseführer nach waren die ›Flüsse des purpurnen Gallerts‹ ein Schauspiel, das selbst die Blasiertesten faszinierte: »Diese wundersamen Phänomene sind bemerkenswert ob ihrer schieren Existenz! Sie halten uns in Atem mit ihrer gespenstischen Schönheit! Doch auch hier wird gewarnt! So prachtvoll der Anblick dieser großen Würmer ist, so ätzend ist der Gestank, den sie absondern. Zartfühlenden Personen wird daher angeraten, die Kreaturen aus sicherer Entfernung und aus windgeschützter Position zu studieren.«*

Als Glawen weiterlas, stieß er auf einen Artikel mit der Überschrift: ›Zab Zonk in Liedern und Erzählungen‹, in welchem Zonks Heldentaten aufgezeichnet waren und die Dimensionen seines fabelhaften Schatzes taxiert wurden.

---

* In seinem Artikel Die Purpurkriecher von Tassadero bedient sich der Biologe Dennis Smith einer drastischeren Sprache: »Sie sondern einen überwältigenden Gestank ab, der ohne Übertreibung als atemberaubend bestialisch bezeichnet werden kann. Die Touristenbehörden versäumen es, einen kuriosen Nebeneffekt dieses Gestanks zu erwähnen: Er setzt sich in der Haut und im Haar von feinen Damen wie von würdigen Herren fest und läßt sich weder entfernen noch verdecken. Der Gestank bleibt mehrere Monate haften. Bisweilen wird die Forderung laut, daß die Touristenbehörden von Tassadero dafür gerügt werden sollten, daß sie auf dieses Phänomen nicht ausdrücklich hinweisen.«

So weit haben wir es mit etwas zu tun, das den Fakten zumindest nahezukommen scheint (schrieb der Verfasser). Sind andere ebenso einsichtsvoll gewesen? Entscheiden Sie selbst anhand dieser Zusammenstellung überlieferten Lied- und Anekdotenguts. Hier ist Zonks Lieblingstrinkspruch:

»Ich rufe: Ruhm sei Zonk, dem Großen und Mächtigen Herrscher über Leben und Tod, über Jetzt und Immer, über Hier und Allenthalben, über alles Bekannte und Unbekannte, über das Universum und alle Sonstwos! Ehre sei Zonk! So sei es! Trinkt.«

Beim Schreiben seines Namens war Zonk bescheidener, und seine Handschrift war seltsam zierlich: ›ZONK: Erster und Letzter Übermensch.‹

Aus unbekannten, doch sehr entfernten Quellen stammt diese Anrede: ›ZONK: Avatar von Phoebus, Veredelung aller wohlklingenden Schönheiten, Er, der Teilhat an Uiskebaugh und die Siebzehn Signale der Liebe Vollführt!‹

Gemessen an solchen Ausblicken, muß die Wahrheit sich ohne Entschuldigung oder Bedauern den weit liebenswürdigeren Arrangements der Legende beugen.

Kirdy wandte sich wieder vom Fenster ab, setzte sich in einen Sessel, streckte die Beine von sich, legte den Kopf in den Nacken und starrte zur Decke. Glawen legte das Buch beiseite. »Was ist deine Meinung von Tassadero?«

Kirdy antwortete mit monotoner Stimme: »Fexelburg ist nicht schlecht. Das Hinterland ist freilich öde. Die ›Gallertflüsse‹ stinken entsetzlich. Das Essen ist nirgendwo besonders. In den Städten durchtränken sie alles mit komischen Soßen und seltsamen Gewürzen, und ich glaube, daß ihnen das Zeug selbst nicht schmeckt, aber sie müssen es essen, weil es der neueste Trend ist. Man weiß nie, was man zu erwarten hat, und wenn man es bekommt, kann man es nicht erkennen.«

Kirdy gab ein grimmiges Kichern von sich. »Die Bauern essen ziemlich gut, aber Floreste ruinierte uns unseren Besuch, und zwar, als wir den Purpurschleim sahen.«

»Was hat Floreste denn gemacht?«

»Der Bauer lud uns auf seinen Hof ein und bewirtete uns königlich. Seine Frau und seine Kinder wollten, daß wir ihnen eine oder zwei unserer Szenen vorführten, wozu wir auch sofort bereit waren, aber Floreste, dieser knauserige alte Sack, verlangte eine Gebühr. Da lachte der Bauer nur und schickte uns zurück nach Fexelburg. Alle waren unheimlich sauer auf Floreste. Ich war drauf und dran, aus der Truppe auszusteigen.« Kirdy lachte wehmutsvoll. »Jetzt wünschte ich, ich wäre noch dabei. Es war eine schöne Zeit, ohne Sorgen, ohne Ängste! Jeder wußte, was er zu tun hatte. Manchmal, wenn Floreste nicht aufpaßte, konnten wir uns zu den Mädchen schleichen und mit ihnen spielen. Manche von ihnen waren echte Schönheiten! Was waren das für herrliche Zeiten!«

Glawen frug: »Seid ihr jemals im Lande Lutwiler aufgetreten?«

»Lutwiler?« Kirdy runzelte die Stirn. »Leben da nicht die Zubeniten? Wir kamen nie auch nur in ihre Nähe. Sie schätzen solcherlei Frivolitäten nicht, es sei denn, sie kosten nichts.«

»Merkwürdig!« sagte Glawen. »Wieso machen sie sich dann die Mühe, zur Insel Thurben zu reisen?«

Kirdys Interesse, ohnehin nur oberflächlich, erschlaffte vollends, und er wandte sich wieder seiner Lieblingsbeschäftigung zu, dem Starren an die Decke. Glawen war froh, daß die Untersuchung sich ihrem Ende näherte.

Nach gehöriger Frist ging die *Camulke* auf dem Raumhafen von Fexelburg nieder. Glawen und Kirdy schifften sich aus und wurden zügig durch die Einreiseformalitäten bugsiert, von Beamten in ungewöhnlich schmucken rot-blauen Uniformen.

Der Beamte am Anmeldeschalter für Fremdweltler ließ seinen Blick kritisch von Glawens und Kirdys Dokumenten auf ihre Kleider schweifen. Er fragte mit höflicher Verwunderung: »Sie sind Beamte der Polizei von Cadwal?«

»Das ist richtig«, sagte Glawen. »Darüber hinaus sind wir Mitglied der GKIPA.«

Der Beamte schien nicht beeindruckt. »Das sagt uns nicht viel. Wir sind hier in Fexelburg keine großen Fans der GKIPA.«

»Wie kommt das?«

»Sagen wir, wir haben andere Prioritäten. Sie sind groß, wenn es um Regeln und Vorschriften geht, und klein, wenn Flexibilität gefragt ist. In praktischen Fällen müssen wir sie erst noch nützlich finden.«

»Das überrascht mich! Die GKIPA ist im allgemeinen gut angesehen.«

»Nicht in Fexelburg! Party Plock ist der Adjutant oder Adjudikator oder Doppel-Kommandeur oder wie der Titel auch immer heißen mag, und ein strenger Zuchtmeister obendrein. In dieser Gegend müssen wir für alles gerüstet sein; schließlich besteht Tassadero zum größten Teil aus wildem Steppenland! Flexibilität heißt die Losung, und zum Teufel mit den Vorschriften. Wenn Triple-Kommandeur Partric Plock und seine Beamten Einwände erheben, dann kann man daran nichts ändern. In Fexelburg kommen die ersten Dinge zuerst.«

»Das klingt einleuchtend. Ich bin gespannt darauf, diesen Dragoner Plock kennenzulernen.«

Der Beamte musterte Glawens Kluft mit skeptischem Blick. »Wenn Sie in dem Aufzug dort hingehen, kriegen Sie die Tür vor der Nase zugeknallt und werden obendrein noch ›Clown‹ genannt.«

»Aha!« sagte Glawen. »Jetzt verstehe ich endlich Ihren mißbilligenden Blick. Dies sind die einzigen Kleider, die wir besitzen. Unser Gepäck ist verlorengegangen, und wir haben bisher noch keine Gelegenheit gehabt, uns neue Sachen zu besorgen.«

»Je eher, desto besser! Ich empfehle Ihnen, sich in die Hände eines fähigen Herrenausstatters zu begeben. In welchem Hotel steigen Sie ab?«

»Wir haben noch keine Wahl getroffen.«

»Gestatten Sie mir, Ihnen das Lambervoilles zu empfehlen; es bietet höchstes Prestige und feinsten Stil. In Fexelburg sind wir in jeder Beziehung ultramodern, und Sie werden nichts Unelegantes oder Gemeines finden.«

»Das ist ohne Zweifel beruhigend.«

»Vergessen Sie nicht: das Erste zuerst! Bevor Sie sich ins Lambervoilles begeben, sollten Sie sich erst einmal angemessen kleiden. Der *Nouveau Cri Salo*n liegt direkt gegenüber vom Lambervoilles; dort wird man Sie gehörig ausstaffieren.«

»Was ist das bequemste Transportmittel?«

»Sobald Sie aus dem Raumterminal kommen, nehmen Sie die Straßenbahn. Nach kurzer Fahrt werden Sie an einer Heldenstatue von Zab Zonk vorbeikommen; sie stellt ihn bei der Ermordung Dirdie Panjeons dar. An der nächsten Haltestelle steigen Sie aus; zu Ihrer Rechten werden Sie das Lambervoilles sehen, und zu Ihrer Linken den *Nouveau Cri Salon.* Ist alles klar?«

»Vollkommen klar, und wir danken Ihnen für Ihren Rat.«

Die zwei verließen den Terminal. Sie bestiegen eine funkelnde Trambahn aus Glas und schwarzglänzendem Metall und wurden in zügiger Fahrt zum Stadtzentrum von Fexelburg getragen. Die Ortszeit war später Vormittag; Zonks Stern, eine große blasse Scheibe, hatte zur Hälfte den Himmel erklommen. Zur Linken und zur Rechten dehnten sich die Vororte von Fexelburg: lange Reihen kleiner Bungalows von schmucker Architektur, jeder mit irgendeinem beflissen modischen Dekorationsschnickschnack aufwartend, um sich von seinem Nachbarn abzuheben. Schlanke heimische Bäume von hundert Fuß Höhe säumten beiderseits die Boulevards.

Die Straßenbahn schwenkte in eine Hauptverkehrsstraße ein, die in den Kern von Fexelburg führte. Zu beiden Seiten des Gleiskörpers floß reger Privatverkehr, bestehend aus langen, flachen, unnatürlich schnittigen Fahrzeugen, die offenbar eher auf Zurschaustellung denn auf Zweckmäßigkeit hin konstruiert waren: jedes war in grellbunten Farben lackiert, und kaum eines, an dessen Bug oder Heck keine Fahne mit den Insignien des Automobilclubs des jeweiligen Halters flatterte. In jedem Fahrzeug war oberhalb des Armaturenbretts eine verwirrende Klaviatur von Tasten und Knöpfen angebracht, vermittelst derer der Chauffeur während der Fahrt Weisen nach seinem Gusto spielen konnte; viele bedienten sich dieser Vorrichtung mit kindlichem Eifer und ließen das Liedgut in solcher Lautstärke erklingen, daß auch die Insassen anderer Fahrzeuge sowie die Passanten an dem Musikgenuß teilhaben konnten.

Zumindest, dachte Glawen, pulsierte die Stadt Fexelburg von frenetischer Energie.

Kirdy war immer noch unglücklich und absolvierte die Bahnfahrt mit heruntergezogenen Mundwinkeln, wie als habe er einen schlechten Geschmack im Mund. Glawen fragte sich, ob er immer noch damit haderte, daß er von Soumjiana abgereist war, ehe er seine Erkundungstour durch die Würstchenbuden hatte abschließen können. Vielleicht fand er ja auch keinen Gefallen an Tassadero.

Die Trambahn passierte ein großes Standbild, das Zab Zonk bei der Entleibung einer treulosen Mätresse darstellte. Glawen und Kirdy entstiegen dem Wagon an der nächsten Haltestelle, gleich gegenüber dem Lambervoilles Hotel, das, wie jedes andere Unternehmen in Fexelburg, seine Präsenz mit einem großen, belebten Reklameschild kundtat. Kirdy deutete mit erregter Entdeckermiene auf das Schild. »Das ist es! Das Lambervoilles! Floreste mietete uns immer im Flinders Inn ein, wo die Nomaden und ihre Flöhe absteigen.«

»Vielleicht betrachtet Floreste sich als Nomade und die Mimen als seine Blutsauger.«

»Komm!« sagte Kirdy streng. »Dies ist nicht der Moment für geschmacklose Witze!«

»Ich bitte tausendmal um Vergebung.«

Glawen und Kirdy überquerten den Boulevard, trippelnd, stockend und springend den Fahrzeugen ausweichend, die ungeachtet der Fußgänger mit unverminderter Geschwindigkeit dahinbrausten, einer Parade mobiler Tanzkapellen gleich den Boulevard mit flotten Weisen beschallend.

Ein paar Schritte jenseits des kleinen Platzes, der an den Boulevard grenzte, wies ein farbenfrohes Reklameschild mit bewegten Bildern auf den *Nouveau Cri*-Herrenausstattungsladen hin. Das Schild zeigte einen Mann, der in einem abgewetzten schwarzen Anzug hinter einer Tür verschwand und unmittelbar darauf in schmuckem, hochmodischem Staat wieder heraustrat. Gleich darauf ging er wieder in den Laden, erneut in seinem alten schwarzen Anzug, um sofort wieder in einem anderen, nicht minder stilvollen Kostüm herauszukommen. Immer wieder schritt der Mann in seinem schäbigen schwarzen Anzug durch die Tür, und jedesmal kam er in einem anderen Gewand wieder heraus.

Kirdy blieb jählings stehen. »Wo willst du denn hin? Das Hotel ist da drüben!«

Glawen sah ihn verwundert an. »Hast du schon vergessen, was uns der Beamte am Raumhafen gesagt hat?«

Kirdy zog einen Flunsch. Er hatte gehofft, direkt ins Lambervoilles gehen und dort ein heißes Bad nehmen und vielleicht ein kleines Nickerchen machen zu können. »Kleider können wir immer noch kaufen.«

Glawen beachtete ihn nicht und ging weiter um den Platz herum zum *Nouveau Cri Salon*, einen mißmutig zum Lambervoilles hinüberstarrenden Kirdy zurücklassend. Es dauerte einen Moment, bis Kirdy Glawens Abwesenheit bemerkte. Er stieß einen erschreckten Schrei aus und rannte wütend hinter Glawen her. »Du könntest ruhig etwas sagen, bevor du dich heimlich aus dem Staub machst!«

»Entschuldige«, sagte Glawen. »Ich dachte, du hättest mich gehört.«

Kirdy grunzte bloß mürrisch. Die zwei betraten das Herrenausstattungsgeschäft. Ein Verkäufer, der nicht älter war als sie selbst, trat auf sie zu, stockte, starrte auf ihre Kleider und sagte dann in einem Ton herablassender Höflichkeit: »Meine Herren? Sie wünschen?«

»Wir wollen ein paar Kleidungsstücke kaufen«, sagte Glawen. »Nichts allzu Aufwendiges; wir werden nur kurze Zeit hierbleiben.«

»Ich kann Sie beide mit angemessenen Textilien ausstatten. Welche kategorische Dimension werden Sie innehaben?«

Glawen starrte den Verkäufer verdutzt an. »Diese Termini sind mir nicht geläufig.«

Kirdy sagte platt: »Er will uns durch die Blume fragen, ob wir uns als Gentlemen oder als Parias betrachten.«

Der Verkäufer machte eine gezierte Geste. »Sie sind Fremdweltler, wie ich sehe.«

»Das stimmt.«

»Also denn: was ist Ihre Stellung im Leben? Es ist wichtig, daß Ihre Kleider ihre gesellschaftlichen Perspektiven widerspiegeln. Das ist eine Binsenwahrheit der Bekleidungsindustrie.«

Glawen sprach in hochmütigem Ton: »Ist das nicht offensichtlich? Ich bin ein Clattuc; mein Freund hier ist ein Wook. Das dürfte Ihre Frage mehr als hinreichend beantworten.«

»Es wird es wohl müssen«, sagte der Verkäufer. »Sie scheinen sehr bestimmt. Nun denn: zur Auswahl der Kleider. Als Gentlemen, die Sie sind, werden Sie sich auch wie Gentlemen kleiden wollen, ohne Kompromiß oder falsche Sparsamkeit. Lassen Sie mich sehen. Als absolutes Minimum an Garderobe brauchen Sie zwei Morgenanzüge, oder noch besser, deren drei: einen sportlich-saloppen, einen für geschäftliche sowie einen für festliche Anlässe. Des weiteren brauchen Sie ein passendes Kostüm für ein formelles Lunch. Sportliche Kleidung benötigen Sie indes für die nachmittägliche Entspannung; Sie können diese auch bei Fahrten in einem Fahrzeug tragen, wenngleich zu diesem Anlaß spezielle Fahrkluft vorzuziehen wäre. Für gesellschaftliche Anlässe in den Nachmittagsstunden, besonders solche in der Gesellschaft charmanter Damen, empfehle ich Ihnen unseren hellgrauen, hochaktuellen Balzfrack: ein absolutes Muß für den gepflegten Gentleman. Für den späten Nachmittag wiederum bräuchten Sie lediglich zwei passende Anzüge, einen für formelle, einen für informelle Anlässe. Kommen wir nun zur Abendgarderobe: hier bräuchten Sie als absolutes Minimum zwei Anzüge: einen festlichen sowie einen eleganten. Hinzu kämen natürlich die passenden Accessoirs sowie eine Auswahl von Hüten; hier dürfte ein Dutzend hinreichen.«

Glawen hob die Hand. »Und das alles für einen einwöchigen Aufenthalt?«

»Eine Kollektion aus dem *Nouveau Cri* wird Ihnen Komplimente und bewundernde Blicke im gesamten Gaeanischen Reich eintragen, zumal in dieser Saison, deren Creationen sich durch exquisite Formgebung und hochaktuelle Farben auszeichnen.«

»Der Zeitpunkt für Realismus ist gekommen«, sagte Glawen. »Statten Sie uns mit einem Allzweckanzug aus, der uns Einlaß ins Lambervoilles verschafft, und vielleicht noch einem oder zwei sportlichen Outfits. Mehr werden wir nicht benötigen.«

Der Verkäufer schrie gequält auf. »Meine Herren, ich werde selbstverständlich tun, was Sie verlangen, aber nehmen Sie sich ein Beispiel an mir. Ich halte meinen Körper in Ehren und pflege ihn mit der Sorgfalt und Großzügigkeit, die ihm gebührt. An meine Haut lasse ich nur Regenwasser und Birnenölseife, und ich salbe meinen Körper mit Koulmoura-Lotion, und mein Haupthaar pflege ich mit Calisthene-Tinktur. Alsdann lege ich frischestes Leinen an, und darüber trage ich nur allerfeinstes Tuch. Ich gehe sorgsam mit meinem Körper um; er dankt es mir, indem er mir auf das Beste dient.«

»Eine hübsche Assoziation«, sagte Glawen. »Gleichwohl: mein Körper ist weniger anspruchsvoll, und Kirdys Körper ist es gar schnurzegal, in welche Textilien er gehüllt ist. Geben Sie uns die Kleider, die ich verlangt habe, nicht allzu teuer, und wir sind glücklich und zufrieden, und unsere Körper auch.«

Der Verkäufer rümpfte verächtlich die Nase. »Jetzt habe ich Ihre Bedürfnisse endlich verstanden. Nun, ich will tun, was ich kann.«

Behangen mit ihren neuen Kleidern, strebten Glawen und Kirdy zuversichtlich zum Lambervoilles Hotel und stießen weder beim Portier noch bei den hohen Herren am Empfang auf Schwierigkeiten; sie bekamen Zimmer hoch oben im mittleren Turm mit Blick auf die Plaza. Als sie mit dem Fahrstuhl nach oben fuhren, verkündete Kirdy seine Absicht, erst zu baden und dann ins Bett zu gehen.

»Was?« schrie Glawen. »Es ist ja noch nicht mal Mittag!«

»Ich bin müde. Ein wenig Ruhe wird uns guttun.«

»Dir vielleicht. Aber mir nicht.«

Kirdy gab ein frustriertes Wimmern von sich. »Was schlägst du also vor?«

»Du kannst machen, was du möchtest. Ich gehe hinunter ins Restaurant zum Mittagessen.«

»Und ich soll allein und hungrig auf meinem Zimmer hocken?«

»Wenn du schläfst, wirst du den Hunger nicht spüren.«

»Natürlich werde ich ihn spüren, ob ich nun schlafe oder wach liege. Pah! Wieder einmal muß ich mich nach dir richten, wie immer. Zählen meine Neigungen denn gar nichts?«

Glawen gab ein trauriges, müdes Lachen von sich. »Daß du eine solche Frage überhaupt stellst! Wir sind hier, um ein Verbrechen aufzuklären, und nicht, um zu schlafen. Und du mußt genausoviel Hunger haben wie ich.«

Kirdy murmelte: »Ich warne dich: das Essen hier ist bizarr. Sie werden uns Würmer und Federn in einer Sauce aus kleingehackten Mistkäfern vorsetzen, mit Ingwer und Moschus als Beilage. Die tun überhaupt in alles Ingwer; das ist so Mode hier auf Tassadero.«

»Wir werden halt die Augen offenhalten müssen.«

Die zwei fuhren zum Restaurant hinunter. Schilder und Plakate versuchten ihnen bedeutsame neue Gerichte aufzudrängen, aber Glawen bestellte schließlich von einer Karte mit der Aufschrift »Traditionelle und Diätetische Küche für die Alten und Kranken«, die ihnen Speisen offerierte, welche ihrem Geschmack eher entgegenzukommen versprach.

Während der Mahlzeit schlug Kirdy erneut vor, daß sie sich zu einem Mittagsschlaf auf ihr Zimmer begeben sollten, woraufhin Glawen ihm abermals freistellte, dies zu tun, wenn ihm danach sei. »Ich«, fügte er hinzu, »habe andere Pläne.«

»Die zweifellos mit dieser ziemlich sinnlosen Untersuchung zusammenhängen, darf ich annehmen?«

»Ich würde sie kaum als sinnlos bezeichnen.«

»Was erwartest du herauszubringen? Die Reisebüros

singen doch alle das gleiche Lied. Von denen erfahren wir doch nichts, was uns weiterbringen könnte.«

»Das kriegen wir nur raus, indem wir fragen.«

»Ich habe die Schnauze voll von Reisebüros«, brummte Kirdy. »Sie verkaufen dir Brezeln und berechnen dir die Löcher extra.«

»Auf jeden Fall können wir die Zubeniten befragen, die auf Thurben waren, da wir ihre Namen kennen.«

»Sie werden uns auch nichts sagen. Weshalb sollten sie auch?«

»Vielleicht, weil wir sie freundlich bitten.«

»Ha-ho! Das glaubst du doch selbst nicht! Auf dieser Welt – wie auf anderen Welten auch – strengen sich die Leute nur an, wenn es gilt, anderen Verdruß zu bereiten.« Kirdy schüttelte den Kopf in bitterer Verzweiflung. »Warum ist das so? Nie finde ich Antworten auf meine Fragen. Warum lebe ich überhaupt?«

»Wenigstens diese Frage beantwortet sich von selbst«, sagte Glawen. »Du lebst, weil du nicht tot bist.«

Kirdy warf Glawen einen argwöhnischen Blick zu. »Deine Bemerkung ist scharfsinniger, als sie vielleicht gedacht war. Tatsächlich kann ich mir keinen anderen Zustand vorstellen, was sehr wohl ein zwingendes Argument zugunsten der Unsterblichkeit sein kann.«

»Möglich«, sagte Glawen. »Ich persönlich finde es leicht, mir diesen anderen Zustand vorzustellen. Ich kann mir problemlos mich selbst lebend und dich tot vorstellen. Schwächt dies dein Argument zugunsten der Unsterblichkeit?«

»Du hast das Wesentliche nicht begriffen«, sagte Kirdy. »Eines zumindest ist sicher: die Zubeniten werden dir nichts sagen, wenn sie das Gefühl haben, daß sie sich damit selbst Ärger bereiten. Apropos Ärger – hast du die beiden Männer bemerkt, die an dem Tisch dort drüben sitzen?«

Glawen warf einen unauffälligen Blick in die Richtung, in die Kirdy gedeutet hatte. »Ja, jetzt sehe ich sie.«

»Ich habe den Verdacht, daß es Polizeidetektive sind und daß sie uns beobachten. Das gefällt mir nicht. Es bereitet mir Unbehagen.«

»Dann mußt du ein schlechtes Gewissen haben«, sagte Glawen.

Kirdys Gesicht wurde noch eine Spur rosiger als üblich. Einen Moment lang starrte er Glawen mit lodernden blauen Augen an, dann schwang er halb auf seinem Stuhl herum und stierte mit verdrießlichem Blick in den Raum.

»Es war bloß ein Scherz«, sagte Glawen. »Aber du scheinst darüber nicht lachen zu können.«

»Ich fand es überhaupt nicht lustig.« Kirdy brütete weiter vor sich hin.

Er mag mich wirklich nicht sehr, dachte Glawen. Er seufzte. »Je schneller wir wieder zu Hause sind, desto besser.«

Kirdy gab keine Antwort. Glawen spähte erneut zu den beiden Männern hinüber. Sie saßen an einem unauffälligen Tisch an der Wand und unterhielten sich leise. Beide waren mittleren Alters und einander auch ansonsten ähnlich: untersetzt, dunkelhaarig, bleich, ausgestattet mit schweren, massigen Unterkiefern und klugen, flinken Augen. Die Kleider, die sie trugen, wären vom Verkäufer des *Nouveau Cri Salon* etwa als ›Semi-formelle Allzweck-Geschäftskleidung auf dem Niveau der mittleren Dienstleistungsklasse‹ definiert worden.

»Ich glaube, du hast recht«, sagte Glawen. »Sie sehen nach Polizeibeamten aus. Nun, es soll uns nicht weiter interessieren.«

»Aber sie beobachten uns!«

»Sollen sie doch. Wir haben nichts zu verbergen.«

»Die Fexelburger Polizei ist berühmt dafür, daß sie jeden sofort verdächtigt. Wenn du nicht gerade ein

Tourist bist, der mit seinem Geld herumschmeißt, zerbrechen sie sich gleich den Kopf über dich. Floreste geht sehr behutsam mit ihnen um. Wir täten vielleicht klug daran, sie um ihre Mithilfe zu ersuchen.«

»Wahrscheinlich hast du recht.«

Als sie den Speisesaal verließen, erhoben sich die beiden Männer, folgten ihnen in die Halle und näherten sich ihnen. Einer von ihnen sprach: »Hauptmann Clattuc? Sergeant Wook?«

»Ja, Sir.«

»Ich bin Inspektor Barch von der Fexelburger Polizei. Das ist mein Kollege, Inspektor Tanaquil. Wir würden uns gern einen Moment mit Ihnen unterhalten.«

»Gern. Wann immer es Ihnen recht ist.«

»Jetzt wäre es uns recht. Hierher, bitte.«

Die vier setzten sich in eine stille Ecke der Halle. Glawen sagte: »Ich hoffe doch, wir haben gegen keines Ihrer Gesetze verstoßen? Wir waren absolut sicher, daß unsere Kleider für das Mittagessen im Lambervoilles angemessen sind.«

»Das sind sie in hinreichendem Maße«, sagte Barch. »Wir treten aus purer Neugier an Sie heran. Was mag die Polizei von Cadwal auf Tassadero wollen? Wir können dafür keine einleuchtende Erklärung finden; vielleicht könnten Sie uns ins Vertrauen ziehen.«

»Das hatten wir ohnehin vor«, sagte Glawen. »Aber wie Sie sicherlich wissen, sind wir soeben erst eingetroffen, und wir sahen keinen Grund zur Hast.«

»Natürlich nicht«, sagte Barch. »Tanaquil und ich hatten bloß gerade nichts zu tun, und da wollten wir einfach die Gelegenheit nutzen. Ich darf annehmen, Sie sind dienstlich hier?«

Glawen nickte. »Es könnte einfach werden, oder es könnte schwierig werden, je nach den Umständen. Ich hoffe doch, wir können auf Ihre Unterstützung zählen, sollte sich diese als notwendig erweisen?«

»Das würde ich sicherlich erwarten, so weit es uns

möglich ist. Was genau ist der Zweck Ihres Besuches?«

»Wir untersuchen eine Reihe von kriminellen Lustfahrten, die Fremdwelt-Touristengruppen zu einer unserer Ozeaninseln angeboten wurden. Diese Gruppen wurden angeworben auf verschiedenen Welten entlang der Strähne, unter anderem Tassadero; deshalb sind wir hier.«

»Höchst ungewöhnlich! Tanaquil, wirst du jemals aufhören, verblüfft zu sein über die geheimnisvollen Wendungen und Windungen kriminellen Treibens?«

»Niemals, das kannst du mir glauben!«

Barch wandte sich wieder Glawen zu. »Und wer waren die tassaderischen Teilnehmer an diesem üblen Geschäft?«

»Was diesen Punkt betrifft, so muß ich Sie um Ihre besondere Diskretion bitten. Unser Hauptermittlungsziel ist es, den Drahtzieher des Unternehmens zu identifizieren, und deshalb müssen wir mit den Teilnehmern sehr behutsam umgehen, zumindest bis wir herausgefunden haben, was sie wissen.«

»Das leuchtet ein. Ich denke, wir können volle und absolute Verschwiegenheit garantieren. Was sagst du, Tanaquil?«

»Ich bin derselben Ansicht.«

»In dem Fall will ich offen sprechen«, sagte Glawen. »Wir fanden heraus, daß sechs Zubeniten aus dem Lande Lutwiler zur Insel Thurben reisten und sich dort an höchst bemerkenswerten und absolut scheußlichen Umtrieben beteiligten.«

Barch lachte ungläubig. »Zubeniten? Das ist fürwahr erstaunlich! Sind Sie ganz sicher?«

»Absolut sicher.«

»Außergewöhnlich! Zubeniten neigen nicht zu erotischen Ausschweifungen, und das ist noch gelinde ausgedrückt! Tanaquil, hast du je von dergleichen gehört?«

»Ich bin wie vom Schlag getroffen! Was werden sie als nächstes anstellen?«

Barch erklärte: »Wir kennen uns recht gut aus mit den Zubeniten, die von Lutwiler hierherkommen, um ihre Einkäufe zu erledigen. Sie gelten als schwerfällige, ja geradezu apathische Menschen; daher unsere Verblüffung.«

»Wie auch immer, jedenfalls waren Zubeniten beteiligt. Es könnte sein, daß sie unter einer Form von Zwang standen, und aus diesem Grund hoffe ich, daß sie bereit sein werden, uns zu sagen, was wir wissen wollen.«

»Und das wäre?«

»Wer verkaufte ihnen die Billetts? Wie wurden die Billetts übergeben? Wer nahm ihr Geld entgegen? Einige Teilnehmer oder Angehörige der Firma Ogmo waren wohnhaft in Cadwal; wer mögen diese Personen sein? Kurz, wir wollen herausfinden, was da abgelaufen ist.«

»Das klingt einleuchtend und unkompliziert. Sehe ich das richtig, Tanaquil?«

»Ich denke, schon. Gleichwohl: ein warnender Hinweis! Ich bezweifle, daß die Zubeniten mitteilsam sein werden, und sei es aus schlichter Trägheit.«

»Das würde ich auch vermuten«, sagte Barch. »Welches also sind Ihre Optionen? Sie sind beklagenswert begrenzt. Mit einem Strafprozeß können Sie nicht drohen; es existiert kein solches Gesetz im Lande Lutwiler.«

»Und was ist mit Ihrer Amtsgewalt? Hier könnte Ihre Kooperation unerläßlich sein.«

Sowohl Barch als auch Tanaquil lachten. »Im Lande Lutwiler? Oder im Lande Varmoose? Oder in irgendeinem andern der Fernen Länder?« Barch deutete mit dem Daumen auf einen benachbarten Tisch. »Sehen Sie die alte Dame dort mit dem grellgrünen Hut?«

»Ich sehe sie sehr gut.«

»Sie hat exakt die gleiche Amtsgewalt im Lande Lutwiler wie ich. Kurzum: keine. Wir halten Ordnung im

Lande Fexel, aber nicht darüber hinaus; wir haben weder die Mittel noch die Lust dazu.«

Tanaquil hob den Finger. »Wir machen freilich eine Ausnahme! Die Touristen wählen Fexelburg als Basis für ihre Erkundungen und Schatzsuchexpeditionen; wir betrachten uns als für sie verantwortlich. Wenn Nomaden eine Touristenkarawane belästigen, bestrafen wir die Nomaden hart. Aber das ist eigentlich keine Polizeiarbeit, und es kommt heutzutage nur noch sehr selten vor.«

»Ganz recht«, sagte Barch. »Der Tourismus ist ein wichtiger Handelszweig für uns, und die Nomaden saugen dieses Wissen mit der Muttermilch auf.«

»Was ist mit den Zubeniten? Sie werden doch gewiß nach irgendeiner Art von Gesetz leben.«

Barch schüttelte lächelnd den Kopf. »Sie leben im Schatten von Pogan's Point, und das Monomantische Seminar übt alle notwendige Autorität aus. Abseits von Pogan's Point und in den Steppen gibt es keine Rechtsprechung. Das sind die Lebensregeln auf Tassadero.«

»In heiklen Situationen wird doch wohl die GKIPA für Recht und Ordnung sorgen«, erwog Glawen. »Schließlich gilt das Gaeanische Recht allerwegen – auch im Lande Lutwiler. Wir sind übrigens selbst Mitglieder der GKIPA.«

Barch zuckte die Achseln. »Die GKIPA in Fexelburg ist unberechenbar. Kommandeur Plock ist manchmal ein wenig schwierig. Er ist, sagen wir mal, ziemlich stur und festgefahren.«

»Eine gewisse Person, die ich hier nicht nennen will«, ließ sich Tanaquil vernehmen, »hat in diesem Zusammenhang sogar das Wort ›arrogant‹ benutzt.«

»Tut mir leid, das zu hören«, sagte Glawen. »Da wir GKIPA-Agenten sind, müssen wir dem Büro einen Höflichkeitsbesuch abstatten, und wir werden Ihre Bemerkungen gewiß beherzigen.«

Barch sagte nachdenklich: »Da ist noch eine Sache,

ziemlich delikat, zu der ich Rat einholen muß. Bitte entschuldigen Sie mich für einen Augenblick; ich muß mit meinen Vorgesetzten telephonieren.«

Barch stand auf und ging durch das Foyer zu einer Fernsprechkabine.

Kirdy fragte Tanaquil: »Was ist denn plötzlich so delikat?«

Tanaquil rieb sich das Kinn. »Die Zubeniten können recht mißlaunig werden, wenn man sie verstimmt. Die Leute am Monomantischen Seminar sind ausgesprochen wunderlich. Wir sind peinlich darauf bedacht, ihnen niemals Ärger zu machen, da wir nicht wollen, daß sie giftig werden und sich an den Touristen rächen.«

»In welcher Weise könnten sie das tun?« fragte Glawen.

»Es gibt da so einige Möglichkeiten: kleine Nadelstiche und Schikanen größtenteils. So durchstreifen zum Beispiel Dutzende von Touristenkarawanen das Land Lutwiler auf der Suche nach Zonks Grab oder durchqueren es auf dem Weg zu den Fernen Ländern. Die Zubeniten brauchen bloß eine Schranke am Weg zu errichten und Zoll zu erheben oder zu verlangen, daß jeder Tourist nach Pogan's Point zum Seminar hinaufsteigt, um sich Einreisedokumente stempeln zu lassen, und am nächsten Tag wiederkommt, um sie gegenstempeln zu lassen, gegen eine Gebühr von, sagen wir, zwanzig Sol. Oder sie könnten darauf insistieren, daß die Touristen Monomantische Syntorax lernen, oder sich Dutzende andere Schikanen einfallen lassen, und in kürzester Zeit wäre der Tourismus, zumindest durch Pogan's Point, eine Sache der Vergangenheit.«

Inspektor Barch kam zurück. »Meine Vorgesetzten sind ebenfalls der Meinung, daß wir jede erdenkliche Unterstützung anbieten sollten. Sie hoffen, daß Sie uns über Ihre Aktivitäten und auch über Ihre eventuellen

Ermittlungsergebnisse auf dem laufenden halten werden. Sie empfehlen Ihnen, äußerstes Fingerspitzengefühl im Umgang mit den Zubeniten walten zu lassen. Das Monomantische Seminar ist das philosophische Zentrum der Zubeniten; man könnte sagen, es ist der Sitz der Regierung, wenn man so will. Was uns betrifft, so treten wir nicht in Erscheinung. Wir mischen uns so wenig wie möglich in die Angelegenheiten der Zubeniten ein, und das aus gutem Grunde.«

»Das heißt also, wenn sie sich weigern, meine Fragen zu beantworten, kann ich ihnen nicht mit Repressalien seitens der Fexelburger Polizei drohen?«

»Das wäre töricht, unratsam, zwecklos und reine Verschwendung von Atem.«

»Das scheint deutlich genug.«

Barch und Tanaquil erhoben sich. Barch sagte: »Es war ein Vergnügen, sich mit Ihnen zu unterhalten. Wir wünschen Ihnen viel Glück bei Ihren Ermittlungen.«

»Das sind auch meine Empfindungen«, sagte Tanaquil.

Die Polizeiinspektoren verschwanden. Glawen schaute ihnen nach, als sie die Halle durchquerten. »Jetzt sind wir im Bilde«, sagte er zu Kirdy. »Sie wollen im Grunde nicht, daß wir die Zubeniten behelligen, aber sie können uns nicht daran hindern, also arbeiten sie mit uns zusammen. Das bedeutet im Klartext, daß sie über jeden unserer Schritte informiert werden wollen.«

»Ich fand sie eigentlich ganz nett und umgänglich«, sagte Kirdy.

»Das ist auch mein Eindruck«, stimmte ihm Glawen zu. Er stand auf.

Kirdy fragte alarmiert: »Wo willst du hin?«

»Bloß zum Schalter.«

»Wozu? Stimmt irgend etwas nicht? Wir sind gerade erst angekommen; willst du dich jetzt schon beschweren?«

»Ich will mich nicht beschweren. Ich will herausfinden, wo das GKIPA-Büro ist.«

Kirdy stöhnte und stieß einen vulgären Fluch aus, den Glawen unerwidert ließ. Er ging zum Schalter und kam gleich darauf wieder zurück. »Es ist bloß fünf Minuten zu Fuß von hier entfernt, gleich hinter der Plaza. Ich bin neugierig darauf, diese ›doktrinäre, arrogante‹ Gruppe kennenzulernen.«

»Kannst du denn nie mal abschalten?« fragte Kirdy sauer. »Nicht mal für eine Stunde? Es ist Zeit für ein Mittagsschläfchen; wir haben uns für heute schon genug angestrengt.«

»Ich bin nicht müde.«

Kirdy sagte in entschiedenem Ton: »Ich muß mich ein wenig ausruhen und gehe jetzt auf mein Zimmer.«

»Angenehme Träume«, sagte Glawen.

Kirdy stolzierte von dannen, aber Glawen bemerkte, daß er nach einigen Schritten innehielt und sich wütend in einen Sessel fallen ließ. Als Glawen sich zum Gehen wandte, sprang Kirdy auf und folgte ihm. Kurz hinter dem Hauptportal holte er Glawen ein.

»Aha!« sagte Glawen. »Konntest du nicht schlafen?«

»So ähnlich«, sagte Kirdy grimmig.

Die zwei gingen um die Plaza herum. Kirdy fand sogleich etwas zu mäkeln. »Schau doch! Du kannst hingucken, wo du willst! Nicht eine einzige Würstchenbude! Kein Vergleich mit Soumjiana!«

»Würstchen sind in dieser Saison nicht angesagt.«

»Das muß die Antwort sein. Uh! Was für ein trostloser Ort! Ich habe Tassadero nie gemocht. Zonks Stern ist ein erbärmlicher Abklatsch von einer Sonne!« Kirdy blinzelte verächtlich zu Zonks Stern hinauf. »Er sieht aus wie mit Schimmel überzogen. So ein Licht kann nicht gesund sein.«

»Es ist bloß Licht. Kein besonders helles freilich, da stimme ich dir zu.«

»Vielleicht, vielleicht auch nicht. Ich weiß aus zuverlässiger Quelle, daß Zonklicht eine eigentümliche Vibration enthält, die man nirgendwo anders findet. Sie greift die Zähne an, so daß sie verfaulen, und macht seltsame Dinge mit den Fingernägeln.«

»Wo hast du denn das her?«

»Floreste hat dies und noch vieles andere von einem Wissenschaftler erfahren, der das Thema eingehend studiert hat.«

»Ich habe keine derartige Information in der Touristenbroschüre gefunden. Da stand: ›Zonks Stern schwebt über den Himmel wie eine riesige Perle, schimmernd und flimmernd in hundert zarten Farben. Dies verleiht dem Licht von Tassadero seinen besonderen Zauber‹ – oder so ähnlich.«

»Das ist purer Unsinn! Diese Broschürenschreiber sind abgefeimte Lügner!«

Glawen gab keine Erwiderung. Sie waren am Eingang des GKIPA-Büros angelangt, traten ein und befanden sich in einem großen Raum mit vier Schreibtischen und einer Reihe schwerer Polsterbänke, die robust aber geschmacklos waren. Abgesehen von einer jungen Frau, die an einem der Schreibtische saß, war der Raum verwaist. Sie war groß, schlank, hatte kurzes, aschblondes Haar und strahlte gelassene Kompetenz aus. Sie trug die GKIPA-Dienstuniform, die außer im Schnitt keine Konzession an das Geschlecht des Trägers machte: dunkelblaue Bluse mit roten Biesen, dunkelblaue Kniehosen und schwarze Halbstiefel. Zwei weiße Sterne auf jeder Schulter gaben Aufschluß über ihren Rang. Sie maß Glawen und Kirdy mit zwei knappen Blicken und frug mit einer klaren, neutralen Stimme, die unpersönlich, aber nicht unangenehm klang: »Meine Herren? Haben Sie ein Anliegen?«

»Nichts Dringendes«, sagte Glawen. »Ich bin Hauptmann Clattuc, und dies ist Sergeant Wook; wir sind von der GKIPA-Zweigstelle in Station Araminta auf

Cadwal; wir hielten es für angebracht, Sie zu unterrichten, daß wir in der Gegend sind.«

»Eine sehr gute Idee! Ich werde Sie an Kommandeur Plock weiterreichen, der Sie gerne kennenlernen wird. Wenn Sie mir bitte folgen wollen? Wir legen hier keinen großen Wert auf Förmlichkeiten.«

Sie führte die beiden zu einem Nebenbüro und rief durch die Tür: »Fremdwelt-Besucher, Kommandeur: Hauptmann Clattuc und Sergeant Wook von Cadwal.«

Kommandeur Plock sprang auf: ein großgewachsener Mann mit breiten Schultern, schmalen Hüften und markigen Gesichtszügen. Seltsam! Dachte Glawen; Plock sah ganz und gar nicht wie jemand aus, der sich sklavisch an die Vorschriften hielt.

Plock deutete auf Stühle. »Nehmen Sie doch Platz. Sie sind Hauptmann Clattuc, und das ist Sergeant Wook – richtig?«

»Richtig, Sir.«

»Dies ist Ihr erster Besuch auf Tassadero?«

»Für mich ja«, sagte Glawen. »Kirdy war schon einmal hier, mit Florestes Mimen.«

»Und was ist Ihr bisheriger Eindruck?«

»Fexelburg ist zweifellos eine sehr lebendige Stadt. Die Leute kleiden sich mit großer Sorgfalt, und die Automobilfahrer sind allesamt sehr musikbegeistert. Die Polizei scheint äußerst wachsam, wenn nicht gar übermißtrauisch. Wir waren noch nicht ganz in unserem Hotel angekommen, da machten uns schon die Inspektoren Barch und Tanaquil Ihre Aufwartung.«

»Fast schon unverschämt, das«, befand Plock. »Bei Ihrem nächsten Besuch sollten Sie ausdrucksvollere Titel benutzen: ›Bevollmächtigter Hoch-Exterminator Clattuc‹, ›Oberster Kriegsherr der Aramintesischen Armee Wook‹ – etwas in der Art. Dann werden sie eine etwas erhabenere Abordnung entsenden, um den Zweck Ihres Besuches zu erfahren – der, wie ich doch annehmen darf – dienstlicher Natur ist?«

»Ich werde es Ihnen gerne erklären, wenn Sie die Zeit dazu haben.«

»Wenn Barch und Tanaquil sich die Zeit genommen haben, dann werde ich das wohl auch können. Schießen Sie los.«

Glawen erläuterte die Umstände, die ihn und Kirdy nach Tassadero gebracht hatten. Wie Barch und Tanaquil war auch Plock verblüfft. »Warum die Zubeniten? Ich würde solche Streiche eher von den Fexel erwarten. Preisen Sie ihnen eine modische, sehr teure, neue Methode an, Unzucht zu treiben, und sie werden sich darum reißen, Ihnen ihr Geld aufzudrängen.«

»Dies hörte ich mehr oder weniger auch von Barch und Tanaquil. Sie waren recht freundlich und entgegenkommend und sprachen von voller Kooperation, aber ich glaube nicht, daß das viel zu besagen hat. Sie wollen, daß wir uns vom Land Lutwiler fernhalten – das ist der Eindruck, den ich gewonnen habe. Das Land Lutwiler, sagen sie, sei gefährlich, es gebe dort keinerlei Gesetz.«

»Die Gaeanischen Gesetze sind überall gültig«, sagte Plock. »Das wissen Barch und Tanaquil genausogut wie ich.«

»Ähnliches deutete ich an, aber sie schenkten dem keine große Beachtung.«

»Tatsächlich gibt es kein lokales Gesetz im Lande Lutwiler. Der Justiz gebricht es an Feinheit; sie arbeitet auf einem vereinfachten Niveau. Im Lande Lutwiler benutze ich den Titel ›Vollziehender Adjudikator‹, weil ich gezwungen bin, die Funktionen eines Polizisten, eines Richters, eines Strafverfolgers, eines Verteidigers und eines öffentlichen Scharfrichters gleichzeitig auszuüben, ohne dazu auch nur die Mütze wechseln zu müssen.«

Kirdy fragte: »Welche Art von Verbrechen führen Sie hinaus in die Steppen?«

»Fast alles, was man sich nur vorstellen kann. Alle

paar Jahre wird ein Nomade zum Banditen und gebärdet sich übel. Er brennt Bauernhäuser nieder, tritt Hunde, wirft Säuglinge in den Purpurschleim und stellt sonstigen Unfug an. Dann ist die GKIPA aufgerufen, das Ärgernis abzustellen. Das bedeutet für mich einsame Tage und harte Nächte draußen in der Steppe, während derer ich mit meinem Infrarotsensor nach Feuer fahnde. Wenn ich den Banditen aufspüre, plaudere ich ein paar Minuten mit ihm, und dann erkläre ich ihn für schuldig und erschieße ihn. So geht das in den Äußeren Ländern, einschließlich Lutwiler.«

»Inspektor Barch sagte, die Fexelburger Polizei würde die Touristen beschützen, falls dies erforderlich sei.«

»Ganz recht. Sie wollten, daß wir diesen Job übernehmen; wir sagten ihnen, wenn sie Karawanen ausrüsteten und Touristen in die Fernen Länder schickten, dann läge deren Schutz auch in ihrer Verantwortung. Wenn wir diese Aufgabe übernehmen müßten, dann würden die Touristen nicht mehr aus Fexelburg herausdürfen, es sei denn, sie engagierten ihre eigene bewaffnete Eskorte.«

»Die GKIPA ist nicht beliebt bei der Fexelburger Polizei.«

Plock warf den Kopf zurück und lachte. »Wir hatten so unsere Schwierigkeiten. Die oberen Chargen wirtschaften in die eigene Tasche. Vor etwas über einem Jahr bildete ein gewisser Rees Angker eine ›Bürgerwacht‹, um Unterschlagungen bei der Polizei nachzugehen. Er verschwand eines Nachts und ward nie mehr gesehen. Die Bürgerwacht verstand den Wink mit dem Zaunpfahl und löste sich auf. Wir erboten uns, dem Fall nachzuspüren, aber die Fexelburger Polizei schlug unsere Hilfe aus. Als wir insistierten, wiesen sie uns an, unser Büro dichtzumachen, da es nicht benötigt werde. Wir erklärten uns einverstanden und bereiteten unseren Auszug vor. Nun gab es da eine technische Eigentümlichkeit: unsere Aufgabe, der Schutz des interstellaren Handels, wurde ohne die Präsenz einer örtlichen GKIPA-Dienststelle undurchführbar. Aus diesem Grunde würden vom Tage unsere Abreise an keine Schiffe mehr den Fexelburger Raumhafen anfliegen, was bedeutete, daß sie diesen auch gleich würden schließen können. Ah! Da erhob sich ein Wehklagen, kann ich Ihnen sagen! Man versicherte uns, es sei alles bloß ein Irrtum, wir würden sehr wohl gebraucht, ja geradezu geliebt! Sie verkauften uns dieses Gebäude zu seinem halben Wert, wo wir vorher einen exorbitanten Mietzins geleistet hatten, und wir wurden von allen Steuern befreit. So fügte sich alles zum besten.«

»Und hatte die Sache damit ein Ende?«

»Nicht ganz. Wir forderten den Rücktritt des Chef-Oberkommandanten der Polizei und der zwei Oberkommandanten, die für das Verschwinden von Rees Angker verantwortlich waren. Und siehe da: es geschah! Sie verzichteten gnädig auf ihre Titel, machten freilich so weiter wie bisher. Eines Tages flog irgend jemand – fragen Sie mich nicht, wer – diese drei Herren hinaus in das Land Varmoose und setzte sie in der Öden Steppe aus, genau auf der anderen Seite des Planeten. Jeder bekam ein Taschentuch, ein Fläschchen Mundwasser und eine Garnitur Unterwäsche zum Wechseln ausgehändigt und durfte sodann seines Weges ziehen. Zweifelsohne haben sich die drei Herren interessante neue Karrieren geschaffen. Frage: ist die Fexelburger Polizei jetzt standhaft und unbestechlich? Antwort: ich glaube, nicht. Sie machen noch immer, was sie wollen, aber erheblich diskreter jetzt, da sie wissen, daß wir ein Auge auf sie haben.«

»Nun denn, es scheint, daß wir das Risiko, nach Lutwiler zu reisen, auf uns nehmen müssen«, sagte Glawen. »Wie gelangt man am besten dorthin?«

»Wenn Sie eine Droschke mieten, wird der Fahrer preschen wie eine gesengte Sau und Sie während der ganzen Fahrt mit Melodien beglücken. Der Omnibus fährt dreimal pro Tag in beide Richtungen. Sie können morgens losfahren, Ihre Nachforschungen anstellen – die, befürchte ich, fruchtlos sein werden – und abends zurückkommen. Das Omnibusdepot ist gleich hinter der Plaza, direkt vor dem AD&A-Reisebüro. Ich empfehle Ihnen, sich schon jetzt mit Fahrscheinen zu versehen, da die Busse meistens gerammelt voll sind.«

Glawen und Kirdy erhoben sich. »Noch eine letzte, höchst wichtige Sache«, sagte Plock. »Die GKIPA geht – anders als die Fexelburger Polizei – überall hin, besonders, wenn es darum geht, einem der Ihren zu helfen. Ich empfehle Ihnen, irgendein Sicherheitssystem auszuarbeiten, dergestalt, daß sich einer von Ihnen stets in Reichweite eines Telephons befindet. So können Sie, sollte irgend etwas schiefgehen, uns benachrichtigen, und wir werden unser Bestes tun, um Ihnen zu Hilfe zu kommen.«

»Es gibt Fernsprecher im Lande Lutwiler?«

»Hm«, sagte Plock. »Nicht viele. Einen in Flicken Junction, auf halber Strecke, und einen in Pogan's Point, aber dazwischen gibt es keinen.«

»Wir werden uns irgendwas ausdenken«, sagte Glawen. »Danke für Ihren Rat.«

Glawen und Kirdy gingen weiter um die Plaza herum, vermochten aber das AD&A-Reisebüro nicht zu entdecken. Schließlich fragten sie einen Passanten, der sie verblüfft anschaute und sodann mit dem Daumen über die Schulter zeigte. »Sie stehen direkt davor!«

»Oh! Entschuldigen Sie unsere Dummheit!« Glawen wandte sich um und entdeckte sofort das Schild, das auf das Lokal des *Alien Dance & Arts*-Reisesalons hinwies.

Kirdy starrte dem Passanten nach. »Der Mann hatte einen frechen Ton am Balg. Ich bin versucht, ihn zur Rede zu stellen und ihm vielleicht eins aufs Auge zu geben.«

»Nicht heute«, sagte Glawen forsch. »Wir haben keine Zeit. Vielleicht ein andermal.«

»Es wird nicht allzu lange dauern.«

»Er hat jetzt schon längst wieder andere Dinge im Kopf; er würde seine Strafe nicht begreifen. Komm, laß uns in das AD&A hineinschauen, wie sie's nennen.«

Die zwei gingen durch eine Tür, die aus konzentrisch zusammenlaufenden Streifen aus purpurfarbenem und schwarzem Glas mit einem zentralen Sternenhaufen aus karmesinroten und blaugrünen Scherben gefertigt war. Nachdem sie das Kunstwerk passiert hatten, standen sie knöcheltief in einem schwarzen Teppich in der Mitte eines großen Wartezimmers. Bunte Plakate zierten die Wände; vor ihnen war ein Schalter mit einem Schild, auf dem ›Omnibusfahrkarten‹ stand.

Ein Plakat an der Seite des Schalters zeigte einen großen, metallisch glänzenden Omnibus, der inmitten einer schönen bukolischen Landschaft am Wegesrand parkte. Der Omnibus schien fast leer; aus dem Fenster lehnte ein lächelndes Touristenpaar, das sich mit zwei reizenden, blauäugigen Kindern unterhielt, die neben dem Omnibus standen. Das kleine Mädchen bot gerade der Touristendame einen Strauß Wildblumen dar; der Knabe deutete aufgeregt über die Felder auf eine in der Ferne schimmernde Kolonne purpurnen Gallerts. Der Bildtext lautete:

Erkunden Sie
die Wunderwelt von Tassadero per Omnibus!
Sicher! Komfortabel! Bequem!
Kaufen Sie Ihr Billet hier!

Das Fenster des Schalters war geschlossen. Glawen ging zum Schalter. Eine junge Frau saß an einem Computer und schenkte ihm keine Beachtung. In höflichem Ton frug Glawen: »Können Sie mir einen Omnibusfahrschein verkaufen?«

Die junge Frau schaute Glawen an, musterte seine Kleider und sagte: »Am Fenster. Können Sie nicht lesen?«

»Das Fenster ist zu.«

»Ich weiß. Ich habe es selbst geschlossen.«

»Werden Sie es auch selbst öffnen?«

»Ja.«

»Wann?«

»In elf Minuten.«

»Und Sie werden mir dann einen Fahrschein verkaufen?«

»Ich werde mein Bestes tun.«

»Dann werde ich warten.«

»Wie Sie wünschen.«

Glawen wanderte im Raum herum und sah sich die Plakate an. Eine große Anzahl von ihnen hatte Zab Zonk, die Episoden seiner Karriere und seinen Schatz zum Sujet.

BESUCHEN SIE
DAS LEBENSPRALLE TASSADERO!

forderte die Überschrift auf einem der Plakate, das Zab Zonk abbildete, wie er einen Widersacher mit einem rubinbesetzten blauen Krummsäbel enthauptete, während im Hintergrund Mägdelein mit Ehrfurcht und Wonne in Kisten blickten, die von Edelsteinen und Perlen überquollen.

Eine kleinere Zeile am unteren Rand des Plakats fragte:

Werden SIE es sein, der diesen Schatz birgt?

Ein anderes Plakat zeigte Zonk umringt von Mädchen, die ihn mit unterwürfigem Blick anhimmelten, während er den Kopf einer besonders erlesenen blauäugigen Blondine streichelte. Der Text dazu lautete:

Zab Zonk freut sich seines Reichtums.
Wollen Sie das auch?
Kommen Sie nach Tassadero
und versuchen Sie Ihr Glück!

Ein weiteres Plakat zeigte einen Touristen beim Öffnen einer Tür, hinter der ein Berg funkelnder Juwelen schimmerte. Die Überschrift lautete:

Der Schatz von Zab Zonk
könnte Ihrer werden!

Unter den Pamphleten auf einem Tisch fiel Glawen eine Broschüre ins Auge, die in purpurnen Samt gebunden war und auf der in goldener Tinte ein nacktes Mädchen gezeichnet war; es stand halb abgewandt, den Blick sinnend in die Ferne gerichtet. Der Titel der Broschüre lautete:

VERGNÜGEN IN VOLLENDUNG:
Auch Sie können es erreichen!

»Schau her«, sagte Glawen, »was haben wir denn da?« Er langte nach der Broschüre, aber just in dem Moment stieß Kirdy einen lauten, halb überraschten, halb freudigen Schrei aus. »Komm sofort her! Sieh dir das an!«

Glawen steckte die Broschüre in seine Tasche und ging zu Kirdy, der vor der Wand stand. Mit vor Erregung zitterndem Zeigefinger tippte Kirdy auf ein Plakat. »Die Mimen sind in der Stadt! Wir müssen sofort zu ihnen! Schau! Hier sind ihre Bilder! Da ist Arles, und da Glostor und Malory und Favlissa und Mullin und Dorre; sie sind alle da! Und schau da: Floreste! Ach, guter alter Floreste!«

»Das letzte Mal, als du von Floreste sprachst, war er noch ein ›knickriger alter Sack‹!«

»Egal! Was für ein wunderbarer Zufall! Just wo alles so grenzenlos trostlos erscheint, kommt plötzlich ein solcher Lichtblick!«

Glawen betrachtete das Plakat, auf dem neben den Photos von Floreste und seinen Mimen die Titel einiger ihrer Stücke sowie ihr Tourneeplan für die kommenden Wochen abgedruckt waren. »Du hast das Datum nicht richtig gelesen. Sie kommen erst übermorgen hierher. Sie treten derzeit in einer Stadt namens Diamonte auf.«

»Dann fahren wir halt nach Diamonte! Stell dir vor, wie überrascht sie sein werden, uns dort zu sehen! Stell dir vor, was für ein Fest das geben wird!«

»Kirdy, komm jetzt bitte mal hier herüber.« Glawen führte den schlagartig düster dreinblickenden Kirdy in eine stille Ecke des Raumes. »Jetzt hör mir genau zu«, sagte Glawen, »damit ich mich nicht wiederholen muß. Wir werden die Mimen weder in Diamonte noch sonstwo besuchen. Morgen fahre ich nach Pogan's Point, um etwas über Sibil herauszukriegen, die Pogan's Point als ihre Anschrift angegeben hat. Es könnte ein bißchen riskant werden, falls die anderen da draußen ähnlich wie Sibil sind. Deshalb will ich, daß du im Hotel bleibst, entweder auf deinem Zimmer oder in der Halle. Ich rechne zwar nicht mit Problemen, aber wenn ich bis morgen abend nicht zurück bin, mußt du dich mit Plock bei der GKIPA in Verbindung setzen. Ist das klar?«

Kirdy starrte sehnsuchtsvoll zu dem Plakat hinüber. »Ja, aber ...«

»Kein aber. Wenn alles nach Plan läuft, reisen wir übermorgen an Bord der *Camulke* nach Hause ab. Wenn die Mimen wieder nach Station Araminta zurückkehren, kannst du sie so oft besuchen, wie du willst. Aber nicht jetzt. Das ist mein letztes Wort. Komm jetzt; ich muß meine Fahrkarte kaufen, und ich will dem Geschäftsführer ein paar Fragen stellen.«

Das Schalterfenster war inzwischen geöffnet. Glawen kaufte eine Hin-und-Rückfahrkarte nach Pogan's Point, dann fragte er die junge Frau hinter dem Fenster: »Wie ist der Name des Geschäftsführers?«

»Arno Rorp. Er sitzt nebenan.«

Glawen begab sich zu dem Nebenraum, und da die Tür offen stand, ging er direkt hinein. An einem Schreibtisch saß ein dünner, äußerst gepflegt wirkender Gentleman mittleren Alters, mit glattem grauen, sorgfältig frisiertem Haar und einem sauber gestutzten Oberlippenbart. Glawen stellte sich vor, hielt dem Mann die ›Vergnügen-in-Vollendung‹-Broschüre hin und fragte ihn, wie sie in den *Alien Dance & Arts Salon* gelangt sei.

Arno Rorp warf einen schiefen Blick auf die Broschüre. »Offen gesagt, das ist nicht die Art von Material, die wir normalerweise führen. Aber – nun ja, ich ließ mich überreden. Ehrlich gesagt ist es kaum geschmackloser als viele unserer Zonk-Plakate.«

»Wie viele von diesen Broschüren haben Sie bekommen?«

»Drei Dutzend. Die meisten davon gingen an die üblichen Neugierigen weg, die alles einstecken, was bunt ist und irgendwo herumliegt, aber sie erzeugten tatsächlich auch eine kleine Klientel, welche sich aus einer Personengruppe rekrutierte, von der man derlei Aktivitäten eigentlich eher nicht erwarten würde.«

»Den Zubeniten?«

»Richtig. Woher wissen Sie das? Aber ich vergaß; diese Exkursionen finden auf Cadwal statt.«

»Nicht mehr«, sagte Glawen. »Wer trat ursprünglich an Sie heran?«

»In Zusammenhang mit den Lustfahrten? Eine recht einnehmende junge Frau – Außerweltlerin, nicht aus der Oberschicht stammend, würde ich sagen.«

»Gab sie einen Namen an?«

»Ogmo, sonst nichts.«

»Trat noch irgendein anderer Repräsentant der Firma Ogmo an Sie heran: ein Mann vielleicht?«

»Nie.«

»Kommen Sie doch bitte einmal hier herüber.« Glawen führte Arno Rorp zu dem Plakat, das für Floreste und seine Mimen warb.

»Ach ja«, sagte Arno Rorp. »Die Mimen. Sie bieten eine höchst unterhaltsame Show.«

»Schauen Sie sich einmal diese Photographien an«, sagte Glawen. »Kommen Ihnen irgendwelche dieser Gesichter bekannt vor?«

»Oh ja«, sagte Arno Rorp. »Höchst merkwürdig! Das ist die junge Frau, die die Broschüren brachte.« Er schaute auf den Schriftzug unter dem Photo. »Drusilla. So heißt sie also.«

Glawen nahm das Plakat von der Wand. »Ich möchte, daß Sie Ihre Unterschrift auf ihr Photo setzen. Und dann schreiben Sie bitte hierhin« – er zeigte auf eine freie Stelle auf dem Plakat: ›Meine Unterschrift kennzeichnet die Person, die ‚Vergnügen-in-Vollendung'-Broschüren verteilt hat.‹ Und darunter unterschreiben Sie bitte noch einmal.«

»Hm. Wird mich dieser Akt in Gerichtsverfahren, erboste Korrespondenz oder körperliche Gewalt verwickeln?«

»Überhaupt nicht. Ärger werden Sie nur dann bekommen, wenn Sie nicht mit der Polizei zusammenarbeiten.«

Arno Rorp zuckte zurück. »Bitte sagen Sie nicht mehr.« Er leistete seine Unterschrift, wie von Glawen angewiesen. »Höchstwahrscheinlich werden Sie von dieser Sache nichts mehr hören«, sagte Glawen. »Und noch etwas: sollten Sie diese junge Frau zwischenzeitlich noch einmal sehen, dann erwähnen Sie nichts von meinen Nachforschungen.«

»Wie Sie wünschen, mein Herr.«

Als Glawen und Kirdy über die Plaza zurück zum

Hotel gingen, hing die große blasse Scheibe von Zonks Stern bereits tief am westlichen Horizont. Zonklicht hatte eine seltsame Beschaffenheit, dachte Glawen: bleich und mild, und doch von einer eigentümlich flüssigen Qualität, wie als besäße es die Fähigkeit, in Spalten und Ritzen hineinzusickern. Auch schien es dunkle Farben zu verstärken: die Braun- und Umbratöne, die dunklen Grün- und Indigotöne, während die Schatten schwärzer als schwarz waren.

Kirdy zeigte keine Neigung zu reden; sein Gesicht war zu einer harten, düsteren Maske erstarrt. Glawen sagte: »Endlich hat die Firma Ogmo einen Namen.«

Kirdy gab ein unverbindliches Grunzen von sich.

»Es ist wohl keine große Überraschung«, sagte Glawen. »Ich hatte schon lange so ein Gefühl, daß die Dinge in diese Richtung führten.«

»Natürlich«, sagte Kirdy teilnahmslos. »Ich dachte mir, daß du es schon die ganze Zeit gewußt hast.«

»Tatsächlich?«

Kirdy zuckte die Achseln. »Die Affäre ist vorbei und erledigt. Ich sage, laß sie in Frieden ruhen.«

»Von wegen«, sagte Glawen. »Es gibt noch einen Grund, warum ich nicht will, daß du dich mit den Mimen verbrüderst und mit ihnen herumtratschst. Sie dürfen nichts von unseren Nachforschungen erfahren.«

»Ich sehe noch immer nicht ein, was das ausmachen sollte.«

»So dumm kannst du doch gar nicht sein. Wenn Drusilla erfährt, daß wir sie mit einer Reihe von Straftaten in Verbindung bringen können, wird sie sich ganz einfach aus dem Staub machen, und wir werden nie erfahren, was sie uns über ihre Verbündeten erzählen kann. Vergiß nicht, daß sie mit Arles verheiratet ist.«

Kirdy stieß ein verächtliches Schnauben aus. »Willst du Arles auch beschuldigen?«

»Beschuldigungen können warten, bis wir nach Station Araminta zurückkehren.«

Ein paar Schritte weiter machte Kirdy einen neuen Vorschlag: »Wir könnten doch die Mimen besuchen, und trotzdem nichts von unserer Entdeckung verlauten lassen.«

Glawen seufzte. »Wenn du der Meinung bist, daß ich diese Fahndung falsch führe, dann kannst du ja Meldung bei Bodwyn Wook machen. Bis dahin aber unterliegst du meinen Befehlen, und die habe ich klar und deutlich dargelegt. Wenn du sie nicht befolgst, werde ich dich unverzüglich aus Amt B relegieren.«

»Dazu bist du nicht befugt.«

»Du kannst es ja darauf ankommen lassen, wenn du willst. Du bist nicht so desorientiert, als daß du die Bedeutung eines dienstlichen Befehls nicht kenntest.«

»Ich mag dienstliche Befehle nicht.«

»Zu dumm.«

»Eigentlich nicht. Ich habe immer gemacht, was ich wollte, dienstlicher Befehl oder nicht.«

Die zwei gingen schweigend weiter. Als sie ins Foyer des Lambervoilles traten, machte Glawen einen Vorschlag zur Güte: »Laß uns in die Lounge gehen und die Qualität des einheimischen Bieres prüfen.«

Kirdy frug in sarkastischem Ton: »Ist das ein dienstlicher Befehl?«

»Ganz und gar nicht«, sagte Glawen. »Ich würde gerne deine Einschätzung des Falles hören, so wie er jetzt steht.«

»Warum nicht?« sagte Kirdy. »Reden kostet nichts.«

Die zwei gingen in die Lounge und nahmen in zwei schweren Ledersesseln vor dem Feuer Platz, wo sie Bier von hoher Güte in hohen Glashumpen serviert bekamen. »Nun denn«, sagte Glawen. »Wer ist schuldig, und wer ist unschuldig? Hast du dir schon eine Meinung gebildet?«

»Zuerst einmal frage ich mich, wieso du jetzt überhaupt noch nach Pogan's Point willst. Du weißt doch jetzt, wer die Broschüren verteilt hat.«

»So weit, so gut«, sagte Glawen. »Aber ich habe das unbehagliche Gefühl, daß wir erst die Spitze des Eisbergs gesehen haben. So trug zum Beispiel Sibil eine Tätowierung auf der Stirn.«

»Na und? Ich habe schon von Damen gehört, die sich Steuerbord- und Backbord-Positionslichter auf die Hinterbacken tätowieren ließen.«

»Egal. Diese Frauen mit tätowierter Stirn sind mysteriös.«

»Frauen? Es gibt demnach mehr als eine?«

»Ja. Eine solche Frau hatte einmal mit Chilke zu tun. Hier geht irgend etwas vor sich, das weder er noch ich begreifen. Namour ist möglicherweise auch darin verwickelt, und ich würde gerne herauskriegen, warum, wie, wann und wo.«

»Pah«, murmelte Kirdy. »Die Leute in Pogan's Point kennen Namour nicht.«

»Wahrscheinlich nicht. Ich kann nur ahnen, was sie wissen und was nicht – aber ich will es herausfinden. Und morgen ist eine ausgezeichnete Gelegenheit.«

»Wir könnten mit unserer Zeit wahrlich Besseres anfangen«, brummte Kirdy.

»Und was?«

»Die Mimen in Diamonte besuchen – was sonst?«

Glawen sagte mit gepreßter Stimme: »Ich habe dir bereits dreimal erklärt und dreimal ausdrücklich befohlen, daß ich nicht will, daß du die Mimen besuchst. Du kennst meine Gründe. Erinnerst du dich nicht?«

»Ich erinnere mich an deine Worte, aber sie haben keine große Überzeugungskraft.«

»Wenn das so ist, wieso gebe ich mir dann erst die Mühe, dir überhaupt irgend etwas zu erklären? So, und jetzt zum vierten und ganz bestimmt zum letztenmal gebe ich dir diese klaren, eindeutigen und unmißverständlichen Befehle: Nimm keine Verbindung mit den

Mimen auf! Geh nicht in ihre Nähe! Sprich nicht mit ihnen, höre ihnen nicht zu, gib ihnen keine Zeichen, sende ihnen keine Botschaften! Dies gilt auch für ihre Vertreter wie für sonstige Mitglieder ihres Gefolges. Besuche keine Vorstellungen von ihnen. Kurz: habe nichts, aber auch gar nichts mit ihnen zu tun! Habe ich irgend etwas vergessen? Wenn ja, füge es hinzu als integralen Bestandteil des Befehls. Deutlicher kann ich nicht sein. Sehe ich das richtig?«

»Eh? – Ja, natürlich. Ich hätte gern noch ein Glas von diesem vorzüglichen Bier.«

»Morgen«, sagte Glawen. »Ich werde früh nach Pogan's Point aufbrechen. Du mußt in der Halle oder auf deinem Zimmer sitzen, aber sorge dafür, daß der Empfangschef weiß, wo du dich aufhältst. Wenn ich morgen abend nicht zurückkomme, setz dich mit der GKIPA in Verbindung. Hast du gehört, was ich gesagt habe?«

Kirdy lächelte. Ein merkwürdiges Lächeln, dachte Glawen, ein Lächeln der Ausgeglichenheit und des Wissens. »Ich habe deine Worte gehört. Ich verstehe sie auf allen Ebenen meines Geistes.«

»Dann werde ich nichts weiter sagen. Ich gehe jetzt in einen Buchladen und kaufe ein paar Bücher, um mich über die Zubeniten zu belehren. Entweder kommst du mit, oder du wartest hier, oder du gehst auf dein Zimmer und schläfst.«

»Ich komme mit«, sagte Kirdy.

KAPITEL ACHT

Glawen erschien früh am *Alien Dance & Arts*-Reisebüro, wo der Omnibus schon bereitstand, offenbar bis an die Grenze seiner Aufnahmefähigkeit gefüllt. Aus den Fenstern starrten ihn die blassen Gesichter der Fahrgäste mit großen Augen an. Glawen betrachtete die Szenerie mit Mißvergnügen. Dieser Bus und sein Inhalt ähnelten in keiner Hinsicht dem Bus, der auf dem Plakat abgebildet gewesen war. Glawen beglückwünschte sich für seine weise Voraussicht, sich einen Platz zu reservieren, schien der Bus doch nicht bloß voll, sondern überfüllt.

Da kann man nichts ändern, dachte er und bestieg den Bus durch die Eingangstür am vorderen Ende. Einen Moment lang stand er da und ließ seinen Blick über die Reihen der Fahrgäste schweifen; sie trugen allesamt die gleichen schäbigen, muffigen Roben und waren allesamt mit Paketen beladen.

Der Fahrer schien solche Unschlüssigkeit nicht gewohnt; er streckte die Hand aus und forderte barsch: »Geben Sie mir Ihren Fahrschein, wenn ich bitten darf. Das ist die Regel, wenn Sie mitfahren wollen. Wenn nicht, verlassen Sie bitte unverzüglich den Bus.«

»Ich will ganz bestimmt mitreisen«, sagte Glawen. »Tatsächlich habe ich sogar einen Sitz erster Klasse reserviert. Hier ist mein Billett; bitte führen Sie mich zu meinem Platz.«

Der Fahrer warf einen kurzen Blick auf das Billett. »Ja, es ist alles in Ordnung. Dies ist ein gültiger Fahrschein.«

»Und welches ist der Erste-Klasse-Bereich?«

»Der gesamte Bus ist erster Klasse. Sie haben für sich das Vorrecht reserviert, zu sitzen, wo Sie wünschen.«

»So habe ich das aber nicht verstanden! Das Billett gilt für einen Sitz, der ausschließlich mir vorbehalten ist; nun aber sitzt jemand anderes auf diesem Sitz.«

Der Fahrer schaute Glawen mit einem fragenden Blick an. »Das ›Vorrecht‹ gilt für jeden, nicht bloß für Sie allein! Es gibt keine Elitisten draußen in den Steppen!«

»Alles schön und gut«, sagte Glawen. »Gleichwohl: ich besitze ein Billett, das mir mutmaßlich einen Platz garantiert. Wo soll ich sitzen?«

Der Fahrer warf einen Blick über die Schulter. »So aus dem Stegreif kann ich das nicht sagen. Versuchen Sie's doch auf der Hinterbank.«

Glawen ging zum Heck des Omnibusses und zwängte sich in eine Lücke zwischen zwei beleibten Zubeniten. Der Bequemlichkeit halber hatten sie ihre Pakete auf dem Sitz deponiert, und sie widersetzten sich zäh dem Eindringen Glawens, indem sie die Beine von sich streckten und sich so breit wie möglich machten; aber Glawen drückte und schob unverdrossen, zum Leidwesen der Zubeniten, die gequält aufstöhnten und murrten. Schließlich ließen sie sich widerwillig dazu herbei, einen Teil ihrer Pakete in das hierfür vorgesehene Gepäcknetz zu verlagern. Empört über ihre Indolenz, ließ Glawen jetzt allen Takt fahren und stemmte sich mit schwungvoller Vehemenz voll in die Lücke. Die Zubeniten stöhnten auf, wie von Schmerzen gepeinigt. Einer von ihnen zeterte: »Gnade, liebster Bruder! Haben Sie Mitleid mit unseren armen Knochen!«

Glawen erwiderte streng: »Warum legen Sie auch das Bündel auf den Sitz? Legen Sie es ins Gepäcknetz, und wir haben alle mehr Platz.«

»Das wäre vergeudete Anstrengung, da ich nur bis Flicken fahre. Aber wenn Sie so darauf bestehen, muß ich Ihnen wohl gefällig sein.«

»Sie hätten es gleich dorthin legen sollen.«

»Ach, lieber Bruder! Das ist nicht die schickliche Art.«

Glawen sah keine Veranlassung, sich weiter mit dem Mann herumzustreiten. Er nahm statt dessen seine Mitpassagiere in Augenschein. Es schienen etwa gleich viele Männer wie Frauen im Bus zu sitzen, wenngleich der Unterschied oft nur schwer festzustellen war. Alle trugen die gleiche Kleidung: kuttenartige Kittel mit Kapuze, bauschige Kniehosen, die in lange schwarze Strümpfe gestopft waren, und lange spitze schwarze Schuhe. Die Kapuzen waren zurückgeworfen und gaben den Blick frei auf kurzgeschorenes, borstiges schwarzes Haupthaar. Die Gesichter waren groß, rund und weiß, mit großen feuchten Augen und langen, an der Spitze abgeplatteten Nasen. Glawen fand es keineswegs verwunderlich, daß zwischen den Zubeniten und den anderen Rassen Tassaderos keine Kreuzungsversuche unternommen wurden.

Der Fahrer sah keinen Grund, auf weitere Fahrgäste zu warten. Er ließ den Motor des Omnibusses an und fuhr aus Fexelburg hinaus, auf einer Landstraße, die nach Osten durch die Steppe führte.

Die Landschaft wurde rasch uninteressant. Da Glawen nichts Besseres zu tun wußte, begann er seine Mitinsassen zu beobachten; vielleicht konnte er anhand des Studiums ihrer unbewußten Gestik und Mimik Aufschluß über ihre Denkprozesse gewinnen. Sein Bemühen zeitigte indes keinen Erfolg: die Zubeniten saßen nur träge da und starrten apathisch vor sich hin; sie machten sich nicht einmal die Mühe, aus dem Fenster zu blicken. Vielleicht, mutmaßte Glawen, brüteten sie alle über den subtilen Disziplinen der Monomantischen Syntorax.

Wahrscheinlich aber nicht. Wenn er sich nicht arg verschätzte, waren die Leute weder Hohe noch Niedere Adepten, sondern kleine Bauern, die keinerlei Interesse an Philosophie hatten.

Am Abend zuvor hatte Glawen die *Syntoraktische Fibel* durchgeblättert, und nun gedachte er, seine Theorie auf die Probe zu stellen. Er sprach den Zubeniten zu seiner Rechten an: »Mein Herr, mir scheint, daß da eine gewisse Zweideutigkeit in der Einteilung der Naturdoktrinen besteht. Die Tesseraktischen Konjunktionen müßten doch strenggenommen, wenn ich es recht verstehe, der Doktrin von These und Anathese vorangehen. Haben Sie sich zu diesem Thema eine Meinung gebildet?«

»Liebster Bruder, ich kann heute nicht mit Ihnen sprechen, da ich nicht weiß, wovon Sie reden.«

»Das beantwortet meine Frage«, sagte Glawen. Er wandte seine Aufmerksamkeit auf die Landschaft: eine scheinbar endlos sich dehnende Ebene, der einzig vereinzelt stehende Sträucher Akzent und Perspektive verliehen. Weit im Norden verschwamm eine Kette niedriger Hügel im Dunst. Irgendwo dort draußen war Zonks Grab, wenn man den Sagen Glauben schenken konnte. Glawen fragte sich, ob die Inspektoren Barch und Tanaquil sich während ihres Urlaubs wohl auch an der Jagd nach dem Schatz beteiligten. Wahrscheinlich nicht, entschied er.

Zu gegebener Zeit traf der Omnibus in Flicken ein: einem Dorf, das bereits tief im Lande Lutwiler lag und aus ein paar grauen Kotten, einer Schlosserei und Keelums Gemischtwarenhandlung bestand. An dieser warb ein Schild mit der Aufschrift:

Proviant für den Schatzsucher
Kost und Logis

Der Bus hielt vor dem Geschäft und entließ eine Anzahl Fahrgäste, darunter auch den beleibten Zubeniten, der neben Glawen saß. Als er sein Bündel aus dem Gepäcknetz hob, sandte er Glawen einen vorwurfsvollen Blick, wie als wolle er sagen: »Nun, verstehen Sie jetzt endlich, daß Sie sich lästig gemacht haben?«

Glawen nickte ihm zum Abschied kühl und maßvoll zu, erhielt aber keine Reaktion auf seine Geste.

Der Bus setzte seine Fahrt nach Osten fort und gewann, als Zonks Stern den Meridian erreichte, eine mit Getreide und Gartenfrüchten bebaute Region. Voraus erhob sich die große schwarze Felsenklippe von Pogan's Point, und einige Minuten später rollte der Bus in die Stadt ein, die sich am Fuße der Klippe ausbreitete. Glawen spähte aus dem Fenster und entdeckte das Seminar, ein wuchtiges Steingebäude auf der halben Höhe der Klippe.

Der Omnibus erreichte den zentralen Platz der Stadt und hielt neben einem baufälligen Depot an. Glawen stieg aus und blickte erneut zu der Klippe hinauf, die, wie er vermutete, vulkanischen Ursprungs war und gewiß der bemerkenswerteste Gegenstand, den er bisher an diesem Tag gesehen hatte. Ein schmaler Pfad schlängelte sich in weiten Serpentinen die Klippe hinan und endete am Seminar. Glawens erster Eindruck verstärkte sich noch. Das Seminar, ein gewaltiger Block von drei Stockwerken Höhe, thronte über der Stadt wie eine Festung. Es war bestimmt kein Ort, an dem Frivolität und fröhliche Schwelgereien das Studium der Monomantischen Syntorax beeinträchtigten.

Glawen ging in das Depot, das aus einem einzigen großen Raum mit einem Schalter bestand. Irgendwann einmal waren die Wände gelbgrün angestrichen worden, was irgend jemand, vermutlich der Bahnhofsvorsteher, so unschön gefunden hatte, daß er sie nahezu vollkommen mit Plakaten vollgehängt hatte, als kleine persönliche Geste der Selbstbehauptung gegen die trostlose Atmosphäre von Pogan's Point.

Der Busfahrer hatte einen Sack mit Zeitungen, Journalen und Periodika mitgebracht, den er auf der Theke vor dem Schalter entleerte; das Depot diente der Gemeinde offenbar auch als Postamt. Der Bahnhofsvorsteher stand hinter der Theke und sortierte die Zeitungen: ein schmalgesichtiger Mann mittleren Alters und mittlerer Statur, mit an den Schläfen ergrauendem rostbraunen Haar und leuchtenden haselnußfarbenen Augen. Sein hervorstechendstes Merkmal war ein buschiger roter Schnurrbart, der – wie die Plakate und Poster – der freudlosen Umgebung trotzte. Er trug eine rote Mütze und eine Jacke mit messingnen Knöpfen zum Zeichen seines Amtes, aber Glawen hatte den Verdacht, daß er diese Uniform nur trug, weil er sie lustig fand. Er war augenscheinlich kein Zubenit.

Glawen näherte sich dem Schalter; der Bahnhofsvorsteher respektive Posthalter blickte zu ihm auf. »Ja, mein Herr? Was kann ich für Sie tun?«

»Ich möchte mich erkundigen, wann der Bus nach Fexelburg zurückfährt.«

»Der Mittagsbus ist weg. Der Abendbus fährt in etwa fünf Stunden ab, kurz vor Sonnenuntergang. Brauchen Sie einen Fahrschein?«

»Ich habe schon eine Rückfahrkarte, aber ich will sicherstellen, daß ich diesmal in den Genuß der Platzreservierung komme, für die ich bezahlt habe.«

»Ganz ohne Zweifel, mein Herr! Der Platz ist für Sie reserviert, aber weder ich noch der Fahrer fühlen sich dazu aufgelegt, das auch den Zubeniten klarzumachen. Sie haben kaum genug Witz, um sich bei Regen unterzustellen, aber sie sind flink wie Wiesel, wenn sie einen leeren Platz im Bus erspähen. Man könnte meinen, daß sie ihr Hirn im Hintern haben.«

»Da ich hier fremd bin, vermag ich das nicht zu beurteilen. Aber um auf meine Platzreservierung zurückzukommen ...«

»Da brauchen Sie sich keine Sorgen zu machen. Der Nachtbus ist nie überfüllt.«

Glawen zog seine Liste mit den Namen der Zubeniten hervor, die an der zweiten Thurben-Lustfahrt teilgenommen hatten. »Sind Ihnen diese Namen bekannt?«

Der Bahnhofsvorsteher las die Namen laut, wobei er die Lippen schürzte, als habe er einen sauren Geschmack im Mund. »Lasilsk. Struben. Mutis. Kutah. Robidel. Bloswig. Dies sind allesamt Seminarpersonen: Hohe Ordinarien, wie sie sich nennen. Wenn Sie hier sind, um nach dem Zonkschatz zu suchen, dann suchen Sie anderswo. Wenn Sie sich in die Nähe des Seminars wagen, wird mit Ihnen kurzer Prozeß gemacht, wenn nicht Schlimmeres.«

»Ich bin nicht auf der Suche nach dem Schatz«, sagte Glawen. Er zeigte auf die Liste. »Ich will mit diesen Leuten sprechen, oder wenigstens mit einigen von ihnen. Wie stelle ich das am besten an?«

»Sie werden nicht hier herunterkommen, soviel kann ich Ihnen versichern.«

»Mit anderen Worten, ich muß hinauf zum Seminar gehen.«

»Aber ...« – hier hob der Bahnhofsvorsteher den Zeigefinger, um seine Bemerkungen zu unterstreichen – »wenn Sie nicht mehr im Sinn haben als eine oder zwei Stunden traulichen Klatsches, mit Erkundigungen nach ihrem Gesundheitszustand und vielleicht der einen oder anderen beiläufigen Anspielung auf Zonk und sein Grab, dann rate ich Ihnen gleich, sich auf den Stuhl dort zu setzen und sich nicht vom Fleck zu rühren, bis Sie den Abendbus besteigen; dann fahren Sie fröhlich und sicher nach Fexelburg zurück.«

Glawen schaute unsicher aus dem Fenster hinauf zum Seminar. »Sie stellen Sie ja geradezu als eine Horde von Menschenfressern dar.«

»Sie sind Philosophen. Sie hassen es, von Touristen behelligt zu werden. Sie haben tausendmal erklärt, daß sie, wenn Zonks Schatz irgendwo in der Nähe wäre, ihn schon längst selbst gehoben hätten. Jetzt machen sie einfach die Tür nicht mehr auf. Wenn einer mehr als dreimal klopft, schütten sie ihm einen Eimer Spülicht über den Kopf.«

»Das dürfte selbst den höflichsten Besucher entmutigen.«

»Nicht immer. Ein Touristenpaar wich dem Wasserschwall aus und klopfte abermals. Als die Tür geöffnet wurde, sagten sie, sie seien Architekturstudenten, die sich für die Konstruktion des Seminars interessierten und es daher besichtigen wollten. Der Ordene sagte: ›Natürlich! Aber zuerst sollten Sie ein wenig über unsere Lebensweise erfahren, welche die innere Anlage des Gebäudes diktiert hat.‹ ›Natürlich‹, antworteten die Touristen, eine kurze, fünfminütige Diskussion erwartend. ›Wir sind stets daran interessiert, Neues zu lernen.‹ Daraufhin wurden sie eingelassen, in graue Kutten gesteckt und einer einjährigen Einführung in die Grundlagen der Syntorax unterzogen. Schließlich durften sie dann das Seminar besichtigen. Zu diesem Zeitpunkt hatten sie nur noch einen Wunsch: nur weg von Pogan's Point! Sie kamen mit rudernden Armen den Hügel heruntergerannt. Als sie Busfahrscheine nach Fexelburg verlangten, fragte ich sie: ›Einfach oder Hin und Zurück?‹ ›Einfach‹, sagten sie. ›Wir kommen nicht zurück.‹«

»Sie scheinen in der Tat sehr glühende Philosophen zu sein«, sagte Glawen.

»Ein paar andere Touristen marschierten auf der Rückseite des Hügels hinauf, in der Hoffnung, eine Höhle oder einen Durchlaß zu finden. Sie kamen nie wieder herunter; es heißt, sie seien in die Abfallgrube des Seminars gefallen. So weit ich weiß, soll anderen Ähnliches widerfahren sein; ich zähle Touristen nicht.«

»Schützt denn die Fexelburger Polizei die Touristen nicht?«

»O doch; sie warnen sie davor, sich Pogan's Point zu nähern.«

»Ich habe kein Interesse an Zonk oder seinem Schatz. Ich will Informationen über eine andere Sache. Aber ich möchte weder das Spülicht noch den kurzen Prozeß riskieren. Gibt es eine Fernsprechverbindung zum Seminar?«

»Die gibt es. Lassen Sie mich für Sie anrufen, und ich werde sehen, wie die Dinge stehen. Wie lautet Ihr Name?«

»Ich bin Hauptmann Glawen Clattuc von Station Araminta auf Cadwal.«

»Und was ist der Zweck Ihres Anrufs?«

»Den möchte ich lieber persönlich vortragen.«

Der Bahnhofsvorsteher sprach in ein Telephon, wartete, sprach erneut. Er schaute Glawen an. »Sie wollen den Zweck Ihres Anrufs wissen.«

»Ich benötige Informationen bezüglich der Firma Ogmo.«

Der Bahnhofsvorsteher sprach wieder in das Telephon, dann sagte er zu Glawen: »Sie wissen nicht, wovon Sie sprechen.«

»Vor kurzem weilten die sechs Personen auf der Liste, die ich Ihnen gezeigt habe, zu Besuch auf Cadwal. Ich möchte erfahren, wer ihnen die Billetts überbracht hat. Das ist mein einziges Anliegen.«

Der Bahnhofsvorsteher übermittelte Glawens Wunsch, lauschte, legte den Hörer auf und wandte sich langsam zu Glawen um. »Ich bin wirklich überrascht.«

»Wieso?«

»Sie haben sich bereiterklärt, mit Ihnen zu sprechen.«

»Ist das so erstaunlich?«

»Und ob. Sie verkehren nur mit sehr wenigen Außenstehenden. Gehen Sie den Pfad hinauf und klopfen Sie ans Tor. Wenn man Ihnen öffnet, fragen Sie nach Ordene Zaa. Seien Sie achtsam, mein Freund! Diese Leute sind sehr merkwürdig!«

»Ich werde meine Fragen so höflich wie möglich stellen. Wenn sie sich weigern, sie zu beantworten, werde ich wieder gehen. Eine andere Möglichkeit bleibt mir nicht.«

»Das scheint mir ein sehr vernünftiges Programm.«

Der Bahnhofsvorsteher begleitete Glawen zur Tür. Zusammen beobachteten sie, wie eine Gruppe von Zubeniten über den Platz ging.

Glawen fragte: »Wie kann man die Männer von den Frauen unterscheiden?«

»Das ist eine der Lieblingsfragen der Touristen! Ich antworte darauf immer: ›Wozu sich die Mühe machen, das herauszufinden?‹«

»Sie haben sich noch nicht mit einer der einheimischen Damen angefreundet?«

»Pah! Das wäre vergebliche Liebesmüh. Für sie könnte ich ebensogut eine Ziege sein.« Er deutete zur gegenüberliegenden Seite des Platzes. »Da drüben ist der Anfang des Pfades zum Seminar.«

II Glawen überquerte den Platz, den Kopf vor einem eisigen Wind aus dem Norden einziehend.

An der Stelle, wo der Pfad begann, warnte ein Schild:

MONOMANTISCHES SEMINAR
Besucher unerwünscht!

Glawen ignorierte das Schild und machte sich an den Anstieg. Hin und her stapfte er: hundert Schritt nach links, hundert Schritt nach rechts. Mit jeder Traverse erweiterte sich der Ausblick über die Steppen von Lutwiler.

Das Seminar ragte wie ein dräuender Schatten über ihm auf. Der Pfad machte einen letzten Schwenk und endete schließlich vor dem Bauwerk. Glawen hielt inne, um Luft zu schöpfen und seine Umgebung in Augenschein zu nehmen. Drei steinerne Stufen führten hinauf zu einer kleinen Vorhalle und einer schweren

Holztür. Er wandte sich um und schaute nach unten. Das Panorama, das sich ihm im bleichen Licht von Zonks Stern bot, war das einer Welt, die sich beträchtlich von seiner eigenen unterschied, in der Perspektive, im Wechselspiel von Farbe und Licht, und ganz besonders in der Stimmung. Die Stadt zu seinen Füßen war ein Klumpen aus bräunlich-roten, umbra- oder ockerfarbenen Gebäuden mit schwarzen Dächern, die sich um den Platz kauerten. Dahinter lagen die bebauten Flächen, mit Windschirmen aus Büschen und Hexerbäumen, und dahinter dehnten sich bis zum Horizont die Steppen.

Glawen wandte sich wieder dem Seminar zu. Er reckte die Schultern, richtete seine Jacke und blickte an der Fassade des Gebäudes hoch. Die hohen schmalen Fenster schienen blind und unbenutzt, als hätte keiner der Bewohner des Gebäudes Interesse daran, hinauszuschauen. Ein ungemein freudloser Ort zum Studieren, dachte Glawen, mit einem einzigen Vorteil: es gab nichts, was die Studenten von ihrer Arbeit ablenkte. Er klomm die Stufen hinauf und betätigte den messingnen Türklopfer.

Ein Moment verstrich. Dann ging die Tür auf. Ein stämmiger, rundgesichtiger Mann, etwas größer als Glawen, mit runden, eng zusammenstehenden Augen, füllte den Rahmen. Er trug eine Kutte aus graubraunem Sackleinen und eine Kapuze, die nur das Gesicht frei ließ. Er maß Glawen mit finsterem Blick. »Was glauben Sie, warum wir Schilder aufstellen? Sind Sie Analphabet?«

»Ich bin kein Analphabet, und ich habe Ihr Schild gelesen.«

»Um so schlimmer! Wir mögen keine Eindringlinge!«

Glawen sagte mit ruhiger, beherrschter Stimme: »Ich bin Hauptmann Glawen Clattuc. Ich bin angemeldet. Man sagte mir, ich solle an die Tür klopfen und nach Ordene Zaa fragen.«

»So, sollten Sie das? Und was ist Ihr Begehr?«

»Das habe ich bereits am Telephon vorgetragen.«

»Dann tragen Sie es noch einmal vor; ich lasse nicht jeden hergelaufenen Gecken herein, der hier auf der Suche nach dem Schatz herumschleicht.«

Glawen richtete sich auf. »Ich bin nicht vertraut mit Ihren Methoden. Wie lautet Ihr Name?«

»Das ist im Moment nicht von Belang.«

Glawen las einige Namen von der Liste vor. »Sind Sie einer von denen?«

»Ich bin Mutis, wenn Sie es unbedingt wissen müssen.«

»Dann haben Sie also an der Exkursion zu der Insel Thurben teilgenommen?«

»Na und? Was geht Sie das an?«

»Wer beschaffte Ihnen Ihre Billetts?«

Mutis hob die Hand. »Stellen Sie Ihre Fragen der Ordene, dann werden Sie ja sehen, wie sie sie beantwortet.«

»Das war ja von vornherein mein Begehr.«

Mutis ignorierte die Bemerkung. »Bleiben Sie stehen, wo Sie sind.« Die Tür schloß sich vor Glawens Nase.

Glawen wandte sich um, stieg die Treppe hinunter und ging auf den Pfad, wo er auf und ab schritt. Er hielt jäh inne. Ein kindischer Akt, sagte er sich. Es war unter seiner Würde, Mutis' Benehmen auch nur wahrzunehmen. Er kehrte auf die Veranda zurück, stellte sich aber mit dem Rücken zur Tür und schaute hinaus auf die Steppe.

Wenig später hörte er, wie die Tür sich hinter ihm öffnete. Er drehte sich um. Die Miene unbefangener Herablassung, die er für Mutis aufgesetzt hatte, war umsonst. Im Türrahmen stand eine Person von minderer Statur, weit schlanker als Mutis. Mann oder Frau? Glawen erinnerte sich, daß Mutis von der Ordene gesprochen hatte. Glawen schätzte, daß sie früher, allenfalls mittlerer Reife war. Selbst umhüllt von den bauschigen Falten ihrer weißen Robe wirkte sie noch dünn; die Kapuze ließ nur dunkle, glänzende Augen, eine kurze schmale Nase, weiße Haut, und einen herben, farblosen Mund frei. Ihre rassische Abstammung war eindeutig eine andere als die der Zubeniten, die Glawen im Bus beobachtet hatte. Im Türrahmen stehend, musterte sie Glawen von Kopf bis Fuß; er fand, daß die Gründlichkeit ihrer Inspektion über das Maß des Notwendigen hinausging. Schließlich sagte sie mit heiserer Stimme: »Ich bin die Ordene Zaa. Was wollen Sie von mir?«

Glawen antwortete mit förmlicher Höflichkeit: »Ich bin Hauptmann Glawen Clattuc von Station Araminta auf Cadwal. Der Konservator hat mich hierher gesandt, damit ich gewisse Erkundigungen einziehe. Das ist der Grund für meine Anwesenheit.«

Zaas Gesichtsausdruck ließ keine Veränderung erkennen; auch machte sie keine Anstalten, Glawen Einlaß in das Seminar zu gewähren. »Ich kann meine Frage nur wiederholen.«

Glawen quittierte die Bemerkung mit einem förmlichen Nicken. »Ich bin Beamter der Stationspolizeibehörde, die der GKIPA angeschlossen ist. Wenn Sie wünschen, zeige ich Ihnen meinen Ausweis.«

»Das können Sie sich sparen. Es ist alles dasselbe, so oder so.«

»Ich führe diese Fakten auf, damit Sie mich nicht fälschlich für einen zufälligen Besucher halten. Meine Nachforschungen betreffen den jüngst stattgefundenen Ausflug nach der Insel Thurben, an dem sechs Ihrer Leute beteiligt waren.« Glawen verlas die Namen. »Ich bin nicht an diesen sechs Männern interessiert; mir geht es ausschließlich darum, die Identität der Person respektive Personen zu erfahren, die dieses Unternehmen arrangierten.«

Zaa verharrte schweigend im Türrahmen. Glawen wurde bewußt, daß er keine Frage gestellt hatte. Das kühle Starren war enervierend. Er mußte aufpassen, mahnte er sich, daß er weder ungeduldig wurde noch die Fassung verlor. In dem gleichen ruhigen, förmlichen Ton wie vorher fragte er: »Können Sie mir den Namen dieser Person respektive Personen sagen?«

»Ja.«

»Und wie lautet er?«

»Diese Person ist tot. Ich weiß nicht, ob Tote Namen benutzen.«

»Und welchen Namen trug diese Person, als sie noch lebte?«

»Es war die Ordene Sibil.«

»Wissen Sie, wie die Ordene Sibil von diesen Exkursionen erfuhr?«

»Ja – und um Ihre Frage vorwegzunehmen: ich sehe keinen Grund, Ihnen diese Information zu geben.«

»Was sind die Gründe für diese Ihre Zurückhaltung?«

»Sie sind kompliziert, und Sie bräuchten ein gewisses Maß an Hintergrundwissen, um sie verstehen zu können.«

Glawen nickte nachdenklich. Dann sagte er in seinem herzlichsten Ton: »Wenn Sie so freundlich wären, herauszutreten, dann könnten wir uns auf die Treppe setzen, was Ihnen die Mühe des Stehens ersparen würde. Und dann könnten Sie, wenn es Ihnen recht ist, mir einen kurzen Abriß dieses ›Hintergrundwissens‹ liefern – zumindest soviel, wie für unsere momentanen Zwecke vonnöten ist.«

Die Ordene Zaa sagte ruhig: »Ich rate Ihnen, Ihre Unverschämtheit stark zu zügeln. Ich entdecke in Ihnen sowohl Eitelkeit als auch Angriffslust; sie machen einen schlechten Eindruck.«

»Es tut mir leid, das zu hören«, sagte Glawen. »Das lag gewiß nicht in meiner Absicht.«

»Ich wüßte nicht, warum ich mich auf die Treppe setzen und dort die Bemerkungen wiederholen sollte, die ich bereits gemacht habe. Denken Sie sorgfältig und gut über sie nach. Falls Sie weitere Informationen wünschen, können Sie das Haus betreten, aber Sie tun dies aus eigenem Wollen heraus, nicht auf meine Aufforderung hin. Ist das klar?«

Glawen runzelte die Stirn. »Nicht ganz.«

»Mir scheint die Aussage klar genug«, sagte Zaa.

Glawen zögerte. Zaas Bemerkungen deuteten, sowohl ihrem Ton als auch ihrem Inhalt nach, auf Unannehmlichkeit hin, für die er die Verantwortung auf sich nehmen würde. Er öffnete den Mund, um nach näheren Einzelheiten zu fragen, aber der Türrahmen war leer; Zaa hatte sich zurückgezogen.

Glawen schaute unschlüssig durch die Tür. Was konnte ihm Schlimmes passieren? Er war ein Polizeibeamter; wenn man ihn festhielt oder belästigte, würde Kirdy den Adjudikator Plock benachrichtigen. Er holte tief Luft und schritt durch die Tür in ein hohes Vestibül mit steinernen Wänden und steinernem Fußboden; es war, abgesehen von seiner Person, verwaist.

Glawen wartete, aber niemand kam, um mit ihm zu sprechen. Von der Seite des Raums aus führte ein kurzer, gewölbter Gang in einen weiteren Raum, der seinem Aussehen nach ein Konferenzraum zu sein schien. Er war wie das Vestibül sehr hoch und mit quadratischen Fliesen aus schwarzem Stein ausgelegt. Drei hohe, schmale Fenster durchbrachen die hintere Wand; blasse Strahlen Zonklicht fielen durch sie auf einen langen, sorgfältig geschrubbten hölzernen Tisch. Diesen umringten schwere Holzstühle; die Wände waren ringsum von Sitzbänken gesäumt. Am Ende des Raums, im Schatten, stand Zaa.

Zaa wies auf eine Bank. »Setzen Sie sich; genießen Sie Ihre Rast. Sagen Sie schnell, was Sie zu sagen wünschen.«

Glawen machte eine höfliche Geste. »Vielleicht gesellen Sie sich zu mir?«

Zaa sah ihn mit verständnislosem Blick an. »Wobei?«

»Ich mag nicht gern sitzen, während Sie stehen.«

»Sie sind galant, aber ich ziehe es vor, zu stehen.« Sie deutete erneut auf die Bank, auf eine Weise, die Glawen als gebieterisch empfand. In der Hoffnung, ein Element von Höflichkeit in das Gespräch bringen zu können, sagte er artig: »Dies ist ein bemerkenswertes Bauwerk! Ist es alt?«

»Sehr alt. Weshalb genau sind Sie hierhergekommen?«

Geduldig wiederholte Glawen die Gründe für sein Erscheinen. »Wie Sie sehen, ist es nicht kompliziert. Der Veranstalter dieser Exkursionen ist ein Verbrecher, der gerichtlich belangt werden muß.«

Zaa lächelte. »Wäre es nicht möglich, daß unsere Konzepte unterschiedlich sind?«

»Nicht in diesem Fall. Die Einzelheiten würden Ekel in Ihnen erzeugen.«

»Ich bin nicht leicht zu erschüttern.«

Glawen zuckte die Achseln. »Gleichviel: Ihren Interessen wäre am besten gedient, indem Sie mir meine Fragen beantworten.«

»Ich vermag Ihrer Logik nicht zu folgen.«

»Unsere gegenwärtigen Ermittlungen konzentrieren sich auf die Firma Ogmo. Wenn die GKIPA mit einbezogen wird, werden sich die Nachforschungen aufgrund der Teilnahme Sibils auf das Seminar ausdehnen – was höchstwahrscheinlich mit peinlichen Implikationen, ganz bestimmt aber mit großen Unannehmlichkeiten für Sie verbunden sein wird, da die Vernehmungen in Fexelburg stattfinden werden.«

»Und weiter? Ich wünsche das volle Kompendium der Greuel und Schrecknisse zu erfahren, die uns drohen.«

Glawen lachte. »Es handelt sich hierbei weder um Greuel noch um Schrecknisse – lediglich um voraussehbare Ereignisse. Aber da Sie mich nun einmal fragen: die sechs Hohen Ordinarien könnten sehr wohl als Mittäter angeklagt werden, wie sie es ohne Zweifel verdient hätten. Bis jetzt indes übersteigt dieser Aspekt des Falles meine Instruktionen.«

Zaa schien amüsiert. »Lassen Sie mich rekapitulieren, damit ich sicher bin, Sie auch richtig verstanden zu haben. Wenn ich Ihre Fragen nicht beantworte, wird die GKIPA sich des Falles annehmen, mir Unannehmlichkeiten bereiten und sechs Hohe Ordinarien der Mittäterschaft anklagen. Ist das der Kern Ihrer Aussage?«

Glawen lachte verlegen. »Sie haben meine Bemerkungen in die gröbestmögliche Form gegossen. Ich wies lediglich auf einige mögliche Folgen hin, die Sie vermeiden können, wenn Sie sich entschließen, meine Fragen zu beantworten.«

Zaa trat langsam auf ihn zu. »Sind Sie sich darüber im klaren, daß Sie sich hier im Lande Lutwiler befinden?«

»Selbstverständlich.«

»Die hiesigen Gesetze sind dazu bestimmt, unserem Schutz zu dienen. Sie gewähren uns das Recht, kurzen Prozeß mit Eindringlingen, Verbrechern und lästigen Personen zu machen. Wer uns feindlich entgegentritt, tut dies auf eigene Gefahr.«

Glawen erwiderte selbstsicher: »Ich bin ein Polizeibeamter, der seinen Dienstpflichten nachgeht; was sollte ich zu befürchten haben?«

»Als erstes einmal die üblichen Strafen, die Erpressern zugemessen werden.«

»Was!« Glawen fuhr erschreckt hoch. »Wie kommen Sie denn auf diese Idee?«

Zaa taxierte ihn einen Moment, und Glawen glaubte ihrer Miene zu entnehmen, daß sie sich amüsierte. »Ich wurde heute vor Ihrem Auftauchen gewarnt und über die Forderungen unterrichtet, die Sie stellen würden.«

Glawens Kinnlade fiel herunter. »Das ist absurd! Wer setzte Sie in Kenntnis?«

»Namen sind hier nicht im geringsten relevant.«

»Für mich sind sie das sehr wohl – zumal, da die Information falsch ist.«

Zaa schüttelte sanft den Kopf. »Das glaube ich nicht. Sie haben Ihre Richtigkeit mit Ihren eigenen Worten bestätigt.«

»Inwiefern?«

»Sind Sie wirklich so naiv? Oder glauben Sie immer noch, Sie könnten mich mit Ihrem gezierten Lächeln und Ihren gespreizten Manierismen verwirren?«

»Madame, Sie mißdeuten mich völlig! Ich habe nichts dergleichen im Sinn! Das versichere ich Ihnen von ganzem Herzen! Wenn Sie eine solche Absicht in mein Verhalten hineingedeutet haben, dann sind Sie einem Irrtum unterlegen.«

»Reden Sie mich mit ›Ordene‹ an, wenn ich bitten darf.«

Zaas Stimme war kühler denn je, und Glawen wurde schlagartig klar, daß er sein Anliegen mit taktlosem Eifer vorgebracht hatte. »Jedenfalls bin ich weder naiv noch ein Erpresser.«

»Das ist nachweisbar unrichtig. Sie haben mir mit bedachter Böswilligkeit eine GKIPA-Untersuchung angedroht. Mit augenfälliger Genugtuung haben Sie mir sodann die Peinlichkeiten und Demütigungen geschildert, denen ich in diesem Fall ausgesetzt wäre, und die Mißhelligkeiten zitiert, die den Hohen Ordinarien zugefügt würden.«

»Halt!« schrie Glawen. »Je länger Sie reden, desto schlimmer werden diese imaginären Missetaten. Stellen Sie sich den Fakten! Die Verbrechen wurden zweifelsohne begangen! Irgend jemand muß sie aufklären. Ich richte keine Forderungen an Sie. Wenn Sie sich dazu entscheiden, meine Fragen nicht zu beantworten, werde ich Ihnen einen guten Tag wünschen, und Sie werden mich nie wiedersehen.«

Zaa schien zu einer Entscheidung zu kommen. »Ja!

Wir werden ein Abkommen schließen! Dies sollen die Bedingungen sein: Ich werde Ihnen in vollem Maße die Informationen liefern, die Sie haben wollen; Sie werden mir im Gegenzug bestimmte Dienste erweisen.«

Glawen erhob sich. »Was für Dienste? Wann, wo, warum und wie?«

»Die Einzelheiten können wir immer noch besprechen; zuvor aber müssen wir uns grundsätzlich einigen. Wenn Sie geneigt sind, auf meinen Vorschlag einzugehen, werde ich mich mit den anderen Ordenen beraten.«

»Es ist sinnlos, sich mit irgend jemandem zu beraten, weil ich zuerst wissen muß, was Sie von mir wollen.«

Zaa sagte in entschiedenem Ton: »Ich kann das Thema nicht einmal anschneiden, ehe ich nicht einen Konsens erreicht habe.«

»Können Sie das sofort tun? Meine Zeit drängt; ich muß in spätestens zwei Stunden hier abreisen.«

»Ich werde mich beeilen – wenn Sie meinem Vorschlag in seinen groben Prinzipien zustimmen. Ich muß eine uneingeschränkte Antwort haben.«

Glawen schüttelte den Kopf. »Dies kommt mir viel zu plötzlich. Ich kann mich auf derartig schwammige Bedingungen nicht einlassen.«

Zaa versetzte kühl: »Sie müssen entscheiden, ob Sie die Information, deretwegen Sie hierhergekommen sind, bekommen wollen oder nicht.«

»Natürlich will ich die Information. Aber welcher Natur sind diese Dienste, die Sie von mir verlangen? Wieviel Zeit wird ihre Erledigung beanspruchen? Sind sie mit Reisen verbunden? Wenn ja, wohin? Wenn Sie von mir verlangen, daß ich irgend jemanden verletzen oder bedrohen soll, oder wenn ich Gefahren auf mich nehmen soll, dann lehne ich dies rundweg ab. Kurz: ich bestehe darauf, ausführlich in alle Details eingeweiht zu werden, bevor ich einwillige, diese Dienste zu verrichten.«

Zaa schien eher zufrieden als das Gegenteil. »So soll es sein! Das ist eine besonnene Haltung, für die ich Sie nur loben kann. Ich gehe auf Ihre Wünsche ein, und das Abkommen soll nach Ihren Bedingungen sein.«

Zaa wandte sich um und machte eine Geste. Aus einem dunklen Gang kam Mutis. Zaa gab ihm einen knappen Befehl, den Glawen nicht hören konnte. Mutis entschwand wieder in die Dunkelheit des Gangs.

Glawen fand die Episode beunruhigend. »Was ist der Grund hierfür?«

»Sie haben darauf insistiert – und dies klugerweise –, ausführlich darüber unterrichtet zu werden, was wir von Ihnen wollen. Der erste – und unerläßliche – Schritt hierzu besteht darin, Einsicht in unseren Orden und unsere Grundregeln zu erlangen, welche Sie nicht nur faszinierend, sondern auch hilfreich und kraftspendend finden werden. Ich habe nach jemandem geschickt, der Sie unterweisen wird, zumindest in den grundlegenden Prinzipien.«

Glawen zwang sich, seiner Stimme einen ruhigen und höflichen Klang zu verleihen. »Ordene Zaa, bei allem gebührenden Respekt, Ihr Programm ist weder durchführbar, noch tunlich, noch sagt es mir zu. Tatsächlich habe ich gestern abend ein Buch durchgeblättert, eine Einführung in die Monomantik, und habe daher bereits eine gewisse Vorstellung von Ihren Ideen – genug jedenfalls, daß es mir für eine Weile reicht.«

Zaa nickte und lächelte. »Ich kenne das Buch. Es ist, sagen wir, eine Einführung in eine Einführung. Es wird ganz bestimmt für unsere Zwecke nicht hinreichen.«

Glawen sprach mit entschlossener Stimme: »Ordene Zaa, ich habe weder Zeit noch Lust für Ihre Studien. Geben Sie mir meine Information, und dann sagen Sie mir, was Sie von mir wollen. Sofern es machbar ist, werde ich es machen. Aber ich will weder eine Einführung in Ihre Philosophie noch irgendwelche Ansprüche an meine Zeit. Ich muß den Abendbus nach

Fexelburg kriegen; wenn ich heute abend nicht zurück bin, wird mein Kollege beunruhigt sein und die GKIPA benachrichtigen.«

»Tatsächlich? In dem Fall genügt ein Telephonanruf, um ihn seiner Sorgen zu entledigen.«

»Habe ich mich nicht klar ausgedrückt?« frug Glawen, seiner Stimme jetzt einen etwas schärferen Klang gebend.

Zaa blieb unbeeindruckt. »Unterweisung ist von essentieller Bedeutung. Andernfalls wird Ihr Verständnis nicht umfassend sein, und das ist eine der Bedingungen unseres Abkommens.«

In das Zimmer trat nun Mutis, begleitet von zwei anderen Zubeniten: der erste war so stämmig wie Mutis selbst, der zweite hingegen von schmächtigerer Statur – ein Jüngling oder eine junge Frau.

Zaa sprach zu den dreien: »Dies ist Glawen, der eine Zeitlang zur Unterweisung bei uns bleiben wird. Lilo, du wirst ihn durch den Grundlehrgang und wenn möglich durch das erste Kompendium bringen.« Zu Glawen sagte sie: »Lilo ist eine ausgezeichnete Lehrerin; sie ist einsichtsvoll und geduldig. Mutis und Funo sind beidesamt Hohe Ordinarien – und Hausordner. Beide sind weise und pflichtgetreu, und Sie müssen Ihren Rat stets beherzigen.«

Glawen schrie wütend: »Ein für allemal: ich will keine Unterweisung in Monomantik oder sonstworin. Da Sie offensichtlich nicht gewillt sind, mir die Information zu geben, deretwegen ich hierhergekommen bin, werde ich jetzt gehen.«

»Seien Sie nicht mutlos«, sagte Zaa. »Wenn Sie eifrig und gründlich studieren, wird die Mühe nicht vergeblich gewesen sein. Sie werden jetzt für das Studium vorbereitet.«

Mutis und Funo traten vor. »Kommen Sie!« sagte Mutis. »Wir zeigen Ihnen Ihre Kammer.«

Glawen schaute Zaa an und sah erneut die Genugtuung in ihrem Gesicht. Sie fand Gefallen an seiner Demütigung. Er sagte nüchtern: »Sie planen also ernsthaft, mich gegen meinen Willen hier festzuhalten?«

Zaa hatte sich erneut maskiert. »Es ist keine leichtfertige Entscheidung«, sagte sie. »Die Bedingungen unseres Abkommens sind klar.«

Glawen bewegte sich auf den Gang zu. »Ich gehe jetzt. Wenn Sie versuchen, mich daran zu hindern, tun Sie das auf ihr eigenes Risiko.«

Mutis und Funo rückten langsam vor; Glawen schob sie zur Seite und schritt durch den Gang in das Vestibül. Mutis und Funo folgten ihm ohne Hast. Glawen ging zur Tür, aber er konnte weder eine Klinke noch irgendeine andere Öffnungsvorrichtung finden. Er drückte dagegen und zog an ihr, aber sie ließ sich nicht öffnen.

Mutis und Funo bewegten sich langsam auf ihn zu. Glawen stellte sich mit dem Rücken zur Tür, bereit, sich nach Kräften zu verteidigen.

Lilo intervenierte. »Kämpfen Sie nicht; sie werden Sie übel zurichten und Sie durch Schmerzen gefügig machen. Lassen Sie es nicht dazu kommen!«

»Wie komme ich hier raus?«

»Gar nicht. Tun Sie, was man Ihnen sagt. Kommen Sie mit mir. Ich versichere Ihnen, das ist das Beste für Sie.«

Glawen taxierte die beiden Hausordner. Er war eindeutig unterlegen. Warum sich in eine Prügelei verwickeln, dachte er? Wenn er zum vereinbarten Zeitpunkt nicht zurück war, würde Kirdy Plock im GKIPA-Büro in Kenntnis setzen, und der würde die notwendigen Schritte einleiten.

»Kommen Sie«, sagte Lilo. »Wenn Sie mir aus freien Stücken folgen, werden sie Ihnen kein Haar krümmen.«

»Ein Glück für Sie«, sagte Mutis.

Glawen stieß zwischen zusammengebissenen Zähnen hervor: »Das ist unerträglich! Ich habe wichtige Geschäfte andernorts!«

»Die müssen warten!« sagte Funo; seine Stimme klang ungewöhnlich schrill für einen Mann von solch muskulöser Statur. »Sie haben gehört, was die Ordene gesagt hat. Und nun vorwärts mit Ihnen, bevor wir die Geduld verlieren!«

»Kommen Sie«, sagte Mutis und bewegte sich langsam auf ihn zu. Sein wabbliger rosafarbener Mund stand offen und pulsierte wie ein Polyp.

Glawen trat wachsam um ihn herum. Lilo faßte ihn beim Arm und führte ihn durch den Gang zurück.

III Glawen folgte Lilo trübsinnig eine steinerne Treppe zum zweiten Stockwerk hinauf und dann durch einen Gang. Hinter ihnen stapfte Mutis her.

Lilo hielt am Treppenabsatz an und ließ Mutis vortreten, der auf irgendeine, Glawen nicht erkennbare Weise eine Reihe trüber Lampen entzündete, die das Treppenhaus erhellten. Lilo sagte zu Glawen: »Wir steigen jetzt diese Treppe hinauf, aber lassen Sie Vorsicht walten, sie ist sehr gefährlich, besonders, wenn die Lichter nicht brennen.«

»Laß es ihn selbst herausfinden«, sagte Mutis mit einem fiesen kleinen Lächeln. »Soll er sich ruhig ein paar Beulen holen.«

Lilo stieg voraus. Glawen hielt inne, von einer plötzlichen Panik erfüllt. Lilo merkte dies, blieb stehen und schaute über die Schulter. »So kommen Sie.«

Glawen zögerte noch. Mutis und Funo standen hinter ihm und beobachteten ihn. Ihre runden weißen Gesichter waren teilnahmslos. Glawen spannte sich. Einen Moment lang spielte er mit dem Gedanken, auf sie zu springen, sie zu überrumpeln, und irgendwie zu entkommen. Doch die Vernunft behielt die Oberhand in ihm. Mutis und Funo würden sich nicht so leicht überrumpeln lassen, und so oder so würde Kirdy die GKIPA von seinem Fehlen unterrichten, bevor der Abend zu Ende ging.

Lilo sagte erneut: »Kommen Sie, Glawen.«

Glawen gab sich einen Ruck und stapfte grimmig entschlossen die Treppe hinauf, zwei Schritte hinter Lilo. Eine seltsame Treppe für ein so wuchtiges Bauwerk, dachte er. Sie war steil, unregelmäßig, bar jeden Geländers, und sie änderte zweimal in bizarrem Winkel die Richtung. Lilo hatte sie als gefährlich beschrieben, besonders im Dunkeln. Das mochte durchaus sein.

Lilo führte ihn in einen langen, kahlen Flur und geleitete ihn schließlich in eine von Kästen und Regalen gesäumte Kammer. »Dies ist ein kleiner vorbereitender Schritt, aber er ist sehr wichtig«, erklärte sie. »Sie müssen gesäubert und in angemessene Kleider gesteckt werden, damit Sie den Normen entsprechen. Sie können jetzt Ihre fremde Kleidung ablegen; sie ist nicht geeignet für das Seminar. Sie werden Sie nicht mehr anzuziehen brauchen.«

»Natürlich werde ich sie wieder anziehen«, zischte Glawen mit zusammengebissenen Zähnen. »Das hier ist schierer Wahnsinn! Ist die Welt irre geworden? Ich will nicht hier sein, und ich habe nicht die Absicht, hier zu bleiben!«

»Was das betrifft, Glawen, so kann ich dazu nichts sagen. Ich kann nur der Ordene gehorchen. Sie werden merken, daß das der einfachste Weg ist.«

»Aber ich will der Ordene nicht gehorchen.«

»Das mag sein, aber die Seminarregeln sind exakt. Und wer weiß, wenn Sie erst die Vortrefflichkeit der Syntorax entdecken, wird sich Ihre Haltung vielleicht ändern! Bedenken Sie das!«

»Das ist eine sehr abwegige Möglichkeit. Was ich bisher gesehen habe, finde ich zum Kotzen.«

Lilo sagte kühl: »Jetzt werden Sie erst einmal diese Zelle benutzen.«

Glawen trat in die Zelle, legte seine Oberbekleidung ab und ging wieder hinaus. Vor der Zelle erwartete ihn Mutis.

Mutis wies auf einen Schemel. »Setzen!«

»Wozu?«

»Damit ich diese septische Läusematte von Ihrem Kopf entfernen kann. Wir leben hier in zivilisierter Reinlichkeit.«

»Kümmern Sie sich nicht um den Haarschnitt«, sagte Glawen, seine Empörung nur mit Mühe drosselnd. »Wenn ich hier wieder rauskomme, möchte ich nicht wie ein Vollidiot aussehen.«

»Setzen!« Mutis und Funo packten ihn bei den Armen und zwangen ihn auf den Schemel. »So!« sagte Mutis. »Und nun bleiben Sie still sitzen und machen uns keinen Ärger, sonst gibt's die Eulenfalle für Sie, und nachts bläst ein kalter Wind.«

Lilo sagte tonlos: »Tun Sie, was er sagt. Es ist bestimmt das Beste für Sie.«

Stumm ein Dutzend Racheschwüre ausstoßend, setzte sich Glawen auf den Schemel und ließ die Prozedur in grimmiger Ohnmacht über sich ergehen.

»So!« sagte Mutis, nachdem er sein Werk vollendet hatte. »Und jetzt runter mit dem Arschlappen, oder wie immer Sie das Ding nennen, und ab ins Bad!«

Glawen mußte sich in einer ätzenden ›Entseuchungslauge‹ baden, wurde sodann mit eiskaltem Wasser abgeduscht, und durfte schließlich, nachdem er sich abgetrocknet hatte, die Seminar-Einheitskleider anlegen, die, nach Größe geordnet, in den Kisten und Regalen lagerten.

Mutis war inzwischen seiner Wege gegangen. Lilo sagte zu Glawen: »Ich bringe Sie jetzt auf Ihre Kammer, wo Sie Gelegenheit haben, sich eine Weile der Meditation hinzugeben.«

»Einen Augenblick.« Glawen rollte seinen alten Kleider zu einem Bündel zusammen, das er sich unter den Arm klemmte. Lilo verfolgte dies kommentarlos. »Kommen Sie.«

Sie führte ihn durch einen Gang, wobei sie ihm eine Liste von Mahnungen und Belehrungen zu seiner Orientierung vortrug. »Für eine bestimmte Zeitspanne werden Sie auf Besuche in der Stadt oder auf Spaziergänge in der Umgebung verzichten müssen. Entschlagen Sie sich aller solcher Gelüste; sie erregen hier höchstes Mißfallen und werden schwer gerügt.«

»Ich werde nicht lange genug hier sein, um derartige Bedürfnisse zu entwickeln. So hoffe ich jedenfalls.«

Lilo sprach schneller. »In dem Fall werden Sie keinen Grund finden, sich auf die Treppe zu wagen, da sie extrem gefährlich ist.«

»Sie klingt nicht nur gefährlich, sondern auch bedrohlich«, sagte Glawen.

»Sie sind scharfsinnig! Lassen Sie sich weiter belehren: Bedenken Sie, der ernsthafte Student findet das Leben leichter als einer, der sich ärgert und sich drückt. Offenbar gehören Sie nicht zu der letzteren Sorte; sehe ich das richtig?«

»Ich bin ein Clattuc aus dem Hause Clattuc! Beantwortet das Ihre Frage?«

Lilo schaute ihn fragend von der Seite an. »Was ist ein ›Clattuc‹?«

»Das werden Sie bald merken; sehr bald, wie ich hoffe.«

Lilo schwieg eine Weile, dann fragte sie fast wehmütig: »Sie sind allenthalben im Reich herumgereist?«

»Nicht so weit, wie ich gerne würde. Tatsächlich habe ich bisher lediglich ein paar Welten in der Strähne besucht.«

»Es muß interessant sein, zu reisen«, sagte Lilo. »Ich habe nur ein paar blasse Erinnerungen an die Kinderbewahranstalt auf Strock, und dann kam schon das Seminar hier.« Sie blieb vor einer Tür stehen. »Dies soll Ihre Kammer sein.« Sie öffnete die Tür und wartete. Glawen blieb störrisch stehen. Lilo sagte: »Wirklich, Sie gewinnen nichts durch Halsstarrigkeit. Mutis liebt nichts mehr als Starrsinn.«

Glawen seufzte und betrat den Raum. Lilo sagte: »Wir werden später mehr miteinander reden. Ich bin froh, daß die Ordene mich zu Ihrer Lehrerin gewählt hat; gewöhnlich fällt diese Pflicht Bayant oder Hylas zu. Nun werde ich zu Ihrer Bequemlichkeit und zu Ihrem Schutz die Tür abschließen.«

»Schutz wovor?«

Lilo machte eine vage Geste. »Manchmal, wenn die Studenten, mit ihrer Arbeit fertig sind, möchten sie mit anderen plaudern, die es indes vielleicht vorziehen, zu ruhen oder zu meditieren. Indem ich die Tür abschließe, erspare ich Ihnen dieses Ärgernis.«

Die Tür schloß sich. Kochend vor Wut, nahm Glawen die Kammer in Augenschein. Die Dimensionen waren angemessen: zwanzig Fuß lang und etwa zwölf Fuß breit. Die Kälte des steinernen Fußbodens wurde gemildert von einer Matte aus geflochtenen Weidenruten; die Wände waren in einem nichtssagenden Ledergelb getüncht. Ein Holztisch und ein Stuhl aus dem gleichen Werkstoff standen unter einem Oberlicht an der hinteren Wand. Zur Linken stand eine primitive Koje, zur Rechten ein hoher Kleiderschrank sowie eine Truhe. Eine Tür führte in ein schmuckloses Bad.

Glawen warf sein Kleiderbündel auf die Koje und setzte sich auf den Stuhl.

Der Raum war kalt; Glawen fühlte sich noch immer halb taub von der kalten Dusche. Seine Zähne begannen zu klappern, was seinen Ärger noch steigerte. Er stand auf, schwang die Arme, marschierte hin und her, sprang auf und ab und fühlte sich gleich darauf etwas wohler.

Glawen schaute zu dem Oberlicht hinauf. Ein senkrechter Mittelpfosten teilte das Fenster in zwei Hälften, beide zu klein zum Hindurchschlüpfen. Jedes der Segmente konnte geöffnet werden, um Belüftung zu schaffen, falls solche gewünscht wurde.

Glawen klomm auf den Tisch und schaute durch das Fenster. Es gewährte einen Blick über die Steppe und hinunter auf das östliche Weichbild der Stadt, wo vereinzelte baufällige Kotten standen. Zonks Stern war nicht sichtbar, aber dem gedämpften Licht und der Länge der schwarzen Schatten nach zu schließen war es kurz vor Sonnenuntergang. Der Omnibus nach Fexelburg war womöglich schon abgefahren, und zu seinem Leidwesen war er nicht an Bord.

Glawen stellte sich auf die Zehenspitzen und schaute nach unten. Die Wand fiel senkrecht zum felsigen Berghang hinab, gut hundert Fuß tief. Glawen öffnete eines der Fenster und prüfte die Festigkeit des Mittelpfostens. Er drückte, zog, rüttelte; der Pfosten saß bombenfest. Ein eisiger Wind wehte von draußen herein; er schloß das Fenster wieder. Was hatte Mutis noch gesagt? Irgendwas von ›Eulenfalle‹? Der schiere Gedanken jagte Glawen einen Schauer über den Rücken. Er sprang vom Tisch herunter und setzte sich wieder auf den Stuhl. Vorausgesetzt, Kirdy befolgte seine Anweisungen prompt, dann konnte er mit seiner Befreiung noch an diesem selben Abend rechnen – wenngleich es realistischer war, wenn er diese erst für den morgigen Tag veranschlagte.

Glawen streckte die Beine aus und versuchte, eine ausgewogene Haltung zu den Ereignissen einzunehmen. Es war ein Abenteuer, das er bestimmt niemals vergessen würde. Er brachte ein schiefes Lächeln zustande. Die Unverfrorenheit von Zaa und ihren Kohorten war so unglaublich, daß sie normale Logik und sogar die Realität überstieg. Sie benutzten die Techniken der Gehirnwäsche: erst zerstörten sie das Vertrauen des Opfers in das, was es als die gehörigen Formen des Daseins betrachtete, dann setzten sie an deren Stelle ein anderes System, das gut funktionierte. Ob beabsichtigt oder nicht, dies schien Zaas Taktik zu sein. »Es wird nicht gerade einer meiner stolzesten Fälle sein«, sagte sich Glawen.

Etwas anderes kam ihm zu Bewußtsein: wenn er Zaa glauben konnte – und warum sollte er das nicht? –, dann war sie telephonisch über sein Kommen unterrichtet worden. Wer hatte von seinen Plänen gewußt? Kirdy, die Inspektoren Barch und Tanaquil, der Adjudikator Plock. Warum sollte eine von diesen Personen ihn verraten? Ein Rätsel, das schwer zu ergründen war.

Glawen rieb sich das Kinn, um sein Denken anzuregen. Zaa hatte ihn, einen Polizeibeamten, unter völliger Mißachtung der möglichen Konsequenzen gegen seinen Willen festgehalten; ganz offensichtlich hatte sie nicht die geringste Angst vor der Fexelburger Polizei. Genügte als Erklärung hierfür, daß dies Lutwiler war, wo die Fexelburger Polizei keine Amtsautorität hatte, oder – was wahrscheinlicher war – sich bewußt heraushielt?

Plötzlich wurde Glawen bewußt, daß er zu keinem Zeitpunkt direkter Gewalt ausgesetzt gewesen war. Man hatte ihn mit nichts weiter als Andeutungen und vagen Drohungen gefügig gemacht, und nun fand er sich mit kahlgeschorenem Schädel in eine Kammer eingesperrt wieder. Er richtete sich in seinem Stuhl auf, vor Scham zitternd.

Glawen knirschte mit den Zähnen und beruhigte sich. »Was geschehen ist, ist geschehen! Ich habe mich halt nach allen Regeln der Kunst aufs Kreuz legen lassen.«

Aber eine Frage blieb, und sie überragte alle anderen: warum?

Glawen gewahrte, daß der Raum dunkel geworden war. Er kletterte auf den Stuhl und schaute aus dem

Fenster. Nacht hatte sich über das Land Lutwiler gesenkt. Mirceas Strähne funkelte am Firmament. Glawen nahm seinen Platz wieder ein. Er hatte weder eine Lichtquelle noch einen Schalter in der Kammer bemerkt. Er lehnte sich zurück und wartete.

Zehn Minuten vergingen. Vom Gang her kam ein Geräusch, und gleich darauf ging die Tür auf. Lilos schlanke Silhouette erschien im Rahmen.

Glawen sagte kühl: »Gibt es weder Licht noch Heizung in dieser Kammer?«

»Gewiß gibt es Licht.« Lilo drückte auf einen Knopf neben der Tür, und an der Decke flammten Lichtbänder auf.

Lilo trat in die Kammer. Ruhig und bedächtig schloß sie die Tür und durchquerte den Raum. Glawen sah, daß sie ein halbes Dutzend Bücher bei sich trug. Sie brachte sie zum Tisch und legte sie dort ab, immer noch mit jenem halb entrückten Gesichtsausdruck. Glawen schaute schweigend zu, wie sie die Bücher ordentlich auf dem hinteren Rande des Tisches aufreihte. Lilo spürte Glawens veränderte Stimmung; sie wandte den Kopf und musterte ihn mit wachem Blick. »Dies sind die Studienmaterialien, die Sie benötigen werden. Wie Sie wissen, soll ich Sie unterweisen, zumindest für eine gewisse Zeitspanne. Die wichtigste Arbeit werden Sie natürlich selbst leisten müssen; nur so können Sie letztlich echte Fortschritte erzielen. Die Texte sind dicht und komprimiert, aber sie erschließen sich durch sorgfältiges Studium.«

Glawen sagte kalt: »Ich habe nicht das geringste Interesse an Monomantik.«

»Ihr Interesse wird gewiß erwachen und am Stoff wachsen«, erwiderte Lilo ernst. »Nun denn! Wir müssen anfangen, damit sie uns nicht für Faulpelze halten.«

Lilo wählte eines der Bücher aus und ließ sich mit katzenhafter Zierlichkeit auf der Koje nieder. »Dies ist der Index der Kernsätze. Sie sollten auswendig gelernt werden, selbst wenn ihre Bedeutung und ihre Stoßrichtung nicht unmittelbar klar sind. Ich werde sie Ihnen vorlesen, und Sie müssen mit beiden Ohren zuhören, um ihre Kraft und ihren Klang zu erfassen und auf sich wirken zu lassen, selbst wenn Sie sie nicht auf Anhieb verstehen. ›Eins: Dualität ist der Stoff von Mahlen, Schleifen und Reiben; sie soll in Einheit aufgehen. Zwei …‹« Glawen betrachtete sie aus halb geschlossenen Augen, während sie las, und fragte sich, was für eine Laune des Schicksals sie wohl hierher nach Pogan's Point verschlagen haben mochte. Sie war, dachte er, ein wohlmeinendes, gutmütiges Geschöpf, mit vielleicht mehr Wärme und Mitgefühl in ihrem Wesen, als ihr in dieser Umgebung zuträglich sein mochte. Sie warf ihm einen forschenden Blick zu: »Hören Sie auch zu?«

»Natürlich! Sie haben eine beruhigende Stimme. Sie ist das einzig Angenehme, was mir bisher hier begegnet ist.«

Lilo wandte den Blick ab. »Sie sollten nicht in solchen Kategorien denken«, sagte sie streng. Glawen sah, daß sie nicht unangenehm berührt war. Lilo fuhr fort: »Sie haben den Index gehört, den wir von nun an jeden Tag wiederholen werden, bis Sie sich ihn fest eingeprägt haben. Nun zum Ablauf unserer Studien. Hier, in Grün gedruckt, das sind die Grundregeln, Nebenregeln und Fluxionen, und im selben Band, aber verkehrt herum und in Rot gedruckt, finden Sie die Nützlichen Terminatoren. Letztere sind ungeheuer wichtig, aber fürs Erste sollten Sie vielleicht besser mit Fakten und Grundannahmen beginnen, um sich eine vernünftige Basis für Ihre weiteren Studien zu schaffen. Und natürlich haben Sie hier Ihre Elementarbegriffe der Monomantik.« Sie reichte Glawen das Buch. »Das kommt als erstes.«

Glawen schlug das Buch auf und blätterte darin

herum. »Es scheint mir sehr schwierig – weit außerhalb meines Bereiches, selbst wenn ich interessiert wäre, was ich nicht bin.«

»Das Interesse wird sich einstellen! Die Syntorax ist im wesentlichen eine Progression von Axiomen, von denen sich jedes einzelne aus der sogenannten Fundamentalen Wahrheit herleitet. Ganz grob ausgedrückt, gebietet die Fundamentale Wahrheit die Einheit aller Dinge. Fundamentale Wahrheit ist ein Knoten geistiger Kraft: eine Substanz, die Shturre genannt wird. Den Gipfel zu erreichen ist schwer, aber möglich. Nichts darf die Klarheit unseres Blickes trüben. Pogan's Point hier im Lande Lutwiler ist genau die rechte Umgebung. Hier gibt es nichts, was unser Fortschreiten hemmen könnte. Das Seminar hat keine Zerstreuungen; es ist weder harsch noch angenehm ...«

»Aber es ist kalt.«

Lilo überging seinen Einwurf. »Lassen Sie sich durch nichts ablenken, widerstehen Sie vor allem dem törichten Drang, sich flüchtiger Frivolität hinzugeben. Schmerz läßt sich ignorieren; Vergnügen ist tückischer.«

»Und bei weitem angenehmer, finden Sie nicht?«

Lilo preßte die Lippen zusammen. »Diesem Gedanken gebricht es sowohl an Wert als auch an Wichtigkeit.«

»Für Mutis und Zaa vielleicht. Nicht für mich. Ich härme mich um Vergnügen, die mir entgangen sind, aber ich verschwende keinen Gedanken auf die Schmerzen, die ich nicht gelitten habe.«

Lilo sagte streng: »Sie dürfen nicht so leichtfertig sein! Solche Gedanken schwächen und hemmen den Fluß der Logik. Wie die Einführungsfibel uns lehrt, haben die regellosen Impulse der Evolution Anomalien verursacht, die wir zu korrigieren versuchen. Unser Ziel ist es, dem Chaos Ordnung aufzuzwingen. Erinnern Sie sich an den dritten Kernsatz des Indexes? ›Einheit ist Reinheit! Energie ist Richtung! Dualität ist Kollision, Unordnung und Stasis!‹«

Halb belustigt studierte Glawen Lilos Gesichtszüge, die, wie jene von Zaa, fein, delikat und von großen dunklen Augen beherrscht waren. Lilo frug: »Sind diese Ideen fest in Ihrem Geist verankert?«

»Absolut.«

»Dualität ist für logische Einheit, was der Tod für das Leben ist. Das Kapitel ›Oppositionen und Appositionen‹ analysiert das Thema in groben Umrissen und ist daher sehr gut für den Anfänger geeignet.«

»Was meinen Sie eigentlich mit ›Dualität‹?«

»Das sollte selbst Ihnen klar sein! Dualität ist der Ursprung des Großen Schismas, welches uns von den Polymantikern forttrieb. Jedenfalls wurden sie von den Maskulinen dominiert, was erneut Polaritäten schuf. In der Progressiven Formel, die wir verfechten, wird sexuelle Polarisierung entweder ignoriert oder vermieden.«

»Und was halten Sie davon?«

»Es besteht für mich keine Notwendigkeit, darüber nachzudenken. Der Monomantische Glaube ist richtig.«

»Aber wie fühlen Sie sich dabei, ich meine, ganz persönlich?«

Lilo preßte wieder die Lippen zusammen. »Ich habe noch nie den Gedanken gehabt, das Thema zu analysieren. Introspektion ist keine produktive Beschäftigung.«

»Ich verstehe.«

Lilo warf ihm einen forschenden Seitenblick zu. »Und wie steht es mit Ihnen?«

»Ich mag Dualität.«

Lilo schüttelte mißbilligend den Kopf, aber Glawen glaubte, den Anflug eines Lächelns über ihr Gesicht huschen zu sehen. »Das habe ich vermutet«, sagte sie. »Sie müssen Einheit akzeptieren.« Sie warf ihm erneut einen Blick zu. »Warum sehen Sie mich so an?«

»Ich frage mich, als was Sie sich selbst sehen. Als weiblich? Männlich? Vereinheitlicht? Nichts von beidem? Oder was?«

Lilo wandte den Blick ab und schaute durch den Raum. »Diese Gedanken gelten nicht als diskussionswürdig. Eine irrationale Evolution hat uns mit dem Pesthauch des Dualismus geschlagen; wir drängen ihn beiseite mit der ganzen Kraft unserer Philosophie!«

»Sie haben meine Frage nicht beantwortet.«

Lilo senkte den Blick auf den Index. »Als was sehen Sie mich?«

»Sie sind eindeutig und absolut weiblich.«

Lilo nickte widerstrebend. »Nun, gewiß, physiologisch gesehen bin ich wohl weiblich.«

»Wenn Sie Ihr Haar wachsen lassen, könnte man Sie sogar als hübsch bezeichnen.«

»Welch seltsame, verquere Weise, Dinge zu sehen! Das würde ja bewußte Dualität bedeuten.«

Gleichermaßen getrieben von Boshaftigkeit und Clattucschem Übermut, stand Glawen auf und setzte sich zu Lilo auf die Koje. Sie schaute ihn mit großen, verblüfften Augen an. »Warum machen Sie das?«

»Damit wir die Dualität gemeinsam studieren können und lernen, wie sie funktioniert. Das ist viel interessanter als Monomantik.«

Lilo setzte sich auf den Stuhl. »Das ist der ungewöhnlichste Vorschlag, den ich je gehört habe!«

»Sind Sie interessiert?«

»Selbstverständlich nicht. Wir müssen uns voll und ganz an das bewährte Regime halten.« Ein Musikton erklang. »Es ist Zeit fürs Abendessen. Kommen Sie; Sie und ich werden zusammen gehen.«

Im Refektorium bekamen Glawen und Lilo Brot, Bohnen und gekochtes Gemüse aus einer Reihe eiserner Töpfe. Sodann setzten sie sich mit ihren Näpfen an einen langen Tisch. Etwa dreißig andere Mitglieder des Ordens hockten dort über ihrer Mahlzeit. Glawen erkundigte sich bei Lilo: »Sind Sie mit irgendeinem von denen hier näher befreundet?«

»Wir lieben uns und die ganze Menschheit mit derselben tiefen Inbrunst. Sie müssen das gleiche tun.«

»Es fällt mir schwer, Mutis zu lieben.«

»Mutis neigt manchmal dazu, sich eigenmächtig und despotisch zu verhalten.«

»Aber Sie lieben ihn trotzdem?«

Nach einem Moment des Zögerns sagte Lilo: »Wir alle müssen unseren Beitrag zur allumfassenden Liebe leisten.«

»Warum etwas davon an solche Typen wie Mutis verschwenden?«

»Pssst! Still! Im Refektorium herrscht Schweigegebot. Viele von uns nutzen diese Zeit, um zu sinnen oder um irgendein scheinbares Paradoxon aufzuklären, und niemand möchte dabei gestört werden.«

»Verzeihung.«

Lilo schaute auf Glawens Napf. »Warum essen Sie nichts?«

»Das Essen ist ekelhaft. Die Bohnen sind zermanscht, und das Gemüse ist verkocht.«

»Sie werden Hunger haben, wenn Sie nicht essen.«

»Besser hungern als kotzen.«

»Dann kommen Sie; es hat keinen Wert, hier müßig herumzusitzen.«

Zurück in Glawens Kammer, nahm Lilo wieder zimperlich auf dem Stuhl Platz, während Glawen sich auf der Koje niederließ. Lilo sagte: »Wir sollten jetzt die Grundthesen diskutieren.«

»Lassen Sie uns über interessantere Dinge sprechen«, schlug Glawen vor. »Was für Dienste erwartet Zaa von mir?«

Lilo machte eine nervös-fahrige Handbewegung. »Da möchte ich mir keine Vermutung erlauben.«

»Wer hat sie angerufen, um ihr zu sagen, daß ich kommen würde?«

»Das weiß ich nicht. – Was nun die Bücher anbelangt, ich werde sie Ihnen zu Ihrer Verwendung hierlassen. Da sie wertvoll sind, habe ich Anweisung, mir von Ihnen eine Quittung geben zu lassen.« Lilo stand auf und hielt ihm ein Blatt Papier hin. »Sie müssen es unterzeichnen.«

Glawen wischte die Quittung mit einer unwirschen Handbewegung beiseite. »Nehmen Sie die Bücher wieder mit. Ich will sie nicht.«

»Aber sie sind unerläßlich für Ihre Studien.«

»Es wird Zeit, daß dieses Possenspiel zu Ende geht, je früher, desto besser. Ich bin Hauptmann Glawen Clattuc, ein Polizeibeamter. Ich führe eine Untersuchung durch. Wenn ich meine Ermittlungen abgeschlossen habe, werde ich diesen Ort wieder verlassen.«

Lilo blickte mit gerunzelter Stirn auf die Empfangsbestätigung. »Trotzdem; Sie müssen dieses Papier unterzeichnen. Das hat Zaa so angeordnet.«

»Lesen Sie vor, was auf der Quittung steht.«

Mit unsicherer Stimme las Lilo das Dokument vor. »›Ich, Glawen, bestätige hiermit den Empfang von sechs Büchern, nachstehend mit vollem Titel in alphabetischer Reihenfolge aufgeführt‹« – Lilo las die Titel –, »›welche ich pfleglich behandeln und nach Maßgabe meiner Studien sorgfältig lesen werde. Ich erkläre mich bereit, die für diesen Nießbrauch üblichen Tantiemen an das Monomantische Institut abzuführen und darüber hinaus eine angemessene Gebühr für Verpflegung, Unterkunft und sonstige Leistungen zu entrichten.‹«

»Geben Sie mir den Stift«, sagte Glawen. Auf den unteren Rand des Blattes schrieb er: »Ich, Glawen Clattuc aus dem Hause Clattuc, Station Araminta, Cadwal, Polizeihauptmann und Affiliat der GKIPA, werde gar nichts bezahlen. Ich bin hier in meiner Eigenschaft als Polizeibeamter und werde so bald als möglich wieder abreisen. Etwaige Forderungen nach Rückerstattung von Kosten oder Auslagen irgendwelcher Art sind an die GKIPA-Dienststelle in Fexelburg zu richten.«

Glawen reichte Lilo das Dokument zurück. »Nehmen Sie die Bücher wieder mit. Ich habe nicht die Absicht, sie auch nur anzurühren.«

Lilo nahm die Bücher und ging zur Tür. Glawen sprang auf und folgte ihr. »Sie brauchen nicht abzuschließen. Da ich ja nicht studiere, nehme ich die Gefahr, abgelenkt zu werden, gerne auf mich.«

Lilo ging langsam hinaus auf den Flur, wo sie innehielt und besorgt zurückblickte. Schließlich sagte sie: »Ich glaube, ich schließe besser doch ab.«

»Das möchte ich nicht. Ich komme mir dann vor wie ein Gefangener.«

»Es ist nur zu Ihrem Vorteil und zu Ihrer Sicherheit.«

»Das Risiko gehe ich ein.«

Lilo wandte sich um und ging den Korridor hinunter. Glawen schaute, wie sie in das angeblich gefährliche Treppenhaus entschwand. Einen Moment lang war er versucht, ihr zu folgen, aber dann entschied er sich gegen diesen Impuls. Es hatte keinen Sinn, jetzt eine Konfrontation herbeizuführen. Sollte Plock von der GKIPA sich mit diesen seltsamen Leuten auseinandersetzen.

Andererseits konnte es nicht schaden, wenn er Vorsorge traf. Er spähte nach links und nach rechts den Gang hinunter. Niemand war zu sehen. Er rannte zu der Kleiderkammer, in der Mutis ihm das Haar geschnitten hatte. Von einem Regal raffte er sechs saubere Bettlaken und ging zur Tür zurück, wo er erneut den Gang hinunter spähte. Er war noch immer leer. So hurtig, wie er gekommen war, kehrte er in seine Kammer zurück. Er stieg auf den Stuhl und deponierte die Bettücher auf dem Kleiderschrank, wo sie keiner sehen konnte. Nach kurzem Überlegen versteckte er dort auch das Bündel, das er aus seinen Kleidern gemacht hatte.

Eine halbe Stunde verstrich. Mutis öffnete die Tür und schaute in den Raum. »Kommen Sie mit.«

Glawen sagte in kühlem Ton: »Haben Sie keine Manieren? Klopfen Sie gefälligst an, bevor Sie hereinkommen!«

Mutis starrte ihn nur verständnislos an und wiederholte seine Forderung, ihr mit einem ungeduldigen Wink Nachdruck verleihend. »Kommen Sie mit!«

»Wohin?«

Mutis' Miene verfinsterte sich. Er trat drohend einen Schritt vor. »Habe ich mich nicht klar genug ausgedrückt? Ich sagte: ›Kommen Sie mit‹!«

Glawen erhob sich langsam. Mutis schien übelgelaunt zu sein. »Beeilung!« knurrte er. »Lassen Sie mich nicht warten. Bis jetzt sind Sie noch glimpflich davongekommen.«

Glawen schlenderte aus dem Raum. Mutis drängte unwirsch nach. »Habe ich nicht gesagt: ›Beeilung‹?« Er stemmte seine Faust in Glawens Rücken und stieß ihn vorwärts. Glawen rammte seinen linken Ellbogen gegen Mutis' Hals; er fuhr herum und sah, wie sich das platte, bleiche Gesicht zu einer schmerzlichen Grimasse verzerrte, so daß der Mund die Form eines kleinen rosafarbenen Kreises annahm. Mutis torkelte vorwärts; Glawen versuchte, zum Schlag auszuholen und zurückzuspringen – aber zu spät: Mutis warf sich auf ihn und zwang ihn zu Boden. Glawen rollte blitzschnell auf die Seite und trat aus; seine Fußspitze traf Mutis' Ohr. Glawen sprang auf die Beine und rüstete sich schwer atmend gegen Mutis' Angriff, aber inzwischen war der Flur von Tumult und vermummten Gestalten in bauschigen grauen Kutten erfüllt. Anonyme Hände packten Glawen und zerrten ihm die Kapuze über den Kopf, so daß er nichts mehr sehen konnte. Er hörte Mutis' wütendes Schnattern und ein schlurfendes Rascheln, so als versuche Mutis, sich einen Weg zu ihm zu bahnen.

Glawen wurde unsanft zwei Treppen hinunterbugsiert. Unten gewahrte er neuerlichen Tumult: Rufe und Fragen. Mutis gab schließlich mürrisch Anweisungen: »Zum alten Platz; so lautete der Befehl.«

Glawen vernahm Murmellaute des Zweifels und leise Kommentare, die er nicht verstehen konnte. Er versuchte, die Hände abzuschütteln, die ihn gepackt hielten, um die Kapuze hochziehen zu können, aber ohne Erfolg.

Mutis sagte: »Ich werde ihn jetzt in meine Obhut nehmen. Er ist fügsam; ich brauche eure Hilfe nicht mehr.«

»Er ist flink und stark«, warnte eine Stimme hart an Glawens Ohr. »Wir werden mitkommen und Gewalttaten verhindern.«

»Ah, pah!« grunzte Mutis.

Glawen wurde durch einen Gang geführt, der nach feuchtem Stein, Ammoniak und einem aromatischen Duft wie von unter den Füßen zermalmtem Schimmelpilz roch. Er hörte ein Knirschen und ein Schaben und wurde vorwärtsgestoßen.

Die Hände ließen ihn los; er war frei. Einmal mehr vernahm er das Knirschen und das Schaben, dann, unmittelbar darauf, das dumpfe Geräusch einer zufallenden Tür, dann herrschte Stille.

Glawen zog sich die Kapuze vom Gesicht. Er konnte nichts sehen. Er stand in vollkommener Finsternis.

Er verharrte eine Zeitlang regungslos, dann tastete er sich zurück Richtung Tür und fand die Wand. Echos, oder möglicherweise eine andere subtile Wahrnehmung, verrieten ihm, daß er an der Seitenwand eines großen Raumes stand: eines unterirdischen Raumes, dem muffigen Geruch feuchten Felsgesteins nach zu urteilen. Das einzige Geräusch war das leise Plätschern fließenden Wassers.

Glawen stand fünf Minuten lang regungslos und versuchte, das, was von seiner Fassung übriggeblieben war, zu sammeln und in kohärente Form zu bringen. »Ich habe wohl eine Anzahl von Fehlern begangen«, sagte er zu sich. »Die Lage hat sich enorm verschlechtert; ich bin wahrhaftig vom Regen in die Traufe gekommen.«

Er betastete die Wand hinter sich. Sie bestand aus natürlichem Felsgestein: uneben, feucht und nach Moder riechend. Es hatte ganz den Anschein, daß er direkt im Herzen von Pogan's Point stand.

Glawen begann eine behutsame Erkundung. Vorsichtig tastete er sich vorwärts, bei jedem Schritt halb darauf gefaßt, an den Rand eines Abgrunds zu geraten: eine Arglist, die den Monomantikern durchaus zuzutrauen war. Wenn dann Plock kam, ihn zu befreien, würde die Ordene Zaa im Ton einer beleidigten Unschuld sagen: »Der verrückte Hauptmann Clattuc? Wir konnten ihn nicht zurückhalten! Er wollte unbedingt in eine Höhle eindringen und stürzte in einen Abgrund! Wir haben alles versucht, ihn davon abzubringen – vergebens!«

Aber Glawen fand keinen Schlund. Der Boden schien eben. Glawen ging zur Tür zurück und bewegte sich vorsichtig zehn Schritte nach links, dann kehrte er zurück und bewegte sich zehn Schritte nach rechts. Die Krümmung der Wand ließ ihn einen Durchmesser von ungefähr sechzig Fuß errechnen – vorausgesetzt, der Raum war rund. Daraus folgerte, daß sein Umfang grob gerechnet zweihundert Fuß betrug. Glawen ging zurück zur Tür und richtete sich zum Warten ein. Früher oder später würde irgend jemand kommen müssen, um ihn mit Nahrung und Wasser zu versorgen. Aber vielleicht würde auch nie jemand kommen. Glawen fragte sich, ob dies das Schicksal der vermißten Touristen gewesen sein mochte, die zu eifrig nach Zonks Grab gefahndet hatten. Es war kein ermunternder Gedanke. Er hatte Mutis vors Ohr getreten, aber das allein reichte nicht, um ihm den Gedanken an den Tod zu versüßen.

Eine halbe Stunde verfloß. Glawen wurde das Stehen unbequem, und er setzte sich auf den Boden. Die Lider wurden ihm schwer, und trotz des kalten harten Bodens nickte er ein.

Glawen wachte auf. Zeit war verstrichen: mindestens einige Stunden. Er fror, und seine Glieder schmerzten. Sein Mund war unangenehm trocken. Er horchte. Kein Laut außer dem Plätschern des fließenden Wassers, das von rechts zu kommen schien. Er raffte sich auf und tastete nach der Tür. Ein plötzlicher Gedanke durchfuhr ihn: vielleicht war sie gar nicht abgeschlossen! Was für ein feiner, zynischer Streich! Den fremden Polizisten in ein unterirdisches Verlies zu stecken und ihn dort verschmachten zu lassen – hinter einer Tür, die niemals abgeschlossen gewesen war!

Glawen prüfte die Tür. Sie fühlte sich ernüchternd massiv an. Er tastete an der Füllung und am Rahmen entlang, fand aber weder Klinke noch Knauf noch Angel noch Zugkette. Er trat einen Schritt zurück und warf sich gegen die Tür. Vergebens. Glawen gab ein verzagtes Grunzen von sich.

Eine Stunde verging; es mochten auch zwei sein – Glawen sah sich außerstande, dies abzuschätzen. Auf jeden Fall aber war ihm das Warten höchst langweilig geworden, und er konnte für den Rest der langen Nacht kaum noch auf Besserung hoffen; mit an Gewißheit grenzender Wahrscheinlichkeit würde er bis zum Morgen in dieser muffigen, kalten Höhle inhaftiert bleiben, während alle anderen die Behaglichkeit ihres weichen Bettes gustierten.

Glawen seufzte tief durch und fügte sich freudlos in sein Schicksal. Jetzt zu wüten würde eine fruchtlose Anstrengung sein.

Sein Mund war trocken und ledern vor Durst. Sich dicht an der Wand haltend, um die Orientierung nicht zu verlieren, kroch er auf Händen und Füßen nach rechts und stieß nach etwa zwanzig Schritt auf ein

Rinnsal kalten Wassers. Er schöpfte eine Handvoll von dem Naß auf und kostete es. Das Wasser war sauer von Mineralien und kaum trinkbar. Glawen trank gleichwohl ein paar Schlucke, genug, um seinen brennenden Durst zu lindern, und tastete sich entlang der Wand wieder zurück zur Tür.

Eine unschätzbare Zeitspanne verging. Glawen hockte vor der Tür, träge vor sich hinbrütend.

Von hoch oben kam ein Geräusch. Glawen hob den Kopf. Das Geräusch wiederholte sich; er identifizierte es als das Quietschen einer Tür, deren Angeln der Ölung bedurften. Das Geräusch ging einher mit dem Erscheinen eines schmalen Spalts Lichtes, welcher die Umrisse eines Balkons enthüllte, der sich in zwanzig Fuß Höhe befinden mochte.

Eine ganz in Weiß gehüllte Gestalt trat auf den Balkon, in der Hand eine Lampe haltend. Glawen blieb regungslos sitzen; das Wechselspiel von Licht und Schatten verwirrte seine Wahrnehmung; er empfand nur ein passives Interesse hinsichtlich der Identität der Person.

Die Gestalt in Weiß schob die Lampe in eine Halterung und warf dann mit einer raschen Handbewegung die Kapuze des Gewandes zurück. Im gelben Licht der Lampe sah Glawen ein schmales Gesicht mit großen dunklen Augen, einen Schopf kupferfarbenen Haares und feine, klar gezeichnete Züge. Das Haar umschmiegte das Gesicht wie ein kupferner Helm, die Ohren wie eine Mütze überdeckend. Im Nacken lockte es sich bauschig. Mit dumpfer Überraschung erkannte Glawen in der Gestalt die Ordene Zaa. Ihr Gewand war von feinerem Gewebe als jenes, das sie zuvor getragen hatte, und folgte geschmeidiger den Rundungen ihres Körpers.

Zaa schaute auf Glawen herunter. Ihr Gesichtsausdruck war unergründlich. Sie sagte mit leichter, beinahe munterer Stimme: »Sie haben es mit großem Geschick vermocht, sich in eine unangenehme Lage zu bringen.«

Glawen erwiderte in maßvollem Ton: »Mein Verhalten war ganz korrekt. Sie haben mich widerrechtlich in diese mißliche Situation gebracht, aus Gründen, die sich meinem Verständnis gänzlich entziehen.«

Zaa schüttelte den Kopf. »In Hinblick auf die örtlichen Gegebenheiten ist mein Verhalten korrekt. Ihres ist auf naives Theoretisieren gegründet; es hat sich bereits als nutzlos erwiesen.«

»Ich habe keine Lust, zu disputieren«, sagte Glawen. »Es könnte so aussehen, als würde ich mich beklagen.«

Zaa betrachtete ihn mit sichtlicher Belustigung. »Sie scheinen eine ungewöhnlich gelassene Haltung zu haben.«

Glawen erkannte, daß Zaa mit ihm spielte wie eine Katze mit einer Maus, und ließ die Bemerkung unkommentiert.

Zaa bohrte weiter: »Ist es aus Gleichmut, oder steckt eine entschlossene Philosophie aus komplizierten Bestandteilen dahinter?«

»Das könnte ich nicht sagen; ich bin nicht sehr für Introspektion. Vielleicht bin ich einfach abgestumpft.«

»Ein Jammer. Wenn Mutis einen Fehler hat, dann den, daß er nicht leicht verzeiht, und ich glaube, daß ihm der Kopf noch immer von der Härte Ihres Tritts dröhnt. Aber wir können nicht bei vergangenem Unbill verweilen; wir müssen in die Zukunft blicken. Was sagen Sie dazu?«

»Ich sage, geben Sie mir meine Information, und ich werde diesem bedrückenden Ort unverzüglich den Rücken kehren und das Geschehene auf sich beruhen lassen. Dies ist Ihre vernünftigste Option.«

Zaa lächelte. »Nur aus Ihrer Sicht.«

»Aus Ihrer ebenso. Wenn Sie einen Polizeibeamten festhalten, schaffen Sie sich Ärger.«

»Sie vergessen, daß wir hier im Lande Lutwiler sind. Ihre Amtsgewalt ist hier nichtig.«

»Die GKIPA teilt diesen Standpunkt nicht.«

»Lassen Sie sich in Ihrem Betragen nicht von dieser Theorie leiten«, sagte Zaa. »Ich habe die Macht über das Seminar: das ist die Wahrheit, die zählt. Sie müssen sich nach meinem Programm richten, nicht ich nach Ihrem. Wenn Sie das nicht begreifen, dann bedürfen Sie eindeutig einer Hirntherapie.«

»Ihre Aussage ist klar. Ich brauche keine Therapie.«

»Davon bin ich nicht so ganz überzeugt, nachdem ich Aussagen von Mutis und Lilo gehört habe. Im letzteren Fall haben Sie erotische Vorschläge gemacht …«

»Was? Ich habe nichts dergleichen gemacht!«

»… im ersteren Fall unternahmen Sie einen brutalen Angriff und fügten Mutis Schmerzen zu. Sein Ohr schmerzt und pocht noch immer.«

»Diese Anschuldigungen sind absurd!«

Zaa zuckte die Achseln. »Der Kern der Sache ist klar genug. Mutis schildert Sie als störrisch und unbändig. Lilo ist bekümmert und verwirrt von Ihrer Taktik und fragt sich, wo sie fehlgegangen ist.«

Glawen brachte ein Lachen zuwege. »Ich werde Ihnen die Fakten nennen. Mutis stieß mir die Faust in den Rücken, bevor ich ihn schlug. Er provozierte mich zu einem Kampf – wahrscheinlich auf Ihre Anweisung hin. Und was Lilo angeht, nun, vielleicht war ich ein wenig galant, aus purer Langeweile heraus, einfach so, um ein wenig Kitzel in ihr Leben zu bringen. Mein Betragen war ganz bestimmt nicht liederlich. Die sexuellen Obsessionen sind in ihrem Kopf, nicht in meinem.«

Zaa zuckte erneut die Achseln. »Das mag wohl sein, und warum auch nicht? Sie sind stark und selbstsicher; eine empfängliche junge Frau könnte Sie anziehend finden.« Zaa ließ den Blick durch den Raum schweifen. »Diese Unterkunft ist zwar nicht luxuriös, aber sie ist preiswert, genau gesagt, umsonst. Da Sie darauf bestehen, nichts für Ihr Logis zu zahlen, muß diese Höhle genügen.«

»Sie würden eine Zahlungsvereinbarung als Beweis dafür verwenden, daß ich aus freien Stücken hier abgestiegen bin. Das ist nicht der Fall. Ich bin hier als Gefangener.«

»Haben Sie unser Abkommen vergessen?«

»Abkommen?« Glawen sah sie verblüfft an. »Die Konditionen waren so nebelhaft, daß sie bedeutungslos sind. Weder dieses sogenannte Abkommen noch irgendein anderes Abkommen hat Gültigkeit zwischen einem Gefangenen und dem, der ihn gefangen hält.«

Zaa lachte – ein leises, helles Geläut, wie von einem Glas-Glockenspiel, das von einem sanften Windhauch angerührt wird. »Im Lande Lutwiler haben solche Abkommen besondere und außergewöhnliche Gültigkeit, speziell hinsichtlich der Pflichten des Gefangenen.«

Glawen sagte dazu nichts. Zaa fuhr fort. »Erinnern Sie sich an unsere Abmachung?«

»Sie boten mir alle Ihre Informationen im Gegenzug für bestimmte, nicht näher spezifizierte Dienste an: ein Handel, dem ich nicht zustimmen konnte. Alsdann versuchten Sie, mich in Monomantischer Syntorax zu unterweisen. Ein netter Scherz, aber wundern Sie sich da, daß ich Sie oder Ihr sogenanntes Abkommen nicht mehr ernstnehme?«

»Das ist ein Fehler. Das Abkommen ist ernstzunehmen.«

»In dem Fall schlage ich Ihnen folgendes vor«, sagte Glawen. »Lassen Sie mich aus diesem Loch frei, geben Sie mir die Informationen, die ich benötige, und dann erklären Sie mir, was Sie von mir wollen. Wenn es etwas ist, das ich tun kann, und es weder kriminell noch unmoralisch noch schädlich, schmählich oder schändlich ist und nicht zu lange dauert oder zu kostspielig ist, werde ich es tun.«

Zaa überlegte. »Das ist ein Plan von entwaffnender Einfachheit.«

»Es freut mich, daß er Ihnen gefällt.«

»Ah! Es geht mir nicht darum, daß Sie sich freuen; mein Bedenken ist, ob Sie es ehrlich meinen.«

Glawen überlegte. »Ich halte meine Versprechen.«

»Hm, mag ja sein. Aber ich muß Gewißheit haben. Ich habe fast Angst, Sie auf die Probe zu stellen. Einen Moment; wir werden die Sache näher diskutieren.«

Zaa trat von dem Balkon zurück; die Tür schloß sich. Einen Moment später schwang die untere Tür auf. Zaa trat ein, und die Tür schloß sich wieder hinter ihr. »Es ist leichter, auf dieser Ebene zu diskutieren.«

»Sehr wahr.« Der Stoff von Zaas weißem Gewand war dünn und transparent; nichts an ihr erinnerte mehr an das geschlechtslose Wesen, dem Glawen bei ihrer ersten Begegnung gegenübergestanden hatte. Im Schein der Lampe wurde die Herbheit ihrer Züge zu wohlgestalter Zartheit; die Kappe kupferroten Haares verlieh ihrem Gesicht einen reizvollen Schimmer; ihre dunklen Augen waren sanft und leuchtend. Ein Hauch von Parfüm umhüllte sie, stark genug, um die fünf oder sechs Fuß zwischen ihnen zu überbrücken.

Zaa maß die Höhle mit einem unbestimmten Gesichtsausdruck. »Haben Sie sich schon mit diesem Ort vertraut gemacht?«

»Im Dunkeln? Ich bin zwar ein Clattuc, aber ich bin nicht von Sinnen.«

»Dann schauen Sie sich jetzt um. Es ist eine Höhle im Herzen von Pogan's Point.«

»Ein trostloser Ort in der Tat.«

»Beachten Sie das Podest dort drüben an der Wand. Das Bündel darauf ist ein Kissen und eine Decke, die Gäste als Bett benutzen können.«

»Welche Gebühr verlangen Sie dafür?«

»Keine. Sie dürfen umsonst dort schlafen, wo Zab Zonk in seinem weißen Jadekatafalk die letzte Ruhe fand, beschirmt von Vorhängen, die schwer waren von Adularen und Perlen.«

»Eine eigenartige Unterkunft für mittellose Gäste.«

»Finden Sie?«

»Die Atmosphäre ist malerisch, wenngleich ein wenig makaber. Die Ausstattung ist minimal.«

Zaa sah sich in dem Raum um. »Die Einrichtung ist zweifellos karg. Bessere Unterkünfte sind teurer.«

Glawen ignorierte den Scherz. »Wissen die Fexel, daß Sie das Grab gefunden haben?«

Zaa streckte schlaff die Arme zur Seite aus und sah Glawen über die Schulter an. Glawen schaute fasziniert zu. »Natürlich«, sagte Zaa. »Warum sonst sind sie uns allzeit gefällig und dulden unsere Grillen? Weil Tausende von Touristen Vermögen dafür ausgeben, in der Steppe herumzuschweifen in der Hoffnung, den Schatz zu finden. Wir hüten das Geheimnis, und die Fexel lassen uns in Frieden.«

Glawen schaute nachdenklich zu dem Podest. Seltsam, wie beiläufig und unzeremoniell sie ihm ein so kostbares Geheimnis anvertraut hatte! Sie hatte es nicht einmal für nötig befunden, ihm Diskretion abzuverlangen. Wie konnte sie sicher sein, daß er diese geradezu sensationelle Information für sich behalten würde, sobald er Pogan's Point wieder verließ? Offenbar nahm sie seine Verschwiegenheit als selbstverständlich an. Bemerkenswert! Dabei schien Zaa keine vertrauensvolle Frau zu sein. Andere Erklärungen für ihre verblüffende Zutraulichkeit kamen ihm in den Sinn; er verscheuchte sie und ihre Implikationen. Er frug Zaa: »Was wurde aus dem sagenhaften Schatz?«

»Der Katafalk war zertrümmert. Zonks Gebeine konnten nicht gefunden werden. Es gab keinen Schatz.« Zaa wandte sich um und ging langsam durch den Raum. Sie blieb stehen und schaute über die Schulter. »Kommen Sie?«

Glawen folgte ihr; er hatte das Gefühl, als ginge er

durch einen Traum. Große Ereignisse hingen in der Luft; was mochte ihre Bedeutung sein? Er vermochte es nicht zu erraten; sein Geist schweifte hierhin und dorthin in dem Bemühen, Gedanken jeder Art zu vermeiden.

Zaa blieb bei dem kleinen Rinnsal stehen, das durch den Raum floß. Sie wandte sich zu Glawen um. »Sie haben dieses Wasser bemerkt?«

»Ja. In der Hoffnung, daß es nicht mit Ihrem Abwassersystem in Verbindung stehen möge, bin ich sogar so weit gegangen, davon zu kosten.«

Zaa nickte ernst. »Das Wasser ist mit anorganischen Stoffen durchsetzt, aber es ist trinkbar. Kommen Sie her und schauen Sie, wie es hier in einen Tunnel abfließt. Andere, noch stärker als Sie mit geistiger Verwirrung Geschlagene, glaubten Ihre Therapie abkürzen zu können, indem sie das Loch hinunterkrochen. Das ist kein guter Plan. Der Tunnel verengt sich, und der Abenteurer kann nicht zurück. Falls er es tatsächlich schafft, sich überhaupt durch die enge Röhre zu zwängen, fällt er in einen tiefen, dunklen Pfuhl. Das Wasser ist kalt, und nach kurzem, verzweifeltem Zappeln ersäuft er, und sein Gewebe durchsetzt sich rasch mit Mineralien. Es heißt, eine sehr dünne Person sei einst, gesichert durch ein Tau, durch den Tunnel gekrochen, den Schatz zu finden. Die Person fand nichts von Wert, doch als sie mit ihrer Lampe in den Pfuhl leuchtete, sah sie eine Anzahl weißer Leiber am Grunde liegen. Einige dieser Versteinerungen gehen bis auf die Zeit von Zab Zonk zurück; ja es ist sogar möglich, daß eine von ihnen Zab Zonk selbst ist. Freilich haben wir uns nie die Mühe gemacht, das nachzuprüfen.«

Glawen sagte mit gedämpfter Stimme: »Der Pfuhl wäre schon in sich eine Touristenattraktion.«

»Zweifellos! Wir wollen nichts mit Touristen zu schaffen haben! Die Aufregung, der Lärm und der Dreck würden unsere Geduld auf eine harte Probe stellen. Das Grab wird niemals Veränderung erfahren, ebensowenig der Pfuhl! Denken Sie doch einmal nach! In einer Millionen Jahren werden vielleicht Entdecker irgendeiner fremden Rasse auf den Pfuhl stoßen. Stellen Sie sich vor, wie verblüfft sie sein werden, wenn sie hinunter auf den Grund des Pfuhls schauen!«

Glawen kehrte dem Tunnel den Rücken zu. »Das ist ein interessanter Gedanke.«

»Ganz recht. Hier in der Grabhöhle spürt man den Fluß der Zeit. In der Stille glaube ich manchmal das Murmeln jener Stimmen in der fernen Zukunft zu hören, wenn sie das Grab erforschen.« Zaa tat das Thema mit einer schnippischen Bewegung ihrer Finger ab. »Aber das braucht uns nicht zu kümmern. Wir sind die Wesen des Jetzt! Wir sind lebendig! Wir sind gewahr! Wir bestimmen und verfügen! Wir fahren auf unseren persönlichen Welten durch das Universum, als wären es große, rumpelnde Streitwägen!«

Nach einem Moment des Schweigens sagte Glawen: »Ich bin überrascht, daß Sie mir so viel Information anvertraut haben, besondere bezüglich Zonks und seines Grabes.«

»Warum nicht? Dessentwegen sind Sie doch gekommen! Sehe ich das nicht richtig?«

»Das sehen Sie richtig. Trotzdem ...«

Zaa wanderte zu dem Podest. Sie setzte sich auf den Rand und schaute zu Glawen auf. »Trotzdem?«

»Ach, nichts Wichtiges.«

Zaa sagte: »Entweder, Sie setzen sich, oder ich stehe auf; ich kann nicht sprechen mit zurückgeneigtem Kopf.«

Glawen nahm zimperlich und in diskretem Abstand Platz und taxierte Zaa aus dem Augenwinkel. Das Lampenlicht ließ ihre Züge verschwimmen und verlieh ihrem Gesicht einen eigenartigen Zauber.

Zaa sagte leise: »Wie ich bereits erwähnte, ist Lilo davon überzeugt, daß Sie von maßloser und ungezügelter Erotik durchpulst sind, so daß Sie vor Lust geradezu bersten.«

»Lilos Hoffnungen oder Befürchtungen – was immer es sein mag – übersteigen die Wirklichkeit um einen Faktor von fünfzig zu eins«, erwiderte Glawen. »Sie ist zu erregbar, als daß es gut für sie wäre, und zweifellos ist sie ein Opfer von Phantasien. Andererseits, wenn die einzigen Männer, die sie zu Gesicht bekommt, Bestien wie Mutis und Funo sind, kann ich ihre Sehnsüchte nur zu gut verstehen.«

»Funo ist übrigens eine Frau.«

»Was! Ist das Ihr Ernst?«

»Natürlich.«

»Ha! Ich wundere mich, daß die arme Lilo unter diesen Umständen noch so normal und vernünftig ist.«

»Finden Sie Lilo sexuell anregend?«

Glawen zog die Stirn kraus und wandte den Blick ab. Die Situation wurde zunehmend delikater. Jetzt galt es, Zeit zu gewinnen! Plock mußte inzwischen die Nachricht von seinem Fernbleiben erhalten haben, und gewiß würde er keine Zeit verlieren, die notwendigen Maßnahmen zu seiner Befreiung in die Wege zu leiten.

Bis dahin konnte Glawen die Situation dazu nutzen, Zaa möglicherweise weitere Informationen zu entlocken. Sie schien entspannt und zum Reden aufgelegt. Wenn er seine Galanterie voll ausspielte, würde sie vielleicht gelöster denn je werden. Der Gedanke ließ Glawen zusammenzucken. Zaa erschien unbestreitbar weniger grotesk und menschenähnlicher als vorher, aber sie weckte in ihm immer noch die unbehagliche Assoziation von einem weißen Reptil: einer zweibeinigen Eidechse oder einem weißhäutigen Grottenolm mit rotem Haar. Glawen zuckte erneut zusammen. Er mußte diese Gedanken aus seinem Geist verbannen; wenn Zaa ihre Präsenz spürte oder erahnte, würde sie wahrscheinlich nicht nur kühl, sondern böse werden.

All dies ging Glawen in weniger als zwei Sekunden

durch den Kopf. Was hatte sie ihn doch gleich gefragt? Ob er Lilo sexuell stimulierend finde?

»Ich will absolut offen sein«, sagte er vorsichtig: »Männer werden auf andere Weise sexuell angeregt als Frauen, wie Sie wissen müssen.«

»Ich habe mir nie die Mühe gemacht, das Thema näher zu erforschen.«

»Nun, es ist so. Im Falle Lilos ist es so, daß die graue Kutte schlicht ihre Figur verschluckt, die alle Unterstützung benötigt, die sie bekommen kann. Ihr haarloser Schädel ist alles andere als gefällig, und ich habe schon Leichen gesehen, die eine gesündere Hautfarbe hatten als sie. Positiv indes wäre anzumerken, daß sie gute Gesichtszüge und schöne Augen hat. Sie ist anmutig und besitzt einen gewissen schmachtenden Charme. Wenn ich jetzt so zurückdenke, kann ich nicht glauben, daß ich sie erschreckt habe; es schien mir eher so, daß ihr Interesse unter meinen Aufmerksamkeitsbezeigungen erwachte.«

»Diese Empfindungen beunruhigten sie vielleicht, erzeugten sowohl Schuldgefühle als auch Verwirrung in ihr, die sie Ihnen zuschrieb und, wie ich jetzt sehe, vielleicht übertrieb. Sie scheinen sie demnach linkisch zu finden?«

»Linkisch, spröde, standhaft: was auch immer. Wenn sie sich das Haar wachsen ließe, sich hübsch kleidete und ein wenig Farbe bekäme, könnte sie leidlich anziehend sein.«

»Interessant! Und jetzt? Finden Sie sie unattraktiv?«

Glawen überlegte, wie er seine Bemerkungen am besten formulieren sollte. »Raumfahrer begegnen allen Arten von Frauen. Ich habe sie sagen hören, daß des Nachts alle Katzen grau sind.«

Zaa nickte nachdenklich. »Lilo ist natürlich total unschuldig. Ihr Leben verlief bisher strikt und in aller Form nach den Grundsätzen der Monomantik, und aus bestimmten Gründen sind wir interessiert zu erfahren, wie sie auf die Nähe eines ansehnlichen jungen Mannes wie Sie reagiert.«

»Deshalb also wurde Lilo zu meiner Lehrerin bestimmt.«

»Teilweise.«

»Ich bin doch sicher nicht der erste Mann, dem sie begegnet ist?«

Zaa lachte traurig. »Ich sehe, ich bin Ihnen eine Erklärung schuldig. Die Monomantiker streben Einheit als ihr Ziel an. Die Polymantiker nahmen die Dualität an, aber sie wurden von Maskulinen beherrscht. Die monomantische Rebellion wurde von heldenhaften Femininen angeführt, die auf sexuelle Gleichheit drangen und eine Rasse zu erschaffen trachteten, in der Sexualität keine zwingende Kraft mehr darstellen würde. In den biologischen Werkstätten auf Strock wurden viele Wege ausprobiert, aber die Anstrengungen erbrachten nie ganz das angestrebte Ergebnis. Die Zubeniten von Lutwiler wurden anfangs als glorreicher Erfolg betrachtet, weil sie sich zumindest teilweise als intrafertil erwiesen. Bis zu diesem Grade ist die Dualität besiegt; wir haben die Monomantik in vielen Stufen perfektioniert. Die Lehre besagt, daß ›Mann‹ und ›Frau‹ archaische und im wesentlichen arbiträre Begriffe sind. Mutis ist ein Mann; Funo ist eine Frau. Sie sind sich möglicherweise nicht einmal ihrer Unterschiede bewußt, da letztere keine Funktion haben. Mutis ist impotent; Funo produziert keine Eier. So ist das bei den Zubeniten. Ihr Überleben als Volk ist bloß provisorisch.«

Glawen ließ seine Meinung hierzu ungeäußert.

»Gleichwohl sind unsere Bemühungen zumindest theoretisch erfolgreich gewesen. Die Dualität ist in Verruf und ins Wanken gebracht worden; sie kann nicht länger als eine Begeisterung stiftende Philosophie betrachtet werden. Stimmen Sie mir da zu?«

»Ich habe in dieser Frage noch nie eine Position bezogen, weder die eine noch die andere.«

»Einheitlichkeit ist jetzt die Norm. Männer und Frauen sind in allen Aspekten gleichwertig. Die Frauen sind von dem uralten Fluch des Gebärens befreit. Die Männer wiederum leiden nicht länger unter dem Druck ihrer Drüsen, der ihre Energien in falsche Bahnen lenkte und sie bisweilen zu vernunftwidrigen Galanterien anstiftete. Was sagen Sie dazu?«

»Ein interessanter Gesichtspunkt.« Glawen fügte behutsam hinzu: »Ich habe keine Schwierigkeiten mit meinen Drüsen, und ich hätte ganz gewiß keine Lust, es mit der Einheitlichkeit zu versuchen.«

Zaa lächelte. »Ich darf Ihnen zur Kenntnis geben, daß eine neue Theorie starke Anhänger für sich gewonnen hat, unter anderem mich. Die Zubeniten sind nicht gänzlich zufriedenstellend; sie werden sich nicht paaren, aus dem einen oder anderen Grund, und die Population wird sich nicht selbst aufrechterhalten. Würden nicht stete Junge von Strock nachgeliefert, würde das Volk nicht überleben.«

»Lilo scheint nicht die typische Zubenitenfrau zu sein – Sie übrigens auch nicht.«

»Lilo hat eine interessante Geschichte. Um unsere Arbeit auf Strock voranzutreiben, holten wir uns einen brillanten jungen Genetiker von Alphanor – nicht ganz mit seinem Einverständnis. Aus Langeweile heraus begann er, geheime Experimente durchzuführen. Es scheint, daß er im Fall von Lilo ein Musterei von hoher Güte und sein eigenes Sperma benutzte. Er züchtete sie in einer speziellen Zuchtschüssel; die Zygote wurde in einem Faß für sich ernährt, ohne Sequester oder Hormonsuppressoren, und erhielt besondere Nährstoffe. In seiner regulären Arbeit kam er aufgrund seines Grolls und seiner allgemeinen Freudlosigkeit seinen Pflichten nicht nach und produzierte tausend einäugige Kreaturen mit einem Bein, blauen Pusteln und riesigen Geschlechtsorganen, die er als drolligen Scherz betrachtete. In einem anderen Faß vergeudete er drei

Dutzend Vorzugseier, indem er sie mit dem Sperma eines Waschbären befruchtete, der zufällig zur Hand war. Der Streich entging der Entdeckung, bis den Säuglingen Schwänze zu sprießen begannen; da kam die Wahrheit natürlich ans Licht, und der Genetiker wurde fristlos entlassen.

Lilo hätte um ein Haar das Los der Mißgeburten geteilt, aber irgend jemand bemerkte, daß sie sich nach konventionellerem Muster entwickelte, und so überlebte sie. Aber wie ihre ziemlich verblüffende Güte zustande kam, erfuhren wir nie, da der Genetiker nicht mehr lebte.«

»Das ist eine interessante Geschichte«, sagte Glawen.

»Jetzt ähnelt Lilo einer Frau aus der alten Dualität. Um sie nicht in Verlegenheit zu bringen, haben wir ihr diese Information vorenthalten. Wie es scheint, hat sie die Nachricht aus anderer Quelle erhalten.«

»All dies mag ja wichtig und interessant sein«, sagte Glawen, »aber meine erste Sorge gilt mir selbst. Wie lange gedenken Sie mich noch in diesem Loch eingesperrt zu halten?«

»Ich sehe, ich muß vollkommen offen sein«, sagte Zaa. »In unserem Bemühen, die Dualität auszutilgen, haben wir Hervorragendes geleistet: dies wissen Sie. Wir können Zubeniten nach Belieben produzieren, aber sie haben zuweilen viele negative Charaktereigenschaften, und Veränderungen sind erforderlich. Müssen wir die Monomantik verbessern und eine neue Sexualität riskieren? Die Theorie, von der ich eben sprach, besagt, daß dies notwendig sein könnte, wegen der Natur, die dem Protoplasma innewohnt. Von Strock kommt nichts als ernüchternde Kunde. Die Verfahren versagen. Die Zygoten sterben schneller, als sie produziert werden können; die Jungen sind kränklich und abnorm.

Es scheint ganz so, daß wir, wenn wir überleben wollen, auf primitive Techniken zurückgreifen müssen. Aber wie? Die Männer sind wie Mutis, unfähig, dieses

Werk zu verrichten, während die Frauen wie Funo sind; sie würden allein von dem Gedanken Krämpfe und Zuckungen kriegen.

Nun denn! Dies trifft nicht in jedem Fall zu. Ein paar Frauen ovulieren und sind noch empfängnisfähig. Es sind die Männer, die hilflos sind. Sie sind arme Teufel, dumpf, stumpf und träge.«

Glawen sagte nervös: »Vielleicht irren Sie sich da! Stecken Sie die Frauen in hübsche Kleider; ermuntern Sie sie, sich das Haar wachsen zu lassen und in der Sonne zu spielen, damit sie ein wenig Farbe bekommen. Und statt sie in Philosophie zu unterweisen, sollten Sie sie tanzen und singen lehren und ihnen beibringen, wie man feine Bankette mit gutem Wein herrichtet! Da würden die Männer rasch aus ihrer Trägheit erwachen!«

Zaa grunzte verächtlich. »Diese Geschichte haben wir schon einmal gehört. Ein gewisser Mann behauptete, profundestes Wissen auf dem Gebiet der menschlichen Gefühle zu besitzen. Er behauptete, unsere Probleme seien mental, mehr nicht; wir sollten, so empfahl er, uns einer Reihe von sogenannten Sexualtherapiesitzungen unterziehen. Wir folgten seinem Rat und testeten seine Theorien; das einzige, was uns das einbrachte, waren Unannehmlichkeiten und immense Kosten, verbunden mit der Erkenntnis, daß die Habsucht dieses Mannes seine Leistung weit übertraf!«

Glawen täuschte lediglich beiläufiges Interesse vor. »Sie spielen hier offenbar auf die Thurben-Affaire an.«

»Offensichtlich. Ist ein solcher Vorfall nicht genug?«

»Dieser habsüchtige Gelehrte erreichte nichts für Sie? Welche Referenzen hatte er vorzuweisen?«

»Die Ergebnisse waren bestenfalls unbestimmt. Er drängte uns, das Programm weiter zu verfolgen, und unsere Ordene Sibil verblieb dort, um das Projekt zu beobachten und Erfahrungen zu sammeln, aber ihr Verbleib ist unklar.«

»Und dieser Gelehrte: wie heißt er?«

»Ich kann mich kaum entsinnen; ich hatte nicht direkt mit ihm zu tun. Floreste – so lautet sein Name! Er leitet eine Truppe von Possenreißern und Scharlatanen; er ist verrückt nach Geld!«

Glawen stieß einen Seufzer aus. Zaa, so überlegte er, war bemerkenswert freimütig und offen. Er fragte sich, was für Dienste sie wohl von ihm verlangen würde, bevor sie ihm gestattete, seiner Wege zu gehen – obwohl Plock jetzt jeden Moment auftauchen mußte.

Zaa sagte leichthin: »Es war übrigens Floreste, der mir Ihr Erscheinen ankündigte. Er will nicht, daß Sie nach Cadwal zurückkommen. Sie würden seine Pläne zunichte machen, sagt er.«

Verblüfft fragte Glawen: »Wie konnte er irgend etwas von meinen Bewegungen wissen?«

»Daran ist nichts Mysteriöses. Ihr Kollege verblieb in Fexelburg; sehe ich das richtig?«

»Das stimmt. Kirdy Wook.«

»Anscheinend hat dieser Kirdy Wook, kaum daß Sie den Bus bestiegen hatten, Floreste angerufen und ihn gefragt, ob er sich der Truppe wieder anschließen könne. Floreste zeigte sich einverstanden, und Kirdy ist jetzt bei ihm. Was immer Sie für Vereinbarungen getroffen haben mögen, soweit sie Kirdy betreffen, sind sie gegenstandslos geworden.«

Glawen saß da wie betäubt.

Zaa fuhr fort: »Nun: im Zusammenhang mit unseren eigenen Vorkehrungen, und hier beziehe ich mich auf das sogenannte Abkommen: als Sie eintrafen, war ich positiv beeindruckt. Sie sind gesund, intelligent und schön; Sie sind offenbar sexuell funktionstüchtig. Ich beschloß, daß Sie versuchen sollten, die ovulierenden Frauen zu befruchten und einen Kader von – nennen wir sie: Neo-Monomantikern zu schaffen. Ich setzte Lilo auf Sie an, in der Hoffnung, daß sich vielleicht irgendeine Situation entwickeln würde. Aber aus, wie es scheint, purer Böswilligkeit heraus verwirrten Sie Lilo und setzten sie in Angst. Aber natürlich ist nicht alles verloren; sie empfindet gleichermaßen Faszination und Furcht vor dem, was sie auf sich zukommen wähnt. Ich werde dafür sorgen, daß sie sich das Haar wachsen läßt und Farbe auf ihre Haut bringt. Andere werden das gleiche tun.«

Glawen schrie entsetzt: »Aber all dies wird Monate dauern!«

»Natürlich. Sie müssen sich daran gewöhnen, in diesen Maßstäben zu denken – oder in noch größeren. In der Zwischenzeit können Sie mit mir experimentieren. Ich bin fruchtbar; ich bin eine echte Frau, und ich habe keine Furcht. Im Gegenteil.«

Glawen fragte mit belegter Stimme: »Sind das die ›Dienste‹, die Sie von mir begehrten?«

»So ist es.«

Glawen sah sich außerstande, einen rationalen Gedanken zu fassen. Eines war klar: wollte er entkommen, mußte er zuerst Zonks Grab entrinnen. Er schaute Zaa verhohlen an. »Ich halte das Ambiente nicht gerade für besonders angemessen.«

»Er ist so gut wie jedes andere im Seminar.«

»Das Podest ist ganz und gar nicht bequem.«

»Legen Sie das Kissen und die Decke aus.«

»Das ist eine vernünftige Idee.«

Glawen breitete das Bettzeug aus. Als er sich umwandte, stellte er fest, daß Zaa bereits ihrem Gewand entstiegen war. Als Silhouette vor dem Lampenlicht war ihre Figur nicht ungefällig. Zaa trat vor ihn hin und löste seinen Gürtel. Glawen konnte nicht umhin, trotz der ungewöhnlichen Umstände eine gewisse Erregung zu empfinden. Die beiden legten sich auf das Podest, Zaa zuunterst. Hier enthüllte das Lampenlicht mehr Details als zuvor. Glawen spürte, wie das Strohfeuer der Erregung jählings wieder in ihm erlosch. Verzweifelt, die Zähne entschlossen zusammengebissen, trieb er sich an: »Ich werde mich weder an der weißen Haut noch an den blauen Adern stören; auch an den spitzigen Knien oder den scharfen Zähnen werde ich mich nicht stoßen. Ignorieren werde ich auch die schaurigen Umstände und die Geister, die mit großen, staunenden Augen zuschauen.«

»Ach, Glawen«, hauchte Zaa. »Ich habe den Verdacht, daß die Dualität mich nie wirklich verlassen hat. Ich bin eine Ordene, aber ich bin auch eine Frau!« Sie warf den Kopf zurück, und die rote Perücke rutschte weg; ihr weißer, kahler Schädel und eine Tätowierung auf ihrer Stirn kamen zum Vorschein.

Glawen stieß einen erstickten Schrei aus und entwand sich ihrem Griff. »Das geht über meine Kräfte! Schauen Sie mich an! Sehen Sie selbst!«

Wortlos setzte Zaa sich die Perücke wieder auf und schlüpfte zurück in ihr weißes Gewand! Sie sah Glawen mit einem eigenartigen, schiefen Grinsen an. Dann sagte sie: »Es scheint, daß auch ich mir das Haar wachsen lassen und meinen Körper der Sonne aussetzen muß.«

»Aber was wird aus mir?«

Zaa zuckte die Achseln. »Tun Sie, was Sie wollen. Studieren Sie Monomantik. Machen Sie gymnastische Übungen. Erkunden Sie den tiefen Pfuhl. Ich habe meine Informationen großzügig und reichlich gegeben! Bis ich mit Ihren Diensten zufrieden bin und bis mein primitiver weiblicher Zorn sich abgekühlt hat, werden Sie Pogan's Point nicht verlassen.«

Zaa ging zur Tür und klopfte dreimal. Sie schwang auf; Zaa ging hindurch, und die Tür schloß sich hinter ihr.

IV

Glawen saß auf dem Rand des Podestes, die Beine ausgestreckt, den Blick ins Nichts gerichtet. Dieser Moment, dachte er, mußte der absolute Tiefpunkt seines Lebens sein – obwohl die Situation durchaus das Potential hatte, noch schlimmer zu werden.

Zeit verstrich, von unbekannter Dauer: mehr als eine Stunde, weniger als ein Tag. Jemand trat auf den Balkon, ließ an einer Leine einen Korb herunter und ging wieder, die Lampe an ihrem Platz zurücklassend.

Ohne Hast und ohne großes Interesse ging Glawen, den Inhalt des Korbes zu untersuchen. Er enthielt mehrere Töpfe; die wiederum enthielten Bohnensuppe, Eintopf, Brot, Tee sowie drei Feigen. Verhungern lassen wollte man ihn also offenbar nicht.

Glawen stellte fest, daß er großen Hunger hatte. Im Refektorium hatte er nichts verzehrt außer ein paar Bissen Brot. Wieviel Zeit war seitdem vergangen? Mehr als ein Tag, weniger als eine Woche.

Glawen aß alle Nahrungsmittel auf und stellte die Töpfe in den Korb zurück. Er fühlte sich nun wieder etwas kräftiger und begann die Grabhöhle zu erkunden. Die Decke, gut fünfzig Fuß hoch, war ein Gewölbe aus ungebrochenem Stein. Das Rinnsal sickerte durch einen Spalt auf halber Höhe der Wand in den Raum.

Glawen inspizierte den Tunnel, durch den das Wasser die Grabkammer verließ. Die Öffnung war nahezu rund und hatte einen Durchmesser von etwa drei Fuß. Glawen konnte sehen, daß der Tunnel sich abwärts neigte, sobald er die Grabkammer verließ. Von fern hörte er ein stetiges Gurgeln: das Geräusch von Wasser, das in Wasser fällt. Glawen wandte sich mit einem Schaudern ab. Eines Tages würde er den Pfuhl vielleicht aufsuchen wollen, aber noch war es nicht so weit.

Glawen ging zurück und setzte sich auf den Rand des Podests. Was nun? Irgend etwas mußte geschehen, sagte er sich. Ein Mensch fristete einfach nicht die Tage und Wochen und Jahre seines Lebens in einer Höhle eingemauert. Andererseits: es gab kein unveränderliches Naturgesetz, das das Gegenteil besagte.

Zeit verstrich. Nichts geschah, außer, daß nach einer

langen Frist der Korb hochgezogen und ein neuer heruntergelassen wurde.

Glawen aß, denn legte er sich auf das Kissen, zog die Decke über sich und schlief.

Eine Zeitspanne, die sich eher nach Wochen denn nach Tagen bemaß, verstrich, wobei zwei Nahrungskörbe nach Glawens Schätzung die Spanne eines Tages repräsentierten. Glawen dokumentierte den Zeitablauf, indem er alle zwei Körbe eine Kerbe in einen flachen Stein ritzte. Am elften ›Tag‹ erschien Mutis auf dem Balkon und senkte frische Kleider und ein frischen Laken herunter. Er sagte in mürrischem Ton: »Ich soll Sie fragen, ob Sie irgend etwas haben wollen.«

»Ja. Einen Rasierapparat und Seife. Papier und Stift.«

Die gewünschten Gegenstände kamen mit dem nächsten Korb herunter.

So vergingen dreißig Tage, vierzig, schließlich fünfzig. Der zweiundfünfzigste Tag war, so Glawens Berechnungen stimmten, sein Geburtstag. War er jetzt Glawen Clattuc, Vollstatus-Agent von Station Araminta? Oder Glawen co-Clattuc, Collateraler und zur überzähligen Bevölkerung gehörig, ohne jeden Status?

Was mochte in Station Araminta geschehen? Inzwischen mußte irgend jemand Nachforschungen bezüglich seines Verbleibs anstellen. Was würde Kirdy Bodwyn Wook erzählen? Die Wahrheit? Unwahrscheinlich. Doch ganz gleich, was sonst geschehen mochte, sein Vater Scharde würde die Suche niemals aufgeben. Seine Route zu verfolgen konnte nicht allzu schwer sein. Aber was dann? Selbst wenn Scharde am Seminar auftauchte, und selbst wenn er von Zaa aufgefordert wurde, eine Durchsuchung vorzunehmen und so am Ende auf Zonks Grab stoßen würde – ihn, Glawen, würde er dort ganz gewiß nicht mehr vorfinden: Er würde bis dahin längst einer von jenen Leichnamen sein, die das weiße Konklave am Grunde des Pfuhls bildeten.

Unterdessen versuchte Glawen, sowohl seine körperliche Tüchtigkeit als auch seine Moral aufrechtzuerhalten. Er widmete einen großen Teil des Tages gymnastischen Übungen: er absolvierte endlose Runden entlang der Wand im Laufschritt; er machte Kniebeugen, Liegestütze, Dehn- und Streckübungen; er sprang in die Höhe und trat gegen die Wand, sich gleichsam im Wettkampf mit sich selbst messend; er ging auf den Händen, schlug Räder und Purzelbäume. Die Leibesübungen wurden ihm nachgerade zu einer Obsession: eine Beschäftigung, die ihm als Ersatz für das Denken diente; Tag um Tag packte er mehr und mehr Übungen in seine Wachstunden, schindete und plagte er sich bis zur Ermattung.

Sechzig Tage verstrichen. Glawen fand es zunehmend schwieriger, sich an die Außenwelt zu erinnern. Die Wirklichkeit war auf den Rauminhalt und die Grundfläche von Zonks Grab geschrumpft. Glücklicher Glawen Clattuc! Tausende von Touristen kamen nach Tassadero auf der Suche nach dieser Felsenhöhle, die er so gut kannte! Und in einem Moment plötzlicher Klarheit kam ihm zu Bewußtsein, daß Zaa nicht etwa deshalb so freigebig mit ihren Informationen gewesen war, weil sie ihm vertraute, sondern weil, sobald er alle Dienste abgeleistet hätte, sein Schweigen mit dem entschiedensten und endgültigsten aller Mittel sichergestellt werden würde: Als Zaa die Höhle so gelassen als Zonks Grab identifiziert hatte, hatte sie ihm damit zugleich zu verstehen gegeben, daß sie seinen Tod plante.

Am sechzigsten Tag seiner Haft ging die untere Tür auf. Funo stand im Rahmen. »Kommen Sie.«

Glawen klaubte seine Papiere auf und folgte dem Zubeniten. Funo führte ihn, wie schon beim erstenmal, zwei Treppen hinauf und in den Raum, den er seinerzeit bewohnt hatte. Die Tür schloß sich. Glawen stieg auf den Stuhl: Sein Kleiderbündel und die Laken lagen noch an derselben Stelle, an der er sie deponiert hatte.

Schritte näherten sich der Tür. Glawen sprang herunter. Mutis kam zur Tür herein. »Kommen Sie! Sie müssen sich baden!«

Glawen unterzog sich einer reinigenden Dusche und einer Spülung mit kaltem Wasser. Mutis ignorierte diesmal Glawens Haarschopf. »Ziehen Sie sich frische Kleider an und gehen Sie zurück auf Ihre Kammer.«

Schweigend gehorchte Glawen. Sobald er wieder in seiner Kammer war, wurde die Tür von außen verschlossen. Auf dem Tisch fand Glawen seine gewohnte Mahlzeit vor, die er ohne Appetit verzehrte. Wenig später kam Mutis zurück, die leeren Töpfe abzuholen.

Es war Abend. Das trübe, lavendelfarbige Abendglühen hatte Dunkelheit Platz gemacht; durch die Fenster drang das milchige Licht von Mirceas Strähne.

Eine halbe Stunde verging. Glawen blieb am Tisch sitzen und ging die Papiere durch, die er mitgenommen hatte. Die Tür ging auf; Lilo kam langsam in den Raum, weder nach links noch nach rechts blickend. Glawen musterte sie interessiert. Sie trug weiße Hosen, eine graubraune Bluse und Sandalen. Ihr gesamtes Erscheinungsbild hatte sich verändert; sie besaß kaum noch Ähnlichkeit mit dem bleichen Geschöpf, das Glawen einst kennengelernt hatte. Ihr Haar war zu einem Schopf kastanienbrauner Locken gewachsen, welcher ein Gesicht einrahmte, das jetzt nicht mehr hager, sondern schmal und zart erschien und das – vermutlich durch langen Aufenthalt im Freien – eine dunkelbraune Tönung angenommen hatte. Sie schien ernst und gefaßt; andere Regungen vermochte Glawen nicht aus ihrem Gesicht zu lesen.

Lilo trat langsam zu ihm. Glawen stand auf. Sie blieb stehen und frug: »Warum starren Sie mich so an?«

»Weil ich überrascht bin. Sie scheinen eine völlig andere Person zu sein.«

Lilo nickte. »So fühle ich mich auch – als eine Person, die mir noch nicht ganz vertraut ist.«

»Sind Sie erfreut über die Verwandlung?«

»Ich bin nicht sicher. Sollte ich?«

»Gewiß. Sie sehen jetzt normal aus – fast. In der Stadt würde sich niemand mehr nach Ihnen umdrehen – außer vielleicht, um Sie zu bewundern.«

Lilo zuckte die Achseln. »Es war eine Verwandlung, die mir befohlen wurde. Ich hatte Angst, ich würde grotesk oder vulgär oder abstoßend erscheinen.«

»Das steht kaum zu befürchten.«

»Wissen Sie, warum ich hier bin?«

»Ich kann es mir denken.«

»Ich bin verlegen.«

Glawen lachte kurz auf. »Verlegenheit ist ein Luxus, der mir jetzt sehr fern ist. Ich habe vergessen, daß es ein solches Gefühl überhaupt gibt.«

Lilo sagte mit kummervoller Stimme: »Es ist nicht nötig, solche Gedanken zu haben. Was getan werden muß, muß getan werden. Und deshalb bin ich hier.«

Glawen ergriff ihre Hände. »Ich nehme an, Mutis beobachtet uns durch ein Guckloch.«

»Nein. Die Wände sind aus solidem Felsgestein. Gucklöcher sind nicht möglich.«

»Es freut mich, das zu hören. Wenigstens etwas. Nun denn, bringen wir es hinter uns.«

Glawen führte sie zu der Koje. Lilo zögerte. »Ich glaube, ich habe Angst.«

»Es gibt nichts, wovor Sie sich fürchten müßten. Seien Sie ganz entspannt.«

Lilo befolgte Glawens Instruktionen, und das Ereignis nahm ohne unvorhergesehene Zwischenfälle seinen Lauf. Nachdem der Akt vollzogen war, frug Glawen: »Nun? Wie ist nun Ihr Eindruck von Dualität?«

Lilo drängte sich eng an ihn. »Ich weiß nicht, wie ich es erklären soll. Ich denke wahrscheinlich Falsches.«

»Inwiefern?«

»Ich will Sie nicht mit den andern teilen.«

»Anderen? Wie viele andere sind es?«

»Ungefähr zwölf. Zaa wird morgen zu Ihnen kommen, wenn heute abend alles zufriedenstellend verlaufen sein sollte.«

»Sie sollen Ihr Bericht erstatten?«

»Natürlich. Sie wartet in ihrem Büro.«

»Werden Sie ihr noch einmal erzählen, daß ich ein hemmungsloser Lustbold bin?«

Lilo sah ihn verdutzt an. »Das habe ich nie gesagt.«

»Sie waren nicht verwirrt und entsetzt und entrüstet über meine erotischen Anspielungen und Avancen?«

»Natürlich nicht! Ich habe überhaupt nie welche bemerkt!«

»Wieso hält mir Zaa dann vor, ich hätte mich blamiert?«

Lilo sann. »Vielleicht war es ein Mißverständnis. Vielleicht war sie – nun ja« – Lilo hauchte das Wort in Glawens Ohr –»eifersüchtig.«

»Dieses Gefühl scheint sie dann ja wohl überwunden zu haben.«

»Notgedrungen. Ich bin die erste, weil sie sichergehen möchte, daß Sie ordentlich funktionieren.«

»Hat sie vor, mich wieder in die Höhle zu sperren?«

»Ich glaube nicht – zumindest nicht, solange Sie Leistung zeigen. Wenn Sie erschlaffen, wird Mutis Sie mit einem Strick erdrosseln.«

»Wenn das so ist – sollen wir's noch einmal probieren?«

»Wenn Sie möchten.«

Lilo verließ nach gehöriger Frist die Kammer. Glawen wartete fünf Minuten, dann ging er zur Tür und versuchte, sie zu öffnen. Sie war verschlossen.

Die Zeit war gekommen. Er schlüpfte in seine eigenen Kleider und legte sich auf die Koje.

Eine Stunde verging. Glawen stand auf und preßte das Ohr gegen die Tür. Da er nichts hörte, machte er sich unverzüglich und mit fieberhafter Zielstrebigkeit ans Werk.

Die Koje war eine simple Holzkonstruktion, für schnelles Auf- und Abbauen konzipiert. Die Matratze ruhte auf einem Maschengeflecht aus Stricken. Glawen entflocht die Stricke. Nun standen die kräftigen Seitenbretter zu seiner Verfügung.

Glawen legte die Matratze und das Bettzeug wieder über den Rahmen, damit für den Fall, daß jemand zufällig hereinschaute, bei flüchtigem Hinsehen keine Veränderung erkennbar sein würde. Sodann trug er die auf dem Schrank gehorteten Laken ins Bad, riß sie eines nach dem andern in sechs Zoll breite Streifen und knotete diese aneinander, bis ein Seil von hundertzwanzig Fuß Länge entstanden war – ausreichend für seine Zwecke.

Dann ging er wieder zur Tür und horchte. – Stille.

Mit einer Planke von der Koje und einem Stück Seil, ebenfalls von der Koje, stieg er nun auf den Tisch und öffnete die beiden Fensterflügel. Er inspizierte den Mittelpfosten, der seiner Passage im Wege stand. Es gab mehrere Wege, ihn zu beseitigen; die einfachste Methode war, ihn an der Schweißnaht am Fuß abzubrechen.

Er band das Ende der Planke mit vielen Schlingen und Windungen des Seils am Fuß des Pfostens fest, so daß die Planke als Hebel zur Anwendung von Drehmoment diente. Behutsam schwang er sodann das Ende der Planke raumeinwärts, dergestalt Drehmoment auf den Pfosten ausübend. Wie erwartet, straffte und dehnte sich das Seil; er zurrte die Bindungen wieder fest und drückte erneut gegen das Ende der Planke. Mit einem scharfen Schnappen brach der Pfosten an der Schweißstelle ab.

Glawen seufzte erleichtert auf. Er bog den Pfosten vor und zurück, bis er auch oben abbrach; jetzt stand ihm die gesamte Breite des Fensters zum Durchschlupf offen.

In fliegender Hast befestigte Glawen sein Tau aus zerrissenen Laken an der Planke, die er diesmal als Querholz nutzte. Er warf das Tau aus dem Fenster, stieg auf den Sims und ließ sich am Tau hinuntergleiten.

Seine Füße berührten festen Boden. »Leb wohl, Seminar«, sagte Glawen, fast erstickend an seinem inneren Jubel. »Leb wohl, leb wohl, leb wohl!«

Glawen wandte sich um und marschierte die Serpentinen hinunter ins Tal, im köstlichen Gefühl der Freiheit schwelgend. Nach gehöriger Frist erreichte er den Dorfplatz.

Das Depot war geschlossen und dunkel; ein Omnibus stand davor, mit angelehnter Eingangstür. Glawen schaute hinein. Der Fahrer lag schlafend auf dem Rücksitz. Glawen rüttelte ihn wach. »Möchten Sie sich fünfzig Sol verdienen?«

»Natürlich. Das ist soviel, wie ich in einem ganzen Monat verdiene.«

»Hier ist das Geld«, sagte Glawen. »Fahren Sie mich nach Fexelburg.«

»Jetzt? Morgen früh können Sie zum Preis von einem Billett fahren.«

»Ich habe dringende Geschäfte in der Stadt zu erledigen«, sagte Glawen. »Tatsächlich habe ich sogar ein Billett.«

»Sie sind ein Tourist, nehme ich an.«

»Richtig.«

»Sind Sie zum Seminar hinaufgegangen? Sie werden dort nichts finden außer unfreundlicher Behandlung.«

»Den Eindruck hatte ich auch«, sagte Glawen.

»Ich sehe keinen Grund, warum ich Ihnen diesen Gefallen nicht erweisen sollte. Dringende Geschäfte, sagen Sie?«

»Ja. Ein Telefonanruf, den zu machen ich vergessen habe.«

»Ein Jammer. Aber vielleicht läßt sich ja noch alles

richten. Und inzwischen ziehe ich Nutzen aus Ihrem Versäumnis.«

»Das ist leider der Lauf der Welt.«

V Der Omnibus fuhr durch die Nacht, unter einem Himmel, der gesprenkelt war mit Sternbildern, die Glawen fremd waren. Ein böiger Wind blies seufzend um den Bus und bog die einsamen Sträucher, die hier und da schemenhaft im Sternenlicht zu sehen waren.

Der Fahrer war Bant, ein großer junger Fexel von angenehmem Wesen und mit einer Neigung zur Geschwätzigkeit. Glawen beantwortete seine neugierigen Fragen mit einsilbigen Wörtern, und nach einer Weile verstummte Bant.

Nach zwei Stunden Fahrt fragte Glawen: »Was wird nun aus der Morgentour von Pogan's Point nach Fexelburg? Wie läßt sich das organisieren?«

»Das frage ich mich auch schon die ganze Zeit«, sagte Bant. »Ich sehe kein echtes Problem voraus. Im einfachsten Fall wird überhaupt keine Beförderung erfolgen, und das Problem wird strittig. Aber ich habe einen Plan ersonnen, der jedem gefallen sollte. In einer oder zwei Stunden werden wir in Flicken eintreffen, wo ich Esmer anrufen werde, den Ersatzfahrer. Ich werde ihm anbieten, gegen ein Entgelt von fünf Sol den alten grünen Deluxus Special herauszuholen und die Morgentour zu fahren. Esmer wird froh sein, sich ein Zubrot verdienen zu können; die Fahrgäste werden zufrieden sein; ich wüßte nicht, wo da auch nur eine Träne der Wut oder des Schmerzes vergessen werden sollte – von mir ganz bestimmt nicht.«

»Das ist eine kluge Lösung. Wie lange noch bis Flicken? Ich möchte dort auch einen Fernruf machen.«

»Ich schätze, noch eine Stunde oder anderthalb. Ich fahre langsam wegen des Windes. Die Böen machen das Lenken bei hohen Geschwindigkeiten zu einer heiklen Angelegenheit. Was ist Ihre Meinung dazu?«

»Ich glaube, daß Sicherheit wichtig ist. Es ist allemal besser, lebend anzukommen als tot.«

»Der ist exakt auch meine Meinung«, sagte Bant. »Ich habe das Esmer so erklärt: was wiegen dreißig Minuten Gewinn gegen eine Leiche? Sie ist schon zu spät dran und braucht sich nicht mehr zu sputen. Die Zeit ist nützlicher auf dieser Seite des Schleiers: das ist meine Überzeugung.«

»Ich teile sie mit Ihnen«, sagte Glawen. »Was nun den Fernsprecher in Flicken anbelangt: es ist schon spät; wird er uns zu Gebote stehen?«

»Ohne jeden Zweifel. Keelums wird zwar schon oben im Bett liegen, aber der Klang von einem Sol oder auch deren zwei wird ihn rasch nach unten bringen.«

Das Gespräch erlahmte wieder. Glawen konnte seine Gedanken nicht von dem Seminar losreißen. Er fragte sich, wann sein Fehlen bemerkt werden würde. Mit Sicherheit beim Morgengrauen, möglicherweise aber auch schon früher. Vielleicht hatte schon jetzt irgend jemand in sein verwaistes Zimmer geschaut. Glawen mußte grinsen, als er sich die Konsternation ausmalte, die seine Flucht auslösen würde, bedeutete sie doch nicht zuletzt, daß der Standort von Zonks Grab nicht länger ein Geheimnis bleiben würde. Er hatte über die Situation nachgedacht, seit er Pogan's Point verlassen hatte, und konnte es kaum noch abwarten, endlich zum Telephon zu gelangen.

Weit voraus tauchte eine Ansammlung schwacher Lichter auf. Bant streckte den Finge? aus. »Flicken.«

»Warum brennen die Lichter? Ist jetzt noch jemand auf?«

»Ich glaube, das ist ein Fall von Bürgerstolz.«

»Wann können wir damit rechnen, Fexelburg zu erreichen?«

»Wenn wir eine Schüssel Suppe gegen die Kälte zu

uns nehmen und vielleicht noch eine oder zwei Scheiben Fleischpastete – sagen wir, eine halbe Stunde Aufenthalt also, inklusive unserer Ferngespräche –, dürften wir im Morgengrauen ankommen. Zu dieser Jahreszeit sind die Nächte kurz.«

Bei Morgengrauen würde Glawens Flucht entdeckt sein, wenn nicht schon früher, und wie als Reflex auf diesen Gedanken spürte Glawen plötzlich ein unheimliches Gefühl, einem eisigen Windhauch gleich, der aus der Richtung von Rogan's Point zu kommen schien: eine rasende, haßerfüllte Wut von solcher Intensität, daß er sie fast mit Händen greifen zu können glaubte. Zu Recht oder zu Unrecht: Glawen empfand die tiefe Gewißheit, daß in diesem Moment sein Fehlen entdeckt worden war.

Der Omnibus rollte in Flicken ein und hielt vor dem Gemischtwarenladen. Bant stieg aus, ging zur Tür und zog an der Klingelstrippe. »Keelums!« rief er. »Steh auf! Schlaf ein andermal! Keelums! Bist du wach?«

»Ja, ich bin wach!« krächzte Keelums aus einem Fenster im oberen Stockwerk. »Du bist es, Bant, nicht wahr? Was willst du?«

»Ich will eine Schüssel heiße Suppe und dein Telephon benutzen. Dieser Herr hier wird dir einen Sol für beides geben, und wenn er's nicht tut, dann werde ich es tun. Wenn du stolz bist, brauchst du's natürlich nicht anzunehmen.«

»Oh, und ob ich stolz bin! Besonders, wenn ich das Geld eingesackt habe! Suppe, sagst du?«

»Und etwas Fleischpastete und einen Schlag von deinem Rosinenpudding. Mach schon auf! Der Wind pfeift mir kalt um den Hosenboden!«

»Gedulde dich! Laß mir wenigstens Zeit, mir meinen Morgenrock anzuziehen!«

Kurze Zeit später ging die Tür auf. Glawen betrat den Laden, gefolgt von Bant. »Wo ist der Fernsprecher?« fragte Glawen.

»Dort vorn auf dem Schreibtisch, aber zuerst, ehe wir's vergessen, den Sol.«

Glawen überreichte Keelums das Geld und ging zum Telephon. Er wählte die Nummer des GKIPA-Büros in Fexelburg und wurde schließlich mit dem Adjudikator Partric Plock in dessen Wohnhaus verbunden. Die kühle, ruhige Stimme zu vernehmen, erfüllte Glawen mit einer solch tiefen Erleichterung, daß er fast zusammengesackt wäre. »Ja?« frug Plock. »Wer da, und was wollen Sie?«

Glawen identifizierte sich. »Sie werden sich gewiß an mich erinnern. Vor zwei Monaten fuhr ich hinaus nach Pogan's Point, um dort im Seminar Ermittlungen anzustellen.«

»Ich erinnere mich sehr gut an Sie. Ich glaubte Sie längst nach Cadwal zurückgekehrt.«

»Ich wurde von meinem Kollegen verraten, der es vorzog, sich Florestes Mimen anzuschließen, statt Sie zu benachrichtigen, daß ich nicht zurückgekommen sei. Ich war zwei Monate lang in Zonks Grab arrestiert, das eine Höhle in Pogan's Paint ist. Ich bin eben entflohen und rufe jetzt aus Flicken an. Das ist der Kern der Dinge, aber es kommt noch mehr.«

»Fahren Sie fort.«

»Die Fexelburger Polizei weiß alles über Zonks Grab, was es darüber zu wissen gibt. Sie unterdrückt dieses Wissen und läßt den Monomantikern freie Hand, solange auch sie das Geheimnis wahren. Ich vermute, die Ordene Zaa wird, sobald sie mein Verschwinden entdeckt hat, die Fexelburger Behörden informieren, die dann versuchen werden, mich auf dem Weg abzufangen.«

»Ich bin sicher, daß Sie recht haben«, sagte Plock. »Tatsächlich warten wir schon lange auf solch einen eindeutigen Vorwand, um die Fexelburger Polizei auszumisten. Lassen Sie mich einen Moment überlegen. Sie befinden sich in der Gemischtwarenhandlung?«

»Ja.«

»Wie sind Sie dorthin gelangt?«

»Ich habe den Omnibus gemietet.«

»Wann, glauben Sie, wird man Ihre Flucht entdecken?«

»Vor ein paar Minuten hatte ich eine seltsame telepathische Empfindung, dahingehend, daß meine Flucht entdeckt sei. So oder so: spätestens bei Tagesanbruch werden sie es merken.«

»Ich werde sofort mit ein paar von meinen Leuten nach Flicken hinausfliegen. Wir werden in circa einer halben Stunde eintreffen. Für den Fall, daß die Fexelburger Polizei bereits unterrichtet ist und sich schon auf dem Weg zu Ihnen befindet, schicken Sie Ihren Fahrer nach Fexelburg weiter; Sie selbst bleiben aber in Flicken. Die Fexelburger Polizisten werden die Straße benutzen, doch selbst für den Fall, daß sie fliegen, werden sie Zeit verlieren, wenn sie den Bus bemerken. Verstehen Sie meinen Gedankengang?«

»Perfekt.«

»Wir werden so schnell wie möglich dort sein.«

Nun telephonierte Bant, um seine Abmachungen mit Esmer zu treffen. Als er mit seinem Gespräch fertig war, wandte er sich zu Glawen um. »Er wird Zeit, daß wir aufbrechen, wenn wir bei Tagesanbruch da sein wollen.«

»Die Pläne haben sich geändert«, sagte Glawen. »Sie sollen allein nach Fexelburg weiterfahren.«

Bants rundes Gesicht zeigte Verblüffung. »Sie bleiben hier?«

»Ja.«

»Ist das nicht unvernünftig? Sie wollen, daß ich mit leerem Bus nach Fexelburg weiterfahre?«

»Solange die fünfzig Sol nicht unvernünftig sind, spielt alles andere keine Rolle.«

»Ein wahreres Wort ward nie gesprochen! Leben Sie wohl! Es war mir eine Freude, Sie zu befördern.«

Der Omnibus entschwand. Glawen ging zurück in den Laden, wo er Keelums einen weiteren Sol überreichte. »Ich soll auf ein paar Freunde warten, die in Kürze hier sein werden. Sie können sich wieder ins Bett legen. Wenn wir irgend etwas brauchen sollten, werden wir Sie rufen.«

»Ganz, wie Sie wünschen.« Keelums ging nach oben. Glawen löschte die Lichter, setzte sich ans Fenster und wartete in der Dunkelheit.

Bilder aus den vergangenen zwei Monaten huschten ihm in rascher Folge durch den Kopf, während er dasaß und in die Nacht hinausstarrte. Der Moment, in dem seine Füße den Boden berührt hatten, war der bisher glücklichste in seinem Leben gewesen. Was, wenn Mutis und Funo ihn grinsend unten erwartet hätten? Er verscheuchte den Gedanken hastig. Würde die Erinnerung an diese zwei Monate je ihre lebendige emotionale Schärfe einbüßen? Er glaubte es nicht. Selbst jetzt bekam er noch eine Gänsehaut, wenn er an die grotesken Taten dachte, die man ihm, Glawen Clattuc, angetan hatte. Aber warum sollte ihn das eigentlich überraschen? Der Kosmos nahm keine Notiz von menschlicher Vernunft oder von menschlichen Dingen überhaupt. Während er so saß und brütete, überkam ihn eine neue seltsame Stimmung, die sein Gemüt plagte: ein herzzerreißender Kummer, eine Traurigkeit, die weder zu begreifen noch zu erklären war.

Glawen starrte in die Nacht hinaus. Was geschah mit ihm? Er hatte noch nie zuvor solche Empfindungen gehabt; konnten sie real sein? Vielleicht hatte das lange Eingeschlossensein in Zonks Grabhöhle eine neue und unliebsame Empfindsamkeit in ihm geweckt.

Die Stimmung flaute ab, ein Gefühl von Kälte und Gram hinterlassend. Glawen sprang auf und ging auf und ab, wobei er die Arme schwang.

Zwanzig Minuten vergingen, und dreißig. Glawen ging nach draußen und stellte sich vor den Laden. Aus dem Himmel herab stieß ein großer schwarzer Flieger, bemalt mit den Insignien der GKIPA. Er landete hinter dem Laden; Plock stieg aus, gefolgt von fünf Uniformierten: zwei Vollagenten und drei Rekruten.

Glawen ging ihnen entgegen, um sie zu begrüßen, und denn marschierten sie allesamt in den Laden, Keelums erneut aus dem Bett aufscheuchend. Glawen bestellte Suppe für die Neuankömmlinge. Auf Plocks Anweisung hin rief Glawen sodann die Polizeihauptwache in Fexelburg an. »Hier spricht Hauptmann Glawen Clattuc. Verbinden Sie mich sofort mit Polizeidirektor Wullin, in einer wichtigen Angelegenheit.«

Die Antwort war höhnisch. »Zu dieser nachtschlafenden Zeit? Sind Sie bei Troste? Direktor Wullin würde nicht einmal für den Avatar Gundelbah selbst sein Schnarchen unterbrechen. Versuchen Sie es morgen wieder.«

»Die Sache ist äußerst dringend. Verbinden Sie mich mit Inspektor Barch. Sagen Sie ihm, Hauptmann Glawen Clattuc sei am Apparat.«

Inspektor Barch kam ans Telephon. »Hauptmann Clattuc? Es überrascht mich, von Ihnen zu hören! Ich dachte, Sie seien längst abgereist. Warum rufen Sie an, während ich versuche zu schlafen?«

»Weil ich Informationen von großer Wichtigkeit habe und weil ich in einem Zustand der Wut und der Entrüstung bin, die beide berechtigt sind.«

»Offenbar haben Sie interessante Abenteuer erlebt.«

»Ja, sehr interessante.« Glawen gab einen kurzen Bericht von seinen Abenteuern, wobei er besonderes Gewicht auf die Schilderung der an ihm begangenen Greueltaten legte und auf die Notwendigkeit unverzüglichen Einschreitens durch die Behörden. »Ich vermag die Frechheit dieser grotesken Personen und den unglaublichen Zynismus, mit dem sie mich, einen Polizeibeamten, behandelt haben, kaum in Worte zu fassen.«

»Sie haben das passende Wort benutzt«, sagte Barch. »›Grotesk‹ beschreibt diese Leute wirklich treffender als jeder andere Begriff. Aus diesem Grunde sind sie in der Vergangenheit vielleicht zu lasch angefaßt worden.«

Glawen fuhr fort. »Ich wurde zwei Monate in einer Höhle festgehalten, die, wie sie mir versicherten, Zonks Grab sei. Natürlich fand ich dort keinen Schatz. Aber das Rätsel ist damit endlich und ein für allemal gelöst!« Noch während Glawen sprach, überlegte er, daß Barch von seiner Inhaftierung gewußt haben mußte. Der Gedanke machte es ihm schwer, freundlich zu bleiben.

Barch indessen schien keine solchen Probleme zu haben; er schien allenfalls amüsiert. »Sie haben ein unschönes Erlebnis gehabt. Aber die Realitäten sind nun einmal so, wie sie sind, und wie Sie wissen, liegt das Land Lutwiler außerhalb unseres Amtsbezirks.«

»Heißt das, Sie wollen nichts unternehmen?«

»Jedenfalls nicht so schnell! Hier auf Tassadera ist nichts einfach. Alles geht hier seinen ganz bestimmten Gang, und zweimal zwei macht manchmal sieben, oder vielleicht auch siebenunddreißig, je nachdem, wer für das Rechnen zuständig ist.«

»Ich verstehe diese Art Gerede nicht«, sagte Glawen. »Ich will Schlichtheit und Klarheit, und ich will, daß Sie einschreiten. Vielleicht sollte ich die GKIPA benachrichtigen, wenn Sie sich Sorgen wegen Ihrer Zuständigkeit machen. Die GKIPA wird überall im Gaeanischen Reich tätig.«

»Genau, und eben darum sind ihre Bemühungen ja auch so ineffektiv«, sagte Barch. »Die hiesigen GKIPA-Leute sind allesamt Schubladenzieher. Wenn sie entschlossenes Eingreifen wollen, dann sind Sie hier bei uns an der richtigen Adresse. Sie sind in Flicken?«

»Richtig. In Keelums' Gemischtwarenladen.«

»Bleiben Sie am Apparat; ich rufe Direktor Wullin an. Er wird bestimmt eine Großrazzia auf das Monomantische Seminar anordnen. Aber rufen Sie nicht die GKIPA an; die stören nur.«

»Ganz wie Sie wünschen.«

Ein paar Augenblicke später meldete sich Barch wieder. »Der Direktor sagt, Sie sollen in Flicken auf uns warten. Er hat beschlossen, hart und entschlossen vorzugehen.«

»Welche Art von Maßnahmen plant er?«

»Sie werden entschieden und unerbittlich sein, das kann ich Ihnen versichern! Die Optionen werden wir später diskutieren. Und vor allem: sprechen Sie mit niemandem über Ihre Erlebnisse.«

»Ich sehe nicht ein, warum ich das nicht sollte. Im Gegenteil, ich werde es jedem erzählen, den es interessiert, da ich zweifelsfrei Zonks Grab entdeckt habe und dort nicht einmal ein einziger Dinket zu finden ist, geschweige denn ein Schatz. Diese Nachricht sollte rasch verbreitet werden, als Dienst am Touristen.«

»Das ist ein altruistischer Standpunkt«, sagte Barch. »Haben Sie schon irgend jemandem von Ihrer Entdeckung berichtet?«

»Nein, es ist noch zu früh.«

»Wir rücken sofort aus.«

»Sie werden einen großen Flieger brauchen.«

»Wofür?«

»Im Seminar leben dreißig Monomantiker. Ich klage sie alle an, und ich will, daß sie alle in Gewahrsam genommen werden.«

»Ich weiß nicht, ob wir das heute noch organisieren können«, sagte Barch.

»Dann bemühen Sie sich gar nicht erst. Ich rufe die GKIPA an.«

Barchs Stimme nahm einen leicht gepreßten Klang an. »Ich schlage vor, daß wir heute nur die Rädelsführer verhaften. Dann können wir immer noch entscheiden, was wir mit den anderen machen. Die meisten von ihnen sind lediglich einfältige religiöse Fanatiker.

Wir müssen sie aussortieren. Wie auch immer, warten Sie dort; rühren Sie sich nicht vom Fleck und sprechen Sie mit niemandem; Sie könnten Ihrer Sache Schaden zufügen.«

»Das scheint mir übertrieben. Inspektor Barch, wollen Sie Zeit schinden?«

»Natürlich nicht! Niemals! Ganz und gar nicht! Ich werde in ein paar Minuten da sein und alles erklären.«

Das Telephon verstummte. Glawen wandte sich um, ein Schmunzeln im Gesicht. »Barchs Geduld ist sehr dehnbar.«

»Nur so lange, bis er hier ist. Jetzt müssen wir entscheiden, wie wir uns verteilen. Es ist wichtig, daß wir die Schurken auf frischer Tat ertappen.«

»Auf nicht zu frischer, will ich doch hoffen.«

»Das wird unser Ziel sein.«

Eine halbe Stunde verging. Die ersten Silberstreifen der Morgendämmerung zeigten sich am Horizont; ein schummriges Licht von der Farbe trüben Wassers erhellte die Landschaft. Vom Himmel herab stieß der Flieger aus Fexelburg und landete direkt vor dem Gemischtwarenladen. Vier Männer sprangen schwungvoll heraus: die Inspektoren Barch und Tanaquil und zwei andere von mittlerem Dienstgrad.

Glawen wartete vor dem Laden. Die vier Polizisten kamen zu ihm geschlendert. Barch hob den Arm in einer freundlichen Geste. »An Inspektor Tanaquil werden Sie sich gewiß erinnern.«

»Natürlich.«

»Sie haben einige ungewöhnliche Erlebnisse gehabt«, sagte Barch.

»Das kann man wohl sagen«, bestätigte Glawen. »Aber ich bin überrascht.«

»Wieso?« fragte Barch.

»Der Flieger ist bloß ein Viersitzer. Mit mir sind wir schon fünf, und wir werden mindestens fünf oder sechs Personen aus dem Seminar verhaften wollen.«

»Nun, Glawen, wenn Sie die Wahrheit wissen wollen, der Fall ist nicht so einfach, wie er zunächst schien. Die Ordene meldete uns bereits vor Stunden, daß Sie aus Ihrem Gewahrsam geflohen seien. Wie ich bereits mehrfach erwähnte, gehört das Land Lutwiler nicht zu unserem Amtsbereich, und wir neigen dazu, die Ordene Zaa die Dinge so regeln zu lassen, wie sie es für richtig hält. Sie hat schwere Beschuldigungen gegen Sie erhoben und verlangt, daß Sie zum Seminar zurückgebracht werden.«

»Sie scherzen wohl«, sagte Glawen. »Ich bin Offizier der GKIPA.«

»Ich scherze nur sehr selten. Ihre Rückführung zum Seminar wäre also eine der Optionen, von denen ich sprach. Wullin war sehr wütend, als ich ihn aus dem Schlaf holte, und er wies uns auf eine Alternative hin, die Sie sehr wahrscheinlich vorziehen werden. Sie nennt sich die Fexelburger Hängematte, und alles in allem betrachtet ist das die Option, der auch ich den Vorzug zu geben geneigt bin.«

»Ihr Betragen grenzt an Unverschämtheit«, sagte Glawen. »Ich weiß nichts von Ihrer ›Hängematte‹ und will auch nichts davon wissen.«

Barch lachte bloß. »Ich werde es Ihnen trotzdem erklären. Wir benutzen sie, wenn vier Beamte und ein Schurke mit einem Viersitzer fliegen müssen. Der Schurke muß dann in der Hängematte Platz nehmen.« Er winkte seine Untergebenen her. »Zeigt uns, wie schnell ihr mit der Hängematte seid. Es ist kalt hier draußen, und ich möchte schnell zurück nach Hause zu meinem Frühstück.«

»Wenn ich es recht bedenke«, sagte Glawen, »möchte ich das auch. Sie haben keine Vorstellung davon, wie scheußlich das Essen im Seminar ist.«

»Ich fürchte, aus Ihrem Frühstück wird heute nichts.«

Die Streifenbeamten näherten sich Glawen mit einem

Strick. »Bemühen Sie sich nicht«, sagte Glawen. »Ich ziehe es vor, auf den Omnibus zu warten.«

»Komm, Glawen! Ein bißchen näher an den Flieger, wenn ich bitten darf. Du magst nicht gehen? Macht nichts. Dann schleifen wir dich halt hin. Ferl, halt schon mal den Strick bereit. Nun, dann wollen wir mal ...«

Zwei Männer packten Glawen und bugsierten ihn zum Flieger. Dort legte Ferl eine Schlinge um Glawens Fußknöchel, schlang den Strick sodann einmal um seine Arme und seine Brust, dann um seinen Hals und reichte das andere Ende des Stricks durch die Ladeluke ins Innere des Fliegers, wo es zu gegebener Zeit losgelassen werden konnte, vorzugsweise irgendwo über der Steppe.

»Sie haben etwas Wichtiges vergessen«, sagte Glawen.

»So? Was denn?«

»Ich bin ein Beamter der GKIPA.«

»Ich bin Ihnen deswegen nicht böse«, sagte Barch. »Meine Herrschaften, sind wir soweit? Dann laßt uns aufbrechen.«

Plock tauchte hinter dem Flieger auf; seine Waffe war auf die vier Polizisten gerichtet. »Was geht hier vor?«

»Au wei«, sagte Barch. »Es ist Party Plock.«

Plock musterte die vier. »Sehe ich recht? Sind das nicht die Inspektoren Barch und Tanaquil?«

»Sie sind es«, sagte Barch; seine Stimme klang plötzlich sehr matt. »Er scheint, daß Glawen, der unschuldige, grünschnäblige Glawen, uns einen Streich gespielt hat.«

»Einen üblen, grausamen Streich«, bestätigte Inspektor Tanaquil.

»So sieht es aus«, sagte Plock. »Aber wenn Sie sich erinnern, hat er Sie gewarnt, mehrmals gewarnt, daß Sie einen GKIPA-Beamten behelligen.«

Barch sagte mit freudloser Stimme: »Ich hielt das für nicht mehr als jugendliche Prahlerei.«

Zwei von Plocks Leuten traten aus dem Hintergrund, durchsuchten die Fexel und nahmen ihnen ihre Waffen ab. Ein dritter befreite Glawen aus der ›Fexelburger Hängematte‹.

»Ich bin enttäuscht von den Inspektoren Barch und Tanaquil. Sie wollten mich tatsächlich umbringen. Seltsam«, sagte Glawen. »Sie waren so freundlich in Fexelburg. Ich muß noch viel über die menschliche Natur lernen.«

»Befehl ist Befehl«, sagte Barch. »Befehle müssen befolgt werden.«

»Wer gab Ihnen diesen Befehl?« fragte Plock.

»Gestatten Sie mir die Würde pflichttreuer Verschwiegenheit, Kommandeur Plock.«

»Hier draußen im Lande Lutwiler müssen Sie mich mit Haupt-Adjudikator Plock anreden.«

»Wie Sie wünschen, Haupt-Adjudikator Plock.«

»Ich muß darauf drängen, daß Sie meine Frage beantworten. Sie können Ihren Tod entweder hier sterben, treulos und unwürdig, oder aber vollkommen verschwiegen und vollkommen würdevoll in einem Gewimmel purpurfarbenen Schleims.«

»Ist es so weit gekommen?«

»Wir sind hier, Sie wiesen bereits selbst darauf hin, im Lande Lutwiler. Sie haben versucht, einen GKIPA-Agenten kaltblütig zu ermorden. Sie kennen die Regeln.«

»Ja. Ich kenne die Regeln.«

»Ich will Ihnen dies sagen: Sie werden heute auf Ihr Frühstück verzichten müssen – aber trösten Sie sich. Viele Ihrer Vorgesetzten werden heute abend nicht in ihrem Lieblingsrestaurant speisen. Wir Schubladenzieher sind bereit, die Fexelburger Polizeibehörde auszumisten. Noch einmal: Wer gab Ihnen den Befehl?«

»Wullin natürlich, das wissen Sie doch selbst.«

»Niemand von höherer Stelle?«

»Ich würde nicht wagen, die mitten in der Nacht anzurufen.«

»Wullin würde es aber, und Wullin wird es mir sagen, bevor er stirbt.«

»Warum sich die Mühe geben, ihn zu fragen? Es hängen doch alle mit drin.«

»In einer Woche werden sie alle tot sein. Sie sind der erste, falls Sie das irgendwie tröstet.« Plock feuerte viermal seine Waffe ab, und vier Leichen lagen vor dem Gemischtwagenladen.

Plock ging in den Laden und rief den vor Schreck kalkweißen Keelums. »Ich nehme an, Sie haben ein Fahrzeug.«

»Ja, hab ich, und es ist ein gutes Fahrzeug; wir holen damit immer Ware aus Fexelburg.«

»Hier sind zehn Sol. Holen Sie es, laden Sie diese vier Kadaver auf, schaffen Sie sie hinaus in die Steppe und laden Sie sie irgendwo ab, wo sie keinen Anstoß erregen. Wie Sie sehen, sind wir GKIPA-Beamte, und dies ist Ihr Befehl: Sagen Sie niemandem etwas von dieser Sache.«

»Nein, Sir! Nicht ein Sterbenswörtchen! Zu niemandem!«

»Dann machen Sie hin, bevor das ganze Dorf auf den Beinen ist und zum Gaffen kommt.«

Plock kam auf die Straße zurück. Glawen suchte sich aus den Waffen der Fexelburger Polizisten eine kleine Faustfeuerwaffe aus, die er in seine Jackentasche versenkte.

»Unser Geschäft hier ist erledigt«, sagte Plock. »Sind Sie bereit, Bogan's Point einen Besuch abzustatten?«

»Ich bin bereit.«

»Der Polizeiflieger wird nützlich sein«, sagte Plock. Er wandte sich an die beiden Vollagenten. »Kylte, Narduke: ihr zwei folgt uns in dem Polizeiflieger nach Pogan's Point.«

VI Zonks Stern ging im Osten auf und tauchte das Land Lutwiler in bleiches Morgenlicht. Die beiden Flieger glitten über die Steppe, dem Weg folgend, über den Glawen in der Nacht mit dem Bus gekommen war.

Glawen saß entspannt und im Halbschlaf, aus den ihn Plocks Organ mit dem Ausruf schreckte: »Pogan's Point voraus!«

Glawen setzte sich aufrecht und schüttelte sich die Schläfrigkeit aus dem Kopf. Vor ihm ragte die schwarze Klippe von Pogan's Point hoch in den Himmel. Glawen streckte den Finger aus. »Sehen Sie! Die Fenster, die dort auf halber Höhe im Sonnenlicht funkeln! Das ist das Seminar.«

Die Flieger umkreisten die Felsenspitze und landeten auf dem Dorfplatz. Die Insassen stiegen aus und marschierten unverzüglich den Serpentinenpfad zum Seminar hinauf. Nur Maase, der jüngste der Rekruten, blieb zurück, um die Flieger zu bewachen und Funkkontakt mit der Dienststelle in Fexelburg zu halten.

Vor und zurück, vor und zurück stapften die sechs Männer, bis sie schließlich vor der Tür des Seminars ankamen. Plock betätigte den Türklopfer: einmal, zweimal, dreimal – aber niemand öffnete. Er drückte auf die Klinke, fand die Tür aber verschlossen. Schließlich öffnete sie sich mit quietschenden Angeln einen Spaltbreit. Mutis spähte durch die Öffnung. Er musterte die Gruppe. Seine Miene ließ keine Regung erkennen, als sein Blick auf Glawen fiel. Er knurrte: »Was wollen Sie von uns? Dies ist das Monomantische Seminar; wir wissen nichts von Zab Zonk oder seinem Schatz. Verschwinden Sie!«

Plock stieß die Tür unter Mutis' empörtem Protest auf. »Was erlauben Sie sich!« schrie Mutis. »Zurück, oder es wird Ihnen schlimm ergehen!«

Die GKIPA-Agenten traten in das Vestibül. »Bringen Sie die Ordene Zaa her, aber ganz hurtig!«

»Wen soll ich melden?« fragte Mutis mürrisch.

Glawen lachte. »Komm, Mutis! Du weiß genau, wen du melden sollst, und warum. Dies ist ein GKIPA-Kommando, und du steckst bis zu deinem Doppelkinn in der Scheiße.«

Mutis verschwand und kam gleich darauf mit Zaa zurück. Sie blieb im Eingang zu dem steinernen Korridor stehen und musterte die Gruppe. Sie trug wieder die Kleider, in denen Glawen sie zum erstenmal gesehen hatte. Sie bemerkte seine Gegenwart und starrte ihn volle drei Sekunden lang an. Glawen sagte: »Wenn Sie sich erinnern, ich habe Sie gewarnt, daß Sie einen GKIPA-Beamten nicht ungestraft belästigen können. Nun ist der Moment gekommen, und Sie werden sehen, daß ich recht hatte.«

Zaa fuhr Plock scharf an: »Was wollen Sie hier? Sagen Sie es schnell, und dann verschwinden Sie wieder!«

»Glawen hat den Grund unseres Besuchs bereits angedeutet«, erwiderte Plock. »Wir haben es nicht eilig, da wir beabsichtigen, gründliche Arbeit zu leisten.«

»Wovon sprechen Sie? Ist Ihnen klar, daß das hier das Monomantische Seminar ist?«

»Sie beruhigen mich!« sagte Plock. »Dann sind wir an der richtigen Adresse und begehen keinen schrecklichen Irrtum. Ab sofort stehen Sie und alle andern Insassen des Seminars unter Arrest, wegen strafbarer Handlungen, begangen an Hauptmann Glawen Clattuc. Sagen Sie ihnen, sie sollen sich draußen versammeln.«

Zaa machte keine Anstalten, zu gehorchen. Sie sagte mit steinerner Miene: »Sie sind hier nicht zuständig. Wir sind das Gesetz von Lutwiler. Sie müssen sofort gehen, oder Sie verstoßen wider das Gesetz des Landes Lutwiler.«

Plock verlor die Geduld. »Nun aber los! Wenn Sie nicht sofort gehorchen, werden meine Männer Sie zu einem Paket verschnüren und nach draußen tragen.«

Zaa zuckte die Achseln und wandte sich zu Mutis um. »Ruf alle nach draußen.« Sie schickte sich an, den Raum zu verlassen. »Wohin wollen Sie?« fragte Glawen.

»Das geht Sie nichts an.«

»Beantworten Sie die Frage bitte«, sagte Plock.

»Ich habe einige private Angelegenheiten, um die ich mich kümmern möchte.«

Plock wandte sich an einen seiner Untergebenen: »Geh mit ihr und paß auf, daß sie keine Beweisstücke vernichtet.«

»Ich werde warten«, sagte Zaa.

Die Monomantiker kamen im Gänsemarsch die Treppe herunter und gingen nach draußen, wo sie blinzelnd im morgendlichen Zonklicht standen.

Plock fragte Zaa: »Sind das alle?«

Zaa schaute zu Mutis: »Sind alle unten?«

»Alle.«

Plock sprach zu der Gruppe. »In diesem Haus wurden Verbrechen begangen. Ihre Art und ihr voller Umfang sind noch nicht klar, aber sie sind zweifelsohne schwerwiegend. Jeder von euch trägt Mitschuld. Er ist unerheblich, daß ihr nicht aktiv an den Verbrechen mitgewirkt habt oder daß es euch nichts anging oder daß ihr ganz von euren Studien beansprucht wart. Alle sind Komplizen, in höherem oder geringerem Maße, und alle werden das büßen.«

Glawen hatte mit wachsender Bestürzung von Gesicht zu Gesicht geschaut. Er sagte: »Mir scheint, daß zumindest eine Person fehlt. Wo ist Lilo?«

Niemand antwortete. Glawen richtete seine Frage direkt an Zaa: »Wo ist Lilo?«

Zaa zeigte ein kaltes Lächeln. »Sie ist nicht hier.«

»Das sehe ich. Wo ist sie?«

»Wir diskutieren unsere Interna nicht mit Fremden.«

»Ich will keine Diskussion, bloß eine klare Antwort auf meine Frage. Wo ist Lilo?«

Zaa zuckte gleichgültig die Achseln und blickte weg. Glawen wandte sich an Mutis: »Wo ist Lilo?«

»Ich bin nicht befugt, Informationen herauszugeben.«

Einer der Monomantiker, ein junger Mann, der ein wenig abseits von den anderen stand, wandte sich abrupt ab, wie von tiefem Ekel gepackt. Glawen frug ihn: »Sagen Sie mir: Wo ist Lilo?«

Zaa wirbelte heftig herum. »Danton, du wirst stillschweigen!«

Danton erwiderte in entschlossenem Ton: »Bei allem Respekt, Ordene, die Herren sind hochrangige Polizeioffiziere. Ich muß ihre Fragen beantworten.«

»Ganz recht«, sagte Glawen. »Beantworten Sie mir nun bitte meine Frage.«

Danton warf Zaa einen kurzen Blick von der Seite zu, denn sprach er. »Gegen Mitternacht merkten sie, daß Sie fort waren. In unseren Kammern vernahmen wir ihre Wutschreie und fragten uns, was vorgefallen sein mochte.«

»Das war gegen Mitternacht, sagten Sie?«

»Vielleicht ein wenig nach Mitternacht. Die exakte Stunde weiß ich nicht.«

Eine Weile nach Mitternacht, im Dunkeln in Flicken sitzend, hatte Glawen sich von jener rasenden Woge von Wut und Haß durchbrandet gefühlt: vielleicht eine telepathische Projektion vom Seminar, wenngleich ein Zufall nicht auszuschließen war. »Was geschah dann?«

Zea schaltete sich wieder ein: »Danton, du brauchst nichts mehr zu sagen.«

Danton jedoch fuhr unbeirrt fort. »Es gab einen großen Tumult. Lilo wurde für Ihre Flucht verantwortlich gemacht. Sie schalten sie, Ihnen zusätzliche Laken gebracht zu haben, und wollten von ihren verzweifelten Beteuerungen, dies sei nicht so, nichts hören. Mutis und Fuhr steckten sie in den Eulenkäfig. Gestern nacht blies der Wind bitterkalt. Heute früh war sie tot. Mutis und Funo trugen den Leichnam hinter den Hügel zur Abfallgrube und warfen ihn hinein.«

Glawen zuckte zusammen. Er wagte es nicht, Mutis anzuschauen, aus Angst, er könne sich vergessen und sich zu einer Reaktion hinreißen lassen, die eines Polizeibeamten unwürdig war. Als er das Gefühl hatte, seine Stimme wieder beherrschen zu können, wandte er sich um und sagte zu Zaa: »Lilo hatte nicht mit den Laken zu tun. Ich beschaffte sie mir bereits vor zwei Monaten, als ich das erste Mal in der Kammer war. Ich wäre schon damals geflohen, wenn Sie mich nicht in die Grabkammer geworfen hätten. Lilo wußte nichts von meinen Plänen.«

Zaa sagte nichts.

Glawen fuhr fort. »Sie haben das Mädchen ohne jeden Grund ermordet.«

Zaa war ungerührt. »Irrtümer werden allenthalben begangen. In jedem Augenblick finden überall im Gaeanischen Reich Tausende solcher Vorfälle statt. Sie gehören zum Verhalten der Zivilisation.«

»Das mag wohl sein«, sagte Plock. »Es ist die Funktion der GKIPA, diese sogenannten Irrtümer auf ein Minimum zu beschränken. Im vorliegenden Fall ist das Urteil klar und einfach, ungeachtet der Komplexität Ihrer Beweggründe. Sie kerkerten Glawen Clattuc ein; als er flüchtete, ermordeten Sie ein unschuldiges Mädchen. Wenn man den Gerüchten Glauben schenken kann, was man oft kann, denn haben Sie darüber hinaus auch eine unbekannte Anzahl von Touristen ermordet. Liege ich richtig mit dieser Annahme?«

»Ich habe dazu nichts zu sagen. Ihre Meinung steht fest.«

»Das ist wahr«, bestätigte Plock. »Ich habe mein Urteil gebildet.« Er wandte sich an die gesamte Gruppe. »Dieses Haus ist ein Pesthaus; es muß ausgeräuchert werden. Holen Sie Ihre persönliche Habe heraus und kehren Sie unverzüglich hierher zurück. Sie werden nach Fexelburg gebracht, wo jeder Einzelfall sorgfältig geprüft werden wird. Diese Instruktionen gelten übrigens nicht für Funo, Mutis sowie die Ordene Zaa. Letztere drei Personen wollen mir jetzt bitte zur Abfallgrube folgen. Sie brauchen ihre persönliche Habe nicht zu holen; sie benötigen sie nicht mehr.«

Mutis schaute unschlüssig zu Zaa; seine Kinnlade hing schlaff herunter. Funo stand phlegmatisch da, ihren privaten Gedanken nachhängend. Zaa sagte in scharfem Ton: »Das ist total absurd! Ich habe einen solchen Unsinn noch nie gehört!«

»Das gleiche hat Lilo vielleicht auch gedacht, als Sie ihren Tod anordneten«, versetzte Plock. »Diese Ideen scheinen immer unglaubwürdig, wenn sie sich auf einen selbst beziehen. Aber es ändert nicht viel.«

»Ich möchte einen Telephonanruf machen.«

»Bei der Fexelburger Polizei? Das dürfen Sie nicht. Ich möchte sie überraschen.«

»Dann muß ich einige Briefe schreiben.«

»An wen?«

»An die Ordene Klea auf Strock und andere Ordenen.«

Glawen versuchte, seine Stimme beiläufig klingen zu lassen. »Zum Beispiel?«

Zaa sagte barsch: »Ich habe es mir anders überlegt. Keine Briefe.«

»Kann es sein, daß eine Ihrer Ordenen vielleicht eine Madame Zigonie ist, die auf einer Farm auf der Welt Rosalia lebt?«

»Wir sind weit verbreitet. Ich werde Ihnen nichts mehr sagen. Tun Sie Ihr schmutziges Werk; bringen wir's hinter uns.«

Plock sagte: »Das ist ein praktischer Vorschlag, und wir werden ihn ohne Umstände befolgen.« Er hob die Waffe und schoß jedem der drei eine Kugel durch den Kopf.

»Das Werk ist vollbracht«, sagte Plock, auf die drei Leichen hinabblickend.

Wie schnell das ging! dachte Glawen. Funo hing nicht länger ihren privaten Gedanken nach; Mutis empfand keine Unentschlossenheit mehr, und Zaas Wissen war unwiederbringlich verloren.

Plock wandte den Blick auf den eingeschüchterten Danton. »Schaffen Sie diese Leichen zur Abfallgrube. Nehmen Sie einen Karren oder zimmern Sie ein Traggestell – was Ihnen lieber ist. Wählen Sie zwei oder drei kräftige Kerle aus, die Ihnen tragen helfen. Wenn Sie fertig sind, stellen Sie sich wieder zu den andern.«

Danton schickte sich an, Plocks Befehl zu befolgen, aber Glawen hielt ihn zurück. »Die Treppe zwischen dem zweiten und dem dritten Stockwerk: wieso ist sie gefährlich?«

Danton schaute ängstlich zu den Leichen, wie um sich zu vergewissern, daß niemand ihn hören konnte. »Wenn ein Fremder auf den dritten Stock gebracht und dort gegen seinen Willen festgehalten wurde – was öfter vorkam, als Sie vielleicht glauben –, spannte Mutis einen Stolperdraht über die Stufen kurz vor dem Treppenabsatz, und dieser Draht wurde unter elektrische Spannung gesetzt. Wenn jemand versuchte, über die Treppe zu entkommen, endete er in einem Haufen zerschmetterter Glieder am Füße der Treppe. Mutis und Funo trugen ihn dann, ob tot oder lebendig, zur Abfallgrube und warfen ihn hinein.«

»Und niemand protestierte?«

Danton lächelte. »Wenn man die Syntoraxis mit großer Konzentration studiert, dann bemerkt man selten etwas.«

Glawen wandte sich ab.

Plock sagte zu Danton: »Sie können die Leichen jetzt fortschaffen.«

VII Das leere Seminar schien von tausend wispernden Stimmen widerzuhallen, just unterhalb der Wahrnehmungsschwelle. Glawen und Plock standen mit Kylte und Narduke im Versammlungsraum im ersten Stock. Plock sagte mit ungewohnt besinnlicher Stimme: »Da ich kein abergläubischer Mensch bin, beunruhigt mich das Gewisper von so vielen Geistern.«

»Mich verwirrten weder Zab Zonk noch sein Geist«, sagte Glawen. »Im Gegenteil, ich hätte ihre Gesellschaft sogar begrüßt.«

»Gleichviel: wir müssen auch die oberen Stockwerke durchsuchen. Womöglich halten sich dort noch ein paar Monomantiker auf, die so vertieft in ihr Studium sind, daß sie den Befehl zum Sammeln überhört haben.«

»Macht ihr drei das. Ich habe genug von den oberen Stockwerken. Wenn ihr in die Küche kommt, stellt die Herdplatten ab, sonst brennt die Suppe noch schlimmer an als gewöhnlich.«

Plock und seine beiden Kollegen stiegen die Treppe hinauf. Glawen erkundete unterdessen das erste Stockwerk. Er fand Zaas Privatgemächer und ihr Büro: ein großer Raum mit weißgetünchten Wänden, möbliert mit Lampen von eigentümlich verschlungener Form, einem schweren schwarz und grün gemusterten Teppich und dunkelroten Plüschsesseln. Ein merkwürdiger Raum, dachte Glawen; ein Spiegelbild der Spannungen, die Zaa offensichtlich in ein Dutzend verschiedene Richtungen gezogen hatten. Die Regale enthielten ein buntes Sortiment von Büchern, allesamt säkularer Natur. Glawen durchsuchte den Schreibtisch, fand jedoch weder Akten noch Adressenlisten noch Karteien noch irgendwelches sonstige Material von Interesse. Gleichwohl schien es, daß Zaa sehr erpicht darauf gewesen war, bestimmtes Material zu vernichten. Was für ein Material, und wo lagerte es?

Oder hatten sie ihre Absichten mißdeutet? In einer Schublade des Schreibtisches fand Glawen eine unverschlossene Kassette, die eine namhafte Summe Geldes enthielt. Als er die Kassette aus der Schublade nahm, kam darunter eine Photographie zum Vorschein. Sie zeigte zwölf Frauen, die in einer Art Garten standen. Die auf dem Photo erkennbare Landschaft schien nicht die von Tassadero zu sein. Eine von ihnen war Zaa, etwa zehn bis fünfzehn Jahre jünger als jetzt. Ebenfalls abgebildet war Sibil. Die andern waren Glawen nicht bekannt. Vermutlich waren darunter Klea, jetzt auf Strock, und möglicherweise Madame Zigonie aus Rosalia. Auf die Identität der einzelnen Frauen gab es keinerlei Hinweis – weder gedruckt noch handschriftlich. Glawen steckte die Photographie in seine Innentasche; es war keine Information, die die GKIPA sonderlich interessieren würde.

Glawen wandte seine Aufmerksamkeit nun Zaas Privatgemächern zu. Auch hier förderte seine Durchsuchung nichts von Belang zutage: keinen Hinweis auf Madame Zigonie von der Welt Rosalia oder auf irgendeinen anderen Namen, den er wiedererkannt hätte.

Plock und die anderen kamen aus den oberen Stockwerken zurück. Glawen führte sie in Zonks Grabkammer, die noch immer vom gelben Schein der Lampe erhellt wurde.

Glawen öffnete die Tür, konnte sich aber nicht dazu überwinden, mehr als zwei Schritte in die Höhle hineinzugehen. »Das ist sie«, sagte er. »Noch genau so, wie ich sie verlassen habe: Podest, Rinnsal, Tunnel.«

Plock maß die Kammer mit forschendem Blick. »Ich sehe keinen Schatz.«

»Ich habe keinen gefunden, und da ich nichts Besseres zu tun hatte, habe ich sehr genau nachgeschaut. Ich fand weder Falltüren, noch lockere Steine, noch geheime Schiebetüren – und schon gar keinen Schatz.«

»Es geht uns so oder so nichts an«, sagte Plock. »Ich

habe jetzt Zonks Grab gesehen, und ich bin bereit, wieder zu gehen.«

»Ich habe alles gesehen, was es zu sehen gibt«, sagte Narduke.

»Ich habe hier nichts verloren«, sagte Kylte.

»Auch ich habe genug gesehen«, sagte Glawen. »Meinethalben können wir gehen.«

Glawen führte die Gruppe in Zaas Büro und schüttete den Inhalt der Kassette auf den Schreibtisch. Plock zählte das Geld. »Ich komme auf ungefähr neuntausend Sol, plus minus einen oder zwei Dinket.« Er überlegte einen Moment. »Meiner Meinung nach«, sagte er zu Glawen, »schulden die Monomantiker Ihnen eine beträchtliche Schadenswiedergutmachung, die nur schwer zu berechnen ist. Veranschlagen wir einmal den Wert Ihrer Arbeitszeit auf tausend Sol den Monat, und stellen wir weitere tausend Sol als Entschädigung für den erlittenen seelischen Schmerz in Rechnung. Sie sehen, in weniger als einer Minute gelangen wir so zu einer Disposition, für die das Gericht Monate brauchen würde – und wer weiß, was in der Zwischenzeit mit diesen Mitteln alles geschehen könnte? Es ist besser, jetzt gleich zu kassieren, da das Geld vorhanden ist. Hier ist der Schiedsspruch: Schadensersatz in Höhe von dreitausend Sol, zu zahlen vom Monomantischen Seminar.«

Glawen versenkte das Geld in seiner Tasche. »Ein besseres Ende, als ich erwartet habe. Ich kann das Geld nutzbringend verwenden.«

Die vier Männer verließen das Seminar und gingen den Pfad hinunter ins Dorf zurück.

KAPITEL NEUN

I Am frühen Nachmittag eines trüben Wintertages brach das Raumschiff *Solares Oro* durch die Wolkendecke über Station Araminta und landete auf dem Raumhafen.

Unter den Passagieren, die sich ausschifften, war Glawen Clattuc. Sobald er die Einreiseformalitäten hinter sich gebracht hatte, ging er zu einem Fernsprechgerät und rief in Haus Clattuc an. Es war Smollen; die Clattucs würden sich zu dieser Stunde für das allwöchentliche Haus-Souper rüsten. Anstelle seines Vaters nahm jedoch die synthetische Stimme der Clattucschen Haus-Ferngesprächvermittlung den Anruf entgegen. »Wen wünschen Sie zu sprechen?«

Eigenartig, dachte Glawen; er hatte direkt die Nummer der Wohnung angewählt, die sein Vater und er selbst bewohnten. »Scharde Clattuc.«

»Er ist zur Zeit nicht im Hause. Möchten Sie eine Nachricht hinterlassen?«

»Nein.«

Glawen rief in Haus Wook an. Er erfuhr vom Majordomus, daß Bodwyn Wook zum Haus-Souper hinuntergegangen sei und nur im allerdringlichsten Notfall gestört werden könne.

»Bitte leiten Sie diese Botschaft sofort an ihn weiter. Richten Sie ihm aus, Glawen Clattuc werde in Kürze im Hause Wook erscheinen; er mache lediglich vorher noch einen kurzen Abstecher zum Hause Clattuc, um mit seinem Vater zu sprechen.«

»Ich werde Ihre Botschaft unverzüglich übermitteln.«

Glawen begab sich zum Droschkenplatz vor dem Raumhafen und näherte sich der vordersten in der

Reihe der wartenden Droschken. Der Fahrer zeigte kein Interesse an seinem Gepäck, schaute jedoch mit wohlwollender Anerkennung zu, als Glawen es in den Behälter am Heck der Droschke lud. Er war von einer Art, die Glawen nicht vertraut war: ein dunkelhäutiger junger Mann von modischer Erscheinung, mit scharf geschnittenen Gesichtszügen, klugen Augen und einem widerspenstigen Busch dunklen Haupthaares – offenbar Mitglied des neuen Arbeitertrupps, der eingeführt worden war, die Yips zu ersetzen.

Glawen setzte sich in die Fahrgastzelle. Der Fahrer legte das Journal, in dem er geblättert hatte, beiseite, und blickte mit einem freundlichen Lächeln über die Schulter. »Wo soll's denn hingehen, mein Herr? Sie sagen mir den Ort, und wir bringen Sie flott und stilvoll hin. Haben Sie keine Furcht, was das betrifft! Mein Name ist Maxen.«

»Bringen Sie mich zum Hause Clattuc«, befahl Glawen. In den alten Zeiten hätte der Yip-Fahrer ihm – wenn auch murrend – beim Einladen des Gepäcks geholfen.

»Jawoll, mein Herr! Auf geht's zum Hause Clattuc!«

Als er die vertrauten Plätze an sich vorüberfliegen sah, hatte Glawen das Gefühl, als wäre er unendlich lange fort gewesen. Alles war gleich geblieben, und doch war alles anders, so als sähe er es mit ganz neuen Augen.

Maxen, der Fahrer, warf erneut einen Blick über die Schulter. »Zum erstenmal hier? Ihren Kleidern nach würde ich sagen, Sie sind ein Soum, oder vielleicht ein Aspergiller vom Ende der Strähne. Wenn ich Ihnen einen Tip geben darf: Dies ist ein bemerkenswerter Ort. Ich möchte fast sagen, er ist einzigartig.«

»Ja, das mag sein.«

»Ich persönlich finde die Leute hier ein bißchen wunderlich. Jahrhundertelange Inzucht, Sie verstehen.

Die Folge davon ist eine beträchtliche – soll man sagen: Überspanntheit? Das ist das allgemeine Gefühl.«

»Ich bin ein Clattuc aus dem Haus Clattuc«, sagte Glawen. »Ich war eine Weile fort.«

»Oh-ah!« Maxen machte ein betretenes Gesicht. Dann zuckte er die Achseln und kicherte leise. »Nun denn. Sie werden nicht viel verändert finden. Hier ändert sich nie was; hier ist nie was los. Wenn's nach mir ginge, käme hier ein schöner, schriller Tanzschuppen hin, und ein paar Kasinos am Strand. Und gegen ein paar Bratfischbuden am Strandweg hätte ich auch nichts einzuwenden. Die würden bestimmt nicht schlecht laufen. Der Ort könnte ein bißchen Fortschritt vertragen.«

»Das mag wohl sein.«

»Sie sind ein Clattuc, sagen Sie? Welcher von dem Clan sind Sie?«

»Ich bin Glawen Clattuc.«

»Freut mich, Sie kennenzulernen! Beim nächsten Mal werde ich Sie dann sofort wiedererkennen. Da wären wir: Haus Clattuc. Zu protzig für meinesgleichen, fürchte ich.«

Glawen stieg aus und entlud sein Gepäck aus dem Kofferbehältnis, während Maxen lässig zurückgelehnt auf dem Fahrersitz fläzte und mit den Fingern auf dem Lenkrad trommelte. Glawen entrichtete die Standardgebühr, die Maxen mit hochgezogenen Brauen entgegennahm. »Und das Trinkgeld?«

Glawen wandte sich langsam um und starrte den Droschkenfahrer an. »Haben Sie mir beim Einladen meines Gepäcks geholfen?«

»Nein, aber ...«

»Haben Sie mir beim Ausladen geholfen?«

»Auch hier muß ich verneinen; freilich ...«

»Haben Sie mir nicht erzählt, ich sei ein Produkt jahrhundertelanger Inzucht und überspannt und wahrscheinlich auch schwachsinnig?«

»Das war ein Scherz.«

»Können Sie jetzt erraten, warum Sie kein Trinkgeld von mir bekommen?«

»Ich ahne es.«

»Sie ahnen richtig.«

»Potztausend!« murmelte Maxen und fuhr hurtig davon, den linken Ellbogen fesch auf die Armlehne gestützt.

Glawen betrat Haus Clattuc und stieg direkt hinauf zu seiner alten Unterkunft am ostwärtigen Ende des zweiten Stockwerks. Er öffnete die Tür, tat einen Schritt vorwärts und stockte jäh.

Alles war verändert worden. Die soliden alten Möbel waren durch modische, spitzkantige Konstruktionen aus Metall und Glas ersetzt. An den Wänden hingen fremdartige Ziertapeten, deren geschmacklose Motive in schrillen Farben pulsierten. Die Läufer waren einem grellgelben Teppichboden gewichen. Selbst die Luft roch anders.

Glawen trat langsam in den Raum, in ungläubigem Staunen nach links und nach rechts blickend. War sein Vater dem Wahn anheimgefallen? Glawen trat in den Salon, und hier entdeckte er eine dralle junge Frau, die vor einem hohen Spiegel stand und offenbar damit beschäftigt war, letzte Handgriffe an ihrer Frisur vorzunehmen, bevor sie sich hinunter zum Haus-Souper begeben würde. Glawen schaute in den Spiegel und erkannte Drusilla, Angetraute von Arlen und immer noch aktives Mitglied von Florestes Mimenschar.

Drusilla bemerkte Glawens Spiegelbild und wandte sich in mäßiger Neugier um, wie als sei das Bild eines fremden Mannes in ihrem Spiegel weder eine Neuheit noch ein Grund zu übermäßiger Sorge. Nach einem Moment verblüfften Guckens erkannte sie ihren Besucher. »Ist das nicht Glawen? Was machst du denn hier?«

»Das gleiche wollte ich gerade dich fragen.«

»Ich verstehe nicht, wieso«, sagte Drusilla mit schelmisch gespitztem Schmollmund.

Glawen erklärte geduldig: »Weil dies meine Wohnung ist, in der ich mit meinem Vater lebe. Und jetzt finde ich hier einen gräßlichen gelben Teppich, einen üblen Geruch und dich vor. Ich meine, das bedarf wohl einer Erklärung.«

Drusilla lachte: ein volltönendes, samtiges Gurgeln. »Das ist ganz simpel. Der Teppich ist von einer Farbe, die man Schwindelblume nennt; der Geruch stammt ohne Zweifel von Gorton. Und ich bin mein einzigartiges und entzückendes Selbst. Ich darf annehmen, du hast die Nachricht noch nicht gehört?«

Ein feuchtkaltes Gefühl kroch Glawen den Rücken hoch. »Ich komme eben vom Schiff.«

»Dann ist alles klar.« Drusilla setzte eine weihevolle Miene auf. »Scharde flog hinaus zu einem Patrouilleneinsetz. Das war vor ein paar Monaten. Er kehrte nie zurück, und es steht fest, daß er tot ist. Ich bin sicher, daß er ein großer Schock für dich ist. Bist du wohlauf?«

»Ja. Ich bin wohlauf.«

»Nun, die Wohnung stand leer, und wir zogen ein! Würdest du mich bitte jetzt entschuldigen? Ruhe dich aus, solange du möchtest, aber ich muß jetzt hinunter zum Souper, oder ich kriege eine Standpauke zu hören.«

»Ich gehe auch«, sagte Glawen.

»Ich bin eh schon ein bißchen spät dran«, erklärte Drusilla. »Wenn ich mich nicht spute, werde ich Arles verstimmen, was hier jetzt so ziemlich das schlimmste Verbrechen ist.«

Glawen folgte Drumilla hinunter ins Foyer, wo er stehenblieb und sich gegen die Balustrade lehnte. Es konnte einfach nicht sein, daß sein Vater, sein lieber Vater, tot war, daß er irgendwo dalag, mit zerschmetterten Gliedmaßen, die Augen leer zum Himmel starrend, blind, nichts sehend! Nein, das konnte nicht sein! Glawens Knie begannen zu zittern; er ließ sich auf eine Bank sinken. Er hatte viel nachgedacht in der letzten Zeit, aber etwas derart Abwegiges wie diese Situation hatte er niemals auch nur in Betracht gezogen. Selbst hinsichtlich der Wohnung schien alle Logik und Ordnung aufgehoben und außer Kraft gesetzt; Arles und Drusilla hatten kein Recht, sie unter diesen Umständen in Besitz zu nehmen!

Die Wohnung war natürlich eine Belanglosigkeit, wenn sein Vater wirklich tot war. Er wurde gewahr, daß jemand sich ihm näherte, und als er aufblickte, sah er Spanchetta. Sie blieb stehen und musterte ihn, eine Hand auf der Hüfte, die andere mit der Troddel ihrer purpurfarbenen Schärpe spielend. Sie war wie immer auffällig gewandet, und heute abend hatte sie die Wirkung ihren Kostüms durch drei weiße Federn erhöht, die hoch über ihrem prachtvollen Lockenturm schwankten.

»Drusilla erwähnte, daß du hier bist«, sagte Spanchetta. »Anscheinend hat sie dir die Nachricht schon übermittelt.«

»Bezüglich Scharde? Ist es sicher?«

Spanchetta nickte. »Er geriet über dem Mahadionberg in ein Unwetter und wurde vom Blitz getroffen; so lautet zumindest die Theorie. Drusilla hat dir sonst nichts erzählt?«

»Nur, daß sie und Arles in meine Wohnung gezogen sind. Sie müssen wieder ausziehen, und zwar sofort.«

»Mitnichten. Zu deinem Pech haben Arles und Drusilla ihren Sohn Gorton vor deinem Stichtag bekommen, und er hat jetzt Vorrang vor dir. Du kamst auf eine 21 und hast damit den Agenturstatus verpaßt. Du bist jetzt Collateraler und hast kein Anrecht auf die Wohnung; tatsächlich hältst du dich in diesem Moment unbefugt in Haus Clattuc auf.«

Glawen starrte Spanchetta wie betäubt an. Sie

machte einen eleganten kleinen Trippelschritt zur Seite und sagte: »Vielleicht ist dies nicht der rechte Augenblick, um über solche Dinge zu reden, aber deine Abstammung war von Anfang an unklar, und du hast keinen Grund zum Klagen.«

Durch den dunklen Nebel in Glawens Kopf kam der ironische Gedanke: Endlich hat Spanchetta ihre Rache an Scharde gekriegt mit großer Verzögerung und ein wenig geschmälert durch Schardes Tod, aber Rache nichtsdestoweniger, und süßer als gar keine.

Spanchetta wandte sich zum Gehen. Sie sagte über die Schulter: »Komm, Glawen; du mußt lernen, dich mit der Realität abzufinden; schon als Kind hast du gerne Trübsal geblasen. Du wirst schon eine angemessene Bleibe auf dem Gelände finden, und bestimmt wird man dir eine gute und produktive Arbeit zuweisen.«

»Du hast recht«, sagte Glawen. »Ich darf den Kopf nicht hängen lassen.« Er erhob sich von der Bank und marschierte mit langen, fast fliegenden Schritten durchs Foyer und zur Eingangstür hinaus. Auf der Hälfte der Zufahrt hielt er jäh inne und kehrte zum Haus zurück. Im Büro des Majordomus abseits des Foyers fragte er den diensthabenden Lakaien: »Wo ist meine Post? Es müßten Briefe für mich angekommen sein.«

»Das weiß ich nicht, Herr. Hier ist nichts für Sie.«

Und wieder verließ Glawen Haus Clattuc. Er begab sah auf direktem Wege nach Haus Wook. Als der diensthabende Lakai an der Tür Glawens Namen hörte, wurde er sofort höflich. »Herr Bodwyn weilt beim Haus-Souper, aber er wünscht, sofort benachrichtigt zu werden, wenn Sie eintreffen. Einen Augenblick, Herr.«

Der Lakai sprach in ein Sprechgerät und lauschte der antwortenden Stimme. Zu Glawen gewandt, sagte er: »Herr Bodwyn bittet Sie, zu ihm zu kommen.«

Glawen blickte an seinen von der Reise strapazierten Kleidern hinunter. »Ich glaube nicht, daß ich gehörig gekleidet bin.«

»Ich wies auf dieses Faktum hin; gleichwohl wurde für Sie ein Gedeck aufgelegt. Folgen Sie mir bitte.«

Bodwyn Wook erwartete ihn bereits in der Halle. Er griff beide Arme Glawens. »Du hast von Scharde gehört?«

»Es stimmt also?«

»Er brach zu einem Patrouillenflug auf und kehrte nie zurück. Das ist alles, was wir sicher wissen. Vielleicht lebt er noch. Wahrscheinlicher indes ist, daß er tot ist. Selbstverständlich teile ich deinen Kummer. Nun sag mir mit wenigen Worten: Was hast du erfahren?«

»Von Spanchetta erfahre ich, daß ich mich glücklich schätzen kann, nunmehr ein Collateraler zu sein. Ansonsten fand ich heraus, daß Floreste derjenige ist, der die Lustpartien nach der Insel Thurben organisiert hat. Auf Tassadero traf er Anstalten, mich töten zu lassen. Ich entkam, wie Sie sehen. Sie werden an der vollen Geschichte Interesse haben. Befindet Floreste sich gegenwärtig in Station Araminta?«

»Ja, er ist zurück von seiner Tournee und sprudelt über von grandiosen neuen Plänen.«

»Sie müssen ihn sofort in Haft nehmen, noch in diesem Moment, bevor er erfährt, daß ich zurück bin.«

Bodwyn Wook lachte mild. »Nicht so ungestüm! Heute abend steht uns Floreste voll zur Disposition! Er sitzt just in diesem Moment keine zwanzig Schritte von uns entfernt bei Tische! Er spricht unserem besten Wein mit Verve zu und bestrickt die Damen, wie sie noch nie zuvor bestrickt worden sind. Du wirst ihm direkt gegenübersitzen. Eine köstliche, ja delikate Situation! Was ist mit Kirdy? Er ist zerstreut, und ich kann nichts aus ihm herausbekommen.«

»Kirdy betrog mich und ließ mich im Stich. Er kann

sich nicht auf geistige Umnachtung herausreden. Ich kenne nicht die ganze Geschichte, aber er brachte mich durch Arglist und Verrat in eine Lage, die für mich tödlich geendet hätte, wäre ich nicht entkommen. Ich kann Kirdy keine freundlichen Gefühle entgegenbringen.«

Bodwyn Wook schüttelte betrübt den Kopf. »Noch eine Tragödie. Sie schichten eine auf die andere und hören scheint's niemals auf. Laß uns zu Tisch gehen.«

Die beiden betraten das Speisezimmer und nahmen ihre Plätze an der Tafel ein. Glawen saß neben Bodwyn Wook; zu seiner Linken saß Ticia. Ihm nahezu direkt gegenüber an dem großen runden Tisch saß Kirdy; ihm zur Seite saß Floreste. Beide waren jeweils in Konversation verwickelt, und beide bemerkten zunächst Glawen nicht.

Bodwyn Wook murmelte Glawen ins Ohr: »Dies ist eine Situation, die Floreste selbst wohl als einen Moment von hochdramatischer Dichte bezeichnen würde. Die Spannung baut sich auf, während die zwei dort noch völlig nichtsahnend sitzen.«

Glawen nickte. Er studierte Kirdy mit Sorgfalt; Abscheu stieg in ihm hoch, machte ihn fast würgen. Im Moment schien Kirdy voll Herr seiner selbst, unbedrückt von den trüben Stimmungen oder den düsteren Launen jenes Kirdy, der Glawen auf seiner Mission begleitet hatte; im Gegenteil: er demonstrierte just jene Herzlichkeit und jene jungenhafte Schlichtheit, die ihn im Verein mit seinem großen rosigen Gesicht, seinen porzellanblauen Augen und seinem unbeschwerten Grinsen einst leidlich beliebt gemacht hatten.

Glawen beobachtete ihn fasziniert. Dies schien kaum derselbe Kirdy zu sein, den er zuletzt in Fexelburg gesehen hatte. Jetzt beugte Kirdy sich vornüber, um einen Bissen gedünsteten Fischs zu sich zu nehmen; sobald er den Bissen verzehrt hatte, hob er den Kopf und tupfte sich den Mund mit einem Mundtuch ab. Sein Blick fiel auf Glawen, und er wurde still. Langsam sackten seine

Schultern herunter, und er schaute auf den Tisch. Alle Munterkeit wich aus seinem Gesicht.

Bodwyn Wook flüsterte Glawen ins Ohr: »Hier siehst du weder Irrsinn noch Irrtum. Was du siehst, ist klar und eindeutig: reine, schamlose Schuld. Mehr bedarf es nicht, mich zu überzeugen. Er ist schmählich. Ich muß in seinen Stammbaum schauen.«

»Er hat sich verändert, seit ich ihn das letzte Mal sah. Florestes Therapie hat Erstaunliches bewirkt. Schauen Sie! Jetzt gibt er Floreste die Nachricht. Noch ein gründlich verdorbenes Souper.«

Auf Kirdyn geflüsterte Bemerkung hin hob Floreste ruckartig seinen wohlgestalten Kopf und ließ den Blick wie beiläufig durch die Runde schweifen, Glawen nur flüchtig streifend. Dann schwang er halb auf seinem Stuhl herum und plauderte angelegentlich mit Dame Dorna Wook, die links von ihm saß.

Glawen wartete, bis sich eine Gesprächspause ergab, dann rief er über den Tisch: »Meister Floreste, wie ich sehe, sind Sie von Ihrer Tournee zurück.«

Floreste warf ihm einen flüchtigen, kalten Blick zu. »Ja, wie Sie sehen.«

»Und? War sie ein Erfolg?«

»Nun, das übliche, würde ich sagen. Wir geben wie immer unser Bestes und hoffen auf das Beste. Unsere Losung ist: optimistisch sein.«

»Es scheint, wir haben eine gemeinsame Bekannte auf Tassadero.«

»Ach, wirklich? Das überrascht mich nicht sehr. Ich lerne jede Woche Tausende von Leuten kennen, und da behalte ich natürlich keinen von ihnen in Erinnerung – nur – ha! ha! – die reizendsten.«

»Und Sie betrachten die Ordene Zaa als reizend?«

»Ordene Zaa? Wer soll das sein? Und wen kümmert das schon? Im Moment interessiert mich einzig dieser vorzügliche Fisch.«

»In dem Fall will ich mich darauf beschränken,

Ihnen ihre besten Grüße zu übermitteln. Ihre gegenwärtige Situation ist ganz und gar nicht glücklich. Wußten Sie um ihre Schwierigkeiten?«

»Nein.«

»Sie wurde in eine Reihe bemerkenswerter Verbrechen verwickelt, die die Aufmerksamkeit der GKIPA auf sich zogen. Sie werden sich möglicherweise auch an Sie wenden, um einige ihrer Aussagen auf ihre Wahrheit hin zu überprüfen. Oder es kann sein, daß sie die Sache der örtlichen GKIPA-Filiale übergeben, das heißt, unserem Amt B.«

»Es ist sicherlich nichts, was mich irgend beträfe.« Floreste wandte sich wieder Dame Cora zu und setzte seine Unterhaltung fort.

Ticia, die bereits mit kritischem Naserümpfen Glawens Kleidung zur Kenntnis genommen hatte, fragte ihn in forschem Ton: »Irre ich mich, oder gibst du dir besondere Mühe, unserem Lokalgenie die Stimmung zu vermiesen?«

»Du irrst. Ich gebe mir keinesfalls besondere Mühe.«

»Diese ›Ordene Zaa‹ – ist sie eine von Florestes Geliebten oder etwas in der Art?«

»Das würde mich nicht überraschen. Beide sind bemerkenswerte Personen.«

»Hmm. Du warst weg, nicht wahr? Ich kann mich nicht erinnern, dich in der letzten Zeit gesehen zu haben.«

»Ja, ich war weg.«

»Das mit deinem Vater ist schlimm. Da fällt mir ein, du bist ja jetzt ein Collateraler! Und doch sitzt du hier in voller Lebensgröße bei unserem Haus-Souper, wo man Collateralen rundweg die kalte Schulter zeigt.«

»Und? Hast du vor, mir die kalte Schulter zu zeigen?«

»Künftig ja. Heute abend kann ich das wohl schlecht, da wir nebeneinander sitzen und es nur allzu leicht für dich ist, meine Aufmerksamkeit zu fordern.«

»Ich bin nicht überempfindlich«, sagte Glawen. »Du kannst mich ruhig abblitzen lassen, wenn dir danach ist.«

»Dazu brauche ich kaum deine Erlaubnis«, sagte Ticia. »Tatsächlich zeige ich fast allen die kalte Schulter; das macht meine Gunst so wertvoll.«

Bodwyn Wook sagte zu Glawen: »Beachte die kleine Närrin gar nicht; sie ist schon jetzt auf dem besten Wege, den Lack zu verlieren; in zehn Jahren besteht sie nur noch aus Zähnen, Nase und Schlüsselbeinen, wie Dame Audlis, ihre Tante.«

Darauf Ticia: »Heute abend, Onkel Bodwyn, ist dein Witz unterhaltsamer denn je. Du wirst auf deine alten Tage noch zum richtigen *enfant terrible.*«

»Ganz recht, Ticia. Ich bin viel zu sarkastisch, und deine Haltung ist korrekt. Der Anstand muß gewahrt werden, und man darf Collateralen nicht gestatten, auf alte Freundschaften zu spekulieren. Glawen, ich kann es kaum noch erwarten, deine Geschichte zu hören. Laß uns unser Abendessen im Nebenzimmer beenden.«

Bodwyn Wook und Glawen verließen das Speisezimmer. Auf dem Flur frug Bodwyn Wook: »Es bestehen keinerlei Zweifel an Florestes Schuld?«

»Nicht die geringsten.«

»Dann werde ich ihn festnehmen und ins Gefängnis befördern lassen. Ich muß jedoch damit bis nach dem Souper warten, um Ticias Höflichkeitsnormen nicht zu verletzen. Was ist mit Kirdy?«

»Er verriet mich, Sie und das Amt. Er litt unter mentaler Anspannung, die er wohl nicht verkraften konnte. Ich werde das Gefühl nicht los, daß er sehr genau wußte, was er tat. Aber ich mochte lieber, daß Sie sich Ihre eigene Meinung bilden.«

»Die habe ich mir bereits am Tisch gebildet. Du bist wahrlich zu nachsichtig mit Kirdy. Er versetzte dir nämlich noch einen letzten Schlag, von dem du noch nichts weißt. Als er nach Araminta zurückkam, versicherte er mir, daß du tot seist. Daraufhin blies ich die bereits vorbereitete Rettungsaktion wieder ab. Er hat mich belogen; er weiß es, und ich weiß es. Es hätte für dich den Unterschied zwischen Leben und Tod ausmachen können. Ich bin nicht glücklich über Kirdy. Er wird sich einer Untersuchung stellen müssen und mindestens seinen Wook-Status verlieren.«

»Er wirkt auf mich jetzt viel gesünder als zu dem Zeitpunkt, da ich ihn in Fexelburg zurückließ.«

»Komm! Laß uns den Rest unseres Abendbrots einnehmen. Wir reden beim Essen weiter.«

II Glawen und Bodwyn Wook speisten in einem kleinen Selon abseits der großen Halle. In so bündiger Sprache als möglich berichtete Glawen von seinen Ermittlungen und von den Schwierigkeiten, auf die er im Zuge derselben gestoßen war. »Während ich hier sitze und an das Geschehen zurückdenke, kommen mir ein Dutzend Gefühle. Das stärkste ist Erleichterung darüber, daß alles vorbei ist. Es gab natürlich auch gute Momente – so der, als meine Füße den Felsengrund am Fuße des Seminars berührten. Und auch heute abend empfand ich eine Art grausamen Vergnügens, als ich Kirdy und Floreste über den Tisch hinweg beobachtete.«

»Und nun kommen die lästigen Details. Floreste wird Milde fordern. Seine Opfer waren bloß Yips; sie waren das Rohmaterial einer neuen künstlerischen Methode; er ist allenthalben als Genie anerkannt und darf daher nicht an gewöhnliche Regeln gebunden sein. Es kann sehr gut sein, daß Dame Dorna solcherlei Argumenten beipflichten wird; sie ist vernarrt in ihn und ist Mitglied des Ausschusses für Schöne Künste.«

Ein Dienstbote betrat den Raum. »Ihre Anweisungen sind ausgeführt worden, Herr.«

Bodwyn Wook nickte zufrieden. »Wie ich erwartet habe, verließen Kirdy und Floreste die Tafel vorzeitig, unter dem Vorwand, sie seien müde. Sie wurden vor der Tür empfangen und in Gewahrsam genommen. Die Würde des Haus-Soupers ist nicht kompromittiert worden. Nun denn, genug davon. Darf ich dir noch etwas Wein einschenken? Dies ist unser bester Chariste; er übertrifft alles, was bis dato von diesem Typ auf der Station erzeugt wurde.«

»Er ist wirklich exzellent.«

Die beiden nippten eine Weile schweigend an ihrem Wein. »Nun denn«, sagte Bodwyn Wook schließlich, »wir müssen deinen persönlichen Problemen ein paar Gedanken widmen.«

»Das habe ich bereits. Ich beabsichtige herauszufinden, was mit meinem Vater geschehen ist.«

»Hm, ja. Nun, ich kann dir nicht viel Hoffnung machen. Wir haben mit großer Sorgfalt nach ihm gesucht. Wir fanden nichts und hörten auch keine Notsignale. Es gibt Dutzende von Möglichkeiten. Wir haben versucht, sie alle zu analysieren; das Ergebnis war stets das gleiche: nichts.«

Glawen schwenkte den Wein in seinem Pokal. Er sagte: »Das ist doch in sich schon ein Hinweis, finden Sie nicht?«

»Ein Hinweis worauf?«

»Das weiß ich nicht. Es muß irgend etwas bedeuten. Zunächst einmal: im Falle eines Absturzes müßte doch eigentlich das Wrack zu finden sein.«

»Nicht unbedingt. Er kann in einen Wald oder in einen See gestürzt sein.«

»Dennoch – man wundert sich schon ein wenig. Spanchetta zufolge wurde sein Flieger über dem Mahadion von einem Blitz getroffen.«

»Das ist eine Theorie, und sie ist so gut wie jede andere – oder so schlecht wie jede andere, wenn dir das lieber ist.«

»Ich werde morgen mit Chilke sprechen.« Glawen zögerte einen Moment, dann sagte er: »Ich kann das Schlimmste ebensogut jetzt sofort erfahren. Wie wird sich mein neuer Status auf meine Arbeit bei Amt B auswirken? Oder bin ich ganz draußen?«

»Ha-ha!« sagte Bodwyn Wook und nahm einen Schluck aus seinem Pokal. »Solange wie ich Direktor Bodwyn Wook bin, bist du Hauptmann Glawen Clattuc. Deine Fähigkeiten, die ich als bemerkenswert beurteile, machen jede Frage bezüglich formellen Status gegenstandslos. Und was letzteren betrifft, so kann ich mich des Gefühls nicht erwehren, daß da etwas sehr Merkwürdiges vor sich geht.«

»Inwiefern?«

»Das kann ich jetzt noch nicht mit Sicherheit sagen. Oberflächlich betrachtet scheint alles einwandfrei zu sein. Aber ich frage mich, ob alles so ist, wie es zu sein scheint.«

»Ich fürchte, ich kann Ihnen nicht ganz folgen.«

»Laß uns zurückgehen zu einer Zeit drei Wochen vor deinem Geburtstag. Da warst du in Pogan's Point. Zu dieser Zeit kam Erl Clattuc bei einem Erdrutsch am Kap Journal ums Leben, und dein Index fiel auf 20.

Und dann? Es passieren seltsame Dinge! Die Mimen kommen nach Station Araminta zurück, mit Arles, Drusilla und Gorton. Du bist wieder auf 21. Hätte Scharde die Wahlmöglichkeit gehabt, wäre er in Ruhestand gegangen und hätte die Dinge wieder ins Lot gebracht – aber Scharde ist seit fast zwei Monaten verschollen.

Was passiert, wenn Scharde nun nicht vor deinem Geburtstag zurückkommt? Was, wenn er überhaupt nicht mehr zurückkommt? Der Wahlausschuß von Haus Clattuc – dem übrigens Spanchetta vorsteht – kann jederzeit zusammentreten und Scharde für tot erklären, was eine durchaus gerechtfertigte Annahme ist.

Geschieht dies vor deinem Geburtstag, kommst du wieder auf 20 und erlangst den Agentur-Status.

Spanchetta weigerte sich jedoch mit vollem Bedacht, die Versammlung des Wahlausschusses vor deinem Geburtstag einzuberufen. Erst zwei Wochen nach deinem Geburtstag, als du bereits unwiderruflich ein Collateraler warst und damit dein Anspruch auf einen Platz im Hause Clattuc erloschen war, berief sie die Sitzung ein, die als ersten Tagesordnungspunkt Scharde für tot erklärte, eine Vakanz konstatierte und diese Vakanz mit einem Anwärter von der Collateralenliste auffüllte. Kannst du erraten, wer diese Liste anführte?«

»Namour!«

»Richtig. Tatsache ist, daß Spanchetta dich rauswarf und Namour deinen Platz gab. Ist das nicht ironisch? Namour gesteht freimütig, daß ihn das Haus nicht die Bohne interessiert. Dennoch zögerte er nicht einen Moment, als sich die Gelegenheit eröffnete.«

Glawen seufzte: »Im Moment schert mich das recht wenig.«

»Dein Vater würde nicht wollen, daß du so passiv bist.«

»Das stimmt. Ich werde die Situation überprüfen.«

»Bis deine Angelegenheiten geregelt sind, sollst du mein Gast hier im Hause Wook sein. Kirdy wird alles andere als glücklich darüber sein, und Ticia wird wahrscheinlich so tun, als seist du Luft für sie, aber daran brauchst du dich nicht zu stören; es ist ihre Art, um Aufmerksamkeit zu buhlen. Ansonsten wirst du es bei uns zuträglich finden.«

III

Am Morgen verzehrte Glawen sein Frühstück allein in den Räumlichkeiten, die Bodwyn Wook ihm zur Verfügung gestellt hatte, dann verließ er das Haus und ging den Wansey-Weg hinunter. Der Himmel war voll von kleinen, tief dahinjagenden Wolken: Flüchtlinge vor einem gewaltigen Sturm, der jetzt noch gut fünfhundert Meilen entfernt über dem Meer tobte, aber unerbittlich gegen die Küste heranrückte. Am Strandpfad wandte sich Glawen nach Norden und ging weiter zum Flughafen, wo er Chilke teetrinkend in seinem Büro vorfand. Chilke blickte überrascht auf, als Glawen eintrat. »Ich dachte, du seist tot! So lautete jedenfalls das Gerücht, das mir zu Ohren kam!«

»Ich lebe. Mein Vater hingegen scheint derjenige zu sein, der tot ist.«

»Das wird allgemein angenommen. Ich weiß darüber auch nicht mehr, als du selbst schon weißt.« Chilke holte eine Landkarte hervor. »Er flog Streife auf einer Standardroute: nach Nordosten über die Pandora-Ebene, ab Mahadion vorbei, um den Garnet-See herum, dann nach Norden zum Ozean, dann am Marmion-Küstenvorland entlang und zurück die Küste hinunter – jedenfalls war das der Kurs, der in seinen Autopiloten eingegeben war.«

Glawen stellte weitere Fragen, aber Chilke konnte seinen Ausführungen nichts hinzufügen außer Spekulationen und Mutmaßungen. »Unter fast allen Umständen hätten wir ein Notsignal hören müssen, und wenn's auch nur ein einziger Schrei gewesen wäre. Wir hörten nichts, und auch auf dem Monitor war nichts zu sehen. Wir fanden kein Wrack. Das ist alles, was ich sicher weiß. Wie ist es dir ergangen? Was ist geschehen, das solche pessimistischen Gerüchte auslösen konnte? Du siehst blaß aus, aber kräftig.«

»Ich habe mich in einer Höhle in Form gehalten.« Glawen erzählte Chilke von seinen Abenteuern. Denn holte er die Photographie hervor, die er in Zaas Schreibtisch gefunden hatte. »Schau dir dieses Photo einmal genau an.«

Chilke studierte die Photographie sorgfältig. »Das sind streng und freudlos dreinblickende Damen. Wenn meine Augen mich nicht trügen, erkenne ich meine alte Freundin Madame Zigonie wieder, die mir immer noch Geld schuldet.«

»Welche ist es?«

»Diese hier, die dritte von links. Als ich Umgang mit ihr hatte, trug sie das Haar noch länger; es kann aber auch eine Perücke gewesen sein. Wer sind diese Damen?«

»Mitglieder eines philosophischen Kults. Sie nennen sich Monomantiker. Diese hier ist Sibil, die für die Lustfahrten nach Thurben verantwortlich war. Und die hier, das ist die Ordene Zaa, die sich in mich verliebte – wenn man es so nennen will. Ich entkam, indem ich an einer Leine aus zerrissenen Bettlaken herunterkletterte, und ich bin heilfroh, wieder zu Hause zu sein – oder dem, was davon geblieben ist.«

»Wie meinst du das?«

»Namour ist jetzt ein Clattuc, und ich bin ein Collateraler. Du hast jetzt mehr Status als ich.«

»Das soll einer begreifen«, sagte Chilke.

Glawen kehrte nach Haus Wook zurück. Er ging in die Bibliothek und verbrachte den Rest des Morgens damit, nachzusinnen und sich Aufzeichnungen zu machen. Bodwyn Wook kam herein. Er klopfte Glawen auf die Schulter. »Es freut mich zu sehen, daß du dich ein wenig ausruhst. Du hast eine Menge durchgemacht und brauchst jetzt Zeit, um dich wieder richtig zu erholen! Döse nur weiter! Niemand wird dich vor dem Mittagessen stören.«

Glawen schaute entrüstet auf. »Ich bin wach! Ich denke nach!«

Bodwyn Wook lachte nachsichtig. »Ich könnte mir denken, daß du in Zab Zonks Grabkammer mehr als genug Zeit zum Nachdenken gehabt hast, daß du dies bis zum Überdruß getan hast!«

»Dies hier sind andere Gedanken, und viel interessantere dazu. Aber ich habe etwas, das ich Ihnen zeigen möchte.« Glawen zog seine Photographie hervor.

Bodwyn Wooks Augen wurden schlagartig scharf wie Spieße. »Wo hast du dieses Photo her?«

»Aus dem Schreibtisch der Ordene.« Glawen zeigte mit dem Finger auf ein Gesicht. »Das ist Zaa. Und das ist Sibil.«

»Warum hast du mir das nicht schon früher gezeigt?«

»Ich wollte erst sehen, ob Chilke seine ›Madame Zigonie‹ würde identifizieren können. Ich wollte Ihnen etwas Handfestes vorweisen können.«

»Und? Konnte er? Aber laß mich raten. Es war diese Dame hier.«

»Richtig! Woher wußten Sie das?«

»Die Dame war einstmals unter dem Namen Smonny bekannt – oder Simonetta, Spanchettas kleine Schwester.«

Glawen betrachtete das Gesicht mit neuem Interesse. »Jetzt, wo Sie das erwähnen, kann ich eine Ähnlichkeit entdecken.«

»Wenn du erlaubst, nehme ich die Photographie an mich«, sagte Bodwyn Wook. »Laß uns zu niemandem ein Wort darüber sagen. Ich werde Chilke entsprechend instruieren. Dies ist eine höchst faszinierende Information.«

»Namour muß es wissen.«

Bodwyn Wook ließ sich in einem Sessel neben Glawen nieder. »Einen Tages werden wir Namour bei einer seiner kleinen Sünden ertappen, und dann werden alle seine kostbaren Geheimnisse in vollem Umfang ans Licht kommen, in leuchtenden Farben, frisch und strahlend und glänzend!«

»Namour wird sich davor hüten, Ihnen eine solche Gelegenheit zu geben.«

»Das ist ihm bisher leider gelungen. Übrigens, ich habe heute morgen ein paar Worte mit Drusilla gewechselt, und sie bestätigt Florestes Schuld mit feierlichen Tugendbeteuerungen.« Bodwyn Wook schielte auf die Papiere, die vor Glawen lagen. »Was hat es mit all diesen Notizen und Listen auf sich?«

»Sie stellen Punkte dar, die mir noch unklar sind: Rätsel, wenn Sie so wollen.«

Bodwyn Wook spähte auf die Aufzeichnungen hinunter. »So viele? Ich dachte, wir hätten alle Rätsel soweit gelöst.«

»Zunächst einmal bin ich verblüfft über Florestes glänzende Verbindung zu den Monomantikern. Ich will ihm diesbezüglich einige Fragen stellen.«

»Hmm. Wenn du Floreste befragen willst, warum nicht? Es wird auf jeden Fall eine gute Übung für dich sein, selbst wenn nichts dabei herauskommt. Ich unterhielt mit heute morgen mit ihm, brachte aber nichts heraus. Er ist ein Meister in der Kunst des wortreichen Nichtssagens. Du wirst nicht besser fahren.«

»Falls er mich nicht auf die leichte Schulter nimmt und unvorsichtig wird.«

»Möglich. Stelle dich darauf ein, daß du es mit einem heiligmäßigen Märtyrer zu tun hast, dessen einziges Verbrechen künstlerische Ausdruckskraft ist. Ich wies ihn auf die Virulenz seiner Taten hin, aber da lachte er nur freundlich, so als kenne er sich besser aus als ich. Das Volk von Station Araminta habe nie sein großartiges Genie wirklich gewürdigt, versicherte er mir. Er sieht sich als einen ›Bürger des Universums‹. Station Araminta ist ein aufgeschwollenes kleines Nichts mit einem törichten und inzestuösen Gesellschaftssystem, das seine Narren und Stümper belohnt und seine talentierten Bewohner dazu zwingt, sich andernorts zu verwirklichen. Das sind seine Worte, nicht meine, und natürlich enthalten sie ein Körnchen Halbwahrheit.

Was, so fährt er fort – und für einen kurzen Moment erhaschen wir einen Blick auf den nackten und ungeschmückten Floreste –, was habe Station Araminta denn für ihn getan? Wo seien seine offiziellen Ehren, wo seine hohe Stellung, sein Reichtum und sein privates Herrschaftshaus! Wie werde sein großes Genie denn belohnt? Mit freundlichem Applaus für seine wunderbaren Produktionen und der Gönnerschaft des Ausschusses für die Schönen Künste. Ich legte ihm dar, daß er im Grunde nicht mehr als ein geschickter Unterhaltungskünstler sei und daß es nicht unsere Art sei, solche Leute heiligzusprechen oder zu adeln. Daraufhin sagte er nichts mehr, aber es ist ganz klar, daß er keine Liebe zum Konservat oder zur Charta oder zu Station Araminta hegt.«

»Ich frage mich, wieso er dann ausgerechnet hier sein neues Orpheum errichten will.«

»Wo sonst? Die Situation ist ideal. Warum stellst du ihm diese Frage nicht selbst? Er wird aus schierer Verstocktheit heraus eine direkte Antwort vermeiden. Es ist kein Herankommen an ihn.«

Glawen lehnte sich in seinen Sessel zurück. »Wie ich hier so saß und nachdachte – döste, wie Sie es nennen –, da kam mir der Gedanke, daß Floreste eine große Summe Geldes angehäuft haben muß. Wissen Sie, wo dieses Geld aufbewahrt wird?«

»Das weiß ich in der Tat. Es ist auf der Bank von Mircea in Soumjiana deponiert.«

»Ich habe beschlossen, eine Zivilklage gegen Floreste anzustrengen. Meine Chancen auf ein beträchtliches Schmerzensgeld stehen nicht schlecht – zumal, wenn der Fall vor dem Obersten Gerichtshof hier in Araminta verhandelt wird, der hierfür zuständig wäre.«

»Hah!« schrie Bodwyn Wook. »Du verstehst dich fürwahr meisterhaft auf jene hinterhältige Clattucsche Kunst, einen Gegner an seiner empfindlichsten Stelle zu attackieren! Selbst noch im Schatten des Untergangs wird Floreste Höllenqualen erleiden, wenn sein Geld bedroht ist.«

»Das war mein Gedankengang. Wie würde ich eine solche Klage in Gang setzen?«

»Wilfred Offaw wird die nötigen Schriftsätze noch heute aufsetzen, und Florestes Geld wird in gerichtliche Verwahrung genommen.«

»Eine solche Maßnahme dürfte Floreste zumindest beunruhigen.«

»Das zweifelsohne. Wann möchtest du ihn vernehmen? Es ist jederzeit recht; Floreste hat derzeit keine anderen Verpflichtungen.«

»Heute nachmittag wäre es mir recht.«

»Ich werde Marcus sagen, daß er dich in jeder Weise unterstützen soll.«

Unmittelbar nach dem Mittagessen hüllte Glawen sich in einen Mantel und stapfte gegen den böigen Wind zum wuchtigen alten Gefängnis, das gegenüber dem Orpheum auf der anderen Seite des Flusses stand. In der Wachstube wurde er von Marcus Diffin, dem Gefängniswärter, durchsucht. »Ich werde mich nicht entschuldigen, da ich niemanden durchlasse, ohne ihn nicht zuvor peinlichst durchsucht zu haben, eingeschlossen Bodwyn Wook selbst, und er war es, der die Anweisung gegeben hat. Und was, wenn ich fragen darf, ist das für ein Paket?«

»Es ist das, was es zu sein scheint. Wenn ich es brauche, gebe ich Ihnen ein Zeichen.«

Glawen betrat die Zelle und verharrte einen Moment mit dem Rücken zur Tür. Floreste saß auf einem hölzernen Stuhl an einem roh gezimmerten Tisch, seine Aufmerksamkeit auf eine kleine weiße Blume in einer schlanken blauen Vase gerichtet. Die Intensität seines Blickes suggerierte mystisches Insichgekehrtsein; vielleicht hoffte er auch bloß, daß Glawen seine Einkehr bemerke und beschämt auf Zehenspitzen wieder aus der Zelle schliche. Alles war möglich, dachte Glawen. Nach einem Moment sagte er leise: »Geben Sie mir Bescheid, sobald ich Sie in Ihrer Meditation stören darf.«

Ohne den Blick von der Blume abzuwenden, machte Floreste eine Geste müder Resignation. »Sprechen Sie! Mir bleibt keine andere Wahl, als zuzuhören. Meine einzige Hoffnung ist die Hoffnung selbst. Ich schaue überall hin, aber ich finde sie nur als ein Symbol, verkörpert von dieser kleinen Blume, die so tapfer und anziehend ist!«

»Es ist in der Tat eine hübsche Blume«, sagte Glawen. Er zog einen Stuhl heran und setzte sich Floreste gegenüber an den Tisch. »Ich möchte Ihnen ein paar Fragen stellen; ich hoffe, Sie werden sie beantworten.«

»Ich bin in keiner mitteilsamen Stimmung. Ich bezweifle, daß meine Antworten Sie befriedigen werden.«

»Aus purer Neugier: Wie lange kennen Sie Zaa schon? Ich meine damit natürlich die Ordene in Pogan's Point.«

»Namen bedeuten mir nichts«, sagte Floreste. »Ich habe Tausende von Leuten kennengelernt, Leute jeder Art und jeder Gattung. An manche von ihnen könnte ich mich erinnern, wegen ihres Daseinsstils oder aufgrund eines gewissen Flairs, welches sie von allen anderen Gaeanern abhebt. Andere hingegen sind wie Fußabdrücke im Schnee vom letzten Jahr: trostlose Geschöpfe, die ich völlig vergessen habe.«

»Und in welche Kategorie stufen Sie die Ordene Zaa ein?«

»Diese niedlichen kleinen Klassifikationen sind sowohl nichtssagend als auch langweilig.«

»Vielleicht verraten Sie mir dies: Wie und warum kam Zaa, eine Frau von Intelligenz, zur Monomantik?«

Floreste lächelte kühl. »Eine Tatsache ist eine Tatsache, nicht wahr? Die Dinge sind, wie sie sind, und das ist genug für den Mann der Tat.«

»Als Dramatiker – sind Sie da nicht an Beweggründen interessiert?«

»Nur als Dramatiker. Empathien, Sympathien –

durch solche Mittel versuchen die Unsicheren, ihre dunklen und erschreckenden Universen vernunftgemäß zu erklären.«

»Das ist eine interessante Sichtweise.«

»So ist es. Ich habe jetzt alles gesagt, was ich sagen möchte, und Sie können wieder gehen.«

Glawen überhörte den Vorschlag. »Der Tag ist wahrscheinlich nicht zu jung für ein Glas Wein; ich darf vermuten, daß Sie in diesem Punkt das gleiche fühlen wie ich, da wir beide Männer von kultiviertem Geschmack sind.«

Floreste warf Glawen einen hochmütigen Blick zu. »Glauben Sie, Sie könnten meine Gunst mit solch blöder Taktik gewinnen? Ich will Ihren Wein nicht, weder früh noch spät.«

»Ich habe erwartet, daß Sie diese Haltung einnehmen würden«, sagte Glawen. »Ich habe keinen Wein mitgebracht.«

»Pah«, murmelte Floreste. »Ihr Geschwätz ist geistlos und abgeschmackt. Haben Sie mich nicht verstanden? Ich habe Ihnen die Erlaubnis erteilt, zu gehen.«

»Ganz wie Sie wünschen. Aber ich habe Ihnen noch nicht die neueste Nachricht erzählt!«

»Ich bin nicht interessiert an Ihrer Nachricht. Ich möchte lediglich mein Leben in Frieden beschließen.«

»Auch, wenn die Nachricht Sie selbst betrifft?«

Floreste blickte hinunter auf die weiße Blume. Er schüttelte den Kopf und seufzte. »Anmut und Liebreiz, lebet wohl – vermutlich auf immer. Ich bin gegen meinen Willen in Gemeinheit verstrickt.« Er maß Glawen von oben bis unten, als sähe er ihn zum erstenmal. »Nun – warum nicht? Der kluge Mann, da er durch das Leben reist, genießt die Landschaft auf beiden Seiten, da er weiß, daß er diesen Weg nicht mehr fahren wird. Der Weg, der vor ihm liegt, windet sich nach links und nach rechts, über die Hügel und in die Ferne, und wer weiß, wohin er führt?«

»Manchmal ist das leicht zu erraten«, sagte Glawen. »Zum Beispiel in Ihrem Fall.«

Floreste sprang auf und begann, auf und ab zu schreiten, die Hände hinter dem Rücken verschränkt. Glawen schaute ihm schweigend zu. Floreste kehrte zu seinem Stuhl zurück. »Dies sind düstere Zeiten. Ich werde doch Wein trinken.«

»Auch auf diese Möglichkeit bin ich vorbereitet«, sagte Glawen. Er ging zur Tür und klopfte.

Marcus Diffin öffnete die Klappe vor dem Guckloch. »Was wollen Sie?«

»Mein Paket.«

»Ich muß den Wein in ein Synthan-Behältnis umfüllen und Synthan-Becher besorgen. Verbrechern ist die Benutzung von Glas nicht gestattet.«

»Nennen Sie mich nicht Verbrecher!« schrie Floreste. »Ich bin ein Künstler! Das ist ein beträchtlicher Unterschied!«

»Wie Sie meinen. Hier ist der Wein. Trinken Sie ihn mit Freude und Genuß.«

»Was für ein Idiot!« schnaubte Floreste. »Je nun – was soll's? Der kluge Mann freut sich in jedem flüchtigen Moment! Schenken Sie ein!«

»Es ist eine traurige Sache«, sagte Glawen. »Ihr Ende wird Tränen in so manches Auge treiben.«

»Einschließlich meine eigenen. Es ist schändlich, mich so zu behandeln.«

»Und was ist mit Ihren grotesken Verbrechen? Sie hätten viel Schlimmeres verdient.«

»Unsinn! Diese sogenannten Verbrechen waren ein Mittel zum Zweck: kleine Münzen, ausgegeben, um einen großen Gewinn zu erlangen! Sie sind vorbei und vergessen. Aber nun – denken Sie nur! Ich bin gezwungen, gegen meinen Willen eine Rolle in diesem makabren Ballett zu tanzen, das Sie Gerechtigkeit nennen – und zu welchem Ende? Wer profitiert davon? Ich bestimmt nicht. Da wäre es doch bei weitem besser, all diese Torheit beiseite zu legen und neu anzufangen, wie es sich für weltgewandte Gentlemen, wie wir es sind, gehört!«

»Ich muß meinen Vater um seine Meinung zu diesem Thema fragen – falls ich ihn je wiedersehe. Er ist verschwunden; wußten Sie das?«

»Ich habe davon gehört.«

»Was ist ihm passiert? Wissen Sie es?«

Floreste leerte seinen Becher in einem Zug. »Warum sollte ich Ihnen das sagen, selbst wenn ich es wüßte? Ihnen habe ich es zu verdanken, daß ich hier bin und die Minuten bis zu meinem Ableben zähle.«

»Es könnte als Akt der Großzügigkeit gewertet werden.«

»Großzügigkeit, sagen Sie?« Floreste füllte seinen Becher neu auf. »Mein ganzes Leben lang bin ich großzügig gewesen! Bin ich geadelt oder in irgendeiner Form belohnt worden? Ich werde noch immer als Collateraler geführt. Und in der Zwischenzeit habe ich mein Talent und mein Genie mit vollen Händen ausgeschüttet! Ich spende mein persönliches Vermögen für das neue Orpheum, obwohl ich seinen Glanz niemals selbst schauen werde. Trotzdem gebe ich mein Geld dafür! Es soll mein Ehrenmal sein, und noch in Generationen werden die Menschen meinen Namen mit Ehrfurcht aussprechen!«

Glawen schüttelte skeptisch den Kopf. »Das möchte ich wohl bezweifeln – und das ist die Nachricht, die ich Ihnen bringen wollte. Keine freudige Nachricht, befürchte ich.«

»Wie lautet Ihre Nachricht?«

»Es ist ganz einfach. Ich habe durch Ihre mutwilligen, grausamen und planmäßig begangenen Straftaten großen Schaden erlitten. Deshalb habe ich eine Klage gegen Sie angestrengt; Ihr Eigentum und Ihr gesamten Geldvermögen werden in gerichtliche Verwahrung genommen. Ich darf mit einer sehr hohen Wiedergutmachungssumme rechnen. Ihre Pläne für ein Orpheum müssen zurückgestellt werden.«

Floreste starrte Glawen mit einem Ausdruck tiefster Bestürzung an. »Das können Sie nicht ernst meinen! Das wäre der Akt eines Rasenden!«

»Absolut nicht. Sie planten ein grausiges Schicksal für mich, und ich litt enorm. Wenn ich daran zurückdenke, kommt es mir wie ein echter Alptraum vor! Da ist es doch nur recht und billig, daß Sie mich entschädigen. Mein Anspruch ist legitim.«

»Nur in der Theorie! Sie wollen mein Geld, den Schatz, den ich Sol für Sol mühevoll zusammengetragen habe, immer meines großartigen Zieles eingedenk! Und nun, da der Traum endlich erreichbar wird, wollen Sie mein Universum zerschmettern!«

»Meine Notlage in Pogan's Point ließ Sie kalt – jetzt läßt mich Ihre kalt.«

Mit trübem Blick starrte Floreste auf die weiße Blume. Plötzlich fuhr er in seinem Stuhl hoch; offenbar war ihm ein Gedanke in den Sinn gekommen. »Sie prügeln den Falschen. Es war Kirdy, der auf dem Telephonanruf in Pogan's Point bestand, nicht ich. Gewiß, ich gab seinem Drängen schließlich nach, aber ohne Erregung; Ihr Schicksal bedeutete mir nichts. Es war Kirdy, der den Plan ersann und sich enorm daran ergötzte. Nehmen Sie sein Geld, wenn Sie denn unbedingt müssen; lassen Sie meines in Ruhe.«

»Das mag ich eigentlich nicht glauben«, sagte Glawen. »Kirdy hatte nichts in seinem Kopf als Konfusion.«

»Mein lieber Freund, wie können Sie so dumm sein? Es mag sein, daß Kirdys unbändiger Haß auf Sie seine Verwirrung erst verursacht hat, aber er war auf keinen Fall anders herum! Er verabscheut Sie, seit Sie Kinder waren!«

Glawen wandte den Blick ab und ließ seine Gedanken in die Vergangenheit zurückschweifen. In diesem

Fall sagte Floreste ihm die ungeschminkte Wahrheit. »Ich hatte dieses Gefühl immer im Hinterkopf – aber ich habe es immer unterdrückt und beiseitegeschoben. Kirdy galt stets als feiner, rechtschaffener Kerl; es war nicht recht, solche Dinge von ihm zu denken – selbst dann, wenn er sie kaum zu verhehlen vermochte. Aber – ich kann nicht begreifen, warum. Er hatte keinen Grund, mich zu hassen.«

Floreste schaute auf seine Blume. »Nachdem er in Pogan's Point angerufen hatte, brach es aus ihm heraus wie Kotze. Er hielt nichts zurück. Es scheint, daß sein ganzes Leben lang immer Sie all das bekamen, was er wollte – ohne Mühe und ohne Anstrengung. Er war verrückt nach Sessily Veder; er begehrte sie so inbrünstig, daß es ihn krank machte, wenn er sie nur anschaute. Sie mied ihn, als wäre er entstellt, aber Ihnen wandte sie sich freudig zu. Sie errangen schulische Auszeichnungen und den Hauptmannsrang in Amt B, und alles ohne erkennbare Anstrengung. In Yipton setzte er alles daran, Sie mit hineinzuziehen, aber die Oomps wollten ihm nicht zuhören und stellten ihn unter Arrest. Er sagte mir, daß er Sie danach so sehr gehaßt habe, daß ihm jedesmal, wenn er sie gesehen habe, die Knie weich geworden seien.«

»Es wird mir ein wenig übel, wenn ich das höre.«

»Es ist fürwahr widerlich. Schließlich ließen Sie ihn in Fexelburg allein, und da wußte Kirdy, daß seine Stunde gekommen war. Der Telephonanruf in Pogan's Point war sein Moment, es Ihnen heimzuzahlen. In aller Offenheit, ich war entsetzt über so viel Wildheit und Haß.«

Glawen seufzte. »Dies alles ist auf eine schreckliche Weise interessant, aber es ist nicht das, was ich wissen wollte.«

»Und was wäre das?«

»Wo ist mein Vater?«

»Jetzt? Ich bin nicht sicher, daß ich das weiß.«

»Aber er lebt?«

Floreste blinzelte, verärgert darüber, daß er auch nur einen Schimmer von Information verraten hatte. »Wenn meine Vermutungen richtig sind: es ist möglich.«

»Erzählen Sie mir, was Sie wissen.«

»Was bieten Sie mir als Gegenleistung? Mein Leben und meine Freiheit?«

»Das kann ich nicht. Macht habe ich nur über Ihr Geld.«

Floreste zuckte zusammen und schenkte sich Wein nach. »Das ist eine Vorstellung, an die ich nicht denken darf.«

»Sagen Sie mir, was Sie wissen. Wenn ich meinen Vater finden kann, soll Ihr Geld vor mir sicher sein.«

»Es ist offensichtlich, daß ich Ihnen nicht trauen kann.«

»Natürlich können Sie mir trauen! Ich würde all Ihr Geld und meines dazu und alles, was ich sonst noch besitze, hergeben, wenn ich dafür meinen Vater wiederbekommen könnte! Wieso sollten Sie mir nicht trauen? Es ist Ihre einzige Chance!«

»Ich werde darüber nachdenken. Wann ist meine Verhandlung?«

»Sie haben einen Rechtsbeistand abgelehnt, also gibt er keinen Grund mehr für einen Aufschub. Die Verhandlung wird heute in zwei Tagen stattfinden. Wann werden Sie eine Antwort für mich haben?«

»Kommen Sie nach der Verhandlung zu mir«, sagte Floreste heiser und schenkte sich den Rest des Weines ein.

IV

Das Hohe Gericht tagte in der Versammlungshalle der Alten Agentur: ein großer, runder Saal mit einer Kuppel aus grünem und blauem Glas, rosenholzgetäfelten Wänden und einem Fußboden aus grauem, grün und weiß geädertem Marmor. Auf der einen Seite übte das Gericht sein Amt aus; auf der anderen erlaubte eine halbkreisförmige, dreistufige Galerie der gesamten Bevölkerung von Station Araminta, so sie dies wünschte, die Verhandlung zu verfolgen.

Schlag zwölf Uhr mittag betraten die drei Hohen Richter den Saal und nahmen ihre Plätze ein: Dame Melba Veder, Rowen Clattuc und der Konservator Egon Tamm, der den Vorsitz führte. Die Richter setzten sich, und der Nuntiator verkündete: »Achtung! Die Sitzung hat begonnen! Der Angeklagte möge alljetzt vor die Schranken des Hohen Gerichts geführt werden!«

Stolpernd und einen wütenden Blick über die Schulter werfend, wie als wolle er herausfinden, wer ihn vorwärtsgestoßen hatte, kam Floreste in den Saal.

»Der Angeklagte möge seinen Platz auf der Anklagebank einnehmen«, rief der Nuntiator. »Büttel, seien Sie so gut und geleiten Sie Herrn Floreste an seinen Platz.«

»Hier entlang, Herr.«

»Hetzen Sie mich nicht!« fuhr Floreste den Büttel an. »Es geht eh erst los, wenn ich da bin; dessen können Sie gewiß sein.«

»Ja, Herr. Dies ist Ihr Platz.«

Nach einigem Hin und Her nahm Floreste schließlich seinen Platz auf der Anklagebank ein. Der Nuntiator donnerte mit Stentorstimme: »Herr, Sie sind hier, um Rede und Antwort zu stehen für schwerwiegende Beschuldigungen, die gegen Sie erhoben werden! Heben Sie die rechte Hand hoch und nennen Sie Ihren Namen, auf daß alle hier Anwesenden wissen, wer auf der Anklagebank sitzt.«

Floreste bedachte den Nuntiator mit einem verächtlichen Blick. »Scherzen Sie? Ich bin wohlbekannt! Nennen doch Sie Ihren Namen und lassen Sie uns Ihre Verbrechen untersuchen! Das wäre sicher recht amüsant.«

Egon Tamm sprach mit ernster Stimme: »Die Formalitäten scheinen unsere Arbeit zu hemmen, und wir werden auf sie verzichten, wenn Herr Floreste einverstanden ist.«

»Ich bin mit allem einverstanden, was diese Farce beschleunigt. Ich bin bereits für schuldig befunden und verurteilt worden. Ich akzeptiere das, und ich will nichts ableugnen; das würde nur Verwirrung und Ärger für alle Beteiligten mit sich bringen. Was meinen bevorstehenden Tod anbelangt: na und? Ich leide schon lange genug an dieser unheilbaren Krankheit, die man Leben nennt. Und so sehe ich denn meinem Ende ohne Reue oder Scham entgegen. Ja! Ich gestehe meine Fehler ein, aber wenn ich sie erklärte, würde das so aussehen, als wollte ich mich rechtfertigen, also werde ich in Würde schweigen. Nur soviel will ich sagen: meine Motive waren solche von Größe und Erhabenheit! Ich schwebte wie ein Gott auf Träumen von Ehre und Ruhm! Und nun werden diese Visionen dahinschwinden und welken und zu Staub zerfallen. Mein Dahinscheiden ist eine große Tragödie für uns alle. Schau mich gut an, Volk von Araminta! Meinesgleichen wirst du nicht mehr sehen!« Floreste wandte sich den Richtern zu. »Was mich betrifft, so ist die Verhandlung damit beendet. Sprecht euer düsteres Urteil, und außerdem würde ich eine Strafe von sechs Monaten Zwangsarbeit für den Nuntiator vorschlagen, auf puren Verdacht hin, da alles an ihm auf Korruptheit hindeutet.«

»Binnen drei Tagen, bei Sonnenuntergang, sollen Sie gerichtet werden«, sagte Egon Tamm. »Was den Nuntiator betrifft, so soll er diesmal mit einer Mahnung davonkommen.«

Floreste stand auf und schickte sich an, die Anklagebank zu verlassen. Der Konservator rief ihn zurück. »Einen Augenblick, mein Herr! Wir müssen uns mit Randangelegenheiten befassen, bei denen Ihr Zeugnis vonnöten sein könnte.«

Widerwillig nahm Floreste seinen Platz wieder ein.

Der Nuntiator rief: »Namour Clattuc! Treten Sie vor die Richterbank!«

Namour kam langsam nach vorn, verwirrt lächelnd. »Habe ich richtig gehört? Sie haben mich aufgerufen?«

Egon Tamm sagte: »Ganz recht, Herr. Wir haben ein paar Fragen an Sie. Sie sind sowohl mit Floreste als auch mit Titus Pompo gut bekannt. Wußten Sie von den Exkursionen nach der Insel Thurben?«

Namour überlegte sorgfältig, bevor er antwortete. Dann sagte er: »Ich hatte lediglich eine Ahnung, daß da etwas im Gange war. Ich stellte keine Fragen, aus Angst, daß ich womöglich mehr erfahren würde, als mir lieb war. Doch um eines richtigzustellen: Ich bin nicht gut bekannt mit Titus Pompo.«

Egon Tamm fragte Floreste: »Stimmt dies mit Ihrer eigenen Erinnerung überein?«

»Ziemlich.«

»Das wäre alles, Namour. Sie können zurücktreten.«

Namour kehrte an seinen Platz zurück, immer noch sein sanftes, nebelhaftes Lächeln im Gesicht.

Der Nuntiator rief jetzt: »Drusilla co-Laverty Clattuc! Bitte treten Sie vor!«

Drusilla, die zwischen Arles und Spanchetta saß, erhob sich zögernd und mit unsicherem Blick von ihrem Platz. »Meinen Sie mich?«

»Wurde Ihr Name aufgerufen?«

»O ja! Das war mein Name.«

»Wieso sollte ich Sie dann nicht meinen?«

»Ich bin sicher, daß ich das nicht weiß.«

»Treten Sie bitte vor den Richtertisch.«

Drusilla zupfte ihr ziemlich geschmackloses schwarz und dattelpflaumenfarben gemustertes Kleid in die bestmögliche Paßform, dann schlenderte sie mit schwingenden Hüften quer durch den Saal zum Zeugenstand.

»Nehmen Sie bitte Platz«, sagte der Büttel. »Sie sind sich bewußt, daß Sie alle Fragen wahrheitsgemäß und ausführlich beantworten müssen?«

»Natürlich!« Drusilla setzte sich und gab Floreste einen fröhlich-schnippischen Wink mit den Fingern. Floreste, der mit düsterer Miene dasaß, erwiderte den Gruß nicht. »Ich bin sicher, daß ich nicht weiß, was ich Ihnen erzählen kann«, sagte Drusilla. »Ich weiß nichts von dieser Sache.«

Egon Tamm fragte: »Sie wußten nichts von den Lustfahrten auf die Insel Thurben?«

»Ich wußte, daß da irgendwas im Gange war, und ich hatte den Verdacht, daß es vielleicht ein bißchen unanständig sein könnte – aber selbstverständlich hatte ich nichts damit zu tun.«

»Sie waren die Repräsentantin der Firma Ogmo, nicht wahr?«

Drusilla machte eine schnippische Geste. »Ach, das! Ich habe lediglich Werbematerial herumgetragen und es hier und dort verteilt.«

Die Richterin Dame Melba frug scharf: »Sie haben nicht aktiv um Kundschaft für die Firma geworben?«

Drusilla blinzelte. »Ich bin nicht sicher, ob ich verstehe, was Sie meinen.«

Floreste sprach mit düsterer Stimmen »Bedrängen Sie das arme Geschöpf nicht. Sie wußte nichts.«

Dame Melba beachtete ihn nicht. »Sie unterhielten enge freundschaftliche Beziehungen zu Namour. Haben Sie niemals über die Firma Ogmo und die Exkursionen mit ihm gesprochen?«

»Eigentlich nicht. Er hat ein- oder zweimal einen Blick in eine Broschüre geworfen und sie dann lachend beiseite geworfen – das war auch schon alles.«

»Und wie verhält es sich mit Ihrem Gemahl, Arles?«

»Auf ihn trifft ungefähr das gleiche zu.«

»Das ist alles.«

Egon Tamm sagte: »Sie können zu Ihrem Platz zurückgehen.«

Mit offenkundiger Erleichterung und einem fröhlichen Lächeln Richtung Floreste gesellte sich Drusilla wieder zu Arles und Spanchetta. Jetzt ging Bodwyn Wook zum Richtertisch und sprach leise mit Egon Tamm, der daraufhin mit seinen Kollegen konferierte. Bodwyn Wook stellte sich ein Stück abseits und wartete.

Egon Tamm wandte den Blick zum Saal und verkündete: »Der Direktor von Amt B hat noch eine andere Sache an uns herangetragen, die ebensogut jetzt gleich verhandelt werden kann. Herr Floreste, diese Sache betrifft Sie nicht; Sie können sich also zurückziehen.«

Floreste erhob sich und marschierte aus dem Saal, weder nach rechts noch nach links schauend. Egon Tamm sagte: »Ich bitte jetzt darum, daß Bodwyn Wook uns mit den Einzelheiten des Falles bekannt macht, den er uns soeben zur Kenntnis gebracht hat.«

Bodwyn Wook trat nach vorn. »Bei dieser Sache geht es um einen besonders gemeinen und niederträchtigen kleinen Betrug, verübt, wie es scheint, aus purer Gehässigkeit. Ich beziehe mich auf den Agenturstatus von Hauptmann Glawen Clattuc. Vor mehreren Monaten, und noch weit vor seinem entscheidenden Geburtstag, lag sein Index bei 22. Dann ging Artwain Clattuc in den Ruhestand, und Erl Clattuc kam bei einem Erdrutsch am Kap Journal ums Leben. Glawens Index war nunmehr 20.

Kurze Zeit danach flog Glawens Vater, Scharde Clattuc, zu einer Routinestreife hinaus und kehrte nicht mehr zurück. Wir führten eine sorgfältige Suchaktion durch, sahen uns jedoch schließlich gezwungen, Scharde als verschollen aufzugeben.

Je nun: was geschieht als nächstes? Seltsame Vorfälle! Zwei Wochen vor Glawens Geburtstag kommt ein Schiff aus dem All und bringt Arles, Drusilla – und Gorton, ihren gemeinsamen Sohn! Eine große Überraschung in der Tat, und eine schlimme Nachricht für Glawen! Er wird von Gorton verdrängt; sein Index steigt auf 21.

Zu jeder Zeit kann der Wahlausschuß des Hauses Clattuc – dem übrigens Spanchetta vorsitzt – zusammentreten und Scharde für mutmaßlich tot erklären. Geschieht dies vor Glawens Geburtstag, wie man es vernünftiger- und anständigerweise erwarten sollte, sinkt Glawens Index wieder auf 20, mit dem Ergebnis, daß Glawen seines Vaters Platz im Hause Clattuc einnimmt. Spanchetta indessen – ungeachtet der wütenden Proteste von anderen Mitgliedern des Ausschusses – zaudert so lange mit der Einberufung des Wahlausschusses, bis Glawens Geburtstag um zwei Wochen verstrichen und er automatisch zum Collateralen herabgestuft ist. Erst dann wird Scharde für tot erklärt, wodurch eine Vakanz entsteht, und wer wird dazu nominiert, diese Vakanz zu füllen und der neue Clattuc zu werden? Namour! Ist das nicht superb?«

Jetzt konnte Spanchetta nicht länger an sich halten. Sie sprang erregt auf. »Ich verwahre mich mit aller mir zu Gebote stehenden Vehemenz gegen diese üblen, ehrabschneidenden Verleumdungen! Ich bin fürbaß erstaunt, daß die Hohen Richter es zulassen, daß dieser verrückte kleine Tölpel vor ihrem Tisch auf und ab stolziert, alle Würde zum Gespött macht und anständige Leute schmäht und herabsetzt! Ich verlange eine Erklärung!«

Egon Tamm sagte in nüchternem Ton: »Direktor Wook, Sie haben Dame Spanchettas Bitte vernommen. Können Sie Ihren Fall ausführlich darlegen?«

»Ich will keine ausführliche Darlegung!« schrie Spanchetta. »Ich will eine förmliche Abbitte und die volle Zurücknahme all dieser infamen Beschuldigungen!«

»Ich habe doch noch gar keine Beschuldigungen vorgebracht«, versetzte Bodwyn Wook. »Und was Ihre ›Abbitte‹ betrifft, so spricht das Protokoll Ihres Verhaltens wohl für sich selbst. Wollen Sie vielleicht, daß ich Abbitte für das Zitieren Ihren Verhaltens tue?«

»Ich habe nichts Ungesetzliches getan! Der Wahlausschuß tritt zusammen, wann immer ich es für angezeigt erachte, nach Maßgabe der Umstände. Sie können mir weder Unrechtmäßigkeit, noch bösen Vorsatz, noch Arglist nachweisen. Was Gorton anbelangt, so verdrängte er Glawen zu Recht; auch hier wurden die gesetzlichen Bestimmungen peinlich genau eingehalten.«

»Aha!« sagte Bodwyn Wook. »In diesem Punkt stimmen wir nicht überein. Während der vergangenen Tage haben wir den Fall Gorton sehr sorgfältig überprüft. Zunächst einmal gilt es festzustellen, daß er bereits knapp sechs Monate nach der förmlichen Vermählung von Arles und Drusilla zur Welt kam.«

»Das ist schiere Flunkerei! Arles und Drusilla wurden informell bereits einige Zeit vorher auf Soujiana vermählt. Und selbst wenn sie nicht förmlich verheiratet waren: was tut das zur Sache? Was zählt, ist, daß Arles das Kind als das Seinige anerkennt.«

»Alles schön und gut, aber das Gesetz verweigert ausdrücklich adoptierten Kindern den Agenturstatus.«

»Was reden Sie da? Gorton wurde nicht adoptiert, weder von Arles noch von irgend jemand anderem!«

»Wohl«, sagte Bodwyn Wook. »Wie ich bereits sagte, haben wir den Fall sehr sorgfältig untersucht. Als erstes besorgten wir uns – wie, das spielt im Moment keine Rolle – Material, das uns Einblick in die genetischen Anlagen von Arles, Drusilla und Gorton verschaffte. Diese spezielle Untersuchung wurde durchgeführt von herausragenden Experten, die jederzeit Zeugnis ablegen können, sollte dies erforderlich werden.«

»Das ist alles heiße Luft und marktschreierisches Geprahle«, erklärte Spanchetta mit höhnisch schnurrender Stimme. »Legen Sie Tatsachen auf den Tisch, wenn ich bitten darf!«

»Die Untersuchung bewies zweifelsfrei, daß Gorton

der Sohn von Drusilla ist. Hinsichtlich der anderen Hälfte der Elternschaft besteht indes keine solche Eindeutigkeit, wenngleich typische Clattuc-Genkonstellationen zu finden sind.«

»Ihre Reagenzgläser bestätigen lediglich, was ich bereits ausgeführt habe! Ist das nicht genug? Wollen Sie uns jetzt endlich in Ruhe lassen?«

»Geduld, Spanchetta! Hören Sie aufmerksam zu, und Sie werden mehr erfahren! Zu diesem Zwecke gehen wir jetzt mehrere Jahre in die Vergangenheit zurück, zu einem Zeitpunkt, da, in einem Akt von wahrhaft tollkühner Dreistigkeit, Arles einen Vergewaltigungsversuch an der Person Wayness Tamm, der Tochter des Konservators, unternahm. Der Versuch schlug fehl, und Arles wurde dingfest gemacht. Ich werde nun das Hohe Gericht die Strafe schildern lassen, die Arles für seine ruchlose Tat zugemessen wurde.«

»Arles trug eine Maske und eine Kapuze, die seine Identität verbargen«, führte Egon Tamm aus. »Aus diesem Grunde nahmen wir an, daß er nur auf Vergewaltigung aus gewesen war, und nicht auf Vergewaltigung und Mord, und so sahen wir denn noch einmal von der Höchststrafe ab und schenkten ihm das Leben.

Um jedoch sicherzustellen, daß Arles nie wieder eine ähnliche Tat versuchen würde, unterzogen wir ihn einem chirurgischen Eingriff, der bewirkte, daß er steril wurde und nahezu völlig erektionsunfähig. Der Eingriff war auf dauerhafte Wirkung angelegt und irreversibel. Gorton ist nicht Arles' Kind.«

Spanchetta stieß einen jaulenden Schrei der Entrüstung aus. »Das ist nicht wahr! Das ist nicht wahr! Das ist nicht wahr!«

»Es ist wohl wahr«, sagte Egon Tamm.

Bodwyn Wook zeigte auf Drusilla. »Stehen Sie auf.«

Drusilla erhob sich widerstrebend.

Bodwyn Wook frug: »Wer ist Gortons Vater?«

Drusilla zögerte, blickte nervös nach links und

rechts, fuhr sich mit der Zunge über die Lippen und sagte schließlich mürrisch: »Namour.«

»Wußte Arles das?«

»Natürlich! Wie hätte er es nicht wissen können?«

»Wußte Spanchetta davon?«

»Das weiß ich nicht, und es ist mir auch einerlei. Fragen Sie sie doch selbst.«

»Sie können sich setzen.« Bodwyn Wook richtete den Blick auf Arles. »Nun denn: was hast du dazu zu sagen?«

»Im Moment: nichts.«

»Wußte deine Mutter, daß Gorton nicht dein Kind war?«

Arles spähte zu Spanchetta hinüber, die zusammengesackt auf ihrem Stuhl saß; der braune Lockenturm auf ihrem Kopf war bedenklich zur Seite geneigt. »Ich vermute, nein«, brummte er.

Glawen, der unweit von Bodwyn Wook saß, erhob sich. »Wenn das Hohe Gericht erlaubt, würde ich Arles gerne eine Frage stellen.«

»Fragen Sie.«

Glawen wandte den Blick auf Arles. »Was hast du mit meiner Post gemacht?«

»Wir haben getan, was richtig und angemessen war!« erklärte Arles in prahlerischem Ton. »Du warst nicht da, und Scharde auch nicht, und da keiner wußte, wo ihr wart, schickten wir sie an die jeweiligen Absender zurück, versehen mit dem Vermerk ›Empfänger unbekannt verzogen‹.«

Glawen wandte sich ab. Er sagte zu Egon Tamm: »Das ist alles, Euer Ehren.«

Egon Tamm nickte, ein grimmiges Lächeln auf den harten Zügen. Er beriet sich mit seinen Kollegen, dann verkündete er: »Unser Urteil lautet wie folgt: Glawen Clattuc erhält seinen rechtmäßigen Status. Das Gericht bedauert, daß er Opfer eines ›niederträchtigen Betruges‹, wie Direktor Bodwyn Wook es so zutreffend ausgedrückt hat, wurde. Arles und Drusilla werden jedweden Status entkleidet und dürfen sich nicht einmal mehr als Collaterale betrachten. Sie müssen unverzüglich aus dem Hause Clattuc ausziehen. Die Räumlichkeiten sind so rasch wie möglich wieder in ihren exakten früheren Zustand zu versetzen, zur vollkommenen Zufriedenheit von Hauptmann Glawen Clattuc. ›So rasch wie möglich‹ bedeutet: die Arbeiten sind sofort in Angriff zu nehmen und müssen ohne Pause rund um die Uhr durchgeführt werden, ohne Rücksicht auf dabei anfallende Kosten. Wenn es Arles und Drusilla an den erforderlichen Mitteln fehlt, muß Dame Spanchetta die Kosten tragen und intern mit Arles abrechnen.

Ferner werden Arles und Drusilla zu fünfundachtzig Tagen Zwangsarbeit verurteilt, abzuleisten im Arbeitslager am Kap Journal. Das Hohe Gericht hofft, daß die Erfahrung harter körperlicher Arbeit sich als heilsam erweist. Es ist ein glimpfliches Urteil, und die Schuldigen sollten sich glücklich schätzen.«

Von Drusilla kam ein langgezogener, klagender Schrei des Entsetzens. Arles starrte stumm zu Boden.

Egon Tamm fuhr fort. »Das Gericht kann sich des Verdachtes nicht erwehren, daß Dame Spanchetta erheblich mehr von der Sache wußte, als die Indizien andeuten. Dies sagt uns der gesunde Menschenverstand. Jedoch können wir nicht allein auf Verdacht hin urteilen, und Dame Spanchetta wird daher in diesem Falle Arles und Drusilla nicht ins Arbeitslager nach Kap Journal begleiten. Wir sind nicht zuständig für die interne Verwaltung des Hauses Clattuc, aber wir sind der Auffassung, daß Dame Spanchetta nicht geeignet für den Vorsitz eines Wahlausschusses oder irgendeines anderen wichtigen Gremiums ist. Wir empfehlen daher, daß die Hausältesten des Hauses Clattuc die entsprechenden Beschlüsse fassen.

Wenn keine weiteren Fälle zu verhandeln sind, wird die Sitzung hiermit vertagt.«

V

Am Nachmittag des darauffolgenden Tages besuchte Glawen erneut das Gefängnis. Als er die Zelle betrat, fand er Floreste am Tisch sitzend, über ein in elegantem rosafarbenen Leder gebundenes Buch gebeugt. Floreste blickte mißvergnügt von seiner Lektüre auf. »Was wollen Sie nun schon wieder?«

»Dasselbe, das ich schon vorher wollte.«

»Ich kann Ihnen leider nicht helfen. Ich habe keine Zeit mehr zu verschwenden, und ich muß meine Vorkehrungen treffen.« Floreste wandte sich wieder seinem Buch zu und ignorierte Glawen. Glawen durchquerte den Raum und setzte sich Floreste gegenüber an den Tisch.

Eine Weile verging. Floreste blickte mit finsterer Miene auf. »Sind Sie noch immer hier?«

»Ich bin ja gerade erst gekommen.«

»Das ist schon lange genug. Wie Sie sehen, lese ich.«

»Sie müssen eine klare Entscheidung fällen, so oder so.«

Floreste lachte bitter. »All die dringendsten Entscheidungen sind bereits endgültig gefällt.«

»Und Ihr neues Orpheum?«

»Der Ausschuß für die Schönen Künste wird das Werk fortführen. Die Vorsitzende ist Dame Skellane Laverty; ich kenne sie seit vielen Jahren, und sie ist der Sache innigst ergeben. Sie hat mir dieses Buch gebracht; es ist schon lange eines meiner Lieblingswerke. Kennen Sie es?«

»Sie haben mir seinen Titel noch nicht gezeigt.«

»Die *Lyrik des Verrückten Narvath.* Seine Lieder bleiben einem für immer im Herzen haften.«

»Ich kenne ein paar von ihnen.«

»Hmm! Das überrascht mich! Sie scheinen eher ein – nun, ich möchte sie nicht einen dumpfen Hund nennen –, sagen wir, ein ziemlich nüchterner Bursche zu sein.«

»So sehe ich mich nicht. Tatsache ist, daß ich mir Sorgen um meinen Vater mache.«

»Lassen Sie uns statt dessen lieber über Narvath sprechen. Hier ist eine besonders schöne Stelle. Er sieht für einen kurzen, flüchtigen Moment ein Gesicht, aber bevor er sich umdrehen und es voll erfassen kann, ist es verschwunden. Das Gesicht verfolgt ihn tagelang, läßt ihm keine Ruhe, und schließlich gießt er seine Phantasien in ein Dutzend wundervolle Vierzeiler, wild und schicksalsschwer, wogend von Rhythmus, und jeder mit dem Refrain endend:

›So wird sie leben und so sie vergehn
Und so werden die Winde der Welt
Vorüberwehn.‹«

»Sehr hübsch«, sagte Glawen. »Haben Sie die Absicht, mir nur Poesie vorzutragen?«

Floreste zog hochmütig die Brauen hoch. »Das ist ein Privileg!«

»Ich will wissen, was mit meinem Vater passiert ist. Es scheint, daß Sie es wissen. Ich kann nicht verstehen, warum Sie es mir nicht sagen wollen.«

»Versuchen Sie nicht, mich zu verstehen«, sagte Floreste. »Nicht einmal ich selbst unternehme Anstrengungen in diesen Richtungen. Ich wähle mit Bedacht die Pluralform.«

»Sagen Sie mir wenigstens, ob Sie tatsächlich wissen, was geschehen ist. Ja oder nein?«

Floreste rieb sich das Kinn. »Wissen ist eine komplizierte Ware«, sagte er schließlich. »Man darf es nicht hierhin und dorthin verschleudern, wie ein Bauer seinen Mist verstreut. Wissen ist Macht! Das ist ein Aphorismus, der es wert ist, daß man sich ihn ins Gedächtnis einprägt.«

»Sie haben mir immer noch keine Antwort gegeben. Haben Sie vor, mir überhaupt irgend etwas zu sagen?«

Floreste sprach gewichtig: »Ich sage Ihnen dies, und Sie sollten genau zuhören. Unser Universum ist subtil und, man könnte sagen, leise pulsierend. Nichts bewegt sich, ohne etwas anderes anzustoßen und in Bewegung zu versetzen. Veränderung ist dem Gefüge des Kosmos immanent; nicht einmal das Cadwal der Charta kann sich dem Wandel entziehen. Ach, schönes Cadwal, mit deinen feinen Landen und edlen Provinzen! Mit deinen Wiesen und Auen, die grün und satt im Sonnenlicht leuchten; sie laden dazu ein, daß alle Kreaturen, ob groß, ob klein, auf ihnen ihren Platz haben, auf daß alle ihr Vergnügen finden mögen. Tiere mögen auf ihnen grasen und Vögel ihre Kreise über ihnen ziehen, während die Menschen ihre Lieder singen und tanzen, in Frieden und Harmonie. So sollte es sein: ein jeder sollte seinen Teil verzehren, und jeder die Arbeit verrichten, die er für nötig erachtet. Dies ist die Vision von vielen edlen Menschen, hier und auch anderswo.«

»Das mag wohl so sein. Aber was ist mit meinem Vater?«

Floreste zog einen Flunsch und machte eine unwirsche Geste. »Sind Sie so dumm? Muß man Ihnen alles erst ins Ohr brüllen? Stimmen Sie jenen Idealen zu, die ich gerade angeführt habe?«

»Nein.«

»Und Bodwyn Wook?«

»Budwyn Wook auch nicht.«

»Und Ihr Vater?«

»Mein Vater auch nicht. Eigentlich niemand in Station Araminta.«

»Andernorts haben die Leute fortschrittlichere Ansichten. Aber ich habe genug gesagt, und jetzt müssen Sie gehen.«

»Sicher«, sagte Glawen. »Ganz wie Sie wünschen.«

Glawen verließ das Gefängnis und wandte sich seinen Pflichten zu, die ihn für den Rest der Tages und ebenso den darauffolgenden Morgen in Anspruch nahmen. Am Mittag fand ihn Bodwyn Wook beim Essen in der Alten Laube vor.

»Wo hast du dich die ganze Zeit versteckt?« fragte Bodwyn Wook. »Wir haben überall nach dir gesucht!«

»Im Archiv habt ihr aber wohl nicht gesucht, sonst hättet ihr mich nämlich gefunden. Was gibt es denn so Dringendes?«

»Floreste ist außer sich vor Aufregung. Er besteht darauf, zum frühestmöglichen Moment mit dir zu konferieren.«

Glawen erhob sich. »Ich werde ihn sogleich aufsuchen.«

Glawen überquerte den Fluß und ging weiter zum Gefängnis. »Da bist du ja endlich«, empfing ihn Marcus Diffin.

»Ich bin überrascht, mich plötzlich so begehrt zu finden. Das letzte Mal, als ich hier war, konnte er mich gar nicht schnell genug loswerden.«

»Sei gewarnt: er hat einen schlechten Tag gehabte und das hat ihn unpäßlich gemacht!«

»Inwiefern?«

»Erst war Namour bei ihm, und die beiden hatten einen lautstarken Streit. Ich war schon drauf und dran, einzuschreiten, als Namour herausgestürmt kam, ein Gesicht wie eine Gewitterwolke. Als nächstes kam Dame Skellane. Sie brachte Floreste abermals aus der Fassung, und er begann nach dir zu schreien.«

»Ich glaube, ich weiß, was ihn so beunruhigt«, sagte Glawen. »Vielleicht kann ich ihn ein wenig beruhigen.«

Marcus Diffin öffnete die Tür und rief in die Zelle: »Glawen Clattuc ist hier!«

»Das wurde auch Zeit! Schicken Sie ihn herein!«

Glawen fand Floreste am Tisch stehend; der Künstler starrte ihm mit einer Miene wütenden Vorwurfs entgegen. »Ihr Betragen ist von unglaublicher Frechheit! Wie können Sie es wagen, meine Dispositionen zu behindern?«

»Sie spielen auf mein Gespräch mit Dame Skellane Laverty an?«

»In der Tat! Mein Geld ist mit gerichtlichem Beschlag belegt, und sie erfährt, daß Ihnen eine absolut groteske Schadenersatzsumme zugebilligt werden soll! Unsere Pläne sind zerstört!«

»Das erklärte ich Ihnen bereits, aber Sie wollten ja nicht zuhören.«

»Natürlich habe ich diesen Quatsch ignoriert.«

»Ich will es Ihnen noch einmal erklären. Wenn Sie sich bereiterklären, mir gewisse Informationen zu erteilen, werde ich von einer Einklage meines Anspruchs absehen. Ganz einfach, finden Sie nicht?«

»Das finde ich nicht, und es ist auch nicht einfach! Sie stürzen mich in ein scheußliches Dilemma. Habe ich das nicht klar und deutlich gemacht?«

»Nicht so, daß ich es verstanden hätte.«

»Sie brauchen es auch nicht zu verstehen. Sie müssen meine Beteuerungen akzeptieren.«

»Da nehme ich doch lieber eine Million Sol von Ihrem Geld.«

Floreste sackte ermattet auf die Tischkante. »Sie zerstören mir meine letzten Stunden!«

»Sie brauchen mir bloß die Information zu geben, die ich haben will.«

Floreste schlug die Fäuste zusammen. »Könnte ich Ihnen vertrauen?«

»Ich muß Ihnen vertrauen, daß Sie mir alles sagen, was Sie wissen. Sie müssen mir vertrauen.«

Floreste stieß einen müden Seufzer aus. »Ich habe keine andere Wahl, und tatsächlich glaube ich, daß Sie ehrlich sind, wenn auch böse.«

»Also, was nun: ja oder nein?«

Floreste fragte listig: »Was genau muß ich Ihnen erzählen?«

»Wenn ich das wüßte, müßte ich Sie dann fragen? In erster Linie möchte ich alles über meinen Vater wissen, was es zu wissen gibt, wie er verschwand, warum er verschwand, wer dafür verantwortlich ist, wo er jetzt ist. Möglicherweise werden sich noch weitere Fragen ergeben, die ich ebenfalls beantwortet haben will.«

»Wie sollte ich all diese Dinge wissen?« brummte Floreste mürrisch. Er begann im Raum auf und ab zu gehen. »Geben Sie mir Bedenkzeit. Kommen Sie in ein, zwei Tagen wieder.«

»Dann ist es zu spät, und wenn Sie glauben, ich werde lockerlassen, wenn Sie erst tot sind, dann täuschen Sie sich. Ihr Orpheum bedeutet mir nicht das Geringste. Ich werde Ihr ganzes Geld nehmen und mir die Raumyacht kaufen, nach der ich schon so lange trachte.«

Floreste ließ sich auf den hölzernen Stuhl sinken und starrte Glawen mit wild lodernden Augen über den Tisch hinweg an. »Sie zwingen mich, ein Versprechen zu brechen, um ein anderes zu halten.«

»Das ist für mich nebensächlich.«

»Nun gut. Ich werde Ihrer Aufforderung nachkommen. Ich werde bestimmte Informationen schriftlich niederlegen, die Sie, wie ich hoffe, zufriedenstellen werden. Aber Sie dürfen sie erst lesen, wenn ich tot bin.«

»Warum wollen Sie mir nicht jetzt gleich sagen, was ich wissen will?«

»Ich habe gewisse Abmachungen, die gefährdet werden könnten, wenn ich es Ihnen jetzt sagte.«

»Das ist nicht völlig zufriedenstellend. Sie könnten sich entschließen, mir bestimmte entscheidende Fakten vorzuenthalten.«

»Mit demselben Recht könnten Sie es für klug erachten, eine große Wiedergutmachungssumme aus meinem Vermögen entgegenzunehmen. Vertrauen muß ein Band zwischen uns sein, wie grundverschieden wir auch sein mögen.«

»In dem Fall« – Glawen zog das Photo hervor, das er aus Zaas Schreibtisch genommen hatte – »sehen Sie sich dieses Bild an, und nennen Sie mir die Namen dieser Damen.«

Floreste studierte sorgfältig die Gesichter. Er sah Glawen von der Seite an. »Warum zeigen Sie mir das?«

»Sie sprachen von Vertrauen. Wenn es keine Wahrheit gibt, kann es kein Vertrauen geben. Und wenn ich Ihnen nicht vertrauen kann, dann können Sie mir nicht vertrauen? Habe ich mich klar genug ausgedrückt?«

»Unnötig klar.« Erneut betrachtete Floreste das Photo. »Ich muß alle Zurückhaltung fahrenlassen. Das hier ist Zaa, wie Sie wissen. Ursprünglich hieß sie, wenn ich mich recht erinnere, Zadine Babbs. Dies ist Sibil Devella. Und dies...« – hier zögerte Floreste –, »dies ist Simonetta Clattuc.«

»Unter welchem Namen kennen Sie sie noch?«

Floreste reagierte auf die Frage mit bemerkenswerter Heftigkeit. Er fuhr hoch und starrte Glawen an, dann platzte er heraus: »Wer hat Ihnen diesen anderen Namen gesagt?«

»Das tut nichts zur Sache. Es genügt, daß ich ihn kenne. Ich will hören, was Sie zu sagen haben.«

»Es ist unglaublich!« stammelte Floreste. »Hat Namour es Ihnen gesagt? Nein, natürlich nicht; er würde es niemals wagen. Wer dann? Zaa? Ja! Sie muß es gewesen sein! Warum kann sie so etwas getan haben?«

»Sie hatte die Absicht, mich zu töten – auf Ihre Anregung hin natürlich. Sie redete stundenlang.«

»Perverses, wahnsinniges Weib! Jetzt ist aller Zusammenhalt dahin!«

»Ich verstehe nicht, was Sie meinen.«

»Das macht nichts. Es liegt nicht in meiner Absicht, daß Sie es verstehen. Kommen Sie morgen mittag wieder. Ihre Papiere werden bereitliegen.«

Glawen kehrte ins Archiv im Innern der Alten Agentur zurück. Am späten Nachmittag stieß er auf das, was er zu finden gehofft hatte, wenngleich ohne allzu große Zuversicht, daß er es auch finden würde. Er rief sofort Bodwyn Wook an. »Ich habe hier etwas, das ich Ihnen zeigen möchte. Können Sie ins Archiv kommen?«

»Jetzt?«

»Wenn es möglich ist.«

»Du klingst mürrisch.«

»Ich habe gerade einen Schwarm alter Gefühle aufgescheucht. Ich dachte, sie hätten ihre Kraft verloren, aber ich habe mich geirrt.«

»Ich bin schon unterwegs.«

Wenige Minuten später traf Bodwyn Wook ein, und Glawen führte ihn zum Projektionsraum. »Floreste sagte etwas, das mich auf einen Gedanken gebracht hat. Ich habe mich sofort darangemacht, um der Sache nachzugehen – nun, Sie sollen es sich selbst anschauen.«

Die zwei gingen in den Projektionsraum. Zwei Stunden später kamen sie wieder heraus, Glawen bleich und still, Bodwyn Wook grimmig und angespannt unter der Last seiner eigenen Gefühle.

Draußen auf dem Wansey-Weg stellten sie fest, daß bereits der Abend über Station Araminta gekommen war. Bodwyn-Wook hielt inne und sann einen Moment lang nach. »Ich würde die Angelegenheit am liebsten jetzt sofort aufklären – aber es ist schon spät, und wir müssen uns bis morgen gedulden. Morgen mittag soll es sein. Ich werde die nötigen Instruktionen geben, sobald wir unser Abendessen eingenommen haben.«

Die zwei speisten allein in Bodwyn Wooks Wohnung. Glawen berichtete von seiner Unterredung mit Floreste. »Ich ging wie bei jedem meiner bisherigen Besuche völlig verwirrt von ihm weg. Ich fragte ihn nach Simonettas anderem Namen, dabei an Madame Zigonie auf Rosalia denkend. Floreste war äußerst beunruhigt: wer würde es wagen, mir eine solch geheime Auskunft zu geben? Er muß sie unter einem anderen

Namen kennen. Wer könnte das sein, daß er in solche Erregung gerät?

Dann wieder: er werde aufschreiben, was er über meinen Vater wisse, aber ich dürfe es erst lesen, wenn er tot sei. Ich versuchte, seine Gründe zu erkunden; er wollte sie nicht nennen. Ich bin verwirrt! Was macht das für einen Unterschied für ihn aus? Welchen Gewinn hat er davon?«

»Da ist überhaupt nichts Verwirrendes dran«, sagte Bodwyn Wook. »Der Unterschied besteht in einem vollen Tag, eine Zeitspanne, während der viel passieren kann.«

»Das muß der Grund sein«, sagte Glawen. »Ich schäme mich für meine Begriffsstutzigkeit. Und da ein Tag für Floreste nichts ändert, muß die Zeit folglich für eine andere Person wichtig sein. Aber für wen?«

»Wir werden die Ereignisse mit großer Sorgfalt verfolgen und für jede Eventualität gerüstet sein.«

VI

Am nächsten Morgen begab sich Glawen erneut zum Gefängnis, wo er Floreste mit Dame Skellane Laverty in vertraulicher Unterredung vorfand. Keiner von beiden schien erbaut, als er die Zelle betrat.

Floreste bedeutete ihm mit einer unwirschen Handbewegung, den Raum zu verlassen. »Wie Sie sehen, unterhalte ich mich mit Dame Skellane.«

Glawen fragte: »Was ist mit der Information, die Sie für mich bereithalten sollten?«

»Sie ist noch nicht fertig. Kommen Sie später wieder!«

»Es ist nicht mehr viel ›später‹ übrig. Die Zeit wird knapp.«

»Daran brauchen Sie mich nicht zu erinnern! Ich denke oft an dieses Faktum.«

Glawen wandte sich Dame Skellane zu. »Bitte lenken

Sie ihn nicht ab. Wenn er seine Arbeit nicht tut, werden Sie nichts von seinem Geld sehen. Dann werde ich in meiner Raumyacht durch das Reich kreuzen, und Sie werden vergeblich auf Ihr neues Orpheum warten.«

»Das ist wahrhaftig grobe Sprache!« rief Dame Skellane entrüstet. »Ich bin entsetzt!« Sie wandte sich Floreste zu. »Es scheint, wir müssen unsere kleine Plauderei, die, so hatte ich gehofft, Sie ein wenig trösten würde, leider abbrechen.«

»Mein Verderben ist über mir, liebe Frau! Ich muß diesem düsteren jungen Clattuc gehorchen und alle meine Geheimnisse enthüllen. Glawen, kommen Sie später wieder! Ich bin noch nicht fertig. Dame Skellane, Sie müssen mich entschuldigen.«

Dame Skellane kehrte sich erzürnt wider Glawen. »Sie sollten sich schämen, den armen Floreste in den letzten Stunden seines Lebens so zu tyrannisieren! Sie sollten ihn beschwichtigen und ihm Trost zusprechen.«

»In Florestes Fall ist das einzige Heilmittel die Zeit«, erwiderte Glawen. »In dreißig Jahren werden seine Verbrechen vergessen sein, und jeder wird ihn als einen heiligmäßigen alten Märtyrer in Erinnerung haben. Was für ein feiner Witz! Er würde Ihnen auf der Stelle die Gurgel aufschlitzen, wenn er dadurch seine Freiheit oder auch nur hundert Sol gewinnen könnte.«

Dame Skellane wandte sich Floreste zu. »Wie können Sie diese Schmähungen so ruhig hinnehmen?«

»Weil sie berechtigt sind, meine Teure. Die erste und vornehmste Pflicht des Lebens ist die Kunst! Und ganz besonders meine Kunst. Ich bin ein mächtiges Gefährt, das durch den Kosmos schlingert und eine kostbare, aber zerbrechliche Fracht trägt. Und wenn irgend etwas meine Fahrt behindert, oder meine Existenz oder meinen Vorteil oder mein Konto bei der Dank von Mircea, so muß es weichen, oder es wird von meinen gewaltigen Rädern überrollt! ›*Ars gratia artis*‹: das war eines der Lieblingsworte des Poeten Narvath. Und so lautet auch meine Maxime!«

»Oh, Floreste, ich werde so etwas nie glauben.«

Glawen wandte sich zur Tür. »Kommen Sie, Dame Skellane, wir müssen gehen.«

Dame Skellane wandte sich noch ein letztes Mal an Floreste: »Wenigstens habe ich Ihnen Ihre alte Munterkeit wiedergegeben!«

»Ganz recht, teure Dame! Dank Ihnen werde ich glücklich sterben.«

VII

Pünktlich um Mittag betrat Bodwyn Wook sein Büro. Weder nach links noch nach rechts blickend, marschierte er zu seinem schwarzen Sessel und setzte sich. Erst dann ließ er sich dazu herbei, die Insassen des Raumes einer Musterung zu unterziehen. »Sind alle anwesend? Ich sehe Kirdy, Drusilla und Arles. Ich sehe Glawen, Ysel Laverty, Rune Offaw, und dort drüben sitzt Leutnant Larke Diffin von der Miliz. Wer fehlt? Namour? Rune, wo ist Namour?«

»Namour war ein wenig störrisch«, sagte Rune Offaw. »Er erklärt, er sei zu sehr beschäftigt, um der Versammlung beiwohnen zu können. Daraufhin habe ich zwei Sergeanten in voller Uniform zu ihm gesandt, ihn zu holen, und wenn ich mich nicht irre, höre ich sie jetzt.«

Die Tür ging auf, und Namour kam herein.

»Ah, Namour!« sagte Bodwyn Wook. »Es freut mich, daß du es doch noch ermöglichen konntest, hierherzukommen! Es ist möglich, daß wir dich brauchen, um das eine oder andere Element unserer Untersuchung zu bestätigen oder näher zu erhellen.«

»Was untersuchen Sie denn?« fragte Namour, sich erst gar keinen Anschein von Freundlichkeit gebend. »Aller Wahrscheinlichkeit nach weiß ich nichts von der

Sache, weshalb ich mich jetzt gern wieder entschuldigen würde, da ich heute unter Zeitdruck bin.«

»Komm, komm, Namour! Du bist zu bescheiden! Es wird allgemein vermutet, daß du alles weißt!«

»Nicht doch! Ich bin einzig an meinen ureigenen Belangen interessiert.«

Bodwyn Wook machte eine wegwerfende Handbewegung. »Die müssen heute hinter der Arbeit von Amt B zurückstehen, welches als ein Organ der Charta naturgemäß die volle Mitarbeit eines jeden verlangt.«

Namour lächelte ein kühles, spöttisches Lächeln. »Ich bin wider meinen Willen hierhergebracht worden; erwarten Sie bitte nicht, daß ich auch noch einen Kratzfuß vor Ihnen mache. Ich hoffe, daß Sie mir gestatten, mich wieder meinen Geschäften zuzuwenden, sobald meine Hilfe nicht länger benötigt wird.«

»Selbstverständlich!« sagte Bodwyn Wook herzlich. Er überlegte einen Moment, dann winkte er Rune Offaw und Ysel Laverty zu sich. Sie kamen nach vorn, und die drei berieten sich leise. Dann kehrten der ›Keiler‹ und das ›Hermelin‹ wieder an ihren Platz zurück.

Bodwyn Wook räusperte sich. »Heute kommen wir auf ein höchst unangenehmes Thema zurück, das viele von uns in die Hinterstube ihres Kopfes verbannt haben. Wir tun dies freilich aus guten Gründen, die selbst Namour befriedigen werden, wenn er sie hört. Ich meine damit den abscheulichen Mord an Sessily Veder, begangen am Parilia vor mehreren Jahren.

Die Akte wurde nie geschlossen, aber nur der Beharrlichkeit von Hauptmann Glawen Clattuc haben wir es zu verdanken, daß wir den Fall jetzt endlich lösen konnten. Glawen, ich bitte dich nun, die Erkenntnisse vorzulegen, da du mit den Einzelheiten besser vertraut bist als ich.«

»Ganz wie Sie wünschen. Ich will versuchen, nicht allzu weit auszuschweifen. Nun, zunächst einmal hatten wir nicht mehr in der Hand als die Anhaltspunkte, die bei der ursprünglichen Ermittlung entdeckt worden waren: in erster Linie Fasern, die in dem Weinlieferwagen gefunden wurden. Sie mußten entweder von Namours Satyrbeinen oder von zwei ›urzeitlichen‹ Kostümen aus dem Fundus der Mimen stammen. Die Kostüme der Kühnen Löwen waren allesamt aus anderem Material geschneidert.

Namour konnte seine Bewegungen während der kritischen Zeitspanne lückenlos nachvollziehen und belegen. Arles und Kirdy verrichteten ihren Streifendienst am Zaun des Yip-Geländes. Ihre Unterschriften und Gegenzeichnungen schienen sie beidesamt zu entlasten.

Jedoch! Ysel Laverty entdeckte auf der photographischen – Aufzeichnung eine Gestalt, die in der Alten Laube saß. Es stellte sich heraus, daß dies Arles war, bekleidet mit einem urzeitlichen Kostüm. Er schien sicher, daß wir den Mörder gefunden hatten. Arles gestand, das Streifenprotokoll gefälscht zu haben. Kirdy gestand, daß er die Fälschung toleriert habe, mit der Begründung, er und Arles seien beidesamt Kühne Löwen und könnten daher kein Unrecht tun. Arles gab zu, in die Garderobe der Mimen gegangen zu sein, welche sich in einem Lagerhaus nahe beim Geviert befindet. Hier sei er in sein urweltliches Kostüm geschlüpft und sodann zur Alten Laube geeilt, um seine Verabredung mit Drusilla wahrzunehmen. Kirdy sei allein auf Streife gegangen.

Drusilla bestätigte Arles' Aussage mehr oder weniger, wenngleich mit wenig Überzeugung; sie war zu dem Zeitpunkt schwer betrunken. Offensichtlich jedoch schauten sie sich gemeinsam die Phantasmagorie an, und es dürfte unwahrscheinlich sein, daß Arles sich aus Drusillas faszinierender Gesellschaft entfernt hat, um eine Reihe von Greueltaten an Sessily Veder zu begehen.

Bei nochmaligem Studium der photographischen

Aufzeichnung sah ich, wie Namour in seinem Satyrkostüm vor der Laube stehenblieb, durch einen der Bögen hineinspähte und einen Moment lang mit jemandem sprach, der gleich hinter dem Bogen in der Laube saß. Namour, erinnerst du dich an diese Episode?«

»Nein. Ich kann mich nicht mehr entsinnen. Es ist sehr lange her, und ich hatte Wein getrunken.«

»Aber ich erinnere mich noch sehr gut«, rief Arles. »Er lachte über meinen Kopfschmuck, der so gar nicht zu einem Kühnen Löwen paßte. Er sagte, ich sähe aus wie eine Kröte mit einer Vogelscheuchenperücke. Ich erklärte ihm, daß das das beste sei, was ich im Moment tun könne, aber er hörte nicht hin; er war viel zu sehr damit beschäftigt, Drusilla zu umschmeicheln.«

Namour kicherte. »Stimmt. Jetzt fällt mir alles wieder ein. Ich erinnere mich gut; es war genau so, wie Arles es schildert.«

»Der Zeitpunkt dieser Episode ist kurz nach der Phantasmagorie. Arles wird wie Namour von der Liste der Verdächtigen gestrichen.

Was bleibt uns also? Kühne Löwen sind hier und da. Kirdy zieht brav seine einsamen Streifenrunden um das Yip-Gelände. Namour tanzt, nachdem er die Laube wieder verlassen hat, die Pavane mit Spanchetta. Arles sitzt schmollend in der Alten Laube. Und an diesem Punkt verharrt die Situation seit Jahren, während die süße, unschuldige Sessily in das Reich der Erinnerung entschwindet.

Aber in zwei Köpfen zumindest bleibt das Andenken frisch. Der Mörder denkt oft an sie – und ich auch. Zwei Monate lang saß ich in Zab Zonks Grabhöhle, und ich dachte an viele Dinge. Ein bestimmter Gedanke schien besonders interessant und überraschend. Wir hatten die Kameraaufzeichnung sorgfältig studiert. Als wir Arles fanden, suchten wir nicht weiter. Zu jener Zeit schien uns das genug.

Das war der erste Knacks in dem Fall, weil – um es

kurz zu sagen – ich weiter schaute. Ich entdeckte eine weitere pirschende Gestalt, und dies ist ohne Zweifel die des Mörders. Sie kommt ein paar Minuten vor Mitternacht aus dem Schatten des Orpheums hervorgehastet und eilt, halb im Laufschritt, den Wansey-Weg hinunter. Sie muß wieder bei ihrem Streifendienst sein, bevor die Ablösung eintrifft.

Floreste half meinem Gedächtnis ebenfalls nach, als er von den Mimen erzählte. Er erwähnte, daß Kirdy großes Verlangen nach Sessily gehegt habe, doch daß sie sein Schmachten nicht erwidert habe. Sessily habe weder mit ihm noch mit Arles etwas zu schaffen haben wollen. Und was den Streifendienst betraf, den Kirdy angeblich zur Tatzeit schob, so war er selbst es, der meinem Gedächtnis auf die Sprünge half. Kirdy sagte mir einmal, er gehorche niemals Befehlen, die er für töricht oder sinnlos halte. Kirdy hatte eine grandiose Sicht von sich selbst: er war einzigartig und erhaben über gewöhnliche Regeln und Vorschriften. Der Befehl, um das Yip-Gelände zu patrouillieren, war in Kirdys Augen töricht und sinnlos. Sobald Arles fort war, beschloß Kirdy, ebenfalls zu gehen. Er folgte Arles zum Fundus der Mimen, schlüpfte in das andere urzeitliche Kostüm, und jetzt war er frei! Er konnte tun, wonach ihm der Sinn stand, hemmungslos und ungehindert! Und mehr als alles andere wollte er auf Sessily eindringen – um sie mit seiner mächtigen Lust bekannt zu machen und um sie schwer zu bestrafen für das, was sie getan hatte!

Dies schien ihm eine gute Idee, und er setzte sie in die Tat um. Es war der herrlichste Moment seines Lebens.«

Glawen hielt inne. Aller Augen wandten sich auf Kirdy, der wie ein Stein dasaß.

Namour sagte unvermittelt: »Alles schön und gut, und es geht mich ja nichts an, aber wo ist dein Beweis?«

»Er ist in der Kameraaufzeichnung zu finden«, sagte Glawen. »Er hat es eilig, zum Yip-Gelände zurückzukommen, und er ist unvorsichtig. Und so sehen wir ihn denn den Wansey-Weg entlangtraben in seinem urzeitlichen Kostüm – unverkennbar Kirdy.«

»Alles erstunken und erlogen«, sagte Kirdy. »Jedes Wort ist falsch.«

»Du gibst also nichts zu?« frug Bodwyn Wook.

»Wie kann ich etwas zugeben, was nicht stimmt?«

»Und du hast das volle Pensum deines Streifendienstes absolviert?«

»Sicher. Glawen war schon immer eifersüchtig auf mich, weil ich der bin, der ich bin – ein Wook von reinem Geblüt –, während er eine Promenadenmischung ist.«

Bodwyn Wook sprach ohne jede Betonung: »Larke Diffin, tritt bitte vor.«

Namour rief in gequältem Ton dazwischen: »Wenn ihr mit mir fertig seid, werde ich mich jetzt entschuldigen.«

Bodwyn Wook schaute zu Glawen: »Hast du noch Fragen an Namour?«

»Im Moment nicht.«

»Du kannst gehen.«

Ohne ein Wort verließ Namour den Raum. Ysel Laverty wartete noch einen Moment, dann folgte er ihm. Unterdessen war Larke Diffin aus der Ecke des Raumes hervorgetreten, wo er gesessen hatte, ein blonder junger Mann von guter Haltung, groß und ein wenig übergewichtig, mit einem borstigen Schnauzbart und einem Air von selbstsicherer Freundlichkeit.

Bodwyn Wook wandte sich an die Gesamtheit der Anwesenden. »Ihr alle hier kennt Larke Diffin, der Leutnant der Miliz ist. Larke hatte Streifendienst am Yip-Gelände unmittelbar nach der Schicht, die von Kirdy und Arles hätte gehalten werden müssen. Leutnant Diffin, wiederhole, was du mir bereits erzählt hast.«

Larke Diffin zog an seinem Schnurrbart und warf einen bekümmerten Blick auf Kirdy. »Ich werde Tatsachen berichten, weil sie sind, wie sie sind, und mein Erzählen wird sie nicht ändern. An dem fraglichen Abend, dem letzten Abend des Parilia-Festes, erschien ich zehn Minuten früher zum Dienst, um ganz sicher zu sein, daß ich auch nicht zu spät kommen würde. Ich fand weder Kirdy noch Arles am Streifenposten vor; zu meiner Überraschung jedoch stellte ich fest, daß alle Streifen signiert und gegengezeichnet waren, was natürlich strikt gegen die Vorschriften ist. Die Unterschriften attestieren, daß die Streifen ordnungsgemäß durchgeführt wurden, was bei der letzten Streife eindeutig nicht der Fall gewesen war.

Einige Minuten später erschien Kirdy, außer Atem und ohne Uniform, angetan mit einem Gewand, das, wie ich jetzt erfahre, ein ›urzeitliches Kostüm‹ war. Er war verblüfft, mich schon so früh vorzufinden, und mein offensichtliches Mißfallen brachte ihn in Verlegenheit. Er sagte, er sei nur eben kurz wegen des Kostüms zum Fundus der Mimen geeilt, um Zeit zu sparen. Arles, so fügte er hinzu, habe das gleiche getan.

Es war mir nicht möglich, während jener letzten Stunden des Parilia-Festes barsch zu ihm zu sein. Ich hielt ihm vor, so streng ich konnte, daß sowohl er als auch Arles Streifenprotokolle gefälscht hätten, und daß dies ein schwerer Verstoß gegen die Vorschriften sei. Ich merkte an, daß ich eigentlich verpflichtet sei, diesen Vorfall zu melden, aber da alles friedlich sei und nichts Schlimmes passiert wäre, würde ich über den Verstoß noch einmal hinwegsehen. Das war der Sachverhalt, und ich habe nie wieder an die Sache gedacht, bis Glawen kam und mich danach fragte. Und wie ich mir, auf Glawens Aufforderung hin, den ganzen Vorgang wieder in Erinnerung rufe, fällt mir ein, daß Kirdy damals nicht aus der Richtung des Lagerhauses kam, sondern vom Wansey-Weg.«

Glawen schaute Kirdy an. »Nun, was sagst du dazu, Kirdy? Sind das auch Lügen?«

»Ich sage überhaupt nichts mehr. Ich muß meinen Weg allein gehen. Ich habe schon immer allein gegen die ganze Welt gestanden.«

Bodwyn Wook rief jäh dazwischen: »Das ist alles für heute. Dies ist keine formale Vernehmung, und es ist noch keine Anklage erhoben worden. Trotzdem: versuche nicht, die Station zu verlassen. Ich werde mich mit meinen Kollegen beraten, und wir werden über unser weiteres Vorgehen entscheiden. Ich schlage vor, daß du dir einen Rechtsbeistand nimmst, der dich vor Gericht vertritt.«

VIII

Glawen aß allein in der Alten Laube zu Mittag; danach trank er, da er nichts Besseres zu tun hatte, in Muße den Rest der Karaffe leer und schaute zu, wie Syrene ihre Bahn am Himmel zog.

Es wurde Nachmittag. Glawen konnte nicht länger warten. Er begab sich zum Gefängnis, wo Marcus Diffin ihn kommentarlos einließ und in Florestes Zelle führte.

Der Künstler saß am Tisch und beschrieb mit schwarzer Tinte Bogen orangefarbenen Papiers. Er blickte auf und nickte Glawen zu. »Ich bin gleich fertig.« Er schob die Bögen in einen schweren Umschlag, auf den er schrieb: »Erst nach Sonnenuntergang zu öffnen!«

Er versiegelte den Umschlag und warf ihn Glawen zu. »Ich habe Ihrem Geheiß entsprochen. Nun müssen Sie sich an die Anweisung halten.«

»Das verstehe ich zwar nicht, aber ich werde tun, was Sie verlangen.« Glawen steckte den Umschlag nachdenklich ein.

Floreste schaute ihn mit einem wölfischen Grinsen

an. »Morgen, oder vielleicht sogar schon früher, werden Ihnen meine Beweggründe schon einleuchten. Unsere Transaktion ist hiermit abgeschlossen, und Sie müssen Ihre Klage fallenlassen.«

»Das hängt davon ab, was in diesem Umschlag ist. Wenn es nichts weiter als hohles Gefasel und eitles Wortgeklingel ist, werde ich Ihnen jeden Dinket abknöpfen, den Sie besitzen. Also denken Sie gut nach, Floreste, und nehmen Sie Ihre Änderungen jetzt vor, falls welche notwendig sind.«

Floreste schüttelte wehmütig den Kopf. »Ich würde es nicht wagen, Ihnen entgegenzuarbeiten! Ich habe einiges von Ihrem Wesen kennengelernt. Sie sind gnadenlos!«

»Mitnichten. Aber ich werde alles tun, was in meinen Kräften steht, um meinem Vater zu helfen.«

»Ich kann Ihnen Ihre Treue nicht verübeln«, sagte Floreste. »Ich wünschte, ich könnte das gleiche Gefühl bei denen spüren, die ich mit der Wahrung meiner Interessen betraut habe.« Er sprang auf und begann, im Raum auf und ab zu schreiten. »Offen gesagt, ich bin beunruhigt. Ich frage mich, ob meine Komplicen meinen Zielen wirklich so zugeneigt sind, wie sie behaupten.« Er blieb neben dem Tisch stehen. »Ich muß logisch sein. Kann ich Namour wirklich trauen? Wird er seine eigenen Interessen meinen Zielen aus Loyalität unterordnen?«

»Die Antwort dürfte ein klares ›Nein‹ sein«, sagte Glawen.

»Ich neige dazu, Ihnen zuzustimmen«, sagte Floreste. »Und was Smonny anbelangt, so behauptet auch sie, meine Ideale zu teilen, aber es gibt wenig Anzeichen in dieser Richtung in Yipton. Wenn sie ›Araminta‹ denkt, denn denkt sie ›Vergeltung‹, und nicht an ruhmreiche neue Ehren. Seien wir einmal mehr brutal realistisch: wenn sie Zugriff auf mein Geld hätte, würde sie dann auf das neue Orpheum hinarbeiten, oder würde sie in Flieger und Waffen investieren? Was ist Ihre Meinung?«

Nur mit großer Mühe vermochte Glawen seine Verblüffung zu verbergen. Hatte er richtig gehört? Sagte Floreste wirklich das, was er zu sagen schien? Glawen brachte heraus: »Meine Meinung ist die gleiche wie Ihre.«

Floreste, der immer noch nervös auf und ab ging, schenkte Glawen keine Beachtung. »Vielleicht war ich zu vertrauensselig. Auf meinem Konto bei der Bank von Mircea sind nicht nur meine privaten Gelder deponiert, sondern darüber hinaus auch Mittel, die der Firma Ogmo gehören. Es ist dies ein Konto, über das Smonny nach Belieben verfügen kann, und es enthält einige sehr große Einlagen jüngeren Datums. Durch Ihre Klage sind diese Mittel natürlich eingefroren, und Smonny ist der Zugriff verwehrt, was ihr große Besorgnis bereitet. Namour überredete mich, ein Testament aufzusetzen und alle Vermögenswerte Smonny zu vermachen, die sodann mein persönliches Vermögen dem Ausschuß für die Schönen Künste überweisen würde – und hier tauchen meine Zweifel auf. Würde sie das wirklich?«

»Ich würde meinen, nein«, sagte Glawen.

»Ich neige der gleichen Auffassung zu. Mein neues Orpheum wird nur unter der Bedingung verwirklicht werden, daß Smonny die Gelder überweist. Ich frage mich ...« – Floreste starrte nachdenklich hinunter auf den Tisch –, »... vielleicht ist es doch noch nicht zu spät, um ein paar kleine Änderungen vorzunehmen.«

»Warum nicht? Rufen Sie Namour und nehmen Sie Ihr Testament zurück.«

Floreste lachte bitter auf. »Ist es nicht klar? Aber egal. Ich bin nur an Ergebnissen interessiert, und jetzt sehe ich einen Weg, meine Ziele zu sichern. Aus reiner Neugier heraus: wie haben Sie so viel über Smonny erfahren? Es war angeblich ein großes Geheimnis. Natürlich hat Zaa es Ihnen erzählt, aber ich frage mich, warum?«

In diesem Fall war Unwahrheit einfacher und sauberer als die Wahrheit. »Zaa hatte vor, mich zu töten, sobald ich genügend ihrer Frauen bedient gehabt hätte. Es bereitete ihr ein perverses Vergnügen, mir alles zu erzählen, was ich wissen wollte.«

»Aha! ›Pervers‹ ist das passende Wort für Zaa. Ich könnte Ihnen in diesem Zusammenhang hundert absonderliche Geschichten erzählen. Zaa war es, die die Lustfahrten nach Thurben ersann, in der Absicht, ihre trägen Zubeniten das Zeugen zu lehren. Zumindest war das der Vorwand. Sibil erdachte die Taktik, und da sie von ihrer Natur her eine Haßliebe zu jungen Mädchen hegte, spielte sie ihre Rolle mit Eifer und Begeisterung. Smonny lieferte die Mädchen, deren Schicksal ihr gleichgültig war. Und ich? Ich ignorierte die Affaire und kehrte den Details den Rücken zu, solange ich mein Geld bekam, und das war wahrlich wenig genug, verglichen mit Smonnys Anteil. Doch welche Ironie nun! All das Geld lagert auf meinem Konto, und Smonny hat nicht einmal ihre Auslagen einkassiert.«

»Ein guter Witz in der Tat«, sagte Glawen.

»Fürwahr! Obwohl – sie hat absolut keinen Sinn für Absurdes.«

»Wie gelangte sie eigentlich zu ihrer jetzigen Position? Davon hat Zaa mir nichts erzählt.«

»Smonny heiratete einen reichen Farmer, einen gewissen Titus Zigonie, auf der Welt Rosalia. Die beiden besuchten Yipton, um einen Vertrag über die Lieferung von Yip-Arbeitskräften abzuschließen. Der alte Calyactus war damals noch der Oomphaw. Irgendwie verleiteten sie Calyactus dazu, sie auf Rosalia zu besuchen. Der arme alte Calyactus ward nie wieder gesehen.

Smonny und Titus kehrten nach Yipton zurück. Titus begann, sich Titus Pompo zu nennen. Aber er hatte keinen Gefallen an Macht, und der wahre Oomphaw war Smonny – eine Position, die ihr unermeßliches Vergnügen bereitete.

Irgendwie geriet dann auch Namour in die Situation hinein vielleicht als Smonnys Liebhaber? Wer weiß? Namour ist ein Mann mit eiserner Disziplin und ohne die geringsten Skrupel – eine gefährliche Kombination. Das ist alles, was ich weiß.«

Floreste begann erneut, auf und ab zu schlendern. »Seit vielen Jahren bin ich ein Mann des Weitblicks und der großen Visionen; doch während mein Blick über ferne Horizonte schweifte, habe ich den Boden zu meinen Füßen ignoriert. Nun, in diesen meinen letzten Stunden muß ich Änderungen vornehmen.« Er ging zum Tisch, setzte sich, nahm Papier und Federhalter und verfaßte mit großer Sorgfalt ein kurzes Dokument. Dann hab er den Kopf und lauschte. »Wer ist draußen in der Wachstube?«

»Marcus Diffin, nehme ich an.«

»Da ist noch jemand anderes bei ihm. Bitten Sie beide Personen, hereinzukommen.«

Glawen klopfte an die Tür. Marcus Diffin spähte durch das Guckloch. »Was willst du?«

»Wer ist da draußen?«

»Bodwyn Wook.«

»Floreste wünscht, daß ihr zwei für einen Moment zu ihm kommt.«

Die Tür ging auf; Marcus Diffin und Bodwyn Wook traten herein.

Floreste erhob sich. »Ich bin zu einer wichtigen Entscheidung gelangt. Sie mag allen hier merkwürdig erscheinen, aber ich halte sie für richtig und angemessen, und endlich habe ich meinen Frieden gefunden.« Er deutete auf das Dokument, das er gerade aufgesetzt hatte. »Das ist mein Letzter Wille. Er ist datiert, und die exakte Stunde der Tages ist angegeben. Ich werde ihn jetzt verlesen:

›An alle, die es angeht:

Dies ist mein Letzter Wille, aufgeschrieben am Nachmittag vor meinem Tode. Ich bin bei klarem Verstand und in ruhiger Stimmung, wie die Zeugen attestieren werden. Diese letztwillige Verfügung setzt alle anderen außer Kraft, insbesondere und speziell jene, in welcher ich meine Habe an Simonetta co-Clattuc-Zigonie vermachte: letzteres Testament erkläre ich hiermit für null und nichtig und ungültig in allen seinen Punkten. Aus freiem Willen heraus und nach sorgfältiger Überlegung vermache ich nunmehr alles, was zum Zeitpunkt meines Todes in meinem Besitz ist, eingeschlossen alle Gelder, Bankkonten, Depositen und im Tresor der Bank von Mircea deponierte Wertsachen, alle Gegenstände von Wert, Pretiosen und Kunstwerke, alle Ländereien, Grundstücke, Immobilien, Liegenschaften, Effekten, beweglichen Sachen und alle sonstigen Habseligkeiten Hauptmann Glawen Clattuc, in der Hoffnung und Erwartung, daß er diese Mittel und die daraus resultierenden Einkünfte zu dem Zwecke verwendet, der mir, wie er weiß, am Herzen liegt: nämlich, dem Bau einen sogenannten Neuen Orpheums in Station Araminta. Ich unterschreibe diesen Letzten Willen im Beisein der unterzeichneten Zeugen.‹«

Floreste nahm den Federhalter und setzte seinen Namen unter das Schriftstück, dann reichte er den Federhalter an Marcus Diffin weiter. »Unterschreiben Sie.«

Marcus Diffin unterschrieb.

Floreste reichte den Federhalter Bodwyn Wook. »Unterschreiben Sie.«

Bodwyn Wook unterschrieb wie geheißen.

Floreste faltete das Testament zusammen und überreichte es Bodwyn Wook. »Ich vertraue diesen Letzten Willen Ihrer Obhut an. Vollstrecken Sie ihn rasch und bemächtigen Sie sich des Vermögens! Es wird großes

Wehklagen geben, da auf meinem Konto Geldmittel ruhen, die Smonny für ihre eigenen hält. Namour befindet sich auf dem Weg nach Soumjiana, um mein vorheriges Testament zu vollstrecken und diese Kapitalien abzuheben.«

»Das ist also der Grund für Namours Unruhe bei der Anhörung. Geht heute ein Schiff nach Soumjiana?«

»Allerdings geht eines«, sagte Floreste. »Die *Karessimuss.* Namour wird an Bord sein.«

Bodwyn Wook rannte hinaus, um sich des Telephons in Marcus Diffins Wachstube zu bedienen.

»Das ist alles«, sagte Floreste zu Glawen. »Sie können gehen, und ich werde hier sitzen und über die unbekannten Lande nachsinnen, die ich morgen durchwandern werde.«

»Möchten Sie eine Flasche Wein, um Ihre Gedanken zu beflügeln?«

Floreste fragte argwöhnisch: »Was für einen Wein? Der letzte, den Sie mir brachten, schmeckte wie Spülicht.«

»Marcus wird einen guten Grünen Zoquel holen.«

»Das laß ich mir gefallen.«

»Ich will dafür einstehen, daß Ihr Geld so verwendet wird, wie Sie es wünschen.«

»In dem Punkt bin ich unbesorgt. Ich scheide beruhigt und in Frieden.«

Glawen verließ die Zelle. Er sagte zu Marcus: »Ich habe Floreste eine Flasche Grünen Zoquel versprochen. Würdest du dafür sorgen?«

»Das will ich sofort tun.«

Bodwyn Wook kam langsam vom Telephon. »Die *Karessimuss* ist vor über einer Stunde abgeflogen. Namour war an Bord. Irgendwie ist er meinen Leuten entwischt. Ysel Laverty ist jetzt draußen, sie suchen.«

»Wenn Namour in Soumjiana ankommt – was geschieht dann mit Florestes Geld?«

»Es ist sicher. Erstens ist es noch immer unter gerichtlichem Beschlag aufgrund deiner Klage, die noch nicht zurückgezogen ist. Zweitens dauern solche Sachen ihre Zeit. Das Testament muß für rechtskräftig erklärt werden, und die Akten müssen geprüft werden; und Florestes Tod muß bestätigt werden. Der gesamte Vorgang kann bis zu drei Monaten dauern. Inzwischen kann der Letzte Wille hier gerichtlich bestätigt werden, und zudem viel schneller. Florestes Eigentum ist in Sicherheit.«

»Jetzt wissen wir auch, warum Floreste darauf bestand, seine Mitteilung zu schreiben.«

»Wie das.«

»Sind Sie bereit für einen Schock?«

»So bereit, wie ich es nur sein kann.«

»Was glauben Sie, warum Titus Pompo so sehr darauf bedacht ist, unsichtbar und unerkannt zu bleiben?«

»Das habe ich mich schon oft gefragt.«

Glawen klärte ihn auf.

Es dauerte einen Moment, bis Bodwyn Wook seine Sprache wiederfand. »Dies mag der Hauptgrund für Namours Eile wein. Es ist jetzt erwiesen, daß er zumindest als passiver Co-Konspirator in der Ogmo- und Thurben-Affaire mitgewirkt hat, und er würde um eine strenge Bestrafung nicht herumkommen: mindestens zwanzig Jahre Kap Journal – wenn nicht Schlimmeres. Wir werden ihn in Station Araminta nicht wiedersehen. Und nun entschuldige mich bitte; ich habe einige traurige Dinge zu regeln.«

»Wenigstens wird Floreste einen guten Wein trinken, wenn das Gas in seine Zelle strömt.«

»Es gibt schlimmere Arten zu sterben. Hast du deine Information?«

»Ich darf sie erst nach Sonnenuntergang lesen.«

»Das spielt doch jetzt keine Rolle mehr. Namour hat sich aus dem Staub gemacht.«

»Trotzdem möchte ich Florestes Letzten Willen erfüllen. Ich käme mir sonst schäbig vor.«

»Glawen, du bist entweder übertrieben sentimental oder extrem abergläubisch, oder beides … Nun, wenn ich es recht überlege, ist dies vielleicht die wahre Definition des Begriffs ›Ehre‹.«

»Dazu kann ich nichts sagen.« Glawen wandte sich um und verließ das Gefängnis.

IX

Glawen ging langsam den Wansey-Weg hinunter. Das Sonnenlicht fiel schräg durch die Bäume am Flußufer und malte lange rosafarbene Flecke auf den Weg. Glawen blickte über die Schulter. Syrene hing immer noch in ihrem vollen Umfang über den Hügeln im Westen; der Sonnenuntergang war noch eine Stunde entfernt.

Glawen blieb stehen, um einen Blick in die Alte Laube zu werfen. Spätnachmittägliches Treiben erfüllte die Luft mit dem Geräusch von fröhlichen Stimmen und gedämpftem Lachen; dies stand ein wenig in Widerspruch zu Glawens Stimmung. Hinten in einer Ecke saß Kirdy, mürrisch und allein, und starrte ins Nichts.

Glawen war jetzt nicht nach Einkehr in die Alte Laube zumute. Er ging weiter, vorbei an der Auffahrt zum Hause Wook, denn an einer zweiten, die zum Hause Veder führte, schließlich an der, die zum Hause Clattuc führte. Glawen hielt inne und betrachtete die vertraute Fassade. Morgen würde er hineinschauen, um sich zu vergewissern, daß die Renovierung ordentlich und gewissenhaft durchgeführt wurde, ohne Improvisationen und ohne die Schlampereien, die Spanchetta mit Sicherheit versuchen würde.

Seine Gedanken verharrten bei Spanchetta. Wie tief war sie in Simonettas Machenschaften verstrickt? Wieviel wußte sie? Natürlich würde sie mit frommer Entrüstung jegliche Mitwisserschaft ableugnen. Aber im Moment war Glawen nicht danach, Spekulationen und Mutmaßungen anzustellen. Er wandte den Blick wieder zu Syrene, sie war immer noch voll und rund und noch nicht in Kontakt mit den Hügelkupperl. Er steckte den Umschlag in die Innentasche seiner Jacke und ging weiter den Wansey-Weg hinunter. Er kam am Lyzeum vorbei; es lag jetzt still und ruhig da, rief aber eine Fülle von Erinnerungen in ihm wach. Er blickte über den Fluß, zu der Stelle, an der Florestes neues Orpheum entstehen sollte. Florestes Konto bei der Bank von Mircea enthielt Gelder der Firma Ogmo, und Glawen mußte laut lachen. Die Nachricht von Florestes Testamentsänderung würde Bestürzung in Yipton auslösen.

Glawen erreichte jetzt die Stelle, an der der Wansey-Weg in den Strandweg einmündete. Er überquerte den Strandweg und ging zum Strand hinunter. Die Brandung war hoch; eine Serie von Stürmen draußen auf dem Meer hatte mächtigen Seegang erzeugt; eine Woge nach der anderen rollte auf das Ufer und zerbrach donnernd zu weißem Gischt.

Glawen ging weiter, bis die weißen Gischtzungen fast an seinen Füßen leckten. Der Umschlag wog schwer in seiner Tasche; er zog ihn hervor und studierte ihn auf beiden Seiten und las die Aufschrift. Der Umschlag war von exzellenter Qualität, gefertigt aus steifem, glänzendem Pergament, grau und braun meliert, von der Art, wie sie für die Versendung amtlicher Dokumente verwandt wurde. Hatte Floreste durch die Verwendung solchen Materials die Wichtigkeit der inliegenden Botschaft unterstreichen wollen? Das wäre kaum nötig gewesen, dachte Glawen. Vielleicht war es lediglich als eine letzte theatralische Geste gedacht. Oder vielleicht war es auch bloß der einzige Umschlag, den er zur Hand gehabt hatte.

Es war im Grunde einerlei, dachte er, solange die Botschaft, die er umhüllte, nur klar und gehaltvoll war. Glawen riß sich von seinen Spekulationen los, steckte den Umschlag zurück in die Innentasche und knüpfte die Patte wieder zu. Er wandte den Blick erneut zu Syrene; der untere Rand der orangefarbenen Scheibe berührte jetzt fast die Hügel. Am Rande des Weges stand ein Mann und beobachtete ihn. Glawen schaute blinzelnd gegen die Sonne, und er erschrak. Die Körperhaltung des Mannes war unverkennbar. Es war Kirdy, der ihm offenbar von der Alten Laube gefolgt war.

Mit vorsichtigen Schritten stieg Kirdy jetzt den Hang herab und bewegte sich langsam auf Glawen zu, den Blick starr auf ihn gerichtet. Er war ganz in Schwarz gekleidet: er trug schwarze Reithosen, schwarze Halbstiefel, ein schwarzes langärmeliges Hemd und einen breitkrempigen schwarzen Hut. Sein rosiges Gesicht war starr; seine porzellanblauen Augen waren so leer wie die Augen eines großen toten Fischs.

Glawen schaute nach links und nach rechts, den Strand hinauf und hinunter. Keine andere Person war in Sicht. Er und Kirdy waren allein.

Glawen schätzte seine Optionen ab. Das Klügste würde sein, wegzugehen oder, falls nötig, wegzurennen. Er hatte nichts zu gewinnen, aber alles zu verlieren, wenn er sich auf eine Konfrontation mit Kirdy einließ.

Glawen bewegte sich seitwärts den Strand entlang. Kirdy änderte seinen Kurs; er schwenkte zur Seite, um Glawen den Rückzug abzuschneiden, auf diese Weise seine Absichten unmißverständlich verdeutlichend. Sie waren finster.

Kirdy kam langsam näher, jede hastige Bewegung vermeidend, wie als hoffe er, mit dieser Taktik Glawen einzuschläfern.

Aber Glawens Ängste waren nicht so leicht zu beschwichtigen, und er bewegte sich weiter von Kirdy weg, immer noch seitwärts und dabei fast unmerklich auf das Wasser zustrebend; sein Ziel war, den nassen Sand zu gewinnen, wo die Füße festeren Halt finden würden, für den Fall, daß er sich zum Davonrennen entschlösse – eine immer noch mögliche, wenngleich nicht gerade ehrenhafte Alternative. Glawen bewegte sich jetzt zügiger, aber Kirdy sprang vorwärts, um ihm den Weg abzuschneiden. Es schien, als grinse er; Glawen konnte die Spitzen seiner großen weißen Zähne zwischen den zurückgezogenen Lippen aufblitzen sehen.

Glawen blieb stehen. Hinter seinem Rücken wälzte sich eine gewaltige Woge heran und kippte mit donnerndem Krachen vornüber; blasige Gischt brandete den Strand hinauf. Glawen hatte schon als Kind oft zwischen den Brechern gespielt und empfand keine Furcht vor der Brandung. Ganz anders Kirdy: er wer ein schlechter Schwimmer, der die See haßte und fürchtete; er mußte über kurz oder lang die Lust an dem Spiel verlieren und weggehen mit der mageren Befriedigung, die er darin gefunden haben mochte, daß er Glawen in die Brandung gejagt hatte.

Fasziniert beobachtete Glawen die zuckenden Muskeln in Kirdys Wangen. Ganz sicher würde Kirdy eher kehrtmachen und davonmarschieren, als sich dem schrecklichen tiefen Wasser auch nur einen Schritt weiter zu nähern.

Kirdy blieb tatsächlich stehen und starrte hinaus auf das Meer. Seine Kinnlade fiel herunter, und das Grinsen wich abrupt aus seinem Gesicht. Der Gischt leckte den Strand hinauf, umspülte Glawens Füße. Kirdy wich angewidert zurück. Der Schaum wich zurück, einen Streifen glatten nassen Sandes hinterlassend, den Kirdy unwiderstehlich fand. Er ließ alle Vorsicht fahren und stürmte mit erhobenen Armen vorwärts, um Glawen zu packen und zu Boden zu reißen.

Glawen sprang mit einem eleganten Satz rückwärts über eine heranrollende Brandungswelle und blieb stehen, um zuzuschauen, wie der Gischt Kirdys kräftige

Waden umspülte. Kirdy verzerrte angeekelt das Gesicht, planschte aber unbeirrt vorwärts mit ungelenken, breitbeinigen Sprüngen, überzeugt, daß Glawen irgendwann schließlich an einen Punkt gelangen würde, wo er sich nicht weiter zurückwagte. Nicht mehr lange, und er würde anfangen, ihm Vernunft einreden zu wollen, oder ihn gar um Mäßigung anflehen. Wie er sich nach diesem Augenblick sehnte! Das würde ein herrliches Vergnügen sein

Aber Glawen war noch nicht bereit, um Gnade zu winseln; statt dessen wich er erneut ein Stück zurück, gerade so weit, daß Kirdy nicht an ihn heranlangen konnte. Mit einem wütenden Schnauben sprang Kirdy erneut vorwärts, und wieder wich Glawen zurück, Schritt für Schritt, jetzt schon bis zu den Oberschenkeln im Wasser stehend. Kirdy planschte tollkühn hinter ihm her, in seiner rasenden Wut alle Vorsicht fahren lassend. Es war zum Verrücktwerden! Würde der Kerl denn niemals stehenbleiben und sich seiner gerechten Strafe stellen? Dicht hinter ihm war das trübe tiefe Wasser, wo man für immer sank und schließlich, immer noch lebend, zu stinkendem grauen Schleim wurde!

Glawen schien blind gegen die Gefahr zu sein. Aber jetzt konnte er einfach nicht mehr weiter! Kirdy watete grimmig entschlossen vorwärts, um ihn zu packen.

Eine neue Brandungswelle raste auf das Ufer zu und durchnäßte Kirdy bis zum Bauch. Er blieb stehen. Glawen, der jetzt nur mehr drei Schritt vom tiefen Wasser entfernt war, schaufelte Kirdy Wasser ins Gesicht. Kirdy blinzelte und schüttelte sich wütend.

Der Gischt strömte zurück, saugend und lutschend; Glawen und Kirdy wurden ein paar Schritte den Strand heruntergezerrt. Das Wasser flutete zurück; Glawen stand verlockend nahe vor Kirdy. Kirdy, rasend vor Wut, stürzte sich kopfüber vorwärts, um ihn zu packen, doch sein Sprung, gehemmt durch das Wasser, geriet zu kurz; Glawen hatte sich mit einem forschen Sprung außer Reichweite gebracht. Kirdy faßte wieder festen Fuß, aber jetzt war sein Hut futsch.

Eine hohe Welle brandete donnernd heran; Kirdy wurde abgelenkt und bekam einen gehörigen Schreck. Der Gischt zerrte an Glawen; er stemmte die Füße in den Grund und hielt stand. Kirdy wurde ein paar Schritte zurückgerissen, den Strand hinauf. Der Gischt strömte zurück, und mit ihm kam Kirdy, von der Wucht des zurückflutenden Wassers vorwärtsgetragen, und endlich bekam er Glawen zu packen. Mit triumphierendem Schnauben warf er Glawen ins Wasser und versuchte, ihn mit dem Knie auf den Grund zu zwingen. Glawen schluckte einen Schwall Salzwasser und Sand. Kirdys Gewicht drückte ihn hinunter, aber ihm blieb noch genügend Bewegungsfreiheit, um sich zur Wehr zu setzen. Er zog die Beine an, stemmte einen Fuß in Kirdys Magen und stieß mit aller Kraft zu. Kirdy kippte hintüber und wurde von einer heranrollenden Woge fortgerissen; sie brach sich, begrub Kirdy unter sich, und die Unterströmung sog ihn nach unten und hinaus ins offene Wasser, hinter die erste Linie von Brechern. Glawen schaffte es, rechtzeitig aufzustehen, um sich vom Schwunge des Brechers auf den Strand spülen zu lassen.

Glawen fühlte nach seinem Umschlag. Er war noch an seinem Platz. Er knüpfte die Patte der Innentasche auf, zog den Umschlag heraus und untersuchte ihn. Er war unversehrt; das schwere Pergament hatte durch seine flüchtige Berührung mit dem Salzwasser keinen Schaden genommen; die Botschaft, ob gut oder schlecht, war erhalten.

Glawen begann vor Kälte und Erschöpfung zu zittern. Er blickte hinaus aufs Wasser. Wo war Kirdy? Die heranrollenden Brecher verwehrten Glawen den Blick auf das Wasser dahinter. Irgendwo da draußen zappelte Kirdy in den kühlen Fluten und wunderte sich, wieso er plötzlich im Ozean schwamm, wo er doch keine Stunde zuvor noch in der Alten Laube gesessen hatte.

Glawen stapfte den Strand hinauf. Er fühlte keine Regung: weder Triumph noch Befriedigung. Er sann kurz über sein eigenes Verhalten nach, dann sagte er sich: »Was soll's? Ich bin froh, daß er weg ist.«

Glawen klomm auf den Strandweg, wandte sich um und blickte auf das Meer hinaus, und einen Moment lang glaubte er im tristen Licht der untergehenden Sonne einen wild rudernden schwarzbekleideten Arm und das Aufblitzen eines rosafarbenen Gesichts zu erkennen. Als er nochmals hinschaute, sah er nur noch wogendes Wasser.

Vor Kälte bebend in seinen nassen Kleidern studierte Glawen den westlichen Horizont. Syrene war immer noch sichtbar; ihr oberer Rand lugte scharlachrot über die Hügelkuppen.

An der Stelle, wo der Wansey-Weg sich mit dem Strandweg vereinte, war eine Bank aufgestellt, um Fußgänger zum Verweilen einzuladen. Als Glawen diese Bank erreichte, wandte er erneut den Blick zum westlichen Horizont. Bäume versperrten hier den Blick auf die fernen Hügel, aber das Licht hatte merklich zu schwinden begonnen, und Glawen entschied, daß Syrene in vollem Umfang hinter den Horizont getaucht war. Der Sonnenuntergang nahm jetzt zügig seinen Lauf.

Glawen setzte sich auf die Bank. Zähneklappernd zog er den Umschlag hervor und erbrach mit einiger Mühe das steife Pergament. Er zog die orangefarbenen Bögen heraus und begann zu lesen. Rasch überflog er die drei Seiten, dann kehrte er zum ersten Abschnitt zurück, der kurz und knapp war, aber ihm das sagte, was er wissen wollte.

Glawen Clattuc zur Kenntnis:
Wie ich erfuhr und wie ich glaube, wird Scharde Clattuc derzeit an einem äußerst ungewöhnlichen und beschwerlichen Ort gefangengehalten. Warum wurde er so grausam behandelt? Hierüber kann ich nur Mutmaßungen anstellen.

Der Wind blies auf Glawens nasse Kleider und brachte seine Zähne erneut zum Klappern. Er faltete die Bögen zusammen und steckte sie zurück in den Umschlag, den er wieder in der Innentasche seiner Jacke versenkte. Er schaute noch einmal auf den Ozean hinaus, der bereits im Abendrot verschwamm. Er sah nichts. Er erhob sich von der Bank und trabte, so schnell seine feuchten Kleider es zuließen, den Wansey-Weg hinauf.

JACK VANCE

in der Reihe
HEYNE SCIENCE FICTION & FANTASY:

Start ins Unendliche · 0603111
Emphyrio · 0603261
Die sterbende Erde · 0603606; erneut · 0603977
Showboot-Welt · 0603724
Maske: Thaery · 0603742; auch in ➶ 0601011
Die Welten des Magnus Ridolph · 0604053
Staub ferner Sonnen · 0604202
Verlorene Monde · 0604384
Grüne Magie · 0604478

Der ALASTOR-Zyklus:
Trullion: Alastor 2262 · 0603563
Marune: Alastor 933 · 0603580
Wyst: Alastor 1716 · 0603816
Sonderausgabe in einem Band:
Alastor · 060445

Der DÄMONENPRINZ-Zyklus:
Jäger im Weltall · 0603139
Die Mordmaschine · 0603141
Der Dämonenprinz · 0603143
Das Gesicht · 0604013
Das Buch der Träume · 0604014

HEYNE BÜCHER

JACK VANCE

in der Reihe
HEYNE SCIENCE FICTION & FANTASY:

Der DURDANE-Zyklus:
Der Mann ohne Gesicht · 0603448
Der Kampf um Durdane · 0603463
Die Asutra · 0603480
Sonderausgabe in einem Band:
Durdane · 0604361

Der LYONESSE-Zyklus:
Herrscher von Lyonesse · 0604471
Die grüne Perle · 0604591
Madouc · 0605021

Die CADWAL-CHRONIKEN:
Station Araminta · 0605300
Ecce und die Alte Erde · 0605301
Throy · 0605302

Außerdem erschien:
›Die letzte Festung‹
in Science Fiction Jahresband 1981,
hrsg. von Wolfgang Jeschke · 0603790

HEYNE BÜCHER

JAMES WHITE

Orbit Hospital

Ob Sie Methan atmen oder Sauerstoff, sich bei 200 Grad plus oder bei 200 Grad minus wohl fühlen: Das Orbit Hospital ist für alle Geschöpfe der Galaxis da und bietet die optimale medizinische Versorgung.

Hospital Station
06/4974

Star Chirurg
06/4975

Großoperation
06/4976

Ambulanzschiff
06/4977

Sector General
06/4978

Notfall Code Blau
06/4979

Weitere Bände in Vorbereitung

Wilhelm Heyne Verlag
München